AtV

WILHELM HAUFF, Novellist, Lyriker, Romanautor und Märchendichter, wurde am 29. November 1802 in Stuttgart als Sohn eines Beamten geboren. Nach dem Besuch der Klosterschule in Blaubeuren und dem Studium der Theologie und Philosophie an dem berühmten Tübinger Stift trat er 1824 eine Hauslehrerstelle bei der Familie von Hügel in Stuttgart an. Zahlreiche Publikationen machten ihn finanziell unabhängig, er kündigte seine Stellung und begab sich ein halbes Jahr auf Reisen. Nach Stuttgart zurückgekehrt, trat er mit Beginn des Jahres 1827 in die Redaktion von Cottas »Morgenblatt für gebildete Stände« ein. Die letzten Monate seines Lebens verbrachte er in rastloser Tätigkeit, er verfaßte eine Reihe Novellen, die »Phantasien im Bremer Ratskeller« und den dritten Märchenalmanach. Hauff starb am 18. November 1827 an den Folgen eines Nervenfiebers.

Wilhelm Hauff, der vielseitige und umtriebige Autor, der nur 25 Jahre alt wurde, hat ein mehrbändiges Werk hinterlassen, von dem heute fast nur noch die Märchen bekannt sind, deren anhaltender Erfolg durchaus mit der Popularität der Grimmschen Kinder- und Hausmärchen zu vergleichen ist. Was sie auszeichnet, ist die Verbindung von kühnem Fabulieren und spannender Handlung, poetischer Freiheit und liebenswürdigem Humor. Seit dem Auftauchen der Hauffschen »Karawane« schließen sich ihr immer neue Leser an.

»In einem schönen, fernen Reiche, von welchem die Sage lebt, daß die Sonne in seinen ewig grünen Gärten niemals untergehe, herrschte von Anfang an bis heute die Königin Phantasie. Mit vollen Händen spendet diese seit vielen Jahrhunderten die Fülle des Segens über die Ihrigen und war geliebt, verehrt von allen, die sie kannten.«

Wilhelm Hauff, Einleitung zum Märchen-Almanach auf das Jahr 1826

Wilhelm Hauff

Die Karawane

Märchen

Vollständige Ausgabe

Aufbau Taschenbuch Verlag

Textgrundlage:
Wilhelm Hauff's Märchen. Vollständige Ausgabe.
Insel-Verlag: Leipzig 1911

Mit 6 Illustrationen von Max Reach
und einem Nachwort von Tilman Spreckelsen

Für freundliche Unterstützung danken wir
Olivier Freiherr von Beaulieu Marconnay

ISBN 3-7466-1358-2

1. Auflage 2002

Umschlaggestaltung Torsten Lemme
unter Verwendung einer Illustration von Max Reach
Druck Ebner & Spiegel, Ulm
Printed in Germany

www.aufbau-taschenbuch.de

Inhalt

Märchen als Almanach

In einem schönen fernen Reiche, von welchem die Sage lebt, daß die Sonne in seinen ewig grünen Gärten niemals untergehe, herrschte von Anfang an bis heute die Königin Phantasie. Mit vollen Händen spendete diese seit vielen Jahrhunderten die Fülle des Segens über die Ihrigen und war geliebt, verehrt von allen, die sie kannten. Das Herz der Königin war aber zu groß, als daß sie mit ihren Wohltaten bei ihrem Lande stehengeblieben wäre; sie selbst, im königlichen Schmuck ihrer ewigen Jugend und Schönheit, stieg herab auf die Erde; denn sie hatte gehört, daß dort Menschen wohnen, die ihr Leben in traurigem Ernst, unter Mühe und Arbeit hinbringen. Diesen hatte sie die schönsten Gaben aus ihrem Reiche mitgebracht, und seit die schöne Königin durch die Fluren der Erde gegangen war, waren die Menschen fröhlich bei der Arbeit, heiter in ihrem Ernst.

Auch ihre Kinder, nicht minder schön und lieblich als die königliche Mutter, sandte sie aus, um die Menschen zu beglücken. Einst kam Märchen, die älteste Tochter der Königin, von der Erde zurück. Die Mutter bemerkte, daß Märchen traurig sei, ja, hie und da wollte es ihr bedünken, als ob sie verweinte Augen hätte.

»Was hast du, liebes Märchen?« sprach die Königin zu ihr. »Du bist seit deiner Reise so traurig und niedergeschlagen, willst du deiner Mutter nicht anvertrauen, was dir fehlt?«

»Ach! liebe Mutter«, antwortete Märchen, »ich hätte gewiß nicht so lange geschwiegen, wenn ich nicht wüßte, daß mein Kummer auch der deinige ist.«

»Sprich immer, meine Tochter«, bat die schöne Königin.

»Der Gram ist ein Stein, der den einzelnen niederdrückt; aber zwei tragen ihn leicht aus dem Wege.«

»Du willst es«, antwortete Märchen, »so höre: Du weißt, wie gerne ich mit den Menschen umgehe, wie ich freudig auch zu dem Ärmsten vor seine Hütte sitze, um nach der Arbeit ein Stündchen mit ihm zu verplaudern; sie boten mir auch sonst gleich freundlich die Hand zum Gruß, wenn ich kam, und sahen mir lächelnd und zufrieden nach, wenn ich weiterging; aber in diesen Tagen ist es gar nicht mehr so!«

»Armes Märchen!« sprach die Königin und streichelte ihr die Wange, die von einer Träne feucht war. »Aber du bildest dir vielleicht dies alles nur ein?«

»Glaube mir, ich fühle es nur zu gut«, entgegnete Märchen, »sie lieben mich nicht mehr. Überall, wo ich hinkomme, begegnen mir kalte Blicke, nirgends bin ich mehr gern gesehen; selbst die Kinder, die ich doch immer so lieb hatte, lachen über mich und wenden mir altklug den Rücken zu.«

Die Königin stützte die Stirne in die Hand und schwieg sinnend.

»Und woher soll es denn«, fragte die Königin, »kommen, Märchen, daß sich die Leute da unten so geändert haben?«

»Sieh, die Menschen haben kluge Wächter aufgestellt, die alles, was aus deinem Reich kommt, o Königin Phantasie, mit scharfem Blicke mustern und prüfen. Wenn nun einer kommt, der nicht nach ihrem Sinne ist, so erheben sie ein großes Geschrei, schlagen ihn tot oder verleumden ihn doch so sehr bei den Menschen, die ihnen aufs Wort glauben, daß man gar keine Liebe, kein Fünkchen Zutrauen mehr findet. Ach! wie gut haben es meine Brüder, die Träume, fröhlich und leicht hüpfen sie auf die Erde hinab, fragen nichts nach jenen klugen Männern, besuchen die schlummernden Menschen und weben und malen ihnen, was das Herz beglückt und das Auge erfreut!«

»Deine Brüder sind Leichtfüße«, sagte die Königin, »und du, mein Liebling, hast keine Ursache, sie zu beneiden. Jene

Grenzwächter kenne ich übrigens wohl; die Menschen haben so unrecht nicht, sie aufzustellen; es kam so mancher windige Geselle und tat, als ob er geraden Wegs aus meinem Reiche käme, und doch hatte er höchstens von einem Berge zu uns herübergeschaut.«

»Aber warum lassen sie dies mich, deine eigene Tochter, entgelten?« weinte Märchen. »Ach! wenn du wüßtest, wie sie es mir gemacht haben; sie schalten mich eine alte Jungfer und drohten, mich das nächstemal gar nicht mehr hereinzulassen.«

»Wie, meine Tochter nicht mehr einzulassen?« rief die Königin, und Zorn erhöhte die Röte ihrer Wangen. »Aber ich sehe schon, woher dies kommt; die böse Muhme hat uns verleumdet!«

»Die Mode? nicht möglich!« rief Märchen, »sie tat ja sonst immer so freundlich.«

»Oh! ich kenne sie, die Falsche!« antwortete die Königin, »aber versuche es ihr zum Trotze wieder, meine Tochter; wer Gutes tun will, darf nicht rasten.«

»Ach, Mutter! wenn sie mich dann ganz zurückweisen oder wenn sie mich verleumden, daß mich die Menschen nicht ansehen oder einsam und verachtet in der Ecke stehen lassen?«

»Wenn die Alten, von der Mode betört, dich geringschätzen, so wende dich an die Kleinen, wahrlich, sie sind meine Lieblinge, ihnen sende ich meine lieblichsten Bilder durch deine Brüder, die Träume, ja, ich bin schon oft selbst zu ihnen hinabgeschwebt, habe sie geherzt und geküßt und schöne Spiele mit ihnen gespielt; sie kennen mich auch wohl; sie wissen zwar meinen Namen nicht, aber ich habe schon oft bemerkt, wie sie nachts zu meinen Sternen herauflächeln und morgens, wenn meine glänzenden Lämmer am Himmel ziehen, vor Freuden die Hände zusammenschlagen. Auch wenn sie größer werden, lieben sie mich noch; ich helfe dann den lieblichen Mädchen bunte Kränze flechten, und die wilden Knaben werden stiller, wenn ich auf hoher Felsenspitze mich zu ihnen setze, aus der Nebelwelt der fernen, blauen Berge hohe Burgen und glänzende Paläste auftauchen lasse und aus den rötlichen Wolken des Abends kühne Reiterscharen und wunderliche Wallfahrtszüge bilde.«

»O die guten Kinder!« rief Märchen bewegt aus. »Ja, es sei! Mit ihnen will ich es noch einmal versuchen.«

»Ja, du gute Tochter«, sprach die Königin, »gehe zu ihnen. Aber ich will dich auch ein wenig ordentlich ankleiden, daß du den Kleinen gefällst und die Großen dich nicht zurückstoßen: siehe, das Gewand eines Almanach will ich dir geben.«

»Eines Almanach, Mutter? ach! ich schäme mich, so vor den Leuten zu prangen.«

Die Königin winkte, und die Dienerinnen brachten das zierliche Gewand eines Almanach. Es war von glänzenden Farben, und schöne Figuren eingewoben.

Die Zofen flochten dem schönen Märchen das lange Haar, sie banden ihr goldene Sandalen unter die Füße und hingen ihr dann das Gewand um.

Das bescheidene Märchen wagte nicht aufzublicken; die Mutter aber betrachtete sie mit Wohlgefallen und schloß sie in ihre Arme. »Gehe hin«, sprach sie zu der Kleinen, »mein Segen sei mit dir! Und wenn sie dich verachten und höhnen, so kehre zurück zu mir, vielleicht daß spätere Geschlechter, getreuer der Natur, ihr Herz dir wieder zuwenden!«

Also sprach die Königin Phantasie. Märchen aber stieg herab auf die Erde. Mit pochendem Herzen nahte sie dem Ort, wo die klugen Wächter hauseten; sie senkte das Köpfchen zur Erde, sie zog das schöne Gewand enger um sich her, und mit zagendem Schritt nahte sie dem Tor.

»Halt!« rief eine tiefe, rauhe Stimme; »Wache heraus! da kommt ein neuer Almanach!«

Märchen zitterte, als sie dies hörte; viele ältliche Männer von finsterem Aussehen stürzten hervor; sie hatten spitzige Federn in der Faust und hielten sie dem Märchen entgegen. Einer aus der Schar schritt auf sie zu und packte sie mit rauher Hand am Kinn. »Nur auch den Kopf aufgerichtet, Herr Almanach!« schrie er, »daß man Ihm in den Augen ansiehet, ob er was Rechtes ist oder nicht.« –

Errötend richtete Märchen das Köpfchen in die Höhe und schlug das dunkle Auge auf.

»Das Märchen!« riefen die Wächter und lachten aus vollem Hals, »Das Märchen! Haben wunder gemeint, was da käme! Wie kommst du nur in diesen Rock?«

»Die Mutter hat ihn mir angezogen«, antwortete Märchen.

»So? sie will dich bei uns einschwärzen? Nichts da! Hebe dich weg, mach, daß du fortkommst!« riefen die Wächter untereinander und erhoben die scharfen Federn.

»Aber ich will ja nur zu den Kindern«, bat Märchen; »dies könnt ihr mir ja doch erlauben?«

»Lauft nicht schon genug solches Gesindel im Land umher?« rief einer der Wächter. »Sie schwatzen nur unseren Kindern dummes Zeug vor.«

»Laßt uns sehen, was sie diesmal weiß«, sprach ein anderer.

»Nun ja«, riefen sie, »sag an, was du weißt; aber beeile dich, denn wir haben nicht viele Zeit für dich.«

Märchen streckte die Hand aus und beschrieb mit dem Zeigefinger viele Zeichen in die Luft. Da sah man bunte Gestalten vorüberziehen; Karawanen mit schönen Rossen, geschmückte Reiter, viele Zelte im Sand der Wüste; Vögel und Schiffe auf stürmischen Meeren; stille Wälder und volkreiche Plätze und Straßen; Schlachten und friedliche Nomaden; sie alle schwebten in belebten Bildern, in buntem Gewimmel vorüber.

Märchen hatte in dem Eifer, mit welchem sie die Bilder aufsteigen ließ, nicht bemerkt, wie die Wächter des Tores nach und nach eingeschlafen waren. Eben wollte sie neue Zeichen beschreiben, als ein freundlicher Mann auf sie zutrat und ihre Hand ergriff. »Siehe her, gutes Märchen«, sagte er, indem er auf die Schlafenden zeigte, »für diese sind deine bunten Sachen nichts; schlüpfe schnell durch das Tor; sie ahnen dann nicht, daß du im Lande bist, und du kannst friedlich und unbemerkt deine Straße ziehen. Ich will dich zu meinen Kindern führen; in meinem Hause geb ich dir ein stilles, freundliches Plätzchen; dort kannst du wohnen und für dich leben; wenn dann meine Söhne und Töchter gut gelernt haben, dürfen sie mit ihren Gespielen zu dir kommen und dir zuhören. Willst du so?«

»Oh, wie gerne folge ich dir zu deinen lieben Kleinen; wie will ich mich befleißen, ihnen zuweilen ein heiteres Stündchen zu machen!«

Der gute Mann nickte ihr freundlich zu und half ihr über die Füße der schlafenden Wächter hinübersteigen. Lächelnd sah sich Märchen um, als sie hinüber war, und schlüpfte dann schnell in das Tor.

Die Karawane

Es zog einmal eine große Karawane durch die Wüste. Auf der ungeheuren Ebene, wo man nichts als Sand und Himmel sieht, hörte man schon in weiter Ferne die Glocken der Kamele und die silbernen Röllchen der Pferde; eine dichte Staubwolke, die ihr vorherging, verkündete ihre Nähe, und wenn ein Luftzug die Wolke teilte, blendeten funkelnde Waffen und helleuchtende Gewänder das Auge. So stellte sich die Karawane einem Manne dar, welcher von der Seite her auf sie zuritt. Er ritt ein schönes arabisches Pferd, mit einer Tigerdecke behängt; an dem hochroten Riemenwerk hingen silberne Glöckchen, und auf dem Kopf des Pferdes wehte ein schöner Reiherbusch. Der Reiter sah stattlich aus, und sein Anzug entsprach der Pracht seines Rosses; ein weißer Turban, reich mit Gold gestickt, bedeckte das Haupt; der Rock und die weiten Beinkleider von brennendem Rot, ein gekrümmtes Schwert mit reichem Griff hing an seiner Seite. Er hatte den Turban tief ins Gesicht gedrückt; dies und die schwarzen Augen, die unter buschigen Brauen hervorblitzten, der lange Bart, der unter der gebogenen Nase herabhing, gaben ihm ein wildes, kühnes Aussehen. Als der Reiter ungefähr auf fünfzig Schritte dem Vortrab der Karawane nahe war, sprengte er sein Pferd an und war in wenigen Augenblicken an der Spitze des Zuges angelangt. Es war ein so ungewöhnliches Ereignis, einen einzelnen Reiter durch die Wüste ziehen zu sehen, daß die Wächter des Zuges, einen Überfall befürchtend, ihm ihre Lanzen entgegenstreckten. »Was wollt ihr?« rief der Reiter, als er sich so kriegerisch empfangen sah; »glaubt ihr, ein einzelner

Mann werde eure Karawane angreifen?« Beschämt schwangen die Wächter ihre Lanzen wieder auf; ihr Anführer aber ritt an den Fremden heran und fragte nach seinem Begehr. »Wer ist der Herr der Karawane?« fragte der Reiter. »Sie gehört nicht *einem* Herrn«, antwortete der Gefragte, »sondern es sind mehrere Kaufleute, die von Mekka in ihre Heimat ziehen und die wir durch die Wüste geleiten, weil oft allerlei Gesindel die Reisenden beunruhigt.« – »So führt mich zu den Kaufleuten«, begehrte der Fremde. »Das kann jetzt nicht geschehen«, antwortete der Führer, »weil wir ohne Aufhalt weiterziehen müssen und die Kaufleute wenigstens eine Viertelstunde weiter hinten sind; wollt Ihr aber mit mir weiterreiten, bis wir lagern, um Mittagsruhe zu halten, so werde ich Eurem Wunsch willfahren.« Der Fremde sagte hierauf nichts; er zog eine lange Pfeife, die er am Sattel festgebunden hatte, hervor und fing an, in großen Zügen zu rauchen, indem er neben dem Anführer des Vortrabs weiterritt. Dieser wußte nicht, was er aus dem Fremden machen sollte; er wagte es nicht, ihn geradezu nach seinem Namen zu fragen, und so künstlich er auch ein Gespräch anzuknüpfen suchte, der Fremde hatte auf das: »Ihr raucht da einen guten Tabak« oder: »Euer Rapp hat einen braven Schritt« immer nur mit einem kurzen »Ja, ja!« geantwortet. Endlich waren sie auf dem Platz angekommen, wo man Mittagsruhe halten wollte. Der Anführer hatte seine Leute als Wachen ausgestellt; er selbst hielt mit dem Fremden, um die Karawane herankommen zu lassen. Dreißig Kamele, schwer beladen, zogen vorüber, von bewaffneten Führern geleitet. Nach diesen kamen auf schönen Pferden die fünf Kaufleute, denen die Karawane gehörte. Es waren meistens Männer von vorgerücktem Alter, ernst und gesetzt aussehend; nur einer schien viel jünger als die übrigen, wie auch froher und lebhafter. Eine große Anzahl Kamele und Packpferde schloß den Zug.

Man hatte Zelte aufgeschlagen und die Kamele und Pferde rings umhergestellt. In der Mitte war ein großes Zelt von blauem Seidenzeug. Dorthin führte der Anführer der Wache den Fremden. Als sie durch den Vorhang des Zeltes getreten waren, sahen sie die fünf Kaufleute auf goldgewirkten Polstern sitzen; schwarze Sklaven reichten ihnen Speisen und Getränke. »Wen bringt Ihr uns da?« rief der junge Kaufmann dem Führer zu. Ehe noch der Führer antworten konnte, sprach der Fremde: »Ich heiße Selim Baruch und bin aus Bagdad; ich wurde auf einer Reise nach Mekka von einer Räuberhorde gefangen und habe mich vor drei Tagen heimlich aus der Gefangenschaft befreit. Der große Prophet ließ mich die Glocken eurer Karawane in weiter Ferne hören, und so kam ich bei euch an. Erlaubet mir, daß ich in eurer Gesellschaft reise! Ihr werdet euren Schutz keinem Unwürdigen schenken, und so ihr nach Bagdad kommet, werde ich eure Güte reichlich lohnen, denn ich bin der Neffe des Großwesirs.« Der älteste der Kaufleute nahm das Wort: »Selim Baruch«, sprach er, »sei willkommen in unserem Schatten! Es macht uns Freude, dir beizustehen; vor allem aber setze dich und iß und trinke mit uns!«

Selim Baruch setzte sich zu den Kaufleuten und aß und trank mit ihnen. Nach dem Essen räumten die Sklaven die Geschirre hinweg und brachten lange Pfeifen und türkischen Sorbet. Die Kaufleute saßen lange schweigend, indem sie die bläulichen Rauchwolken vor sich hinbliesen und zusahen, wie sie sich ringelten und verzogen und endlich in die Luft verschwebten. Der junge Kaufmann brach endlich das Stillschweigen. »So sitzen wir seit drei Tagen«, sprach er, »zu Pferd und am Tisch, ohne uns durch etwas die Zeit zu vertreiben. Ich verspüre gewaltig Langeweile; denn ich bin gewohnt, nach Tisch Tänzer zu sehen oder Gesang und Musik zu hören. Wißt ihr gar nichts, meine Freunde, das uns die Zeit vertreibt?« Die vier älteren Kaufleute rauchten fort und schienen ernsthaft nachzusinnen; der Fremde aber sprach: »Wenn es mir erlaubt ist, will ich euch einen Vorschlag machen. Ich meine, auf jedem Lagerplatz könnte einer von uns den andern etwas erzählen. Dies könnte uns schon die Zeit vertreiben.« – »Selim Baruch, du hast wahr gesprochen«, sagte Achmet, der älteste der Kaufleute; »laßt uns den Vorschlag annehmen!« – »Es freut mich, wenn euch der Vorschlag behagt«, sprach Selim; »damit ihr aber sehet, daß ich nichts Unbilliges verlange, so will ich den Anfang machen.«

Vergnügt rückten die fünf Kaufleute näher zusammen und ließen den Fremden in ihre Mitte sitzen. Die Sklaven schenkten die Becher wieder voll, stopften die Pfeifen ihrer Herren frisch und brachten glühende Kohlen zum Anzünden. Selim aber erfrischte seine Stimme mit einem tüchtigen Zuge Sorbet, strich den langen Bart über dem Mund weg und sprach: »So hört denn die Geschichte von Kalif Storch.«

Die Geschichte von Kalif Storch

I

Der Kalif Chasid zu Bagdad saß einmal an einem schönen Nachmittag behaglich auf seinem Sofa; er hatte ein wenig geschlafen, denn es war ein heißer Tag, und sah nun nach seinem Schläfchen recht heiter aus. Er rauchte aus einer langen Pfeife von Rosenholz, trank hie und da ein wenig Kaffee, den ihm ein Sklave einschenkte, und strich sich allemal vergnügt den Bart, wenn es ihm geschmeckt hatte. Kurz, man sah dem Kalifen an, daß es ihm recht wohl war. Um diese Stunde konnte man gar gut mit ihm reden, weil er da immer recht mild und leutselig war; deswegen besuchte ihn auch sein Großwesir Mansor alle Tage um diese Zeit. An diesem Nachmittag nun kam er auch, sah aber sehr nachdenklich aus, ganz gegen seine Gewohnheit. Der Kalif tat die Pfeife ein wenig aus dem Mund und sprach: »Warum machst du ein so nachdenkliches Gesicht, Großwesir?«

Der Großwesir schlug seine Arme kreuzweis über die Brust, verneigte sich vor seinem Herrn und antwortete: »Herr, ob ich ein nachdenkliches Gesicht mache, weiß ich nicht; aber da drunten am Schloß steht ein Krämer, der hat so schöne Sachen, daß es mich ärgert, nicht viel überflüssiges Geld zu haben.«

Der Kalif, der seinem Großwesir schon lange gern eine Freude gemacht hätte, schickte seinen schwarzen Sklaven hinunter, um den Krämer heraufzuholen. Bald kam der Sklave mit dem Krämer zurück. Dieser war ein kleiner, dicker Mann, schwarzbraun im Gesicht und in zerlumptem Anzug. Er trug einen Kasten, in welchem er allerhand Waren hatte, Perlen und Ringe, reichbeschlagene Pistolen, Becher und Kämme. Der Kalif und sein Wesir musterten alles durch, und der Kalif kaufte endlich für sich und Mansor schöne Pistolen, für die Frau des Wesirs aber einen Kamm. Als der Krämer seinen Kasten schon wieder zumachen wollte, sah der Kalif eine kleine Schublade und fragte, ob da auch noch Waren seien? Der Krämer zog die Schublade heraus und zeigte darin eine Dose mit schwärzlichem Pulver und ein Papier mit sonderbarer Schrift, die weder der Kalif noch Mansor lesen konnten. »Ich bekam einmal diese zwei Stücke von einem Kaufmann, der sie in Mekka auf der Straße fand«, sagte der Krämer. »Ich weiß nicht, was sie enthalten; Euch stehen sie um geringen Preis zu Dienst, ich kann doch nichts damit anfangen.« Der Kalif, der in seiner Bibliothek gerne alte Manuskripte hatte, wenn er sie auch nicht lesen konnte, kaufte Schrift und Dose und entließ den Krämer. Der Kalif aber dachte, er möchte gerne wissen, was die Schrift enthalte, und fragte den Wesir, ob er keinen kenne, der es entziffern könnte. »Gnädigster Herr und Gebieter«, antwortete dieser, »an der großen Moschee wohnt ein Mann, er heißt Selim der Gelehrte, der versteht alle Sprachen, laß ihn kommen, vielleicht kennt er diese geheimnisvollen Züge.«

Der Gelehrte Selim war bald herbeigeholt. »Selim«, sprach zu ihm der Kalif, »Selim, man sagt, du seiest sehr gelehrt; guck einmal ein wenig in diese Schrift, ob du sie lesen kannst; kannst du sie lesen, so bekommst du ein neues Festkleid von mir, kannst du es nicht, so bekommst du zwölf Backenstreiche und fünfundzwanzig auf die Fußsohlen, weil man dich dann umsonst Selim den Gelehrten nennt.« Selim verneigte sich und sprach: »Dein Wille geschehe, o Herr!« Lange betrachtete er die Schrift; plötzlich aber rief er aus: »Das ist lateinisch, o Herr, oder ich laß mich hängen.« – »Sag, was drin steht«, befahl der Kalif, »wenn es lateinisch ist.«

Selim fing an zu übersetzen: »Mensch, der du dieses findest, preise Allah für seine Gnade! Wer von dem Pulver in dieser Dose schnupft und dazu spricht: *Mutabor*, der kann sich in jedes Tier verwandeln und versteht auch die Sprache der Tiere. Will er wieder in seine menschliche Gestalt zurückkehren, so neige er sich dreimal gen Osten und spreche jenes Wort; aber hüte dich, wenn du verwandelt bist, daß du nicht lachest, sonst verschwindet das Zauberwort gänzlich aus deinem Gedächtnis, und du bleibst ein Tier.«

Als Selim der Gelehrte also gelesen hatte, war der Kalif über die Maßen vergnügt. Er ließ den Gelehrten schwören, niemand etwas von dem Geheimnis zu sagen, schenkte ihm ein schönes Kleid und entließ ihn. Zu seinem Großwesir aber sagte er: »Das heiß ich gut einkaufen, Mansor! Wie freue ich mich, bis ich ein Tier bin. Morgen früh kommst du zu mir; wir gehen dann miteinander aufs Feld, schnupfen etwas weniges aus meiner Dose und belauschen dann, was in der Luft und im Wasser, im Wald und Feld gesprochen wird!«

II

Kaum hatte am andern Morgen der Kalif Chasid gefrühstückt und sich angekleidet, als schon der Großwesir erschien, ihn, wie er befohlen, auf dem Spaziergang zu begleiten. Der Kalif steckte die Dose mit dem Zauberpulver in den Gürtel, und nachdem er seinem Gefolge befohlen, zurückzubleiben, machte er sich mit dem Großwesir ganz allein auf den Weg. Sie gingen zuerst durch die weiten Gärten des Kalifen, spähten aber vergebens nach etwas Lebendigem, um ihr Kunststück zu probieren. Der Wesir schlug endlich vor, weiter hinaus an einen Teich zu gehen, wo er schon oft viele Tiere, namentlich Störche, gesehen habe, die durch ihr gravitätisches Wesen und ihr Geklapper immer seine Aufmerksamkeit erregt haben.

Der Kalif billigte den Vorschlag seines Wesirs und ging mit ihm dem Teich zu. Als sie dort angekommen waren, sahen sie einen Storchen ernsthaft auf und ab gehen, Frösche suchend und hie und da etwas vor sich hin klappernd. Zugleich sahen sie auch weit oben in der Luft einen andern Storchen dieser Gegend zuschweben.

»Ich wette meinen Bart, gnädigster Herr«, sagte der Großwesir, »wenn nicht diese zwei Langfüßler ein schönes Gespräch miteinander führen werden. Wie wäre es, wenn wir Störche würden?«

»Wohl gesprochen!« antwortete der Kalif. »Aber vorher wollen wir noch einmal betrachten, wie man wieder Mensch wird. – Richtig! Dreimal gen Osten geneigt und *Mutabor* gesagt, so bin ich wieder Kalif und du Wesir. Aber nur um 's Himmels willen nicht gelacht, sonst sind wir verloren!«

Während der Kalif also sprach, sah er den andern Storchen über ihrem Haupte schweben und langsam sich zur Erde lassen. Schnell zog er die Dose aus dem Gürtel, nahm eine gute Prise, bot sie dem Großwesir dar, der gleichfalls schnupfte, und beide riefen: *»Mutabor!«*

Da schrumpften ihre Beine ein und wurden dünn und rot, die schönen gelben Pantoffel des Kalifen und seines Begleiters wurden unförmliche Storchfüße, die Arme wurden zu Flügeln, der Hals fuhr aus den Achseln und ward eine Elle lang, der Bart war verschwunden, und den Körper bedeckten weiche Federn.

»Ihr habt einen hübschen Schnabel, Herr Großwesir«, sprach nach langem Erstaunen der Kalif. »Beim Bart des Propheten, so etwas habe ich in meinem Leben nicht gesehen.«

»Danke untertänigst«, erwiderte der Großwesir, indem er sich bückte; »aber wenn ich es wagen darf, möchte ich behaupten, Eure Hoheit sehen als Storch beinahe noch hübscher aus denn als Kalif. Aber kommt, wenn es Euch gefällig ist, daß wir unsere Kameraden dort belauschen und erfahren, ob wir wirklich Storchisch können?«

Indem war der andere Storch auf der Erde angekommen; er putzte sich mit dem Schnabel seine Füße, legte seine Federn zurecht und ging auf den ersten Storchen zu. Die beiden neuen Störche aber beeilten sich, in ihre Nähe zu kommen, und vernahmen zu ihrem Erstaunen folgendes Gespräch:

»Guten Morgen, Frau Langbein, so früh schon auf der Wiese?«

»Schönen Dank, liebe Klapperschnabel! Ich habe mir nur ein kleines Frühstück geholt. Ist Euch vielleicht ein Viertelchen Eidechs gefällig oder ein Froschschenkelein?«

»Danke gehorsamst; habe heute gar keinen Appetit. Ich komme auch wegen etwas ganz anderem auf die Wiese. Ich soll heute vor den Gästen meines Vaters tanzen, und da will ich mich im stillen ein wenig üben.«

Zugleich schritt die junge Störchin in wunderlichen Bewegungen durch das Feld. Der Kalif und Mansor sahen ihr verwundert nach. Als sie aber in malerischer Stellung auf einem Fuß stand und mit den Flügeln anmutig dazu wedelte, da konnten sich die beiden nicht mehr halten; ein unaufhaltsames Gelächter brach aus ihren Schnäbeln hervor, von dem sie sich erst nach langer Zeit erholten. Der Kalif faßte sich zuerst wieder: »Das war einmal ein Spaß«, rief er, »der nicht mit Gold zu bezahlen ist. Schade, daß die dummen Tiere durch unser Gelächter sich haben verscheuchen lassen, sonst hätten sie gewiß auch noch gesungen!«

Aber jetzt fiel es dem Großwesir ein, daß das Lachen während der Verwandlung verboten war. Er teilte seine Angst deswegen dem Kalifen mit. »Potz Mekka und Medina! Das wäre ein schlechter Spaß, wenn ich ein Storch bleiben müßte! Besinne dich doch auf das dumme Wort, ich bring es nicht heraus.«

»Dreimal gen Osten müssen wir uns bücken und dazu sprechen: Mu – Mu – Mu –.«

Sie stellten sich gegen Osten und bückten sich in einem fort, daß ihre Schnäbel beinahe die Erde berührten. Aber, o Jammer! das Zauberwort war ihnen entfallen, und sooft sich auch der Kalife bückte, so sehnlich auch sein Wesir Mu – Mu dazu rief, jede Erinnerung daran war verschwunden, und der arme Chasid und sein Wesir waren und blieben Störche.

III

Traurig wandelten die Verzauberten durch die Felder; sie wußten gar nicht, was sie in ihrem Elend anfangen sollten. Aus ihrer Storchenhaut konnten sie nicht heraus, in die Stadt zurück konnten sie auch nicht, um sich zu erkennen zu geben; denn wer hätte einem Storchen geglaubt, daß er der Kalif sei, und wenn man es auch geglaubt hätte, würden die Einwohner von Bagdad einen Storchen zum Kalifen gewollt haben?

So schlichen sie mehrere Tage umher und ernährten sich kümmerlich von Feldfrüchten, die sie aber wegen ihrer langen Schnäbel nicht gut verspeisen konnten. Zu Eidechsen und Fröschen hatten sie übrigens keinen Appetit, denn sie befürchteten, mit solchen Leckerbissen sich den Magen zu verderben. Ihr einziges Vergnügen in dieser traurigen Lage war, daß sie fliegen konnten, und so flogen sie oft auf die Dächer von Bagdad, um zu sehen, was darin vorging.

In den ersten Tagen bemerkten sie große Unruhe und Trauer in den Straßen. Aber ungefähr am vierten Tag nach ihrer Verzauberung saßen sie auf dem Palast des Kalifen; da sahen sie unten in der Straße einen prächtigen Aufzug; Trommeln und Pfeifen ertönten, ein Mann in einem goldgestickten Scharlachmantel saß auf einem geschmückten Pferd, umgeben von glänzenden Dienern, halb Bagdad sprang ihm nach, und alle schrien: »Heil Mizra! dem Herrscher von Bagdad!« Da sahen die beiden Störche auf dem Dache des Palastes einander an, und der Kalif Chasid sprach: »Ahnst du jetzt, warum ich verzaubert bin, Großwesir? Dieser Mizra ist der Sohn meines Todfeindes, des mächtigen Zauberers Kaschnur, der mir in einer bösen Stunde Rache schwur. Aber noch gebe ich die Hoffnung nicht auf. Komm mit mir, du treuer Gefährte meines Elends, wir wollen zum Grabe des Propheten wandern; vielleicht, daß an heiliger Stätte der Zauber gelöst wird.«

Sie erhoben sich vom Dach des Palastes und flogen der Gegend von Medina zu.

Mit dem Fliegen wollte es aber nicht gar gut gehen; denn die beiden Störche hatten noch wenig Übung. »O Herr«, ächzte nach ein paar Stunden der Großwesir, »ich halte es, mit Eurer Erlaubnis, nicht mehr lange aus; Ihr fliegt gar zu schnell! Auch ist es schon Abend, und wir täten wohl, ein Unterkommen für die Nacht zu suchen.«

Chasid gab der Bitte seines Dieners Gehör; und da er unten im Tale eine Ruine erblickte, die ein Obdach zu gewähren schien, so flogen sie dahin. Der Ort, wo sie sich für diese Nacht niedergelassen hatten, schien ehemals ein Schloß gewesen zu sein. Schöne Säulen ragten aus den Trümmern hervor, mehrere Gemächer, die noch ziemlich erhalten waren, zeugten von der ehemaligen Pracht des Hauses. Chasid und sein Begleiter gingen durch die Gänge umher, um sich ein trockenes Plätzchen zu suchen; plötzlich blieb der Storch Mansor stehen. »Herr und Gebieter«, flüsterte er leise, »wenn es nur nicht töricht für einen Großwesir, noch mehr aber für einen Storchen wäre, sich vor Gespenstern zu fürchten! Mir ist ganz unheimlich zumut; denn hierneben hat es ganz vernehmlich geseufzt und gestöhnt.« Der Kalif blieb nun auch stehen und hörte ganz deutlich ein leises Weinen, das eher einem Menschen als einem Tiere anzugehören schien. Voll Erwartung wollte er der Gegend zugehen, woher die Klagetöne kamen; der Wesir aber packte ihn mit dem Schnabel am Flügel und bat ihn flehentlich, sich nicht in neue, unbekannte Gefahren zu stürzen. Doch vergebens! Der Kalif, dem auch unter dem Storchenflügel ein tapferes Herz schlug, riß sich mit Verlust einiger Federn los und eilte in einen finstern Gang. Bald war er an einer Türe angelangt, die nur angelehnt schien und woraus er deutliche Seufzer mit ein wenig Geheul vernahm. Er stieß mit dem Schnabel die Türe auf, blieb aber überrascht auf der Schwelle stehen. In dem verfallenen Gemach, das nur durch ein kleines Gitterfenster spärlich erleuchtet war, sah er eine große Nachteule am Boden sitzen. Dicke Tränen rollten ihr aus den großen, runden Augen, und mit heiserer Stimme stieß sie ihre Klagen zu dem krummen Schnabel heraus. Als sie aber den Kalifen und seinen Wesir, der indes auch herbeigeschlichen war, erblickte, erhob sie ein lautes Freudengeschrei. Zierlich wischte sie mit dem braungefleckten Flügel die Tränen aus dem Auge, und zu dem großen Erstaunen der beiden rief sie in gutem menschlichem Arabisch: »Willkommen, ihr Störche! Ihr seid mir ein gutes Zeichen meiner Errettung; denn durch Störche werde mir ein großes Glück kommen, ist mir einst prophezeit worden!«

Als sich der Kalif von seinem Erstaunen erholt hatte, bückte er sich mit seinem langen Hals, brachte seine dünnen Füße in eine zierliche Stellung und sprach: »Nachteule! Deinen Worten nach darf ich glauben, eine Leidensgefährtin in dir zu sehen. Aber ach! Deine Hoffnung, daß durch uns deine Rettung kommen werde, ist vergeblich. Du wirst unsere Hilflosigkeit selbst erkennen, wenn du unsere Geschichte hörst.« Die Nachteule bat ihn zu erzählen; der Kalif aber hub an und erzählte, was wir bereits wissen.

IV

Als der Kalif der Eule seine Geschichte vorgetragen hatte, dankte sie ihm und sagte: »Vernimm auch meine Geschichte und höre, wie ich nicht weniger unglücklich bin als du. Mein Vater ist der König von Indien, ich, seine einzige, unglückliche Tochter, heiße Lusa. Jener Zauberer Kaschnur, der euch verzauberte, hat auch mich ins Unglück gestürzt. Er kam eines Tags zu meinem Vater und begehrte mich zur Frau für seinen Sohn Mizra. Mein Vater aber, der ein hitziger Mann ist, ließ ihn die Treppe hinunterwerfen. Der Elende wußte sich unter einer andern Gestalt wieder in meine Nähe zu schleichen, und als ich einst in meinem Garten Erfrischungen zu mir nehmen wollte, brachte er mir, als Sklave verkleidet, einen Trank bei, der mich in diese abscheuliche Gestalt verwandelte. Vor Schrecken ohnmächtig, brachte er mich hieher und rief mir mit schrecklicher Stimme in die Ohren:

›Da sollst du bleiben, häßlich, selbst von den Tieren verachtet, bis an dein Ende, oder bis einer aus freiem Willen dich, selbst in dieser schrecklichen Gestalt, zur Gattin begehrt. So räche ich mich an dir und deinem stolzen Vater.‹

Seitdem sind viele Monate verflossen. Einsam und traurig lebe ich als Einsiedlerin in diesem Gemäuer, verabscheut von der Welt, selbst den Tieren ein Greuel; die schöne Natur ist vor mir verschlossen, denn ich bin blind am Tage, und nur, wenn der Mond sein bleiches Licht über dies Gemäuer ausgießt, fällt der verhüllende Schleier von meinem Auge.«

Die Eule hatte geendet und wischte sich mit dem Flügel wieder die Augen aus; denn die Erzählung ihrer Leiden hatte ihr Tränen entlockt.

Der Kalif war bei der Erzählung der Prinzessin in tiefes Nachdenken versunken. »Wenn mich nicht alles täuscht«, sprach er, »so findet zwischen unserem Unglück ein geheimer Zusammenhang statt; aber wo finde ich den Schlüssel zu diesem Rätsel?« Die Eule antwortete ihm: »O Herr! auch mir ahnet dies; denn es ist mir einst in meiner frühesten Jugend von einer weisen Frau prophezeit worden, daß ein Storch mir ein großes Glück bringen werde, und ich wüßte vielleicht, wie wir uns retten könnten.« Der Kalif war sehr erstaunt und fragte, auf welchem Wege sie meine. »Der Zauberer, der uns beide unglücklich gemacht hat«, sagte sie, »kommt alle Monate einmal in diese Ruinen. Nicht weit von diesem Gemach ist ein Saal. Dort pflegt er dann mit vielen Genossen zu schmausen. Schon oft habe ich sie dort belauscht. Sie erzählen dann einander ihre schändlichen Werke; vielleicht daß er dann das Zauberwort, das ihr vergessen habt, ausspricht.«

»O teuerste Prinzessin«, rief der Kalif, »sag an, wann kommt er, und wo ist der Saal?«

Die Eule schwieg einen Augenblick und sprach dann: »Nehmet es nicht ungütig, aber nur unter einer Bedingung kann ich Euern Wunsch erfüllen.« – »Sprich aus! Sprich aus!« schrie Chasid. »Befiehl, es ist mir jede recht.«

»Nämlich, ich möchte auch gerne zugleich frei sein; dies kann aber nur geschehen, wenn einer von euch mir seine Hand reicht!«

Die Störche schienen über den Antrag etwas betroffen zu sein, und der Kalif winkte seinem Diener, ein wenig mit ihm hinauszugehen.

»Großwesir«, sprach vor der Türe der Kalif, »das ist ein dummer Handel; aber Ihr könntet sie schon nehmen.«

»So?« antwortete dieser, »daß mir meine Frau, wenn ich nach Haus komme, die Augen auskratzt? Auch bin ich ein alter Mann, und Ihr seid noch jung und unverheiratet und könnet eher einer jungen, schönen Prinzessin die Hand geben.«

»Das ist es eben«, seufzte der Kalif, indem er traurig die Flügel hängen ließ, »wer sagt dir denn, daß sie jung und schön ist? Das heißt eine Katze im Sack kaufen!«

Sie redeten einander gegenseitig noch lange zu; endlich aber, als der Kalif sah, daß sein Wesir lieber Storch bleiben als die Eule heiraten wollte, entschloß er sich, die Bedingung lieber selbst zu erfüllen. Die Eule war hocherfreut. Sie gestand ihnen, daß sie zu keiner bessern Zeit hätten kommen können, weil wahrscheinlich in dieser Nacht die Zauberer sich versammeln würden.

Sie verließ mit den Störchen das Gemach, um sie in jenen Saal zu führen; sie gingen lange in einem finstern Gang hin; endlich strahlte ihnen aus einer halb verfallenen Mauer ein heller Schein entgegen. Als sie dort angelangt waren, riet ihnen die Eule, sich ganz ruhig zu verhalten. Sie konnten von der Lücke, an welcher sie standen, einen großen Saal übersehen. Er war ringsum mit Säulen geschmückt und prachtvoll verziert. Viele farbige Lampen ersetzten das Licht des Tages. In der Mitte des Saales stand ein runder Tisch, mit vielen und ausgesuchten Speisen besetzt. Rings um den Tisch zog sich ein Sofa, auf welchem acht Männer saßen. In einem dieser Männer erkannten die Störche jenen Krämer wieder, der ihnen das Zauberpulver verkauft hatte. Sein Nebensitzer forderte ihn auf, ihnen seine neuesten Taten zu erzählen. Er erzählte unter andern auch die Geschichte des Kalifen und seines Wesirs.

»Was für ein Wort hast du ihnen denn aufgegeben?« fragte ihn ein anderer Zauberer. »Ein recht schweres lateinisches, es heißt *Mutabor.*«

V

Als die Störche an ihrer Mauerlücke dieses hörten, kamen sie vor Freuden beinahe außer sich. Sie liefen auf ihren langen Füßen so schnell dem Tor der Ruine zu, daß die Eule kaum folgen konnte. Dort sprach der Kalif gerührt zu der Eule: »Retterin meines Lebens und des Lebens meines Freundes, nimm zum ewigen Dank für das, was du an uns getan, mich zum Gemahl an!« Dann aber wandte er sich nach Osten. Dreimal bückten die Störche ihre langen Hälse der Sonne entgegen, die soeben hinter dem Gebirge heraufstieg; »*Mutabor!*« riefen sie; im Nu waren sie verwandelt, und in der hohen Freude des neugeschenkten Lebens lagen Herr und Diener lachend und weinend einander in den Armen. Wer beschreibt aber ihr Erstaunen, als sie sich umsahen? Eine schöne Dame, herrlich geschmückt, stand vor ihnen. Lächelnd gab sie dem Kalifen die Hand. »Erkennt Ihr Eure Nachteule nicht mehr?« sagte sie. Sie war es; der Kalif war von ihrer Schönheit und Anmut so entzückt, daß er ausrief, es sei sein größtes Glück, daß er Storch geworden sei.

Die drei zogen nun miteinander auf Bagdad zu. Der Kalif fand in seinen Kleidern nicht nur die Dose mit Zauberpulver, sondern auch seinen Geldbeutel. Er kaufte daher im nächsten Dorfe, was zu ihrer Reise nötig war, und so kamen sie bald an die Tore von Bagdad. Dort aber erregte die Ankunft des Kalifen großes Erstaunen. Man hatte ihn für tot ausgegeben, und das Volk war daher hocherfreut, seinen geliebten Herrscher wiederzuhaben.

Um so mehr aber entbrannte ihr Haß gegen den Betrüger Mizra. Sie zogen in den Palast und nahmen den alten Zauberer und seinen Sohn gefangen. Den Alten schickte der Kalif in dasselbe Gemach der Ruine, das die Prinzessin als Eule bewohnt hatte, und ließ ihn dort aufhängen. Dem Sohn aber, welcher nichts von den Künsten des Vaters verstand, ließ der Kalif die Wahl, ob er sterben oder schnupfen wolle. Als er das letztere wählte, bot ihm der Großwesir die Dose. Eine tüchtige Prise, und das Zauberwort des Kalifen verwandelte ihn in einen Storchen. Der Kalif ließ ihn in ein eisernes Käfig sperren und in seinem Garten aufstellen.

Lange und vergnügt lebte Kalif Chasid mit seiner Frau, der Prinzessin; seine vergnügtesten Stunden waren immer die, wenn ihn der Großwesir nachmittags besuchte; da sprachen sie dann oft von ihrem Storchenabenteuer, und wenn der Kalif recht heiter war, ließ er sich herab, den Großwesir nachzuahmen, wie er als Storch aussah. Er stieg dann ernsthaft mit steifen Füßen im Zimmer auf und ab, klapperte, wedelte mit den Armen wie mit Flügeln und zeigte, wie jener sich vergeblich nach Osten geneigt und *Mu – Mu* – dazu gerufen habe. Für die Frau Kalifin und ihre Kinder war diese Vorstellung allemal eine große Freude; wenn aber der Kalif gar zu lange klapperte und nickte und *Mu – Mu* – schrie, dann drohte ihm lächelnd der Wesir, er wolle das, was vor der Türe der Prinzessin Nachteule verhandelt worden sei, der Frau Kalifin mitteilen.

Als Selim Baruch seine Geschichte geendet hatte, bezeigten sich die Kaufleute sehr zufrieden damit. »Wahrhaftig, der Nachmittag ist uns vergangen, ohne daß wir merkten wie!« sagte einer derselben, indem er die Decke des Zeltes zurückschlug. »Der Abendwind wehet kühl, und wir könnten noch eine gute Strecke Weges zurücklegen.« Seine Gefährten waren damit einverstanden; die Zelte wurden abgebrochen, und die Karawane machte sich in der nämlichen Ordnung, in welcher sie herangezogen war, auf den Weg.

Sie ritten beinahe die ganze Nacht hindurch; denn es war schwül am Tage, die Nacht aber war erquicklich und sternhell. Sie kamen endlich an einem bequemen Lagerplatz an, schlugen die Zelte auf und legten sich zur Ruhe. Für den Fremden aber sorgten die Kaufleute, wie wenn er ihr wertester Gastfreund wäre. Der eine gab ihm Polster, der andere Decken, ein dritter gab ihm Sklaven, kurz, er wurde so gut bedient, als ob er zu Hause wäre. Die heißeren Stunden des Tages waren schon heraufgekommen, als sie sich wieder erhoben, und sie beschlossen einmütig, hier den Abend abzuwarten. Nachdem sie miteinander gespeist hatten, rückten sie wieder näher zusammen, und der junge Kaufmann wandte sich an den ältesten und sprach: »Selim Baruch hat uns gestern einen vergnügten Nachmittag bereitet; wie wäre es, Achmet, wenn Ihr uns auch etwas erzähltet, sei es nun aus Eurem langen Leben, das wohl viele Abenteuer aufzuweisen hat, oder sei es auch ein hübsches Märchen.« Achmet schwieg auf diese Anrede eine Zeitlang, wie wenn er bei sich im Zweifel wäre, ob er dies oder jenes sagen sollte oder nicht; endlich fing er an zu sprechen:

»Liebe Freunde! Ihr habt euch auf dieser unserer Reise als treue Gesellen erprobt, und auch Selim verdient mein Vertrauen; daher will ich euch etwas aus meinem Leben mitteilen, das ich sonst ungern und nicht jedem erzähle: die Geschichte von dem Gespensterschiff.«

Die Geschichte von dem Gespensterschiff

Mein Vater hatte einen kleinen Laden in Balsora. Er war weder arm noch reich und war einer von jenen Leuten, die nicht gerne etwas wagen aus Furcht, das wenige zu verlieren, das sie haben. Er erzog mich schlicht und recht und brachte es bald so weit, daß ich ihm an die Hand gehen konnte. Gerade als ich achtzehn Jahr alt war, als er die erste größere Spekulation machte, starb er, wahrscheinlich aus Gram, tausend Goldstücke dem Meere anvertraut zu haben. Ich mußte ihn bald nachher wegen seines Todes glücklich preisen; denn wenige Wochen hernach lief die Nachricht ein, daß das Schiff, dem mein Vater seine Güter mitgegeben hatte, versunken sei. Meinen jugendlichen Mut konnte aber dieser Unfall nicht beugen. Ich machte alles vollends zu Geld, was mein Vater hinterlassen hatte, und zog aus, um in der Fremde mein Glück zu probieren, nur von einem alten Diener meines Vaters begleitet, der sich aus alter Anhänglichkeit nicht von mir und meinem Schicksal trennen wollte.

Im Hafen von Balsora schifften wir uns mit günstigem Winde ein. Das Schiff, auf dem ich mich eingemietet hatte, war nach Indien bestimmt. Wir waren schon fünfzehn Tage auf der gewöhnlichen Straße gefahren, als uns der Kapitän einen Sturm verkündete. Er machte ein bedenkliches Gesicht; denn es schien, er kenne in dieser Gegend das Fahrwasser nicht genug, um einem Sturm mit Ruhe begegnen zu können. Er ließ alle Segel einziehen, und wir trieben ganz langsam hin. Die Nacht war angebrochen, war hell und kalt, und der Kapitän glaubte schon, sich in den Anzeichen des Sturmes getäuscht zu haben. Auf einmal schwebte ein Schiff, das wir vorher nicht gesehen hatten, dicht an dem unsrigen vorbei. Wildes Jauchzen und Geschrei erscholl aus dem Verdeck herüber, worüber ich mich zu dieser angstvollen Stunde vor einem Sturm nicht wenig wunderte. Aber der Kapitän an meiner Seite wurde blaß wie der Tod. »Mein Schiff ist verloren«, rief er, »dort segelt der Tod!« Ehe ich ihn noch über diesen sonderbaren Ausruf befragen konnte, stürzten schon heulend und schreiend die Matrosen herein: »Habt ihr ihn gesehn?« schrien sie. »Jetzt ist's mit uns vorbei!«

Der Kapitän aber ließ Trostsprüche aus dem Koran vorlesen und setzte sich selbst ans Steuerruder. Aber vergebens! Zusehends brauste der Sturm auf, und ehe eine Stunde verging, krachte das Schiff und blieb sitzen. Die Boote wurden ausgesetzt, und kaum hatten sich die letzten Matrosen gerettet, so versank das Schiff vor unsern Augen, und als ein Bettler fuhr ich in die See hinaus. Aber der Jammer hatte noch kein Ende. Fürchterlicher tobte der Sturm; das Boot war nicht mehr zu regieren. Ich hatte meinen alten Diener fest umschlungen, und wir versprachen uns, nie voneinander zu weichen. Endlich brach der Tag an. Aber mit dem ersten Blick der Morgenröte faßte der Wind das Boot, in welchem wir saßen, und stürzte es um. Ich habe keinen meiner Schiffsleute mehr gesehen. Der Sturz hatte mich betäubt, und als ich aufwachte, befand ich mich in den Armen meines alten treuen Dieners, der sich auf das umgeschlagene Boot gerettet und mich nachgezogen hatte. Der Sturm hatte sich gelegt. Von unserem Schiff war nichts mehr zu sehen; wohl aber entdeckten wir nicht weit von uns ein anderes Schiff, auf das die Wellen uns hintrieben. Als wir näher hinzukamen, erkannte ich das Schiff als dasselbe, das in der Nacht an uns vorbeifuhr und welches den Kapitän so sehr in Schrecken gesetzt hatte. Ich empfand ein sonderbares Grauen vor diesem Schiffe. Die Äußerung des Kapitäns, die sich so furchtbar bestätigt hatte, das öde Aussehen des Schiffes, auf dem sich, so nahe wir auch herankamen, so laut wir schrien, niemand zeigte, erschreckten mich. Doch es war unser einziges Rettungsmittel; darum priesen wir den Propheten, der uns so wundervoll erhalten hatte.

Am Vorderteil des Schiffes hing ein langes Tau herab. Mit Händen und Füßen ruderten wir darauf zu, um es zu erfassen. Endlich glückte es. Noch einmal erhob ich meine Stimme; aber immer blieb es still auf dem Schiff. Da klimmten wir an dem Tau hinauf, ich als der Jüngste voran. Aber Entsetzen! Welches Schauspiel stellte sich meinem Auge dar, als ich das Verdeck betrat! Der Boden war mit Blut gerötet, zwanzig bis dreißig Leichname in türkischen Kleidern lagen auf dem Boden, am mittleren Mastbaum stand ein Mann, reich gekleidet, den Säbel in der Hand, aber das Gesicht war blaß und verzerrt, durch die Stirne ging ein großer Nagel, der ihn an den Mastbaum heftete; auch er war tot. Schrecken fesselte meine Schritte, ich wagte kaum zu atmen. Endlich war auch mein Begleiter heraufgekommen. Auch ihn überraschte der Anblick des Verdeckes, das gar nichts Lebendiges, sondern nur so viele schreckliche Tote zeigte. Wir wagten es endlich, nachdem wir in der Seelenangst zum Propheten gefleht hatten, weiter vorzuschreiten. Bei jedem Schritte sahen wir uns um, ob nicht etwas Neues, noch Schrecklicheres sich darbiete; aber alles blieb, wie es war, weit und breit nichts Lebendiges als wir und das Weltmeer. Nicht einmal laut zu sprechen wagten wir aus Furcht, der tote, am Mast angespießte Kapitano möchte seine starre Augen nach uns hindrehen oder einer der Getöteten möchte seinen Kopf umwenden. Endlich waren wir bis an eine Treppe gekommen, die in den Schiffsraum führte. Unwillkürlich machten wir dort halt und sahen einander an; denn keiner wagte es recht, seine Gedanken zu äußern.

»O Herr«, sprach mein treuer Diener, »hier ist etwas Schreckliches geschehen. Doch wenn auch das Schiff da unten voll Mörder steckt, so will ich mich ihnen doch lieber auf Gnade und Ungnade ergeben als längere Zeit unter diesen Toten zubringen.« Ich dachte wie er; wir faßten ein Herz und stiegen voll Erwartung hinunter. Totenstille war aber auch hier, und nur unsere Schritte hallten auf der Treppe. Wir standen an der Türe der Kajüte. Ich legte mein Ohr an die Türe und lauschte; es war nichts zu hören. Ich machte auf. Das Gemach bot einen unordentlichen Anblick dar. Kleider, Waffen und anderes Geräte lag untereinander. Nichts in Ordnung. Die Mannschaft oder wenigstens der Kapitano mußte vor kurzem gezecht haben; denn es lag alles noch umher. Wir gingen weiter von Raum zu Raum, von Gemach zu Gemach; überall fanden wir herrliche Vorräte in Seide, Perlen, Zucker usw. Ich war vor Freude über diesen Anblick außer mir; denn da niemand auf dem Schiff war, glaubte ich, alles mir zueignen zu dürfen; Ibrahim aber machte mich aufmerksam darauf, daß wir wahrscheinlich noch sehr weit vom Land seien, wohin wir allein und ohne menschliche Hilfe nicht kommen könnten.

Wir labten uns an den Speisen und Getränken, die wir in reichlichem Maß vorfanden, und stiegen endlich wieder aufs Verdeck. Aber hier schauderte uns immer die Haut ob dem schrecklichen Anblick der Leichen. Wir beschlossen, uns davon zu befreien und sie über Bord zu werfen; aber wie schauerlich ward uns zumut, als wir fanden, daß sich keiner aus seiner Lage bewegen ließ. Wie festgebannt lagen sie am Boden, und man hätte den Boden des Verdecks ausheben müssen, um sie zu entfernen, und dazu gebrach es uns an Werkzeugen. Auch der Kapitano ließ sich nicht von seinem Mast losmachen; nicht einmal seinen Säbel konnten wir der starren Hand entwinden. Wir brachten den Tag in trauriger Betrachtung unserer Lage zu, und als es Nacht zu werden anfing, erlaubte ich dem alten Ibrahim, sich schlafen zu legen; ich selbst aber wollte auf dem Verdeck wachen, um nach Rettung auszuspähen. Als aber der Mond heraufkam und ich nach den Gestirnen berechnete, daß es wohl um die eilfte Stunde sei, überfiel mich ein so unwiderstehlicher Schlaf, daß ich unwillkürlich hinter ein Faß, das auf dem Verdeck stand, zurückfiel. Doch war es mehr Betäubung als Schlaf, denn ich hörte deutlich die See an der Seite des Schiffes anschlagen und die Segel vom Winde knarren und pfeifen. Auf einmal glaubte ich Stimmen und Männertritte auf dem Verdeck zu hören. Ich wollte mich aufrichten, um darnach zu schauen. Aber eine unsichtbare Gewalt hielt meine Glieder gefesselt; nicht einmal die Augen konnte ich aufschlagen. Aber immer deutlicher wurden die Stimmen; es war mir, als wenn ein fröhliches Schiffsvolk auf dem Verdeck sich herumtriebe. Mitunter glaubte ich, die kräftige Stimme eines Befehlenden zu hören; auch hörte ich Taue und Segel deutlich auf- und abziehen. Nach und nach aber schwanden mir die Sinne, ich verfiel in einen tieferen Schlaf, in dem ich nur noch ein Geräusch von Waffen zu hören glaubte, und erwachte erst, als die Sonne schon hoch stand und mir aufs Gesicht brannte. Verwundert schaute ich mich um; Sturm, Schiff, die Toten und was ich in dieser Nacht gehört hatte, kam mir wie ein Traum vor; aber als ich aufblickte, fand ich alles wie gestern. Unbeweglich lagen die Toten, unbeweglich war der Kapitano an den Mastbaum geheftet. Ich lachte über meinen Traum und stand auf, um meinen Alten zu suchen.

Dieser saß ganz nachdenklich in der Kajüte. »O Herr!« rief er aus, als ich zu ihm hereintrat, »ich wollte lieber im tiefsten Grund des Meeres liegen als in diesem verhexten Schiff noch eine Nacht zubringen.« Ich fragte ihn nach der Ursache seines Kummers, und er antwortete mir: »Als ich einige Stunden geschlafen hatte, wachte ich auf und vernahm, wie man über meinem Haupt hin und her lief. Ich dachte zuerst, Ihr wäret es; aber es waren wenigstens zwanzig, die oben umherliefen; auch hörte ich rufen und schreien. Endlich kamen schwere Tritte die Treppe herab. Da wußte ich nichts mehr von mir, nur hie und da kehrte auf einige Augenblicke meine Besinnung zurück, und da sah ich dann denselben Mann, der oben am Mast angenagelt ist, an jenem Tisch dort sitzen, singend und trinkend: aber der, der in einem roten Scharlachkleid nicht weit von ihm am Boden liegt, saß neben ihm und half ihm trinken.« Also erzählte mir mein alter Diener.

Ihr könnt es mir glauben, meine Freunde, daß mir gar nicht wohl zumut war; denn es war keine Täuschung, ich hatte ja auch die Toten gar wohl gehöret. In solcher Gesellschaft zu schiffen war mir greulich. Mein Ibrahim aber versank wieder in tiefes Nachdenken. »Jetzt hab ich's!« rief er endlich aus; es fiel ihm nämlich ein Sprüchlein ein, das ihn sein Großvater, ein erfahrener, weitgereister Mann, gelehrt hatte und das gegen jeden Geister- und Zauberspuk helfen sollte; auch behauptete er, jenen unnatürlichen Schlaf, der uns befiel, in der nächsten Nacht verhindern zu können, wenn wir nämlich recht eifrig Sprüche aus dem Koran beteten. Der Vorschlag des alten Mannes gefiel mir wohl. In banger Erwartung sahen wir die Nacht herankommen. Neben der Kajüte war ein kleines Kämmerchen; dorthin beschlossen wir uns zurückzuziehen. Wir bohrten mehrere Löcher in die Türe, hinlänglich groß, um durch sie die ganze Kajüte zu überschauen; dann verschlossen wir die Türe, so gut es ging, von innen, und Ibrahim schrieb den Namen des Propheten in alle vier Ecken. So erwarteten wir die Schrecken der Nacht. Es mochte wieder ungefähr eilf Uhr sein, als es mich gewaltig zu schläfern anfing. Mein Gefährte riet mir daher, einige Sprüche des Korans zu beten, was mir auch half. Mit einem Male schien es oben lebhaft zu werden; die Taue knarrten, Schritte gingen über das Verdeck, und mehrere Stimmen waren deutlich zu unterscheiden. Mehrere Minuten hatten wir so in gespannter Erwartung gesessen; da hörten wir etwas die Treppe der Kajüte herabkommen. Als dies der Alte hörte, fing er an, seinen Spruch, den ihn sein Großvater gegen Spuk und Zauberei gelehrt hatte, herzusagen:

»Kommt ihr herab aus der Luft,
Steigt ihr aus tiefem Meer,
Schlieft ihr in dunkler Gruft,
Stammt ihr vom Feuer her:
Allah ist euer Herr und Meister,
Ihm sind gehorsam alle Geister.«

Ich muß gestehen, ich glaubte gar nicht recht an diesen Spruch, und mir stieg das Haar zu Berg, als die Türe aufflog. Herein trat jener große, stattliche Mann, den ich am Mastbaum angenagelt gesehen hatte. Der Nagel ging ihm auch jetzt mitten durchs Hirn, das Schwert aber hatte er in die Scheide gesteckt; hinter ihm trat noch ein anderer herein, weniger kostbar gekleidet; auch ihn hatte ich oben liegen sehen. Der Kapitano, denn dies war er unverkennbar, hatte ein bleiches Gesicht, einen großen, schwarzen Bart, wildrollende Augen, mit denen er sich im ganzen Gemach umsah. Ich konnte ihn ganz deutlich sehen, als er an unserer Türe vorüberging; er aber schien gar nicht auf die Türe zu achten, die uns verbarg. Beide setzten sich an den Tisch, der in der Mitte der Kajüte stand, und sprachen laut und fast schreiend miteinander in einer unbekannten Sprache. Sie wurden immer lauter und eifriger, bis endlich der Kapitano mit geballter Faust auf den Tisch hineinschlug, daß das Zimmer dröhnte. Mit wildem Gelächter sprang der andere auf und winkte dem Kapitano, ihm zu folgen. Dieser stand auf, riß seinen Säbel aus der Scheide, und beide verließen das Gemach. Wir atmeten freier, als sie weg waren; aber unsere Angst hatte noch lange kein Ende. Immer lauter und lauter ward es auf dem Verdeck. Man hörte eilends hin und her laufen und schreien, lachen und heulen. Endlich ging ein wahrhaft höllischer Lärm los, so daß wir glaubten, das Verdeck mit allen Segeln komme zu uns herab, Waffengeklirr und Geschrei – auf einmal aber tiefe Stille. Als wir es nach vielen Stunden wagten hinaufzugehen, trafen wir alles wie sonst; nicht einer lag anders als früher, alle waren steif wie Holz.

So waren wir mehrere Tage auf dem Schiffe; es ging immer nach Osten, wohin zu, nach meiner Berechnung, Land liegen mußte; aber wenn es auch bei Tag viele Meilen zurückgelegt hatte, bei Nacht schien es immer wieder zurückzukehren; denn wir befanden uns immer wieder am nämlichen Fleck, wenn die Sonne aufging. Wir konnten uns dies nicht anders erklären, als daß die Toten jede Nacht mit vollem

Winde zurücksegelten. Um nun dies zu verhüten, zogen wir, ehe es Nacht wurde, alle Segel ein und wandten dasselbe Mittel an wie bei der Türe in der Kajüte; wir schrieben den Namen des Propheten auf Pergament und auch das Sprüchlein des Großvaters dazu und banden es um die eingezogenen Segel. Ängstlich warteten wir in unserem Kämmerchen den Erfolg ab. Der Spuk schien diesmal noch ärger zu toben; aber siehe, am anderen Morgen waren die Segel noch aufgerollt, wie wir sie verlassen hatten. Wir spannten den Tag über nur so viele Segel auf, als nötig waren, das Schiff sanft fortzutreiben, und so legten wir in fünf Tagen eine gute Strecke zurück.

Endlich, am Morgen des sechsten Tages, entdeckten wir in geringer Ferne Land, und wir dankten Allah und seinem Propheten für unsere wunderbare Rettung. Diesen Tag und die folgende Nacht trieben wir an einer Küste hin, und am siebenten Morgen glaubten wir in geringer Entfernung eine Stadt zu entdecken; wir ließen mit vieler Mühe einen Anker in die See, der alsobald Grund faßte, setzten ein kleines Boot, das auf dem Verdeck stand, aus und ruderten mit aller Macht der Stadt zu. Nach einer halben Stunde liefen wir in einen Fluß ein, der sich in die See ergoß, und stiegen ans Ufer. Im Stadttor erkundigten wir uns, wie die Stadt heiße, und erfuhren, daß es eine indische Stadt sei, nicht weit von der Gegend, wohin ich zuerst zu schiffen willens war. Wir begaben uns in eine Karawanserei und erfrischten uns von unserer abenteuerlichen Reise. Ich forschte daselbst auch nach einem weisen und verständigen Manne, indem ich dem Wirt zu verstehen gab, daß ich einen solchen haben möchte, der sich ein wenig auf Zauberei verstehe. Er führte mich in eine abgelegene Straße, an ein unscheinbares Haus, pochte an, und man ließ mich eintreten mit der Weisung, ich solle nur nach Muley fragen.

In dem Hause kam mir ein altes Männlein mit grauem Bart und langer Nase entgegen und fragte nach meinem Begehr. Ich sagte ihm, ich suche den weisen Muley, und er antwortete mir, er seie es selbst. Ich fragte ihn nun um Rat, was ich mit den Toten machen solle und wie ich es angreifen müsse, um sie aus dem Schiff zu bringen. Er antwortete mir, die Leute des Schiffes seien wahrscheinlich wegen irgendeines Frevels auf das Meer verzaubert; er glaube, der Zauber werde sich lösen, wenn man sie ans Land bringe; dies könne aber nicht geschehen, als wenn man die Bretter, auf denen sie liegen, losmache. Mir gehöre von Gott und Rechts wegen das Schiff samt allen Gütern, weil ich es gleichsam gefunden habe; doch solle ich alles sehr geheim halten und ihm ein kleines Geschenk von meinem Überfluß machen; er wolle dafür mit seinen Sklaven mir behilflich sein, die Toten wegzuschaffen. Ich versprach, ihn reichlich zu belohnen, und wir machten uns mit fünf Sklaven, die mit Sägen und Beilen versehen waren, auf den Weg. Unterwegs konnte der Zauberer Muley unseren glücklichen Einfall, die Segel mit den Sprüchen des Korans zu umwinden, nicht genug loben. Er sagte, es sei dies das einzige Mittel gewesen, uns zu retten.

Es war noch ziemlich früh am Tage, als wir beim Schiff ankamen. Wir machten uns alle sogleich ans Werk, und in einer Stunde lagen schon vier in dem Nachen. Einige der Sklaven mußten sie ans Land rudern, um sie dort zu verscharren. Sie erzählten, als sie zurückkamen, die Toten haben ihnen die Mühe des Begrabens erspart, indem sie, sowie man sie auf die Erde gelegt habe, in Staub zerfallen seien. Wir fuhren fort, die Toten abzusägen, und bis vor Abend waren alle ans Land gebracht. Es war endlich keiner mehr am Bord als der, welcher am Mast angenagelt war. Umsonst suchten wir den Nagel aus dem Holz zu ziehen; keine Gewalt vermochte ihn auch nur ein Haarbreit zu verrücken. Ich wußte nicht, was anzufangen war; man konnte doch nicht den Mastbaum abhauen, um ihn ans Land zu führen. Doch aus dieser Verlegenheit half Muley. Er ließ schnell einen Sklaven ans Land rudern, um einen Topf mit Erde zu bringen. Als dieser herbeigeholt war, sprach der Zauberer geheimnisvolle Worte darüber aus und schüttete die Erde auf das Haupt des Toten.

Sogleich schlug dieser die Augen auf, holte tief Atem, und die Wunde des Nagels in seiner Stirne fing an zu bluten. Wir zogen den Nagel jetzt leicht heraus, und der Verwundete fiel einem der Sklaven in die Arme.

»Wer hat mich hieher geführt?« sprach er, nachdem er sich ein wenig erholt zu haben schien. Muley zeigte auf mich, und ich trat zu ihm. »Dank dir, unbekannter Fremdling, du hast mich von langen Qualen errettet. Seit fünfzig Jahren schifft mein Leib durch diese Wogen, und mein Geist war verdammt, jede Nacht in ihn zurückzukehren. Aber jetzt hat mein Haupt die Erde berührt, und ich kann versöhnt zu meinen Vätern gehen.« Ich bat ihn, uns doch zu sagen, wie er zu diesem schrecklichen Zustand gekommen sei, und er sprach: »Vor fünfzig Jahren war ich ein mächtiger, angesehener Mann und wohnte in Algier; die Sucht nach Gewinn trieb mich, ein Schiff auszurüsten und Seeraub zu treiben. Ich hatte dieses Geschäft schon einige Zeit fortgeführt; da nahm ich einmal auf Zante einen Derwisch an Bord, der umsonst reisen wollte. Ich und meine Gesellen waren rohe Leute und achteten nicht auf die Heiligkeit des Mannes; vielmehr trieb ich mein Gespött mit ihm. Als er aber einst in heiligem Eifer mir meinen sündigen Lebenswandel verwiesen hatte, übermannte mich nachts in meiner Kajüte, als ich mit meinem Steuermann viel getrunken hatte, der Zorn. Wütend über das, was mir ein Derwisch gesagt hatte und was ich mir von keinem Sultan hätte sagen lassen, stürzte ich aufs Verdeck und stieß ihm meinen Dolch in die Brust. Sterbend verwünschte er mich und meine Mannschaft, nicht sterben und nicht leben zu können, bis wir unser Haupt auf die Erde legen. Der Derwisch starb, und wir warfen ihn in die See und verlachten seine Drohungen. Aber noch in derselben Nacht erfüllten sich seine Worte. Ein Teil meiner Mannschaft empörte sich gegen mich. Mit fürchterlicher Wut wurde gestritten, bis meine Anhänger unterlagen und ich an den Mast genagelt wurde. Aber auch die Empörer unterlagen ihren Wunden, und bald war mein Schiff nur ein großes Grab.

Auch mir brachen die Augen, mein Atem hielt an, und ich meinte zu sterben. Aber es war nur eine Erstarrung, die mich gefesselt hielt; in der nächsten Nacht, zur nämlichen Stunde, da wir den Derwisch in die See geworfen, erwachte ich und alle meine Genossen; das Leben war zurückgekehrt, aber wir konnten nichts tun und sprechen, als was wir in jener Nacht gesprochen und getan hatten. So segeln wir seit fünfzig Jahren, können nicht leben, nicht sterben; denn wie konnten wir das Land erreichen? Mit toller Freude segelten wir allemal mit vollen Segeln in den Sturm, weil wir hofften, endlich an einer Klippe zu zerschellen und das müde Haupt auf dem Grund des Meeres zur Ruhe zu legen. Es ist uns nicht gelungen. Jetzt aber werde ich sterben. Noch einmal meinen Dank, unbekannter Retter! Wenn Schätze dich lohnen können, so nimm mein Schiff als Zeichen meiner Dankbarkeit!«

Der Kapitano ließ sein Haupt sinken, als er so gesprochen hatte, und verschied. Sogleich zerfiel er auch, wie seine Gefährten, in Staub. Wir sammelten diesen in ein Kästchen und begruben ihn am Lande; aus der Stadt nahm ich aber Arbeiter, die mir mein Schiff in guten Zustand setzten. Nachdem ich die Waren, die ich an Bord hatte, gegen andere mit großem Gewinn eingetauscht hatte, mietete ich Matrosen, beschenkte meinen Freund Muley reichlich und schiffte mich nach meinem Vaterland ein. Ich machte aber einen Umweg, indem ich an vielen Inseln und Ländern landete und meine Waren zu Markt brachte. Der Prophet segnete mein Unternehmen. Nach dreiviertel Jahren lief ich noch einmal so reich, als mich der sterbende Kapitän gemacht hatte, in Balsora ein. Meine Mitbürger waren erstaunt über meine Reichtümer und mein Glück und glaubten nicht anders, als ich habe das Diamantental des berühmten Reisenden Sindbad gefunden. Ich ließ sie auf ihrem Glauben; von nun an aber mußten die jungen Leute von Balsora, wenn sie kaum achtzehn Jahre alt waren, in die Welt hinaus, um gleich mir ihr Glück zu machen. Ich aber lebte ruhig und in Frieden, und alle fünf Jahre mache ich eine Reise nach Mekka, um dem Herrn an heiliger Stätte für seinen Segen zu danken und für den Kapitano und seine Leute zu bitten, daß er sie in sein Paradies aufnehme. –

Die Reise der Karawane war den anderen Tag ohne Hindernis fürder gegangen, und als man im Lagerplatz sich erholt hatte, begann Selim, der Fremde, zu Muley, dem jüngsten der Kaufleute, also zu sprechen:

»Ihr seid zwar der jüngste von uns, doch seid Ihr immer fröhlich und wißt für uns gewiß irgendeinen guten Schwank. Tischet ihn auf, daß er uns erquicke nach der Hitze des Tages!« – »Wohl möchte ich euch etwas erzählen«, antwortete Muley, »das euch Spaß machen könnte; doch der Jugend ziemt Bescheidenheit in allen Dingen, darum müssen meine älteren Reisegefährten den Vorrang haben. Zaleukos ist immer so ernst und verschlossen; sollte er uns nicht erzählen, was sein Leben so ernst machte? Vielleicht daß wir seinen Kummer, wenn er solchen hat, lindern können; denn gerne dienen wir dem Bruder, wenn er auch anderes Glaubens ist.«

Der Aufgerufene war ein griechischer Kaufmann, ein Mann in mittleren Jahren, schön und kräftig, aber sehr ernst. Ob er gleich ein Ungläubiger (nicht Muselmann) war, so liebten ihn doch seine Reisegefährten; denn er hatte ihnen durch sein ganzes Wesen Achtung und Zutrauen eingeflößt. Er hatte übrigens nur eine Hand, und einige seiner Gefährten vermuteten, daß vielleicht dieser Verlust ihn so ernst stimme.

Zaleukos antwortete auf die zutrauliche Frage Muleys: »Ich bin sehr geehrt durch euer Zutrauen; Kummer habe ich keinen, wenigstens keinen, von welchem ihr auch mit dem besten Willen mir helfen könntet. Doch weil Muley mir meinen Ernst vorzuwerfen scheint, so will ich euch einiges erzählen, was mich rechtfertigen soll, wenn ich ernster bin als andere Leute. Ihr sehet, daß ich meine linke Hand verloren habe. Sie fehlt mir nicht von Geburt an, sondern ich habe sie in den schrecklichsten Tagen meines Lebens eingebüßt. Ob ich die Schuld davon trage, ob ich unrecht habe, seit jenen Tagen ernster, als es meine Lage mit sich bringt, zu sein, möget ihr beurteilen, wenn ihr vernommen habt die Geschichte von der abgehauenen Hand.«

Die Geschichte von der abgehauenen Hand

Ich bin in Konstantinopel geboren; mein Vater war ein Dragoman (Dolmetscher) bei der Pforte (dem türkischen Hof) und trieb nebenbei einen ziemlich einträglichen Handel mit wohlriechenden Essenzen und seidenen Stoffen. Er gab mir eine gute Erziehung, indem er mich teils selbst unterrichtete, teils von einem unserer Priester mir Unterricht geben ließ. Er bestimmte mich anfangs, seinen Laden einmal zu übernehmen; als ich aber größere Fähigkeiten zeigte, als er erwartet hatte, bestimmte er mich auf das Anraten seiner Freunde zum Arzt, weil ein Arzt, wenn er etwas mehr gelernt hat als die gewöhnlichen Marktschreier, in Konstantinopel sein Glück machen kann. Es kamen viele Franken in unser Haus, und einer davon überredete meinen Vater, mich in sein Vaterland, nach der Stadt Paris reisen zu lassen, wo man solche Sachen unentgeltlich und am besten lernen könne; er selbst aber wolle mich, wenn er zurückreise, umsonst mitnehmen. Mein Vater, der in seiner Jugend auch gereist war, schlug ein, und der Franke sagte mir, ich könne mich in drei Monaten bereithalten. Ich war außer mir vor Freuden, fremde Länder zu sehen, und konnte den Augenblick nicht erwarten, wo wir uns einschiffen würden. Der Franke hatte endlich seine Geschäfte abgemacht und sich zur Reise bereitet; am Vorabend der Reise führte mich mein Vater in sein Schlafkämmerlein. Dort sah ich schöne Kleider und Waffen auf dem Tische liegen. Was meine Blicke aber noch mehr anzog, war ein großer Haufe Goldes; denn ich hatte noch nie so viel beieinander gesehen. Mein Vater umarmte mich dort und sagte: »Siehe, mein Sohn, ich habe dir

Kleider zu der Reise besorgt. Jene Waffen sind dein; es sind die nämlichen, die mir dein Großvater umhing, als ich in die Fremde auszog. Ich weiß, du kannst sie führen; gebrauche sie aber nie, als wenn du angegriffen wirst; dann aber schlage auch tüchtig drauf! Mein Vermögen ist nicht groß; siehe, ich habe es in drei Teile geteilt, einer davon ist dein, einer davon sei mein Unterhalt und Notpfennig, der dritte aber sei mir ein heiliges, unantastbares Gut, er diene dir in der Stunde der Not!« So sprach mein alter Vater, und Tränen hingen ihm im Auge, vielleicht aus Ahnung; denn ich habe ihn nie wiedergesehen.

Die Reise ging gut vonstatten; wir waren bald im Lande der Franken angelangt, und sechs Tagreisen hernach kamen wir in die große Stadt Paris. Hier mietete mir mein fränkischer Freund ein Zimmer und riet mir, mein Geld, das in allem zweitausend Taler betrug, vorsichtig anzuwenden. Ich lebte drei Jahre in dieser Stadt und lernte, was ein tüchtiger Arzt wissen muß; ich müßte aber lügen, wenn ich sagte, daß ich gerne dort gewesen sei; denn die Sitten dieses Volkes gefielen mir nicht; auch hatte ich nur wenige gute Freunde dort, diese aber waren edle junge Männer.

Die Sehnsucht nach der Heimat wurde endlich mächtig in mir; in der ganzen Zeit hatte ich nichts von meinem Vater gehört, und ich ergriff daher eine günstige Gelegenheit, nach Hause zu kommen.

Es ging nämlich eine Gesandtschaft aus Frankenland nach der Hohen Pforte. Ich verdang mich als Wundarzt in das Gefolge des Gesandten und kam glücklich wieder nach Stambul. Das Haus meines Vaters aber fand ich verschlossen, und die Nachbarn staunten, als sie mich sahen, und sagten mir, mein Vater sei vor zwei Monaten gestorben. Jener Priester, der mich in meiner Jugend unterrichtet hatte, brachte mir den Schlüssel; allein und verlassen zog ich in das verödete Haus ein. Ich fand noch alles, wie es mein Vater verlassen hatte; nur das Gold, das er mir zu hinterlassen versprach, fehlte. Ich fragte den Priester darüber, und dieser verneigte sich und sprach: »Euer Vater ist als ein heiliger Mann gestorben, denn er hat sein Gold der Kirche vermacht.« Dies war und blieb mir unbegreiflich; doch, was wollte ich machen? Ich hatte keine Zeugen gegen den Priester und mußte froh sein, daß er nicht auch das Haus und die Waren meines Vaters als Vermächtnis angesehen hatte. Dies war das erste Unglück, das mich traf. Von jetzt an aber kam es Schlag auf Schlag. Mein Ruf als Arzt wollte sich gar nicht ausbreiten, weil ich mich schämte, den Marktschreier zu machen, und überall fehlte mir die Empfehlung meines Vaters, der mich bei den Reichsten und Vornehmsten eingeführt hätte, die jetzt nicht mehr an den armen Zaleukos dachten. Auch die Waren meines Vaters fanden keinen Abgang; denn die Kunden hatten sich nach seinem Tode verlaufen, und neue bekommt man nur langsam. Als ich einst trostlos über meine Lage nachdachte, fiel mir ein, daß ich oft in Franken Männer meines Volkes gesehen hatte, die das Land durchzogen und ihre Waren auf den Märkten der Städte auslegten; ich erinnerte mich, daß man ihnen gerne abkaufte, weil sie aus der Fremde kamen, und daß man bei solchem Handel das Hundertfache erwerben könne. Sogleich war auch mein Entschluß gefaßt. Ich verkaufte mein väterliches Haus, gab einen Teil des gelösten Geldes einem bewährten Freunde zum Aufbewahren, von dem übrigen aber kaufte ich, was man in Franken selten hat, als Shawls, seidene Zeuge, Salben und Öle, mietete einen Platz auf einem Schiff und trat so meine zweite Reise nach Franken an. Es schien, als ob das Glück, sobald ich die Schlösser der Dardanellen im Rücken hatte, mir wieder günstig geworden wäre. Unsere Fahrt war kurz und glücklich. Ich durchzog die großen und kleinen Städte der Franken und fand überall willige Käufer meiner Waren. Mein Freund in Stambul sandte mir immer wieder frische Vorräte, und ich wurde von Tag zu Tag wohlhabender. Als ich endlich so viel erspart hatte, daß ich glaubte, ein größeres Unternehmen wagen zu können, zog ich mit meinen Waren nach Italien. Etwas muß ich aber noch gestehen, was mir auch nicht wenig Geld einbrachte: ich nahm auch meine Arzneikunst zu Hilfe. Wenn ich in eine Stadt kam, ließ ich durch Zettel verkünden, daß ein griechischer Arzt da sei, der schon viele geheilt habe; und wahrlich, mein Balsam und meine Arzneien haben mir manche Zechine eingebracht. So war ich endlich nach der Stadt Florenz in Italien gekommen. Ich nahm mir vor, längere Zeit in dieser Stadt zu bleiben, teils weil sie mir so wohl gefiel, teils auch, weil ich mich von den Strapazen meines Umherziehens erholen wollte. Ich mietete mir ein Gewölbe in dem Stadtviertel Sta. Croce und nicht weit davon ein paar schöne Zimmer, die auf einen Altan führten, in einem Wirtshaus. Sogleich ließ ich auch meine Zettel umhertragen, die mich als Arzt und Kaufmann ankündigten. Ich hatte kaum mein Gewölbe eröffnet, so strömten auch die Käufer herzu, und ob ich gleich ein wenig hohe Preise hatte, so verkaufte ich doch mehr als andere, weil ich gefällig und freundlich gegen meine Kunden war. Ich hatte schon vier Tage vergnügt in Florenz verlebt, als ich eines Abends, da ich schon mein Gewölbe schließen und nur die Vorräte in meinen Salbenbüchsen nach meiner Gewohnheit noch einmal mustern wollte, in einer kleinen Büchse einen Zettel fand, den ich mich nicht erinnerte hineingetan zu haben. Ich öffnete den Zettel und fand darin eine Einladung, diese Nacht Punkt zwölf Uhr auf der Brücke, die man Ponte Vecchio heißt, mich einzufinden. Ich sann lange darüber nach, wer es wohl sein könnte, der mich dorthin einlud; da ich aber keine Seele in Florenz kannte, dachte ich, man werde mich vielleicht heimlich zu irgendeinem Kranken führen wollen, was schon öfter geschehen war. Ich beschloß also hinzugehen; doch hing ich zur Vorsicht den Säbel um, den mir einst mein Vater geschenkt hatte.

Als es stark gegen Mitternacht ging, machte ich mich auf den Weg und kam bald auf die Ponte Vecchio. Ich fand die Brücke verlassen und öde und beschloß zu warten, bis der erscheinen würde, der mich rief. Es war eine kalte Nacht; der Mond schien hell, und ich schaute hinab in die Wellen des

Arno, die weithin im Mondlicht schimmerten. Auf den Kirchen der Stadt schlug es jetzt zwölf Uhr, ich richtete mich auf, und vor mir stand ein großer Mann, ganz in einen roten Mantel gehüllt, dessen einen Zipfel er vor das Gesicht hielt.

Ich war von Anfang etwas erschrocken, weil er so plötzlich hinter mir stand, faßte mich aber sogleich wieder und sprach: »Wenn Ihr mich habt hieher bestellt, so sagt an, was steht zu Eurem Befehl?« Der Rotmantel wandte sich um und sagte langsam: »Folge!« Da ward mir's doch etwas unheimlich zumut, mit diesem Unbekannten allein zu gehen; ich blieb stehen und sprach: »Nicht also, lieber Herr, wollet Ihr mir vorerst sagen, wohin; auch könnet Ihr mir Euer Gesicht ein wenig zeigen, daß ich sehe, ob Ihr Gutes mit mir vorhabt.« Der Rote aber schien sich nicht darum zu kümmern. »Wenn du nicht willst, Zaleukos, so bleibe!«, antwortete er und ging weiter. Da entbrannte mein Zorn. »Meinet Ihr«, rief ich aus, »ein Mann wie ich lasse sich von jedem Narren foppen, und ich werde in dieser kalten Nacht umsonst gewartet haben?« In drei Sprüngen hatte ich ihn erreicht, packte ihn an seinem Mantel und schrie noch lauter, indem ich die andere Hand an den Säbel legte; aber der Mantel blieb mir in der Hand, und der Unbekannte war um die nächste Ecke verschwunden. Mein Zorn legte sich nach und nach; ich hatte doch den Mantel, und dieser sollte mir schon den Schlüssel zu diesem wunderlichen Abenteuer geben. Ich hing ihn um und ging meinen Weg weiter nach Hause. Als ich kaum noch hundert Schritte davon entfernt war, streifte jemand dicht an mir vorüber und flüsterte in fränkischer Sprache: »Nehmt Euch in acht, Graf, heute nacht ist nichts zu machen.« Ehe ich mich aber umsehen konnte, war dieser Jemand schon vorbei, und ich sah nur noch einen Schatten an den Häusern hinschweben. Daß dieser Zuruf den Mantel und nicht mich anging, sah ich ein; doch gab er mir kein Licht über die Sache. Am andern Morgen überlegte ich, was zu tun sei. Ich war von Anfang gesonnen, den Mantel ausrufen zu lassen, als hätte ich ihn gefunden; doch da konnte der Unbekannte ihn durch einen Dritten holen lassen, und ich hätte dann keinen Aufschluß über die Sache gehabt. Ich besah, indem ich so nachdachte, den Mantel näher. Er war von schwerem genuesischem Samt, purpurrot, mit astrachanischem Pelz verbrämt und reich mit Gold gestickt. Der prachtvolle Anblick des Mantels brachte mich auf einen Gedanken, den ich auszuführen beschloß. – Ich trug ihn in mein Gewölbe und legte ihn zum Verkauf aus, setzte aber auf ihn einen so hohen Preis, daß ich gewiß war, keinen Käufer zu finden. Mein Zweck dabei war, jeden, der nach dem Pelz fragen würde, scharf ins Auge zu fassen; denn die Gestalt des Unbekannten, die sich mir nach Verlust des Mantels, wenn auch nur flüchtig, doch bestimmt zeigte, wollte ich aus Tausenden erkennen. Es fanden sich viele Kauflustige zu dem Mantel, dessen außerordentliche Schönheit alle Augen auf sich zog; aber keiner glich entfernt dem Unbekannten, keiner wollte den hohen Preis von zweihundert Zechinen dafür bezahlen. Auffallend war mir dabei, daß, wenn ich einen oder den andern fragte, ob denn sonst kein solcher Mantel in Florenz sei, alle mit »Nein!« antworteten und versicherten, eine so kostbare und geschmackvolle Arbeit nie gesehen zu haben.

Es wollte schon Abend werden, da kam endlich ein junger Mann, der schon oft bei mir gewesen war und auch heute viel auf den Mantel geboten hatte, warf einen Beutel mit Zechinen auf den Tisch und rief: »Bei Gott! Zaleukos, ich muß deinen Mantel haben, und sollte ich zum Bettler darüber werden.« Zugleich begann er, seine Goldstücke aufzuzählen. Ich kam in große Not; ich hatte den Mantel nur ausgehängt, um vielleicht die Blicke meines Unbekannten darauf zu ziehen, und jetzt kam ein junger Tor, um den ungeheuren Preis zu zahlen. Doch was blieb mir übrig? Ich gab nach, denn es tat mir auf der andern Seite der Gedanke wohl, für mein nächtliches Abenteuer so schön entschädigt zu werden. Der Jüngling hing sich den Mantel um und ging; er kehrte aber auf der Schwelle wieder um, indem er ein Papier, das am Mantel befestigt war, losmachte, mir zuwarf und sagte: »Hier, Zaleukos, hängt etwas, das wohl nicht zu dem Mantel gehört.« Gleichgültig nahm ich den Zettel, aber siehe da, dort stand geschrieben: »Bringe heute nacht um die bewußte Stunde den Mantel auf die Ponte Vecchio, vierhundert Zechinen warten deiner!« Ich stand wie niedergedonnert. So hatte ich also mein Glück selbst verscherzt und meinen Zweck gänzlich verfehlt! Doch ich besann mich nicht lange, raffte die zweihundert Zechinen zusammen, sprang dem, der den Mantel gekauft hatte, nach und sprach: »Nehmt Eure Zechinen wieder, guter Freund, und laßt mir den Mantel, ich kann ihn unmöglich hergeben.« Dieser hielt die Sache von Anfang für Spaß; als er aber merkte, daß es Ernst war, geriet er in Zorn über meine Forderung, schalt mich einen Narren, und so kam es endlich zu Schlägen. Doch ich war so glücklich, im Handgemeng ihm den Mantel zu entreißen, und wollte schon mit davon eilen, als der junge Mann die Polizei zu Hilfe rief und mich mit sich vor Gericht zog. Der Richter war sehr erstaunt über die Anklage und sprach meinem Gegner den Mantel zu. Ich aber bot dem Jüngling zwanzig, fünfzig, achtzig, ja hundert Zechinen über seine zweihundert, wenn er mir den Mantel ließe. Was meine Bitten nicht vermochten, bewirkte mein Gold. Er nahm meine guten Zechinen, ich aber zog mit dem Mantel triumphierend ab und mußte mir gefallen lassen, daß man mich in ganz Florenz für einen Wahnsinnigen hielt. Doch die Meinung der Leute war mir gleichgültig; ich wußte es ja besser als sie, daß ich an dem Handel noch gewann.

Mit Ungeduld erwartete ich die Nacht. Um dieselbe Zeit wie gestern ging ich, den Mantel unter dem Arm, auf die Ponte Vecchio. Mit dem letzten Glockenschlag kam die Gestalt aus der Nacht heraus auf mich zu. Es war unverkennbar der Mann von gestern. »Hast du den Mantel?« wurde ich gefragt. »Ja, Herr«, antwortete ich, »aber er kostete mich bar hundert Zechinen.« – »Ich weiß es«, entgegnete jener. »Schau auf, hier sind vierhundert.« Er trat mit mir an das breite Geländer der Brücke und zählte die Goldstücke hin.

Vierhundert waren es; prächtig blitzten sie im Mondschein, ihr Glanz erfreute mein Herz, ach! es ahnete nicht, daß es seine letzte Freude sein werde. Ich steckte mein Geld in die Tasche und wollte mir nun auch den gütigen Unbekannten recht betrachten; aber er hatte eine Larve vor dem Gesicht, aus der mich dunkle Augen furchtbar anblitzten. »Ich danke Euch, Herr, für Eure Güte«, sprach ich zu ihm, »was verlangt Ihr jetzt von mir? Das sage ich Euch aber vorher, daß es nichts Unrechtes sein darf.« – »Unnötige Sorge«, antwortete er, indem er den Mantel um die Schultern legte; »ich bedarf Eurer Hilfe als Arzt, doch nicht für einen Lebenden, sondern für einen Toten.«

»Wie kann das sein?« rief ich voll Verwunderung.

»Ich kam mit meiner Schwester aus fernen Landen«, erzählte er und winkte mir zugleich, ihm zu folgen. »Ich wohnte hier mit ihr bei einem Freund meines Hauses. Meine Schwester starb gestern schnell an einer Krankheit, und die Verwandten wollen sie morgen begraben. Nach einer alten Sitte unserer Familie aber sollen alle in der Gruft der Väter ruhen; viele, die in fremdem Lande sterben, ruhen dennoch dort einbalsamiert. Meinen Verwandten gönne ich nun ihren Körper; meinem Vater aber muß ich wenigstens den Kopf seiner Tochter bringen, damit er sie noch einmal sehe.« Diese Sitte, die Köpfe geliebter Anverwandten abzuschneiden, kam mir zwar etwas schrecklich vor, doch wagte ich nichts dagegen einzuwenden aus Furcht, den Unbekannten zu beleidigen. Ich sagte ihm daher, daß ich mit dem Einbalsamieren der Toten wohl umgehen könne, und bat ihn, mich zu der Verstorbenen zu führen. Doch konnte ich mich nicht enthalten, zu fragen, warum denn dies alles so geheimnisvoll und in der Nacht geschehen müsse. Er antwortete mir, daß seine Verwandten, die seine Absicht für grausam halten, bei Tage ihn abhalten würden; sei aber nur erst einmal der Kopf abgenommen, so können sie wenig mehr darüber sagen; er hätte mir zwar den Kopf bringen können; aber ein natürliches Gefühl halte ihn ab, ihn selbst abzunehmen.

Wir waren indes bis an ein großes, prachtvolles Haus gekommen. Mein Begleiter zeigte es mir als das Ziel unseres nächtlichen Spaziergangs. Wir gingen an dem Haupttor des Hauses vorbei, traten in eine kleine Pforte, die der Unbekannte sorgfältig hinter sich zumachte, und stiegen nun im Finstern eine enge Wendeltreppe hinan. Sie führte in einen spärlich erleuchteten Gang, aus welchem wir in ein Zimmer gelangten, das eine Lampe, die an der Decke befestigt war, erleuchtete.

In diesem Gemach stand ein Bett, in welchem der Leichnam lag. Der Unbekannte wandte sein Gesicht ab und schien Tränen verbergen zu wollen. Er deutete nach dem Bett, befahl mir, mein Geschäft gut und schnell zu verrichten, und ging wieder zur Türe hinaus.

Ich packte meine Messer, die ich als Arzt immer bei mir führte, aus und näherte mich dem Bett. Nur der Kopf war von der Leiche sichtbar; aber dieser war so schön, daß mich unwillkürlich das innigste Mitleiden ergriff. In langen Flechten hing das dunkle Haar herab, das Gesicht war bleich, die Augen geschlossen. Ich machte zuerst einen Einschnitt in die Haut, nach der Weise der Ärzte, wenn sie ein Glied abschneiden. Sodann nahm ich mein schärfstes Messer und schnitt mit einem Zug die Kehle durch. Aber welcher Schrecken! Die Tote schlug die Augen auf, schloß sie aber gleich wieder, und in einem tiefen Seufzer schien sie jetzt erst ihr Leben auszuhauchen. Zugleich schoß mir ein Strahl heißen Blutes aus der Wunde entgegen. Ich überzeugte mich, daß ich erst die Arme getötet hatte; denn daß sie tot sei, war kein Zweifel, da es von dieser Wunde keine Rettung gab. Ich stand einige Minuten in banger Beklommenheit über das, was geschehen war. Hatte der Rotmantel mich betrogen, oder war die Schwester vielleicht nur scheintot gewesen? Das letztere schien mir wahrscheinlicher. Aber ich durfte dem Bruder der Verstorbenen nicht sagen, daß vielleicht ein weniger rascher Schnitt sie erweckt hätte, ohne sie zu töten, darum wollte ich den Kopf vollends ablösen; aber noch einmal stöhnte die Sterbende, streckte sich in schmerzhafter Bewegung aus und starb. Da übermannte mich der Schrecken, und ich stürzte schaudernd aus dem Gemach. Aber draußen im Gang war es finster, denn die Lampe war verlöscht. Keine Spur von meinem Begleiter war zu entdecken, und ich mußte aufs ungefähr mich im Finstern an der Wand fortbewegen, um an die Wendeltreppe zu gelangen. Ich fand sie endlich und kam halb fallend, halb gleitend hinab. Auch unten war kein Mensch. Die Türe fand ich nur angelehnt, und ich atmete freier, als ich auf der Straße war; denn in dem Hause war mir ganz unheimlich geworden. Von Schrecken gespornt, rannte ich in meine Wohnung und begrub mich in die Polster meines Lagers, um das Schreckliche zu vergessen, das ich getan hatte. Aber der Schlaf floh mich, und erst der Morgen ermahnte mich wieder, mich zu fassen. Es war mir wahrscheinlich, daß der Mann, der mich zu dieser verruchten Tat, wie sie mir jetzt erschien, geführt hatte, mich nicht angeben würde. Ich entschloß mich, gleich in mein Gewölbe an mein Geschäft zu gehen und womöglich eine sorglose Miene anzunehmen. Aber ach! Ein neuer Umstand, den ich jetzt erst bemerkte, vermehrte noch meinen Kummer. Meine Mütze und mein Gürtel wie auch meine Messer fehlten mir, und ich war ungewiß, ob ich sie in dem Zimmer der Getöteten gelassen oder erst auf meiner Flucht verloren hatte. Leider schien das erste wahrscheinlicher, und man konnte mich also als Mörder entdecken.

Ich öffnete zur gewöhnlichen Zeit mein Gewölbe. Mein Nachbar trat zu mir, wie er alle Morgen zu tun pflegte, denn er war ein gesprächiger Mann. »Ei, was sagt Ihr zu der schrecklichen Geschichte«, hub er an, »die heute nacht vorgefallen ist?« Ich tat, als ob ich von nichts wüßte. »Wie, solltet Ihr nicht wissen, von was die ganze Stadt erfüllt ist? Nicht wissen, daß die schönste Blume von Florenz, Bianka, die Tochter des Gouverneurs, in dieser Nacht ermordet wurde? Ach! ich sah sie gestern noch so heiter durch die Straßen fahren mit ihrem Bräutigam, denn heute hätten sie Hochzeit gehabt.« Jedes Wort des Nachbars war mir ein

Stich ins Herz. Und wie oft kehrte meine Marter wieder; denn jeder meiner Kunden erzählte mir die Geschichte, immer einer schrecklicher als der andere, und doch konnte keiner so Schreckliches sagen, als ich selbst gesehen hatte. Um Mittag ungefähr trat ein Mann vom Gericht in mein Gewölbe und bat mich, die Leute zu entfernen. »Signore Zaleukos«, sprach er, indem er die Sachen, die ich vermißt, hervorzog, »gehören diese Sachen Euch zu?« Ich besann mich, ob ich sie nicht gänzlich ableugnen sollte; aber als ich durch die halbgeöffnete Türe meinen Wirt und mehrere Bekannte, die wohl gegen mich zeugen konnten, erblickte, beschloß ich, die Sache nicht noch durch eine Lüge zu verschlimmern, und bekannte mich zu den vorgezeigten Dingen. Der Gerichtsmann bat mich, ihm zu folgen, und führte mich in ein großes Gebäude, das ich bald für das Gefängnis erkannte. Dort wies er mir bis auf weiteres ein Gemach an.

Meine Lage war schrecklich, als ich so in der Einsamkeit darüber nachdachte. Der Gedanke, gemordet zu haben, wenn auch ohne Willen, kehrte immer wieder. Auch konnte ich mir nicht verhehlen, daß der Glanz des Goldes meine Sinne befangen gehalten hatte, sonst hätte ich nicht so blindlings in die Falle gehen können. Zwei Stunden nach meiner Verhaftung wurde ich aus meinem Gemach geführt. Mehrere Treppen ging es hinab, dann kam man in einen großen Saal. Um einen langen, schwarzbehängten Tisch saßen dort zwölf Männer, meistens Greise. An den Seiten des Saales zogen sich Bänke herab, angefüllt mit den Vornehmsten von Florenz; auf den Galerien, die in der Höhe angebracht waren, standen dicht gedrängt die Zuschauer. Als ich bis vor den schwarzen Tisch getreten war, erhob sich ein Mann mit finsterer, trauriger Miene; es war der Gouverneur. Er sprach zu den Versammelten, daß er als Vater in dieser Sache nicht richten könne und daß er seine Stelle für diesmal an den ältesten der Senatoren abtrete. Der älteste der Senatoren war ein Greis von wenigstens neunzig Jahren. Er stand gebückt, und seine Schläfen waren mit dünnem, weißem Haar umhängt;

aber feurig brannten noch seine Augen, und seine Stimme war stark und sicher. Er hub an, mich zu fragen, ob ich den Mord gestehe. Ich bat ihn um Gehör und erzählte unerschrocken und mit vernehmlicher Stimme, was ich getan hatte und was ich wußte. Ich bemerkte, daß der Gouverneur, während meiner Erzählung bald blaß, bald rot wurde, und als ich geschlossen, fuhr er wütend auf: »Wie, Elender!« rief er mir zu, »so willst du ein Verbrechen, das du aus Habgier begangen, noch einem andern aufbürden?« Der Senator verwies ihm seine Unterbrechung, da er sich freiwillig seines Rechtes begeben habe; auch sei es gar nicht so erwiesen, daß ich aus Habgier gefrevelt, denn nach seiner eigenen Aussage sei ja der Getöteten nichts gestohlen worden. Ja, er ging noch weiter; er erklärte dem Gouverneur, daß er über das frühere Leben seiner Tochter Rechenschaft geben müsse; denn nur so könne man schließen, ob ich die Wahrheit gesagt habe oder nicht. Zugleich hob er für heute das Gericht auf, um sich, wie er sagte, aus den Papieren der Verstorbenen, die ihm der Gouverneur übergeben werde, Rat zu holen. Ich wurde wieder in mein Gefängnis zurückgeführt, wo ich einen traurigen Tag verlebte, immer mit dem heißen Wunsch beschäftigt, daß man doch irgendeine Verbindung zwischen der Toten und dem Rotmantel entdecken möchte. Voll Hoffnung trat ich den andern Tag in den Gerichtssaal. Es lagen mehrere Briefe auf dem Tisch. Der alte Senator fragte mich, ob sie meine Handschrift seien. Ich sah sie an und fand, daß sie von derselben Hand sein müßten wie jene beiden Zettel, die ich erhalten habe. Ich äußerte dies den Senatoren, aber man schien nicht darauf zu achten und antwortete, daß ich beides geschrieben haben könne und müsse; denn der Namenszug unter den Briefen seie unverkennbar ein Z, der Anfangsbuchstabe meines Namens. Die Briefe aber enthielten Drohungen an die Verstorbene und Warnungen vor der Hochzeit, die sie zu vollziehen im Begriff war.

Der Gouverneur schien sonderbare Aufschlüsse in Hinsicht auf meine Person gegeben zu haben; denn man behandelte mich an diesem Tage mißtrauischer und strenger. Ich berief mich zu meiner Rechtfertigung auf meine Papiere, die sich in meinem Zimmer finden müssen; aber man sagte mir, man habe nachgesucht und nichts gefunden. So schwand mir am Schlusse dieses Gerichts alle Hoffnung, und als ich am dritten Tag wieder in den Saal geführt wurde, las man mir das Urteil vor, daß ich, eines vorsätzlichen Mordes überwiesen, zum Tode verurteilt sei. Dahin also war es mit mir gekommen. Verlassen von allem, was mir auf Erden noch teuer war, fern von meiner Heimat sollte ich unschuldig in der Blüte meiner Jahre vom Beile sterben!

Ich saß am Abend dieses schrecklichen Tages, der über mein Schicksal entschieden hatte, in meinem einsamen Kerker; meine Hoffnungen waren dahin, meine Gedanken ernsthaft auf den Tod gerichtet. Da tat sich die Türe meines Gefängnisses auf, und ein Mann trat herein, der mich lange schweigend betrachtete. »So finde ich dich wieder, Zaleukos?« sagte er; ich hatte ihn bei dem matten Schein meiner Lampe nicht erkannt; aber der Klang seiner Stimme erweckte alte Erinnerungen in mir, es war Valetty, einer jener wenigen Freunde, die ich in der Stadt Paris während meiner Studien kannte. Er sagte, daß er zufällig nach Florenz gekommen sei, wo sein Vater als angesehener Mann wohne; er habe von meiner Geschichte gehört und seie gekommen, um mich noch einmal zu sehen und von mir selbst zu erfahren, wie ich mich so schwer hätte verschulden können. Ich erzählte ihm die ganze Geschichte. Er schien darüber sehr verwundert und beschwor mich, ihm, meinem einzigen Freunde, alles zu sagen und nicht mit einer Lüge von hinnen zu gehen. Ich schwor ihm mit dem teuersten Eid, daß ich wahr gesprochen und daß keine andere Schuld mich drücke, als daß ich, von dem Glanze des Goldes geblendet, das Unwahrscheinliche der Erzählung des Unbekannten nicht erkannt habe. »So hast du Bianka nicht gekannt?« fragte jener. Ich beteuerte ihm, sie nie gesehen zu haben. Valetty erzählte mir nun, daß ein tiefes Geheimnis auf der Tat liege, daß der

Gouverneur meine Verurteilung sehr hastig betrieben habe, und es sei nur ein Gerücht unter die Leute gekommen, daß ich Bianka schon längst gekannt und aus Rache über ihre Heirat mit einem andern sie ermordet habe. Ich bemerkte ihm, daß dies alles ganz auf den Rotmantel passe, daß ich aber seine Teilnahme an der Tat mit nichts beweisen könne. Valetty umarmte mich weinend und versprach mir, alles zu tun, um wenigstens mein Leben zu retten. Ich hatte wenig Hoffnung; doch wußte ich, daß Valetty ein weiser und der Gesetze kundiger Mann seie und daß er alles tun werde, mich zu retten. Zwei lange Tage war ich in Ungewißheit: endlich erschien auch Valetty. »Ich bringe Trost, wenn auch einen schmerzlichen. Du wirst leben und frei sein; aber mit Verlust einer Hand.« Gerührt dankte ich meinem Freund für mein Leben. Er sagte mir, daß der Gouverneur unerbittlich gewesen sei, die Sache noch einmal untersuchen zu lassen, daß er aber endlich, um nicht ungerecht zu erscheinen, bewilligt habe, wenn man in den Büchern der florentinischen Geschichte einen ähnlichen Fall finde, so solle meine Strafe sich nach der Strafe, die dort ausgesprochen sei, richten. Er und sein Vater haben nun Tag und Nacht in den alten Büchern gelesen und endlich einen ganz dem meinigen ähnlichen Fall gefunden. Dort laute die Strafe: Es soll ihm die linke Hand abgehauen, seine Güter eingezogen, er selbst auf ewig verbannt werden. So laute jetzt auch meine Strafe, und ich solle mich jetzt bereiten zu der schmerzhaften Stunde, die meiner warte. Ich will euch nicht diese schreckliche Stunde vors Auge führen, wo ich auf offenem Markte meine Hand auf den Block legte, wo mein eigenes Blut in weiten Bogen mich überströmte!

Valetty nahm mich in sein Haus auf, bis ich genesen war, dann versah er mich edelmütig mit Reisegeld; denn alles, was ich mir so mühsam erworben, war eine Beute des Gerichts geworden. Ich reiste von Florenz nach Sizilien und von da mit dem ersten Schiff, das ich fand, nach Konstantinopel. Meine Hoffnung war auf die Summe gerichtet, die ich meinem Freund übergeben hatte, auch bat ich ihn, bei ihm wohnen zu dürfen; aber wie erstaunte ich, als dieser mich fragte, warum ich denn nicht mein Haus beziehe? Er sagte mir, daß ein fremder Mann unter meinem Namen ein Haus in dem Quartier der Griechen gekauft habe; derselbe habe auch den Nachbarn gesagt, daß ich bald selbst kommen werde. Ich ging sogleich mit meinem Freunde dahin und wurde von allen meinen alten Bekannten freudig empfangen. Ein alter Kaufmann gab mir einen Brief, den der Mann, der für mich gekauft hatte, hiergelassen habe.

Ich las ihn: »Zaleukos! zwei Hände stehen bereit, rastlos zu schaffen, daß Du nicht fühlest den Verlust der einen. Das Haus, das Du siehest, und alles, was darin ist, ist Dein, und alle Jahre wird man Dir so viel reichen, daß Du zu den Reichen Deines Volks gehören wirst. Mögest Du dem vergeben, der unglücklicher ist als Du!« Ich konnte ahnen, wer es geschrieben, und der Kaufmann sagte mir auf meine Frage, es seie ein Mann gewesen, den er für einen Franken gehalten, er habe einen roten Mantel angehabt. Ich wußte genug, um mir zu gestehen, daß der Unbekannte doch nicht ganz von aller edlen Gesinnung entblößt sein müsse. In meinem neuen Haus fand ich alles aufs beste eingerichtet, auch ein Gewölbe mit Waren, schöner als ich sie je gehabt. Zehn Jahre sind seitdem verstrichen; mehr aus alter Gewohnheit, als weil ich es nötig hätte, setze ich meine Handelsreisen fort; doch habe ich jenes Land, wo ich so unglücklich wurde, nie mehr gesehen. Jedes Jahr erhielt ich seitdem tausend Goldstücke; aber wenn es mir auch Freude macht, jenen Unglücklichen edel zu wissen, so kann er mir doch den Kummer meiner Seele nicht abkaufen; denn ewig lebt in mir das grauenvolle Bild der ermordeten Bianka.

Zaleukos, der griechische Kaufmann, hatte seine Geschichte geendigt. Mit großer Teilnahme hatten ihm die übrigen zugehört, besonders der Fremde schien sehr davon ergriffen zu sein; er hatte einigemal tief geseufzt, und Muley schien es sogar, als habe er einmal Tränen in den Augen gehabt. Sie besprachen sich noch lange Zeit über diese Geschichte.

»Und haßt Ihr denn den Unbekannten nicht, der Euch so schnöd um ein so edles Glied Eures Körpers, der selbst Euer Leben in Gefahr brachte?« fragte der Fremde.

»Wohl gab es in früherer Zeit Stunden«, antwortete der Grieche, »in denen mein Herz ihn vor Gott angeklagt, daß er diesen Kummer über mich gebracht und mein Leben vergiftet habe; aber ich fand Trost in dem Glauben meiner Väter, und dieser befiehlt mir, meine Feinde zu lieben; auch ist er wohl noch unglücklicher als ich.«

»Ihr seid ein edler Mann!« rief der Fremde und drückte gerührt dem Griechen die Hand.

Der Anführer der Wache unterbrach sie aber in ihrem Gespräch. Er trat mit besorgter Miene in das Zelt und berichtete, daß man sich nicht der Ruhe überlassen dürfe, denn hier sei die Stelle, wo gewöhnlich die Karawanen angegriffen werden, auch glauben seine Wachen, in der Entfernung mehrere Reiter zu sehen.

Die Kaufleute waren sehr bestürzt über diese Nachricht; Selim, der Fremde, aber wunderte sich über ihre Bestürzung und meinte, daß sie so gut geschützt wären, daß sie einen Trupp räuberischer Araber nicht zu fürchten brauchten.

»Ja, Herr!« entgegnete ihm der Anführer der Wache, »wenn es nur solches Gesindel wäre, könnte man sich ohne Sorgen zur Ruhe legen; aber seit einiger Zeit zeigt sich der furchtbare Orbasan wieder, und da gilt es, auf seiner Hut zu sein.«

Der Fremde fragte, wer denn dieser Orbasan seie, und Achmet, der alte Kaufmann, antwortete ihm: »Es gehen allerlei Sagen unter dem Volk über diesen wunderbaren Mann. Die einen halten ihn für ein übermenschliches Wesen, weil er oft mit fünf bis sechs Männern zumal einen Kampf besteht; andere halten ihn für einen tapferen Franken, den das Unglück in diese Gegend verschlagen habe; von allem aber ist nur so viel gewiß, daß er ein verruchter Räuber und Dieb ist.«

»Das könnt Ihr aber doch nicht behaupten«, entgegnete ihm Lezah, einer der Kaufleute. »Wenn er auch ein Räuber ist, so ist er doch ein edler Mann, und als solcher hat er sich an meinem Bruder bewiesen, wie ich Euch ein Beispiel erzählen könnte. Er hat seinen ganzen Stamm zu geordneten Menschen gemacht, und solange er die Wüste durchstreift, darf kein anderer Stamm es wagen, sich sehen zu lassen. Auch raubt er nicht wie andere, sondern er erhebt nur ein Schutzgeld von den Karawanen; und wer ihm dieses willig bezahlt, der ziehet ungefährdet weiter, denn Orbasan ist der Herr der Wüste.«

Also sprachen unter sich die Reisenden im Zelte; die Wachen aber, die um den Lagerplatz ausgestellt waren, begannen unruhig zu werden. Ein ziemlich bedeutender Haufe bewaffneter Reiter zeigte sich in der Entfernung einer halben Stunde; sie schienen gerade auf das Lager zuzureiten. Einer der Männer von der Wache ging daher in das Zelt, um zu verkünden, daß sie wahrscheinlich angegriffen würden. Die Kaufleute berieten sich untereinander, was zu tun sei, ob man ihnen entgegengehen oder den Angriff abwarten solle. Achmet und die zwei ältern Kaufleute wollten das letztere, der feurige Muley aber und Zaleukos verlangten das erstere und riefen den Fremden zu ihrem Beistand auf. Dieser aber zog ruhig ein kleines blaues Tuch mit roten Sternen aus seinem Gürtel hervor, band es an eine Lanze und befahl einem der Sklaven, es auf das Zelt zu stecken; er setze sein Leben zum Pfand, sagte er, die Reiter werden, wenn sie dieses Zeichen sehen, ruhig vorüberziehen. Muley glaubte nicht an den Erfolg; der Sklave aber steckte die Lanze auf das Zelt. Inzwischen hatten alle, die im Lager waren, zu den Waffen gegriffen und sahen in gespannter Erwartung den Reitern entgegen. Doch diese schienen das Zeichen auf dem Zelte erblickt zu haben, sie beugten plötzlich von ihrer Richtung auf das Lager ab und zogen in einem großen Bogen auf der Seite hin.

Verwundert standen einige Augenblicke die Reisenden und sahen bald auf die Reiter, bald auf den Fremden. Dieser stand ganz gleichgültig, wie wenn nichts vorgefallen wäre, vor dem Zelte und blickte über die Ebene hin. Endlich brach Muley das Stillschweigen. »Wer bist du, mächtiger Fremdling«, rief er aus, »der du die wilden Horden der Wüste durch einen Wink bezähmest?« – »Ihr schlagt meine Kunst höher an, als sie ist«, antwortete Selim Baruch; »ich habe mich mit diesem Zeichen versehen, als ich der Gefangenschaft entfloh; was es zu bedeuten hat, weiß ich selbst nicht; nur so viel weiß ich, daß, wer mit diesem Zeichen reiset, unter mächtigem Schutze steht.«

Die Kaufleute dankten dem Fremden und nannten ihn ihren Erretter. Wirklich war auch die Anzahl der Reiter so groß gewesen, daß wohl die Karawane nicht lange hätte Widerstand leisten können.

Mit leichterem Herzen begab man sich jetzt zur Ruhe, und als die Sonne zu sinken begann und der Abendwind über die Sandebene hinstrich, brachen sie auf und zogen weiter.

Am nächsten Tage lagerten sie ungefähr nur noch eine Tagreise von dem Ausgang der Wüste entfernt. Als sich die Reisenden wieder in dem großen Zelt versammelt hatten, nahm Lezah, der Kaufmann, das Wort:

»Ich habe euch gestern gesagt, daß der gefürchtete Orbasan ein edler Mann seie; erlaubt mir, daß ich es euch heute durch die Erzählung der Schicksale meines Bruders beweise. – Mein Vater war Kadi in Akara. Er hatte drei Kinder. Ich war der Älteste, ein Bruder und eine Schwester waren bei weitem jünger als ich. Als ich zwanzig Jahre alt war, rief mich ein Bruder meines Vaters zu sich. Er setzte mich zum Erben seiner Güter ein, mit der Bedingung, daß ich bis zu seinem Tode bei ihm bleibe. Aber er erreichte ein hohes Alter, so daß ich erst vor zwei Jahren in meine Heimat zurückkehrte und nichts davon wußte, welch schreckliches Schicksal indes mein Haus betroffen und wie gütig Allah es gewendet hatte.«

Die Errettung Fatmes

Mein Bruder Mustapha und meine Schwester Fatme waren beinahe in gleichem Alter; jener hatte höchstens zwei Jahre voraus. Sie liebten einander innig und trugen vereint alles bei, was unserem kränklichen Vater die Last seines Alters erleichtern konnte. An Fatmes sechzehntem Geburtstage veranstaltete der Bruder ein Fest. Er ließ alle ihre Gespielinnen einladen, setzte ihnen in dem Garten des Vaters ausgesuchte Speisen vor, und als es Abend wurde, lud er sie ein, auf einer Barke, die er gemietet und festlich geschmückt hatte, ein wenig hinaus in die See zu fahren. Fatme und ihre Gespielinnen willigten mit Freuden ein; denn der Abend war schön, und die Stadt gewährte besonders abends, von dem Meere aus betrachtet, einen herrlichen Anblick. Den Mädchen aber gefiel es so gut auf der Barke, daß sie meinen Bruder bewogen, immer weiter in die See hinauszufahren. Mustapha gab aber ungern nach, weil sich vor einigen Tagen ein Korsar hatte sehen lassen. Nicht weit von der Stadt zieht sich ein Vorgebirge in das Meer. Dorthin wollten noch die Mädchen, um von da die Sonne in das Meer sinken zu sehen. Als sie um das Vorgebirg herumruderten, sahen sie in geringer Entfernung eine Barke, die mit Bewaffneten besetzt war. Nichts Gutes ahnend, befahl mein Bruder den Ruderern, sein Schiff zu drehen und dem Lande zuzurudern. Wirklich schien sich auch seine Besorgnis zu bestätigen, denn jene Barke kam jener meines Bruders schnell nach, überfing sie, da sie mehr Ruder hatte, und hielt sich immer zwischen dem Land und unserer Barke. Die Mädchen aber, als sie die Gefahr erkannten, in der sie schwebten, sprangen auf und schrien und klagten; umsonst suchte sie Mustapha zu beruhigen, umsonst stellte er ihnen vor, ruhig zu bleiben, weil sie durch ihr Hin- und Herrennen die Barke in Gefahr bringen, umzuschlagen. Es half nichts, und da sie sich endlich bei Annäherung des andern Bootes alle auf die hintere Seite der Barke stürzten, schlug diese um. Indessen aber hatte man vom Land aus die Bewegungen des fremden Bootes beobachtet, und da man schon seit einiger Zeit Besorgnisse wegen Korsaren hegte, hatte dieses Boot Verdacht erregt, und mehrere Barken stießen vom Lande, um den Unsrigen beizustehen. Aber sie kamen nur noch zu rechter Zeit, um die Untersinkenden aufzunehmen. In der Verwirrung war das feindliche Boot entwischt, auf den beiden Barken aber, welche die Geretteten aufgenommen hatten, war man ungewiß, ob alle gerettet seien. Man näherte sich gegenseitig, und ach! es fand sich, daß meine Schwester und eine ihrer Gespielinnen fehlte; zugleich entdeckte man aber einen Fremden in einer der Barken, den niemand kannte. Auf die Drohungen Mustaphas gestand er, daß er zu dem feindlichen Schiff, das zwei Meilen ostwärts vor Anker liege, gehöre und daß ihn seine Gefährten auf ihrer eiligen Flucht im Stich gelassen haben, indem er im Begriff gewesen sei, die Mädchen auffischen zu helfen; auch sagte er aus, daß er gesehen habe, wie man zwei derselben in das Schiff gezogen.

Der Schmerz meines alten Vaters war grenzenlos; aber auch Mustapha war bis zum Tod betrübt; denn nicht nur, daß seine geliebte Schwester verloren war und daß er sich anklagte, an ihrem Unglück schuld zu sein – jene Freundin Fatmes, die ihr Unglück teilte, war von ihren Eltern ihm zur Gattin zugesagt gewesen, und nur unserem Vater hatte er es noch nicht zu gestehen gewagt, weil ihre Eltern arm und von geringer Abkunft waren. Mein Vater aber war ein strenger Mann. Als sein Schmerz sich ein wenig gelegt hatte, ließ er Mustapha vor sich kommen und sprach zu ihm: »Deine Torheit hat mir den Trost meines Alters und die Freude meiner

Augen geraubt. Geh hin, ich verbanne dich auf ewig von meinem Angesicht, ich fluche dir und deinen Nachkommen, und nur, wenn du mir Fatme wiederbringst, soll dein Haupt rein sein von dem Fluche des Vaters.«

Dies hatte mein armer Bruder nicht erwartet; schon vorher hatte er sich entschlossen gehabt, seine Schwester und ihre Freundin aufzusuchen, und wollte sich nur noch den Segen des Vaters dazu erbitten, und jetzt schickte er ihn, mit dem Fluch beladen, in die Welt. Aber hatte ihn jener Jammer vorher gebeugt, so stählte jetzt die Fülle des Unglücks, das er nicht verdient hatte, seinen Mut.

Er ging zu dem gefangenen Seeräuber und befragte ihn, wohin die Fahrt seines Schiffes ginge, und erfuhr, daß sie Sklavenhandel treiben und gewöhnlich in Balsora großen Markt hielten.

Als er wieder nach Hause kam, um sich zur Reise anzuschicken, schien sich der Zorn des Vaters ein wenig gelegt zu haben; denn er sandte ihm einen Beutel mit Gold zur Unterstützung auf der Reise. Mustapha aber nahm weinend von den Eltern Zoraidens, so hieß seine geraubte Braut, Abschied und machte sich auf den Weg nach Balsora.

Mustapha machte die Reise zu Land, weil von unserer kleinen Stadt aus nicht gerade ein Schiff nach Balsora ging. Er mußte daher sehr starke Tagreisen machen, um nicht zu lange nach den Seeräubern nach Balsora zu kommen; doch da er ein gutes Roß und kein Gepäck hatte, konnte er hoffen, diese Stadt am Ende des sechsten Tages zu erreichen. Aber am Abend des vierten Tages, als er ganz allein seines Weges ritt, fielen ihn plötzlich drei Männer an. Da er merkte, daß sie gut bewaffnet und stark seien und daß es mehr auf sein Geld und sein Roß als auf sein Leben abgesehen war, so rief er ihnen zu, daß er sich ihnen ergeben wolle. Sie stiegen von ihren Pferden ab und banden ihm die Füße unter dem Bauch seines Tieres zusammen, ihn selbst aber nahmen sie in die Mitte und trabten, indem einer den Zügel seines Pferdes ergriff, schnell mit ihm davon, ohne jedoch ein Wort zu sprechen.

Mustapha gab sich einer dumpfen Verzweiflung hin; der Fluch seines Vaters schien schon jetzt an dem Unglücklichen in Erfüllung zu gehen, und wie konnte er hoffen, seine Schwester und Zoraiden retten zu können, wenn er, aller Mittel beraubt, nur sein ärmliches Leben zu ihrer Befreiung aufwenden könnte. Mustapha und seine stummen Begleiter mochten wohl eine Stunde geritten sein, als sie in ein kleines Seitental einbogen. Das Tälchen war von hohen Bäumen eingefaßt; ein weicher dunkelgrüner Rasen, ein Bach, der schnell durch seine Mitte hinrollte, luden zur Ruhe ein. Wirklich sah er auch fünfzehn bis zwanzig Zelte dort aufgeschlagen; an den Pflöcken der Zelte waren Kamele und schöne Pferde angebunden, aus einem der Zelte hervor tönte die lustige Weise einer Zither und zweier schöner Männerstimmen. Meinem Bruder schien es, als ob Leute, die ein so fröhliches Lagerplätzchen sich erwählt hatten, nichts Böses gegen ihn im Sinn haben könnten, und er folgte also ohne Bangigkeit dem Ruf seiner Führer, die, als sie seine Bande gelöst hatten, ihm winkten, abzusteigen. Man führte ihn in ein Zelt, das größer als die übrigen und im Innern hübsch, fast zierlich aufgeputzt war. Prächtige goldgestickte Polster, gewirkte Fußteppiche, übergoldete Rauchpfannen hätten anderswo Reichtum und Wohlleben verraten; hier schienen sie nur kühner Raub. Auf einem der Polster saß ein alter kleiner Mann; sein Gesicht war häßlich, seine Haut schwarzbraun und glänzend, und ein widriger Zug von tückischer Schlauheit um Augen und Mund machten seinen Anblick verhaßt. Obgleich sich dieser Mann einiges Ansehen zu geben suchte, so merkte doch Mustapha bald, daß nicht für ihn das Zelt so reich geschmückt sei, und die Unterredung seiner Führer schien seine Bemerkung zu bestätigen. »Wo ist der Starke?« fragten sie den Kleinen. »Er ist auf der kleinen Jagd«, antwortete jener; »aber er hat mir aufgetragen, seine Stelle zu versehen.« – »Das hat er nicht gescheit gemacht«, entgegnete einer der Räuber; »denn es muß sich bald entscheiden, ob dieser Hund sterben oder zahlen soll, und das weiß der Starke besser als du.«

Der kleine Mann erhob sich im Gefühl seiner Würde, streckte sich lang aus, um mit der Spitze seiner Hand das Ohr seines Gegners zu erreichen, denn er schien Lust zu haben, sich durch einen Schlag zu rächen; als er aber sah, daß seine Bemühung fruchtlos sei, fing er an zu schimpfen (und wahrlich! die andern blieben ihm nichts schuldig), daß das Zelt von ihrem Streit erdröhnte. Da tat sich auf einmal die Türe des Zeltes auf, und herein trat ein hoher, stattlicher Mann, jung und schön wie ein Perserprinz; seine Kleidung und seine Waffen waren, außer einem reichbesetzten Dolch und einem glänzenden Säbel, gering und einfach, aber sein ernstes Auge, sein ganzer Anstand gebot Achtung, ohne Furcht einzuflößen.

»Wer ist's, der es wagt, in meinem Zelte Streit zu beginnen?« rief er den Erschrockenen zu. Eine Zeitlang herrschte tiefe Stille; endlich erzählte einer von denen, die Mustapha hergebracht hatten, wie es gegangen sei. Da schien sich das Gesicht »des Starken«, wie sie ihn nannten, vor Zorn zu röten. »Wann hätte ich dich je an meine Stelle gesetzt, Hassan?« schrie er mit furchtbarer Stimme dem Kleinen zu. Dieser zog sich vor Furcht in sich selbst zusammen, daß er noch viel kleiner aussah als zuvor, und schlich sich der Zelttüre zu. Ein hinlänglicher Tritt des Starken machte, daß er in einem großen, sonderbaren Sprung zur Zelttüre hinausflog.

Als der Kleine verschwunden war, führten die drei Männer Mustapha vor den Herrn des Zeltes, der sich indes auf die Polster gelegt hatte. »Hier bringen wir den, welchen du uns zu fangen befohlen hast.« Jener blickte den Gefangenen lange an und sprach sodann: »Bassa von Sulieika! Dein eigenes Gewissen wird dir sagen, warum du vor Orbasan stehst.« Als mein Bruder dies hörte, warf er sich nieder vor jenem und antwortete: »O Herr! Du scheinst im Irrtum zu sein. Ich bin ein armer Unglücklicher, aber nicht der Bassa, den du suchst!« Alle im Zelt waren über diese Rede erstaunt. Der Herr des Zeltes aber sprach: »Es kann dir wenig helfen, dich zu verstellen, denn ich will dir Leute vorführen, die dich wohl kennen.« Er befahl, Zuleima vorzuführen. Man brachte ein altes Weib in das Zelt, das auf die Frage, ob sie in meinem Bruder nicht den Bassa von Sulieika erkenne, antwortete: »Jawohl!« Und sie schwöre es beim Grab des Propheten, es sei der Bassa und kein anderer. »Siehst du, Erbärmlicher, wie deine List zu Wasser geworden ist?« begann zürnend der Starke; »du bist mir zu elend, als daß ich meinen guten Dolch mit deinem Blut besudeln sollte; aber an den Schweif meines Rosses will ich dich binden, morgen, wenn die Sonne aufgeht, und durch die Wälder will ich mit dir jagen, bis sie scheidet hinter die Hügel von Sulieika!« Da sank meinem armen Bruder der Mut. »Das ist der Fluch meines harten Vaters, der mich zum schmachvollen Tode treibt«, rief er weinend, »und auch du bist verloren, süße Schwester, auch du, Zoraide!« – »Deine Verstellung hilft dir nichts«, sprach einer der Räuber, indem er ihm die Hände auf den Rücken band, »mach, daß du aus dem Zelt kommst, denn der Starke beißt sich in die Lippen und blickt nach seinem Dolch. Wenn du noch eine Nacht leben willst, so komm!«

Als die Räuber gerade meinen Bruder aus dem Zelt führen wollten, begegneten sie drei andern, die einen Gefangenen vor sich hintrieben. Sie traten mit ihm ein. »Hier bringen wir den Bassa, wie du uns befohlen hast«, sprachen sie und führten den Gefangenen vor das Polster des Starken. Als der Gefangene dorthin geführt wurde, hatte mein Bruder Gelegenheit, ihn zu betrachten, und ihm selbst fiel die Ähnlichkeit auf, die dieser Mann mit ihm hatte; nur war er dunkler im Gesicht und hatte einen schwärzeren Bart. Der Starke schien sehr erstaunt über die Erscheinung des zweiten Gefangenen. »Wer von euch ist denn der Rechte?« sprach er, indem er bald meinen Bruder, bald den anderen Mann ansah. »Wenn du den Bassa von Sulieika meinst«, antwortete in stolzem Ton der Gefangene, »der bin ich!« Der Starke sah ihn lange mit seinem ernsten, furchtbaren Blick an, dann winkte er schweigend, den Bassa wegzuführen. Als dies geschehen war, ging er auf meinen Bruder zu, zerschnitt seine Bande mit dem

Dolch und winkte ihm, sich zu ihm aufs Polster zu setzen. »Es tut mir leid, Fremdling«, sagte er, »daß ich dich für jenes Ungeheuer hielt; schreibe es aber einer sonderbaren Fügung des Himmels zu, die dich gerade in der Stunde, welche dem Untergang jenes Verruchten geweiht war, in die Hände meiner Brüder führte.« Mein Bruder bat ihn um die einzige Gunst, ihn gleich wieder weiterreisen zu lassen, weil jeder Aufschub ihm verderblich werden könne. Der Starke erkundigte sich nach seinen eiligen Geschäften, und als ihm Mustapha alles erzählt hatte, überredete ihn jener, diese Nacht in seinem Zelt zu bleiben, er und sein Roß werden der Ruhe bedürfen; den folgenden Tag aber wolle er ihm einen Weg zeigen, der ihn in anderthalb Tagen nach Balsora bringe. Mein Bruder schlug ein, wurde trefflich bewirtet und schlief sanft bis zum Morgen in dem Zelt des Räubers.

Als er aufgewacht war, sah er sich ganz allein im Zelt; vor dem Vorhang des Zeltes aber hörte er mehrere Stimmen zusammen sprechen, die dem Herrn des Zeltes und dem kleinen schwarzbraunen Mann anzugehören schienen. Er lauschte ein wenig und hörte zu seinem Schrecken, daß der Kleine dringend den andern aufforderte, den Fremden zu töten, weil er, wenn er freigelassen würde, sie alle verraten könnte.

Mustapha merkte gleich, daß der Kleine ihm gram sei, weil er Ursache war, daß er gestern so übel behandelt wurde; der Starke schien sich einige Augenblicke zu besinnen. »Nein«, sprach er, »er ist mein Gastfreund, und das Gastrecht ist mir heilig; auch sieht er mir nicht aus, wie wenn er uns verraten wollte.«

Als er so gesprochen, schlug er den Vorhang zurück und trat ein. »Friede sei mit dir, Mustapha!« sprach er, »laß uns den Morgentrunk kosten, und rüste dich dann zum Aufbruch!« Er reichte meinem Bruder einen Becher Sorbet, und als sie getrunken hatten, zäumten sie die Pferde auf, und wahrlich, mit leichterem Herzen, als er gekommen war, schwang sich Mustapha aufs Pferd. Sie hatten bald die Zelte im Rücken und schlugen dann einen breiten Pfad ein, der in den Wald führte. Der Starke erzählte meinem Bruder, daß jener Bassa, den sie auf der Jagd gefangen hätten, ihnen versprochen habe, sie ungefährdet in seinem Gebiet zu dulden; vor einigen Wochen aber habe er einen ihrer tapfersten Männer aufgefangen und nach den schrecklichsten Martern aufhängen lassen. Er habe ihm nun lange auflauern lassen, und heute noch müsse er sterben. Mustapha wagte es nicht, etwas dagegen einzuwenden, denn er war froh, selbst mit heiler Haut davongekommen zu sein.

Am Ausgang des Waldes hielt der Starke sein Pferd an, beschrieb meinem Bruder den Weg, bot ihm die Hand zum Abschied und sprach: »Mustapha, du bist auf sonderbare Weise der Gastfreund des Räubers Orbasan geworden; ich will dich nicht auffordern, nicht zu verraten, was du gesehen und gehört hast. Du hast ungerechterweise Todesangst ausgestanden, und ich bin dir Vergütung schuldig. Nimm diesen Dolch als Andenken, und so du Hilfe brauchst, so sende ihn mir zu, und ich will eilen, dir beizustehen. Diesen Beutel aber kannst du vielleicht zu deiner Reise brauchen.« Mein Bruder dankte ihm für seinen Edelmut; er nahm den Dolch, den Beutel aber schlug er aus. Doch Orbasan drückte ihm noch einmal die Hand, ließ den Beutel auf die Erde fallen und sprengte mit Sturmeseile in den Wald. Als Mustapha sah, daß er ihn doch nicht mehr werde einholen können, stieg er ab, um den Beutel aufzuheben, und erschrak über die Größe von seines Gastfreundes Großmut, denn der Beutel enthielt eine Menge Goldes. Er dankte Allah für seine Rettung, empfahl ihm den edlen Räuber in seine Gnade und zog dann heiteren Mutes weiter auf seinem Wege nach Balsora.

Hier schwieg Lezah und sah Achmet, den alten Kaufmann, fragend an. »Nein, wenn es so ist«, sprach dieser, »so verbessere ich gerne mein Urteil von Orbasan; denn wahrlich, an deinem Bruder hat er schön gehandelt.«

»Er hat getan wie ein braver Muselmann«, rief Muley; »aber ich hoffe, du hast deine Geschichte damit nicht geschlossen, denn wie mir bedünkt, sind wir alle begierig, weiter zu hören, wie es deinem Bruder erging und ob er Fatme, deine Schwester, und die schöne Zoraide befreit hat.«

»Wenn ich euch nicht damit langweile, erzähle ich gerne weiter«, entgegnete Lezah, »denn die Geschichte meines Bruders ist allerdings abenteuerlich und wundervoll.«

Am Mittag des siebenten Tages nach seiner Abreise zog Mustapha in die Tore von Balsora ein. Sobald er in einer Karawanserei abgestiegen war, fragte er, wann der Sklavenmarkt, der alljährlich hier gehalten werde, anfange: Aber er erhielt die Schreckensantwort, daß er zwei Tage zu spät komme. Man bedauerte seine Verspätung und erzählte ihm, daß er viel verloren habe; denn noch an dem letzten Tage des Marktes seien zwei Sklavinnen angekommen, von so hoher Schönheit, daß sie die Augen aller Käufer auf sich gezogen hätten. Man habe sich ordentlich um sie gerissen und geschlagen, und sie seien freilich auch zu einem so hohen Preis verkauft worden, daß ihn nur ihr jetziger Herr nicht habe scheuen können. Er erkundigte sich näher nach diesen beiden, und es blieb ihm kein Zweifel, daß es die Unglücklichen seien, die er suche. Auch erfuhr er, daß der Mann, der sie beide gekauft habe, vierzig Stunden von Balsora wohne und Thiuli-Kos heiße, ein vornehmer, reicher, aber schon ältlicher Mann, der früher Kapudan-Bassa des Großherrn war, jetzt aber sich mit seinen gesammelten Reichtümern zur Ruhe gesetzt habe.

Mustapha wollte von Anfang sich gleich wieder zu Pferd setzen, um dem Thiuli-Kos, der kaum einen Tag Vorsprung haben konnte, nachzueilen. Als er aber bedachte, daß er als einzelner Mann dem mächtigen Reisenden doch nichts anhaben, noch weniger seine Beute ihm abjagen konnte, sann er auf einen andern Plan und hatte ihn auch bald gefunden.

Die Verwechslung mit dem Bassa von Sulieika, die ihm beinahe so gefährlich geworden wäre, brachte ihn auf den Gedanken, unter diesem Namen in das Haus des Thiuli-Kos zu gehen und so einen Versuch zur Rettung der beiden unglücklichen Mädchen zu wagen. Er mietete daher einige Diener und Pferde, wobei ihm Orbasans Geld trefflich zustatten kam, schaffte sich und seinen Dienern prächtige Kleider an und machte sich auf den Weg nach dem Schlosse Thiulis. Nach fünf Tagen war er in die Nähe dieses Schlosses gekommen. Es lag in einer schönen Ebene und war rings von hohen Mauern umschlossen, die nur ganz wenig von den Gebäuden überragt wurden. Als Mustapha dort angekommen war, färbte er Haar und Bart schwarz, sein Gesicht aber bestrich er mit dem Saft einer Pflanze, die ihm eine bräunliche Farbe gab, ganz wie sie jener Bassa gehabt hatte. Er schickte hierauf einen seiner Diener in das Schloß und ließ im Namen des Bassa von Sulieika um ein Nachtlager bitten. Der Diener kam bald wieder, und mit ihm vier schöngekleidete Sklaven, die Mustaphas Pferd am Zügel nahmen und in den Schloßhof führten. Dort halfen sie ihm selbst vom Pferd, und vier andere geleiteten ihn eine breite Marmortreppe hinauf zu Thiuli.

Dieser, ein alter, lustiger Geselle, empfing meinen Bruder ehrerbietig und ließ ihm das Beste, was sein Koch zubereiten konnte, aufsetzen. Nach Tisch brachte Mustapha das Gespräch nach und nach auf die neuen Sklavinnen, und Thiuli rühmte ihre Schönheit und beklagte nur, daß sie immer so traurig seien; doch er glaubte, dieses würde sich bald geben. Mein Bruder war sehr vergnügt über diesen Empfang und legte sich mit den schönsten Hoffnungen zur Ruhe nieder.

Er mochte ungefähr eine Stunde geschlafen haben, da weckte ihn der Schein einer Lampe, der blendend auf sein Auge fiel. Als er sich aufrichtete, glaubte er noch zu träumen, denn vor ihm stand jener kleine schwarzbraune Kerl aus Orbasans Zelt, eine Lampe in der Hand, sein breites

Maul zu einem widrigen Lächeln verzogen. Mustapha zwickte sich in den Arm, zupfte sich an der Nase, um sich zu überzeugen, ob er denn wache; aber die Erscheinung blieb wie zuvor. »Was willst du an meinem Bette?« rief Mustapha, als er sich von seinem Erstaunen erholt hatte. »Bemühet Euch doch nicht so, Herr!« sprach der Kleine; »ich habe wohl erraten, weswegen Ihr hieher kommt. Auch war mir Euer wertes Gesicht noch wohl erinnerlich; doch wahrlich, wenn ich nicht den Bassa mit eigener Hand hätte erhängen helfen, so hättet Ihr mich vielleicht getäuscht. Jetzt aber bin ich da, um eine Frage zu machen.« –

»Vor allem sage, wie du hieher kommst«, entgegnete ihm Mustapha voll Wut, daß er verraten war. »Das will ich Euch sagen«, antwortete jener; »ich konnte mich mit dem Starken nicht länger vertragen, deswegen floh ich; aber du, Mustapha, warst eigentlich die Ursache unseres Streites, und dafür mußt du mir deine Schwester zur Frau geben, und ich will Euch zur Flucht behilflich sein; gibst du sie nicht, so gehe ich zu meinem neuen Herrn und erzähle ihm etwas von dem neuen Bassa.«

Mustapha war vor Schrecken und Wut außer sich; jetzt, wo er sich am sicheren Ziel seiner Wünsche glaubte, sollte dieser Elende kommen und sie vereiteln; es war nur ein Mittel, das seinen Plan retten konnte: er mußte das kleine Ungetüm töten. Mit einem Sprung fuhr er daher aus dem Bett auf den Kleinen zu; doch dieser, der etwas solches geahnet haben mochte, ließ die Lampe fallen, daß sie verlöschte, und entsprang im Dunkeln, indem er mörderisch um Hilfe schrie.

Jetzt war guter Rat teuer; die Mädchen mußte er für den Augenblick aufgeben und nur auf die eigene Rettung denken; daher ging er an das Fenster, um zu sehen, ob er nicht entspringen konnte. Es war eine ziemliche Tiefe bis zum Boden, und auf der andern Seite stand eine hohe Mauer, die zu übersteigen war. Sinnend stand er an dem Fenster; da hörte er viele Stimmen sich seinem Zimmer nähern, schon waren sie an der Türe, da faßte er verzweiflungsvoll seinen Dolch und seine Kleider und schwang sich zum Fenster hinaus. Der Fall war hart, aber er fühlte, daß er kein Glied gebrochen hatte, drum sprang er auf und lief der Mauer zu, die den Hof umschloß, stieg, zum Erstaunen seiner Verfolger, hinauf und befand sich bald im Freien. Er floh, bis er an einen kleinen Wald kam, wo er sich erschöpft niederwarf. Hier überlegte er, was zu tun sei. Seine Pferde und seine Diener hatte er müssen im Stiche lassen; aber sein Geld, das er in dem Gürtel trug, hatte er gerettet.

Sein erfinderischer Kopf zeigte ihm bald einen andern Weg zur Rettung. Er ging in dem Wald weiter, bis er an ein Dorf kam, wo er um geringen Preis ein Pferd kaufte, das ihn in Bälde in eine Stadt trug. Dort forschte er nach einem Arzt, und man riet ihm einen alten, erfahrenen Mann. Diesen bewog er durch einige Goldstücke, daß er ihm eine Arznei mitteilte, die einen todähnlichen Schlaf herbeiführte, der durch ein anderes Mittel augenblicklich wieder gehoben werden könnte. Als er im Besitz dieses Mittels war, kaufte er sich einen langen falschen Bart, einen schwarzen Talar und allerlei Büchsen und Kolben, so daß er füglich einen reisenden Arzt vorstellen konnte, lud seine Sachen auf einen Esel und reiste in das Schloß des Thiuli-Kos zurück. Er durfte gewiß sein, diesmal nicht erkannt zu werden; denn der Bart entstellte ihn so, daß er sich selbst kaum mehr kannte. Bei Thiuli angekommen, ließ er sich als den Arzt Chakamankabudibaba anmelden, und wie er es sich gedacht hatte, geschah es; der prachtvolle Namen empfahl ihn bei dem alten Narren ungemein, so daß er ihn gleich zur Tafel einlud. Chakamankabudibaba erschien vor Thiuli, und als sie sich kaum eine Stunde besprochen hatten, beschloß der Alte, alle seine Sklavinnen der Kur des weisen Arztes zu unterwerfen. Dieser konnte seine Freude kaum verbergen, daß er jetzt seine geliebte Schwester wiedersehen solle, und folgte mit klopfendem Herzen Thiuli, der ihn ins Serail führte. Sie waren in ein Zimmer gekommen, das schön ausgeschmückt war, worin sich aber niemand befand. »Chambaba oder wie du heißt, lieber Arzt«, sprach Thiuli-Kos, »betrachte einmal jenes Loch dort in der Mauer! Dort wird jede meiner Sklavinnen einen Arm herausstrecken, und du kannst dann untersuchen, ob der Puls krank oder gesund ist.« Mustapha mochte einwenden, was er wollte, zu sehen bekam er sie nicht; doch willigte Thiuli ein, daß er ihm allemal sagen wolle, wie sie sich sonst gewöhnlich befänden. Thiuli zog nun einen langen Zettel aus dem Gürtel und begann mit lauter Stimme seine Sklavinnen einzeln beim Namen zu rufen, worauf allemal eine Hand aus der Mauer kam und der Arzt den Puls untersuchte. Sechs waren schon abgelesen und sämtlich für gesund erklärt; da las Thiuli als die siebente »Fatme« ab, und eine kleine weiße Hand schlüpfte aus der Mauer. Zitternd vor Freude ergreift Mustapha diese Hand und erklärt sie mit wichtiger Miene für bedeutend krank. Thiuli ward sehr besorgt und befahl seinem weisen Chakamankabudibaba, schnell eine Arznei für sie zu bereiten. Der Arzt ging hinaus, schrieb auf einen kleinen Zettel: »Fatme! Ich will Dich retten, wenn Du Dich entschließen kannst, eine Arznei zu nehmen, die Dich auf zwei Tage tot macht; doch ich besitze das Mittel, Dich wieder zum Leben zu bringen. Willst Du, so sage nur, dieser Trank habe nicht geholfen, und es wird mir ein Zeichen sein, daß Du einwilligst.«

Bald kam er in das Zimmer zurück, wo Thiuli seiner harrte. Er brachte ein unschädliches Tränklein mit, fühlte der kranken Fatme noch einmal den Puls und schob ihr zugleich den Zettel unter ihr Armband; das Tränklein aber reichte er ihr durch die Öffnung in der Mauer. Thiuli schien in großen Sorgen wegen Fatme zu sein und schob die Untersuchung der übrigen bis auf eine gelegenere Zeit auf. Als er mit Mustapha das Zimmer verlassen hatte, sprach er mit traurigem Ton: »Chadibaba, sage aufrichtig, was hältst du von Fatmes Krankheit?« Chakamankabudibaba antwortete mit einem tiefen Seufzer: »Ach Herr, möge der Prophet dir Trost verleihen! Sie hat ein schleichendes Fieber, das ihr wohl den

Garaus machen kann.« Da entbrannte der Zorn Thiulis: »Was sagst du, verfluchter Hund von einem Arzt? Sie, um die ich zweitausend Goldstücke gab, soll mir sterben wie eine Kuh? Wisse, daß wenn du sie nicht rettest, so hau ich dir den Kopf ab!« Da merkte mein Bruder, daß er einen dummen Streich gemacht habe, und gab Thiuli wieder Hoffnung. Als sie noch so sprachen, kam ein schwarzer Sklave aus dem Serail, dem Arzt zu sagen, daß das Tränklein nicht geholfen habe. »Biete deine ganze Kunst auf, Chakamdababelba, oder wie du dich schreibst, ich zahl dir, was du willst«, schrie Thiuli-Kos, fast heulend vor Angst, so vieles Gold an dem Tod zu verlieren. »Ich will ihr ein Säftlein geben, das sie von aller Not befreit«, antwortete der Arzt. »Ja! ja! gib ihr ein Säftlein«, schluchzte der alte Thiuli. Frohen Mutes ging Mustapha, seinen Schlaftrunk zu holen, und als er ihn dem schwarzen Sklaven gegeben und gezeigt hatte, wieviel man auf einmal nehmen müsse, ging er zu Thiuli und sagte, er müsse noch einige heilsame Kräuter am See holen, und eilte zum Tor hinaus. An dem See, der nicht weit von dem Schloß entfernt war, zog er seine falschen Kleider aus und warf sie ins Wasser, daß sie lustig umherschwammen; er selbst aber verbarg sich im Gesträuch, wartete die Nacht ab und schlich sich dann in den Begräbnisplatz an dem Schlosse Thiulis.

Als Mustapha kaum eine Stunde lang aus dem Schloß abwesend sein mochte, brachte man Thiuli die schreckliche Nachricht, daß seine Sklavin Fatme im Sterben liege. Er schickte hinaus an den See, um schnell den Arzt zu holen; aber bald kehrten seine Boten allein zurück und erzählten ihm, daß der arme Arzt ins Wasser gefallen und ertrunken sei; seinen schwarzen Talar sehe man mitten im See schwimmen, und hie und da gucke auch sein stattlicher Bart aus den Wellen hervor. Als Thiuli keine Rettung mehr sah, verwünschte er sich und die ganze Welt, raufte sich den Bart aus und rannte mit dem Kopf gegen die Mauer. Aber alles dies konnte nichts helfen; denn Fatme gab bald unter den Händen der übrigen Weiber den Geist auf. Als Thiuli die Nachricht ihres Todes hörte, befahl er, schnell einen Sarg zu machen, denn er konnte keinen Toten im Hause leiden, und ließ den Leichnam in das Begräbnishaus tragen. Die Träger brachten den Sarg dorthin, setzten ihn schnell nieder und entflohen, denn sie hatten unter den übrigen Särgen Stöhnen und Seufzen gehört.

Mustapha, der sich hinter den Särgen verborgen und von dort aus die Träger des Sarges in die Flucht gejagt hatte, kam hervor und zündete sich eine Lampe an, die er zu diesem Zweck mitgebracht hatte. Dann zog er ein Glas hervor, das die erweckende Arznei enthielt, und hob dann den Deckel von Fatmes Sarg. Aber welches Entsetzen befiel ihn, als sich ihm beim Scheine der Lampe ganz fremde Züge zeigten! Weder meine Schwester noch Zoraide, sondern eine ganz andere lag in dem Sarg. Er brauchte lange, um sich von dem neuen Schlag des Schicksals zu fassen; endlich überwog doch Mitleid seinen Zorn. Er öffnete sein Glas und flößte ihr die Arznei ein. Sie atmete, sie schlug die Augen auf und schien sich lange zu besinnen, wo sie sei. Endlich erinnerte sie sich des Vorgefallenen; sie stand auf aus dem Sarg und stürzte zu Mustaphas Füßen. »Wie kann ich dir danken, gütiges Wesen«, rief sie aus, »daß du mich aus meiner schrecklichen Gefangenschaft befreitest!« Mustapha unterbrach ihre Danksagungen mit der Frage, wie es denn geschehen sei, daß sie und nicht Fatme, seine Schwester, gerettet worden sei. Jene sah ihn staunend an. »Jetzt wird mir meine Rettung erst klar, die mir vorher unbegreiflich war«, antwortete sie; »wisse, man hieß mich in jenem Schlosse Fatme, und mir hast du deinen Zettel und den Rettungstrank gegeben.« Mein Bruder forderte die Gerettete auf, ihm von seiner Schwester und Zoraiden Nachricht zu geben, und erfuhr, daß sie sich beide im Schloß befinden, aber nach der Gewohnheit Thiulis andere Namen bekommen haben; sie heißen jetzt Mirza und Nurmahal.

Als Fatme, die gerettete Sklavin, sah, daß mein Bruder durch diesen Fehlgriff so niedergeschlagen sei, sprach sie ihm Mut ein und versprach, ihm ein Mittel zu sagen, wie er jene beiden Mädchen dennoch retten könne. Aufgeweckt durch diesen Gedanken, schöpfte Mustapha von neuem Hoffnung und bat sie, dieses Mittel ihm zu nennen, und sie sprach:

»Ich bin zwar erst seit fünf Monaten die Sklavin Thiulis, doch habe ich gleich vom Anfang auf Rettung gesonnen; aber für mich allein war sie zu schwer. In dem innern Hof des Schlosses wirst du einen Brunnen bemerkt haben, der aus zehen Röhren Wasser speit. Dieser Brunnen fiel mir auf; ich erinnerte mich, in dem Hause meines Vaters einen ähnlichen gesehen zu haben, dessen Wasser durch eine geräumige Wasserleitung herbeiströmt: um nun zu erfahren, ob dieser Brunnen auch so gebaut sei, rühmte ich eines Tages vor Thiuli seine Pracht und fragte nach seinem Baumeister. ›Ich selbst habe ihn gebaut‹, antwortete er, ›und das, was du hier siehst, ist noch das Geringste; aber das Wasser dazu kommt wenigstens tausend Schritte weit von einem Bach her und geht durch eine gewölbte Wasserleitung, die wenigstens mannshoch ist; und alles dies habe ich selbst angegeben.‹ Als ich dies gehört hatte, wünschte ich mir oft, nur auf einen Augenblick die Stärke eines Mannes zu haben, um einen Stein aus der Seite des Brunnens ausheben zu können; dann könnte ich fliehen, wohin ich wollte. Diese Wasserleitung nun will ich dir zeigen; durch sie kannst du nachts in das Schloß gelangen und jene befreien. Aber du mußt wenigstens noch zwei Männer bei dir haben, um die Sklaven, die das Serail bei Nacht bewachen, zu überwältigen.«

So sprach sie; mein Bruder Mustapha aber, obgleich schon zweimal in seinen Hoffnungen getäuscht, faßte noch einmal Mut und hoffte mit Allahs Hilfe den Plan der Sklavin auszuführen. Er versprach ihr, für ihr weiteres Fortkommen in ihre Heimat zu sorgen, wenn sie ihm behilflich sein wollte, ins Schloß zu gelangen. Aber ein Gedanke machte ihm noch Sorge, nämlich der, woher er zwei oder drei treue Gehilfen bekommen könnte. Da fiel ihm Orbasans Dolch ein und das

Versprechen, das ihm jener gegeben hatte, ihm, wo er seiner bedürfe, zu Hilfe zu eilen, und er machte sich daher mit Fatme aus dem Begräbnis auf, um den Räuber aufzusuchen.

In der nämlichen Stadt, wo er sich zum Arzt umgewandelt hatte, kaufte er um sein letztes Geld ein Roß und mietete Fatme bei einer armen Frau in der Vorstadt ein. Er selbst aber eilte dem Gebirge zu, wo er Orbasan zum erstenmal getroffen hatte, und gelangte in drei Tagen dahin. Er fand bald wieder jene Zelte und trat unverhofft vor Orbasan, der ihn freundlich bewillkommte. Er erzählte ihm seine mißlungenen Versuche, wobei sich der ernsthafte Orbasan nicht enthalten konnte, hie und da ein wenig zu lachen, besonders wenn er sich den Arzt Chakamankabudibaba dachte. Ober die Verräterei des Kleinen aber war er wütend; er schwur, ihn mit eigener Hand aufzuhängen, wo er ihn finde. Meinem Bruder aber versprach er, sogleich zur Hilfe bereit zu sein, wenn er sich vorher von der Reise gestärkt haben würde. Mustapha blieb daher diese Nacht wieder in Orbasans Zelt; mit dem ersten Frührot aber brachen sie auf, und Orbasan nahm drei seiner tapfersten Männer, wohl beritten und bewaffnet, mit sich. Sie ritten stark zu und kamen nach zwei Tagen in die kleine Stadt, wo Mustapha die gerettete Fatme zurückgelassen hatte. Von da aus reisten sie mit dieser weiter bis zu dem kleinen Wald, von wo aus man das Schloß Thiulis in geringer Entfernung sehen konnte; dort lagerten sie sich, um die Nacht abzuwarten. Sobald es dunkel wurde, schlichen sie sich, von Fatme geführt, an den Bach, wo die Wasserleitung anfing, und fanden diese bald. Dort ließen sie Fatme und einen Diener mit den Rossen zurück und schickten sich an, hinabzusteigen; ehe sie aber hinabstiegen, wiederholte ihnen Fatme noch einmal alles genau, nämlich daß sie durch den Brunnen in den inneren Schloßhof kämen, dort seien rechts und links in der Ecke zwei Türme, in der sechsten Türe, vom Turme rechts gerechnet, befänden sich Fatme und Zoraide, bewacht von zwei schwarzen Sklaven.

Mit Waffen und Brecheisen wohl versehen, stiegen Mustapha, Orbasan und zwei andere Männer hinab in die Wasserleitung; sie sanken zwar bis an den Gürtel ins Wasser; aber nichtsdestoweniger gingen sie rüstig vorwärts. Nach einer halben Stunde kamen sie an den Brunnen selbst und setzten sogleich ihre Brecheisen an. Die Mauer war dick und fest; aber den vereinten Kräften der vier Männer konnte sie nicht lange widerstehen; bald hatten sie eine Öffnung eingebrochen, groß genug, um bequem durchschlüpfen zu können. Orbasan schlüpfte zuerst durch und half den andern nach; und als sie alle im Hof waren, betrachteten sie die Seite des Schlosses, die vor ihnen lag, um die beschriebene Türe zu erforschen. Aber sie waren nicht einig, welche es sei; denn als sie von dem rechten Turm zum linken zählten, fanden sie eine Türe, die zugemauert war, und wußten nun nicht, ob Fatme diese übersprungen oder mitgezählt habe. Aber Orbasan besann sich nicht lange. »Mein gutes Schwert wird mir jede Türe öffnen«, rief er aus, ging auf die sechste Türe zu, und die andern folgten ihm. Sie öffneten die Türe und fanden sechs schwarze Sklaven auf dem Boden liegend und schlafend; sie wollten schon wieder leise sich zurückziehen, weil sie sahen, daß sie die rechte Türe verfehlt hatten, als eine Gestalt in der Ecke sich aufrichtete und mit wohlbekannter Stimme um Hilfe rief. Es war der Kleine aus Orbasans Lager. Aber ehe noch die Schwarzen recht wußten, wie ihnen geschah, stürzte Orbasan auf den Kleinen zu, riß seinen Gürtel entzwei, verstopfte ihm den Mund und band ihm die Hände auf den Rücken; dann wandte er sich an die Sklaven, wovon schon einige von Mustapha und den zwei andern halb gebunden waren, und half sie vollends überwältigen. Man setzte den Sklaven den Dolch auf die Brust und fragte sie, wo Nurmahal und Mirza wären, und sie gestanden, daß sie im Gemach nebenan seien. Mustapha stürzte in das Gemach und fand Fatme und Zoraiden, die der Lärm erweckt hatte. Schnell rafften diese ihren Schmuck und ihre Kleider zusammen und folgten Mustapha; die beiden Räuber schlugen indes Orbasan vor, zu plündern, was man fände; doch dieser verbot es ihnen und sprach: »Man soll nicht von Orbasan sagen können, daß er nachts in die Häuser steige, um Gold zu stehlen!« Mustapha und die Geretteten schlüpften schnell in die Wasserleitung, wohin ihnen Orbasan sogleich zu folgen versprach. Als jene in die Wasserleitung hinabgestiegen waren, nahm Orbasan und einer der Räuber den Kleinen und führten ihn hinaus in den Hof; dort banden sie ihm eine seidene Schnur, die sie deshalb mitgenommen hatten, um den Hals und hingen ihn an der höchsten Spitze des Brunnens auf. Nachdem sie so den Verrat des Elenden bestraft hatten, stiegen sie selbst auch hinab in die Wasserleitung und folgten Mustapha. Mit Tränen dankten die beiden ihrem edelmütigen Retter Orbasan; doch dieser trieb sie eilends zur Flucht an, denn es war sehr wahrscheinlich, daß sie Thiuli-Kos nach allen Seiten verfolgen ließ. Mit tiefer Rührung trennten sich am andern Tage Mustapha und seine Geretteten von Orbasan; wahrlich, sie werden ihn nie vergessen. Fatme aber, die befreite Sklavin, ging verkleidet nach Balsora, um sich dort in ihre Heimat einzuschiffen.

Nach einer kurzen und vergnügten Reise kamen die Meinigen in die Heimat. Meinen alten Vater tötete beinahe die Freude des Wiedersehens; den andern Tag nach ihrer Ankunft veranstaltete er ein großes Fest, an welchem die ganze Stadt teilnahm. Vor einer großen Versammlung von Verwandten und Freunden mußte mein Bruder seine Geschichte erzählen, und einstimmig priesen sie ihn und den edlen Räuber.

Als aber mein Bruder geschlossen hatte, stand mein Vater auf und führte Zoraiden ihm zu. »So lösche ich denn«, sprach er mit feierlicher Stimme, »den Fluch von deinem Haupte; nimm diese hin als die Belohnung, die du dir durch deinen rastlosen Eifer erkämpft hast; nimm meinen väterlichen Segen, und möge es nie unserer Stadt an Männern fehlen, die an brüderlicher Liebe, an Klugheit und Eifer dir gleichen!«

Die Karawane hatte das Ende der Wüste erreicht, und fröhlich begrüßten die Reisenden die grünen Matten und die dichtbelaubten Bäume, deren lieblichen Anblick sie viele Tage entbehrt hatten. In einem schönen Tale lag eine Karawanserei, die sie sich zum Nachtlager wählten, und obgleich sie wenig Bequemlichkeit und Erfrischung darbot, so war doch die ganze Gesellschaft heiterer und zutraulicher als je; denn der Gedanke, den Gefahren und Beschwerlichkeiten, die eine Reise durch die Wüste mit sich bringt, entronnen zu sein, hatte alle Herzen geöffnet und die Gemüter zu Scherz und Kurzweil gestimmt. Muley, der junge, lustige Kaufmann, tanzte einen komischen Tanz und sang Lieder dazu, die selbst dem ernsten Griechen Zaleukos ein Lächeln entlockten. Aber nicht genug, daß er seine Gefährten durch Tanz und Spiel erheitert hatte, er gab ihnen auch noch die Geschichte zum besten, die er ihnen versprochen hatte, und hub, als er von seinen Luftsprüngen sich erholt hatte, also zu erzählen an: Die Geschichte von dem kleinen Muck.

Die Geschichte von dem kleinen Muck

In Nizäa, meiner lieben Vaterstadt, wohnte ein Mann, den man den kleinen Muck hieß. Ich kann mir ihn, ob ich gleich damals noch sehr jung war, noch recht wohl denken, besonders weil ich einmal von meinem Vater wegen seiner halbtot geprügelt wurde. Der kleine Muck nämlich war schon ein alter Geselle, als ich ihn kannte; doch war er nur drei bis vier Schuh hoch, dabei hatte er eine sonderbare Gestalt, denn sein Leib, so klein und zierlich er war, mußte einen Kopf tragen, viel größer und dicker als der Kopf anderer Leute; er wohnte ganz allein in einem großen Haus und kochte sich sogar selbst; auch hätte man in der Stadt nicht gewußt, ob er lebe oder gestorben sei, denn er ging nur alle vier Wochen einmal aus, wenn nicht um die Mittagsstunde ein mächtiger Dampf aus dem Hause aufgestiegen wäre; doch sah man ihn oft abends auf seinem Dache auf und ab gehen, von der Straße aus glaubte man aber, nur sein großer Kopf allein laufe auf dem Dache umher. Ich und meine Kameraden waren böse Buben, die jedermann gerne neckten und belachten; daher war es uns allemal ein Festtag, wenn der kleine Muck ausging; wir versammelten uns an dem bestimmten Tage vor seinem Haus und warteten, bis er herauskam; wenn dann die Türe aufging und zuerst der große Kopf mit dem noch größeren Turban herausguckte, wenn dann das übrige Körperlein nachfolgte, angetan mit einem abgeschabten Mäntelein, weiten Beinkleidern und einem breiten Gürtel, an welchem ein langer Dolch hing, so lang, daß man nicht wußte, ob Muck an dem Dolch oder der Dolch an Muck stak – wenn er so heraustrat, da ertönte die Luft von unserem Freudengeschrei, wir warfen unsere Mützen in die Höhe und tanzten wie toll um ihn her. Der kleine Muck aber grüßte uns mit ernsthaftem Kopfnicken und ging mit langsamen Schritten die Straße hinab; dabei schlurfte er mit den Füßen, denn er hatte große, weite Pantoffeln an, wie ich sie noch nie gesehen. Wir Knaben liefen hinter ihm her und schrien immer: »Kleiner Muck, kleiner Muck!« Auch hatten wir ein lustiges Verslein, das wir ihm zu Ehren hie und da sangen; es hieß:

»Kleiner Muck, kleiner Muck,
Wohnst in einem großen Haus,
Gehst nur all vier Wochen aus,
Bist ein braver, kleiner Zwerg,
Hast ein Köpflein wie ein Berg;
Schau dich einmal um und guck,
Lauf und fang uns, kleiner Muck!«

So hatten wir schon oft unser Kurzweil getrieben, und zu meiner Schande muß ich es gestehen, ich trieb's am ärgsten; denn ich zupfte ihn oft am Mäntelein, und einmal trat ich ihm auch von hinten auf die großen Pantoffeln, daß er hinfiel. Dies kam mir nun höchst lächerlich vor; aber das Lachen verging mir, als ich den kleinen Muck auf meines Vaters Haus zugehen sah. Er ging richtig hinein und blieb einige Zeit dort. Ich versteckte mich an der Haustüre und sah den Muck wieder herauskommen, von meinem Vater begleitet, der ihn ehrerbietig an der Hand hielt und an der Türe unter vielen Bücklingen sich von ihm verabschiedete. Mir war gar nicht wohl zumut, ich blieb daher lange in meinem Versteck; endlich aber trieb mich der Hunger, den ich ärger fürchtete als Schläge, heraus, und demütig und mit gesenktem Kopf trat ich vor meinen Vater. »Du hast, wie ich höre, den guten Muck geschimpft?« sprach er in sehr ernstem Tone. »Ich will dir die Geschichte dieses Muck erzählen, und du wirst ihn gewiß nicht mehr auslachen; vor- und nachher aber bekommst du das Gewöhnliche.« Das Gewöhnliche aber waren fünfundzwanzig Hiebe, die er nur allzu richtig aufzuzählen pflegte. Er nahm daher sein langes Pfeifenrohr, schraubte die Bernsteinmundspitze ab und bearbeitete mich ärger als je zuvor.

Als die fünfundzwanzig voll waren, befahl er mir aufzumerken und erzählte mir von dem kleinen Muck.

Der Vater des kleinen Muck, der eigentlich Mukrah heißt, war ein angesehener, aber armer Mann, hier in Nizäa. Er lebte beinahe so einsiedlerisch als jetzt sein Sohn. Diesen konnte er nicht wohl leiden, weil er sich seiner Zwerggestalt schämte, und ließ ihn daher auch in Unwissenheit aufwachsen. Der kleine Muck war noch in seinem sechzehnten Jahr ein lustiges Kind, und der Vater, ein ernster Mann, tadelte ihn immer, daß er, der schon längst die Kinderschuhe zertreten haben sollte, noch so dumm und läppisch sei.

Der Alte tat aber einmal einen bösen Fall, an welchem er auch starb und den kleinen Muck arm und unwissend zurückließ. Die harten Verwandten, denen der Verstorbene mehr schuldig war, als er bezahlen konnte, jagten den armen Kleinen aus dem Hause und rieten ihm, in die Welt hinauszugehen und sein Glück zu suchen. Der kleine Muck antwortete, er sei schon reisefertig, bat sich aber nur noch den Anzug seines Vaters aus, und dieser wurde ihm auch bewilligt. Sein Vater war ein großer, starker Mann gewesen, daher paßten die Kleider nicht. Muck aber wußte bald Rat; er schnitt ab, was zu lang war, und zog dann die Kleider an. Er schien aber vergessen zu haben, daß er auch in der Weite davon schneiden müsse, daher sein sonderbarer Aufzug, wie er noch heute zu sehen ist; der große Turban, der breite Gürtel, die weiten Hosen, das blaue Mäntelein, alles dies sind Erbstücke seines Vaters, die er seitdem getragen; den langen Damaszenerdolch seines Vaters aber steckte er in den Gürtel, ergriff ein Stöcklein und wanderte zum Tor hinaus.

Fröhlich wanderte er den ganzen Tag, denn er war ja

ausgezogen, um sein Glück zu suchen; wenn er einen Scherben auf der Erde im Sonnenschein glänzen sah, so steckte er ihn gewiß zu sich im Glauben, daß er sich in den schönsten Diamant verwandeln werde; sah er in der Ferne die Kuppel einer Moschee wie Feuer strahlen, sah er einen See wie einen Spiegel blinken, so eilte er voll Freude darauf zu, denn er gedachte, in einem Zauberland angekommen zu sein. Aber ach! jene Trugbilder verschwanden in der Nähe, und nur allzubald erinnerte ihn seine Müdigkeit und sein vor Hunger knurrender Magen, daß er noch im Lande der Sterblichen sich befinde. So war er zwei Tage gereist unter Hunger und Kummer und verzweifelte, sein Glück zu finden; die Früchte des Feldes waren seine einzige Nahrung, die harte Erde sein Nachtlager. Am Morgen des dritten Tages erblickte er von einer Anhöhe eine große Stadt. Hell leuchtete der Halbmond auf ihren Zinnen, bunte Fahnen schimmerten auf den Dächern und schienen den kleinen Muck zu sich herzuwinken. Überrascht stand er stille und betrachtete Stadt und Gegend. »Ja, dort wird Klein-Muck sein Glück finden«, sprach er zu sich und machte trotz seiner Müdigkeit einen Luftsprung, »dort oder nirgends.« Er raffte alle seine Kräfte zusammen und schritt auf die Stadt zu. Aber obgleich sie ganz nahe schien, konnte er sie doch erst gegen Mittag erreichen; denn seine kleinen Glieder versagten ihm beinahe gänzlich ihren Dienst, und er mußte sich oft in den Schatten einer Palme setzen, um auszuruhen. Endlich war er an dem Tor der Stadt angelangt. Er legte sein Mäntelein zurecht, band den Turban schöner um, zog den Gürtel noch breiter an und steckte den langen Dolch schiefer; dann wischte er den Staub von den Schuhen, ergriff sein Stöcklein und ging mutig zum Tor hinein.

Er war schon einige Straßen durchwandert, aber nirgends öffnete sich eine Türe, nirgends rief man, wie er sich vorgestellt hatte: »Kleiner Muck, komm herein und iß und trink und laß deine Füßlein ausruhen!«

Er schaute gerade auch wieder recht sehnsüchtig an einem

großen schönen Haus hinauf; da öffnete sich ein Fenster, eine alte Frau schaute heraus und rief mit singender Stimme:

»Herbei, herbei!
Gekocht ist der Brei,
Den Tisch ließ ich decken,
Drum laßt es euch schmecken!
Ihr Nachbarn herbei,
Gekocht ist der Brei.«

Die Türe des Hauses öffnete sich, und Muck sah viele Hunde und Katzen hineingehen. Er stand einige Augenblicke in Zweifel, ob er der Einladung folgen solle; endlich aber faßte er sich ein Herz und ging in das Haus. Vor ihm her gingen ein paar junge Kätzlein, und er beschloß, ihnen zu folgen, weil sie vielleicht die Küche besser wüßten als er.

Als Muck die Treppe hinaufgestiegen war, begegnete er jener alten Frau, die zum Fenster herausgeschaut hatte. Sie sah ihn mürrisch an und fragte nach seinem Begehr. »Du hast ja jedermann zu deinem Brei eingeladen«, antwortete der kleine Muck, »und weil ich so gar hungrig bin, bin ich auch gekommen.« Die Alte lachte laut und sprach: »Woher kommst du denn, wunderlicher Gesell? Die ganze Stadt weiß, daß ich für niemand koche als für meine lieben Katzen, und hie und da lade ich ihnen Gesellschaft aus der Nachbarschaft ein, wie du siehest.« Der kleine Muck erzählte der alten Frau, wie es ihm nach seines Vaters Tod so hart ergangen sei, und bat sie, ihn heute mit ihren Katzen speisen zu lassen. Die Frau, welcher die treuherzige Erzählung des Kleinen wohl gefiel, erlaubte ihm, ihr Gast zu sein, und gab ihm reichlich zu essen und zu trinken. Als er gesättigt und gestärkt war, betrachtete ihn die Frau lange und sagte dann: »Kleiner Muck, bleibe bei mir in meinem Dienste! Du hast geringe Mühe und sollst gut gehalten sein.« Der kleine Muck, dem der Katzenbrei geschmeckt hatte, willigte ein und wurde also der Bediente der Frau Ahavzi. Er hatte einen leichten, aber sonderbaren Dienst. Frau Ahavzi hatte nämlich zwei Kater und vier Katzen; diesen mußte der kleine Muck alle Morgen den Pelz kämmen und mit köstlichen Salben einreiben; wenn die Frau ausging, mußte er auf die Katzen Achtung geben; wenn sie aßen, mußte er ihnen die Schüsseln vorlegen, und nachts mußte er sie auf seidene Polster legen und sie mit samtenen Decken einhüllen. Auch waren noch einige kleine Hunde im Haus, die er bedienen mußte; doch wurden mit diesen nicht so viele Umstände gemacht wie mit den Katzen, welche Frau Ahavzi wie ihre eigenen Kinder hielt. Übrigens führte Muck ein so einsames Leben wie in seines Vaters Haus; denn außer der Frau sah er den ganzen Tag nur Hunde und Katzen. Eine Zeitlang ging es dem kleinen Muck ganz gut; er hatte immer zu essen und wenig zu arbeiten, und die alte Frau schien recht zufrieden mit ihm zu sein; aber nach und nach wurden die Katzen unartig; wenn die Alte ausgegangen war, sprangen sie wie besessen in den Zimmern umher, warfen alles durcheinander und zerbrachen manches schöne Geschirr, das ihnen im Weg stand. Wenn sie aber die Frau die Treppe heraufkommen hörten, verkrochen sie sich auf ihre Polster und wedelten ihr mit den Schwänzen entgegen, wie wenn nichts geschehen wäre. Die Frau Ahavzi geriet dann in Zorn, wenn sie ihre Zimmer so verwüstet sah, und schob alles auf Muck; er mochte seine Unschuld beteuern, wie er wollte, sie glaubte ihren Katzen, die so unschuldig aussahen, mehr als ihrem Diener.

Der kleine Muck war sehr traurig, daß er also auch hier sein Glück nicht gefunden habe, und beschloß bei sich, den Dienst der Frau Ahavzi zu verlassen. Da er aber auf seiner ersten Reise erfahren hatte, wie schlecht man ohne Geld lebt, so beschloß er, den Lohn, den ihm seine Gebieterin immer versprochen, aber nie gegeben hatte, sich auf irgendeine Art zu verschaffen. Es befand sich in dem Hause der Frau Ahavzi ein Zimmer, das immer verschlossen war und dessen Inneres er nie gesehen hatte. Doch hatte er die Frau oft darin rumoren gehört, und er hätte oft für sein Leben gern gewußt, was sie dort versteckt habe. Als er nun an sein Reisegeld dachte, fiel ihm ein, daß dort die Schätze der Frau versteckt sein könnten. Aber immer war die Türe fest verschlossen, und er konnte daher den Schätzen nie beikommen.

Eines Morgens, als die Frau Ahavzi ausgegangen war, zupfte ihn eines der Hundlein, welches von der Frau immer sehr stiefmütterlich behandelt wurde, dessen Gunst er sich aber durch allerlei Liebesdienste in hohem Grade erworben hatte, an seinen weiten Beinkleidern und gebärdete sich dabei, wie wenn Muck ihm folgen sollte. Muck, welcher gerne mit den Hunden spielte, folgte ihm, und siehe da, das Hundlein führte ihn in die Schlafkammer der Frau Ahavzi vor eine kleine Türe, die er nie zuvor dort bemerkt hatte. Die Türe war halb offen. Das Hundlein ging hinein, und Muck folgte ihm, und wie freudig war er überrascht, als er sah, daß er sich in dem Gemach befinde, das schon lange das Ziel seiner Wünsche war. Er spähte überall umher, ob er kein Geld finden könnte, fand aber nichts. Nur alte Kleider und wunderlich geformte Geschirre standen umher. Eines dieser Geschirre zog seine besondere Aufmerksamkeit auf sich. Es war von Kristall, und schöne Figuren waren darauf ausgeschnitten. Er hob es auf und drehte es nach allen Seiten. Aber, o Schrecken! Er hatte nicht bemerkt, daß es einen Deckel hatte, der nur leicht darauf hingesetzt war. Der Deckel fiel herab und zerbrach in tausend Stücken.

Lange stand der kleine Muck vor Schrecken leblos. Jetzt war sein Schicksal entschieden, jetzt mußte er entfliehen, sonst schlug ihn die Alte tot. Sogleich war auch seine Reise beschlossen, und nur noch einmal wollte er sich umschauen, ob er nichts von den Habseligkeiten der Frau Ahavzi zu seinem Marsch brauchen könnte. Da fielen ihm ein Paar mächtig große Pantoffeln ins Auge; sie waren zwar nicht schön; aber seine eigenen konnten keine Reise mehr mitmachen; auch zogen ihn jene wegen ihrer Größe an; denn hatte er diese am Fuß, so mußten ihm hoffentlich alle Leute ansehen, daß er die Kinderschuhe vertreten habe. Er zog also schnell seine Töffelein aus und fuhr in die großen hinein. Ein Spazierstöcklein mit einem schön geschnittenen Löwenkopf schien ihm auch hier allzu müßig in der Ecke zu stehen; er nahm es also mit und eilte zum Zimmer hinaus. Schnell ging er jetzt auf seine Kammer, zog sein Mäntelein an, setzte den väterlichen Turban auf, steckte den Dolch in den Gürtel und lief, so schnell ihn seine Füße trugen, zum Haus und zur Stadt hinaus. Vor der Stadt lief er, aus Angst vor der Alten, immer weiter fort, bis er vor Müdigkeit beinahe nicht mehr konnte. So schnell war er in seinem ganzen Leben nicht gegangen; ja, es schien ihm, als könne er gar nicht aufhören zu rennen, denn eine unsichtbare Gewalt schien ihn fortzureißen. Endlich bemerkte er, daß es mit den Pantoffeln eine eigene Bewandtnis haben müsse; denn diese schossen immer fort und führten ihn mit sich. Er versuchte auf allerlei Weise stillzustehen, aber es wollte nicht gelingen; da rief er in der höchsten Not, wie man den Pferden zuruft, sich selbst zu: »Oh – oh, halt, oh!« Da hielten die Pantoffeln, und Muck warf sich erschöpft auf die Erde nieder.

Die Pantoffeln freuten ihn ungemein. So hatte er sich denn doch durch seine Dienste etwas erworben, das ihm in der Welt auf seinem Weg, das Glück zu suchen, forthelfen konnte. Er schlief trotz seiner Freude vor Erschöpfung ein; denn das Körperlein des kleinen Muck, das einen so schweren Kopf zu tragen hatte, konnte nicht viel aushalten. Im Traum erschien ihm das Hundlein, welches ihm im Hause der Frau Ahavzi zu den Pantoffeln verholfen hatte, und sprach zu ihm: »Lieber Muck, du verstehst den Gebrauch der Pantoffeln noch nicht recht; wisse, daß wenn du dich in ihnen dreimal auf dem Absatz herumdrehst, so kannst du hinfliegen, wohin du nur willst; und mit dem Stöcklein kannst du Schätze finden, denn wo Gold vergraben ist, da wird es dreimal auf die Erde schlagen, bei Silber aber zweimal.« So träumte der kleine Muck. Als er aber aufwachte, dachte er über den wunderbaren Traum nach und beschloß, alsbald einen Versuch zu machen. Er zog die Pantoffel an, lupfte einen Fuß und begann sich auf dem Absatz umzudrehen. Wer es aber jemals versucht hat, in einem ungeheuer weiten Pantoffel dieses Kunststück dreimal hintereinander zu machen, der wird sich nicht wundern, wenn es dem kleinen Muck nicht gleich glückte, besonders wenn man bedenkt, daß ihn sein schwerer Kopf bald auf diese, bald auf jene Seite hinüberzog.

Der arme Kleine fiel einigemal tüchtig auf die Nase; doch ließ er sich nicht abschrecken, den Versuch zu wiederholen, und endlich glückte es. Wie ein Rad fuhr er auf seinem Absatz herum, wünschte sich in die nächste große Stadt, und – die Pantoffeln ruderten hinauf in die Lüfte, liefen mit Windeseile durch die Wolken, und ehe sich der kleine Muck noch besinnen konnte, wie ihm geschah, befand er sich schon auf einem großen Marktplatz, wo viele Buden aufgeschlagen waren und unzählige Menschen geschäftig hin und her liefen. Er ging unter den Leuten hin und her, hielt es aber bald für ratsamer, sich in eine einsamere Straße zu begeben, denn auf dem Markt trat ihm bald da einer auf die Pantoffeln, daß er beinahe umfiel, bald stieß er mit seinem weithinausstehenden Dolch einen oder den andern an, daß er mit Mühe den Schlägen entging.

Der kleine Muck bedachte nun ernstlich, was er wohl anfangen könnte, um sich ein Stück Geld zu verdienen. Er hatte zwar ein Stäblein, das ihm verborgene Schätze anzeigte; aber wo sollte er gleich einen Platz finden, wo Gold oder Silber vergraben wäre? Auch hätte er sich zur Not für Geld sehen lassen können; aber dazu war er doch zu stolz. Endlich fiel ihm die Schnelligkeit seiner Füße ein. Vielleicht, dachte er, können mir meine Pantoffeln Unterhalt gewähren, und er beschloß, sich als Schnelläufer zu verdingen. Da er aber hoffen durfte, daß der König dieser Stadt solche Dienste am besten bezahle, so erfragte er den Palast. Unter dem Tor des Palastes stand eine Wache, die ihn fragte, was er hier zu suchen habe. Auf seine Antwort, daß er einen Dienst suche, wies man ihn zum Aufseher der Sklaven. Diesem trug er sein Anliegen vor und bat ihn, ihm einen Dienst unter den königlichen Boten zu besorgen. Der Aufseher maß ihn mit seinen Augen von Kopf bis zu den Füßen und sprach: »Wie, mit deinen Füßlein, die kaum so lang als eine Spanne sind, willst du königlicher Schnelläufer werden? Hebe dich weg! Ich bin nicht dazu da, mit jedem Narren Kurzweil zu machen.« Der kleine Muck versicherte ihn aber, daß es ihm vollkommen Ernst sei mit seinem Antrag und daß er es mit dem Schnellsten auf eine Wette ankommen lassen wollte. Dem Aufseher kam die Sache gar lächerlich vor. Er befahl ihm, sich bis auf den Abend zu einem Wettlauf bereitzuhalten, führte ihn in die Küche und sorgte dafür, daß ihm gehörig Speis und Trank gereicht wurde. Er selbst aber begab sich zum König und erzählte ihm vom kleinen Muck und seinem Anerbieten. Der König war ein lustiger Herr, daher gefiel es ihm wohl, daß der Aufseher der Sklaven den kleinen Menschen zu einem Spaß behalten habe. Er befahl ihm, auf einer großen Wiese hinter dem Schloß Anstalten zu treffen, daß das Wettlaufen mit Bequemlichkeit von seinem ganzen Hofstaat könnte gesehen werden, und empfahl ihm nochmals, große Sorgfalt für den Zwerg zu haben. Der König erzählte seinen Prinzen und Prinzessinnen, was sie diesen Abend für ein Schauspiel haben würden; diese erzählten es wieder ihren Dienern, und als der Abend herankam, war man in gespannter Erwartung, und alles, was Füße hatte, strömte hinaus auf die Wiese, wo Gerüste aufgeschlagen waren, um den großsprecherischen Zwerg laufen zu sehen.

Als der König und seine Söhne und Töchter auf dem Gerüst Platz genommen hatten, trat der kleine Muck heraus auf die Wiese und machte vor den hohen Herrschaften eine überaus zierliche Verbeugung. Ein allgemeines Freudengeschrei ertönte, als man den Kleinen ansichtig wurde; eine solche Figur hatte man dort noch nie gesehen. Das Körperlein mit dem mächtigen Kopf, das Mäntelein und die weiten Beinkleider, der lange Dolch in dem breiten Gürtel, die kleinen Füßlein in den weiten Pantoffeln – nein! es war zu drollig anzusehen, als daß man nicht hätte laut lachen sollen. Der kleine Muck ließ sich aber durch das Gelächter nicht irremachen. Er stellte sich stolz, auf sein Stöcklein gestützt, hin und erwartete seinen Gegner. Der Aufseher der Sklaven hatte nach Mucks eigenem Wunsche den besten Läufer ausgesucht. Dieser trat nun heraus, stellte sich neben den Kleinen, und beide harrten auf das Zeichen. Da winkte die Prinzessin Amarza, wie es ausgemacht war, mit ihrem Schleier, und wie zwei Pfeile, auf dasselbe Ziel abgeschossen, flogen die beiden Wettläufer über die Wiese hin.

Von Anfang hatte Mucks Gegner einen bedeutenden Vorsprung, aber dieser jagte ihm auf seinem Pantoffelfuhrwerk nach, holte ihn ein, überfing ihn und stand längst am Ziele, als jener noch, nach Luft schnappend, daherlief. Verwunderung und Staunen fesselte einige Augenblicke die Zuschauer; als aber der König zuerst in die Hände klatschte, da jauchzte die Menge, und alle riefen: »Hoch lebe der kleine Muck, der Sieger im Wettlauf!«

Man hatte indes den kleinen Muck herbeigebracht; er warf sich vor dem König nieder und sprach: »Großmächtigster König, ich habe dir hier nur eine kleine Probe meiner Kunst gegeben; wolle nur gestatten, daß man mir eine Stelle unter deinen Läufern gebe!« Der König aber antwortete ihm: »Nein, du sollst mein Leibläufer und immer um meine Person sein, lieber Muck, jährlich sollst du hundert Goldstücke erhalten als Lohn, und an der Tafel meiner ersten Diener sollst du speisen.«

So glaubte denn Muck, endlich das Glück gefunden zu haben, das er so lange suchte, und war fröhlich und wohlgemut in seinem Herzen. Auch erfreute er sich der besonderen Gnade des Königes; denn dieser gebrauchte ihn zu seinen schnellsten und geheimsten Sendungen, die er dann mit der größten Genauigkeit und mit unbegreiflicher Schnelle besorgte.

Aber die übrigen Diener des Königes waren ihm gar nicht

zugetan, weil sie sich ungern durch einen Zwerg, der nichts verstand, als schnell zu laufen, in der Gunst ihres Herren zurückgesetzt sahen. Sie veranstalteten daher manche Verschwörung gegen ihn, um ihn zu stürzen; aber alle schlugen fehl an dem großen Zutrauen, das der König in seinen Geheimen Oberleibläufer (denn zu dieser Würde hatte er es in so kurzer Zeit gebracht) setzte.

Muck, dem diese Bewegungen gegen ihn nicht entgingen, sann nicht auf Rache, dazu hatte er ein zu gutes Herz, nein, auf Mittel dachte er, sich bei seinen Feinden notwendig und beliebt zu machen. Da fiel ihm sein Stäblein, das er in seinem Glück außer acht gelassen hatte, ein; wenn er Schätze finde, dachte er, werden ihm die Herren schon geneigter werden. Er hatte schon oft gehört, daß der Vater des jetzigen Königs viele seiner Schätze vergraben habe, als der Feind sein Land überfallen; man sagte auch, er sei darüber gestorben, ohne daß er sein Geheimnis habe seinem Sohn mitteilen können. Von nun an nahm Muck immer sein Stöcklein mit, in der Hoffnung, einmal an einem Ort vorüberzugehen, wo das Gold des alten Königs vergraben sei. Eines Abends führte ihn der Zufall in einen entlegenen Teil des Schloßgartens, den er wenig besuchte, und plötzlich fühlte er das Stäblein in seiner Hand zucken, und dreimal schlug es gegen den Boden. Nun wußte er schon, was dies zu bedeuten hatte. Er zog daher seinen Dolch heraus, machte Zeichen in die umstehenden Bäume und schlich sich wieder in das Schloß; dort verschaffte er sich einen Spaten und wartete die Nacht zu seinem Unternehmen ab.

Das Schatzgraben selbst machte übrigens dem kleinen Muck mehr zu schaffen, als er geglaubt hatte.

Seine Arme waren gar schwach, sein Spaten aber groß und schwer; und er mochte wohl schon zwei Stunden gearbeitet haben, ehe er ein paar Fuß tief gegraben hatte. Endlich stieß er auf etwas Hartes, das wie Eisen klang. Er grub jetzt emsiger, und bald hatte er einen großen eisernen Deckel zutage gefördert; er stieg selbst in die Grube hinab, um nachzuspähen, was wohl der Deckel könnte bedeckt haben, und fand richtig einen großen Topf, mit Goldstücken angefüllt. Aber seine schwachen Kräfte reichten nicht hin, den Topf zu heben; daher steckte er in seine Beinkleider und seinen Gürtel, so viel er zu tragen vermochte, und auch sein Mäntelein füllte er damit, bedeckte das übrige wieder sorgfältig und lud es auf den Rücken. Aber wahrlich, wenn er die Pantoffeln nicht an den Füßen gehabt hätte, er wäre nicht vom Fleck gekommen, so zog ihn die Last des Goldes nieder. Doch unbemerkt kam er bis auf sein Zimmer und verwahrte dort sein Gold unter den Polstern seines Sofas.

Als der kleine Muck sich im Besitz so vielen Goldes sah, glaubte er, das Blatt werde sich jetzt wenden, und er werde sich unter seinen Feinden am Hofe viele Gönner und warme Anhänger erwerben. Aber schon daran konnte man erkennen, daß der gute Muck keine gar sorgfältige Erziehung genossen haben mußte, sonst hätte er sich wohl nicht einbilden können, durch Gold wahre Freunde zu gewinnen. Ach, daß er damals seine Pantoffel geschmiert und sich mit seinem Mäntelein voll Gold aus dem Staub gemacht hätte!

Das Gold, das der kleine Muck von jetzt an mit vollen Händen austeilte, erweckte den Neid der übrigen Hofbedienten. Der Küchenmeister Ahuli sagte: »Er ist ein Falschmünzer.« Der Sklavenaufseher Achmet sagte: »Er hat's dem König abgeschwatzt.« Archaz, der Schatzmeister aber, sein ärgster Feind, der selbst hie und da einen Griff in des Königs Kasse tun mochte, sagte geradezu: »Er hat's gestohlen.« Um nun ihrer Sache gewiß zu sein, verabredeten sie sich, und der Obermundschenk Korchuz stellte sich eines Tages recht traurig und niedergeschlagen vor die Augen des Königs. Er machte seine traurigen Gebärden so auffallend, daß ihn der König fragte, was ihm fehle. »Ach«, antwortete er, »ich bin traurig, daß ich die Gnade meines Herrn verloren habe.« – »Was fabelst du, Freund Korchuz?« entgegnete ihm der König. »Seit wann hätte ich die Sonne meiner Gnade nicht über dich leuchten lassen?« Der Obermundschenk antwortete ihm, daß er ja den Geheimen Oberleibläufer mit Gold belade, seinen armen, treuen Dienern aber nichts gebe.

Der König war sehr erstaunt über diese Nachricht, ließ sich die Goldausteilungen des kleinen Muck erzählen, und die Verschworenen brachten ihm leicht den Verdacht bei, daß Muck auf irgendeine Art das Geld aus der Schatzkammer gestohlen habe. Sehr lieb war diese Wendung der Sache dem Schatzmeister, der ohnehin nicht gerne Rechnung ablegte. Der König gab daher den Befehl, heimlich auf alle Schritte des kleinen Muck achtzugeben, um ihn womöglich auf der Tat zu ertappen. Als nun in der Nacht, die auf diesen Unglückstag folgte, der kleine Muck, da er durch seine Freigebigkeit seine Kasse sehr erschöpft sah, den Spaten nahm und in den Schloßgarten schlich, um dort von seinem geheimen Schatze neuen Vorrat zu holen, folgten ihm von weitem die Wachen, von dem Küchenmeister Ahuli und Archaz, dem Schatzmeister, angeführt, und in dem Augenblick, da er das Gold aus dem Topf in sein Mäntelein legen wollte, fielen sie über ihn her, banden ihn und führten ihn sogleich vor den König. Dieser, den ohnehin die Unterbrechung seines Schlafes mürrisch gemacht hatte, empfing seinen armen Geheimen Oberleibläufer sehr ungnädig und stellte sogleich das Verhör über ihn an. Man hatte den Topf vollends aus der Erde gegraben und mit dem Spaten und dem Mäntelein voll Gold vor die Füße des Königs gesetzt. Der Schatzmeister sagte aus, daß er mit seinen Wachen den Muck überrascht habe, wie er diesen Topf mit Gold gerade in die Erde gegraben habe.

Der König befragte hierauf den Angeklagten, ob es wahr sei und woher er das Gold, das er vergraben, bekommen habe?

Der kleine Muck, im Gefühl seiner Unschuld, sagte aus, daß er diesen Topf im Garten entdeckt habe, daß er ihn habe nicht ein-, sondern ausgraben wollen.

Alle Anwesenden lachten laut über diese Entschuldigung; der König aber, aufs höchste erzürnt über die vermeintliche

Frechheit des Kleinen, rief aus: »Wie, Elender! Du willst deinen König so dumm und schändlich belügen, nachdem du ihn bestohlen hast? Schatzmeister Archaz! Ich fordre dich auf, zu sagen, ob du diese Summe Goldes für die nämliche erkennst, die in meinem Schatze fehlt?«

Der Schatzmeister aber antwortete, er sei seiner Sache ganz gewiß, so viel und noch mehr fehle seit einiger Zeit in dem königlichen Schatz, und er könnte einen Eid darauf ablegen, daß dies das Gestohlene sei.

Da befahl der König, den kleinen Muck in enge Ketten zu legen und in den Turm zu führen; dem Schatzmeister aber übergab er das Gold, um es wieder in den Schatz zu tragen. Vergnügt über den glücklichen Ausgang der Sache zog dieser ab und zählte zu Hause die blinkenden Goldstücke; aber das hat dieser schlechte Mann niemals angezeigt, daß unten in dem Topf ein Zettel lag, der sagte:

»Der Feind hat mein Land überschwemmt, daher verberge ich hier einen Teil meiner Schätze; wer es auch finden mag, den treffe der Fluch seines Königs, wenn er es nicht sogleich meinem Sohne ausliefert! – König Sadi.«

Der kleine Muck stellte in seinem Kerker traurige Betrachtungen an; er wußte, daß auf Diebstahl an königlichen Sachen der Tod gesetzt war, und doch mochte er das Geheimnis mit dem Stäbchen dem König nicht verraten, weil er mit Recht fürchtete, dieses und seiner Pantoffeln beraubt zu werden. Seine Pantoffeln konnten ihm leider auch keine Hilfe bringen, denn da er in engen Ketten an die Mauer geschlossen war, konnte er, so sehr er sich quälte, sich nicht auf dem Absatz umdrehen. Als ihm aber am andern Tage sein Tod angekündigt wurde, da gedachte er doch, es sei besser, ohne das Zauberstäbchen zu leben, als mit ihm zu sterben, ließ den König um geheimes Gehör bitten und entdeckte ihm das Geheimnis. Der König maß von Anfang seinem Geständnis keinen Glauben bei; aber der kleine Muck versprach eine Probe, wenn ihm der König zugestünde, daß er nicht getötet werden solle. Der König gab ihm sein Wort darauf und ließ, von Muck ungesehen, einiges Gold in die Erde graben und befahl diesem, mit seinem Stäbchen zu suchen. In wenigen Augenblicken hatte er es gefunden; denn das Stäbchen schlug deutlich dreimal auf die Erde. Da merkte der König, daß ihn sein Schatzmeister betrogen hatte, und sandte ihm, wie es im Morgenland gebräuchlich ist, eine seidene Schnur, damit er sich selbst erdroßle. Zum kleinen Muck aber sprach er: »Ich habe dir zwar dein Leben versprochen; aber es scheint mir, als ob du nicht nur allein dieses Geheimnis mit dem Stäbchen besitzest; darum bleibst du in ewiger Gefangenschaft, wenn du nicht gestehst, was für eine Bewandtnis es mit deinem Schnellaufen hat.« Der kleine Muck, dem die einzige Nacht im Turm alle Lust zu längerer Gefangenschaft benommen hatte, bekannte, daß seine ganze Kunst in den Pantoffeln liege, doch lehrte er den König nicht das Geheimnis von dem dreimaligen Umdrehen auf dem Absatz. Der König schlüpfte selbst in die Pantoffel, um die Probe zu machen, und jagte wie unsinnig im Garten umher; oft wollte er anhalten; aber er wußte nicht, wie man die Pantoffel zum Stehen brachte, und der kleine Muck, der diese kleine Rache sich nicht versagen konnte, ließ ihn laufen, bis er ohnmächtig niederfiel.

Als der König wieder zur Besinnung zurückgekehrt war, war er schrecklich aufgebracht über den kleinen Muck, der ihn so ganz außer Atem hatte laufen lassen. »Ich habe dir mein Wort gegeben, dir Freiheit und Leben zu schenken; aber innerhalb zwölf Stunden mußt du mein Land verlassen haben, sonst lasse ich dich aufknüpfen.« Die Pantoffel und das Stäbchen aber ließ er in seine Schatzkammer legen.

So arm als je wanderte der kleine Muck zum Land hinaus, seine Torheit verwünschend, die ihm vorgespiegelt hatte, er könne eine bedeutende Rolle am Hofe spielen. Das Land, aus dem er gejagt wurde, war zum Glück nicht groß; daher war er schon nach acht Stunden auf der Grenze, obgleich ihm das Gehen, da er an seine lieben Pantoffel gewöhnt war, sehr sauer ankam.

Als er über der Grenze war, verließ er die gewöhnliche Straße, um die dichteste Einöde der Wälder aufzusuchen und dort nur sich zu leben; denn er war allen Menschen gram. In einem dichten Walde traf er auf einen Platz, der ihm zu dem Entschluß, den er gefaßt hatte, ganz tauglich schien. Ein klarer Bach, von großen, schattigen Feigenbäumen umgeben, ein weicher Rasen luden ihn ein; hier warf er sich nieder mit dem Entschluß, keine Speise mehr zu sich zu nehmen, sondern hier den Tod zu erwarten. Über traurige Todesbetrachtungen schlief er ein; als er aber wieder aufwachte und der Hunger ihn zu quälen anfing, bedachte er doch, daß der Hungertod eine gefährliche Sache sei, und sah sich um, ob er nirgends etwas zu essen bekommen könnte.

Köstliche reife Feigen hingen an dem Baume, unter welchem er geschlafen hatte; er stieg hinauf, um sich einige zu pflücken, ließ es sich trefflich schmecken und ging dann hinunter an den Bach, um seinen Durst zu löschen. Aber wie groß war sein Schrecken, als ihm das Wasser seinen Kopf mit zwei gewaltigen Ohren und einer dicken, langen Nase geschmückt zeigte! Bestürzt griff er mit den Händen nach den Ohren, und wirklich, sie waren über eine halbe Elle lang.

»Ich verdiene Eselsohren!« rief er aus, »denn ich habe mein Glück wie ein Esel mit Füßen getreten.« – Er wanderte nun unter den Bäumen umher, und als er wieder Hunger fühlte, mußte er noch einmal zu den Feigen seine Zuflucht nehmen, denn sonst fand er nichts Eßbares an den Bäumen. Als ihm über der zweiten Portion Feigen einfiel, ob wohl seine Ohren nicht unter seinem großen Turban Platz hätten, damit er doch nicht gar zu lächerlich aussehe, fühlte er, daß seine Ohren verschwunden seien. Er lief gleich an den Bach zurück, um sich davon zu überzeugen, und wirklich, es war so, seine Ohren hatten ihre vorige Gestalt, seine lange, unförmliche Nase war nicht mehr. Jetzt merkte er aber, wie dies gekommen war; von dem ersten Feigenbaum hatte er die lange Nase und Ohren bekommen, der zweite hatte ihn geheilt; freudig erkannte er, daß sein gütiges Geschick ihm noch einmal ein Mittel in die Hand gebe, glücklich zu sein. Er pflückte daher von jedem Baum, so viel er tragen konnte, und ging in das Land zurück, das er vor kurzem verlassen hatte. Dort machte er sich in dem ersten Städtchen durch andere Kleider ganz unkenntlich und ging dann weiter auf die Stadt zu, die jener König bewohnte, und kam auch bald dort an.

Es war gerade zu einer Jahrszeit, wo reife Früchte noch ziemlich selten waren; der kleine Muck setzte sich daher unter das Tor des Palastes; denn ihm war von früherer Zeit her wohl bekannt, daß hier solche Seltenheiten von dem Küchenmeister für die königliche Tafel eingekauft wurden. Muck hatte noch nicht lange gesessen, als er den Küchenmeister über den Hof herüberschreiten sah. Er musterte die Waren der Verkäufer, die sich am Tor des Palastes eingefunden hatten; endlich fiel sein Blick auch auf Mucks Körbchen. »Ah, ein seltener Bissen«, sagte er, »der Ihro Majestät gewiß behagen wird. Was willst du für den ganzen Korb?« Der kleine Muck bestimmte einen mäßigen Preis, und sie waren bald des Handels einig. Der Küchenmeister übergab den Korb einem Sklaven und ging weiter; der kleine Muck aber machte sich einstweilen aus dem Staub, weil er befürchtete, wenn sich das Unglück an den Köpfen des Hofes zeige, möchte man ihn als Verkäufer aufsuchen und bestrafen.

Der König war über Tisch sehr heiter gestimmt und sagte seinem Küchenmeister ein Mal über das andere Lobsprüche wegen seiner guten Küche und der Sorgfalt, mit der er immer das Seltenste für ihn aussuche; der Küchenmeister aber, welcher wohl wußte, welchen Leckerbissen er noch im Hintergrund habe, schmunzelte gar freundlich und ließ nur einzelne Worte fallen, als: »Es ist erst noch nicht aller Tage Abend« oder »Ende gut, alles gut«, so daß die Prinzessinnen sehr neugierig wurden, was er wohl noch bringen werde. Als er aber die schönen, einladenden Feigen aufsetzen ließ, da entfloh ein allgemeines Ah! dem Munde der Anwesenden. »Wie reif, wie appetitlich!« rief der König; »Küchenmeister, du bist ein ganzer Kerl und verdienst unsere ganz besondere Gnade!« Also sprechend, teilte der König, der mit solchen Leckerbissen sehr sparsam zu sein pflegte, mit eigener Hand die Feigen an seiner Tafel aus. Jeder Prinz und jede Prinzessin bekam zwei, die Hofdamen und die Wesire und Agas eine, die übrigen stellte er vor sich hin und begann mit großem Behagen, sie zu verschlingen.

»Aber, lieber Gott, wie siehst du so wunderlich aus, Vater?« rief auf einmal die Prinzessin Amarza. Alle sahen den König erstaunt an; ungeheure Ohren hingen ihm am Kopf, eine lange Nase zog sich über sein Kinn herunter; auch sich selbst betrachteten sie untereinander mit Staunen und Schrecken; alle waren mehr oder minder mit dem sonderbaren Kopfputz geschmückt.

Man denke sich den Schrecken des Hofes! Man schickte sogleich nach allen Ärzten der Stadt; sie kamen haufenweise, verordneten Pillen und Mixturen, aber die Ohren und die Nasen blieben. Man operierte einen der Prinzen; aber die Ohren wuchsen nach.

Muck hatte die ganze Geschichte in seinem Versteck, wohin er sich zurückgezogen hatte, gehört und erkannte, daß es jetzt Zeit sei, zu handeln. Er hatte sich schon vorher von dem aus den Feigen gelösten Geld einen Anzug verschafft, der ihn als Gelehrten darstellen konnte; ein langer Bart aus Ziegenhaaren vollendete die Täuschung. Mit einem Säckchen voll Feigen wanderte er in den Palast des Königs und bot als fremder Arzt seine Hilfe an. Man war von Anfang sehr ungläubig; als aber der kleine Muck eine Feige einem der Prinzen zu essen gab und Ohren und Nase dadurch in den alten Zustand zurückbrachte, da wollte alles von dem fremden Arzte geheilt sein. Aber der König nahm ihn schweigend bei der Hand und führte ihn in sein Gemach; dort schloß er eine Türe auf, die in die Schatzkammer führte, und winkte Muck, ihm zu folgen. »Hier sind meine Schätze«, sprach der König, »wähle dir, was es auch sei, es soll dir gewährt werden, wenn du mich von diesem schmachvollen Übel befreist.« Das war süße Musik in des kleinen Mucks Ohren; er hatte gleich beim Eintritt seine Pantoffeln auf dem Boden stehen sehen, gleich daneben lag auch sein Stäbchen. Er ging nun umher in dem Saal, wie wenn er die Schätze des Königs bewundern wollte; kaum aber war er an seine Pantoffeln gekommen, so schlüpfte er eilends hinein, ergriff sein Stäbchen, riß seinen falschen Bart herab und zeigte dem erstaunten König das wohlbekannte Gesicht seines verstoßenen Muck. »Treuloser König«, sprach er, »der du treue Dienste mit Undank lohnst, nimm als wohlverdiente Strafe die Mißgestalt, die du trägst. Die Ohren laß ich dir zurück, damit sie dich täglich erinnern an den kleinen Muck.« Als er so gesprochen hatte, drehte er sich schnell auf dem Absatz herum, wünschte sich weit hinweg, und ehe noch der König um Hilfe rufen konnte, war der kleine Muck entflohen. Seitdem lebt der Kleine hier in großem Wohlstand, aber einsam; denn er verachtet die Menschen. Er ist durch Erfahrung ein weiser Mann geworden, welcher, wenn auch sein Äußeres etwas Auffallendes haben mag, deine Bewunderung mehr als deinen Spott verdient.

So erzählte mir mein Vater; ich bezeugte ihm meine Reue über mein rohes Betragen gegen den guten kleinen Mann, und mein Vater schenkte mir die andere Hälfte der Strafe, die er mir zugedacht hatte. Ich erzählte meinen Kameraden die wunderbaren Schicksale des Kleinen, und wir gewannen ihn so lieb, daß ihn keiner mehr schimpfte. Im Gegenteil, wir ehrten ihn, solange er lebte, und haben uns vor ihm immer so tief als vor Kadi und Mufti gebückt. –

Die Reisenden beschlossen, einen Rasttag in dieser Karawanserei zu machen, um sich und die Tiere zur weiteren Reise zu stärken. Die gestrige Fröhlichkeit ging auch auf diesen Tag über, und sie ergötzten sich in allerlei Spielen. Nach dem Essen aber riefen sie dem fünften Kaufmann, Ali Sizah, auch seine Schuldigkeit gleich den übrigen zu tun und eine Geschichte zu erzählen. Er antwortete, sein Leben sei zu arm an auffallenden Begebenheiten, als daß er ihnen etwas davon mitteilen möchte; daher wolle er ihnen etwas anderes erzählen, nämlich das Märchen vom falschen Prinzen.

Das Märchen vom falschen Prinzen

Es war einmal ein ehrsamer Schneidergeselle namens Labakan, der bei einem geschickten Meister in Alessandria sein Handwerk lernte. Man konnte nicht sagen, daß Labakan ungeschickt mit der Nadel war, im Gegenteil, er konnte recht feine Arbeit machen. Auch tat man ihm unrecht, wenn man ihn geradezu faul schalt; aber ganz richtig war es doch nicht mit dem Gesellen; denn er konnte oft stundenweis in einem fort nähen, daß ihm die Nadel in der Hand glühend ward und der Faden rauchte; da gab es ihm dann ein Stück wie keinem andern. Ein andermal aber, und dies geschah leider öfters, saß er in tiefen Gedanken, sah mit starren Augen vor sich hin und hatte dabei in Gesicht und Wesen etwas so Eigenes, daß sein Meister und die übrigen Gesellen von diesem Zustand nie anders sprachen als: »Labakan hat wieder sein vornehmes Gesicht.«

Am Freitag aber, wenn andere Leute vom Gebet ruhig nach Haus an ihre Arbeit gingen, trat Labakan in einem schönen Kleid, das er sich mit vieler Mühe zusammengespart hatte, aus der Moschee, ging langsam und stolzen Schrittes durch die Plätze und Straßen der Stadt, und wenn ihm einer seiner Kameraden ein »Friede sei mit dir« oder »Wie geht es, Freund Labakan?« bot, so winkte er gnädig mit der Hand oder nickte, wenn es hoch kam, vornehm mit dem Kopf. Wenn dann sein Meister im Spaß zu ihm sagte: »An dir ist ein Prinz verlorengegangen, Labakan«, so freute er sich darüber und antwortete: »Habt Ihr das auch bemerkt?« oder »Ich habe es schon lange gedacht!«

So trieb es der ehrsame Schneidergeselle Labakan schon

eine geraume Zeit; sein Meister aber duldete seine Narrheit, weil er sonst ein guter Mensch und geschickter Arbeiter war. Aber eines Tages schickte Selim, der Bruder des Sultans, der gerade durch Alessandria reiste, ein Festkleid zu dem Meister, um einiges daran verändern zu lassen, und der Meister gab es Labakan, weil dieser die feinste Arbeit machte. Als abends der Meister und die Gesellen sich hinwegbegeben hatten, um nach des Tages Last sich zu erholen, trieb eine unwiderstehliche Sehnsucht Labakan wieder in die Werkstatt zurück, wo das Kleid des kaiserlichen Bruders hing. Er stand lange sinnend davor, bald den Glanz der Stickerei, bald die schillernden Farben des Samts und der Seide an dem Kleide bewundernd. Er konnte nicht anders, er mußte es anziehen, und siehe da, es paßte ihm so trefflich, wie wenn es für ihn wäre gemacht worden. »Bin ich nicht so gut ein Prinz als einer?« fragte er sich, indem er im Zimmer auf und ab schritt. »Hat nicht der Meister selbst schon gesagt, daß ich zum Prinzen geboren sei?« Mit den Kleidern schien der Geselle eine ganz königliche Gesinnung angezogen zu haben; er konnte sich nicht anders denken, als er sei ein unbekannter Königssohn, und als solcher beschloß er, in die Welt zu reisen und einen Ort zu verlassen, wo die Leute bisher so töricht gewesen waren, unter der Hülle seines niedern Standes nicht seine angeborene Würde zu erkennen. Das prachtvolle Kleid schien ihm von einer gütigen Fee geschickt; er hütete sich daher wohl, ein so teures Geschenk zu verschmähen, steckte seine geringe Barschaft zu sich und wanderte, begünstigt von dem Dunkel der Nacht, aus Alessandrias Toren.

Der neue Prinz erregte überall auf seiner Wanderschaft Verwunderung, denn das prachtvolle Kleid und sein ernstes, majestätisches Wesen wollte gar nicht passen für einen Fußgänger. Wenn man ihn darüber befragte, pflegte er mit geheimnisvoller Miene zu antworten, daß das seine eigenen Ursachen habe. Als er aber merkte, daß er sich durch seine Fußwanderungen lächerlich mache, kaufte er um geringen

Preis ein altes Roß, welches sehr für ihn paßte, da es ihn mit seiner gesetzten Ruhe und Sanftmut nie in Verlegenheit brachte, sich als geschickten Reiter zeigen zu müssen, was gar nicht seine Sache war.

Eines Tages, als er Schritt vor Schritt auf seinem Murva, so hatte er sein Roß genannt, seine Straße zog, schloß sich ein Reiter an ihn an und bat ihn, in seiner Gesellschaft reiten zu dürfen, weil ihm der Weg viel kürzer werde im Gespräch mit einem andern. Der Reiter war ein fröhlicher, junger Mann, schön und angenehm im Umgang. Er hatte mit Labakan bald ein Gespräch angeknüpft über Woher und Wohin, und es traf sich, daß auch er, wie der Schneidergeselle, ohne Plan in die Welt hinauszog. Er sagte, er heiße Omar, sei der Neffe Elfi Beys, des unglücklichen Bassas von Kairo, und reise nun umher, um einen Auftrag, den ihm sein Oheim auf dem Sterbebette erteilt habe, auszurichten. Labakan ließ sich nicht so offenherzig über seine Verhältnisse aus; er gab ihm zu verstehen, daß er von hoher Abkunft sei und zu seinem Vergnügen reise.

Die beiden jungen Herren fanden Gefallen aneinander und zogen fürder. Am zweiten Tage ihrer gemeinschaftlichen Reise fragte Labakan seinen Gefährten Omar nach den Aufträgen, die er zu besorgen habe, und erfuhr zu seinem Erstaunen folgendes: Elfi Bey, der Bassa von Kairo, hatte den Omar seit seiner frühesten Kindheit erzogen, und dieser hatte seine Eltern nie gekannt. Als nun Elfi Bey, von seinen Feinden überfallen und nach drei unglücklichen Schlachten, tödlich verwundet, fliehen mußte, entdeckte er seinem Zögling, daß er nicht sein Neffe sei, sondern der Sohn eines mächtigen Herrschers, welcher aus Furcht vor den Prophezeiungen seiner Sterndeuter den jungen Prinzen von seinem Hofe entfernt habe, mit dem Schwur, ihn erst an seinem zweiundzwanzigsten Geburtstage wiedersehen zu wollen. Elfi Bey habe ihm den Namen seines Vaters nicht genannt, sondern ihm nur aufs bestimmteste aufgetragen, am fünften Tage des kommenden Monats Ramadan, an welchem

Tage er zweiundzwanzig Jahre alt werde, sich an der berühmten Säule El-Serujah, vier Tagreisen östlich von Alessandria, einzufinden; dort soll er den Männern, die an der Säule stehen werden, einen Dolch, den er ihm gab, überreichen mit den Worten: »Hier bin ich, den ihr suchet«; wenn sie antworten: »Gelobt sei der Prophet, der dich erhielt!«, so soll er ihnen folgen, sie würden ihn zu seinem Vater führen.

Der Schneidergeselle Labakan war sehr erstaunt über diese Mitteilung; er betrachtete von jetzt an den Prinzen Omar mit neidischen Augen, erzürnt darüber, daß das Schicksal jenem, obgleich er schon für den Neffen eines mächtigen Bassa galt, noch die Würde eines Fürstensohns verliehen, ihm aber, den es mit allem, was einem Prinzen nottut, ausrüstete, gleichsam zum Hohn eine dunkle Geburt und einen gewöhnlichen Lebensweg verliehen habe. Er stellte Vergleichungen zwischen sich und dem Prinzen an. Er mußte sich gestehen, es sei jener ein Mann von sehr vorteilhafter Gesichtsbildung; schöne lebhafte Augen, eine kühn gebogene Nase, ein sanftes, zuvorkommendes Benehmen, kurz, so viele Vorzüge des Äußeren, die jemand empfehlen können, waren jenem eigen. Aber so viele Vorzüge er auch an seinem Begleiter fand, so gestand er sich doch bei diesen Beobachtungen, daß ein Labakan dem fürstlichen Vater wohl noch willkommener sein dürfte als der wirkliche Prinz.

Diese Betrachtungen verfolgten Labakan den ganzen Tag, mit ihnen schlief er im nächsten Nachtlager ein; aber als er morgens aufwachte und sein Blick auf den neben ihm schlafenden Omar fiel, der so ruhig schlafen und von seinem gewissen Glücke träumen konnte, da erwachte in ihm der Gedanke, sich durch List oder Gewalt zu erstreben, was ihm das ungünstige Schicksal versagt hatte. Der Dolch, das Erkennungszeichen des heimkehrenden Prinzen, sah aus dem Gürtel des Schlafenden hervor; leise zog er ihn hervor, um ihn in die Brust des Eigentümers zu stoßen. Doch vor dem Gedanken des Mordes entsetzte sich die friedfertige Seele des Gesellen; er begnügte sich, den Dolch zu sich zu stecken, das schnellere Pferd des Prinzen für sich aufzäumen zu lassen, und ehe Omar aufwachte und sich aller seiner Hoffnungen beraubt sah, hatte sein treuloser Gefährte schon einen Vorsprung von mehreren Meilen.

Es war gerade der erste Tag des heiligen Monats Ramadan, an welchem Labakan den Raub an dem Prinzen begangen hatte, und er hatte also noch vier Tage, um zu der Säule El-Serujah, welche ihm wohlbekannt war, zu gelangen. Obgleich die Gegend, worin sich diese Säule befand, höchstens noch zwei Tagreisen entfernt sein konnte, so beeilte er sich doch, hinzukommen, weil er immer fürchtete, von dem wahren Prinzen eingeholt zu werden.

Am Ende des zweiten Tages erblickte Labakan die Säule El-Serujah. Sie stand auf einer kleinen Anhöhe in einer weiten Ebene und konnte auf zwei bis drei Stunden gesehen werden. Labakans Herz pochte lauter bei diesem Anblick; obgleich er die letzten zwei Tage hindurch Zeit genug hatte, über die Rolle, die er zu spielen hatte, nachzudenken, so machte ihn doch das böse Gewissen etwas ängstlich; aber der Gedanke, daß er zum Prinzen geboren sei, stärkte ihn wieder, so daß er getrösteter seinem Ziele entgegenging.

Die Gegend um die Säule El-Serujah war unbewohnt und öde, und der neue Prinz wäre wegen seines Unterhalts etwas in Verlegenheit gekommen, wenn er sich nicht auf mehrere Tage versehen hätte. Er lagerte sich also neben seinem Pferd unter einigen Palmen und erwartete dort sein ferneres Schicksal.

Gegen die Mitte des andern Tages sah er einen großen Zug von Pferden und Kamelen über die Ebene her auf die Säule El-Serujah zuziehen. Der Zug hielt am Fuße des Hügels, auf welchem die Säule stand; man schlug prachtvolle Zelte auf, und das Ganze sah aus wie der Reisezug eines reichen Bassa oder Scheik. Labakan ahnete, daß die vielen Leute, welche er sah, sich seinetwegen hieher bemüht haben, und hätte ihnen gerne schon heute ihren künftigen Gebieter gezeigt; aber er mäßigte seine Begierde, als Prinz aufzutreten, da ja doch der nächste Morgen seine kühnsten Wünsche vollkommen befriedigen mußte.

Die Morgensonne weckte den überglücklichen Schneider zu dem wichtigsten Augenblick seines Lebens, welcher ihn aus einem niederen, unbekannten Sterblichen an die Seite eines fürstlichen Vaters erheben sollte; zwar fiel ihm, als er sein Pferd aufzäumte, um zu der Säule hinzureiten, wohl auch das Unrechtmäßige seines Schrittes ein; zwar führten ihm seine Gedanken den Schmerz des in seinen schönen Hoffnungen betrogenen Fürstensohnes vor, aber – der Würfel war geworfen, er konnte nicht mehr ungeschehen machen, was geschehen war, und seine Eigenliebe flüsterte ihm zu, daß er stattlich genug aussehe, um dem mächtigsten König sich als Sohn vorzustellen; ermutigt durch diesen Gedanken, schwang er sich auf sein Roß, nahm alle seine Tapferkeit zusammen, um es in einen ordentlichen Galopp zu bringen, und in weniger als einer Viertelstunde war er am Fuße des Hügels angelangt. Er stieg ab von seinem Pferd und band es an eine Staude, deren mehrere an dem Hügel wuchsen; hierauf zog er den Dolch des Prinzen Omar hervor und stieg den Hügel hinan. Am Fuß der Säule standen sechs Männer um einen Greisen von hohem, königlichem Ansehen; ein prachtvoller Kaftan von Goldstoff, mit einem weißen Kaschmirschal umgürtet, der weiße, mit blitzenden Edelsteinen geschmückte Turban bezeichneten ihn als einen Mann von Reichtum und Würde.

Auf ihn ging Labakan zu, neigte sich tief vor ihm und sprach, indem er ihm den Dolch darreichte: »Hier bin ich, den ihr suchet.«

»Gelobt sei der Prophet, des dich erhielt!« antwortete der Greis mit Freudentränen. »Umarme deinen alten Vater, mein geliebter Sohn Omar!« Der gute Schneider war sehr gerührt durch diese feierlichen Worte und sank mit einem Gemisch von Freude und Scham in die Arme des alten Fürsten.

Aber nur einen Augenblick sollte er ungetrübt die Wonne seines neuen Standes genießen; als er sich aus den Armen des fürstlichen Greisen aufrichtete, sah er einen Reiter über die Ebene her auf den Hügel zueilen. Der Reiter und sein Roß gewährten einen sonderbaren Anblick; das Roß schien aus Eigensinn oder Müdigkeit nicht vorwärts zu wollen; in einem stolpernden Gang, der weder Schritt noch Trab war, zog es daher; der Reiter aber trieb es mit Händen und Füßen zu schnellerem Laufe an. Nur zu bald erkannte Labakan sein Roß Murva und den echten Prinzen Omar; aber der böse Geist der Lüge war einmal in ihn gefahren, und er beschloß, wie es auch kommen möge, mit eiserner Stirne seine angemaßten Rechte zu behaupten.

Schon aus der Ferne hatte man den Reiter winken gesehen; jetzt war er trotz dem schlechten Trab des Rosses Murva am Fuße des Hügels angekommen, warf sich vom Pferd und stürzte den Hügel hinan. »Haltet ein!« rief er, »wer ihr auch sein möget, haltet ein und laßt euch nicht von dem schändlichsten Betrüger täuschen! Ich heiße Omar, und kein Sterblicher wage es, meinen Namen zu mißbrauchen!«

Auf den Gesichtern der Umstehenden malte sich tiefes Erstaunen über diese Wendung der Dinge; besonders schien der Greis sehr betroffen, indem er bald den einen, bald den andern fragend ansah. Labakan aber sprach mit mühsam errungener Ruhe: »Gnädigster Herr und Vater, laßt Euch nicht irremachen durch diesen Menschen da! Es ist, soviel ich weiß, ein wahnsinniger Schneidergeselle aus Alessandria, Labakan geheißen, der mehr unser Mitleid als unsern Zorn verdient.«

Bis zur Raserei aber brachten diese Worte den Prinzen. Schäumend vor Wut, wollte er auf Labakan eindringen, aber die Umstehenden warfen sich dazwischen und hielten ihn fest, und der Fürst sprach: »Wahrhaftig, mein lieber Sohn, der arme Mensch ist verrückt! Man binde ihn und setze ihn auf eines unserer Dromedare! Vielleicht, daß wir dem Unglücklichen Hilfe schaffen können.«

Die Wut des Prinzen hatte sich gelegt; weinend rief er dem Fürsten zu: »Mein Herz sagt mir, daß Ihr mein Vater seid;

bei dem Andenken meiner Mutter beschwöre ich Euch, hört mich an!«

»Ei, Gott bewahre uns!« antwortete dieser, »er fängt schon wieder an, irre zu reden; wie doch der Mensch auf so tolle Gedanken kommen kann!« Damit ergriff er Labakans Arm und ließ sich von ihm den Hügel hinuntergeleiten. Sie setzten sich beide auf schöne, mit reichen Decken behängte Pferde und ritten an der Spitze des Zuges über die Ebene hin. Dem unglücklichen Prinzen aber fesselte man die Hände und band ihn auf ein Dromedar fest, und zwei Reiter waren ihm immer zur Seite, die ein wachsames Auge auf jede seiner Bewegungen hatten.

Der fürstliche Greis war Saaud, der Sultan der Wechabiten. Er hatte lange ohne Kinder gelebt, endlich wurde ihm ein Prinz geboren, nach dem er sich so lange gesehnt hatte. Aber die Sterndeuter, welche er um die Vorbedeutungen des Knabens befragte, taten den Ausspruch, daß er bis ins zweiundzwanzigste Jahr in Gefahr stehe, von einem Feinde verdrängt zu werden. Deswegen, um recht sicher zu gehen, hatte der Sultan den Prinzen seinem alten erprobten Freunde Elfi Bey zum Erziehen gegeben und zweiundzwanzig schmerzliche Jahre auf seinen Anblick geharrt.

Dieses hatte der Sultan unterwegs seinem (vermeintlichen) Sohne erzählt und sich ihm außerordentlich zufrieden mit seiner Gestalt und seinem würdevollen Benehmen gezeigt.

Als sie in das Land des Sultans kamen, wurden sie überall von den Einwohnern mit Freudengeschrei empfangen; denn das Gerücht von der Ankunft des Prinzen hatte sich wie ein Lauffeuer durch alle Städte und Dörfer verbreitet. Auf den Straßen, durch welche sie zogen, waren Bögen von Blumen und Zweigen errichtet, glänzende Teppiche von allen Farben schmückten die Häuser, und das Volk pries laut Gott und seinen Propheten, der ihnen einen so schönen Prinzen gesandt habe. Alles dies erfüllte das stolze Herz des Schneiders mit Wonne; desto unglücklicher mußte sich aber der echte

Omar fühlen, der, noch immer gefesselt, in stiller Verzweiflung dem Zuge folgte. Niemand kümmerte sich um ihn bei dem allgemeinen Jubel, der doch ihm galt. Den Namen Omar riefen tausend und wieder tausend Stimmen; aber ihn, der diesen Namen mit Recht trug, ihn beachtete keiner, höchstens fragte einer oder der andere, wen man denn so eng gebunden mit fortführe, und schrecklich tönte in das Ohr des Prinzen die Antwort seiner Begleiter, es sei ein wahnsinniger Schneider.

Der Zug war endlich in die Hauptstadt des Sultans gekommen, wo alles noch glänzender zu ihrem Empfang bereitet war als in den übrigen Städten. Die Sultanin, eine ältliche, ehrwürdige Frau, erwartete sie mit ihrem ganzen Hofstaat in dem prachtvollsten Saal des Schlosses. Der Boden dieses Saales war mit einem ungeheuern Teppich bedeckt, die Wände waren mit hellblauem Tuch geschmückt, das in goldenen Quasten und Schnüren an großen silbernen Haken hing.

Es war schon dunkel, als der Zug anlangte; daher waren im Saale viele kugelrunde, farbige Lampen angezündet, welche die Nacht zum Tag erhellten. Am klarsten und vielfarbigsten strahlten sie aber im Hintergrund des Saales, wo die Sultanin auf einem Throne saß. Der Thron stand auf vier Stufen und war von lauterem Golde und mit großen Amethysten ausgelegt. Die vier vornehmsten Emire hielten einen Baldachin von roter Seide über dem Haupte der Sultanin, und der Scheik von Medina fächelte ihr mit einer Windfuchtel von weißen Pfaufedern Kühlung zu.

So erwartete die Sultanin ihren Gemahl und ihren Sohn; auch sie hatte ihn seit seiner Geburt nicht mehr gesehen, aber bedeutsame Träume hatten ihr den Ersehnten gezeigt, daß sie ihn aus Tausenden erkennen wollte. Jetzt hörte man das Geräusch des nahenden Zuges, Trompeten und Trommeln mischten sich in das Zujauchzen der Menge, der Hufschlag des Rosse tönte im Hof des Palastes, näher und näher rauschten die Tritte der Kommenden, die Türen des Saales flogen auf, und durch die Reihen der niederfallenden Diener eilte der Sultan an der Hand seines Sohnes vor den Thron der Mutter.

»Hier«, sprach er, »bringe ich dir den, nach welchem du dich so lange gesehnet.« –

Die Sultanin aber fiel ihm in die Rede. »Das ist mein Sohn nicht!« rief sie aus, »das sind nicht die Züge, die mir der Prophet im Traume gezeigt hat!«

Gerade als ihr der Sultan ihren Aberglauben verweisen wollte, sprang die Türe des Saales auf, Prinz Omar stürzte herein, verfolgt von seinen Wächtern, denen er sich mit Anstrengung aller seiner Kraft entrissen hatte; er warf sich atemlos vor dem Throne nieder: »Hier will ich sterben, laß mich töten, grausamer Vater; denn diese Schmach dulde ich nicht länger!« Alles war bestürzt über diese Reden; man drängte sich um den Unglücklichen her, und schon wollten ihn die herbeieilenden Wachen ergreifen und ihm wieder seine Bande anlegen, als die Sultanin, die in sprachlosem Erstaunen dieses alles mit angesehen hatte, von dem Throne aufsprang. »Haltet ein!« rief sie, »dieser und kein anderer ist der Rechte! Dieser ist's, den meine Augen nie gesehen und den mein Herz doch gekannt hat!«

Die Wächter hatten unwillkürlich von Omar abgelassen, aber der Sultan, entflammt von wütendem Zorn, rief ihnen zu, den Wahnsinnigen zu binden. »Ich habe hier zu entscheiden«, sprach er mit gebietender Stimme, »und hier richtet man nicht nach den Träumen der Weiber, sondern nach gewissen, untrüglichen Zeichen. Dieser hier« (indem er auf Labakan zeigte) »ist mein Sohn; denn er hat mir das Wahrzeichen meines Freundes Elfi, den Dolch, gebracht.«

»Gestohlen hat er ihn«, schrie Omar, »mein argloses Vertrauen hat er zum Verrat mißbraucht!« Der Sultan aber hörte nicht auf die Stimme seines Sohnes; denn er war in allen Dingen gewohnt, eigensinnig nur seinem Urteil zu folgen; daher ließ er den unglücklichen Omar mit Gewalt aus dem Saal schleppen, er selbst aber begab sich mit Labakan in sein Gemach, voll Wut über die Sultanin, seine Gemahlin, mit der er doch seit fünfundzwanzig Jahren in Frieden gelebt hatte.

Die Sultanin aber war voll Kummer über diese Begebenheiten; sie war vollkommen überzeugt, daß ein Betrüger sich des Herzens des Sultans bemächtigt hatte; denn jenen Unglücklichen hatten ihr so viele bedeutsame Träume als ihren Sohn gezeigt.

Als sich ihr Schmerz ein wenig gelegt hatte, sann sie auf Mittel, um ihren Gemahl von seinem Unrecht zu überzeugen. Es war dies allerdings schwierig; denn jener, der sich für ihren Sohn ausgab, hatte das Erkennungszeichen, den Dolch, überreicht und hatte auch, wie sie erfuhr, so viel von Omars früherem Leben von diesem selbst sich erzählen lassen, daß er seine Rolle, ohne sich zu verraten, spielte.

Sie berief die Männer zu sich, die den Sultan zu der Säule El-Serujah begleitet hatten, um sich alles genau erzählen zu lassen, und hielt dann mit ihren vertrautesten Sklavinnen Rat. Sie wählten und verwarfen dies und jenes Mittel; endlich sprach Melechsalah, eine alte, kluge Zirkassierin: »Wenn ich recht gehört habe, verehrte Gebieterin, so nannte der Überbringer des Dolches den, welchen du für deinen Sohn hältst, Labakan, einen verwirrten Schneider?« – »Ja, so ist es«, antwortete die Sultanin; »aber was willst du damit?«

»Was meint Ihr«, fuhr jene fort, »wenn dieser Betrüger Eurem Sohn seinen eigenen Namen aufgeheftet hätte? – Und wenn dies ist, so gibt es ein herrliches Mittel, den Betrüger zu fangen, das ich Euch ganz im geheim sagen will.« Die Sultanin bot ihrer Sklavin das Ohr hin, und diese flüsterte ihr einen Rat zu, der ihr zu behagen schien; denn sie schickte sich an, sogleich zum Sultan zu gehen.

Die Sultanin war eine kluge Frau, welche wohl die schwachen Seiten des Sultans kannte und sie zu benützen verstand. Sie schien daher ihm nachgeben und den Sohn anerkennen zu wollen und bat sich nur eine Bedingung aus; der Sultan, dem sein Aufbrausen gegen seine Frau leid tat, gestand die Bedingung zu, und sie sprach: »Ich möchte gerne den beiden eine Probe ihrer Geschicklichkeit auferlegen. Eine andere würde sie vielleicht reiten, fechten oder Speere werfen lassen; aber das sind Sachen, die ein jeder kann: nein, ich will ihnen etwas geben, wozu Scharfsinn gehört. Es soll nämlich jeder von ihnen einen Kaftan und ein Paar Beinkleider verfertigen, und da wollen wir einmal sehen, wer die schönsten macht.«

Der Sultan lachte und sprach: »Ei, da hast du ja etwas recht Kluges ausgesonnen. Mein Sohn sollte mit deinem wahnsinnigen Schneider wetteifern, wer den besten Kaftan macht? Nein, das ist nichts.« –

Die Sultanin aber berief sich darauf, daß er ihr die Bedingung zum voraus zugesagt habe, und der Sultan, welcher ein Mann von Wort war, gab endlich nach, obgleich er schwur, wenn der wahnsinnige Schneider seinen Kaftan auch noch so schön mache, könne er ihn doch nicht für seinen Sohn erkennen.

Der Sultan ging selbst zu seinem Sohn und bat ihn, sich in die Grillen seiner Mutter zu schicken, die nun einmal durchaus einen Kaftan von seiner Hand zu sehen wünsche. Dem guten Labakan lachte das Herz vor Freude; wenn es nur an dem fehlt, dachte er bei sich, da soll die Frau Sultanin bald Freude an mir erleben.

Man hatte zwei Zimmer eingerichtet, eines für den Prinzen, das andere für den Schneider; dort sollten sie ihre Kunst erproben, und man hatte jedem nur ein hinlängliches Stück Seidenzeug, Schere, Nadel und Faden gegeben.

Der Sultan war sehr begierig, was für ein Ding von Kaftan wohl sein Sohn zutage fördern werde; aber auch der Sultanin pochte unruhig das Herz, ob ihre List wohl gelingen werde oder nicht. Man hatte den beiden zwei Tage zu ihrem Geschäft ausgesetzt; am dritten ließ der Sultan seine Gemahlin rufen, und als sie erschienen war, schickte er in jene zwei Zimmer, um die beiden Kaftane und ihre Verfertiger holen zu lassen. Triumphierend trat Labakan ein und breitete seinen Kaftan vor den erstaunten Blicken des Sultans aus.

»Siehe her, Vater«, sprach er, »siehe her, verehrte Mutter, ob dies nicht ein Meisterstück von einem Kaftan ist? Da laß ich es mit dem geschicktesten Hofschneider auf eine Wette ankommen, ob er einen solchen herausbringt.« –

Die Sultanin lächelte und wandte sich zu Omar: »Und was hast du herausgebracht, mein Sohn?« Unwillig warf dieser den Seidenstoff und die Schere auf den Boden: »Man hat mich gelehrt, ein Roß zu bändigen und einen Säbel zu schwingen, und meine Lanze trifft auf sechzig Gänge ihr Ziel – aber die Künste der Nadel sind mir fremd. Sie wären auch unwürdig für einen Zögling Elfi Beys, des Beherrschers von Kairo.«

»O du echter Sohn meines Herrn«, rief die Sultanin; »ach! daß ich dich umarmen, dich Sohn nennen dürfte! Verzeihet, mein Gemahl und Gebieter«, sprach sie dann, indem sie sich zum Sultan wandte, »daß ich diese List gegen Euch gebraucht habe. Sehet Ihr jetzt noch nicht ein, wer Prinz und wer Schneider ist? Fürwahr, der Kaftan ist köstlich, den Euer Herr Sohn gemacht hat, und ich möchte ihn gerne fragen, bei welchem Meister er gelernt habe.«

Der Sultan saß in tiefen Gedanken, mißtrauisch bald seine Frau, bald Labakan anschauend, der umsonst sein Erröten und seine Bestürzung, daß er sich so dumm verraten habe, zu bekämpfen suchte. »Auch dieser Beweis genügt nicht«, sprach er. »Aber ich weiß, Allah sei es gedankt! ein Mittel, zu erfahren, ob ich betrogen bin oder nicht.«

Er befahl, sein schnellstes Pferd vorzuführen, schwang sich auf und ritt in einen Wald, der nicht weit von der Stadt begann. Dort wohnte nach einer alten Sage eine gütige Fee, Adolzaide geheißen, welche oft schon den Königen seines Stammes in der Stunde der Not mit ihrem Rat beigestanden war; dorthin eilte der Sultan.

In der Mitte des Waldes war ein freier Platz, von hohen Zedern umgeben. Dort wohnte nach der Sage die Fee, und selten betrat ein Sterblicher diesen Platz; denn eine gewisse Scheue davor hatte sich aus alten Zeiten vom Vater auf den Sohn vererbt.

Als der Sultan dort angekommen war, stieg er ab, band sein Pferd an einen Baum, stellte sich in die Mitte des Platzes und sprach mit lauter Stimme: »Wenn es wahr ist, daß du meinen Vätern gütigen Rat erteiltest in der Stunde der Not, so verschmähe nicht die Bitte ihres Enkels und rate mir, wo menschlicher Verstand zu kurzsichtig ist!«

Er hatte kaum die letzten Worte gesprochen, als sich eine der Zedern öffnete und eine verschleierte Frau in langen weißen Gewändern hervortrat. »Ich weiß, warum du zu mir kommst, Sultan Saaud, dein Wille ist redlich, darum soll dir auch meine Hilfe werden. Nimm diese zwei Kistchen! Laß jene beiden, welche deine Söhne sein wollen, wählen! Ich weiß, daß der, welcher der echte ist, das rechte nicht verfehlen wird.« So sprach die Verschleierte und reichte ihm zwei kleine Kistchen von Elfenbein, reich mit Gold und Perlen verziert; auf dem Deckel, welchen der Sultan vergebens zu öffnen versuchte, standen Inschriften von eingesetzten Diamanten. –

Der Sultan besann sich, als er nach Hause ritt, hin und her, was wohl in den Kistchen sein könnte, welche er mit aller Mühe nicht zu eröffnen vermochte. Auch die Aufschrift gab ihm kein Licht in der Sache; denn auf dem einen stand: »Ehre und Ruhm«, auf dem andern: »Glück und Reichtum«. Der Sultan dachte bei sich, da würde auch ihm die Wahl schwer werden unter diesen beiden Dingen, die gleich anziehend, gleich lockend seien.

Als er in seinen Palast zurückgekommen war, ließ er die Sultanin rufen und sagte ihr den Ausspruch der Fee, und eine wunderbare Hoffnung erfüllte sie, daß jener, zu dem ihr Herz sie hinzog, das Kistchen wählen würde, welches seine königliche Abkunft beweisen sollte.

Vor dem Throne des Sultans wurden zwei Tische aufgestellt; auf sie setzte der Sultan mit eigener Hand die beiden Kistchen, bestieg dann den Thron und winkte einem seiner Sklaven, die Pforte des Saales zu öffnen. Eine glänzende Versammlung von Bassas und Emiren des Reiches, die der

Sultan berufen hatte, strömte durch die geöffnete Pforte. Sie ließen sich auf prachtvollen Polstern nieder, welche die Wände entlang aufgestellt waren.

Als sie sich alle niedergelassen hatten, winkte der König zum zweitenmal, und Labakan wurde hereingeführt. Mit stolzem Schritte ging er durch den Saal, warf sich vor dem Throne nieder und sprach: »Was befiehlt mein Herr und Vater?«

Der Sultan erhob sich auf seinem Throne und sprach: »Mein Sohn! Es sind Zweifel an der Echtheit deiner Ansprüche auf diesen Namen erhoben worden; eines jener Kistchen enthält die Bestätigung deiner echten Geburt! Wähle! Ich zweifle nicht, du wirst das rechte wählen!«

Labakan erhob sich und trat vor die Kistchen; er erwog lange, was er wählen sollte, endlich sprach er: »Verehrter Vater! Was kann es Höheres geben als das Glück, dein Sohn zu sein, was Edleres als den Reichtum deiner Gnade? Ich wähle das Kistchen, das die Aufschrift ›Glück und Reichtum‹ zeigt.«

»Wir werden nachher erfahren, ob du recht gewählt hast; einstweilen setze dich dort auf das Polster zum Bassa von Medina!« sagte der Sultan und winkte seinen Sklaven.

Omar wurde hereingeführt; sein Blick war düster, seine Miene traurig, und sein Anblick erregte allgemeine Teilnahme unter den Anwesenden. Er warf sich vor dem Throne nieder und fragte nach dem Willen des Sultans.

Der Sultan deutete ihm an, daß er eines der Kistchen zu wählen habe; er stand auf und trat vor den Tisch.

Er las aufmerksam beide Inschriften und sprach: »Die letzten Tage haben mich gelehrt, wie unsicher das Glück, wie vergänglich der Reichtum ist; sie haben mich aber auch gelehrt, daß ein unzerstörbares Gut in der Brust des Tapfern wohnt, die Ehre, und daß der leuchtende Stern des Ruhmes nicht mit dem Glück zugleich vergeht. Und sollte ich einer Krone entsagen, der Würfel liegt – Ehre und Ruhm, ich wähle euch!« –

Er setzte seine Hand auf das Kistchen, das er erwählt

hatte; aber der Sultan befahl ihm, einzuhalten; er winkte Labakan, gleichfalls vor seinen Tisch zu treten, und auch dieser legte seine Hand auf sein Kistchen.

Der Sultan aber ließ sich ein Becken mit Wasser von dem heiligen Brunnen Zemzem in Mekka bringen, wusch seine Hände zum Gebet, wandte sein Gesicht nach Osten, warf sich nieder und betete: »Gott meiner Väter! Der du seit Jahrhunderten unsern Stamm rein und unverfälscht bewahrtest, gib nicht zu, daß ein Unwürdiger den Namen der Abbassiden schände, sei mit deinem Schutze meinem echten Sohne nahe in dieser Stunde der Prüfung!«

Der Sultan erhob sich und bestieg seinen Thron wieder; allgemeine Erwartung fesselte die Anwesenden: man wagte kaum zu atmen; man hätte ein Mäuschen über den Saal gehen hören, so still und gespannt waren alle; die hintersten machten lange Hälse, um über die vordern nach den Kistchen sehen zu können. Jetzt sprach der Sultan: »Öffnet die Kistchen!«, und diese, die vorher keine Gewalt zu öffnen vermochte, sprangen von selbst auf.

In dem Kistchen, das Omar gewählt hatte, lag auf einem samtenen Kissen eine kleine goldene Krone und ein Zepter; in Labakans Kistchen – eine große Nadel und ein wenig Zwirn! Der Sultan befahl den beiden, ihre Kästchen vor ihn zu bringen. Er nahm das Krönchen von dem Kissen in seine Hand, und wunderbar war es anzusehen; wie er es nahm, wurde es größer und größer, bis es die Größe einer rechten Krone erreicht hatte. Er setzte die Krone seinem Sohn Omar, der vor ihm kniete, auf das Haupt, küßte ihn auf die Stirne und hieß ihn zu seiner Rechten sich niedersetzen. Zu Labakan aber wandte er sich und sprach: »Es ist ein altes Sprichwort: Der Schuster bleibe bei seinem Leist! Es scheint, als solltest du bei der Nadel bleiben. Zwar hast du meine Gnade nicht verdient; aber es hat jemand für dich gebeten, dem ich heute nichts abschlagen kann; drum schenke ich dir dein armseliges Leben; aber wenn ich dir guten Rates bin, so beeile dich, daß du aus meinem Land kommst!«

Beschämt, vernichtet, wie er war, vermochte der arme Schneidergeselle nichts zu erwidern; er warf sich vor dem Prinzen nieder, und Tränen drangen ihm aus den Augen. »Könnt Ihr mir vergeben, Prinz?« sagte er. –

»Treue gegen den Freund, Großmut gegen den Feind! ist des Abbassiden Stolz«, antwortete der Prinz, indem er ihn aufhob, »gehe hin in Frieden!« – »O du mein echter Sohn!« rief gerührt der alte Sultan und sank an die Brust des Sohnes; die Emiren und Bassa und alle Großen des Reiches standen auf von ihren Sitzen und riefen: »Heil dem neuen Königssohn!«, und unter dem allgemeinen Jubel schlich sich Labakan, sein Kistchen unter dem Arm, aus dem Saal.

Er ging hinunter in die Ställe des Sultans, zäumte sein Roß Murva auf und ritt zum Tore hinaus, Alessandria zu. Sein ganzes Prinzenleben kam ihm wie ein Traum vor, und nur das prachtvolle Kistchen, reich mit Perlen und Diamanten geschmückt, erinnerte ihn, daß er doch nicht geträumt habe.

Als er endlich wieder nach Alessandria kam, ritt er vor das Haus seines alten Meisters, stieg ab, band sein Rößlein an die Türe und trat in die Werkstatt. Der Meister, der ihn nicht gleich kannte, machte ein großes Wesen und fragte, was ihm zu Dienst stehe; als er aber den Gast näher ansah und seinen alten Labakan erkannte, rief er seine Gesellen und Lehrlinge herbei, und alle stürzten sich wie wütend auf den armen Labakan, der keines solchen Empfangs gewärtig war, stießen und schlugen ihn mit Bügeleisen und Ellenmaß, stachen ihn mit Nadeln und zwickten ihn mit scharfen Scheren, bis er erschöpft auf einen Haufen alter Kleider niedersank.

Und als er nun so dalag, hielt ihm der Meister eine Strafrede über das gestohlene Kleid; vergebens versicherte Labakan, daß er nur deswegen wiedergekommen sei, um ihm alles zu ersetzen, vergebens bot er ihm den dreifachen Schadenersatz, der Meister und seine Gesellen fielen wieder über ihn her, schlugen ihn weidlich und warfen ihn zur Türe hinaus; zerschlagen und zerfetzt stieg er auf das Roß Murva und ritt in eine Karawanserei. Dort legte er sein müdes, zerschlagenes Haupt nieder und stellte Betrachtungen an über die Leiden der Erde, über das so oft verkannte Verdienst und über die Nichtigkeit und Flüchtigkeit aller Güter. Er schlief mit dem Entschluß ein, aller Größe zu entsagen und ein ehrsamer Bürger zu werden.

Und den andern Tag gereute ihn sein Entschluß nicht; denn die schweren Hände des Meisters und seiner Gesellen schienen alle Hoheit aus ihm herausgeprügelt zu haben.

Er verkaufte um einen hohen Preis sein Kistchen an einen Juwelenhändler, kaufte sich ein Haus und richtete eine Werkstatt zu seinem Gewerbe ein. Als er alles gut eingerichtet und auch einen Schild mit der Aufschrift »Labakan, Kleidermacher« vor sein Fenster gehängt hatte, setzte er sich und begann mit jener Nadel und dem Zwirn, die er in dem Kistchen gefunden, den Rock zu flicken, welchen ihm sein Meister so grausam zerfetzt hatte. Er wurde von seinem Geschäft abgerufen, und als er sich wieder an die Arbeit setzen wollte, welch sonderbarer Anblick bot sich ihm dar! Die Nadel nähte emsig fort, ohne von jemand geführt zu werden; sie machte feine, zierliche Stiche, wie sie selbst Labakan in seinen kunstreichsten Augenblicken nicht gemacht hatte!

Wahrlich, auch das geringste Geschenk einer gütigen Fee ist nützlich und von großem Wert! Noch einen anderen Wert hatte aber dies Geschenk, nämlich, das Stückchen Zwirn ging nie aus, die Nadel mochte so fleißig sein, als sie wollte.

Labakan bekam viele Kunden und war bald der berühmteste Schneider weit und breit; er schnitt die Gewänder zu und machte den ersten Stich mit der Nadel daran, und flugs arbeitete diese weiter ohne Unterlaß, bis das Gewand fertig war. Meister Labakan hatte bald die ganze Stadt zu Kunden; denn er arbeitete schön und außerordentlich billig, und nur über eines schüttelten die Leute von Alessandria den Kopf, nämlich daß er ganz ohne Gesellen und bei verschlossenen Türen arbeite.

So war der Spruch des Kistchens, Glück und Reichtum verheißend, in Erfüllung gegangen; Glück und Reichtum begleiteten, wenn auch in bescheidenem Maße, die Schritte des guten Schneiders, und wenn er von dem Ruhm des jungen Sultans Omar, der in aller Munde lebte, hörte, wenn er hörte, daß dieser Tapfere der Stolz und die Liebe seines Volkes und der Schrecken seiner Feinde sei, da dachte der ehemalige Prinz bei sich: »Es ist doch besser, daß ich ein Schneider geblieben bin; denn um die Ehre und den Ruhm ist es eine gar gefährliche Sache.« So lebte Labakan, zufrieden mit sich, geachtet von seinen Mitbürgern, und wenn die Nadel indes nicht ihre Kraft verloren, so näht sie noch jetzt mit dem ewigen Zwirn der gütigen Fee Adolzaide.

Mit Sonnenaufgang brach die Karawane auf und gelangte bald nach Birket el Had oder den Pilgrimsbrunnen, von wo es nur noch drei Stunden Weges nach Kairo war. Man hatte um diese Zeit die Karawane erwartet, und bald hatten die Kaufleute die Freude, ihre Freunde aus Kairo ihnen entgegenkommen zu sehen. Sie zogen in die Stadt durch das Tor Bebel Falch; denn es wird für eine glückliche Vorbedeutung gehalten, wenn man von Mekka kommt, durch dieses Tor einzuziehen, weil der Prophet hindurchgezogen ist.

Auf dem Markte verabschiedeten sich die vier türkischen Kaufleute von dem Fremden und dem griechischen Kaufmann Zaleukos und gingen mit ihren Freunden nach Haus. Zaleukos aber zeigte dem Fremden eine gute Karawanserei und lud ihn ein, mit ihm das Mittagsmahl zu nehmen. Der Fremde sagte zu und versprach, wenn er nur vorher noch sich umgekleidet habe, zu erscheinen.

Der Grieche hatte alle Anstalten getroffen, den Fremden, welchen er auf der Reise liebgewonnen hatte, gut zu bewirten, und als die Speisen und Getränke in gehöriger Ordnung aufgestellt waren, setzte er sich, seinen Gast zu erwarten.

Langsamen und schweren Schrittes hörte er ihn den Gang, der zu seinem Gemach führte, heraufkommen. Er erhob sich, um ihm freundlich entgegenzugehen und ihn an der

Schwelle zu bewillkommen, aber voll Entsetzen fuhr er zurück, als er die Türe öffnete; denn jener schreckliche Rotmantel trat ihm entgegen; er warf noch einen Blick auf ihn, es war keine Täuschung: dieselbe hohe, gebietende Gestalt, die Larve, aus welcher ihn die dunkeln Augen anblitzten, der rote Mantel mit der goldenen Stickerei war ihm nur allzuwohl bekannt aus den schrecklichsten Stunden seines Lebens.

Widerstreitende Gefühle wogten in Zaleukos' Brust; er hatte sich mit diesem Bild seiner Erinnerung längst ausgesöhnt und ihm vergeben, und doch riß sein Anblick alle seine Wunden wieder auf; alle jene qualvollen Stunden der Todesangst, jener Gram, der die Blüte seines Lebens vergiftete, zogen im Flug eines Augenblicks an seiner Seele vorüber.

»Was willst du, Schrecklicher?« rief der Grieche aus, als die Erscheinung noch immer regungslos auf der Schwelle stand. »Weiche schnell von hinnen, daß ich dir nicht fluche!«

»Zaleukos!« sprach eine bekannte Stimme unter der Larve hervor, »Zaleukos! So empfängst du deinen Gastfreund?« Der Sprechende nahm die Larve ab, schlug den Mantel zurück; es war Selim Baruch, der Fremde.

Aber Zaleukos schien noch nicht beruhigt, ihm graute vor dem Fremden, denn nur zu deutlich hatte er in ihm den Unbekannten von der Ponte Vecchio erkannt; aber die alte Gewohnheit der Gastfreundschaft siegte, er winkte schweigend dem Fremden, sich zu ihm ans Mahl zu setzen.

»Ich errate deine Gedanken«, nahm dieser das Wort, als sie sich gesetzt hatten. »Deine Augen sehen fragend auf mich; – ich hätte schweigen und mich deinen Blicken nie mehr zeigen können; aber ich bin dir Rechenschaft schuldig, und darum wagte ich es auch, auf die Gefahr hin, daß du mir fluchest, vor dir in meiner alten Gestalt zu erscheinen. Du sagtest einst zu mir: ›Der Glaube meiner Väter befiehlt mir, ihn zu lieben, auch ist er wohl unglücklicher als ich‹; glaube dieses, mein Freund, und höre meine Rechtfertigung!

Ich muß weit ausholen, um mich dir ganz verständlich zu

machen. Ich bin in Alexandrien von christlichen Eltern geboren. Mein Vater, der jüngere Sohn eines alten berühmten französischen Hauses, war Konsul seines Landes in Alexandrien. Ich wurde von meinem zehnten Jahr an in Frankreich bei einem Bruder meiner Mutter erzogen und verließ erst einige Jahre nach dem Ausbruch der Revolution mein Vaterland, um mit meinem Oheim, der in dem Lande seiner Ahnen nicht mehr sicher war, über dem Meer bei meinen Eltern eine Zuflucht zu suchen. Voll Hoffnung, die Ruhe und den Frieden, den uns das empörte Volk der Franzosen entrissen, im elterlichen Hause wiederzufinden, landeten wir. Aber ach! ich fand nicht alles in meines Vaters Hause, wie es sein sollte; die äußeren Stürme der bewegten Zeit waren zwar noch nicht bis hieher gelangt, desto unerwarteter hatte das Unglück mein Haus im innersten Herzen heimgesucht. Mein Bruder, ein junger, hoffnungsvoller Mann, erster Sekretär meines Vaters, hatte sich erst seit kurzem mit einem jungen Mädchen, der Tochter eines florentinischen Edelmannes, der in unserer Nachbarschaft wohnte, verheiratet; zwei Tage vor unserer Ankunft war diese auf einmal verschwunden, ohne daß weder unsere Familie noch ihr Vater die geringste Spur von ihr auffinden konnten. Man glaubte endlich, sie habe sich auf einem Spaziergang zu weit gewagt und seie in Räuberhände gefallen. Beinahe tröstlicher wäre dieser Gedanke für meinen armen Bruder gewesen als die Wahrheit, die uns nur zu bald kund wurde. Die Treulose hatte sich mit einem jungen Neapolitaner, den sie im Hause ihres Vaters kennengelernt hatte, eingeschifft. Mein Bruder, aufs äußerste empört über diesen Schritt, bot alles auf, die Schuldige zur Strafe zu ziehen; doch vergebens; seine Versuche, die in Neapel und Florenz Aufsehen erregt hatten, dienten nur dazu, sein und unser aller Unglück zu vollenden. Der florentinische Edelmann reiste in sein Vaterland zurück, zwar mit dem Vorgeben, meinem Bruder Recht zu verschaffen, der Tat nach aber, um uns zu verderben. Er schlug in Florenz alle jene Untersuchungen, welche mein Bruder angeknüpft hatte, nieder und wußte seinen Einfluß, den er auf alle Art sich verschafft hatte, so gut zu benützen, daß mein Vater und mein Bruder ihrer Regierung verdächtig gemacht und, durch die schändlichsten Mittel gefangen, nach Frankreich geführt und dort vom Beil des Henkers getötet wurden. Meine arme Mutter verfiel in Wahnsinn, und erst nach zehn langen Monaten erlöste sie der Tod von ihrem schrecklichen Zustand, der aber in den letzten Tagen zu vollem, klarem Bewußtsein geworden war. So stand ich jetzt ganz allein in der Welt; aber nur ein Gedanke beschäftigte meine Seele, nur ein Gedanke ließ mich meine Trauer vergessen, es war jene mächtige Flamme, die meine Mutter in ihrer letzten Stunde in mir angefacht hatte.

In den letzten Stunden war, wie ich dir sagte, ihr Bewußtsein zurückgekehrt; sie ließ mich rufen und sprach mit Ruhe von unserem Schicksal und ihrem Ende. Dann aber ließ sie alle aus dem Zimmer gehen, richtete sich mit feierlicher Miene von ihrem ärmlichen Lager auf und sagte, ich könne mir ihren Segen erwerben, wenn ich ihr schwöre, etwas auszuführen, das sie mir auftragen würde. Ergriffen von den Worten der sterbenden Mutter, gelobte ich mit einem Eide, zu tun, wie sie mir sagen werde. Sie brach nun in Verwünschungen gegen den Florentiner und seine Tochter aus und legte mir mit den fürchterlichsten Drohungen ihres Fluches auf, mein unglückliches Haus an ihm zu rächen. Sie starb in meinen Armen. Jener Gedanke der Rache hatte schon lange in meiner Seele geschlummert; jetzt erwachte er mit aller Macht. Ich sammelte den Rest meines väterlichen Vermögens und schwur mir, alles an meine Rache zu setzen oder selbst mit unterzugehen.

Bald war ich in Florenz, wo ich mich so geheim als möglich aufhielt; mein Plan war aber um viel erschwert worden durch die Lage, in welcher sich meine Feinde befanden. Der alte Florentiner war Gouverneur geworden und hatte so alle Mittel in der Hand, sobald er das geringste ahnete, mich zu verderben. Ein Zufall kam mir zu Hilfe. Eines Abends sah ich einen Menschen in bekannter Livree durch die Straßen gehen; sein unsicherer Gang, sein finsterer Blick und das halblaut herausgestoßene ›*Santo sacramento*‹ und ›*Maledetto diavolo*‹ ließ mich den alten Pietro, einen Diener des Florentiners, den ich schon in Alexandria gekannt hatte, erkennen. Ich war nicht in Zweifel, daß er über seinen Herrn in Zorn geraten sei, und beschloß, seine Stimmung zu benützen. Er schien sehr überrascht, mich hier zu sehen, klagte mir sein Leiden, daß er seinem Herrn, seit er Gouverneur geworden, nichts mehr recht machen könne, und mein Gold, unterstützt von seinem Zorn, brachte ihn bald auf meine Seite. Das Schwierigste war jetzt beseitigt; ich hatte einen Mann in meinem Solde, der mir zu jeder Stunde die Türe meines Feindes öffnete, und nun reifte mein Racheplan immer schneller heran. Das Leben des alten Florentiners schien mir ein zu geringes Gewicht, dem Untergang meines Hauses gegenüber, zu haben. Sein Liebstes mußte er gemordet sehen, und dies war Bianka, seine Tochter. Hatte ja sie so schändlich an meinem Bruder gefrevelt, war ja sie doch die Hauptursache unseres Unglücks. Gar erwünscht kam sogar meinem rachedurstenden Herzen die Nachricht, daß gerade in dieser Zeit Bianka zum zweitenmal sich vermählen wollte; es war beschlossen, sie mußte sterben. Aber mir selbst graute vor der Tat, und auch Pietro traute ich zu wenig Kraft zu; darum spähten wir umher nach einem Mann, der das Geschäft vollbringen könnte. Unter den Florentinern wagte ich keinen zu dingen; denn gegen den Gouverneur würde keiner etwas solches unternommen haben. Da fiel Pietro der Plan ein, den ich nachher ausgeführt habe; zugleich schlug er dich als Fremden und Arzt als den Tauglichsten vor. Den Verlauf der Sache weißt du. Nur an deiner übergroßen Vorsicht und Ehrlichkeit schien mein Unternehmen zu scheitern. Daher der Zufall mit dem Mantel.

Pietro öffnete uns das Pförtchen an dem Palast des Gouverneurs; er hätte uns auch ebenso heimlich wieder hinausgeleitet, wenn wir nicht, durch den schrecklichen Anblick, der sich uns durch die Türspalte darbot, erschreckt, entflohen wären. Von Schrecken und Reue gejagt, war ich über zweihundert Schritte fortgerannt, bis ich auf den Stufen einer Kirche niedersank. Dort erst sammelte ich mich wieder, und mein erster Gedanke warst du und dein schreckliches Schicksal, wenn man dich in dem Hause fände.

Ich schlich an den Palast; aber weder von Pietro noch von dir konnte ich eine Spur entdecken; das Pförtchen aber war offen; so konnte ich wenigstens hoffen, daß du die Gelegenheit zur Flucht benützt haben könntest.

Als aber der Tag anbrach, ließ mich die Angst vor der Entdeckung und ein unabweisbares Gefühl von Reue nicht mehr in den Mauern von Florenz. Ich eilte nach Rom. Aber denke dir meine Bestürzung, als man dort nach einigen Tagen überall diese Geschichte erzählte mit dem Beisatz, man habe den Mörder, einen griechischen Arzt, gefangen. Ich kehrte in banger Besorgnis nach Florenz zurück; denn schien mir meine Rache schon vorher zu stark, so verfluchte ich sie jetzt, denn sie war mir durch dein Leben allzu teuer erkauft. Ich kam an demselben Tage an, der dich der Hand beraubte. Ich schweige von dem, was ich fühlte, als ich dich das Schafott besteigen und so heldenmütig leiden sah. Aber damals, als dein Blut in Strömen aufspritzte, war der Entschluß fest in mir, dir deine übrigen Lebenstage zu versüßen. Was weiter geschehen ist, weißt du; nur das bleibt mir noch zu sagen übrig, warum ich diese Reise mit dir machte.

Als eine schwere Last drückte mich der Gedanke, daß du mir noch immer nicht vergeben habest; darum entschloß ich mich, viele Tage mit dir zu leben und dir endlich Rechenschaft abzulegen von dem, was ich mit dir getan.«

Schweigend hatte der Grieche seinen Gast angehört; mit sanftem Blick bot er ihm, als er geendet hatte, seine Rechte. »Ich wußte wohl, daß du unglücklicher sein müßtest als ich; denn jene grausame Tat wird wie eine dunkle Wolke ewig deine Tage verfinstern; ich vergebe dir von Herzen. Aber erlaube mir noch eine Frage: Wie kommst du unter dieser

Gestalt in die Wüste? Was fingst du an, nachdem du in Konstantinopel mir das Haus gekauft hattest?«

»Ich ging nach Alexandria zurück«, antwortete der Gefragte; »Haß gegen alle Menschen tobte in meiner Brust, brennender Haß besonders gegen jene Nationen, die man die gebildeten nennt. Glaube mir, unter meinen Moslemiten war mir wohler! Kaum war ich einige Monate in Alexandria, als jene Landung meiner Landsleute erfolgte.

Ich sah in ihnen nur die Henker meines Vaters und meines Bruders; darum sammelte ich einige gleichgesinnte junge Leute meiner Bekanntschaft und schloß mich jenen tapfern Mamelucken an, die so oft der Schrecken des französischen Heeres wurden. Als der Feldzug beendigt war, konnte ich mich nicht entschließen, zu den Künsten des Friedens zurückzukehren. Ich lebte mit meiner kleinen Anzahl gleichdenkender Freunde ein unstetes, flüchtiges, dem Kampf und der Jagd geweihtes Leben; ich lebe zufrieden unter diesen Leuten, die mich wie ihren Fürsten ehren; denn wenn meine Asiaten auch nicht so gebildet sind wie eure Europäer, so sind sie doch weit entfernt von Neid und Verleumdung, von Selbstsucht und Ehrgeiz.«

Zaleukos dankte dem Fremden für seine Mitteilung; aber er barg ihm nicht, daß er es für seinen Stand, für seine Bildung angemessener fände, wenn er in christlichen, in europäischen Ländern leben und wirken würde. Er faßte seine Hand und bat ihn, mit ihm zu ziehen, bei ihm zu leben und zu sterben.

Gerührt sah ihn der Gastfreund an. »Daraus erkenne ich«, sagte er, »daß du mir ganz vergeben hast, daß du mich liebst. Nimm meinen innigsten Dank dafür!« Er sprang auf und stand in seiner ganzen Größe vor dem Griechen, dem vor dem kriegerischen Anstand, den dunkel blitzenden Augen, der tiefen, geheimnisvollen Stimme seines Gastes beinahe graute. »Dein Vorschlag ist schön«, sprach jener weiter, »er möchte für jeden andern lockend sein – ich kann ihn nicht benützen. Schon steht mein Roß gesattelt, schon erwarten mich meine Diener; lebe wohl, Zaleukos!«

Die Freunde, die das Schicksal so wunderbar zusammengeführt, umarmten sich zum Abschied. »Und wie nenne ich dich? Wie heißt mein Gastfreund, der auf ewig in meinem Gedächtnis leben wird?« fragte der Grieche.

Der Fremde sah ihn lange an, drückte ihm noch einmal die Hand und sprach: »Man nennt mich den *Herrn der Wüste*; ich bin der Räuber *Orbasan*.«

Der Scheik von Alessandria und seine Sklaven

Der Scheik von Alessandria, Ali Banu, war ein sonderbarer Mann; wenn er morgens durch die Straßen der Stadt ging, angetan mit einem Turban, aus den köstlichsten Kaschmirs gewunden, mit dem Festkleide und dem reichen Gürtel, der fünfzig Kamele wert war, wenn er einherging, langsamen, gravitätischen Schrittes, seine Stirne in finstere Falten gelegt, seine Augenbraunen zusammengezogen, die Augen niedergeschlagen und alle fünf Schritte gedankenvoll seinen langen, schwarzen Bart streichend – wenn er so hinging nach der Moschee, um, wie es seine Würde forderte, den Gläubigen Vorlesungen über den Koran zu halten, da blieben die Leute auf der Straße stehen, schauten ihm nach und sprachen zueinander: »Es ist doch ein schöner, stattlicher Mann!« – »Und reich, ein reicher Herr«, setzte wohl ein anderer hinzu, »sehr reich; hat er nicht ein Schloß am Hafen von Stambul? hat er nicht Güter und Felder und viele tausend Stück Vieh und viele Sklaven?« – »Ja«, sprach ein dritter, »und der Tartar, der letzthin von Stambul her, vom Großherrn selbst, den der Prophet segnen möge, an ihn geschickt kam, der sagte mir, daß unser Scheik sehr in Ansehen stehe beim Reis-Effendi, beim Kapidschi-Baschi, bei allen, ja beim Sultan selbst.« – »Ja«, rief ein vierter, »seine Schritte sind gesegnet. Er ist ein reicher, vornehmer Herr; aber – aber. Ihr wißt, was ich meine!« – »Ja, ja!« murmelten dann die anderen dazwischen, »es ist wahr, er hat auch sein Teil zu tragen, möchten nicht mit ihm tauschen; ist ein reicher, vornehmer Herr, aber, aber!« – –

Ali Banu hatte ein herrliches Haus auf dem schönsten

Platz von Alessandria; vor dem Hause war eine weite Terrasse mit Marmor ummauert, beschattet von Palmbäumen; dort saß er oft abends und rauchte seine Wasserpfeife. In ehrerbietiger Entfernung harrten dann zwölf reichgekleidete Sklaven seines Winkes; der eine trug seinen Betel, der andere hielt seinen Sonnenschirm, ein dritter hatte Gefäße von gediegenem Golde, mit köstlichem Sorbet angefüllt, ein vierter trug einen Wedel von Pfauenfedern, um die Fliegen aus der Nähe des Herrn zu verscheuchen; andere waren Sänger und trugen Lauten und Blasinstrumente, um ihn zu ergötzen mit Musik, wenn er es verlangte, und der gelehrteste von allen trug mehrere Rollen, um ihm vorzulesen.

Aber sie harreten vergeblich auf seinen Wink; er verlangte nicht Musik noch Gesang, er wollte keine Sprüche oder Gedichte weiser Dichter der Vorzeit hören, er wollte keinen Sorbet zu sich nehmen noch Betel kauen, ja selbst der mit dem Fächer aus Pfauenfedern hatte vergebliche Arbeit; denn der Herr bemerkte es nicht, wenn ihn eine Fliege summend umschwärmte.

Da blieben oft die Vorübergehenden stehen, staunten über die Pracht des Hauses, über die reichgekleideten Sklaven und über die Bequemlichkeit, womit alles versehen war; aber wenn sie dann den Scheik ansahen, wie er so ernst und düster unter den Palmen saß, sein Auge nirgends hinwandte als auf die bläulichen Wölkchen seiner Wasserpfeife, da schüttelten sie die Köpfe und sprachen: »Wahrlich, der reiche Mann ist ein armer Mann. Er, der viel hat, ist ärmer, als der nichts hat; denn der Prophet hat ihm den Verstand nicht gegeben, es zu genießen.«

So sprachen die Leute, lachten über ihn und gingen weiter.

Eines Abends, als der Scheik wiederum vor der Türe seines Hauses unter den Palmen saß, umgeben von allem Glanz der Erde und traurig und einsam seine Wasserpfeife rauchte, standen nicht ferne davon einige junge Leute, betrachteten ihn und lachten.

»Wahrlich«, sprach der eine, »das ist ein törichter Mann,

der Scheik Ali Banu. Hätte ich seine Schätze, ich wollte sie anders anwenden. Alle Tage wollte ich leben herrlich und in Freuden. Meine Freunde müßten bei mir speisen in den großen Gemächern des Hauses, und Jubel und Lachen müßten diese traurigen Hallen füllen.«

»Ja«, erwiderte ein anderer, »das wäre nicht so übel; aber viele Freunde zehren ein Gut auf, und wäre es so groß als das des Sultans, den der Prophet segne. Aber säße ich abends so unter den Palmen auf dem schönen Platze hier, da müßten mir die Sklaven dort singen und musizieren, meine Tänzer müßten kommen und tanzen und springen und allerlei wunderliche Stücke aufführen. Dazu rauchte ich recht vornehm die Wasserpfeife, ließe mir den köstlichen Sorbet reichen und ergötzte mich an all diesem wie ein König von Bagdad.«

»Der Scheik«, sprach ein dritter dieser jungen Leute, der ein Schreiber war, »der Scheik soll ein gelehrter und weiser Mann sein, und wirklich, seine Vorlesungen über den Koran zeugen von Belesenheit in allen Dichtern und Schriften der Weisheit. Aber ist auch sein Leben so eingerichtet, wie es einem vernünftigen Mann geziemt? Dort steht ein Sklave mit einem ganzen Arm voll Rollen; ich gäbe mein Festkleid dafür, nur eine davon lesen zu dürfen, denn es sind gewiß seltene Sachen. Aber er? Er sitzt und raucht und läßt Bücher – Bücher sein. Wäre ich der Scheik Ali Banu, der Kerl müßte mir vorlesen, bis er keinen Atem mehr hätte oder bis die Nacht heraufkäme. Und auch dann noch müßte er mir lesen, bis ich entschlummert wäre.«

»Ha! Ihr wißt mir recht, wie man sich ein köstliches Leben einrichtet«, lachte der vierte; »essen und trinken, singen und tanzen, Sprüche lesen und Gedichte hören von armseligen Dichtern! Nein, ich würde es ganz anders machen. Er hat die herrlichsten Pferde und Kamele und Geld die Menge. Da würde ich an seiner Stelle reisen, reisen bis an der Welt Ende und selbst zu den Moskowitern, selbst zu den Franken. Kein Weg wäre mir zu weit, um die Herrlichkeiten der Welt zu sehen. So würde ich tun, wäre ich jener Mann dort.«

»Die Jugend ist eine schöne Zeit und das Alter, wo man fröhlich ist«, sprach ein alter Mann von unscheinbarem Aussehen, der neben ihnen stand und ihre Reden gehört hatte; »aber erlaubet mir, daß ich es sage: Die Jugend ist auch töricht und schwatzt hie und da in den Tag hinein, ohne zu wissen, was sie tut.«

»Was wollt Ihr damit sagen, Alter?« fragten verwundert die jungen Leute; »meinet Ihr uns damit? Was geht es Euch an, daß wir die Lebensart des Scheik tadeln?«

»Wenn einer etwas besser weiß als der andere, so berichte er seinen Irrtum, so will es der Prophet«, erwiderte der alte Mann; »der Scheik, es ist wahr, ist gesegnet mit Schätzen und hat alles, wonach das Herz verlangt; aber er hat Ursache, ernst und traurig zu sein. Meinet ihr, er sei immer so gewesen? Nein, ich habe ihn noch vor fünfzehn Jahren gesehen, da war er munter und rüstig wie die Gazelle und lebte fröhlich und genoß sein Leben. Damals hatte er einen Sohn, die Freude seiner Tage, schön und gebildet, und wer ihn sah und sprechen hörte, mußte den Scheik beneiden um diesen Schatz; denn er war erst zehen Jahre alt, und doch war er schon so gelehrt wie ein anderer kaum im achtzehnten.«

»Und der ist ihm gestorben? Der arme Scheik!« rief der junge Schreiber.

»Es wäre tröstlich für ihn, zu wissen, daß er heimgegangen in die Wohnungen des Propheten, wo er besser lebte als hier in Alessandria. Aber das, was er erfahren mußte, ist viel schlimmer. Es war damals die Zeit, wo die Franken wie hungrige Wölfe herüberkamen in unser Land und Krieg mit uns führten. Sie hatten Alessandria überwältigt und zogen von da aus weiter und immer weiter und bekriegten die Mamelucken. Der Scheik war ein kluger Mann und wußte sich gut mit ihnen zu vertragen; aber sei es, weil sie lüstern waren nach seinen Schätzen, sei es, weil er sich seiner gläubigen Brüder annahm, ich weiß es nicht genau; kurz, sie kamen eines Tages in sein Haus und beschuldigten ihn, die Mamelucken heimlich mit Waffen, Pferden und Lebensmitteln unterstützt zu haben. Er mochte seine Unschuld beweisen, wie er wollte, es half nichts, denn die Franken sind ein rohes, hartherziges Volk, wenn es darauf ankommt, Geld zu erpressen. Sie nahmen also seinen jungen Sohn, Kairam geheißen, als Geisel in ihr Lager. Er bot ihnen viel Gold für ihn; aber sie gaben ihn nicht los und wollten ihn zu noch höherem Gebot steigern. Da kam ihnen auf einmal von ihrem Bassa, oder was er war, der Befehl, sich einzuschiffen. Niemand in Alessandria wußte ein Wort davon, und – plötzlich waren sie auf der hohen See, und den kleinen Kairam, Ali Banus Sohn, schleppten sie wohl mit sich; denn man hat nie wieder etwas von ihm gehört.«

»O der arme Mann, wie hat ihn doch Allah geschlagen!« riefen einmütig die jungen Leute und schauten mitleidig hin nach dem Scheik, der, umgeben von Herrlichkeit, traurend und einsam unter den Palmen saß.

»Sein Weib, das er sehr geliebt hat, starb ihm aus Kummer um ihren Sohn. Er selbst aber kaufte sich ein Schiff, rüstete es aus und bewog den fränkischen Arzt, der dort unten am Brunnen wohnt, mit ihm nach Frankistan zu reisen, um den verlorenen Sohn aufzusuchen. Sie schifften sich ein und waren lange Zeit auf dem Meere und kamen endlich in das Land jener Giaurs, jener Ungläubigen, die in Alessandria gewesen waren. Aber dort soll es gerade schrecklich zugegangen sein. Sie hatten ihren Sultan umgebracht, und die Paschas und die Reichen und Armen schlugen einander die Köpfe ab, und es war keine Ordnung im Lande. Vergeblich suchten sie in jeder Stadt nach dem kleinen Kairam; niemand wollte von ihm wissen, und der fränkische Doktor riet endlich dem Scheik, sich einzuschiffen, weil sie sonst wohl selbst um ihre Köpfe kommen könnten.

So kamen sie wieder zurück, und seit seiner Ankunft hat der Scheik gelebt wie an diesem Tag; denn er trauert um seinen Sohn, und er hat recht. Muß er nicht, wenn er ißt und trinkt, denken, jetzt muß vielleicht mein armer Kairam hungern und dürsten? Und wenn er sich bekleidet mit reichen Schals und Festkleidern, wie es sein Amt und seine Würde will, muß er nicht denken, jetzt hat er wohl nicht, womit er seine Blöße deckt? Und wenn er umgeben ist von Sängern und Tänzern und Vorlesern, seinen Sklaven, denkt er da nicht, jetzt muß wohl mein armer Sohn seinem fränkischen Gebieter Sprünge vormachen und musizieren, wie er es haben will? Und was ihm den größten Kummer macht, er glaubt, der kleine Kairam werde, so weit vom Land seiner Väter und mitten unter Ungläubigen, die seiner spotten, abtrünnig werden vom Glauben seiner Väter, und er werde ihn einst nicht umarmen können in den Gärten des Paradieses!

Darum ist er auch so mild gegen seine Sklaven und gibt große Summen an die Armen; denn er denkt, Allah werde es vergelten und das Herz seiner fränkischen Herren rühren, daß sie seinen Sohn mild behandeln. Auch gibt er jedesmal, wenn der Tag kömmt, an welchem ihm sein Sohn entrissen wurde, zwölf Sklaven frei.«

»Davon habe ich auch schon gehört«, entgegnete der Schreiber, »aber man trägt sich mit wunderlichen Reden. Von seinem Sohn wurde dabei nichts erwähnt; wohl aber sagte man, er sei ein sonderbarer Mann und ganz besonders erpicht auf Erzählungen. Da soll er jedes Jahr unter seinen Sklaven einen Wettstreit anstellen, und wer am besten erzählt, den gibt er frei.«

»Verlasset euch nicht auf das Gerede der Leute«, sagte der alte Mann; »es ist so, wie ich es sage, und ich weiß es genau; möglich ist, daß er sich an diesem schweren Tage aufheitern will und sich Geschichten erzählen läßt; doch gibt er sie frei um seines Sohnes willen. Doch der Abend wird kühl, und ich muß weitergehen. *Salem aleikum*, Friede sei mit euch, ihr jungen Herren, und denket in Zukunft besser von dem guten Scheik!«

Die jungen Leute dankten dem Alten für seine Nachrichten, schauten noch einmal nach dem trauernden Vater und gingen die Straße hinab, indem sie zueinander sprachen: »Ich möchte doch nicht der Scheik Ali Banu sein.«

Nicht lange Zeit, nachdem diese jungen Leute mit dem alten Mann über den Scheik Ali Banu gesprochen hatten, traf es sich, daß sie um die Zeit des Morgengebets wieder diese Straße gingen. Da fiel ihnen der alte Mann und seine Erzählung ein, und sie beklagten zusammen den Scheik und blickten nach seinem Hause. Aber wie staunten sie, als sie dort alles aufs herrlichste ausgeschmückt fanden! Von dem Dache, wo geputzte Sklavinnen spazierengingen, wehten Wimpeln und Fahnen, die Halle des Hauses war mit köstlichen Teppichen belegt, Seidenstoff schloß sich an diese an, der über die breiten Stufen der Treppe gelegt war, und selbst auf der Straße war noch schönes, feines Tuch ausgebreitet, wovon sich mancher wünschen mochte zu einem Festkleid oder zu einer Decke für die Füße.

»Ei, wie hat sich doch der Scheik geändert in den wenigen Tagen!« sprach der junge Schreiber; »will er ein Fest geben? Will er seine Sänger und Tänzer anstrengen? Seht mir diese Teppiche! Hat sie *einer* so schön in ganz Alessandria? Und dieses Tuch auf dem gemeinen Boden, wahrlich, es ist schade dafür!«

»Weißt du, was ich denke?« sprach ein anderer; »er empfängt sicherlich einen hohen Gast; denn das sind Zubereitungen, wie man sie macht, wenn ein Herrscher von großen Ländern oder ein Effendi des Großherrn ein Haus mit seinem Besuche segnet. Wer mag wohl heute hieher kommen?«

»Siehe da, geht dort unten nicht unser Alter von letzthin? Ei, der weiß ja alles und muß auch darüber Aufschluß geben können. Heda! Alter Herr! Wollet Ihr nicht ein wenig zu uns treten?« So riefen sie; der alte Mann aber bemerkte ihre Winke und kam zu ihnen; denn er erkannte sie als die jungen Leute, mit welchen er vor einigen Tagen gesprochen. Sie machten ihn aufmerksam auf die Zurüstungen im Hause des Scheik und fragten ihn, ob er nicht wisse, welch hoher Gast wohl erwartet werde.

»Ihr glaubt wohl«, erwiderte er, »Ali Banu feiere ein

großes Freudenfest oder ein Besuch eines großen Mannes beehre sein Haus? Dem ist nicht also; aber heute ist der zwölfte Tag des Monats Ramadan, wie ihr wisset, und an diesem Tag wurde sein Sohn ins Lager geführt.«

»Aber beim Bart des Propheten!« rief einer der jungen Leute, »das sieht ja alles aus wie Hochzeit und Festlichkeiten, und doch ist es sein berühmter Trauertag, wie reimt Ihr das zusammen? Gesteht, der Scheik ist denn doch etwas zerrüttet im Verstand.«

»Urteilet Ihr noch immer so schnell, mein junger Freund?« fragte der Alte lächelnd. »Auch diesmal war Euer Pfeil wohl spitzig und scharf, die Sehne Eures Bogens straff angezogen, und doch habt Ihr weitab vom Ziele geschossen. Wisset, daß heute der Scheik seinen Sohn erwartet!«

»So ist er gefunden?« riefen die Jünglinge und freuten sich.

»Nein, und er wird sich wohl lange nicht finden; aber wisset: vor acht oder zehen Jahren, als der Scheik auch einmal mit Trauern und Klagen diesen Tag beging, auch Sklaven freigab und viele Arme speisete und tränkte, da traf es sich, daß er auch einem Derwisch, der müde und matt im Schatten jenes Hauses lag, Speise und Trank reichen ließ. Der Derwisch aber war ein heiliger Mann und erfahren in Prophezeiungen und im Sterndeuten. Der trat, als er gestärkt war durch die milde Hand des Scheiks, zu ihm und sprach: ›Ich kenne die Ursache deines Kummers; ist nicht heute der zwölfte Ramadan, und hast du nicht an diesem Tage deinen Sohn verloren? Aber sei getrost, dieser Tag der Trauer wird dir zum Festtag werden; denn wisse, an diesem Tag wird einst dein Sohn zurückkehren!‹ So sprach der Derwisch. Es wäre Sünde für jeden Muselmann, an der Rede eines solchen Mannes zu zweifeln; der Gram Alis wurde zwar dadurch nicht gemildert, aber doch harrt er an diesem Tage immer auf die Rückkehr seines Sohnes und schmückt sein Haus und seine Halle und die Treppen, als könne jener zu jeder Stunde anlangen.«

»Wunderbar!« erwiderte der Schreiber; »aber zusehen

möchte ich doch, wie alles so herrlich bereitet ist, wie er selbst in dieser Herrlichkeit trauert, und hauptsächlich möchte ich zuhören, wie er sich von seinen Sklaven erzählen läßt.«

»Nichts leichter als dies«, antwortete der Alte. »Der Aufseher der Sklaven jenes Hauses ist mein Freund seit langen Jahren und gönnt mir an diesem Tage immer ein Plätzchen in dem Saal, wo man unter der Menge der Diener und Freunde des Scheiks den einzelnen nicht bemerkt. Ich will mit ihm reden, daß er euch einläßt; ihr seid ja nur zu vier, und da kann es schon gehen; kommet um die neunte Stunde auf diesen Platz, und ich will euch Antwort geben.«

So sprach der Alte; die jungen Leute aber dankten ihm und entfernten sich, voll Begierde, zu sehen, wie sich dies alles begeben würde.

Sie kamen zur bestimmten Stunde auf den Platz vor dem Hause des Scheik und trafen da den Alten, der ihnen sagte, daß der Aufseher der Sklaven erlaubt habe, sie einzuführen. Er ging voran, doch nicht durch die reichgeschmückten Treppen und Tore, sondern durch ein Seitenpförtchen, das er sorgfältig wieder verschloß. Dann führte er sie durch mehrere Gänge, bis sie in den großen Saal kamen. Hier war ein großes Gedränge von allen Seiten; da waren reichgekleidete Männer, angesehene Herren der Stadt und Freunde des Scheik, die gekommen waren, ihn in seinem Schmerz zu trösten. Da waren Sklaven aller Art und aller Nationen. Aber alle sahen kummervoll aus, denn sie liebten ihren Herrn und trauerten mit ihm. Am Ende des Saales, auf einem reichen Diwan, saßen die vornehmsten Freunde Alis und wurden von den Sklaven bedient. Neben ihnen auf dem Boden saß der Scheik; denn die Trauer um seinen Sohn erlaubte ihm nicht, auf dem Teppich der Freude zu sitzen. Er hatte sein Haupt in die Hand gestützt und schien wenig auf die Tröstungen zu hören, die ihm seine Freunde zuflüsterten. Ihm gegenüber saßen einige alte und junge Männer in Sklaventracht. Der Alte belehrte seine jungen Freunde, daß dies die

Sklaven seien, die Ali Banu an diesem Tage freigebe. Es waren unter ihnen auch einige Franken, und der Alte machte besonders auf einen von ihnen aufmerksam, der von ausgezeichneter Schönheit und noch sehr jung war. Der Scheik hatte ihn erst einige Tage zuvor einem Sklavenhändler von Tunis um eine große Summe abgekauft und gab ihn dennoch jetzt schon frei, weil er glaubte, je mehr Franken er in ihr Vaterland zurückschicke, desto früher werde der Prophet seinen Sohn erlösen.

Nachdem man überall Erfrischungen umhergereicht hatte, gab der Scheik dem Aufseher der Sklaven ein Zeichen. Dieser stand auf, und es ward tiefe Stille im Saal. Er trat vor die Sklaven, welche freigelassen werden sollten, und sprach mit vernehmlicher Stimme: »Ihr Männer, die ihr heute frei sein werdet durch die Gnade meines Herrn Ali Banu, des Scheik von Alessandria, tuet nun, wie es Sitte ist an diesem Tage in seinem Hause, und hebet an zu erzählen!«

Sie flüsterten untereinander. Dann aber nahm ein alter Sklave das Wort und fing an zu erzählen:

Der Zwerg Nase

Herr! Diejenigen tun sehr unrecht, welche glauben, es habe nur zu Zeiten Harun Al-Raschids, des Beherrschers von Bagdad, Feen und Zauberer gegeben, oder die gar behaupten, jene Berichte von dem Treiben der Genien und ihrer Fürsten, welche man von den Erzählern auf den Märkten der Stadt hört, seien unwahr. Noch heute gibt es Feen, und es ist nicht so lange her, daß ich selbst Zeuge einer Begebenheit war, wo offenbar die Genien im Spiel waren, wie ich Euch berichten werde.

In einer bedeutenden Stadt meines lieben Vaterlandes, Deutschlands, lebte vor vielen Jahren ein Schuster mit seiner Frau schlicht und recht. Er saß bei Tag an der Ecke der Straße und flickte Schuhe und Pantoffel und machte wohl auch neue, wenn ihm einer welche anvertrauen mochte; doch mußte er dann das Leder erst einkaufen, denn er war arm und hatte keine Vorräte. Seine Frau verkaufte Gemüse und Früchte, die sie in einem kleinen Gärtchen vor dem Tore pflanzte, und viele Leute kauften gerne bei ihr, weil sie reinlich und sauber gekleidet war und ihr Gemüse auf gefällige Art auszubreiten und zu legen wußte.

Die beiden Leutchen hatten einen schönen Knaben, angenehm von Gesicht, wohlgestaltet und für das Alter von zwölf Jahren schon ziemlich groß. Er pflegte gewöhnlich bei der Mutter auf dem Gemüsemarkt zu sitzen, und den Weibern oder Köchen, die viel bei der Schustersfrau eingekauft hatten, trug er wohl auch einen Teil der Früchte nach Hause, und selten kam er von einem solchen Gang zurück ohne eine schöne Blume oder ein Stückchen Geld oder Kuchen; denn die Herrschaften dieser Köche sahen es gerne, wenn man den schönen Knaben mit nach Hause brachte, und beschenkten ihn immer reichlich.

Eines Tages saß die Frau des Schusters wieder wie gewöhnlich auf dem Markte; sie hatte vor sich einige Körbe mit Kohl und anderem Gemüse, allerlei Kräuter und Sämereien, auch in einem kleineren Körbchen frühe Birnen, Äpfel und Aprikosen. Der kleine Jakob, so hieß der Knabe, saß neben ihr und rief mit heller Stimme die Waren aus: »Hieher, ihr Herren, seht, welch schöner Kohl, wie wohlriechend diese Kräuter! Frühe Birnen, ihr Frauen, frühe Äpfel und Aprikosen! Wer kauft? Meine Mutter gibt es wohlfeil.« So rief der Knabe. Da kam ein altes Weib über den Markt her; sie sah etwas zerrissen und zerlumpt aus, hatte ein kleines, spitziges Gesicht, vom Alter ganz eingefurcht, rote Augen und eine spitzige, gebogene Nase, die gegen das Kinn hinabstrebte; sie ging an einem langen Stock, und doch konnte man nicht sagen, wie sie ging; denn sie hinkte und rutschte und wankte, es war, als habe sie Räder in den Beinen und könne alle Augenblicke umstülpen und mit der spitzigen Nase aufs Pflaster fallen.

Die Frau des Schusters betrachtete dieses Weib aufmerksam. Es waren jetzt doch schon sechzehn Jahre, daß sie täglich auf dem Markte saß, und nie hatte sie diese sonderbare Gestalt bemerkt. Aber sie erschrak unwillkürlich, als die Alte auf sie zuhinkte und an ihren Körben stillestand.

»Seid Ihr Hanne, die Gemüsehändlerin?« fragte das alte Weib mit unangenehmer, krächzender Stimme, indem sie beständig den Kopf hin und her schüttelte.

»Ja, die bin ich«, antwortete die Schustersfrau; »ist Euch etwas gefällig?«

»Wollen sehen, wollen sehen! Kräutlein schauen, Kräutlein schauen, ob du hast, was ich brauche«, antwortete die Alte, beugte sich nieder vor den Körben und fuhr mit ein Paar dunkelbraunen, häßlichen Händen in den Kräuterkorb hinein, packte die Kräutlein, die so schön und zierlich ausgebreitet waren, mit ihren langen Spinnenfingern, brachte sie dann eines um das andere hinauf an die lange Nase und beroch sie hin und her. Der Frau des Schusters wollte es fast das Herz abdrücken, wie sie das alte Weib also mit ihren seltenen Kräutern hantieren sah; aber sie wagte nichts zu sagen, denn es war das Recht des Käufers, die Ware zu prüfen, und überdies empfand sie ein sonderbares Grauen vor dem Weibe. Als jene den ganzen Korb durchgemustert hatte, murmelte sie: »Schlechtes Zeug, schlechtes Kraut, nichts von allem, was ich will; war viel besser vor fünfzig Jahren; schlechtes Zeug! schlechtes Zeug!«

Solche Reden verdrossen nun den kleinen Jakob. »Höre, du bist ein unverschämtes altes Weib«, rief er unmutig; »erst fährst du mit deinen garstigen braunen Fingern in die schönen Kräuter hinein und drückst sie zusammen, dann hältst du sie an deine lange Nase, daß sie niemand mehr kaufen mag, wer zugesehen, und jetzt schimpfst du noch unsere Ware schlechtes Zeug, und doch kauft selbst der Koch des Herzogs alles bei uns!«

Das alte Weib schielte den mutigen Knaben an, lachte widerlich und sprach mit heiserer Stimme: »Söhnchen, Söhnchen! Also gefällt dir meine Nase, meine schöne, lange Nase? Sollst auch eine haben mitten im Gesicht bis übers Kinn herab.« Während sie so sprach, rutschte sie an den anderen Korb, in welchem Kohl ausgelegt war. Sie nahm die herrlichsten weißen Kohlhäupter in die Hand, drückte sie zusammen, daß sie ächzten, warf sie dann wieder unordentlich in den Korb und sprach auch hier: »Schlechte Ware, schlechter Kohl!«

»Wackle nur nicht so garstig mit dem Kopf hin und her!« rief der Kleine ängstlich; »dein Hals ist ja so dünne wie ein Kohlstengel, der könnte leicht abbrechen, und dann fiele dein Kopf hinein in den Korb; wer wollte dann noch kaufen?«

»Gefallen sie dir nicht, die dünnen Hälse?« murmelte die Alte lachend. »Sollst gar keinen haben, Kopf muß in den

Schultern stecken, daß er nicht herabfällt vom kleinen Körperlein.«

»Schwatzt doch nicht so unnützes Zeug mit dem Kleinen da«, sagte endlich die Frau des Schusters im Unmut über das lange Prüfen, Mustern und Beriechen; »wenn Ihr etwas kaufen wollt, so sputet Euch, Ihr verscheucht mir ja die andern Kunden.«

»Gut, es sei, wie du sagst«, rief die Alte mit grimmigem Blick; »ich will dir diese sechs Kohlhäupter abkaufen; aber siehe, ich muß mich auf den Stab stützen und kann nichts tragen; erlaube deinem Söhnlein, daß es mir die Ware nach Hause bringt; ich will es dafür belohnen.«

Der Kleine wollte nicht mitgehen und weinte, denn ihm graute vor der häßlichen Frau; aber die Mutter befahl es ihm ernstlich, weil sie es doch für eine Sünde hielt, der alten schwächlichen Frau diese Last allein aufzubürden; halb weinend tat er, wie sie befohlen, raffte die Kohlhäupter in ein Tuch zusammen und folgte dem alten Weibe über den Markt hin.

Es ging nicht sehr schnell bei ihr, und sie brauchte beinahe drei Viertelstunden, bis sie in einen ganz entlegenen Teil der Stadt kam und endlich vor einem kleinen, baufälligen Hause stillhielt. Dort zog sie einen alten, rostigen Haken aus der Tasche, fuhr damit geschickt in ein kleines Loch in der Türe, und plötzlich sprang diese krachend auf. Aber wie war der kleine Jakob überrascht, als er eintrat! Das Innere des Hauses war prachtvoll ausgeschmückt, von Marmor war die Decke und die Wände, die Gerätschaften vom schönsten Ebenholz, mit Gold und geschliffenen Steinen eingelegt, der Boden aber war von Glas und so glatt, daß der Kleine einigemal ausgleitete und umfiel. Die Alte aber zog ein silbernes Pfeifchen aus der Tasche und pfiff eine Weise darauf, die gellend durch das Haus tönte. Da kamen sogleich einige Meerschweinchen die Treppe herab; dem Jakob wollte es aber ganz sonderbar dünken, daß sie aufrecht auf zwei Beinen gingen, Nußschalen statt Schuhen an den Pfoten trugen, menschliche Kleider angelegt und sogar Hüte nach der neuesten Mode auf die Köpfe gesetzt hatten. »Wo habt ihr meine Pantoffeln, schlechtes Gesindel?« rief die Alte und schlug mit dem Stock nach ihnen, daß sie jammernd in die Höhe sprangen; »wie lange soll ich noch so dastehen?«

Sie sprangen schnell die Treppe hinauf und kamen wieder mit ein Paar Schalen von Kokosnuß, mit Leder gefüttert, welche sie der Alten geschickt an die Füße steckten.

Jetzt war alles Hinken und Rutschen vorbei. Sie warf den Stab von sich und gleitete mit großer Schnelligkeit über den Glasboden hin, indem sie den kleinen Jakob an der Hand mit fortzog. Endlich hielt sie in einem Zimmer stille, das, mit allerlei Gerätschaften ausgeputzt, beinahe einer Küche glich, obgleich die Tische von Mahagoniholz und die Sofas, mit reichen Teppichen behängt, mehr zu einem Prunkgemach paßten. »Setze dich, Söhnchen«, sagte die Alte recht freundlich, indem sie ihn in die Ecke eines Sofa drückte und einen Tisch also vor ihn hinstellte, daß er nicht mehr hervorkommen konnte. »Setze dich, du hast gar schwer zu tragen gehabt, die Menschenköpfe sind nicht so leicht, nicht so leicht.«

»Aber Frau, was sprechet Ihr so wunderlich?« rief der Kleine. »Müde bin ich zwar, aber es waren ja Kohlköpfe, die ich getragen; Ihr habt sie meiner Mutter abgekauft.«

»Ei, das weißt du falsch«, lachte das Weib, deckte den Deckel des Korbes auf und brachte einen Menschenkopf hervor, den sie am Schopf gefaßt hatte. Der Kleine war vor Schrecken außer sich; er konnte nicht fassen, wie dies alles zuging, aber er dachte an seine Mutter; wenn jemand von diesen Menschenköpfen etwas erfahren würde, dachte er bei sich, da würde man gewiß meine Mutter dafür anklagen.

»Muß dir nun auch etwas geben zum Lohn, weil du so artig bist«, murmelte die Alte; »gedulde dich nur ein Weilchen, will dir ein Süppchen einbrocken, an das du dein Leben lang denken wirst.« So sprach sie und pfiff wieder. Da kamen zuerst viele Meerschweinchen in menschlichen Kleidern; sie hatten Küchenschürzen umgebunden und im Gürtel Rührlöffel und Tranchiermesser; nach diesen kam eine Menge Eichhörnchen hereingehüpft; sie hatten weite türkische Beinkleider an, gingen aufrecht, und auf dem Kopf trugen sie grüne Mützchen von Samt. Diese schienen die Küchenjungen zu sein; denn sie kletterten mit großer Geschwindigkeit an den Wänden hinauf und brachten Pfannen und Schüsseln, Eier und Butter, Kräuter und Mehl herab und trugen es auf den Herd; dort aber fuhr die alte Frau auf ihren Pantoffeln von Kokosschalen beständig hin und her, und der Kleine sah, daß sie es sich recht angelegen sein lasse, ihm etwas Gutes zu kochen. Jetzt knisterte das Feuer höher empor, jetzt rauchte und sott es in der Pfanne, ein angenehmer Geruch verbreitete sich im Zimmer, die Alte aber rannte auf und ab, die Eichhörnchen und Meerschweine ihr nach, und sooft sie am Herde vorbeikam, guckte sie mit ihrer langen Nase in den Topf. Endlich fing es an zu sprudeln und zu zischen, Dampf stieg aus dem Topf hervor, und der Schaum floß herab ins Feuer. Da nahm sie ihn weg, goß davon in eine silberne Schale und setzte sie dem kleinen Jakob vor.

»So, Söhnchen, so«, sprach sie, »iß nur dieses Süppchen, dann hast du alles, was dir an mir so gefallen. Sollst auch ein geschickter Koch werden, daß du doch etwas bist; aber Kräutlein, nein, das Kräutlein sollst du nimmer finden. Warum hat es deine Mutter nicht in ihrem Korb gehabt?« Der Kleine verstand nicht recht, was sie sprach; desto aufmerksamer behandelte er die Suppe, die ihm ganz trefflich schmeckte. Seine Mutter hatte ihm manche schmackhafte Speise bereitet, aber so gut war ihm noch nichts geworden. Der Duft von feinen Kräutern und Gewürzen stieg aus der Suppe auf, dabei war sie süß und säuerlich zugleich und sehr stark. Während er noch die letzten Tropfen der köstlichen Speise austrank, zündeten die Meerschweinchen arabischen Weihrauch an, der in bläulichen Wolken durch das Zimmer schwebte; dichter und immer dichter wurden diese Wolken und sanken herab, der Geruch des Weihrauches wirkte betäubend auf den Kleinen, er mochte sich zurufen, sooft er wollte, daß er zu seiner Mutter zurückkehren müsse; wenn er sich ermannte, sank er immer wieder von neuem in den Schlummer zurück und schlief endlich wirklich auf dem Sofa des alten Weibes ein.

Sonderbare Träume kamen über ihn. Es war ihm, als ziehe ihm die Alte seine Kleider aus und umhülle ihn dafür mit einem Eichhörnchensbalg. Jetzt konnte er Sprünge machen und klettern wie ein Eichhörnchen; er ging mit den übrigen Eichhörnchen und Meerschweinen, die sehr artige, gesittete Leute waren, um und hatte mit ihnen den Dienst bei der alten Frau. Zuerst wurde er nur zu den Diensten eines Schuhputzers gebraucht, d. h. er mußte die Kokosnüsse, welche die Frau statt der Pantoffeln trug, mit Öl salben und durch Reiben glänzend machen. Da er nun in seines Vaters Hause zu ähnlichen Geschäften oft angehalten worden war, so ging es ihm flink von der Hand; etwa nach einem Jahre, träumte er weiter, wurde er zu einem feineren Geschäft gebraucht; er mußte nämlich mit noch einigen Eichhörnchen Sonnenstäubchen fangen und, wenn sie genug hatten, solche durch das feinste Haarsieb sieben. Die Frau hielt nämlich die Sonnenstäubchen für das Allerfeinste, und weil sie nicht gut beißen konnte, denn sie hatte keinen Zahn mehr, so ließ sie sich ihr Brot aus Sonnenstäubchen zubereiten.

Wiederum nach einem Jahr wurde er zu den Dienern versetzt, die das Trinkwasser für die Alte sammelten. Man denke nicht, daß sie sich hiezu etwa eine Zisterne hätte graben lassen oder ein Faß in den Hof stellte, um das Regenwasser darin aufzufangen; da ging es viel feiner zu; die Eichhörnchen, und Jakob mit ihnen, mußten mit Haselnußschalen den Tau aus den Rosen schöpfen, und das war das Trinkwasser der Alten. Da sie nun bedeutend viel trank, so hatten die Wasserträger schwere Arbeit. Nach einem Jahr wurde er zum inneren Dienst des Hauses bestellt; er hatte nämlich das Amt, die Böden rein zu machen; da nun diese von Glas waren, worin man jeden Hauch sah, war es keine geringe Arbeit. Sie mußten sie bürsten und altes Tuch an die Füße schnallen und auf diesem künstlich im Zimmer umherfahren. Im vierten Jahr ward er endlich zur Küche versetzt. Es war dies ein Ehrenamt, zu welchem man nur nach langer Prüfung gelangen konnte. Jakob diente dort vom Küchenjungen aufwärts bis zum ersten Pastetenmacher und erreichte eine so ungemeine Geschicklichkeit und Erfahrung in allem, was die Küche betrifft, daß er sich oft über sich selbst wundern mußte; die schwierigsten Sachen, Pasteten von zweihunderterlei Essenzen, Kräutersuppen, von allen Kräutlein der Erde zusammengesetzt, alles lernte er, alles verstand er schnell und kräftig zu machen.

So waren etwa sieben Jahre im Dienste des alten Weibes vergangen; da befahl sie ihm eines Tages, indem sie die Kokosschuhe auszog, Korb und Krückenstock zur Hand nahm, um auszugehen, er solle ein Hühnlein rupfen, mit Kräutern füllen und solches schön bräunlich und gelb rösten, bis sie wiederkäme. Er tat dies nach den Regeln der Kunst. Er drehte dem Hühnlein den Kragen um, brühte es in heißem Wasser, zog ihm geschickt die Federn aus, schabte ihm nachher die Haut, daß sie glatt und fein wurde, und nahm ihm die Eingeweide heraus. Sodann fing er an, die Kräuter zu sammeln, womit er das Hühnlein füllen sollte. In der Kräuterkammer gewahrte er aber diesmal ein Wandschränkchen, dessen Türe halb geöffnet war und das er sonst nie bemerkt hatte. Er ging neugierig näher, um zu sehen, was es enthalte, und siehe da, es standen viele Körbchen darinnen, von welchen ein starker, angenehmer Geruch ausging. Er öffnete eines dieser Körbchen und fand darin Kräutlein von ganz besonderer Gestalt und Farbe. Die Stengel und Blätter waren blaugrün und trugen oben eine kleine Blume von brennendem Rot, mit Gelb verbrämt; er betrachtete sinnend diese Blume, beroch sie, und sie strömte denselben starken Geruch aus, von dem einst jene Suppe, die ihm die Alte gekocht, geduftet hatte. Aber so stark war der Geruch, daß er zu niesen anfing, immer heftiger niesen mußte und – am Ende niesend erwachte.

Da lag er auf dem Sofa des alten Weibes und blickte verwundert umher. »Nein, wie man aber so lebhaft träumen kann!« sprach er zu sich; »hätte ich jetzt doch schwören wollen, daß ich ein schnödes Eichhörnchen, ein Kamerade von Meerschweinen und anderem Ungeziefer, dabei aber ein großer Koch geworden sei. Wie wird die Mutter lachen, wenn ich ihr alles erzähle! Aber wird sie nicht auch schmälen, daß ich in einem fremden Hause einschlafe, statt ihr zu helfen auf dem Markte?« Mit diesen Gedanken raffte er sich auf, um hinwegzugehen; noch waren seine Glieder vom Schlafe ganz steif, besonders sein Nacken, denn er konnte den Kopf nicht recht hin und her bewegen; er mußte auch selbst über sich lächeln, daß er so schlaftrunken war, denn alle Augenblicke, ehe er es sich versah, stieß er mit der Nase an einen Schrank oder an die Wand oder schlug sie, wenn er sich schnell umwandte, an einen Türpfosten. Die Eichhörnchen und Meerschweinchen liefen winselnd um ihn her, als wollten sie ihn begleiten; er lud sie auch wirklich ein, als er auf der Schwelle war, denn es waren niedliche Tierchen; aber sie fuhren auf ihren Nußschalen schnell ins Haus zurück, und er hörte sie nur noch in der Ferne heulen.

Es war ein ziemlich entlegener Teil der Stadt, wohin ihn die Alte geführt hatte, und er konnte sich kaum aus den engen Gassen herausfinden, auch war dort ein großes Gedränge; denn es mußte sich, wie ihm dünkte, gerade in der Nähe ein Zwerg sehen lassen; überall hörte er rufen: »Ei, sehet den häßlichen Zwerg! Wo kommt der Zwerg her? Ei, was hat er doch für eine lange Nase, und wie ihm der Kopf in den Schultern steckt, und die braunen, häßlichen Hände!« Zu einer andern Zeit wäre er wohl auch nachgelaufen, denn er sah für sein Leben gern Riesen oder Zwerge oder seltsame fremde Trachten, aber so mußte er sich sputen, um zur Mutter zu kommen.

Es war ihm ganz ängstlich zumut, als er auf den Markt kam. Die Mutter saß noch da und hatte noch ziemlich viele Früchte im Korb, lange konnte er also nicht geschlafen haben; aber doch kam es ihm von weitem schon vor, als sei sie sehr traurig, denn sie rief die Vorübergehenden nicht an, einzukaufen, sondern hatte den Kopf in die Hand gestützt, und als er näher kam, glaubte er auch, sie sei bleicher als sonst. Er zauderte, was er tun sollte; endlich faßte er sich ein Herz, schlich sich hinter sie hin, legte traulich seine Hand auf ihren Arm und sprach: »Mütterchen, was fehlt dir? Bist du böse auf mich?«

Die Frau wandte sich um nach ihm, fuhr aber mit einem Schrei des Entsetzens zurück:

»Was willst du von mir, häßlicher Zwerg?« rief sie; »fort, fort! ich kann dergleichen Possenspiel nicht leiden.«

»Aber Mutter, was hast du denn?« fragte Jakob ganz erschrocken; »dir ist gewiß nicht wohl; warum willst du denn deinen Sohn von dir jagen?«

»Ich habe dir schon gesagt, gehe deines Weges!« entgegnete Frau Hanne zürnend. »Bei mir verdienst du kein Geld durch deine Gaukeleien, häßliche Mißgeburt.«

»Wahrhaftig, Gott hat ihr das Licht des Verstandes geraubt!« sprach der Kleine bekümmert zu sich; »was fange ich nur an, um sie nach Haus zu bringen? Lieb Mütterchen, so sei doch nur vernünftig; sieh mich doch nur recht an; ich bin ja dein Sohn, dein Jakob.«

»Nein, jetzt wird mir der Spaß zu unverschämt«, rief Hanne ihrer Nachbarin zu; »seht nur den häßlichen Zwerg da; da steht er und vertreibt mir gewiß alle Käufer, und mit meinem Unglück wagt er zu spotten. Spricht zu mir: Ich bin ja dein Sohn, dein Jakob! Der Unverschämte!«

Da erhoben sich die Nachbarinnen und fingen an zu schimpfen, so arg sie konnten – und Marktweiber, wisset Ihr wohl, verstehen es – und schalten ihn, daß er des Unglückes der armen Hanne spotte, der vor sieben Jahren ihr bildschöner Knabe gestohlen worden sei, und drohten, insgesamt über ihn herzufallen und ihn zu zerkratzen, wenn er nicht alsobald ginge.

Der arme Jakob wußte nicht, was er von diesem allem

denken sollte. War er doch, wie er glaubte, heute frühe wie gewöhnlich mit der Mutter auf den Markt gegangen, hatte ihr die Früchte aufstellen helfen, war nachher mit dem alten Weib in ihr Haus gekommen, hatte ein Süppchen verzehrt, ein kleines Schläfchen gemacht und war jetzt wieder da, und doch sprachen die Mutter und die Nachbarinnen von sieben Jahren! Und sie nannten ihn einen garstigen Zwerg! Was war denn nun mit ihm vorgegangen? – Als er sah, daß die Mutter gar nichts mehr von ihm hören wollte, traten ihm die Tränen in die Augen, und er ging traurend die Straße hinab nach der Bude, wo sein Vater den Tag über Schuhe flickte. »Ich will doch sehen«, dachte er bei sich, »ob er mich auch nicht kennen will; unter die Türe will ich mich stellen und mit ihm sprechen.« Als er an der Bude des Schusters angekommen war, stellte er sich unter die Türe und schaute hinein. Der Meister war so emsig mit seiner Arbeit beschäftigt, daß er ihn gar nicht sah; als er aber einmal zufällig einen Blick nach der Türe warf, ließ er Schuhe, Draht und Pfriem auf die Erde fallen und rief mit Entsetzen: »Um Gottes willen, was ist das, was ist das!«

»Guten Abend, Meister!« sprach der Kleine, indem er vollends in den Laden trat, »wie geht es Euch?«

»Schlecht, schlecht, kleiner Herr!« antwortete der Vater zu Jakobs großer Verwunderung; denn er schien ihn auch nicht zu kennen. »Das Geschäft will mir nicht recht von der Hand. Bin so allein und werde jetzt alt, und doch ist mir ein Geselle zu teuer.«

»Aber habt Ihr denn kein Söhnlein, das Euch nach und nach an die Hand gehen könnte bei der Arbeit?« forschte der Kleine weiter.

»Ich hatte einen, er hieß Jakob und müßte jetzt ein schlanker, gewandter Bursche von zwanzig Jahren sein, der mir tüchtig unter die Arme greifen könnte. Ha, das müßte ein Leben sein! Schon als er zwölf Jahre alt war, zeigte er sich so anstellig und geschickt und verstand schon manches vom Handwerk, und hübsch und angenehm war er auch; der hätte mir eine Kundschaft hergelockt, daß ich bald nicht mehr geflickt, sondern nichts als Neues geliefert hätte! Aber so geht's in der Welt!«

»Wo ist denn aber Euer Sohn?« fragte Jakob mit zitternder Stimme seinen Vater.

»Das weiß Gott«, antwortete er; »vor sieben Jahren, ja, so lange ist's jetzt her, wurde er uns vom Markt weg gestohlen.«

»Vor sieben Jahren!« rief Jakob mit Entsetzen.

»Ja, kleiner Herr, vor sieben Jahren; ich weiß noch wie heute, wie mein Weib nach Hause kam, heulend und schreiend, das Kind sei den ganzen Tag nicht zurückgekommen, sie habe überall geforscht und gesucht und es nicht gefunden. Ich habe es immer gedacht und gesagt, daß es so kommen würde; der Jakob war ein schönes Kind, das muß man sagen; da war nun meine Frau stolz auf ihn und sah es gerne, wenn ihn die Leute lobten, und schickte ihn oft mit Gemüse und dergleichen in vornehme Häuser. Das war schon recht, er wurde allemal reichlich beschenkt; aber, sagte ich, gib acht! die Stadt ist groß; viele schlechte Leute wohnen da, gib mir auf den Jakob acht! Und so war es, wie ich sagte. Kommt einmal ein altes, häßliches Weib auf den Markt, feilscht um Früchte und Gemüse und kauft am Ende so viel, daß sie es nicht selbst tragen kann. Mein Weib, die mitleidige Seele, gibt ihr den Jungen mit und – hat ihn zur Stunde nicht mehr gesehen.«

»Und das ist jetzt sieben Jahre, sagt Ihr?«

»Sieben Jahre wird es im Frühling. Wir ließen ihn ausrufen, wir gingen von Haus zu Haus und fragten; manche hatten den hübschen Jungen gekannt und liebgewonnen und suchten jetzt mit uns, alles vergeblich. Auch die Frau, welche das Gemüse gekauft hatte, wollte niemand kennen; aber ein steinaltes Weib, die schon neunzig Jahre gelebt hatte, sagte, es könne wohl die böse Fee Kräuterweis gewesen sein, die alle fünfzig Jahre einmal in die Stadt komme, um sich allerlei einzukaufen.«

So sprach Jakobs Vater und klopfte dabei seine Schuhe

weidlich und zog den Draht mit beiden Fäusten weit hinaus. Dem Kleinen aber wurde es nach und nach klar, was mit ihm vorgegangen, daß er nämlich nicht geträumt, sondern daß er sieben Jahre bei der bösen Fee als Eichhörnchen gedient habe. Zorn und Gram erfüllte sein Herz so sehr, daß es beinahe zersprengen wollte. Sieben Jahre seiner Jugend hatte ihm die Alte gestohlen, und was hatte er für Ersatz dafür? Daß er Pantoffeln von Kokosnüssen blank putzen, daß er ein Zimmer mit gläsernem Fußboden rein machen konnte? Daß er von den Meerschweinchen alle Geheimnisse der Küche gelernt hatte? Er stand eine gute Weile so da und dachte über sein Schicksal nach; da fragte ihn endlich sein Vater: »Ist Euch vielleicht etwas von meiner Arbeit gefällig, junger Herr? Etwa ein Paar neue Pantoffeln oder«, setzte er lächelnd hinzu, »vielleicht ein Futteral für Eure Nase?«

»Was wollt Ihr nur mit meiner Nase?« sagte Jakob, »warum sollte ich denn ein Futteral dazu brauchen?«

»Nun«, entgegnete der Schuster, »jeder nach seinem Geschmack! Aber das muß ich Euch sagen, hätte ich diese schreckliche Nase, ein Futteral ließ ich mir darüber machen von rosenfarbigem Glanzleder. Schaut, da habe ich ein schönes Stückchen zur Hand; freilich würde man eine Elle wenigstens dazu brauchen. Aber wie gut wäret Ihr verwahrt, kleiner Herr! So, weiß ich gewiß, stoßt Ihr Euch an jedem Türpfosten, an jedem Wagen, dem Ihr ausweichen wollet.«

Der Kleine stand stumm vor Schrecken; er betastete seine Nase, sie war dick und wohl zwei Hände lang! So hatte also die Alte auch seine Gestalt verwandelt! Darum kannte ihn also die Mutter nicht! Darum schalt man ihn einen häßlichen Zwerg! »Meister!« sprach er halb weinend zu dem Schuster, »habt Ihr keinen Spiegel bei der Hand, worin ich mich beschauen könnte?«

»Junger Herr«, erwiderte der Vater mit Ernst, »Ihr habt nicht gerade eine Gestalt empfangen, die Euch eitel machen könnte, und Ihr habt nicht Ursache, alle Stunden in den

Spiegel zu gucken. Gewöhnt es Euch ab, es ist besonders bei Euch eine lächerliche Gewohnheit.«

»Ach, so laßt mich doch in den Spiegel schauen«, rief der Kleine, »gewiß, es ist nicht aus Eitelkeit!«

»Lasset mich in Ruhe, ich hab keinen im Vermögen; meine Frau hat ein Spiegelchen, ich weiß aber nicht, wo sie es verborgen. Müßt Ihr aber durchaus in den Spiegel gucken, nun, über der Straße hin wohnt Urban, der Barbier, der hat einen Spiegel, zweimal so groß als Euer Kopf; gucket dort hinein, und indessen guten Morgen!«

Mit diesen Worten schob ihn der Vater ganz gelinde zur Bude hinaus, schloß die Türe hinter ihm zu und setzte sich wieder zur Arbeit. Der Kleine aber ging sehr niedergeschlagen über die Straße zu Urban, dem Barbier, den er noch aus früheren Zeiten wohl kannte. »Guten Morgen, Urban«, sprach er zu ihm, »ich komme, Euch um eine Gefälligkeit zu bitten; seid so gut und lasset mich ein wenig in Euren Spiegel schauen.«

»Mit Vergnügen, dort steht er«, rief der Barbier lachend, und seine Kunden, denen er den Bart scheren sollte, lachten weidlich mit. »Ihr seid ein hübsches Bürschchen, schlank und fein, ein Hälschen wie ein Schwan, Händchen wie eine Königin, und ein Stumpfnäschen, man kann es nicht schöner sehen. Ein wenig eitel seid Ihr darauf, das ist wahr; aber beschauet Euch immer, man soll nicht von mir sagen, ich habe Euch aus Neid nicht in meinen Spiegel schauen lassen.«

So sprach der Barbier, und wieherndes Gelächter füllte die Baderstube. Der Kleine aber war indes vor den Spiegel getreten und hatte sich beschaut. Tränen traten ihm in die Augen. »Ja, so konntest du freilich deinen Jakob nicht wiedererkennen, liebe Mutter«, sprach er zu sich, »so war er nicht anzuschauen in den Tagen der Freude, wo du gerne mit ihm prangtest vor den Leuten!« Seine Augen waren klein geworden wie die der Schweine, seine Nase war ungeheuer und hing über Mund und Kinn herunter, der Hals schien gänzlich weggenommen worden zu sein; denn sein Kopf stak tief in den Schultern, und nur mit den größten Schmerzen konnte er ihn rechts und links bewegen. Sein Körper war noch so groß als vor sieben Jahren, da er zwölf Jahre alt war; aber wenn andere vom zwölften bis ins zwanzigste in die Höhe wachsen, so wuchs er in die Breite, der Rücken und die Brust waren weit ausgebogen und waren anzusehen wie ein kleiner, aber sehr dick gefüllter Sack. Dieser dicke Oberleib saß auf kleinen, schwachen Beinchen, die dieser Last nicht gewachsen schienen, aber um so größer waren die Arme, die ihm am Leib herabhingen, sie hatten die Größe wie die eines wohlgewachsenen Mannes; seine Hände waren grob und braungelb, seine Finger lang und spinnenartig, und wenn er sie recht ausstreckte, konnte er damit auf den Boden reichen, ohne daß er sich bückte. So sah er aus, der kleine Jakob, zum mißgestalteten Zwerg war er geworden.

Jetzt gedachte er auch jenes Morgens, an welchem das alte Weib an die Körbe seiner Mutter getreten war. Alles, was er damals an ihr getadelt hatte, die lange Nase, die häßlichen Finger, alles hatte sie ihm angetan, und nur den langen, zitternden Hals hatte sie gänzlich weggelassen.

»Nun, habt Ihr Euch jetzt genug beschaut, mein Prinz?« sagte der Barbier, indem er zu ihm trat und ihn lachend betrachtete. »Wahrlich, wenn man sich dergleichen träumen lassen wollte, so komisch könnte es einem im Traume nicht vorkommen. Doch ich will Euch einen Vorschlag machen, kleiner Mann. Mein Barbierzimmer ist zwar sehr besucht, aber doch seit neuerer Zeit nicht so, wie ich wünsche. Das kommt daher, weil mein Nachbar, der Barbier Schaum, irgendwo einen Riesen aufgefunden hat, der ihm die Kunden ins Haus lockt. Nun, ein Riese zu werden ist gerade keine Kunst; aber so ein Männchen wie Ihr, ja, das ist schon ein ander Ding. Tretet bei mir in Dienste, kleiner Mann, Ihr sollt Wohnung, Essen, Trinken, Kleider, alles sollt Ihr haben; dafür stellt Ihr Euch morgens unter meine Türe und ladet die Leute ein, hereinzukommen. Ihr schlaget den Seifenschaum, reichet den Kunden das Handtuch, und seid versichert, wir stehen uns beide gut dabei; ich bekomme mehr Kunden als jener mit dem Riesen, und jeder gibt Euch gerne noch ein Trinkgeld.«

Der Kleine war in seinem Innern empört über den Vorschlag, als Lockvogel für einen Barbier zu dienen. Aber mußte er sich nicht diesen Schimpf geduldig gefallen lassen? Er sagte dem Barbier daher ganz ruhig, daß er nicht Zeit habe zu dergleichen Diensten, und ging weiter.

Hatte das böse alte Weib seine Gestalt unterdrückt, so hatte sie doch seinem Geist nichts anhaben können, das fühlte er wohl; denn er dachte und fühlte nicht mehr, wie er vor sieben Jahren getan, nein, er glaubte in diesem Zeitraum weiser, verständiger geworden zu sein; er trauerte nicht um seine verlorne Schönheit, nicht über diese häßliche Gestalt, sondern nur darüber, daß er wie ein Hund von der Türe seines Vaters gejagt werde. Darum beschloß er, noch einen Versuch bei seiner Mutter zu machen.

Er trat zu ihr auf den Markt und bat sie, ihm ruhig zuzuhören. Er erinnerte sie an jenen Tag, an welchem er mit dem alten Weibe gegangen, er erinnerte sie an alle einzelnen Vorfälle seiner Kindheit, erzählte ihr dann, wie er sieben Jahre als Eichhörnchen gedient habe bei der Fee und wie sie ihn verwandelte, weil er sie damals getadelt. Die Frau des Schusters wußte nicht, was sie denken sollte. Alles traf zu, was er ihr von seiner Kindheit erzählte; aber wenn er davon sprach, daß er sieben Jahre lang ein Eichhörnchen gewesen sei, da sprach sie: »Es ist unmöglich, und es gibt keine Feen«, und wenn sie ihn ansah, so verabscheute sie den häßlichen Zwerg und glaubte nicht, daß dies ihr Sohn sein könne. Endlich hielt sie es fürs beste, mit ihrem Mann darüber zu sprechen. Sie raffte also ihre Körbe zusammen und hieß ihn mitgehen. So kamen sie zu der Bude des Schusters.

»Sieh einmal«, sprach sie zu diesem, »der Mensch da will unser verlorner Jakob sein. Er hat mir alles erzählt, wie er uns vor sieben Jahren gestohlen wurde und wie er von einer Fee bezaubert worden sei.« –

»So?« unterbrach sie der Schuster mit Zorn; »hat er dir dies erzählt? Warte, du Range! Ich habe ihm alles erzählt, noch vor einer Stunde, und jetzt geht er hin, dich so zu foppen! Bezaubert bist du worden, mein Söhnchen? Warte doch, ich will dich wieder entzaubern.« Dabei nahm er ein Bündel Riemen, die er eben zugeschnitten hatte, sprang auf den Kleinen zu und schlug ihn auf den hohen Rücken und auf die langen Arme, daß der Kleine vor Schmerz aufschrie und weinend davonlief.

In jener Stadt gibt es, wie überall, wenige mitleidige Seelen, die einen Unglücklichen, der zugleich etwas Lächerliches an sich trägt, unterstützten. Daher kam es, daß der unglückliche Zwerg den ganzen Tag ohne Speise und Trank blieb und abends die Treppen einer Kirche, so hart und kalt sie waren, zum Nachtlager wählen mußte.

Als ihn aber am nächsten Morgen die ersten Strahlen der Sonne erweckten, da dachte er ernstlich darüber nach, wie er sein Leben fristen könne, da ihn Vater und Mutter verstoßen. Er fühlte sich zu stolz, um als Aushängeschild eines Barbiers zu dienen, er wollte nicht zu einem Possenreißer sich verdingen und sich um Geld sehen lassen. Was sollte er anfangen? Da fiel ihm mit einemmal bei, daß er als Eichhörnchen große Fortschritte in der Kochkunst gemacht habe; er glaubte nicht mit Unrecht, hoffen zu dürfen, daß er es mit manchem Koch aufnehmen könne; er beschloß, seine Kunst zu benützen.

Sobald es daher lebhafter wurde auf den Straßen und der Morgen ganz heraufgekommen war, trat er zuerst in die Kirche und verrichtete sein Gebet. Dann trat er seinen Weg an. Der Herzog, der Herr des Landes, o Herr! war ein bekannter Schlemmer und Lecker, der eine gute Tafel liebte und seine Köche in allen Weltteilen aufsuchte. Zu seinem Palast begab sich der Kleine. Als er an die äußerste Pforte kam, fragten die Türhüter nach seinem Begehr und hatten ihren Spott mit ihm; er aber verlangte nach dem Oberküchenmeister. Sie lachten und führten ihn durch die Vorhöfe, und wo er hinkam, blieben die Diener stehen, schauten nach ihm, lachten weidlich und schlossen sich an, so daß nach und nach ein ungeheurer Zug von Dienern aller Art sich die Treppe des Palastes hinaufbewegte; die Stallknechte warfen ihre Striegel weg, die Läufer liefen, was sie konnten, die Teppichbreiter vergaßen, die Teppiche auszuklopfen, alles drängte und trieb sich, es war ein Gewühl, als sei der Feind vor den Toren, und das Geschrei: »Ein Zwerg! ein Zwerg! Habt ihr den Zwerg gesehen!« füllte die Lüfte.

Da erschien der Aufseher des Hauses mit grimmigem Gesicht, eine ungeheure Peitsche in der Hand, in der Türe. »Um des Himmels willen, ihr Hunde, was macht ihr solchen Lärm! Wisset ihr nicht, daß der Herr noch schläft?«, und dabei schwang er die Geißel und ließ sie unsanft auf den Rücken einiger Stallknechte und Türhüter niederfallen. »Ach Herr!« riefen sie, »seht Ihr denn nicht? Da bringen wir einen Zwerg, einen Zwerg, wie Ihr noch keinen gesehen.« Der Aufseher des Palastes zwang sich mit Mühe, nicht laut aufzulachen, als er des Kleinen ansichtig wurde, denn er fürchtete, durch Lachen seiner Würde zu schaden. Er trieb daher mit der Peitsche die übrigen hinweg, führte den Kleinen ins Haus und fragte nach seinem Begehr. Als er hörte, jener wolle zum Küchenmeister, erwiderte er: »Du irrst dich, mein Söhnchen, zu mir, dem Aufseher des Hauses, willst du; du willst Leibzwerg werden beim Herzog; ist es nicht also?«

»Nein, Herr!« antwortete der Zwerg; »ich bin ein geschickter Koch und erfahren in allerlei seltenen Speisen; wollet mich zum Oberküchenmeister bringen; vielleicht kann er meine Kunst brauchen.«

»Jeder nach seinem Willen, kleiner Mann; übrigens bist du doch ein unbesonnener Junge. In die Küche! Als Leibzwerg hättest du keine Arbeit gehabt und Essen und Trinken nach Herzenslust und schöne Kleider. Doch, wir wollen sehen, deine Kunst wird schwerlich so weit reichen, als ein Mundkoch des Herren nötig hat, und zum Küchenjungen bist du zu gut.« Bei diesen Worten nahm ihn der Aufseher des Palastes bei der Hand und führte ihn in die Gemächer des Oberküchenmeisters.

»Gnädiger Herr«, sprach dort der Zwerg und verbeugte sich so tief, daß er mit der Nase den Fußteppich berührte, »brauchet Ihr keinen geschickten Koch?«

Der Oberküchenmeister betrachtete ihn vom Kopf bis zu den Füßen, brach dann in lautes Lachen aus und sprach: »Wie?« rief er, »du ein Koch? Meinst du, unsere Herde seien so niedrig, daß du nur auf einen hinaufschauen kannst, wenn du dich auf die Zehen stellst und den Kopf recht aus den Schultern herausarbeitest? Oh, lieber Kleiner! wer dich zu mir geschickt hat, um dich als Koch zu verdingen, der hat dich zum Narren gehabt.« So sprach der Oberküchenmeister und lachte weidlich, und mit ihm lachte der Aufseher des Palastes und alle Diener, die im Zimmer waren.

Der Zwerg aber ließ sich nicht aus der Fassung bringen. »Was liegt an einem Ei oder zweien, an ein wenig Sirup und Wein, an Mehl und Gewürze in einem Hause, wo man dessen genug hat?« sprach er. »Gebet mir irgendeine leckerhafte Speise zu bereiten auf, schaffet mir, was ich dazu brauche, und sie soll vor Euren Augen schnell bereitet sein, und Ihr sollet sagen müssen: Er ist ein Koch nach Regel und Recht.« Solche und ähnliche Reden führte der Kleine, und es war wunderlich anzuschauen, wie es dabei aus seinen kleinen Äuglein hervorblitzte, wie seine lange Nase sich hin und her schlängelte und seine dünnen Spinnenfinger seine Rede begleiteten. »Wohlan!« rief der Küchenmeister und nahm den Aufseher des Palastes unter dem Arme, »wohlan, es sei um des Spaßes willen; lasset uns zur Küche gehen!« Sie gingen durch mehrere Säle und Gänge und kamen endlich in die Küche. Es war dies ein großes, weitläufiges Gebäude, herrlich eingerichtet; auf zwanzig Herden brannten beständig Feuer, ein klares Wasser, das zugleich zum Fischebehälter diente, floß mitten durch sie, in Schränken von Marmor und köstlichem Holz waren die Vorräte aufgestellt, die man immer zur Hand haben mußte, und zur Rechten und Linken waren zehen Säle, in welchen alles aufgespeichert war, was man in allen Ländern von Frankistan und selbst im Morgenlande Köstliches und Leckeres für den Gaumen erfunden. Küchenbedienten aller Art liefen umher und rasselten und hantierten mit Kesseln und Pfannen, mit Gabeln und Schaumlöffeln; als aber der Oberküchenmeister in die Küche eintrat, blieben sie alle regungslos stehen, und nur das Feuer hörte man noch knistern und das Bächlein rieseln.

»Was hat der Herr heute zum Frühstück befohlen?« fragte der Meister den ersten Frühstückmacher, einen alten Koch.

»Herr! die dänische Suppe hat er geruht zu befehlen und rote Hamburger Klößchen.«

»Gut«, sprach der Küchenmeister weiter, »hast du gehört, was der Herr speisen will? Getraust du dich, diese schwierigen Speisen zu bereiten? Die Klößchen bringst du auf keinen Fall heraus, das ist ein Geheimnis.«

»Nichts leichter als dies«, erwiderte zu allgemeinem Erstaunen der Zwerg; denn er hatte diese Speisen als Eichhörnchen oft gemacht, »nichts leichter! Man gebe mir zu der Suppe die und die Kräuter, dies und jenes Gewürz, Fett von einem wilden Schwein, Wurzeln und Eier; zu den Klößchen aber«, sprach er leiser, daß es nur der Küchenmeister und der Frühstückmacher hören konnten, »zu den Klößchen brauche ich viererlei Fleisch, etwas Wein, Entenschmalz, Ingwer und ein gewisses Kraut, das man Magentrost heißt.«

»Ha! Bei Sankt Benedikt! bei welchem Zauberer hast du gelernt?« rief der Koch mit Staunen; »alles, bis auf ein Haar hat er gesagt, und das Kräutlein Magentrost haben wir selbst nicht gewußt; ja, das muß es noch angenehmer machen. O du Wunder von einem Koch!«

»Das hätte ich nicht gedacht«, sagte der Oberküchenmeister, »doch lassen wir ihn die Probe machen; gebt ihm die Sachen, die er verlangt, Geschirr und alles, und lasset ihn das Frühstück bereiten.«

Man tat, wie er befohlen, und rüstete alles auf dem Herde zu; aber da fand es sich, daß der Zwerg kaum mit der Nase bis an den Herd reichen konnte. Man setzte daher ein paar Stühle zusammen, legte eine Marmorplatte darüber und lud den kleinen Wundermann ein, sein Kunststück zu beginnen. In einem großen Kreise standen die Köche, Küchenjungen, Diener und allerlei Volk umher und sahen zu und staunten, wie ihm alles so flink und fertig von der Hand ging, wie er alles so reinlich und niedlich bereitete. Als er mit der Zubereitung fertig war, befahl er, beide Schüsseln ans Feuer zu setzen und genau so lange kochen zu lassen, bis er rufen werde; dann fing er an zu zählen, eins, zwei, drei und so fort, und gerade als er fünfhundert gezählt hatte, rief er: »Halt!« Die Töpfe wurden weggesetzt, und der Kleine lud den Küchenmeister ein, zu kosten.

Der Mundkoch ließ sich von einem Küchenjungen einen goldenen Löffel reichen, spülte ihn im Bach und überreichte ihn dem Oberküchenmeister. Dieser trat mit feierlicher Miene an den Herd, nahm von den Speisen, kostete, drückte die Augen zu, schnalzte vor Vergnügen mit der Zunge und sprach dann: »Köstlich, bei des Herzogs Leben, köstlich! Wollet Ihr nicht auch ein Löffelchen zu Euch nehmen, Aufseher des Palastes?« Dieser verbeugte sich, nahm den Löffel, versuchte und war vor Vergnügen und Lust außer sich. »Eure Kunst in Ehren, lieber Frühstückmacher, Ihr seid ein erfahrener Koch; aber so herrlich habt Ihr weder die Suppe noch die Hamburger Klöße machen können!« Auch der Koch kostete jetzt, schüttelte dann dem Zwerg ehrfurchtsvoll die Hand und sagte: »Kleiner! du bist Meister in der Kunst. Ja, das Kräutlein Magentrost, das gibt allem einen ganz eigenen Reiz.«

In diesem Augenblick kam der Kammerdiener des Herzogs in die Küche und berichtete, daß der Herr das Frühstück verlange. Die Speisen wurden nun auf silberne Platten gelegt und dem Herzog zugeschickt; der Oberküchenmeister aber nahm den Kleinen in sein Zimmer und unterhielt sich mit ihm. Kaum waren sie aber halb so lange da, als man ein Paternoster spricht (es ist dies das Gebet der Franken, o Herr, und dauert nicht halb so lange als das Gebet der Gläubigen), so kam schon ein Bote und rief den Oberküchenmeister zum Herrn. Er kleidete sich schnell in sein Festkleid und folgte dem Boten.

Der Herzog sah sehr vergnügt aus. Er hatte alles aufgezehrt, was auf den silbernen Platten gewesen war, und wischte sich eben den Bart ab, als der Oberküchenmeister zu ihm eintrat. »Höre, Küchenmeister«, sprach er, »ich bin mit deinen Köchen bisher immer sehr zufrieden gewesen; aber sage mir, wer hat heute mein Frühstück bereitet? So köstlich war es nie, seit ich auf dem Thron meiner Väter sitze; sage an, wie er heißt, der Koch, daß wir ihm einige Dukaten zum Geschenk schicken.«

»Herr! das ist eine wunderbare Geschichte«, antwortete der Oberküchenmeister und erzählte, wie man ihm heute frühe einen Zwerg gebracht, der durchaus Koch werden wollte, und wie sich dies alles begeben. Der Herzog verwunderte sich höchlich, ließ den Zwerg vor sich rufen und fragte ihn aus, wer er sei und woher er komme. Da konnte nun der arme Jakob freilich nicht sagen, daß er verzaubert worden sei und früher als Eichhörnchen gedient habe; doch blieb er bei der Wahrheit, indem er erzählte, er sei jetzt ohne Vater und Mutter und habe bei einer alten Frau kochen gelernt. Der Herzog fragte nicht weiter, sondern ergötzte sich an der sonderbaren Gestalt seines neuen Koches.

»Willst du bei mir bleiben«, sprach er, »so will ich dir jährlich fünfzig Dukaten, ein Festkleid und noch überdies zwei Paar Beinkleider reichen lassen. Dafür mußt du aber täglich mein Frühstück selbst bereiten, mußt angeben, wie das Mittagessen gemacht werden soll, und überhaupt dich meiner Küche annehmen. Da jeder in meinem Palast seinen eigenen Namen von mir empfängt, so sollst du Nase heißen und die Würde eines Unterküchenmeisters bekleiden.«

Der Zwerg Nase fiel nieder vor dem mächtigen Herzog in Frankenland, küßte ihm die Füße und versprach, ihm treu zu dienen.

So war nun der Kleine fürs erste versorgt, und er machte

seinem Amt Ehre, denn man kann sagen, daß der Herzog ein ganz anderer Mann war, während der Zwerg Nase sich in seinem Hause aufhielt. Sonst hatte es ihm oft beliebt, die Schüsseln oder Platten, die man ihm auftrug, den Köchen an den Kopf zu werfen; ja, dem Oberküchenmeister selbst warf er im Zorn einmal einen gebackenen Kalbsfuß, der nicht weich genug geworden war, so heftig an die Stirne, daß er umfiel und drei Tage zu Bette liegen mußte. Der Herzog machte zwar, was er im Zorn getan, durch einige Hände voll Dukaten wieder gut, aber dennoch war nie ein Koch ohne Zittern und Zagen mit den Speisen zu ihm gekommen. Seit der Zwerg im Hause war, schien alles wie durch Zauber umgewandelt. Der Herr aß jetzt statt dreimal des Tages fünfmal, um sich an der Kunst seines kleinsten Dieners recht zu laben, und dennoch verzog er nie eine Miene zum Unmut. Nein, er fand alles neu, trefflich, war leutselig und angenehm und wurde von Tag zu Tag fetter.

Oft ließ er mitten unter der Tafel den Küchenmeister und den Zwerg Nase rufen, setzte den einen rechts, den andern links zu sich und schob ihnen mit seinen eigenen Fingern einige Bissen der köstlichen Speisen in den Mund, eine Gnade, welche sie beide wohl zu schätzen wußten.

Der Zwerg war das Wunder der Stadt. Man erbat sich flehentlich Erlaubnis vom Oberküchenmeister, den Zwerg kochen zu sehen, und einige der vornehmsten Männer hatten es so weit gebracht beim Herzog, daß ihre Diener in der Küche beim Zwerg Unterrichtsstunden genießen durften, was nicht wenig Geld eintrug; denn jeder zahlte täglich einen halben Dukaten. Und um die übrigen Köche bei guter Laune zu erhalten und sie nicht neidisch auf ihn zu machen, überließ ihnen Nase dieses Geld, das die Herren für den Unterricht ihrer Köche zahlen mußten.

So lebte Nase beinahe zwei Jahre in äußerlichem Wohlleben und Ehre, und nur der Gedanke an seine Eltern betrübte ihn. So lebte er, ohne etwas Merkwürdiges zu erfahren, bis sich folgender Vorfall ereignete. Der Zwerg Nase war besonders geschickt und glücklich in seinen Einkäufen. Daher ging er, sooft es ihm die Zeit erlaubte, immer selbst auf den Markt, um Geflügel und Früchte einzukaufen. Eines Morgens ging er auch auf den Gänsemarkt und forschte nach schweren, fetten Gänsen, wie sie der Herr liebte. Er war musternd schon einigemal auf und ab gegangen; seine Gestalt, weit entfernt, hier Lachen und Spott zu erregen, gebot Ehrfurcht, denn man erkannte ihn als den berühmten Mundkoch des Herzogs, und jede Gänsefrau fühlte sich glücklich, wenn er ihr die Nase zuwandte.

Da sah er ganz am Ende einer Reihe in einer Ecke eine Frau sitzen, die auch Gänse feil hatte, aber nicht wie die übrigen ihre Ware anpries und nach Käufern schrie; zu dieser trat er und maß und wog ihre Gänse. Sie waren, wie er sie wünschte, und er kaufte drei samt dem Käfig, lud sie auf seine breite Schulter und trat den Rückweg an. Da kam es ihm sonderbar vor, daß nur zwei von diesen Gänsen schnatterten und schrien, wie rechte Gänse zu tun pflegen, die dritte aber ganz still und in sich gekehrt dasaß und Seufzer ausstieß und ächzte wie ein Mensch. »Die ist halb krank«, sprach er vor sich hin, »ich muß eilen, daß ich sie umbringe und zurichte.« Aber die Gans antwortete ganz deutlich und laut:

»Stichst du mich,
So beiß ich dich.
Drückst du mir die Kehle ab,
Bring ich dich ins frühe Grab.«

Ganz erschrocken setzte der Zwerg Nase seinen Käfig nieder, und die Gans sah ihn mit schönen, klugen Augen an und seufzte. »Ei der Tausend!« rief Nase. »Sie kann sprechen, Jungfer Gans? Das hätte ich nicht gedacht. Na, sei Sie nur nicht ängstlich! Man weiß zu leben und wird einem so seltenen Vogel nicht zuleibe gehen. Aber ich wollte wetten, Sie ist nicht von jeher in diesen Federn gewesen; war ich ja selbst einmal ein schnödes Eichhörnchen.«

»Du hast recht«, erwiderte die Gans, »wenn du sagst, ich sei nicht in dieser schmachvollen Hülle geboren worden. Ach, an meiner Wiege wurde es mir nicht gesungen, daß Mimi, des großen Wetterbocks Tochter, in der Küche eines Herzogs getötet werden soll!«

»Sei Sie doch ruhig, liebe Jungfer Mimi«, tröstete der Zwerg; »so wahr ich ein ehrlicher Kerl und Unterküchenmeister Seiner Durchlaucht bin, es soll Ihr keiner an die Kehle. Ich will Ihr in meinen eigenen Gemächern einen Stall anweisen, Futter soll Sie genug haben, und meine freie Zeit werde ich Ihrer Unterhaltung widmen; den übrigen Küchenmenschen werde ich sagen, daß ich eine Gans mit allerlei besonderen Kräutern für den Herzog mäste, und sobald sich Gelegenheit findet, setze ich Sie in Freiheit.«

Die Gans dankte ihm mit Tränen; der Zwerg aber tat, wie er versprochen, schlachtete die zwei anderen Gänse, für Mimi aber baute er einen eigenen Stall unter dem Vorwande, sie für den Herzog ganz besonders zuzurichten. Er gab ihr auch kein gewöhnliches Gänsefutter, sondern versah sie mit Backwerk und süßen Speisen. Sooft er freie Zeit hatte, ging er hin, sich mit ihr zu unterhalten und sie zu trösten. Sie erzählten sich auch gegenseitig ihre Geschichten, und Nase erfuhr auf diesem Wege, daß die Gans eine Tochter des Zauberers Wetterbock sei, der auf der Insel Gotland lebe. Er sei in Streit geraten mit einer alten Fee, die ihn durch Ränke und List überwunden und sie zur Rache in eine Gans verwandelt und weit hinweg bis hieher gebracht habe. Als der Zwerg Nase ihr seine Geschichte ebenfalls erzählt hatte, sprach sie: »Ich bin nicht unerfahren in diesen Sachen; mein Vater hat mir und meinen Schwestern einige Anleitung gegeben, soviel er nämlich davon mitteilen durfte. Die Geschichte mit dem Streit am Kräuterkorb, deine plötzliche Verwandlung, als du an jenem Kräutlein rochst, auch einige Worte der Alten, die du mir sagtest, beweisen mir, daß du auf Kräuter bezaubert bist, das heißt: wenn du das Kraut auffindest, das sich die Fee bei deiner Verzauberung gedacht hat, so kannst du erlöst werden.« Es war dies ein geringer Trost für den Kleinen; denn wo sollte er das Kraut auffinden? Doch dankte er ihr und schöpfte einige Hoffnung.

Um diese Zeit bekam der Herzog einen Besuch von einem benachbarten Fürsten, seinem Freunde. Er ließ daher seinen Zwerg Nase vor sich kommen und sprach zu ihm: »Jetzt ist die Zeit gekommen, wo du zeigen mußt, ob du mir treu dienst und Meister deiner Kunst bist. Dieser Fürst, der bei mir zu Besuch ist, speist bekanntlich außer mir am besten und ist ein großer Kenner einer feinen Küche und ein weiser Mann. Sorge nun dafür, daß meine Tafel täglich also besorgt werde, daß er immer mehr in Erstaunen gerät. Dabei darfst du, bei meiner Ungnade, solange er da ist, keine Speise zweimal bringen. Dafür kannst du dir von meinem Schatzmeister alles reichen lassen, was du nur brauchst. Und wenn du Gold und Diamanten in Schmalz backen mußt, so tu es; ich will lieber ein armer Mann werden als erröten vor ihm.«

So sprach der Herzog; der Zwerg aber sagte, indem er sich anständig verbeugte: »Es sei, wie du sagst, o Herr! So es Gott gefällt, werde ich alles so machen, daß es diesem Fürsten der Gutschmecker wohl gefällt.«

Der kleine Koch suchte nun seine ganze Kunst hervor. Er schonte die Schätze seines Herrn nicht, noch weniger aber sich selbst; denn man sah ihn den ganzen Tag in eine Wolke von Rauch und Feuer eingehüllt, und seine Stimme hallte beständig durch das Gewölbe der Küche; denn er befahl als Herrscher den Küchenjungen und niederen Köchen. Herr! ich könnte es machen wie die Kameltreiber von Aleppo, wenn sie in ihren Geschichten, die sie den Reisenden erzählen, die Menschen herrlich speisen lassen. Sie führen eine ganze Stunde lang all die Gerichte an, die aufgetragen worden sind, und erwecken dadurch große Sehnsucht und noch größeren Hunger in ihren Zuhörern, so daß diese unwillkürlich die Vorräte öffnen und eine Mahlzeit halten und den Kameltreibern reichlich mitteilen; doch ich nicht also.

Der fremde Fürst war schon vierzehn Tage beim Herzog

und lebte herrlich und in Freuden. Sie speisten des Tages nicht weniger als fünfmal, und der Herzog war zufrieden mit der Kunst des Zwerges, denn er sah Zufriedenheit auf der Stirne seines Gastes. Am fünfzehenten Tage aber begab es sich, daß der Herzog den Zwerg zur Tafel rufen ließ, ihn seinem Gast, dem Fürsten, vorstellte und diesen fragte, wie er mit dem Zwerg zufrieden sei.

»Du bist ein wunderbarer Koch«, antwortete der fremde Fürst, »und weißt, was anständig essen heißt. Du hast in der ganzen Zeit, daß ich hier bin, nicht eine einzige Speise wiederholt und alles trefflich bereitet. Aber sage mir doch, warum bringst du so lange nicht die Königin der Speisen, die Pastete Souzeraine?«

Der Zwerg war sehr erschrocken, denn er hatte von dieser Pastetenkönigin nie gehört; doch faßte er sich und antwortete: »O Herr! noch lange, hoffte ich, sollte dein Angesicht leuchten an diesem Hoflager, darum wartete ich mit dieser Speise; denn mit was sollte dich denn der Koch begrüßen am Tage des Scheidens als mit der Königin der Pasteten?«

»So?« entgegnete der Herzog lachend, »und bei mir wolltest du wohl warten bis an meinen Tod, um mich dann noch zu begrüßen? Denn auch mir hast du die Pastete noch nie vorgesetzt. Doch denke auf einen andern Scheidegruß; denn morgen mußt du die Pastete auf die Tafel setzen.«

»Es sei, wie du sagst, Herr!« antwortete der Zwerg und ging. Aber er ging nicht vergnügt; denn der Tag seiner Schande und seines Unglücks war gekommen. Er wußte nicht, wie er die Pastete machen sollte. Er ging daher in seine Kammer und weinte über sein Schicksal. Da trat die Gans Mimi, die in seinem Gemach umhergehen durfte, zu ihm und fragte ihn nach der Ursache seines Jammers. »Stille deine Tränen«, antwortete sie, als sie von der Pastete Souzeraine gehört, »dieses Gericht kam oft auf meines Vaters Tisch, und ich weiß ungefähr, was man dazu braucht; du nimmst dies und jenes, soundso viel, und wenn es auch nicht durchaus alles ist, was eigentlich dazu nötig, die Herren werden keinen so feinen Geschmack haben.« So sprach Mimi; der Zwerg aber sprang auf vor Freuden, segnete den Tag, an welchem er die Gans gekauft hatte, und schickte sich an, die Königin der Pasteten zuzurichten. Er machte zuerst einen kleinen Versuch, und siehe, es schmeckte trefflich, und der Oberküchenmeister, dem er davon zu kosten gab, pries aufs neue seine ausgebreitete Kunst.

Den andern Tag setzte er die Pastete in größerer Form auf und schickte sie, warm, wie sie aus dem Ofen kam, nachdem er sie mit Blumenkränzen geschmückt hatte, auf die Tafel; er selbst aber zog sein bestes Festkleid an und ging in den Speisesaal. Als er eintrat, war der Obervorschneider gerade damit beschäftigt, die Pastete zu zerschneiden und auf einem silbernen Schäufelein dem Herzog und seinem Gaste hinzureichen. Der Herzog tat einen tüchtigen Biß hinein, schlug die Augen auf zur Decke und sprach, nachdem er geschluckt hatte: »Ah! ah! ah! Mit Recht nennt man dies die Königin der Pasteten; aber mein Zwerg ist auch der König aller Köche! Nicht also, lieber Freund?«

Der Gast nahm einige kleine Bissen zu sich, kostete und prüfte aufmerksam und lächelte dabei höhnisch und geheimnisvoll. »Das Ding ist recht artig gemacht«, antwortete er, indem er den Teller hinwegrückte, »aber die Souzeraine ist es denn doch nicht ganz; das habe ich mir wohl gedacht.«

Da runzelte der Herzog vor Unmut die Stirne und errötete vor Beschämung. »Hund von einem Zwerg!« rief er, »wie wagst du es, deinem Herrn dies anzutun? Soll ich dir deinen großen Kopf abhacken lassen zur Strafe für deine schlechte Kocherei?«

»Ach Herr! um des Himmels willen, ich habe das Gericht doch zubereitet nach den Regeln der Kunst, es kann gewiß nichts fehlen!« So sprach der Zwerg und zitterte.

»Es ist eine Lüge, du Bube!« erwiderte der Herzog und stieß ihn mit dem Fuße von sich; »mein Gast würde sonst nicht sagen, es fehlt etwas. Dich selbst will ich zerhacken und backen lassen in eine Pastete!«

»Habt Mitleiden!« rief der Kleine und rutschte auf den Knien zu dem Gast, dessen Füße er umfaßte; »saget, was fehlt in dieser Speise, daß sie Eurem Gaumen nicht zusagt? Lasset mich nicht sterben wegen einer Handvoll Fleisch und Mehl.«

»Das wird dir wenig helfen, mein lieber Nase«, antwortete der Fremde mit Lachen; »das habe ich mir schon gestern gedacht, daß du diese Speise nicht machen kannst wie mein Koch. Wisse, es fehlt ein Kräutlein, das man hierzulande gar nicht kennt, das Kraut Niesmitlust; ohne dieses bleibt die Pastete ohne Würze, und dein Herr wird sie nie essen wie ich.«

Da geriet der Herrscher in Frankistan in Wut. »Und doch werde ich sie essen«, rief er mit funkelnden Augen; »denn ich schwöre auf meine fürstliche Ehre: entweder zeige ich Euch morgen die Pastete, wie Ihr sie verlanget, oder – den Kopf dieses Burschen, aufgespießt auf dem Tor meines Palastes. Gehe, du Hund, noch einmal gebe ich dir vierundzwanzig Stunden Zeit.«

So rief der Herzog; der Zwerg aber ging wieder weinend in sein Kämmerlein und klagte der Gans sein Schicksal und daß er sterben müsse; denn von dem Kraut habe er nie gehört. »Ist es nur dies«, sprach sie, »da kann ich dir schon helfen; denn mein Vater lehrte mich alle Kräuter kennen. Wohl wärest du vielleicht zu einer andern Zeit des Todes gewesen, aber glücklicherweise ist es gerade Neumond, und um diese Zeit blüht das Kräutlein. Doch sage an, sind alte Kastanienbäume in der Nähe des Palastes?«

»O ja!« erwiderte Nase mit leichterem Herzen; »am See, zweihundert Schritte vom Haus, steht eine ganze Gruppe; doch warum diese?«

»Nur am Fuße alter Kastanien blüht das Kräutlein«, sagte Mimi, »darum laß uns keine Zeit versäumen und suchen, was du brauchst; nimm mich auf deinen Arm und setze mich im Freien nieder; ich will dir suchen.«

Er tat, wie sie gesagt, und ging mit ihr zur Pforte des Palastes. Dort aber streckte der Türhüter sein Gewehr vor und sprach: »Mein guter Nase, mit dir ist's vorbei; aus dem Hause darfst du nicht, ich habe den strengsten Befehl darüber.«

»Aber in den Garten kann ich doch wohl gehen?« erwiderte der Zwerg. »Sei so gut und schicke einen deiner Gesellen zum Aufseher des Palastes und frage, ob ich nicht in den Garten gehen und Kräuter suchen dürfte?« Der Türhüter tat also, und es wurde erlaubt; denn der Garten hatte hohe Mauern, und es war an kein Entkommen daraus zu denken. Als aber Nase mit der Gans Mimi ins Freie gekommen war, setzte er sie behutsam nieder, und sie ging schnell vor ihm her dem See zu, wo die Kastanien standen. Er folgte ihr nur mit beklommenem Herzen, denn es war ja seine letzte, einzige Hoffnung; fand sie das Kräutlein nicht, so stand sein Entschluß fest: er stürzte sich dann lieber in den See, als daß er sich köpfen ließ. Die Gans suchte aber vergebens, sie wandelte unter allen Kastanien, sie wandte mit dem Schnabel jedes Gräschen um, es wollte sich nichts zeigen, und sie fing aus Mitleid und Angst an zu weinen; denn schon wurde der Abend dunkler und die Gegenstände umher schwerer zu erkennen.

Da fielen die Blicke des Zwergs über den See hin, und plötzlich rief er: »Siehe, siehe, dort über dem See steht noch ein großer, alter Baum; laß uns dorthin gehen und suchen, vielleicht blüht dort mein Glück.« Die Gans hüpfte und flog voran, und er lief nach, so schnell seine kleinen Beine konnten; der Kastanienbaum warf einen großen Schatten, und es war dunkel umher, fast war nichts mehr zu erkennen; aber da blieb plötzlich die Gans stillestehen, schlug vor Freuden mit den Flügeln, fuhr dann schnell mit dem Kopf ins hohe Gras und pflückte etwas ab, das sie dem erstaunten Nase zierlich mit dem Schnabel überreichte, und sprach: »Das ist das Kräutlein, und hier wächst eine Menge davon, so daß es dir nie daran fehlen kann.«

Der Zwerg betrachtete das Kraut sinnend; ein süßer Duft strömte ihm daraus entgegen, der ihn unwillkürlich an die Szene seiner Verwandlung erinnerte; die Stengel, die Blätter waren bläulichgrün, sie trugen eine brennend rote Blume mit gelbem Rande.

»Gelobt sei Gott!« rief er endlich aus; »welches Wunder! Wisse, ich glaube, es ist dies dasselbe Kraut, das mich aus einem Eichhörnchen in diese schändliche Gestalt umwandelte; soll ich den Versuch machen?«

»Noch nicht«, bat die Gans. »Nimm von diesem Kraut eine Handvoll mit dir, laß uns auf dein Zimmer gehen und dein Geld, und was du sonst hast, zusammenraffen, und dann wollen wir die Kraft des Krautes versuchen!«

Sie taten also und gingen auf seine Kammer zurück, und das Herz des Zwerges pochte hörbar vor Erwartung. Nachdem er fünfzig oder sechzig Dukaten, die er erspart hatte, einige Kleider und Schuhe zusammen in einen Bündel geknüpft hatte, sprach er: »So es Gott gefällig ist, werde ich dieser Bürde loswerden«, steckte seine Nase tief in die Kräuter und zog ihren Duft ein.

Da zog und knackte es in allen seinen Gliedern, er fühlte, wie sich sein Kopf aus den Schultern hob, er schielte herab auf seine Nase und sah sie kleiner und kleiner werden, sein Rücken und seine Brust fingen an, sich zu ebnen, und seine Beine wurden länger.

Die Gans sah mit Erstaunen diesem allem zu. »Ha! was du groß, was du schön bist!« rief sie, »Gott sei gedankt, es ist nichts mehr an dir von allem, wie du vorher warst!« Da freute sich Jakob sehr, und er faltete die Hände und betete. Aber seine Freude ließ ihn nicht vergessen, welchen Dank er der Gans Mimi schuldig sei; zwar drängte ihn sein Herz, zu seinen Eltern zu gehen, doch besiegte er aus Dankbarkeit diesen Wunsch und sprach: »Wem anders als dir habe ich es zu danken, daß ich mir selbst wiedergeschenkt bin? Ohne dich hätte ich dieses Kraut nimmer gefunden, hätte also ewig in jener Gestalt bleiben oder vielleicht gar unter dem Beile des Henkers sterben müssen. Wohlan, ich will es dir vergelten. Ich will dich zu deinem Vater bringen; er, der so erfahren ist in jedem Zauber, wird dich leicht entzaubern können.«

Die Gans vergoß Freudentränen und nahm sein Anerbieten an. Jakob kam glücklich und unerkannt mit der Gans aus dem Palast und machte sich auf den Weg nach dem Meeresstrand, Mimis Heimat zu.

Was soll ich noch weiter erzählen, daß sie ihre Reise glücklich vollendeten, daß Wetterbock seine Tochter entzauberte und den Jakob mit Geschenken beladen entließ, daß er in seine Vaterstadt zurückkam und daß seine Eltern in dem schönen jungen Mann mit Vergnügen ihren verlorenen Sohn erkannten, daß er von den Geschenken, die er von Wetterbock mitbrachte, sich einen Laden kaufte und reich und glücklich wurde?

Nur so viel will ich noch sagen, daß nach seiner Entfernung aus dem Palast des Herzogs große Unruhe entstand; denn als am andern Tag der Herzog seinen Schwur erfüllen und dem Zwerg, wenn er die Kräuter nicht gefunden hätte, den Kopf abschlagen lassen wollte, war er nirgends zu finden; der Fürst aber behauptete, der Herzog habe ihn heimlich entkommen lassen, um sich nicht seines besten Kochs zu berauben, und klagte ihn an, daß er wortbrüchig sei. Dadurch entstand denn ein großer Krieg zwischen beiden Fürsten, der in der Geschichte unter dem Namen »Kräuterkrieg« wohlbekannt ist; es wurde manche Schlacht geschlagen, aber am Ende doch Friede gemacht, und diesen Frieden nennt man bei uns den »Pastetenfrieden«, weil beim Versöhnungsfest durch den Koch des Fürsten die Souzeraine, die Königin der Pasteten, zubereitet wurde, welche sich der Herr Herzog trefflich schmecken ließ.

So führen oft die kleinsten Ursachen zu großen Folgen; und dies, o Herr, ist die Geschichte des Zwerges Nase.

So erzählte der Sklave aus Frankistan; nachdem er geendet hatte, ließ der Scheik Ali Banu ihm und den andern Sklaven Früchte reichen, sich zu erfrischen, und unterhielt sich, während sie aßen, mit seinen Freunden. Die jungen Männer aber, die der Alte eingeführt hatte, waren voll Lobes über den Scheik, sein Haus und alle seine Einrichtungen. »Wahrlich«, sprach der junge Schreiber, »es gibt keinen angenehmern Zeitvertreib, als Geschichten anzuhören. Ich könnte tagelang so hinsitzen, die Beine untergeschlagen, einen Arm aufs Kissen gestützt, die Stirne in die Hand gelegt und, wenn es ginge, des Scheiks große Wasserpfeife in der Hand und Geschichten anhören – so ungefähr stelle ich mir das Leben vor in den Gärten Mahomets.«

»Solange Ihr jung seid und arbeiten könnt«, sprach der Alte, »kann ein solcher träger Wunsch nicht Euer Ernst sein. Aber das gebe ich Euch zu, daß ein eigener Reiz darin liegt, etwas erzählen zu hören. So alt ich bin, und ich gehe nun ins siebenundsiebenzigste Jahr, so viel ich in meinem Leben schon gehört habe, so verschmähe ich es doch nicht, wenn an der Ecke ein Geschichtserzähler sitzt und um ihn in großem Kreis die Zuhörer, mich ebenfalls hinzusetzen und zuzuhören. Man träumt sich ja in die Begebenheiten hinein, die erzählt werden, man lebt mit diesen Menschen, mit diesen wundervollen Geistern, mit Feen und dergleichen Leuten, die uns nicht alle Tage begegnen, und hat nachher, wenn man einsam ist, Stoff, sich alles zu wiederholen, wie der Wanderer, der sich gut versehen hat, wenn er durch die Wüste reist.«

»Ich habe nie so darüber nachgedacht«, erwiderte ein anderer der jungen Leute, »worin der Reiz solcher Geschichten eigentlich liegt. Aber mir geht es wie Euch. Schon als Kind konnte man mich, wenn ich ungeduldig war, durch eine Geschichte zum Schweigen bringen. Es war mir anfangs gleichgültig, von was es handelte, wenn es nur erzählt war, wenn nur etwas geschah; wie oft habe ich, ohne zu ermüden, jene Fabeln angehört, die weise Männer erfunden und in welche sie einen Kern ihrer Weisheit gelegt haben, vom Fuchs und vom törichten Raben, vom Fuchs und vom Wolf, viele Dutzend Geschichten vom Löwen und den übrigen Tieren. Als ich älter wurde und mehr unter die Menschen kam, genügten mir jene kurzen Geschichten nicht mehr; sie mußten schon länger sein, mußten von Menschen und ihren wunderbaren Schicksalen handeln.«

»Ja, ich entsinne mich noch wohl dieser Zeit«, unterbrach ihn einer seiner Freunde; »du warst es, der uns diesen Drang nach Erzählungen aller Art beibrachte. Einer eurer Sklaven wußte so viel zu erzählen, als ein Kameltreiber von Mekka nach Medina spricht; wann er fertig war mit seiner Arbeit, mußte er sich zu uns setzen auf den Grasboden vor dem Hause, und da baten wir so lange, bis er zu erzählen anfing, und das ging fort und fort, bis die Nacht heraufkam.«

»Und erschloß sich uns«, entgegnete der Schreiber, »erschloß sich uns da nicht ein neues, niegekanntes Reich, das Land der Genien und Feen, bebaut mit allen Wundern der Pflanzenwelt, mit reichen Palästen von Smaragden und Rubinen, mit riesenhaften Sklaven bevölkert, die erschienen, wenn man einen Ring hin und wider dreht oder die Wunderlampe reibt oder das Wort Salomos ausspricht, und in goldenen Schalen herrliche Speisen bringen. Wir fühlten uns unwillkürlich in jenes Land versetzt, wir machten mit Sindbad seine wunderbaren Fahrten, wir gingen mit Harun Al-Raschid, dem weisen Beherrscher der Gläubigen, abends spazieren, wir kannten Giaffar, seinen Wesir, so gut als uns selbst, kurz, wir lebten in jenen Geschichten, wie man nachts in Träumen lebt, und es gab keine schönere Tageszeit für uns als den Abend, wo wir uns einfanden auf dem Rasenplatz und der alte Sklave uns erzählte. Aber sage uns, Alter, worin liegt es denn eigentlich, daß wir damals so gerne erzählen hörten, daß es noch jetzt für uns keine angenehmere Unterhaltung gibt?«

Die Bewegung, die im Zimmer entstand, und die Aufforderung zur Aufmerksamkeit, die der Sklavenaufseher gab, verhinderte den Alten zu antworten. Die jungen Leute wußten nicht, ob sie sich freuen sollten, daß sie eine neue Geschichte anhören durften, oder ungehalten sein darüber, daß ihr anziehendes Gespräch mit dem Alten unterbrochen worden war; aber ein zweiter Sklave erhob sich bereits und begann:

Abner, der Jude, der nichts gesehen hat

Herr! Ich bin aus Mogador am Strande des großen Meers, und als der großmächtigste Kaiser Muley Ismael über Fez und Marokko herrschte, hat sich die Geschichte zugetragen, die du vielleicht nicht ungerne hören wirst. Es ist die Geschichte von Abner, dem Juden, der nichts gesehen hat.

Juden, wie du weißt, gibt es überall, und sie sind überall Juden: pfiffig, mit Falkenaugen für den kleinsten Vorteil begabt, verschlagen, desto verschlagener, je mehr sie mißhandelt werden, ihrer Verschlagenheit sich bewußt und sich etwas darauf einbildend. Daß aber doch zuweilen ein Jude durch seine Pfiffe zu Schaden kommt, bewies Abner, als er eines Abends zum Tore von Marokko hinaus spazierenging.

Er schreitet einher, mit der spitzen Mütze auf dem Kopf, in den bescheidenen, nicht übermäßig reinlichen Mantel gehüllt, nimmt von Zeit zu Zeit eine verstohlene Prise aus der goldenen Dose, die er nicht gerne sehen läßt, streichelt sich den Knebelbart, und trotz der umherrollenden Augen, welche ewige Furcht und Besorgnis und die Begierde, etwas zu erspähen, womit etwas zu machen wäre, keinen Augenblick ruhen läßt, leuchtet Zufriedenheit aus seiner beweglichen Miene; er muß diesen Tag gute Geschäfte gemacht haben; und so ist es auch. Er ist Arzt, ist Kaufmann, ist alles, was Geld einträgt; er hat heute einen Sklaven mit einem heimlichen Fehler verkauft, wohlfeil eine Kamelladung Gummi gekauft und einem reichen kranken Mann den letzten Trank, nicht vor seiner Genesung, sondern vor seinem Hintritt bereitet.

Eben war er auf seinem Spaziergang aus einem kleinen Gehölz von Palmen und Datteln getreten, da hörte er lautes Geschrei herbeilaufender Menschen hinter sich; es war ein Haufe kaiserlicher Stallknechte, den Oberstallmeister an der Spitze, die nach allen Seiten unruhige Blicke umherwarfen wie Menschen, die etwas Verlorenes eifrig suchen.

»Philister«, rief ihm keuchend der Oberstallmeister zu, »hast du nicht ein kaiserlich Pferd mit Sattel und Zeug vorüberrennen sehen?«

Abner antwortete: »Der beste Galoppläufer, den es gibt; zierlich klein ist sein Huf, seine Hufeisen sind von vierzehnlötigem Silber, sein Haar leuchtet golden gleich dem großen Sabbatleuchter in der Schule, fünfzehn Fäuste ist er hoch, sein Schweif ist drei und einen halben Fuß lang, und die Stangen seines Gebisses sind von dreiundzwanzigkarätigem Golde.«

»Er ist's!« rief der Oberstallmeister; »er ist's!« rief der Chor der Stallknechte; »es ist der Emir«, rief ein alter Bereuter, »ich habe es dem Prinzen Abdallah zehnmal gesagt, er solle den Emir in der Trense reiten, ich kenne den Emir, ich habe es vorausgesagt, daß er ihn abwerfen würde, und sollte ich seine Rückenschmerzen mit dem Kopfe bezahlen müssen, ich habe es vorausgesagt. – Aber schnell, wohinzu ist er gelaufen?«

»Habe ich doch gar kein Pferd gesehen«, erwiderte Abner lächelnd, »wie kann ich sagen, wohin es gelaufen ist, des Kaisers Pferd?«

Erstaunt über diesen Widerspruch, wollten die Herren vom Stalle eben weiter in Abner dringen, da kam ein anderes Ereignis dazwischen.

Durch einen sonderbaren Zufall, wie es deren so viele gibt, war gerade zu dieser Zeit auch der Leibschoßhund der Kaiserin entlaufen. Ein Haufe schwarzer Sklaven kam herbeigerannt, und sie schrien schon von weitem: »Habt Ihr den Schoßhund der Kaiserin nicht gesehen?«

»Es ist kein Hund, den ihr suchet, meine Herren«, sagte Abner, »es ist eine Hündin.«

»Allerdings«, rief der erste Eunuch hocherfreut; »Aline, wo bist du?«

»Ein kleiner Wachtelhund«, fuhr Abner fort, »der vor kurzem Junge geworfen, langes Behänge, Federschwanz, hinkt auf dem rechten vordern Bein.«

»Sie ist's, wie sie leibt und lebt!« rief der Chor der Schwarzen; »es ist Aline; die Kaiserin ist in Krämpfe verfallen, sobald sie vermißt wurde; Aline, wo bist du? was soll aus uns werden, wenn wir ohne dich ins Harem zurückkehren? Sprich geschwind, wohin hast du sie laufen sehen?«

»Ich habe gar keinen Hund gesehen; weiß ich doch nicht einmal, daß meine Kaiserin, welche Gott erhalte, einen Wachtelhund besitzt.«

Da ergrimmten die Leute vom Stalle und vom Harem über Abners Unverschämtheit, wie sie es nannten, über kaiserliches Eigentum seinen Scherz zu treiben, und zweifelten keinen Augenblick, so unwahrscheinlich dies auch war, daß er Hund und Pferd gestohlen habe. Während die andern ihre Nachforschungen fortsetzten, packten der Stallmeister und der erste Eunuch den Juden und führten den halb pfiffig, halb ängstlich Lächelnden vor das Angesicht des Kaisers.

Aufgebracht berief Muley Ismael, als er den Hergang vernommen, den gewöhnlichen Rat des Palastes und führte in Betracht der Wichtigkeit des Gegenstandes selbst den Vorsitz. Zur Eröffnung der Sache wurde dem Angeschuldigten ein halbes Hundert Streiche auf die Fußsohlen zuerkannt. Abner mochte schreien oder winseln, seine Unschuld beteuern oder versprechen, alles zu erzählen, wie es sich zugetragen, Sprüche aus der Schrift oder dem Talmud anführen, mochte rufen: »Die Ungnade des Königs ist wie das Brüllen eines jungen Löwen, aber seine Gnade ist Tau auf dem Grase« oder: »Laß nicht zuschlagen deine Hand, wenn dir Augen und Ohren verschlossen sind!« – Muley Ismael winkte und schwur bei des Propheten Bart und seinem eigenen, der Philister solle die Schmerzen des Prinzen Abdallah und die

Krämpfe der Kaiserin mit dem Kopfe bezahlen, wenn die Flüchtigen nicht wieder beigebracht würden.

Noch erschallte der Palast des Kaisers von Marok von dem Schmerzgeschrei des Patienten, als die Nachricht einlief, Hund und Pferd seien wiedergefunden. Alinen überraschte man in der Gesellschaft einiger Möpse, sehr anständiger Leute, die sich aber für sie, als Hofdame, durchaus nicht schickte, und Emir hatte, nachdem er sich müde gelaufen, das duftende Gras auf den grünen Wiesen am Bache Tara wohlschmeckender gefunden als den kaiserlichen Hafer; gleich dem ermüdeten fürstlichen Jäger, der, auf der Parforcejagd verirrt, über dem schwarzen Brot und der Butter in der Hütte des Landmanns aller Leckereien seiner Tafel vergißt.

Muley Ismael verlangte nun von Abner eine Erklärung seines Betragens, und dieser sah sich nun, wiewohl etwas spät, imstande, sich zu verantworten, was er, nachdem er vor Sr. Hoheit Thron dreimal die Erde mit der Stirne berührte, in folgenden Worten tat:

»Großmächtigster Kaiser, König der Könige, Herr des Westen, Stern der Gerechtigkeit, Spiegel der Wahrheit, Abgrund der Weisheit, der du so glänzend bist wie Gold, so strahlend wie der Diamant, so hart wie das Eisen, höre mich, weil es deinem Sklaven vergönnt ist, vor deinem strahlenden Angesichte seine Stimme zu erheben. Ich schwöre bei dem Gott meiner Väter, bei Moses und den Propheten, daß ich dein heiliges Pferd und meiner gnädigen Kaiserin liebenswürdigen Hund mit meines Leibes Augen nicht gesehen habe. Höre aber, wie sich die Sache begeben:

Ich spazierte, um mich von des Tages Last und Arbeit zu erholen, nichts denkend in dem kleinen Gehölze, wo ich die Ehre gehabt habe, Sr. Herrlichkeit, dem Oberstallmeister, und Sr. Wachsamkeit, dem schwarzen Aufseher deines gesegneten Harems, zu begegnen; da gewahrte ich im feinen Sande zwischen den Palmen die Spuren eines Tieres; ich, dem die Spuren der Tiere überaus gut bekannt sind, erkenne sie alsbald für die Fußstapfen eines kleinen Hundes; feine, langgezogene Furchen liefen über die kleinen Unebenheiten des Sandbodens zwischen diesen Spuren hin; es ist eine Hündin, sprach ich zu mir selbst, und sie hat hängende Zitzen und hat Junge geworfen vor soundso langer Zeit; andere Spuren neben den Vordertatzen, wo der Sand leicht weggefegt zu sein schien, sagten mir, daß das Tier mit schönen, weit herabhängenden Ohren begabt sei; und da ich bemerkt, wie in längeren Zwischenräumen der Sand bedeutender aufgewühlt war, dachte ich: Einen schönen langbehaarten Schwanz hat die Kleine, und er muß anzusehen sein als ein Federbusch, und es hat ihr beliebt, zuweilen den Sand damit zu peitschen; auch entging mir nicht, daß eine Pfote sich beständig weniger tief in den Sand eindrückte; leider konnte mir da nicht verborgen bleiben, daß die Hündin meiner gnädigsten Frau, wenn es erlaubt ist, es auszusprechen, etwas hinke.

Was das Roß deiner Hoheit betrifft, so wisse, daß ich, als ich in einem Gange des Gehölzes zwischen Gebüschen hinwandelte, auf die Spuren eines Pferdes aufmerksam wurde. Kaum hatte ich den edlen kleinen Huf, den feinen und doch starken Strahl bemerkt, so sagte ich in meinem Herzen: da ist gewesen ein Roß von der Rasse Tschenner, die da ist die vornehmste von allen. Ist es ja noch nicht vier Monate, hat mein gnädigster Kaiser einem Fürsten in Frankenland eine ganze Kuppel von dieser Rasse verkauft, und mein Bruder Ruben ist dabei gewesen, wie sie sind handelseinig geworden, und mein gnädigster Kaiser hat dabei gewonnen soundso viel. Als ich sah, wie die Spuren so weit und so gleichmäßig voneinander entfernt waren, mußte ich denken: das galoppiert schön, vornehm, und ist bloß mein Kaiser wert, solch ein Tier zu besitzen; und ich gedachte des Streitrosses, von dem geschrieben steht bei Hiob: ›Es strampfet auf den Boden und ist freudig mit Kraft und zeucht aus, den Geharnischten entgegen; es spottet der Furcht und erschricket nicht und fleucht vor dem Schwert nicht, wenngleich wider es erklinget der Köcher, und glänzen beide, Spieß und Lanzen.‹ Und ich bückte mich, da ich etwas glänzen sah auf dem Boden, wie ich immer tue, und siehe, es war ein Marmelstein, darauf hatte das Hufeisen des eilenden Rosses einen Strich gezogen, und ich erkannte, daß es Hufeisen haben mußte von vierzehnlötigem Silber; muß ich doch den Strich kennen von jeglichem Metall, sei es echt oder unecht. Der Baumgang, in dem ich spazierte, war sieben Fuß weit, und hie und da sah ich den Staub von den Palmen gestreift; der Gaul hat mit dem Schweif gefochten, sprach ich, und er ist lang drei und einen halben Fuß; unter Bäumen, deren Krone etwa fünf Fuß vom Boden anfing, sah ich frisch abgestreifte Blätter; Sr. Schnelligkeit Rücken mußte sie abgestreift haben; da haben wir ein Pferd von fünfzehn Fäusten; siehe da, unter denselben Bäumen kleine Büschel goldglänzender Haare, und siehe da, es ist ein Goldfuchs! Eben trat ich aus dem Gebüsche, da fiel an einer Felswand ein Goldstrich in mein Auge; diesen Strich solltest du kennen, sprach ich, und was war's? Ein Probierstein war eingesprengt in dem Gestein und ein haarfeiner Goldstrich darauf, wie ihn das Männchen mit dem Pfeilbündel auf den Füchsen der sieben vereinigten Provinzen von Holland nicht feiner, nicht reiner ziehen kann. Der Strich mußte von den Gebißstangen des flüchtigen Rosses rühren, die es im Vorbeispringen gegen dieses Gestein gerieben. Kennt man ja doch deine erhabene Prachtliebe, König der Könige, weiß man ja doch, daß sich das geringste deiner Rosse schämen würde, auf einen andern als einen goldenen Zaum zu beißen.

Also hat es sich begeben, und wenn –«

»Nun, bei Mekka und Medina!«, rief Muley Ismael, »das heiße ich Augen; solche Augen könnten dir nicht schaden, Oberjägermeister, sie würden dir eine Koppel Schweißhunde ersparen; du, Polizeiminister, könntest damit weiter sehen als alle deine Schergen und Aufpasser. Nun, Philister, wir wollen dich in Betracht deines ungemeinen Scharfsinns, der uns wohlgefallen hat, gnädig behandeln; die fünfzig Prügel, die du richtig erhalten hast, sind fünfzig Zechinen wert, sie ersparen dir fünfzig; denn du zahlst jetzt bloß noch fünfzig bar; zieh deinen Beutel und enthalte dich für die Zukunft, unseres kaiserlichen Eigentums zu spotten! Wir bleiben dir übrigens in Gnaden gewogen.«

Der ganze Hof bewunderte Abners Scharfsinn, denn Se. Majestät hatte geschworen, er sei ein geschickter Bursche; aber dies bezahlte ihm seine Schmerzen nicht, tröstete ihn nicht für seine teuren Zechinen. Während er stöhnend und seufzend eine nach der andern aus dem Beutel führte, jede noch zum Abschiede auf der Fingerspitze wog, höhnte ihn noch Schnuri, der kaiserliche Spaßmacher, fragte ihn, ob seine Zechinen alle auf dem Steine sich bewährten, auf dem der Goldfuchs des Prinzen Abdallah sein Gebiß probiert habe. »Deine Weisheit hat heute Ruhm geerntet«, sprach er, »ich wollte aber noch fünfzig Zechinen wetten, es wäre dir lieber, du hättest geschwiegen. Aber wie spricht der Prophet? ›Ein entschlüpftes Wort holt kein Wagen ein, und wenn er mit vier flüchtigen Rossen bespannt wäre.‹ Auch kein Windspiel holt es ein, Herr Abner, auch wenn es nicht hinkt.«

Nicht lange nach diesem für Abner schmerzlichen Ereignis ging er wieder einmal in einem der grünen Täler zwischen den Vorbergen des Atlas spazieren. Da wurde er, gerade wie damals, von einem einherstürmenden Haufen Gewaffneter eingeholt, und der Anführer schrie ihn an:

»He, guter Freund, hast du nicht Goro, den schwarzen Leibschützen des Kaisers, vorbeilaufen sehen? Er ist entflohen, er muß diesen Weg genommen haben ins Gebirg.«

»Kann nicht dienen, Herr General«, antwortete Abner.

»Ach, bist du nicht der pfiffige Jude, der den Fuchsen und den Hund nicht gesehen hat? Mach nur keine Umstände; hier muß der Sklave vorbeigekommen sein; riechst du vielleicht noch den Duft seines Schweißes in der Luft? Siehst du noch die Spuren seines flüchtigen Fußes im hohen Grase? Sprich, der Sklave muß herbei; er ist einzig im Sperlingschießen mit dem Blaserohr, und dies ist Sr. Majestät Lieblingszeitvertreib. Sprich, oder ich lasse dich sogleich krumm fesseln!«

»Kann ich doch nicht sagen, ich habe gesehen, was ich doch nicht hab gesehen.«

»Jude, zum letzten Male: Wohin ist der Sklave gelaufen? Denk an deine Fußsohlen, denk an deine Zechinen!«

»O weh geschrien! Nun, wenn Ihr absolut haben wollt, daß ich soll gesehen haben den Sperlingschützen, so lauft dorthin; ist er dort nicht, so ist er anderswo.«

»Du hast ihn also gesehen?« brüllte ihn der Soldat an.

»Ja denn, Herr Offizier, weil Ihr es so haben wollt.«

Die Soldaten verfolgten eilig die angewiesene Richtung. Abner aber ging, innerlich über seine List zufrieden, nach Hause. Kaum aber war er vierundzwanzig Stunden älter geworden, so drang ein Haufe von der Wache des Palastes in sein Haus und verunreinigte es, denn es war Sabbat, und schleppte ihn vor das Angesicht des Kaisers von Marok.

»Hund von einem Juden«, schnaubte ihn der Kaiser an, »du wagst es, kaiserliche Bediente, die einen flüchtigen Sklaven verfolgen, auf falsche Spur ins Gebirge zu schicken, während der Flüchtling der Meeresküste zueilt und beinahe auf einem spanischen Schiffe entkommen wäre? Greift ihn, Soldaten! Hundert auf die Sohlen! Hundert Zechinen aus dem Beutel! Um wieviel die Sohlen schwellen unter den Hieben, um soviel soll der Beutel einschnurren!«

Du weißt es, o Herr, im Reiche Fez und Marokko liebt man schnelle Gerechtigkeit, und so wurde der arme Abner geprügelt und besteuert, ohne daß man ihn zuvor um seine Einwilligung befragt hätte. Er aber verfluchte sein Geschick, das ihn dazu verdammte, daß seine Sohlen und sein Beutel es hart empfinden sollten, sooft Se. Majestät geruhten, etwas zu verlieren. Als er aber brummend und seufzend unter dem Gelächter des rohen Hofvolks aus dem Saale hinkte, sprach zu ihm Schnuri, der Spaßmacher:

»Gib dich zufrieden, Abner, undankbarer Abner! ist es nicht Ehre genug für dich, daß jeder Verlust, den unser gnädiger Kaiser, den Gott erhalte, erleidet, auch dir empfindlichen Kummer verursachen muß? Versprichst du mir aber ein gut Trinkgeld, so komme ich jedesmal eine Stunde, bevor der Herr des Westen etwas verliert, an deine Bude in der Judengasse und spreche: ›Gehe nicht aus deiner Hütte, Abner, du weißt schon warum; schließe dich ein in dein Kämmerlein bis zu Sonnenuntergang, beides, unter Schloß und Riegel.‹«

Dies, o Herr, ist die Geschichte von Abner, der nichts gesehen hat.

Als der Sklave geschwiegen hatte und es wieder stille im Saale geworden war, erinnerte der junge Schreiber den Alten, daß sie den Faden ihrer Unterhaltung abgebrochen hatten, und bat, ihnen nun zu erklären, worin denn eigentlich der mächtige Reiz des Märchens liege?

»Das will ich euch jetzt sagen«, erwiderte der Alte, »der menschliche Geist ist noch leichter und beweglicher als das Wasser, das doch in alle Formen sich schmiegt und nach und nach auch die dichtesten Gegenstände durchdringt. Er ist leicht und frei wie die Luft und wird wie diese, je höher er sich von der Erde hebt, desto leichter und reiner. Daher ist ein Drang in jedem Menschen, sich hinauf über das Gewöhnliche zu erheben und sich in höheren Räumen leichter und freier zu bewegen, sei es auch nur in Träumen. Ihr selbst, mein junger Freund, sagtet: ›Wir lebten in jenen Geschichten, wir dachten und fühlten mit jenen Menschen‹, und daher kommt der Reiz, den sie für Euch hatten. Indem Ihr den Erzählungen des Sklaven zuhörtet, die nur Dichtungen waren, die einst ein anderer erfand, habt Ihr selbst auch *mitgedichtet*. Ihr bliebet nicht stehen bei den Gegenständen um Euch her, bei Euren gewöhnlichen Gedanken, nein, Ihr erlebtet alles mit, Ihr waret es selbst, dem dies und jenes Wunderbare begegnete, so sehr nahmet Ihr teil an dem Mann, von dem man Euch erzählte. So erhob sich Euer Geist am Faden einer solchen Geschichte über die Gegenwart, die

Euch nicht so schön, so anziehend dünkte, so bewegte sich dieser Geist in fremden, höheren Räumen freier und ungebundener, das Märchen wurde Euch zur Wirklichkeit, oder, wenn Ihr lieber wollet, die Wirklichkeit wurde zum Märchen, weil Euer Dichten und Sein im Märchen lebte.«

»Ganz verstehe ich Euch nicht«, erwiderte der junge Kaufmann; »aber Ihr habt recht mit dem, was Ihr saget, wir lebten im Märchen oder das Märchen in uns. Sie ist mir noch wohl erinnerlich, jene schöne Zeit; wenn wir Muße dazu hatten, träumten wir wachend; wir stellten uns vor, an wüste, unwirtbare Inseln verschlagen zu sein, wir berieten uns, was wir beginnen sollten, um unser Leben zu fristen, und oft haben wir im dichten Weidengebüsch uns Hütten gebaut, haben von elenden Früchten ein kärgliches Mahl gehalten, obgleich wir hundert Schritte weit zu Hause das Beste hätten haben können; ja, es gab Zeiten, wo wir auf die Erscheinung einer gütigen Fee oder eines wunderbaren Zwerges warteten, die zu uns treten und sagen würden: ›Die Erde wird sich alsobald auftun; wollet dann nur gefälligst herabsteigen in meinen Palast von Bergkristall und euch belieben lassen, was meine Diener, die Meerkatzen, euch auftischen!‹«

Die jungen Leute lachten, gaben aber ihrem Freunde zu, daß er wahr gesprochen habe. »Noch jetzt«, fuhr ein anderer fort, »noch jetzt beschleicht mich hie und da dieser Zauber; ich würde mich zum Beispiel nicht wenig ärgern über die dumme Fabel, wenn mein Bruder zur Türe hereingestürzt käme und sagte: ›Weißt du schon das Unglück von unserem Nachbar, dem dicken Bäcker? Er hat Händel gehabt mit einem Zauberer, und dieser hat ihn aus Rache in einen Bären verwandelt, und jetzt liegt er in seiner Kammer und heult entsetzlich‹; ich würde mich ärgern und ihn einen Lügner schelten. Aber wie anders, wenn mir erzählt würde, der dicke Nachbar hab eine weite Reise in ein fernes, unbekanntes Land unternommen, sei dort einem Zauberer in die Hände gefallen, der ihn in einen Bären verwandelte. Ich würde mich nach und nach in die Geschichte versetzt fühlen, würde mit dem dicken Nachbar reisen, Wunderbares erleben, und es würde mich nicht sehr überraschen, wenn er in ein Fell gesteckt würde und auf allen vieren gehen müßte.«

So sprachen die jungen Leute; da gab der Scheik wiederum das Zeichen, und alle setzten sich nieder. Der Aufseher der Sklaven aber trat zu den Freigelassenen und forderte sie auf, weiter fortzufahren. Einer unter ihnen zeigte sich bereit, stand auf und hub an, folgendermaßen zu erzählen:

Der arme Stephan

Die rauchige Schwertfeger- und Schuhflickergasse meiner Vaterstadt lag wie in einem Hohlweg, fast unterirdisch zu nennen, krumm und eng unter den hohen, breiten Straßen der Hauptstadt, so daß viele über ihr hinfuhren und gingen, die nichts von ihr sahen und wußten, und hinwieder die armen Leute, die in ihr wohnten, beinahe ganz abgeschieden von den übrigen Städtern lebten.

Von dem Gerassel und Lärmen der großen Stadt vernahm man wenig in dieser Kluft, und das wenige wurde noch vom Klopfen und Hämmern der Schmiede übertönt. Über den alten, baufälligen Hütten lag ein beständiges Halbdunkel, und nur an hellen Sommermittagen fielen an einzelnen Stellen von dem Gewimmel der höher liegenden Straßen flüchtige Schatten zwischen die lodernde Flamme der Feueressen.

Am Samstag abends aber, da hörten diese früher auf zu zischen und zu sprühen, der Hammerschlag ruhte, und die rußigen Gestalten zogen sich aus der Werkstatt in die Stuben zurück; wenige einzelne gingen auch wohl hinauf in die Stadt, während die Weiber Fenster und Böden scheuerten und die Kinder in den Schlupfwinkeln und Bügeln der Hohlgasse ihre Spiele trieben.

In solcher Feierstunde saß Stephan auf einem alten Balken vor des Nachbars Haus, und am andern Ende des Balkens, halb gegen ihn gewandt, Nachbars Sabine. Jedes hatte seinen von vielem Gebrauch beschmutzten Katechismus in Händen, das ist, o Herr, ein Auszug aus dem Koran der Christen, und sie lernten gar eifrig.

Nur einmal griff Stephan unter dem Lesen in seine Tasche,

holte ein Stück Schwarzbrot heraus und hielt es Sabinen hin, doch ohne ein Wort zu sprechen oder nur die Augen vom Buch abzuwenden. Sie nahm es mit einem kurzen »Dank!« und aß es langsam, während ihre Lippen sich leise fortbewegten und die Augen gleichfalls fest aufs Buch geheftet blieben.

Endlich klappte Stephan seinen Katechismus zu, wandte sich herum und fragte: »Kannst du jetzt deinen Spruch, oder soll ich dir ihn lernen helfen?« – »Ich kann ihn schon«, antwortete Sabine, die sogleich nach ihm wie im Takte ihr Büchlein zusammengeschlagen hatte. »Gut«, sagte Stephan, während sie näher zusammenrückten, »so können wir doch noch etwas plaudern.«

»Ach ja, du erzählst mir, wie du mit deinem Vater in das Dorf durch den langen Wald gegangen bist und den wunderlichen Mann gesehen hast.«

»Aber das hab ich dir ja schon so oft erzählt.«

»Ich möcht es doch wieder hören, ich bitte dich.«

»Nun, wie der Vater noch gearbeitet hat und auf die Dörfer hinausgegangen ist, den Bauern die Schuhe zu flicken, da hat er mich auch einmal mitgenommen, und wir sind in aller Früh fortgegangen. In der Stadt war's noch ganz finster und stille, und wie wir über den Berg gingen, wehte ein kühler Wind.

Dann mußten wir lang an einem Wald hingehen, bis wir endlich über eine Brücke kamen.«

»Aber vorher«, fiel Sabine ein, »kommt ja der Wasserfall.«

»Nu sieh! du weißt es ja schon«, fuhr Stephan fort. »Es war aber wirklich ganz seltsam, weil wir den Bach so rauschen hörten und doch in der Finsternis nichts sahen.

Da gehen wir in den Wald hinein und immer hinein, da war's vollends ganz Nacht, und oben in den Bäumen blies der Wind.

Auf einmal sagt der Vater: ›Ich weiß nicht mehr, wo ich bin, wir sind irr.‹ Mir ward's bang; kein lebendiger Mensch, der uns den Weg hätte zeigen können; nur manchmal pfiff ein Vogel; der Vater lief aber immer voraus.

Endlich wird's doch ein klein wenig heller, und die Sonne kommt zuweilen etwas durchs Gebüsch; auch wurden die Vögel immer lauter. Wie's Morgen wird, kommen wir auf einen Platz, ganz mit Moos bedeckt, voll Hügel und Bäume drauf, und das Gebüsch drunten war wie feurig, weil die Sonne aufging.

Nun mußten wir bald durch ein dickes Gesträuch, und da ist wieder so ein Platz und ein schöner Felsen, ganz rot vom Frühlicht; auf der einen Seite fließt eine Quelle laut heraus über die Baumwurzeln hin, auf der andern Seite ist eine Höhle, von vielem hellen, grünen Gras bewachsen, drin war's aber noch dunkel.

Vor der Höhle saß ein Mann im Gras, mit weißem Mantel, schneeweißem Haar und schneeweißem, langem Bart; hinter ihm stand ein glänzender Spiegel aufgestellt und noch viele andere Sachen, die ich nicht mehr weiß; in seinem Schoß hatte er ein großes Buch, darin er las.

Der Vater fragte ihn nach dem Wege, und ich zog die Mütze ab, er deutete aber nur stumm mit der Hand und sah uns nicht nach. ›Das ist auch so ein finsterer Waldbruder‹, sagte der Vater. Mir sah er aber nicht finster aus, denn er hatte ein helles blaues Auge, und ich wär gern länger dort geblieben.«

»Und dann kamt ihr hinunter ins Dorf?« fragte Sabine. – »Ja.« – »Und den möchtest du gerne wiedersehen?« – »Ich möchte es wohl wünschen!« – »Geh, ich würde mich fürchten«, sagte sie und duckte sich zusammen.

Indessen war es dunkel geworden, und im Zwinger fingen einzelne Lichter an, durch die trüben Fenster zu scheinen, von der Stadt her aber war nur das einzige kleine Licht von der hohen Turmstube sichtbar.

»Ich mag noch nicht ins Haus«, begann Sabine wieder; »wir wollen jetzt, wie neulich, einander sagen, was wir uns wünschen.«

»Ich mag auch noch nicht hinein«, sagte Stephan, »denn der Vater lärmt und schreit wieder so, und die Mutter weint, weil sie sich fürchtet, der Viertelsrichter werde kommen und sein Geld fordern. Ach! sonst, da wünscht ich mir freilich, ein Waldbruder zu werden und wohl gar –«

»Und ich«, fiel Sabine ein, »ich möchte einmal Kammerjungfer bei einer Prinzessin werden. Da käm ich ins Schloß und sähe die schönen Stuben und die Königin und den König und hätte schöne Kleider und könnte ausfahren.«

»Ach! von dem allen möcht ich nichts«, seufzte Stephan; »aber sieh! dort kommt wieder der alte Christoph mit seinem Stelzfuß; wenn ich den sich so nach Hause schleppen sehe oder wenn ich bei dem Studenten da oben bin, der so viele Bücher liest und so schön erzählen kann, und seh ihm den Hunger im Gesicht an, oder wenn die steinalte Wäscherin da drüben immer von ihrem Sohn spricht, auf den sie gehofft hat in ihrem Alter und der nicht aus dem Kriege zurückgekommen ist, und ich komme nach Hause und deine und meine Mutter jammern zusammen – oh, da wünsch ich nur eines: ich möchte recht, recht reich sein und allen armen Leuten helfen können!«

»Ja, was hilft das«, sagte Sabine, »wer einmal das Weltglück nicht hat –«

»So sagt der Vater auch«, erwiderte Stephan, »aber manchmal glaub ich doch, man sollte nur an einem Wunsch recht hängen und darnach ganz sich richten und immer den lieben Gott bitten, so könnte es doch geschehen. Ich hab es auch dem Studenten gesagt; aber der schüttelte freilich den Kopf, und das Wasser trat ihm in die Augen. Hörst du ihn? Da bläst er wieder auf der Flöte und vertreibt sich den Hunger. Aber ich habe ja mein Brot noch nicht gegessen; ich will's ihm nur schnell bringen.«

»Du hast es ja mir gegeben, lieber Stephan«, erinnerte ihn Sabine, während er in der Tasche suchte, »und du bist freilich gut und gäbst alles her, weil du weißt, was Armut ist; wärest du aber reich, so wärst du wohl auch anders.«

»Oh! wenn ich ein König wäre«, rief Stephan; »das wäre meine einzige Freude, wenn ich allen Armen helfen könnte!«

»Stephan!« rief die Mutter unter der Türe, »du sollst hereinkommen und ins Bett gehen.« Traurig gingen die Kinder auseinander.

»Laß einmal das Klagen, Weib!« schrie in der Stube der Schuhflicker Anton. »Mach's wie ich, kümmre dich nichts drum! Hab ich Geld, so bin ich lustig, hab ich keins, so bin ich durstig! Und der Viertelsrichter soll nur kommen – bei meiner Ehr! ich stoß ihm meinen Pfriemen in den Leib. Dann nimmt sich hoffentlich die Justiz die Mühe, die ich mir sonst selber geben muß, mich nämlich aufzuhängen. Ich hab's ja schon lange gewünscht, daß er mir endlich einmal mein Handwerkszeug verkaufe. Denn solang ich das noch habe, hab ich noch Aussichten, solang man aber noch Aussichten hat, zappelt man noch. Nun wird er mir – hoff ich – bald den Schemel unter den Füßen wegziehen, der Viertelsrichter; und dann ist's recht, daß zuerst die durstige Kehle, die doch an allem schuld ist, für immer zufriedengestellt wird. – Und darüber solltet ihr froh sein! Denn mein Leib ist ein rares Stück und eine sonderbare Komposition; namentlich der Magen, von Natur sehr wohl eingerichtet, mit Anspruch auf sechs Schüsseln und einige Nachtische und Kraftschlücke. Alle Morgen geht er in die Welt wie ein Bräutigam aus seiner Kammer; aber die Not flickt ihm einen großen Rüster auf, da sitzt er nun in meiner kläglichen Figur wie ein Riese, den man in einen engen Kasten hineingezwängt hat. – Darum, wenn ich euch dieses Hungertuch zurückgelassen habe, werden die Gelehrten und Doktoren darüber herfallen wie die Raubvögel. Ihr müßt mich aber hochhalten, und der Meistbietende soll mich tranchieren dürfen. Das wird ein Reißen sein wie um Kaiser Carolus' Reichsapfel. Dann ist euch geholfen und mir auch.«

Indessen hatte sich Stephans ältere Schwester in taubem Schmerz aufs harte Lager gelegt und die Mutter die trübe Lampe gelöscht.

Aber das kleine Hannchen kam zitternd zu Stephan und flüsterte ihm ins Ohr: »Mich hungert's so.« – »Oh, warte nur bis morgen, ich hole dir gleich in der Früh ein Brot«, tröstete sie der Bruder und hob sie neben sich aufs Bett.

»Jetzt hab ich mich müde geschrien«, sagte der Vater, indem er sich auf den Strohsack warf; »jetzt werd ich doch vielleicht schlafen können.«

Wie es nun ganz öd und still geworden war in der finstern Kammer, die Geschwister im Schlaf ruhig atmeten und endlich auch das Schluchzen der Mutter aufgehört hatte, nur das Schnarchen des Vaters die Stille unterbrach, da faltete Stephan seine Hände und betete: »O du lieber, reicher Gott, hilf einem armen Kinde und zeige mir eine Rettung aus dem Jammer. Laß mich den einzigen Armen auf der ganzen Welt sein; an den andern, o himmlischer Vater, laß mich ein Werkzeug deiner Barmherzigkeit werden!«

Da drückte der Schlummer ihm sanft die Augen zu, und wie er in die Ruhe des tröstenden Schlafes überging, war ihm, als stünde der Waldbruder neben ihm und sagte mit einem freundlichen Blick aus seinen blauen Augen: »Gott liebt die Armen.«

Ein schöner Sommerabend lag im himmelblauen Sonntagskleid über der Stadt, als von der hohen Domkirche die Vesperglocken tönten mit gewaltigem Klang und feierlichem Ruf.

Da wandelten durch die stilleren Straßen die Mädchen in weißen Kleidern und die Chorknaben, die Ratsherren der Stadt und die Alten; und reich und arm nahmen die hohen, gotischen Kirchenpforten mit weitgeöffneten Armen auf in ihre ernsten Hallen, welche abwechselnd von der Chormusik und heiliger Stille und flüsternden Gebeten erfüllt wurden.

Unter der Menge, die mit heiligem Frieden den lauten Tag schließen wollte, ging auch Stephan bleich und traurig. Denn in des Vaters Haus war der Viertelsrichter gekommen und hatte gedroht, wenn am Montag abend nicht die Steuer und sein Anlehen bezahlt sei, so werde er ohne weitere Geduld und Nachsicht des Schuhflickers Anton Handwerkszeug und ärmliche Habe verkaufen.

Aber noch besänftigte den Schmerz in der Kindesseele ein frommes Vertrauen, und er gedachte, wie von allen den Kindern, die hier nach des Vaters Hause wallen, der Ewigliebende jedem das Seine gebe; und so kniete er hinter eine Säule mit stillem Beten.

Als die Orgel verklungen und der Gottesdienst vollendet war und in der Dämmerung die Leute auseinandergingen und ihre Häuser suchten, stand Stephan vor der Kirche in einer Ecke, stumm an ein steinern Bild gelehnt, und sah den verschiedenen Gestalten nach, wie sie in Haufen vom breiten Platz in die Straßen sich zerstreuten.

Da kam eine kleine Schar Knaben aus einer Gasse, die eifrig etwas zu verabreden schienen und an der Kirche mit andern zusammentrafen.

Es waren Schulkameraden von Stephan, und als ihn einer erblickte, riefen sie ihn auch herzu, mitzukommen. »Heute will ich ihn euch zeigen«, sagte der Größte; »aber daß keiner ein Wort redet, und dann laufen wir, was wir nur können.«

Bange Neugier und eine ängstlich-frohe Erwartung war in den gespannten Mienen und unruhigen Bewegungen der Knaben zu lesen. Mit wenigen, undeutlichen Reden eilten sie durch viele Straßen, und Stephan zog, ohne zu fragen, unter ihnen hin. Sie kamen endlich bis in die hintersten, engen Gassen. Nachdem sie von hier durch Höfe und Gräben und Zwinger gekrochen waren, gelangten sie an die uralte, hohe, von gewaltig festen Steinen erbaute Stadtmauer.

Hier schlüpften sie durch eine Schießscharte in einen großen finstern Turm. Jetzt zog der Anführer eine Kerze hervor, schlug Feuer, und als ihr schwaches Licht allmählich die schwarzen Wände zu erhellen begann, sahen sie sich vor einer halbverfallenen Treppe.

Der Führer betrat diese, ein Knabe hielt sich am andern, und so kletterten sie auf, bis sie eine kleine Türe in einen

Gang einließ, wo ihre leisen Fußtritte wie ein schauerliches Stöhnen von den Mauern widerhallten.

Der Gang war sehr lang und wurde immer enger, und mühsam wanden sie sich durch seine Krümmungen. Einige Stufen führten sie wieder abwärts durch mehrere offene Türen. Als sie an die letzte kamen, die zugemacht war, gebot ihnen der Anführer mit ängstlich-strenger Miene, daß keiner einen Laut von sich gebe. Dann öffnete er die Türe, und sie stiegen leise eine steile, hölzerne Treppe mit vielen Absätzen hinan.

Noch einmal legte ihnen, als sie endlich oben waren, ihr Vortreter Stillschweigen auf, setzte hierauf sein Licht auf die Erde unweit einer kleinen Türe und winkte nun den nächsten herzu.

Leise und ängstlich schob er den Deckel vom Schlüsselloch weg, und kaum hineingeblickt, fuhr er zurück und flüsterte fast unhörbar: »Ja, er sitzt wirklich drinnen.«

Da drängte sich von den Knaben einer nach dem andern herzu, und die stummen Gebärden derer, die hineingesehen hatten, drückten bald Entsetzen, bald Verwunderung und heimliche Freude aus.

Auch Stephan blickte hinein, da war ein großer, weißer Saal, nur halb im Licht, halb beschattet. Am Ende desselben hing eine große Lampe herab, aus deren kristallheller Schale die feinsten Purpurstrahlen wie rote Lichtfäden auf einen großen Tisch hinspielten, an welchem vor einem langen Buche und mit dem Rücken gegen die Tür gekehrt ein großer Mann saß.

»Das ist der Waldbruder«, sagte Stephan freudig erschrokken in seinem Herzen. Es war dasselbe weiße, faltenreiche Gewand, es waren die großen, silbernen Locken, welche die Schultern bedeckten, wie er sie an jenem Morgen im Walde gesehen hatte. Auch das Buch schien ihm ähnlich, an dem der hohe Mann unausgesetzt fortschrieb und nur von Zeit zu Zeit seine lange Feder in einen großen Becher mit goldheller Tinte eintauchte.

Tief ergriffen, konnte Stephan nicht ablassen, durchs Schlüsselloch zu sehen, und wünschte nur, um ihn völlig zu erkennen, auch die Augen des Schreibenden zu schauen, als er plötzlich von einem Geräusch, gleich als rückte der Alte seinen Stuhl, erschreckt wurde.

Der anführende Knabe ergriff in verwirrter Bestürzung das Licht so hastig, daß es erlosch, und mit ihm polterten die andern in schreckenvoller Flucht, einige mit lautem Angstgeschrei, die Treppe hinunter, und Stephan hörte ihre eiligen Fußtritte und bangen Stimmen den langen Gang hinab in vielfachem Echo widerhallen.

Da stand er zitternd, beinahe hätte er es wagen mögen hineinzugehen; aber seine Bangigkeit, sich allein nicht mehr aus den alten Mauern finden zu können, wurde doch von der Furcht, drinnen etwas Unheimliches zu erfahren, überwogen, und er entschloß sich, den Knaben, von welchen er schon nichts mehr hören konnte, zu folgen.

Glücklich kam er die hölzerne Treppe hinunter und drang auch nach einigem Suchen durch die offenen Türen in den Gang.

Hier zwängte er sich mit Mühe durch die engen Windungen und tappte angstvoll in der dicken Finsternis herum; als er aber bei einigem Vorwärtsschreiten die Erweiterung des Ganges bemerkte und sich freier fühlte, beschleunigte er seine Schritte; endlich lief er geradezu, und plötzlich stürzte er die steinerne Turmtreppe hinab.

Zum Glück hatte er sich, außer einigen harten Stößen und einer leichten Verwundung der Hand, nicht beschädigt.

Aber nun brauchte es lange Zeit, bis er die Schießscharte fand, durch die er mit seinen entflohenen Kameraden eingeschlüpft war. Vergebens rief er nach diesen, sie waren nach Hause zerstreut. Endlich fand er die Öffnung, nachdem er einen Stein, den noch ein Knabe vorgeschoben haben mochte, hinausgestoßen hatte.

Wie erleichtert fühlte er sich, als er draußen auf dem freien Rasen stand und die Mauern, die schon das Mondlicht erhellte, hinter sich sah. Freudig erhob er seinen Blick zu dem Nachthimmel, der ihm mit seinen blinkenden Sternen eröffnet war, und zuerst konnte er nur mit Grauen daran denken, daß es ihm gedroht habe, in dem unheimlichen Gebäude, das ernst und grau vom Mondschein gebleicht und in schauerlichem Schweigen dastand, übernachten zu müssen.

Aber gerade jetzt, da er sich daraus befreit sah, wenn er den Saal mit seinem lieblichen Licht und den wunderlichen Alten sich vorstellte, schien er sich unrecht getan zu haben, daß er, schon so nahe daran, den seltsamen Mann kennenzulernen, welchen er sich nur freundlich denken konnte und der ihm schon seit jenem Morgen im Walde in sein inneres Leben gedrungen dünkte – er schien sich wirklich unrecht getan zu haben, daß er es nicht gewagt hatte, hineinzugehen und den hohen Greis anzureden. »War er nicht erst gestern im Schlafe bei mir?« fragte er sich in unbestimmter Erinnerung.

»Oh! er ist gewiß besser, ist mehr als die andern Menschen; darum lebt er so für sich allein. Er muß wohl auch ein mächtiges Wesen sein, das mir vielleicht helfen möchte.« Zugleich mit diesen Gedanken regte sich in Stephan der Entschluß, wieder einmal in diese Hallen und Gemächer einzukehren, während er deshalb sorgfältig Gang und Treppen in sein Gedächtnis zurückrief, hatte er fast unbewußt durch einen Haufen Steine sich vor der Schießscharte ein Kennzeichen gemacht.

Da er nun aber aufblickte und nah und fern aus der Stadt tausend hohe und niedere Lichter von den umdunkelten Häusern ihm entgegenblitzten, dachte er erschreckend an die Angst, welche die Seinigen um ihn empfunden haben möchten; und er strengte sich nun doppelt an, durch die Straßen zu rennen und die rechte Richtung nach Hause zu gewinnen.

Er fand sich näher an seinem Zwinger, als er geglaubt hatte, indem er bald einige Durchhäuser erkannte, die ihn zu demselben führten. Während er um die erste Ecke seiner

Gasse ging, hörte er schon den Vater mit wilder Stimme singen:

»Herr Bruder, waren's nicht goldene Zeiten,
Da wir miteinander ins Feld täten reiten?
Jetzt bist du ein Schneider, ein Schuster ich,
Jetzt lebest du mager, ich kümmerlich.
Herr Bruder, wir wollen nicht länger hier bleiben.
Ich will meine Ahle den Erben verschreiben.
Vermach du dein Bügeleisen der Stadt,
Du hängst dich an Faden und ich mich an Draht.«

»Ach Vater!« seufzte er, indem er einige langsamere Schritte tat, um Atem zu holen, »wie kann's besser werden, wenn du böse Gedanken hast.«

Da rief ihn plötzlich seine älteste Schwester an, die aus einem Winkel ihm entgegenlief. Mit großer Freude, ihn gefunden zu haben, erzählte sie ihm fast atemlos, daß sie ihn lange schon überall, zuerst bei Nachbars, beim Studenten, bei der Wäscherin und dann in der halben Stadt gesucht habe.

Indessen waren sie zu ihrer Hütte gekommen, und der Vater, der sein Lied wiederholt hatte, sagte zur Mutter: »Gönn mir doch, Weib, diese Erholung in meinen Freistunden, besonders gegenwärtig, wo mein ganzer Tag nur eine Freistunde ist. Und für den Buben ist mir's gar nicht bange. Ja, wenn er in einer so guten Mastung säße, daß der Tod denken müßte: der kommt gar nicht, wenn ich ihn nicht selbst hole, und ich will das fette Bißchen nur eintun, eh der Speck abnimmt, so aber kann der Tod ruhig warten, bis ihm der Hunger – Nu, siehst du! Da ist er ja! – Höre, Junge«, wandte er sich zu Stephan, indem er ihn zwischen seine Kniee zog und bei beiden Schultern anfaßte, »weißt du wohl, daß jetzt ein rechter Vater eine wohlzusammengesetzte Amtsmiene annehmen und ein langes Examen halten würde, ein hochnotpeinliches Halsgericht und zum Abschluß mit prompter Justiz den Urteilsspruch mit höchsteigener Hand vollziehen würde, höchstens mit Hilfe eines Stockes. Oho! fürchte dich nur nicht! Verstehst du, das tut ein rechter Vater, ein solcher, der seinem Sohn mittags auch ein Stück Fleisch aufs Teller legt – da! iß es mit Verstand! –, der, wenn er seinen geschonten Pekesch ablegt, dem Sohn ein Christwams davon machen läßt; ein rechter Vater – sag ich –, der seinen Sohn auch in eine Lehre bringt und schon ein Jahr vorher mit einem Dutzend Meistern spricht. Sieh, ein solcher, der den Branntwein nie hat ausstehen können und höchstens am Sonntag ein Gläschen Wein trinkt, der würde nun für dein Heil mit etlichen Bastionen besorgt sein – aber ich (hier vermochte Anton – so sehr ihm sonst sein gewohntes Lächeln, auch wo sein Herz am wenigsten davon wußte, zu Gebot stand – den bittern Zug, der ihm die Lippen zusammenpreßte, nicht mehr zu unterdrücken), aber ich«, rief er, »ein Lump, ein Säufer, ein Rabenvater –.« Er ließ den Sohn los, und matt sanken seine Arme herab.

Laut weinend warf sich Stephan in seinen Arm. »Geh, geh«, sagte Anton und drückte ihn sanft von sich. Auch die Mutter brach in Tränen aus: »O Mann«, schluchzte sie, »Gott kann ja doch noch helfen!«

»Das hoffe nicht, Hanne«, sagte Anton mit gebrochner Stimme, »ich muß zugrunde gehen, und ich zieh euch mit hinein. Ich hab's wohl vorausgesehen. Der Mensch macht einen Fehler, und dann ist's geschehen. Ich hätt' nie heiraten sollen. Von dem Tag an, da ich den Säbel aus der Hand legte und das elende Schusterwerk ergriff, das ich nie recht verstanden habe, weil ich davon weggelaufen bin zu den Soldaten, von dem Tag an war's nichts mehr mit mir. Solang ich Soldat war, hab ich gelebt, seither verderb ich. Wie oft haben mir die Kugeln um die Ohren gepfiffen; hat sich keine die Müh nehmen können, mir in den Hals zu fahren? Das wäre mir Gnade, wenn ich gleich im Kartätschenfeuer zusammengeschmettert würde! – und wenn ich erst hin bin, dann kann euch vielleicht geholfen werden.«

Hier fing er an zu pfeifen. Die Mutter betete auswendig

– weil das Licht ausgegangen war – den Abendsegen, er machte nur das Fenster auf und pfiff leiser fort. »Geht zu Bette«, sagte er dann und brummte die Melodie seines alten Liedes vor sich hin.

Als sich Stephan an die Seite des schlummernden Hannchens gelegt hatte, fing seine ältere Schwester neben ihm leise an: »Ach! du weißt noch gar nicht, Stephan, wie's uns geht. Wir werden nicht mehr lange hier bleiben. Nach der Abendkirche ist der Viertelsrichter wiedergekommen und hat gesagt, weil die Leute in unserer Gasse fast lauter liederliches Gesindel seien, das der Stadt zur Last fällt, so werden alle, die ihre Steuer nicht bezahlen können, zusammengepackt werden, und man wird uns nach den neuerfundenen Inseln schicken, von denen uns der Student erzählt hat. Die Häuser wird man niederreißen und eine Kaserne bauen. Nachbars müssen auch fort, und wir kommen auf die andere wüste Insel. Das war dir ein Jammern. Der alte Christoph und zwei Schmiedgesellen haben auf den Viertelsrichter und die Obrigkeit geschimpft und sind eingesperrt. – Mir ist alles einerlei.«

»Auf die wilden Inseln!« sagte Stephan. »Oh, leg dich jetzt nur ruhig schlafen. Gestern hast du nicht an so was denken können, und morgen kommt es vielleicht wieder ganz anders.«

Die Schwester erwiderte nichts; denn ganz ermattet lag sie schon in der ersten Betäubung des Schlummers.

So warf auf bleiche Bilder der Not durch die niedern Fenster der Mond seinen kärglichen Schimmer.

Stephan konnte die ganze Nacht kein Auge zutun. Entsetzlich war ihm der Gedanke, seine Heimat und die ärmliche Hütte, an die sein wenig frohes Jugendleben geknüpft war, verlassen zu müssen, zu scheiden von den Freunden, die gleiche Not ihm lieb gemacht hatte, und ein trauriges Schicksal zu erwarten in unbekannten Gegenden, die ihm Unerfahrenheit und jugendliche Einbildung schrecklich ausmalte. Besonders unerträglich schien es ihm, von seiner Gespielin Sabine sich zu trennen, die ihm immer vertraut, mit der er von Kindheit an alles geteilt hatte, die oft, wenn sie mit dem offenen schwarzen Auge an seinem Blick hing und seinen Reden kindlich horchte, ihn Schmerz und Hunger vergessen gemacht hatte. Immer aber drängte sich unter diese Betrachtungen die Vorstellung dessen, was er an dem vergangenen Abend so wunderbar zufällig erfahren hatte; und je größer ihm seine Not erschien, um so erhabener stellte sich das Bild des weißen Mannes ihm vor Augen. »Ja, er soll alles wissen«, sprach er endlich entschlossen zu sich selbst, »er steht mir so fest im Sinne, daß es mir leicht sein wird, ihm zu vertrauen. Ich will bei ihm Hilfe suchen.«

Noch war es Nacht, als Stephan, von solcher Unruhe und Hoffnung getrieben, leise sein Bett verließ und in der Küche nach dem Feuerzeug suchte. Dies fand er bald, aber nach langem Herumgreifen erst war ihm ein kleines Stück Kerze aus einem alten Topf in die Hand gefallen.

Nun schlich er sich getrost aus dem Hause und durch die Straßen, worin der erblassende Mondschein mit der ersten Morgendämmerung kämpfte. Eh er sich's recht versah, stand er schon in dem alten Turm und bemühte sich, sein Licht anzuzünden. Als ihm dies gelungen war und er eben die steinerne Treppe hinaufkletterte, wandte er noch sein Herz zu Gott und bat, daß er ihn doch keinen bösen Weg möge gehen lassen. Doch konnte er sich kaum einer schweren Bangigkeit erwehren, als er so allein seine eigenen Tritte im öden Gang vernahm. Er überwand seine Beklommenheit, öffnete die Treppentür und nahm allen seinen Mut zusammen.

Doch zitterte er so, als er oben an den Eingang kam, daß ihm sein kleines Licht entfiel und verlosch. Er drückte seine gefalteten Hände zusammen und hob sie empor. Jetzt griff er ans Schloß, zog aber die Hand wieder zurück, schob erst den Deckel vom Schlüsselloch und sah hinein.

Die feinen Strahlen der Lampe zückten ihm wieder entgegen, der Saal war aber leer und still; das große Pergamentbuch lag auf dem Tisch; doch so weit ihm der beschränkte Raum des Schlüssellochs den Einblick gestattete, war nirgends der weiße Mann zu sehen.

Traurig und schüchtern zugleich trat er nun ein. Seinem unentschlossenen, fragenden Blick boten sich nur leere Wände dar, außer daß seltsame Zeichen an der Decke eine Weile ihn festhielten. Wie er eben diese betrachtete, war ihm, als würde eine Türe geöffnet; da er aber beim Umblicken nichts gewahrte, hielt er es für einen Ton der von ihm offengelassenen Eingangstüre.

Als er so eine Zeitlang noch unentschieden dastand, glaubte er eine ganz feine Stimme zu hören. Er fuhr zusammen; es war still und nichts zu sehen. Nach einem Augenblick begann es wieder: »Erlauben Sie!« und gleich darauf noch einmal: »Erlauben Sie doch gütigst!« – Er blickte auf: »Ist hier jemand?« fragte er ängstlich und halblaut und suchte umsonst in allen Ecken nach einem Wesen für diese Stimme.

»Belieben Sie doch nur gefälligst hieher zu sehen!« tönte es lauter. »I, du meine Güte, hier, ganz hier!« wiederholte dieselbe Stimme. Es ward ihm ganz unheimlich, und da er immer noch niemanden erschauen konnte, dagegen auf einmal ein Krabbeln an seinem Fuße verspürte, wollte er fliehen, stolperte aber über das Krabbelnde und fiel auf den Boden.

Hier wand sich unter ihm äußerst behende ein kleines Zwerglein hervor, dessen krauses graues Haar und graues Bärtchen wunderlich gegen die regen bläulichen Äuglein und das kindische Gesicht abstach. Indem es sich ungemein freundlich gebärdete und aufstehend ihn mit Lächeln anblickte, wobei sein geöffneter Mund eine Reihe perlenweißer Zähnchen blicken ließ, sagte es: »Ach, ich bitte doch tausendmal um Vergebung; ich würde unendlich bedauern, wenn mein Bester sollte einen Schaden gelitten haben. Ich habe zwar zu keiner Zeit eine so unproportionierte Größe, wie – (nehmen Sie es doch nicht übel) bei den Menschen mir dies der Fall zu sein scheint; aber freilich vor Sonnenaufgang bin ich doch fast gar zu klein. Wenn aber Verehrtester die Güte haben wollten, sich noch so lange zu verweilen, so würden Sie sich vielleicht überzeugen, daß ich bei Tage eine ganz angemessene Größe besitze und auch sonst, vielleicht in betreff des Verstandes und der guten Sitten, mich rühmen dürfte, einige Ähnlichkeit mit den in allweg zu bewundernden Menschen zu haben.«

»Ach!« begann Stephan, fast sprachlos vor Erstaunen, »ach lieber« – »Pipi«, fiel das Zwerglein ein, »belieben Sie Ihren gehorsamen Diener nur Pipi zu nennen!« – »Ach lieber Herr Pipi«, faßte sich nun Stephan, »ich bin ganz betroffen und überrascht. Ich wollte es eigentlich wagen, den ehrwürdigen Mann aufzusuchen, der gestern hier war.«

»Meinen lieben, hochverehrten Herrn – ja, er weiß davon.« – »Er weiß davon?« fragte Stephan erstaunt und gegen das Zwerglein gebückt, das eben anfing ein wenig zu wachsen. »Jawohl, was weiß der nicht!« erwiderte dieses, indem es sich auf die Zehen stellte und zierlich agierte. »Er ist aber diese Nacht ausgegangen und hat mir aufgetragen, Sie, mein Bester, höflichst zu empfangen und Ihnen einige von den kleinen Seltenheiten, die wir besitzen, zu zeigen und, wenn sie Ihnen gefallen, zu erklären, auch zu beliebigem Gebrauch zu überlassen.«

»Oh! lieber Gott«, seufzte Stephan, »ich bin blutarm, ich kann nichts kaufen.« – »Ach nicht doch, nicht doch, mein wertester Herr«, sagte Pipi mit seitwärts gebogenem Hälschen und freundlich blinzelnd – »nicht zum Kauf, nur zu gefälligem Gebrauch für einige Zeit. Mein Herr hat – verzeihen Sie – eine sehr gute Meinung von Ihnen, und auch mir würde es sehr leid tun, wenn Sie sich genieren sollten. Tun Sie doch ganz, als ob Sie zu Hause wären.«

Hiermit hüpfte er, schon wieder um etwas größer, in seltsamen Sprüngen nach einem Stuhl, welchen er, obgleich kaum mit seinem Kopf den Sitz desselben überragend, mit ungemeiner Leichtigkeit vor Stephan hinstellte. »Ich werde gleich die Ehre haben, mit einem kleinen Frühstück, so gut wir's in unserer einsamen Haushaltung vermögen, aufzuwarten.« Mit einem Kratzfuß verschwand er durch ein kleines Türchen in die Wand.

Noch hatte sich Stephan nicht von seiner Überraschung und seinem Erstaunen erholt, als der Zwerg durch das Türchen mit einem silbernen Krüglein und einer dunkelblauen leuchtenden Schale zurückkehrte.

Er hatte jetzt seine volle Größe, so daß er ungefähr an Stephans Lenden reichte, und nun wagte es dieser auch, ihn aufmerksamer zu betrachten. Sein blaues Samtkleid spielte um die beweglichen Glieder, und das frische Gesichtlein mit den aufgeworfenen Lippen und der gebogenen Nase hatte etwas Gutmütiges, Ansprechendes.

»Jetzt bin ich erst recht bei meinen Kräften«, hub er an, »und sehr erfreut, nach langer Einsamkeit einen so werten Gast bei mir zu haben.« Währenddem hatte er aus dem Krug einen goldhellen Trank in die glänzende Schale gegossen, kredenzte sie dem Stephan zierlich und sagte: »Nehmen Sie gefälligst vorlieb; es ist ein sehr heilsames Getränk, das nur mein Herr zu bereiten versteht, obgleich er es sehr mäßig genießet.«

Stephan trank; süß wie Honig und kräftig wie Wein rann es ihm die Kehle hinab, und er fühlte sich erwärmt und erfrischt zugleich; ja, es ergriff ihn ein fröhliches Vertrauen und eine belebende Munterkeit, wie er sie nie empfunden hatte.

Das Zwerglein sah ihm freundlich zu, und seine lächelnden Züge zeigten, wie sehr es ihm jeden Schluck gönne. »Jetzt, wenn es Ihnen beliebt«, fing er wieder an, zog einen kleinen, goldenen Hammer aus der Tasche und klopfte an die Wand, die einen hellen, vollen Klang von sich gab. Unter lieblichen, langsam ineinanderfließenden Tönen wich nun die weiße Wand zurück, und allmählich quollen aus ihr hervor faltenreiche Purpurvorhänge, die in ein duftiges Gemach blicken ließen, in welchem eine Menge seltsamen Geräts teils umherstand, teils an der bemalten Wand hing.

Als die Töne verklungen waren, ergriff das Zwerglein einen elfenbeinernen Stab und wies damit auf eine mit Zahlen bezeichnete Kugel, die in der rechten Hand eines alabasternen Engels ruhte, welcher am Eingang das Kabinetts stand. »Hier steht«, sagte der kleine Cicerone, »eine Uhr, welche die guten und bösen Tage anzeigt, erstere mit dem goldenen, die bösen mit dem eisernen Zeiger. Ein astralisches Werk, welches der Großvater meines Herrn mit tiefem Studium verfertigt hat. Wollten Sie wohl gefälligst die rechte Hand des Genius fassen?«

Stephan tat es frisch, denn der Trank durchglühte ihn mit frohem Mut. »O scharmant«, rief das Zwerglein, »Sie haben heute einen glücklichen Tag! Morgen – ach, das tut mir leid, morgen schon nicht so; da will der eiserne Zeiger vorkommen.«

»Und übermorgen?« fragte Stephan. »Verzeihen Sie – ich bedaure, nicht aufwarten zu können, aber die Uhr weist nur immer auf zwei Tage im voraus.

Dieses goldene Gefäß hier«, fuhr er fort und hob von einem hohen Becher den schön gearbeiteten Deckel, »enthält ein unscheinbares Wässerlein, welches aber die sonderbare, elementarische Kraft hat, daß, wenn man etwas von dieser gelben Flüssigkeit mit Sonnenaufgang auf einem Gebirge ausgießt, solches eilends dahin läuft, wo es Gold gibt. Mein Herr selbst hat dieses in seiner Jugend bereitet.

Da sehen Sie ein Paar alte Schuhe«, erklärte er weiter, ohne die Verwunderung Stephans zu bemerken. »Sie sind abgenützt, allein wer dieselben anzieht, kann vermöge ihrer magischen Kraft zwanzig Meilen in einem Tage machen, ohne müde zu werden. Mein Herr hat sie einem alten Rosenkreuzer in einem Wettstreit ihrer geheimen Künste abgewonnen; und dieselben – Ei!« rief er plötzlich abbrechend, »haben Sie doch die Güte, Verehrtester, einige Töne auf dieser Orgel anzuschlagen.«

»Mein liebster Pipi«, sagte Stephan, »ich hätte zwar immer gern etwas Musik gelernt, aber mein Vater ist zu arm.«

»Ganz einerlei«, fiel das Zwerglein ein, »tun Sie mir's doch zu Gefallen.« Stephan setzte seine Hände auf die elfenbeinernen Tasten, und sie gaben so melodische Klänge von sich, daß er unwillkürlich fortspielte.

Plötzlich hüpfte das Zwerglein auf, sprang ihm auf den Arm, umfaßte seinen Nacken und küßte mit Tränen in den Augen seine Wangen, indem es ausrief: »Oh! schön – herrlich! – Nun kenn ich Sie, teurer Freund! Sie sind ein guter Mensch. Wissen Sie, daß im andern Fall das unter siderischen Einflüssen verfertigte Instrument nur Mißtöne von sich gegeben hätte.«

Er sprang wieder herab, und während er Stephans Hand noch festhielt, sagte er: »Ja, das hat die selige, liebe Gemahlin meines Herrn noch als Jungfrau gemacht und ihre Freier darauf probiert.«

»O mein Gott«, rief Stephan aus, »ich habe ja noch gar nichts Gutes getan!« – »Ei«, sagte das Männchen, freundlich den Kopf schüttelnd, »das Instrument betrügt sich nicht; erst in einem halben Säkulum verliert es seine gnostische Kraft.

Nun, mein Guter«, fuhr er fort, »hier sehen Sie einen Bogen von Löwensehnen mit straußfedernen Pfeilen. Wenn mit dieser magischen Waffe der schlechteste Schütze schießt, so trifft er unfehlbar. Mein Herr hat sie einem bösen Zauberer nach hartem Kampf abgewonnen.«

»Und was ist denn das hier für ein schwarzer Stock?« fragte Stephan, der nun schon alles Verwundern aufgegeben hatte, weil er wohl sah, daß er sonst gar nicht zu sich selber kommen konnte.

»Ja«, war die Antwort, »mein Bester, das ist ein rares Stück, eine besondere Zierde unserer Sammlung, welche in längst vergangenen Zeiten ein habsüchtiger Zauberer mit Gefahr seines Lebens und tiefgeheimer Magie gemacht hat. Es hat nämlich dieser Stab die wunderliche, teils elementarische, teils magische Eigenschaft, daß, wer immer ihn faßt, sowie er sich damit einem Hause nähert, die Gestalt desjenigen annimmt, welcher gerade der stärkste Gläubiger dessen ist, der in dem Hause wohnt. Weil nun bei der Ausarbeitung dieses Stocks auch gute Geister waren, so hat er noch die besondere Natur bekommen, daß er eine Strafrute der Geizhälse und Betrüger geworden ist. Denn wer mit demselben vor einen solchen schlechten Schuldner tritt, bekommt nicht nur, wie gesagt, das Aussehen seines Gläubigers, sondern es ergreift auch den bösen Schuldner eine solche Angst, die ihn zwingt, sein Geld auszuzahlen, wenn er am wenigsten will; und überdies hat er hinterher alles wieder vergessen. Der Träger des Stocks kann es auch gleich merken, welcher Art der Mann ist, zu welchem er gerade kommt. Denn ist es ein Wucherer oder Geiziger oder Dieb, der unter dem Zorn der astralischen Mächte steht, so poltert der Stab gleich beim Eintritt ins Haus so heftig auf den Boden und die Treppe, daß er in der Hand ganz schwer und dem Schuldner schon bange wird. Im umgekehrten Fall wird er ganz leicht.«

»Ach, du mein Himmel«, rief Stephan, »wenn ich diesen Stock hätte! Dann wäre meinen armen Eltern und dir, gute Sabine, und allen Nachbarn geholfen, und ich wäre am Ende doch nur ein Strafwerkzeug der guten Geister.«

»Es freut mich unendlich, mein Wertester«, kam ihm hier das Zwerglein mit größter Lebhaftigkeit entgegen, »daß Sie selbst mir die Gelegenheit bezeichnen, wie wir Ihnen gefällig werden können. Denn außerdem, daß mir der Auftrag meines Herrn, Sie nach Belieben von unsern mobilen Instrumenten Gebrauch machen zu lassen, gar fest im Gedächtnis ist, so hab ich auch – nehmen Sie's doch nicht übel – eine gewisse unwiderstehliche Neigung dermaßen zu Ihnen gefaßt, daß ich Sie inständigst bitte, mich für Ihren ergebensten Freund und Diener anzusehen. Sie können des Stocks heute den ganzen Tag sich bedienen, ohne daß seine Kraft nachließe. Nur entschuldigen Sie mich, wenn ich zwei Bedingungen mir erlaube, daß Sie fürs erste keinem Seelchen das Geheimnis verraten und zweitens morgen früh unter Ihrer Haustüre mich erwarten, um mich den magischen Stab wieder abholen zu lassen.«

Stephan drückte seine Rührung und Dankbarkeit über die unverdiente und unbegreifliche Gunst seines Herrn und Pipis selbst in den bewegtesten Worten aus und stellte ihm die Not der Seinigen mit all seiner Treuherzigkeit in einfachen Zügen dar.

»Ach, die Menschen! die Menschen!« rief das gute Zwerglein einmal über das andere, indem ihm die Tränen über die Backen liefen, »unter welch herrlichen Konstellationen stehen sie, in welchem Rapport mit den siderischen Mächten – und wie zerreißen sie alle diese Fäden und mauern sich in ein falsches Leben ein in ihren Städten und Häusern! – Doch, ja, ja. Eilen Sie, mein Wertester, nehmen Sie da den Stock – und gehen Sie keck damit in die Häuser der Selbstvergessenen. Sie werden Hilfe finden, Sie haben ja heute einen glücklichen Tag. So unbeschreiblich wert mir Ihre angenehme Gesellschaft wäre – so mag ich doch nicht so zudringlich sein, Sie ferner aufzuhalten.«

Stephan nahm entzückt den wunderbaren Stab seiner Hoffnung unter Versicherungen des Dankes und Versprechungen des Stillschweigens und der Rückgabe. Indessen hatte der Zwerg an einem jener roten Lampenstrahlen eine Kerze angezündet.

»Ich hoffe auf das Vergnügen eines baldigen Wiedersehens, mein Bester«, sagte er, »denn es wird mir fast ganz schwer, mich schon wieder von Ihnen zu trennen. Dann möchte es Ihnen vielleicht auch noch von einigem Interesse sein, unsere übrigen Seltenheiten genauer kennenzulernen.« Währenddessen öffnete er eine bisher von Stephan nicht bemerkte Türe des Saals, und dieser, der nun eine Treppe erwartet hatte, fand sich in einem dunkeln Wald, der mit den mannigfaltigsten Blüten schimmerte und duftete und in welchem eine Menge Vögel aller Art und Größe in den verschiedensten Gruppen die Zweige erfüllten, hin und her flatterten und seltsame Stimmen hören ließen. Manches klang Stephan wie menschliche Rede.

»Aber – stille jetzt!« sagte der Zwerg, »nachher will ich

Schule halten.« Der Lärm verstummte, und Stephans kleiner Führer schwebte mit seiner Fackel so eilig durch die dunkelgrünen Laubgänge, daß jenem keine Zeit zum Aufenthalt und zur Besinnung blieb.

An einer eisernen Türe machte endlich das Zwerglein halt, und während es die Fackel hoch emporhob, daß ihre Strahlen auf seine weinenden Augen fielen, sagte es: »Gehen Sie mit allen guten Geistern.« – »O Sie bester Freund!« rief Stephan, und siehe da – er stand auf der Straße am lichten Tag und konnte es nicht begreifen, wie die Milchmädchen so ganz gewöhnlich in die Häuser gingen, Mägde die Gassen fegten, die Perückenmacher und Barbiere in ihrem ordentlichen Geschäftstrab durch die Stadt liefen und alles so ganz alltäglich das gewohnte Wesen trieb; ja, hätte er nicht den Wunderstock in seinen beiden Händen gefunden, der ihn wie mit magnetischer Kraft weiterzog, er hätte alles für einen schönen Traum gehalten.

»Nun, Glück zu«, so sprach er sich selbst Mut ein und heftete einen vertrauensvollen Blick auf seine seltsame Waffe, »Glück zu – Sonntagskind, du mußt heute abend noch den Viertelsrichter geschweigen, der Mutter die Tränen trocknen, dem Vater einen frohen Abend machen und der Sabine die Schürze voll Taler schütten, daß du ihr einen vergnügten Blick abzwingst!«

Somit trat er in ein schönes, großes Haus. Als er den ersten Treppenabsatz mutig erstiegen hatte, fiel sein Blick in einen Spiegel, wie solche in vornehmen Häusern an der Laterne angebracht sind, um ihr Licht verstärkt auszustrahlen, ein verzerrtes, altes Judengesicht blickte ihm daraus entgegen.

»Bin ich das?« rief er und griff an seinen Kopf, erschrokken, sich gleichsam selbst verloren zu haben. »Du wirkst schnell«, sagte er zum Wunderstock, der schwer auf die Treppe fiel – und nun bemerkte er auch an sich die zusammengesetzte Garderobe eines Juden.

Als er aber wieder aufsah und das Judengesicht im Spiegel

ein Paar ganz bedenkliche, graue Augen an ihn machte, mußte er lachen, erinnerte sich, daß er heute einen guten Tag habe, und flog die Treppe hinan.

»Zum Henker, wer stört denn die Leute in der besten Morgenruh?« rief der Leutnant, im Bette auffahrend, und legte sein junges Gesicht in martialische Falten, als er seinen israelitischen Gläubiger eintreten sah; »du bist's, Levi? Alle Hagel, was fällt dir ein, Mauschel? Willst du dich wohl gleich trollen, oder soll ich dich in harten Talern und klingenden Kopfstücken bezahlen?«

»Ich bitte gar höflich!« sagte der verwandelte Stephan, selbst erstaunt über seinen jüdischen Akzent, indem er sich mit dem Rücken gegen die Türe zurückzog und den Stock vorhielt.

Im Gesichte seines Gegners stritten Ärger und Betroffenheit.

»Du willst ein Karolin für die lumpige Pistole, und sie ist keinen Heller wert. Hätt' ich's nur nicht verwettet, so würf ich dir den Bettel vor die Füße. Ich sollte dir nichts geben, Spitzbube, als Prügel. Es ist sonst Grundsatz bei mir, keinen Juden zu bezahlen, weil ihr alle Schurken seid, und ich weiß gar nicht, was mich heute für eine Laune ankommt, daß ich dich noch nicht die Treppe hinuntergeworfen habe. Soll ich dich denn nach einem Monat schon bezahlen, eh du nur das drittemal drum gelaufen bist? Wetter! wer mutet mir denn so was zu? – Was packt mich denn für eine Großmut? Gib meinen Rock her, widerlicher Kerl. 's ist nur, daß ich deine unausstehliche Physiognomie vom Leib bringe!« Er zog den Beutel aus dem dargebotenen Rock, schüttelte einige Geldstücke heraus und warf, während er sie zusammenzählte, unruhige Blicke auf den Juden. Dann stieß er sie ihm in die Hand. »Jetzt pack dich und komm mir nicht wieder unter die Augen, oder ich schieße dich auf dem Fleck zusammen. Himmel!« fuhr er wieder auf, als der Jude draußen war, »bin ich denn über Nacht ein Narr geworden – Bursch! komm herein! – So könnt ich ja heute keine Whistpartie machen! –

Bursch! – Will ich denn nicht in die Oper gehen? Bursch, Bursch! wo steckst du? – Faultier!« schrie er seinen hereintretenden Bedienten an, »hurtig, bring mir den Juden wieder herein – er kann noch nicht zum Hause hinaus sein.« Der Bediente kam bald wieder zurück und versicherte, der Herr Leutnant möge denken, was er wolle, er habe den Juden noch auf der Treppe, unter der Haustür und vor dem Hause gesehen; da sei er aber plötzlich verschwunden. »Was willst du denn, Esel, ich habe ja gar nichts von dir gewollt«, sagte der Junker, legte sich auf die andere Seite und setzte seine spätern Morgenträume fort. Der Bediente machte große Augen: »Kann einen denn auch ein purer, einziger Schnapskelch zum Frühstück betrunken machen?« brummte er vor sich hin, während er die Bürste holte, um seines Herrn Stiefel zu wichsen.

Stephan schlenderte indes sehr erheitert die Straße hinab. »Hab ich gleich zum Anfang«, dachte er, »diesen wilden Eber bezwungen, so wird es bei andern doppelt gut gehen.«

Unterdessen war er an ein niedliches Häuschen gekommen, das etwas tiefer von der Gasse abstand als die übrigen, und hatte mit seinem Stock so hart an die Haustüre gestoßen, daß es einen schauerlichen Klang gab, der ihn selbst zusammenfahren machte. »Aha, ich verstehe«, sagte er zu sich und trat hinein. Im Vorhaus begegnete ihm ein Bettler. »Unbarmherziger Schlemmer!« murmelte dieser; »er selbst ißt und trinkt den ganzen Tag, und der Armut gönnt er keinen Brosamen.« – »Wart Er ein bißchen vor dem Hause, guter Freund«, sagte Stephan zu ihm, während er unter den Taktschlägen seines Stocks tiefer hinein und einige Stufen hinunter nach einer Türe zuschritt, aus welcher eine heisere, klägliche Stimme kam. »Johann! Johann! um Gottes willen, willst du mich denn verschmachten lassen! So höre doch! Vom roten Nr. 8.« Stephan trat in ein halbdunkles, nicht eben großes Zimmer, das aber mit seidenen Vorhängen verziert und voll prächtiger Möbeln war.

Auf einem tiefen seidenen Sofa lag in etwas altmodischen,

aber kostbaren Kleidern ein unmäßig beleibter Herr, auf dessen rotangeschwollenem Kopf die milchweiße, großlockige Perücke anstatt einer warmen Kappe saß. Der runde Tisch, unter welchem dieser Mann seine Füße spreizte, stand voll Schüsseln. Die eine Hälfte derselben war schon verächtlich beiseite geschoben, und abgenagte Beine und Flügel machten sie einem geräumten Schlachtfelde ähnlich, während einige andere mit Wildbret, Sulzen und Austern, als frische Munition aufgepflanzt, den Augen näher gerückt waren, die vom Hinterhalt des Ruhbettes mit gereizten Blicken auf sie hinspielten; und gleich wie jene abgedankten von zwei leeren Flaschen abgeführt zu werden schienen, so marschierten sie unter Anführung zweier vollen dem Rand des Tisches und dem dortigen Silberbesteck in den fetten Händen entgegen. Als ganz abgemachte Sache hinwiederum war auf einem an die Wand gerückten Tischchen ein Service zu sehen, mit Schokoladenspuren besprengt. Indem Stephan das goldene Zeitalter, das in diesem heimlichen Kabinett eingeschlossen schien, mit seinen Blicken zusammenfaßte, hatte der Mastmann auf der Ottomane, nachdem er das schwere Besteck aufs Teller klappern lassen, seinen mächtigen Mund zu ärgerlichem Staunen geöffnet, und ein Pavian, der, als Stephan eintrat, auf einem großen, vergoldeten Samtstuhl saß, hatte vor dem unwillkommenen Besuche sich unter den Lehnstuhl verkrochen. »Sind Sie's, Herr Nachbar«, begann der Frühstückende mit heiserer Speckstimme, »ach, jetzt erkenn ich Sie, ich weiß nicht, warum Sie mir heute so besonders vorkommen, da ich doch nichts Verändertes an Ihnen bemerken kann. Aber meine Augen nehmen leider sehr ab, so wie auch mein Magen fast nichts mehr vertragen kann. Haben Sie meinen Johann nicht gesehen? Der gottlose Schlingel läßt mich gleich allein, wenn ich nur ein bißchen die Augen zumache. Ehrenfriedchen, komm doch hervor«, wandte er sich jetzt zum Affen, indem er nach ihm die Hand unter den Lehnstuhl streckte, mit beschwerlichem Schnaufen, »du darfst nicht schüchtern sein, es ist ja nur der Herr Verwalter« – der

Pavian drehte mit einer ängstlichen Fratze seinen Kopf gegen Stephan heraus und fuhr wieder zurück. »Willst du denn nicht?« sagte sein Herr mit milder Stimme. »Ach, sehen Sie, das gute Tier ist in Verlegenheit. Wär nur mein Johann auch so treu wie du, mein Ehrenfriedchen – hat ganz mein Gemüt. Drum hab ich ihm auch meinen Namen gegeben. Wertester Herr Verwalter, hält Sie denn Ihre Frau Liebste noch immer so kurz? Sie kommen mir doch fast stärker vor.«

»Ich möchte nur gern mein Geld«, wollte Stephan mit barscher Stimme sagen; denn der Unbekannte war ihm sehr zuwider, aber es kam doch noch ganz erträglich fein heraus.

»Ja – so«, dehnte der Herr und legte die große Prise, die er eben aus der Silberdose geholt hatte, langsam wieder hinein. »Ist es denn Ihr Geld? Ich dachte, es wäre aus Ihrer Armenkasse: und Sie sagten ja – wenn ich nur – verstehen Sie – Sie wüßten es schon zu machen. Ich habe Sie ja auch gebeten, nächstens einigemal mein Gast zu sein. Nur in dieser Woche kann's nicht sein. Verzeihen Sie – ich bin gar zu krank, das Reden greift mich erschrecklich an, und die Eßlust will mir auch ausgehen. Ich muß mich ordentlich zwingen. – Stehen Sie mir doch um Gottes willen nicht so nahe, es versteckt mir ganz den Atem. Ach, lieber Freund, ich bin übel daran. Das kommt von der Alteration. Ich habe mich gestern wieder erschrecklich alterieren müssen. – Der schöne Sommermittag lockt mich hinaus, und ich will es wieder wagen, gegen meinen Grundsatz, ein paar Straßen zu gehen. Ich rauche mein Pfeifchen, das mir ordentlich geschmeckt hat, und wandre so ganz ruhig dem Kaffeehaus zu, hatte auch schon meine Gedanken ganz aufs Kaffeehaus gerichtet. Ich gehe unbesorgt meines Wegs und schaue gerade einer Kompagnie Enten zu, die nach einer Pfütze oder Gosse zulaufen, weil just aus einer Rinne Spülwasser heruntergegossen wurde; damit beschäftigte sich meine Phantasie gerade ganz anmutig – da fängt, Herr Verwalter, oben in dem Haus, unter dem ich vorüberkrieche, vom Dach herab ein Gepolter an – es kracht, daß ich glaube, die ganze Geschichte kommt mit Stock und Block, mit Stahl und Eisen, Hund und Katze auf dich herunter – Himmel! ich ziehe den Kopf ein und mache einen Satz mitten in die Gosse hinein – da steh ich und warte voll Angst – was nun auf mich herunterkommen wird. Es kam aber gar nichts. Allein der forcierte Sprung, der Schrecken, die Überraschung, mit einem Wort, die Alteration – ich war ganz krank – und wankte halbtot nach Hause. Es ist eine Schande für unsere Polizei – verraten Sie mich nicht, aber wie leicht könnte ein Mensch auf solche erbärmliche Manier vor der Zeit, und bevor es eigentlich Gottes Wille ist, das bißchen Leben verlieren, das man sich notdürftig genug in unserer schlechten Zeit erhält, wo alle gute Nahrungsartikel so rar und so teuer sind. Ja, sehen Sie, und jetzt hab ich mich schon wieder am frühen Vormittag alterieren müssen. Kommt so ein Hund von Bettler hereingetölpert, der sich kein Gewissen daraus macht, den letzten Groschen, den man seiner Gesundheit und seinem Alter schuldig ist, einem abzupressen, damit er ihn verprassen kann. – Geben Sie mir doch ein andermal die Ehre, lieber Herr Nachbar – werter Herr Verwalter. Es bleibt bei der Verabredung – nächster Tage bitt ich mir das Vergnügen aus, und ich will ein ganz ausgesuchtes, feines, delikates, appetitliches Mittagsschmäus … –«

»Das Geld ist mir aber notwendiger«, fiel Stephan ein, der unter dem gleichmäßigen Fortwälzen der Worte vergebens auf eine Pause gewartet hatte, »und ich muß ohne Umschweife darum bitten.«

»Nun, billiger Himmel, erschrecken Sie mich nicht!« erwiderte der dicke Herr, »wo bleibt denn unser Kontrakt? Von was für einem Geld reden Sie denn? Haben Sie denn nicht gesagt, die Hälfte soll mir bleiben, wenn ich zeuge, daß das Geld richtig verteilt worden? Und anders zeug ich auch nicht. Für nichts und wieder nichts nimmt man so was nicht aufs Gewissen. Aber Sie mögen's vor dem Ihrigen verantworten, daß Sie mich wieder so alterieren!«

Der Herr fing an kläglich zu keuchen und zu husten. Stephan ließ seinen Stock einigemal durch die Finger fallen.

»Gerechter Himmel!« stöhnte jener beklommen, »wie gehen Sie mit einem kranken Manne um, der Ihnen nichts zuleide getan hat – Ehrenfriedchen, apporte, die Schatulle! – Apporte schön, Ehrenfriedchen.«

Der Affe hatte indes unter dem Sofa eine Schatulle hervorgekratzt, sie dem Herrn zähnefletschend hingereicht und sich schnell wieder zurückgezogen. Währenddem hatte sich dieser auf die linke Seite gewälzt, ächzend und schnaufend sich gestreckt, und nun arbeiteten seine schwülstigen Finger mit mühseliger Anstrengung in der Hosentasche nach dem Schlüssel. »Ach!« seufzte er, während er denselben die hochgewölbte Weste heraufschob. »Ich wette aber, an alledem ist niemand schuld als Ihre Frau. Wenn Sie aber einen uneigennützigen Freund nicht hören und sich von Ihrer Frau vollends zu Tode hungern lassen wollen« – dabei blickte der Herr mit seinen matten Augen ängstlich auf zu Stephan, als hoffe er noch halb, ihn abzubringen. »Nun«, fuhr er erschrocken zurück und wühlte in den Geldrollen, »ich hätte geglaubt, ein guter Bissen täte Ihnen not; aber Sie wollen nicht. So ist's aus; ich lade Sie zu nichts, ich bezeuge nichts, ich will auch nie mehr einen ehrlichen Handel mit Ihnen zu machen versuchen. Hier sind netto fünfundfünfzig Taler – da haben Sie den Bettel wieder«, sagte er, und seine wehmütigen Blicke folgten der Rolle, bis sie in Stephans Tasche verschwand. »Muß denn alles auf mich hereinstürmen«, jammerte er, sich wieder zurücklehnend, während der Affe die Schatulle wieder unterschob und Stephan ging. »Tun Sie mir doch wenigstens noch den Liebesdienst«, rief er diesem nach, »und schicken Sie mir meinen Johann.« Draußen stand noch der Bettler. Stephan gab ihm einen Taler. »Das schenkt Ihm der Herr dadrin, Er kann sich selbst bedanken.« Der Bettler schüttelte höchst erstaunt den Kopf und ging nach der Türe. Indessen kam auch der Bediente. Ohne auf das Gebrülle zu hören, das nun drinnen der Herr zwischen Bettler und Diener verteilte, eilte Stephan dem nächsten Hause zu.

»Ich muß«, sagte er mit Lächeln, »den saubern Nachbar

und Armenverwalter doch auch kennenlernen, den ich soeben vorgestellt habe, und bin höchst neugierig, in welcher Gestalt ich meinem Doppelgänger erscheinen werde.« Er war schon auf der Treppe, da er so zu sich sprach, und fand nun Gelegenheit, seinen neuen, schönen Anzug zu bewundern. »Diesmal kommt's vornehm«, dachte er. Eine gellende Stimme, die mit der Magd zankte, ließ sich hören. »Unfehlbar die Frau Verwalterin«, bemerkte er und war auch kaum mit seinem Stock in das Zimmer gepoltert, als die robuste Hausgebieterin schon nachfolgte. Hier sah es weit anders aus als in dem Nebenhause. Ein paar braunvergoldete Spiegel und einige gemalte Vögel neben alten geistlichen Herrn waren die einzige Wandverzierung. Alle Möbelpracht vertrat ein einziger großer Wand- und Hausschrank mit einem Pult und vielen Schiebladen und Schlössern von braunem Nußholz, in welches der wohl längst verstorbene Künstler französische Schäferinnen eingelegt hatte. Das Krongesimse dieses ehrwürdigen Hausmagazins war mit einigem Porzellangeschirr verschanzt. Neben diesem Gebäude saß, als Stephan hereintrat, ein langer, hagerer Mann im schmutzigen, hellblauen Hausrock, dessen gestreckter Hals mit dem braunen, struppigen Kopf über eine Schüssel hing wie ein dürres Winterzweiglein. Jetzt ließ er ab, die dünne Brühe zu schlürfen, und stand verlegen auf. Seine Ehehälfte, die jedoch weit mehr als die Hälfte auszumachen schien, nahm für ihn das Wort. »Ach, wenn Sie wüßten, Herr Kommerzienrat, was für eine schlechte Spekulation wir mit den Heringen gemacht haben, die Sie uns verschrieben, so würden Sie vielleicht nicht so zeitig kommen, den Posten einzufordern. Aber in unsern schlechten Zeiten kömmt man auf keinen grünen Zweig. Ich sage immer zu meinem Manne, gewinnen kann man gegenwärtig nichts, man kann nur sparen und erhalten. Das will er aber nicht hören, denn er ist auch von dem allgemeinen Luxus, von der Kleiderpracht, dem Wohlleben, der Verschwendung angesteckt. Ich kann die Leute nicht begreifen. Es hat sich in allem verändert. Mein seliger Vater, der hatte sich einen solchen Gang angewöhnt, daß er fünf Jahre in einem Paar Stiefeln gehen konnte, ohne sie zu zerreißen. Freilich waren damals die Schuhmacher auch keine solche Spitzbuben. Jetzt, wenn ich Sonntag nachmittags zum Fenster hinaussehen will, muß ich's gleich aufgeben, um mich nur über den Gang der Leute nicht zu ärgern. Das schlendert und schlürft durch die Straßen, daß alle acht Tage ein Paar Schuhe durch sein müssen – und vollends die neuen Scharrkomplimente! So kann ich mich auch genug ärgern über die phlegmatische Natur meines Manns. Wenn er den Schnupftabak in seine Dose schüttet und die Hälfte ihm auf den Boden fällt, da macht er nur ruhig fort, als wäre gar nichts geschehen. Wenn er schreibt und die Feder taugt nicht gleich, weg wirft er sie und nimmt eine andere. Ei der Tausend, sag ich – kipp ein wenig vorne ab, und sie wird exzellent gehen. Das Geschreibe kostet ohnehin mehr Tinte, Papier und Federn, als es einträgt. Sonntags beim Kaffee (und zu dem Kaffeetrinken bin ich ungern genug gekommen), wenn ich gerade hinaus muß und er sich selbst einschenkt, schwimmt ein ganzer Milchsee auf dem Tisch herum; wenn ich zurückkomme, das soll ich hinunterschlucken, als wär's nicht der Rede wert.« Währenddem war der magere Mann mit kläglichem Gesicht vor den Schrank getreten, hatte mit seinen langen Fingern das Türchen geöffnet und klapperte nun in der Kasse herum.

»Geh nur«, fuhr die Frau auf ihn zu, »laß nur mich machen, du bringst's doch nicht recht zusammen und gibst wieder Groschen für Kreuzer aus wie neulich.« Der Gemahl wich. »Da mag ich ihm hundertmal«, fuhr sie unter dem Zählen fort, »die schlechten Kreuzer für die Bettler auslesen und zeigen, wenn ich ausgehe. Komm ich nach Haus, sind richtig die guten fort.«

»Hier«, sagte sie jetzt, »sind sechsundzwanzig Gulden neunundvierzig; davon kommen zwei Gulden Rabatt – so wirdd's recht sein«, und reichte das Geld schnell hin.

Stephan, obgleich mißtrauend, nahm's, ohne zu zählen,

und eilte fort; denn er dachte noch manchen andern Besuch zu machen.

Nachdem er beim Eintritt in einige Haustüren seinen Stock zu leicht gefunden hatte, um mit ehrlicher Leute Geld sein Gewissen zu beschweren, wandte er sich in eine andere Straße und wurde hier von seiner Zauberrute in den zweiten Stock eines neuen Hauses gezogen. »Was hab ich in diesem kurzen Tag erlebt, und was wird ich noch erleben!« sagt' er zu sich, »träum ich denn nicht? Aber nicht einmal träumen hätt' ich in unserer armen Gasse ein solches Glück – nicht einmal einbilden hätt ich mir solche Veränderungen können! – Welche Menschen hab ich kennengelernt!«

Da hüpfte ihm eine leichte Zofe entgegen: »Sind Sie schon wieder da, Madam Brabant? Sie werden meine Herrschaft im Lesen stören und wieder nichts ausrichten wie immer. Es geschieht Ihnen recht. Warum arbeiten Sie ihr immer noch, da Sie doch wissen, daß Ihnen an jedem Konto die Hälfte abgezogen wird. Aber um alle Welt, was machen Sie mit diesem schwarzen Prügel?« – »Es ist«, stotterte Stephan, welcher den Reden des Kammermädchens und seiner Kleidung angemerkt hatte, daß er zur Putzmacherin geworden war, »eine neue Art von Haubenschachtel!«

Verwirrt über seine mißratene Ausrede, klopfte er schnell an und kam in ein freundliches Zimmer, rings ausgeschmückt mit Gemälden schöner Ritter und Fräulein. Ein solches lag auch lebendig auf einer Ottomane in einem weißen Morgenanzug, nur daß ihr Gesicht den welken Rosen zu vergleichen war, die neben dem Sofa auf einem Tischchen standen. Um sie her lagen Bücher, auf einem in ihrer Hand ruhten ihre Augen, und noch lange, als Stephan-Putzmacherin vor ihr stand, tropften ihre Tränen auf die Blätter des Romans. Endlich blickte sie mit verweinten Augen auf. »Was? Sie da, liebe Brabant?« schauerte sie zusammen und schaute sie fragend und zerstreut eine Weile an. Dann nahm sie ihr Schnupftuch. »O Gott, ich bin so weich gestimmt«, lispelte sie, während ihre Tränen flossen. »Was wollen Sie?

Sie sollen alles haben. Ach ja! die neuen Spitzen sind noch nicht berichtigt. Gleich, liebe, gute Frau.«

Sie wankte an einen Sekretär und nahm verwirrt Goldstücke und Silbermünzen heraus. »Ich bin heute gar zu bewegt – so gerührt – so wehmütig. Ach, ich habe ein himmlisches Buch gelesen: Die Lust der Liebe und der Schmerz der Liebe! Hier, gute Brabant – es wird mehr sein, es wird zuviel sein – aber nehmen Sie nur – es ist schon gut.«

Stephan wollte, als er die Hand öffnete, einen Bückling machen, es ward aber ein Knix daraus. »Ach, der Schmerz der Liebe«, seufzte das Fräulein, und er schlüpfte zur Tür hinaus.

»Mein Gott, wie ist mir«, sagte sie zitternd, als Stephan die Treppe hinuntereilte, und fuhr mit der Hand über die Stirn. »Mir ist gerade, als wäre die Brabant in Gestalt eines schwarzen Stocks bei mir gewesen und habe mir Geld abgenommen. Das ist Krankheit – Fieber – niemand ist dagewesen.« Sie klingelte, um den Arzt rufen zu lassen.

Auf der Straße ging Stephan an zwei Frauenzimmern vorüber, von welchen eine ebenso gekleidet war als er im letzten Hause und auch sonst einer Putzmacherin glich. »Ich habe«, sagte sie zu ihrer Freundin, »heute einen schlimmen Tag. Es kam mir soeben an, als wär ich mir selbst genommen. – Denken Sie sich die Narrheit – ich muß mitten auf der Straße ein Kompliment machen – und weiß nicht, wem? Ein ganz fremder Herr sah mich erstaunt an und zog zweifelnd den Hut.« Stephan erschrak und machte sich schnell davon auf einen neuen Platz. So drang er noch in manches Haus, und der Wunderstock machte gute Beute.

Die Nachmittagssonne schien wieder einmal recht warm und freundlich in die Gasse. Da hatte sich die alte Wäscherin in ihren reinlichen Kleidern vor das Häuschen auf die Bank gesetzt. Ruhig lagen ihre gefalteten Hände im Schoß, und ein milder Zug auf ihrem bleichen Gesicht zeigte, wie wohl ihr die lang entbehrte Sonnenwärme tue. Sie dachte auf den ewigen Sonnenschein und die Ruhe im Himmel und bat Gott, sie nicht mehr lang darauf harren zu lassen. Darüber sank ihr schwaches Haupt in Betäubung, sie schlummerte ein, und Träume besuchten sie. Sie sah ihren Sohn wieder, den blühenden, jungen Soldaten, wie er, schon zum Abmarsch gerüstet, von ihr Abschied nahm, und hörte ihn nochmals sagen: »Gott behüte Sie, Mutter, und wenn ich zurückkomme, soll Sie sich nicht mehr so plagen müssen!« Dann sah sie ihn wieder mit großer Bangigkeit in einem Schlachtgetümmel. Mehrmals glaubte sie ihn fallen zu sehen. Dann stand er immer wieder vor ihr und lächelte sie an. Endlich ist es ihr, als wär es Abend, und sie liegt müde in ihrem Stuhl in der finstern Stube. Da geht die Tür auf, und eine große Gestalt kommt herein, aber in der Dunkelheit sind ihr die Züge undeutlich und fremd. Jetzt tritt er ganz nahe, und es ist ihr Ferdinand. »Grüß Sie Gott, Mutter«, ruft er, »kennt Sie mich noch?« Und auf einmal fällt es ihr ganz schwer auf die Knie, und er schüttet ihr die Schürze voll Geld. Sie hört es auch deutlich rauschen. Sie will auffahren. »Frau Liese! He! – Nachbarin Liese«, ruft es immer lauter – und am hölzernen Tritt hört sie, daß der alte Christoph mit seinem Stelzfuß auf sie zugehüpft kommt. Wie sie die Augen aufschlägt und sich besinnt, daß sie im Gäßchen vor der Haustür sitzt, steht er schon vor ihr. »Ei, Sie muß mit mir kommen, Alte!« sagte Christoph, und seine schwarzen Augen funkelten aus dem graubärtigen Gesicht. »Was denkt Sie? Sie weiß ja, daß ich gestern den dummen Streich gemacht und dem Viertelsvogt die Wahrheit unter die Nase gesagt habe; dafür verschaffte er mir frei Logis ohne Aussicht. – Gerade haben sie mich wieder laufen lassen. Ich humple verdrießlich nach Haus. Wie ich in mein Loch krieche – denk Sie sich –, steht auf meiner Bank (die mir ja schon lang als Tisch und Bett und Kasten dient) ein Krug mit Wein, ein Laib Brot und zwei mächtige Würste. Meiner Seel, ich bin kein Narr, 's ist wahr! Ist's vom Himmel gefallen – hat's ein guter Freund getan – ich weiß es nicht! Auf den Studenten möcht ich am ersten raten; aber wo hätte der das Geld dazu? Aber da ist's einmal, bei meinem halben Bein, das in der Magdeburger Schanze liegt! Nun, ich will's schon herauskriegen, wer mir den Streich gespielt hat. Er hat's wohl getan, damit ich mir einen lustigen Abend machen soll. Nun, bei Gott, das will ich auf seine Gesundheit tun. Aber Sie muß mir helfen, Frau Liese, allons, Marsch! setze Sie Ihre Beine in Bewegung – schau Sie mir nicht so starr ins Gesicht.«

»Mein Gott, was ist das?« rief die Wäscherin mit aufgehobenen Armen; »und mir träumt's eben, mein Sohn sei dagewesen und habe mir eine ganze Hand voll Geld – großer Gott! da, in meiner Schürze« – »Mohrensäbel!« fiel der alte Kriegsmann mit seiner Baßstimme ein, »was ist denn heute für ein Tag? – mir regnet's Würste ins Haus, dir Taler in die Schürze. Närrisches Mütterchen! dein Sohn kann nicht dagewesen sein – den hab ich selber eingraben helfen. – Aber daß heute ein guter Geist spukt, das ist richtig. Deswegen darfst du mir aber doch meinen Schmaus nicht verachten. Trag dein Geld in die Truhe. Du sollst heute mein Gast sein – ein andermal steh auch ich dir zu Diensten. Element! was sind das für Sachen!«

Mit unbeschreiblichem, stillem Frohlocken hatte Stephan das alles, in der Ecke versteckt, belauscht, und nun flog er neuer Freude entgegen. Er schlich sich durch die Hintertüre in das Haus seines Nachbars, des Vaters von Sabinen, und hüpfte mit seinem Stab die schmale finstere Treppe hinauf bis zum Dachstübchen des Studenten. Leise öffnete er die Türe. Da saß der arme Jüngling, halb abgewandt von der Türe, vor den kleinen Fenstern, auf deren Gesimse er sein Buch gelegt hatte. Seine hohe, magere Gestalt, im dürftigen grauen Kleide, seine schönen Haare und die bleichen Wangen gaben das Bild edler Armut; und wirklich glich er auch ganz einem Bilde in seiner ruhigen, aufrechten Haltung, mit den niedergeschlagenen Augen, und die Hände um das griechische Trauerspiel, welches er las, gefaltet.

Der rötliche Abendschimmer glänzte durch die Scheiben auf seine hohe Stirne und sein Buch. Das Geräusch des Eintretenden erweckte ihn, er sah sich um und stand in einiger Verlegenheit auf.

»Guter Moses«, sagte er treuherzig, seine Hand auf die Brust legend, »es tut mir sehr leid, daß du wieder umsonst kommst. Ich muß dich bitten, noch einige Zeit Geduld zu haben. Ich habe mich bisher umsonst um Stunden bemüht, weil der Rektor, seit ich ihm einmal die Fehler in seiner Übersetzung gewiesen habe, mich überall verfolgt und anschwärzt. Doch habe ich Hoffnung, nächstens einige Lehrstunden zu bekommen, und dann« – »Lieber Herr!« fiel Stephan als jüdischer Gläubiger ein, mit heimlicher Freude über seine Rolle, »lieber, gelehrter Herr Student, was liegt an dem Taler. Ich bin nicht deswegen gekommen. Ich habe Sie fragen wollen, ob Sie nicht einige Taler Vorschuß brauchen können. Wenn Sie einmal Superdent oder Konsistorialis sind, geben Sie mir's wieder«, und hiemit legte er eine Hand voll Geld auf den Tisch. Der Student trat einen Schritt zurück, große Tränen kamen ihm in die Augen.

»O du guter Mensch!« rief er aus, faßte ihn bei der Hand, und ihn umarmend, sagte er: »Vergib mir, lieber Moses. – Ich habe bisher geglaubt, daß es nur im Alten Testament und in Ifflands Lustspielen edelmütige Juden gebe; wie beschämt stehe ich vor dir! – Aber du tust zuviel«, fuhr er fort, »und willst mehr, als ich brauche, geben. Du mußt wenigstens die Hälfte wiedernehmen. Es könnte lange dauern, bis ich nur diese dir wieder ersetzen kann.« Während er an den Tisch trat und mit zitternden Händen dem Juden von dem Gelde zurückgeben wollte, trippelte Stephan schon mit hohem Herzklopfen die Treppe hinab.

Unten im Hause war großer Lärm. »Herr«, rief Sabinens Vater, »wenn ich Ihnen aber sage, daß der Kaufmann eine Menge Bestellungen bei mir gemacht hat und versprochen, alles Fertige bar zu bezahlen« – »Ist gut für ihn«, fiel der Eisenhändler mit schnarrendem Tone ein, »ich bleibe aber bei meinem Grundsatz, nichts auf Borg herzugeben!« – »Aber, lieber Herr Rufe«, bat der Messerschmied wieder, »erbarmen Sie sich doch über eine Familie, die nahe daran ist, wie wilde Tiere eingepackt und übers Meer geschickt zu werden. In Ihren Händen liegt unser ganzes Glück. Sie können die letzte Hoffnung zu einem neuen Aufkommen, die mir armen Mann« – »Ja, wenn«, unterbrach ihn gleich der Kaufmann, »ihr Messerschmiede in diesem Zwinger nur nicht so verrufen wärt. Wie könnt Ihr denn von mir verlangen, was Euer leiblicher Vater nicht tun will.«

»Vielleicht lenkt Gott doch noch sein Herz«, redete das Weib drein. – »Wenn er aber so hartherzig wäre«, fügte der Mann dazu, »so erbarmen doch Sie sich über uns, um Gottes willen!« Dies behorchend, hatte Stephan seinen Stock hinter einen Treppenbalken geschoben und sah eben Sabinen mit traurigem Gesicht ins Haus treten. Als sie ihn auf der Treppe erblickte, erheiterte sich schnell ihre Miene, sie bückte sich hastig, als wollte sie sich versichern, daß er's wirklich sei – fuhr dann auf und dem Herabspringenden entgegen.

»O Stephan«, sagte sie und legte mit Zutrauen ihre Hände auf seine Arme, »du hast mir recht gefehlt. Wo warst du denn so lange? Ich habe viel auf dem Herzen, das ich dir klagen möchte.«

»Wo kommst du denn her?« fiel ihr Stephan ins Wort. »Ach, von dem garstigen, schnaubenden Vetter Kässtecher. Da war ein Herr beim Vater und hat feine Messer und Bestecke und Feuerstahle bestellt, daß wir davon reich werden könnten. Aber der Herr Rufe will kein Eisen und Stahl hergeben, wenn's der Vater nicht gleich bezahlt. Drum haben sie mich mit einem Zettel zum Vetter geschickt, der hat mich aber angeschnaubt: ›Pah, ich habe nichts, und wenn ich was hätte, so gäb ich nichts – Punktum!‹«

»Ist der Herr Rufe noch drinne? Ich glaube, ich hör seine Stimme.«

»Wenn ich Ihnen aber das Geld verzinse zu fünf Prozent, zu sechs Prozent?« hörten sie den Schwertfeger dringend fragen. – »Und wenn Ihr mir's zehnfach zu zahlen versprecht, so hab ich davon keinen Feilspan. Ein Spatz in der Hand ist mir lieber als zehn Tauben auf dem Dache.« – »Geh, geh hinein«, flüsterte Stephan und drückte Sabinen eine Rolle Geld in die Hand. Sabine wollte nicht nehmen und wurde rot und blaß. »'s ist nicht gestohlen«, sagte rasch Stephan, »'s ist vom weißen Mann – geh doch – ich bitte dich – sag, es sei vom Vetter«, und damit drückte er sie zur Türe hinein.

Langsam stieg indessen in das Dunkel der engen Schwertfegergasse der Viertelsrichter hinab. Wie ein Kranker lehnte er sich an seinen Stock, wie ein Schlafender hatte er die langen Wimpern geschlossen, und schlaff hingen alle Züge seines Gesichtes. »Was für ein schwüler Tag«, sprach er leise in sich hinein, »welche drückende Luft! Wie bin ich so matt und aufgelöst. Den ganzen Nachmittag zog es mir seltsam in allen Gliedern; ich konnte nichts denken, als ob ich denn noch ich sei, und seitdem ich nun gar um die Ecke dieser verdammten Gasse schleiche, bin ich wie aus mir herausgehoben. Ja, diese Spitzbubenhöhle zehrt mir am Leben. Ich habe das Lumpenvolk nie leiden können. So bettelhaft und doch so lustig und lebendig. Ich ruhe nicht, bis sie ausgerottet sind, und wenn ich in der verhexten Luft ersticken sollte! Zuerst muß aber der ungeschlachte Schuhflicker dran – der ist mir der widrigste.«

Lebhafter schleppte er sich gegen Antons schiefhängende Haustüre hin. Als er sich am Hause dünkte, hob er, um über die bucklichte Schwelle nicht zu fallen, die Augen auf. Welche Erscheinung! Dicht vor ihm stand er selbst – in seinem eigenen großen, dreieckigen Hut – in seinem langen, papierblauen Rock – seinen gelben Zeughosen – den hellgewichsten, geschnäbelten Stiefeln – ja, mit seinem gepuderten Haar – mit seinen blassen Backen – mit seinen leibhaften, glasgrauen Augen, die ihn leblos ansahen. – Er wollte schreien, der Atem versagte ihm – er wankte – mit den Händen das Gesicht bedeckt, riß er sich in angstvoller Anstrengung die Gasse hinauf, und jetzt erst fühlte er sich freier und stürzte mit Stöhnen und Ächzen nach Hause.

Auch Stephan hatte zitternd mit seinem Stabe unter der Haustüre gestanden; doch er raffte sich schnell auf, schob das Wunderwerkzeug ins Ofenloch und trat mit entschlossener Freudigkeit in die Stube.

Lange war kein solcher Tag über der alten Hohlgasse aufgegangen. Es schien, als ob heute alles ehemalige, erstorbene Leben derselben auf einmal wieder aufgehen wolle. Den ganzen Morgen war ein Hin- und Herrennen, ein Fragen und Erzählen, besonders ein Drängen um Antons Haus gewesen. Bald ließ sich ein lauter Jubel hören, bald schienen im Innern der Hütten allerlei Vorkehrungen getroffen zu werden.

Während die ganze übrige Hauptstadt heute ausgeleert war, weil alles zur Kirchweihe eines benachbarten Dorfes strömte, hätte man aus den Anstalten, die in diesem Winkel getroffen wurden, vermuten können, die Leute wollen hier ihre besondere Kirchweihe feiern. Tische aller Art waren an den Häusern hinab zusammengerückt, Bänke, Stühle, Kisten, Balken mußten zu Sitzen dienen. Aus einigen Küchenfenstern sah man helle Freudenfeuer schimmern – die Mädchen trugen Brotkörbe, die Bursche schleppten Bierkrüge und zogen Weinfäßchen daher – die Kinder sangen Lieder, und alte Leute sahen von den Fenstern herab oder vor den Häusern mit begierigen Augen auf die Vorbereitungen hin.

Um die Tische bemühten sich unter andern auch zwei Personen, welche vorzüglich das Zeremonienmeisteramt übernommen zu haben den Anschein gaben. Sie besprachen sich von Zeit zu Zeit, gaben den andern Aufträge und deckten selbst die Tische. Es war eine rüstige, ziemlich bejahrte und korpulente Frau, gewöhnlich nur die Eibischmargaret genannt, weil das Sammeln und Trocknen dieses Tees ihr hauptsächlicher Nahrungszweig war, und andernteils ein schwarzbärtiger, untersetzter Mann, der seine rote Mütze bis auf die finstern Augenbraunen herabgedrückt hatte. Dieser hieß allgemein der Meisenbaron, weil er sich für einen polnischen Baron ausgab, obgleich er dafür keinen andern Beweis als diesen Titel selbst hatte, und sein Leben durch Vogelfang, besonders durch Abrichtung von Kanarienvögeln und Blaumeisen erhielt.

»Ihr macht doch immer dasselbe Gesicht, Baron«, sagte zu ihm die Eibischfrau. »Wundert Ihr Euch denn gar nicht über alles das – und des braunen Antons inkapables Glück?« – »Was ist zu wundern?« erwiderte der Polak, ruhig fortschneidend an einem Hammelsbraten. »Welt ist Welt! Heute so, morgen anders.« – »Ja – wenn einem aber der Hase so gar unverhofft, so auf einmal in die Küche gejagt wird – versteht mich, da muß sich doch ein verständiger Mensch wundern.« Der Küchenmeister schüttelte phlegmatisch den Kopf. »Sind denn nicht schon mehr reiche Vettern gestorben? Sterben muß man einmal, und so wird man auf einmal beerbt. Wie soll's anders kommen als auf einmal.« – »Daß man aber vorher gar nichts von einem solchen Vetter gehört hat?« – »War nicht der Mühe wert«, versetzte er, »solang der Mann lebte. Seit er gestorben ist und etwas hinterlassen hat, haben die Erben eher was von ihm zu sagen.« – »Geht«, sagte Margaret, »ich habe wohl fünfzig Vettern und rede von allen und werde kaum einen beerben; denn der Unterzoller hustet schon sieben Jahre und wird noch auf mein Grab husten.« – »Gebt ihm von Eurem Eibischtee«, sagte der Meisenbaron, »die Würste her.« – »Ja, von meinem Eibischtee«, entgegnete sie, »umsonst nähm er einen Zentner, der Knauser! Und der Torschreiber, der nächstens in die Ewigkeit geht, hat selbst nichts, und die Tändlerin vermacht alles ihrer Kaffeeschwester, und der Seifensieder –« – »Macht, daß Ihr mit Eurem Kuchenschneiden fertig werdet«, fiel der Baron ihr ins Wort; »es ist schon drei Viertel, und ich bin fertig.« – »Nun, nun, Baron, ich auch!« – »Hallo, Christoph!« rief der Baron. Da sprang der Alte aus dem Nachbarhaus wie der Kuckuck aus der Uhr, daß sein Stelzfuß aufpolterte; er setzte seine eingerostete Trompete an den Schnurrbart und stieß mächtig dreimal hinein.

Jetzt öffneten sich alle Haustüren der Schwertfegergasse, und jung und alt wimmelte heraus in ärmlichem Staat – Stephan und Sabine standen umschlungen hinter dem alten Christoph mit freudigem Lachen.

»Lustig, lustig, lustig, lustig, Leute, Sapperment, noch einmal lustig!« kam jetzt Anton aus dem Hause gesprungen und warf sein Lederkäppchen in die Höhe. Ein lauter Jubel begrüßte ihn. Seine Frau Hanne folgte ihm; und das erste Rot der Freude, das seit lange wieder ihre Wangen erfrischte, stand ihr doppelt gut unter der neugekauften Haube, die sie aufgesetzt hatte, während Anton in seinen zerrissenen Kleidern geblieben war. Auch war Stephans ältere Schwester unter der Haustüre noch bemüht, dem kleinen Hannchen geschwind eine neue Schürze umzubinden.

»Sind die Spielleute noch nicht da?« fragte Anton, während sich alles an die Tische setzte und Frau Hanne, unterstützt von der Eibischmargaret, sich bemühte, den Leuten die gehörigen Plätze anzuweisen. »Waren schwer welche zu bekommen«, antwortete der Meisenbaron, »die hungrigen Kerls sind alle dem Kirmeskuchengeruch nachgelaufen. Zum Glück hab ich noch zwei Bierfiedler und einen Hackbrettschläger in der Regimentsschenke getroffen. Sie haben sich die ganze Nacht abgegeigt und lagen auf dem Boden. Sie haben versprochen, sobald sie aufwachen, einen Pfeifer aufzutreiben und zu kommen.« – »Nun, wer gern tanzt, dem ist gut pfeifen«, rief Anton, »Holla! Gevatter Kurschmied und Wunderdoktor, Ihr seid König in unserer Gasse; Ihr gehört obenan!« Dabei zog er den dicken alten Mann in seiner stahlknöpfigen Sonntagsjacke neben sich auf den ersten Platz. Dieser setzte sich, ohne eine Miene zu verziehen, mit vieler Würde. Nun fiel alles über Löffel und Schüsseln her, und die Weiber und Mädchen schoben emsig die Speisen hin und wieder. »Fickerlot«, rief der Wirt der bunten Gesellschaft, »mir bangt heute für meine Kinnbacken! Die

Maschine ist etwas außer Übung gekommen und muß heute was leisten, in einer Hauptaffäre. Denn, nachdem das Gehwerk so lange gestanden hat und nun der Bach auf einmal wieder läuft, ist's billig, daß ich das Versäumte hereinhole.« – »Pomalig«, sagte der Meisenbaron (gemächlich den Schnurrbart abwischend), »eins nach dem andern kann man Wunder tun.« – »Ich halte dafür«, bemerkte der Kurschmied, indem er aus seiner Riesenfaust einen Haufen Salz in die Suppe verteilte und Brotinseln in den Ozean seiner Schüssel warf, »daß man zuzeiten der Natur einen Stoß geben müsse!« Indessen fielen die zunächstsitzenden Weiber über den Viertelsrichter her, der bei jedem Schluck Suppe schlechter wurde, gingen von ihm über zu den wilden Tieren auf den wilden Inseln und kreuzigten und segneten sich, daß sie durch die Großmut des braunen Antons nun in der Heimat leben und sterben könnten. Ihre Nebensitzer, die Schmiedegesellen, verstanden sich nicht so gut auf die Kunst, zugleich zu essen und zu reden, und trugen nur Sorge, das erstere Geschäft pünktlich auszuführen. Ein Häuflein mystischer und pietistischer Schuster, deren gleichgestimmte Seelen weiter unten sich zusammengefunden hatten, handelte die erlaubten und unerlaubten Gerichte ab und verständigte sich über die heiligen und unheiligen Tiere. Endlich breiteten sie einmütig das Tischtuch des Apostel Petrus vor sich aus und entschieden, daß sie heute von allem Fleisch essen dürften, und wären's auch Blutwürste. Ganz unten machte sich der alte Christoph über das betriebsame Schmausen und Schnaken der Gesellschaft lustig und sorgte für die alte Waschliese, welcher er mit freundlichem Blinzeln von Zeit zu Zeit Mut einsprach. Stephan, der es sehr bedauerte, daß er den alle laute Gesellschaft scheuenden Studenten nicht hatte herunterbewegen können, trug ihm in aller Stille die besten Bissen zu, deren er habhaft werden konnte. Dann setzte er sich wieder mit erheiterter Miene in den lebhaften Kreis, und der verschiedenartige Ausdruck des allgemeinen Behagens, der seine Blicke auf sich zog, ließ ihn kaum zum Essen kommen.

Als ihn seine Nachbarin Sabine wiederholt dazu aufforderte, umhalste er sie, blickte ihr hell in die Augen und sagte: »Schmeckt's dir denn auch?« – »Nein«, lächelte sie, »wenn du nichts ißt.« Da aßen sie von *einem* Teller und teilten alles. »Aus denen wird noch einmal ein Paar«, sagte der Winkelschulmeister Prägel, »ich prophezei's!« Da lächelte der Nachbar Schwertfeger, und seine Frau schob das Haubenband unterm Doppelkinn vor und fragte: »Was sagst du dazu, Stephan?« Stephan nickte ernsthaft mit dem Kopf; »und du, Sabine?« Diese ward hochrot, eine große Träne entfiel ihrem Auge, und schnell war sie aufgesprungen und zur Haustüre hinein.

Stephan ließ den fröhlichen Lärm des Gastmahls hinter sich und folgte ihr langsam. Da saß sie in dem schmalen Gärtchen hinterm Haus, unter dem einzigen alten Lindenbaum, strich sich das schwarze Haar, dessen Locken auf der Flucht über ihre Augen gefallen waren, aus der Stirne und schaute mit nassem Blick nach den weißen Wölkchen im blauen Himmel hinauf und dem stillen Licht, das auf ihnen schwamm. Stephan stand eine Weile unbemerkt hinter ihr; das Gezwitscher der Vögel um den Baum und das leise Rauschen der Zweige tönte ihm heute ganz besonders; er versank in ein unbestimmtes Nachdenken, und es ward ihm weich ums Herz. Er trat zu ihr und wollte ihre Hand ergreifen, aber sie bedeckte schnell mit beiden Händen das Gesicht. »O Sabine«, sagte er, »was hab ich dir denn getan? So warst du ja noch nie.« Sie antwortete nicht. »Gestern abend«, fuhr er fort, »hast du dich mit mir so gefreut auf heute, und jetzt soll alle Freude mir so in Traurigkeit verwandelt werden?« Da richtete sie sich schnell auf und sah ihn wieder mit dem alten zutraulichen Blick an: »Ach«, begann sie nach einer Weile, »ich wollte, Stephan, es wäre noch die alte Not und wir säßen hier und klagten – es war mir wahrhaftig besser.« – »Freust du dich denn nicht über unser Glück?« fragte Stephan und setzte sich neben sie. »Es ist so plötzlich über uns hereingefallen«, erwiderte sie, »und alle sind so wild geworden. Höre nur da draußen den wüsten Lärm. Und du – o wie warst du sonst so still und ernst, Stephan, und jetzt schaust du immer so unruhig herum – auch fürchte ich den weißen Mann. – Wenn er nun auf einmal käme und das ganze Blendwerk zunichte machte. Ich weiß ja so nicht, um was du dich an ihn verkauft hast.« – »Sabine«, rief Stephan unwillig, »ich habe mich nicht verkauft – und der weiße Mann ist besser und stärker, als die Menschen sind. Ich habe mit ihm zwar nicht gesprochen; aber er hat mir geholfen. Ich darf dir's nur jetzt nicht sagen, doch kann ich dich vielleicht bald zu ihm führen, und dann wirst du es ihm abbitten, daß du deinem Wohltäter unrecht getan hast.« Bei den letzten Worten wischte er ihr sanft die Tränen aus den Augen. »Ja, Stephan«, sagte sie mit lieblicher, kindlich heller Stimme, indem sie mit ihm aufstand und ihm die Hand reichte. »Ich glaube dir wieder! Verzeihst du mir?« – »Gute!« rief Stephan, und Freude leuchtete ihm aus den Augen, »aber komm, wir wollen wieder still zurück, sonst kommen sie in Unruhe.«

Während sie durchs Haus gingen, tönte ihnen schon die Musik entgegen, und jetzt schien hier erst das rechte Leben aufgegangen. Alles aß und trank und plauderte und winkte sich zu nach dem Takte.

Als die Musikanten eine Pause machten, rief der Schuhflicker, nachdem er ein volles Glas in langen Zügen die Kehle hinuntergegossen hatte. »So bin ich einmal, liebe Brüder und Gevatterleute; denn seht, wenn wir schon alle im ganzen derselben Leibesgestalt sind, so bedient sich doch jeder seines Leibes nach eigener Weise, und jeder hat etwas an sich, auf das er besonders hält und wofür eigentlich der ganze übrige Leib da ist. So hat der Viertelsrichter seine Nase. Trägt er sie nicht überall voraus? Streckt er sie nicht überall hinein? Müssen nicht alle Augenblick die Finger nachsehen, ob sie noch in gehörigem Stand und Lage ist? Mit dieser Nase und ihren Bewegungen drückt er sein ganzes Gemüt aus und füttert sie das ganze Jahr mit Spaniol. Der Meisenbaron da hat sich dafür ganz seinem Backen- und Schnurrbart ergeben. Er rasiert ihn und kämmt ihn nach dem Richtscheit, und immer sorgt er, sein ganzes Gesicht so zu stellen, daß es zum Bart paßt. Warum würde er sonst wohl die Stirne so runzeln, die Augenbrauen herabziehen und die Lippen an die Nase drücken?« – Der Meisenbaron schien des Gelächters nicht zu achten und strich schweigend seinen Bart. – »Ihr, Gevatter Sackzeichner und Winkelschulmeister«, fuhr Anton fort, »lebt eigentlich bloß für Euren Zopf. Wenn Ihr über die Straße geht, tretet Ihr ganz leise auf, damit der Zopf nicht erschüttert wird; der ganze Kopf muß sich bücken, um die Haarstange zu schonen, der Rücken muß sich höher heraufziehen, damit sie bequemer aufliege, und das Gesicht kehrt Ihr immer zur Erde, auf daß nur der Zopf besser ins Licht trete. Ja, ich behaupte, Eure Augen schauen nicht aus dem Kopf, sondern nach innen und durch den Kopf durch, was hinten der Zopf macht.« – Der Schulmeister fuhr mit seinem Haupt etwas ärgerlich auf; als aber dadurch der Zopf auf die Seite geworfen wurde, nahm er ihn sachte mit zwei Fingern und legte ihn auf den Kragen wieder zurecht. – Während alles lachte, beschloß Anton: »So geht's auch mir. Ich muß mich für meine Gurgel aufopfern. Entweder will sie getrunken haben oder gesungen, am liebsten, versteht sich – beides!« – Hierauf stürzte er den Becher wieder und sang:

»Ich halte nicht dafür, daß der Soldat sei gut,
Der nicht ein Sänger ist, und kann das re-so-lut.

Nu, kennt ihr's nicht?« fuhr er die Musikanten an; sie schüttelten den Kopf. »Aber das: Trink ich Wein, so verderb ich, trink ich Wasser, so sterb ich –?« – Sie schüttelten wieder; indem ging Prägel, der Schulmeister, vorbei, der, beleidigt, nach Hause gehen wollte. »He!« sagte Anton und hielt ihn bei der Hand fest, »Gevatter, Ihr nehmt's doch nicht schief, daß ich Euren Zopf anpries? Ihr habt ja recht«, indem er ihn auf die Bank zog, »ein Mann hält was auf sich. Geht's doch andern und rechten Leuten auch so. Ich habe freilich Kerls gekannt, die, wenn ihnen der Rock vom Leibe fallen wollte und die Stiefel so weit waren, daß beim zweiten Schritt sie immer stehenbleiben mußten, um sie nicht zu verlieren, unbeschwert in ihrem Eselstrab fortarbeiteten. So gab's einen Musikanten, der die Baßgeige riß und der einen so großen Hut trug, daß er ihm alle Minuten auf die Nase fiel – das störte ihn aber gar nicht, sondern er strich so ruhig unterm Dach blindlings fort, bis er in der Pause den Hut wieder schief aufstülpen konnte, und der ward's zuletzt auch so gewohnt, daß er immer gerade zu rechter Zeit, die letzten Striche vorm Schluß, herunterfiel, so daß ich's dem Hut schon anmerken konnte, wenn das Stück ausging. – Aber bei einem tüchtigen Mann ist's anders, und ich sage Euch, mein General hat einmal nur deswegen eine Schlacht verloren, weil ihm sein neuer Rock unbequem saß.« – Da lachte ihm wieder die Gesellschaft zu und Prägel mit, und alles rückte näher herauf, seine Späße zu hören, ausgenommen die frommen Schuster, die einander, schon warm vom Wein, ihre Erweckungsgeschichte zum siebentenmal wieder erzählten. »So recht, Leute!« jauchzte Anton und stieß mit allen an, indem die Spielleute einen Tusch machten. »Nur lustig, fix, vigilant! Ich bin heut wieder im Gleise – bin der Alte –

Was einem ist geboren an,
Dasselbig er nicht lassen kann;
Denn es ist einmal wahr und g'wiß,
Es säß ein Frosch auf einem Kies:
So hüpft er lieber in den Bach;
Natur und G'wohnheit läßt nicht nach.

Gelt, Stephan! ich hätt's aber auch wissen sollen. Je größer die Not, je näher Gott!

Wenn Pharao die Ziegel doppelt,
Und selbst das Volk zur Arbeit stoppelt,
Gemeiniglich um selbe Zeit
Sagt man, daß Moses sei nicht weit!

Der Pharao, Kameraden, das ist der Viertelsrichter, und wer der Moses ist – ha, Stephan, das weißt du!« – So ward der Schuhflicker immer lustiger und ausgelassener, trank, sang und scherzte, bis es dunkelte. Schon zogen sich die Weiber in die Häuser zurück, und Frau Hanne schüttete ihnen noch Fleisch und Kuchen in die Schürze, aber die Männer zechten noch mit Anton. Man erzählte sich alte Jugendstreiche, neckte sich, schalt die Obrigkeit, und dem Schuhflicker fiel ein altes Lied nach dem andern ein; dazwischen schalmeiten die Spielleute, bis der Abend zur Nacht ergraute und die Talglichter im Luftzug tief herabbrannten.

Auf einmal, während die Zechgesellen gerade mitten in einem lauten Trinklied jubelten, rief einer von den erweckten Schustern unten am Tisch: »Polizei! Der Viertelsrichter kommt mit der Wache!«, und die frommen Brüder griffen schleunig nach ihren dreieckigen Hüten und machten sich davon. »Kanonen und Patronen! wer kommt!« schrie Anton und erhob sich wild, als der Viertelsrichter, der von der Kirchweihe erhitzt zurückgekommen und jetzt der Wache vorgeeilt war, schon dicht an ihm stand. »Du bist's, Brüderchen?« rief nun der Schuhflicker bitter, faßte ihn mit Gewalt in die Arme, küßte ihn heftig und drückte ihm die Zähne in die Backen. »Nicht wahr? wär deines Herzens Unmut Gold, kein Armer leer von dir gehen sollt. – Stultus und der grobe Stolz wachsen an einem gleichen Holz. Aber wenn Neid brennte wie das Feuer, wär das Holz nicht halb so teuer.« Der Viertelsrichter sträubte sich wütend; aber Anton umfaßte ihn noch fester und rief: »Gelt, Herzensfreundchen, ein kleiner Dieb an Galgen muß, von großen nimmt man Pfenningbuß!« Jetzt ließ er ihn los. »Verdammter Hexenmeister!« schrie der Richter. »Ist's nicht genug, daß du mir gestern ein Blendwerk vorgemacht hast, mußt du auch die ganze Gasse alarmieren? Wo hast du das Geld zu diesem Teufelsleben gestohlen? Und mich zu mißhandeln! Wir wollen sehen, was deine Teufelskunst dir hilft, wenn dir das Halseisen die Kehle schnürt. Wache her! Packt ihn! Es muß alles an Tag. So wahr ich hier stehe, du mußt noch an den Galgen!« – Anton schäumte vor Wut und ergriff ein Messer, die Kameraden wollten ihn zurückhalten und für ihn bitten. – Stephan warf sich auf die Kniee und flehte zum Vater und zum Richter. »Greift den Dieb, den Schurken, den Höllenknecht, sag ich!« rief der Viertelsrichter den zögernden Gerichtsdienern zu. »Nimm das vorher von einem alten Soldaten!« brüllte Anton und stieß ihm das Messer in den Leib – er sank sterbend zu Boden. Da entstand in der dunkeln Gasse ein verwirrtes Fliehen und Zusammenlaufen – ein Schreien und Wehklagen – Anton gab seine gelähmten Arme den bindenden Gerichtsdienern hin – er ward abgeführt und der blutige Leichnam des Richters fortgetragen.

»Ja, noch ehe die Sonne hinunter ist, armes Würmlein, muß dein gottloser Vater hängen«, sagte der alte Kerkermeister mit seiner gedämpften Stimme, während er in den dunkeln Gewölben dem zitternden Stephan die feuchten steinernen Treppen hinab mit seiner Laterne vorleuchtete. »Sein Glück, daß er alles gleich gestanden hat; er wäre sonst gefoltert worden. So darf er auch ohne Halseisen und Fesseln in seinem Loch auf und ab gehen. Nimm dich in acht, daß du hier nicht fällst; hier ist das Gitter in den Schlangenturm, du kämst nicht lebendig hinunter, es geht zweihundert Fuß tief. Komm her, weine nicht so, da zur Seite ist die Tür, du wirst ihn jetzt gleich sehen. – Hm! ich glaube, er singt gar – ei du Leichtsinn!« hub er wieder an, ein wenig stillstehend im Gange und lauschend, während aus der nahen Wand folgende Töne schallten:

»Galgen, o Galgen, du hölzerner G'sell,
Deine drei, drei Beine laufen schnell
Mit mir in den Wind –«

Es ward schauerlich still. Der Alte schüttelte murmelnd den Kopf, trat vor die gewaltige eiserne Türe, setzte seine rasselnden Schlüssel ein, drückte und hob und öffnete mit Krachen die Türe – dann zog er den Knaben hinein, hob die Laterne in die Höhe, und in das finstere Gefängnis hineinleuchtend, sagte er: »Geh vor zu ihm – mach's aber kurz; denn es hilft doch nichts – ich will hier unter der Türe warten.«

Er stellte seine Laterne auf die Stufe, und Stephan wankte hinab. – Nach einigen Schritten begann es vor seinen Augen etwas heller aufzudämmern in diesen dunkeln Mauern. Unter einem matten Schein, der aus einer hohen Deckenöffnung fiel, sah er seinen Vater sitzen, auf einem niedrigen Stein, beide Fäuste auf die Kniee gestemmt, mit vorhängendem Kopf. Lange sah er den Sohn mit stieren Augen an; endlich fragte er heftig zitternd und kaum hörbar: »Was willst du?« – »Dich befreien«, flüsterte Stephan weinend an seinem Halse und fuhr mit ängstlicher Hast fort: »Derselbe, von dem ich dir das Geld gebracht – hat mir diese Handschuhe gegeben. Zieh diesen an deine linke Hand; ich ziehe dann den linken an meine Rechte, so bekommst du meine Gestalt, ich dein Aussehen. Dann geh du mit dem Schließer hinaus, und wenn du in Sicherheit bist, zieh den Handschuh wieder ab; so kriegen wir beide wieder unser rechtes Aussehen. Du bist gerettet, und mir werden sie nichts tun.« – »Was sagst du?« fragte der Vater nach einer Pause, immer wie im Traum vor sich hinstierend. Stephan wiederholte seine Bitte, sagte bebend das nämliche zum dritten- und viertenmal – aber der Vater schüttelte finster den Kopf, langsam und stöhnend sagte er: »Geh! laß mich allein!« – Als aber der Jammer und die Angst dem Sohn immer beweglichere Worte eingaben, nahm er ihn in die Arme mit Schluchzen: »Ich denke, mein Stündlein hat geschlagen, und nun soll wieder an mir Sünder ein Wunder geschehen? – In Freiheit soll ich? Frei hätt' ich sterben mögen und lieber den bittersten Tod, aber – nein! Laß mich – bleib noch bei mir ein Weilchen – dann geh. – Ich habe mich schon ganz ergeben.« Nun saß er ruhig, und der Sohn lag in seinem Schoß. – Sie schwiegen einige Augenblicke: »Grüß die Mutter«, sagte Anton in tiefen Gedanken, »und Hannchen und die Fieke – und verzeiht mir, wenn ihr könnt.« Unterdessen hatte Stephan heimlich über des Vaters linke Hand den einen Handschuh gezogen und den andern gewechselt. – »Geh, mein Sohn«, rief er jetzt laut mit des Vaters Stimme, – »leb wohl!« Anton schauerte zusammen – sprang zurück vor seinem eigenen Bilde – stand einen Augenblick – jetzt rannte er nach der Tür zu. »Nu, nu, Kind«, rief der Kerkermeister, ihm entgegengehend, »sachte, du fällst ja« – dann faßte er den falschen Stephan fest bei der Hand, leuchtete in die Höhe mit der Laterne und spähte darunter nach dem Gefangenen hin. Als er sich versichert hatte, daß er unbewegt auf seinem Steine sitze, nahm er den Knaben hinaus, und schreiend und krachend fiel die schwere Gefängnistüre zu.

Zitternd saß nun Stephan allein in dem nächtlichen Kerker. Zuerst dachte er nur mit Bangigkeit und schwankender Hoffnung an den Vater und ob er sich jetzt wohl retten werde. Dann fiel ihm aber auch seine eigene schlimme Lage ein. »Was werd ich den Gerichten sagen, wenn sie mich statt meines Vaters finden?« fragte er sich erschreckend. »Ich muß immer darauf bleiben, daß ich selbst nichts wisse und nicht begreife, wie ich hiehergekommen. Man hält so meinen Vater für einen Hexenmeister, das wird mir zustatten kommen.« Während er hierüber sich besann, fühlte er einen schweren Stich in seinem Gewissen. »Gott! Gott!« rief er aus, »wie einfach ist mein Leben gewesen, ich habe nie mit Wissen gelogen; jetzt komm ich so auf einmal in Täuschung und Trug hinein und liege hier wie in einem wilden, finstern Traum. – Versündige ich mich denn nicht? Wie, wenn der weise Mann und sein Zwerg doch böse Wesen wären und hätten mich nun in ein Netz des Verderbens hineingelockt? Nein, nein! das will ich nicht glauben, das kann nicht sein! Hat mir denn nicht der Zwerg selbst von den Handschuhen abgeraten und nur nachgegeben, als er meine große Angst sah und wie ich nichts wissen wollte, als dem Vater zu helfen? – Und gottlob! ihm ist geholfen. Muß ich auch sterben, so hab ich doch meinen Vater gerettet, und ich büße meine Sünden!« Aber es ward ihm immer trüber und bänger, und er konnte kaum mehr recht denken. »Himmel!« sprach er mit Entsetzen zu sich, »wenn nun der Vater vergäße, den Handschuh abzuziehen, und ich behielte sein Aussehen, und sie kämen, mich zu holen – und führten mich zum Hochgericht – und ich müßte den schrecklichen Tod leiden! Das verdürbe mich und Vater und Mutter und alle.« Er hatte hastig den Handschuh abgezogen, aber er fühlte an sich den Bart und die Gestalt seines Vaters. Er verfiel auf einige Zeit in Betäubung. »Es ist aber auch noch zu früh«, begann er, als er wieder zu sich kam, allein er konnte sich nicht enthalten, alle Augenblicke sich anzufühlen, und immer höher stieg seine Beklommenheit und sein Entsetzen, als er sich immer wieder unverändert fand. »Oh, es ist nur zu gewiß«, rief er in sich, »ich muß sterben. Jetzt fühl ich es, daß es gefährlich ist, sich mit dem geheimen Zauberwesen einzulassen, schrecklich muß ich es erfahren, schrecklich meine Unbesonnenheit büßen!« – Er fing an laut zu weinen und erschrak, als er seine eigenen Jammertöne hörte in der stillen Gefängnisnacht. Dann wurde er etwas ruhiger. Seine Gedanken irrten matt durch die vergangenen Tage. »Ja, jetzt wird mir's klar«, sprach eine Stimme in ihm. »Ich hab es verschuldet. Sünde war es, den Zauberstock zu gebrauchen. Woher hatte ich das Recht! Darf ein Mensch den andern strafen und seinen Vorteil daraus ziehen? Ich habe gestohlen, ich habe geraubt. 's ist für mich keine andere Rettung, als daß ich Buße tu und durch meinen Tod den gerechten Gott bitte, daß er die Verschuldung von mir nehme. O Sabine, Sabine! du hast es wohl gesehen mit deinem reinen Herzen. Oh, bete du für mich! Ich seh dich nicht mehr. Du wirst um mich weinen, auch wenn du nicht weißt –« Er konnte nicht weiter und sank in Ohnmacht. Da er zitternd wiedererwachte, griff er zu wiederholten Malen sich an und hatte noch die Leibesgestalt seines Vaters. Er sank auf die Kniee und faltete die Hände. Auf einmal hörte er Tritte – »Sie kommen, sie kommen!« rief er, »und holen mich armes Kind zum Tod!« Die schwere Türe flog auf, das Laternenlicht blitzte herein, er fiel zurück, und ein alter Geistlicher stieg herab, der den Verbrecher zum Tod vorbereiten sollte. –

Pipi, der Zwerg, saß in seinem Vogelwald auf einem Thron von vielen Vogelnestern, eine große Pfaufeder als Zepter in der Hand, um die Schultern einen Mantel von bunten Federn. Eine Menge Gevögel flatterte um ihn, schlüpfte aus den Büschen, schwebte von den Zweigen. – Viele ließen Klagetöne hören, einige sangen munterer. An dem einen Ende des Wäldchens waren die Zweige zurückgebogen und ein großes Fenster geöffnet, das Sonnenlicht fiel herein; man sah ferne Berge und den weiten Himmel. Eben flatterten einige Vögel hinaus, und andere zogen schon ferne in langen Zeilen dahin im tiefen Blau. »Nun, und ich, und ich? wie? was? wie?« zwitscherten einige Sperlinge und hüpften vor den König Zwerg. »Ihr seid ungelehrige Gesellen«, sprach dieser zu ihnen, »und taugt nicht viel. Aber fliegt gen Osten, bis ihr an einen Hof kommt mit roten Dächern und kleinen Türmlein. Dort lebt ein hochbejahrter Landjunker, der kann nicht viel mehr denken und hat wenig Unterhaltung. Flattert und springt vor ihm herum, verkürzt ihm die Zeit und erheitert ihn durch euer Gezwitscher. – Aber stehlt nicht zu viel Kirschen, und setzt euch nicht groberweise in die Schwalbennester, wie ihr sonst wohl tut.« Er gab ein Zeichen mit seinem Stab, und die Spatzen wälschten durcheinander:

»Herr Pipi, Gott b'hüt --
's wird regnen, schütt, schütt --
Komm mit, komm mit!«

und husch! flogen sie durchs Fenster.

Jetzt setzten sich ein Paar Tauben an Pipis Hals und drehten ihr Köpfchen und sahen ihn fragend an. »Sechzehn Meilen von hier, gegen Süden«, sagte er, »ist ein Schloß in einer Stadt, das werdet ihr an seinen blauen Fahnen erkennen. – Dort wohnt ein Jüngling, und er liebt ein Fräulein, das in einer Burg lebt auf einem grünen Hügel, sieben Stunden von selbiger Stadt. Vor falschen Verwandten müssen sie ihre Liebe verheimlichen, aber ihr sollt hin und her fliegen und ihnen Botendienste tun, wie ich's euch gelehrt.« Er küßte beide, und sie schwebten beide mit ihren schneeweißen Fittichen dahin.

Eine Reihe Störche marschierte in Ordnung auf und präsentierte mit den langen Schnäbeln vor dem König; dann stellten sie sich auf ein Bein und horchten. »Ihr kennt das enge Wiesental«, redete er sie an, »in dem großen Dorf, das dahinter liegt, zanken und hadern die Bauern unaufhörlich; lagert euch auf dem Kirchdach und bringt Fried ins Dorf.« Die Störche nickten mit den Köpfen, erhoben sich gravitätisch, schlugen breit aus mit den langen Flügeln. Ihnen folgte ein Zug Schwalben, die sangen:

»Wir kommen aus der Lehr her in Gesellschaft,
Frau, was macht die Wirtschaft.«

»Das Beste ist schon fort«, sagte der Zwerg, als einige Raben und Krähen vor ihm auf und ab spazierten und sich ungefähr so hören ließen:

»Rab, Rab, hackt das Grab –
Kräh, Kräh, den Schnee!«

»Still!« rief der Zwerg. »Ein Stündlein von dem Weinberg, wo ich euch gefangen, in einem schönen Garten gegen Mittag liegt ein Kloster. Dort sitzt ein gottloser Abt, der viel Böses verübt; alle Freitag nacht fliegt an das Fenster seines Schlafzimmers über seinem Bett, schlagt mit den Flügeln an die Scheiben und laßt euer Krächzen dazu hören, auf daß sein Gewissen erwache.« – »Grab! Grab! Weh! Weh!« schrieen die Vögel und schwirrten durchs Fenster.

»Aber dich, mein Liebling, hab ich für zuletzt aufgespart«,

sagte Pipi zu einer Nachtigall, die aus dem Gebüsch kam und sich auf seine Hand setzte. »In der tiefen, dunkeln Schwertfegergasse ist hinter einem Haus ein kleines Gärtlein mit einem dichten, schattigten Haselbusch. Dort bau dir ein Nest, und in stillen Nächten erhebe deinen süßen, wehmütigen Gesang; denn dort ist ein Mädchen, das wird deines Trostes bedürfen.« Die Nachtigall schwellte ihre zarten Töne immer höher und voller an und ließ sie herabfallen in weichen Trillern. Der Zwerg sah sie traurig an und sprach zu ihrem Gesang also:

»Wenn du hebest deine Laute,
Deine reinen, friedereichen,
Weiß ich, Nachtigall, du Traute,
Gar nichts andrem zu vergleichen
Dieses Steigen, dieses Fließen
Von den Tönen,
Als dem süßen
Liebessehnen.

Wenn du senkest deine Klagen,
Deine bangen, schmerzensreichen,
Nachtigall, so muß ich sagen:
Einzig ist es zu vergleichen,
Dieses Träufeln und Zerfließen
Von den Tönen,
Bittersüßen
Liebestränen.«

Jetzt schwebte auch die Nachtigall zum Fenster hinaus. – Der Zwerg sah ihr nach. Sein Federmantel, sein bunter Zepter entfiel ihm, und die Nester seines Throns zerstoben, der ganze Wald verwehte. Er stand in seiner gewöhnlichen Kleidung vor einem großen Spiegel und sah aufmerksam hinein. Plötzlich drückte sein Gesicht großen Schrecken aus, er rannte hin und her, bald war er im Kabinett, bald im Lampensaal, und um ihn verwandelte sich die Mauer. »Geholfen muß werden«, rief er endlich, »hilf, Albano! hilf, Herr!« und stürmte einen Kasten. Wie eine Katze kletterte er an ihm hinauf und riß an den Flügeltüren. Sie sprangen auf, Nebel umgab ihn, er zerrte einen großen Sack heraus; daraus fielen Pergamentblätter, Instrumente, Kleider. – Er griff hastig nach einer weißen Mütze und noch einigem. Jetzt setzte er mit einem frohen Blick die Mütze auf, er war unsichtbar, und ein großer goldener Schlüssel schwebte durch die Gemächer zur Türe des langen Saals hinaus.

Seit einigen Jahren hatte sich manches in der Schwertfegergasse verändert. Die meisten Leute darin waren jetzt viel besser gekleidet, und ihre Gesichter zeigten nicht mehr die sonstige Armut. Besonders hatte auch der Messerschmied Siegfried, der schon durch seine schöne Tochter Sabine berühmt war, ein hübsches, kleines Haus gebaut, dessen Regelmäßigkeit sehr gegen die Gasse abstach. In dem zierlichen Warengewölbe dieses Hauses stand er eines Abends mit einem reichen, jungen Kaufmann. »Seid versichert«, sagte er zu dem jungen Mann, »daß es mir selbst am meisten leid ist; und meine Frau glaubt noch immer, es müsse sein. So hat das Mädchen bald ein Dutzend, meist gar annehmliche Anträge ausgeschlagen und beraubt uns der Hoffnung, sie glücklich versorgt zu sehen und Enkel zu erleben, ohne daß dem etwas anderes als sie selbst entgegensteht. Aber Euch darf ich's wohl sagen, Ihr seid ein gesetzter, verständiger Mann; an dem allen ist nur der Sohn des braunen Antons schuld, der ihr im Sinn liegt.« – »Des braunen Antons?« fragte der junge Mann. »Ist's möglich«, erwiderte der Messerschmied, »daß Ihr von dem nichts wüßtet? Ist doch alle Welt voll von seiner Geschichte, und um seinetwillen ist auch unsere Gasse, die doch jetzt schön emporkommt, immer noch so verrufen.« – »Ist das vielleicht«, besann sich der Kaufmann, »der Schuhflicker, der vor mehreren Jahren im nächsten Dorf verbrannte?« – »Derselbe«, antwortete Siegfried. »Er war arm und leichtsinnig und dem Untergang nahe. Auf einmal werden mehrere

Arme in unserem Viertel beschenkt; man weiß nicht woher. Einige wollen den Sohn des Schuhflickers dabei gesehen haben. – Anton selbst erzählt, er habe einen reichen Vetter beerbt, verteilt Geld in der ganzen Gasse, gibt einen allgemeinen Schmaus. An selbem Tage ersticht er den Viertelsrichter, er wird eingesetzt; des andern Abends ist er aus seinem festen Gefängnis entschwunden. Indessen war im benachbarten Dorf, wo ein großes Kirchweihfest war gefeiert worden, eine schreckliche Feuersbrunst ausgekommen. Unterm Löschen erkennen Leute von hier den braunen Anton. Er war bald da, bald dort, half ausräumen, abbrechen, spritzen, rettete Menschen und Vieh und drang überall in die gefährlichsten Stellen ein, wo das Feuer am wütendsten brauste. Nachdem der ungeheure Brand gelöscht ist, findet man seine halbverbrannte Leiche in den Trümmern eines eingestürzten Hauses. Doch erkannte man ihn noch deutlich; aber die Dörfer wirkten es vom König aus, daß er, obgleich ein schon zum Tod verurteilter Verbrecher, auf ihrem Kirchhof ein ehrliches Begräbnis erhielt, weil er in der Rettung vieler sein Leben aufgeopfert hatte. Doch wurden die Frau und Töchter des Schuhflickers zur Untersuchung gezogen; man brachte aber von ihnen über das Entkommen des Mannes ebensowenig heraus als von dem alten, vertrauten Gefängniswärter, der nichts gestand, als daß er den Sohn zum Delinquenten eingelassen, ihn aber wieder herausgeführt habe, während der Vater, wie er beschwur, im Kerker blieb. Ebender Sohn aber, namens Stephan, einige Jahre älter als meine Sabine (und die Kinder waren immer zusammen), verschwand am gleichen Tage mit dem Vater und ist seitdem nicht gesehen worden. Zwar behaupten einige Bauern, daß sie ihn, noch während jener Feuersbrunst, mit einem kleinen nebligen Männlein am Berg hinlaufen gesehen; andere wollen wissen, er habe sich mit dem Vater dem Teufel ergeben, und der sei mit beiden nachts übers Dorf weggeflogen; eine Bäuerin, der ein Rind von der Waldweide sich verlaufen und die beim Suchen im großen Buchenwald sich verirrt hat, erzählt auch, sie habe diesen Stephan von einer Stätte aus, wo sie sonst nie gewesen und die sie nicht mehr finden könne, auf einem Felsen stehen und neben einem großen weißen Mann in einer langen Papierrolle lesen sehen; aber das sind abergläubische Gerüchte. Genug, die Mutter, die mit den Töchtern in jenem Dorfe lebt, weiß selbst nichts von ihrem Sohn. Aber diese manchmal zu besuchen ist die einzige Freude meiner Sabine. Des Tags arbeitet das Mädchen fleißig, spricht aber gewöhnlich kein Wort; und diesen Sommer sitzt sie oft halbe Nächte im Garten und hört einer Nachtigall zu, und dann phantasiert sie von dem Stephan und spricht seltsamerweise auch von einem weißen Mann. Redet aber jemand davon, daß Anton und sein Sohn sich dem Bösen möchten verschrieben haben, so weint sie bitterlich und wirft den Leuten Undankbarkeit vor in gar beweglichen Worten, da ja die ganze Straße jenen ihr Glück verdanke. Darin hat sie recht, und ich weiß oft selbst nicht, was ich denken soll.«

Der Kaufmann, der mit bedenklichem, halb ungläubigem Kopfschütteln zugehört hatte, nahm jetzt von Siegfried traurig Abschied. Während dieser ihm nachblickend gedankenvoll aus der Ladentüre ging, kam die Gasse herab ein schlanker Jüngling, einfach, aber edel gekleidet. In glänzenden blonden Ringeln lag sein Haar um die hohe Stirne und auf dem schwarzen Kleide, das er trug; sein helles, feuriges Auge war auf den Messerschmied und dessen Haus gerichtet. Jetzt trat aus diesem eine liebliche Jungfrau, welcher ihre bleichen Wangen und das Schwermütige ihrer Züge, dessen Eindruck die dunkeln Augenbraunen und die schwarzen Locken erhöhten, etwas Rührendes und Scheueinflößendes gaben. Als der Jüngling sie erblickte, stand er betroffen und errötend still, dann ging er rascher auf sie zu. – Sie schlug ihr schwarzes, dunkelklares Auge auf. Wie Träumende standen sich die beiden gegenüber – das Mädchen bebte und wankte – »Sabine!« rief er. »Stephan!« flüsterte sie zagend, und sie lagen sich in den Armen, und der Goldglanz der Abendsonne verklärte ihre Häupter, die aneinanderruhten.

Wieder einmal erklangen die Domglocken und schwangen ihre lauten Töne durch die Luft an einem sonnigen Vormittag. Aus allen Straßen lief das Volk auf den Domplatz zusammen und schien etwas Festliches zu erwarten. Da hörte man vielerlei Stimmen. »Ist es denn wirklich der Stephan, des braunen Antons Sohn, von dem man gesagt, er habe sich dem Gott-sei-bei-uns verschrieben?« fragte ein Mann. – »Ja, der Stephan ist's, und jetzt ist er ein großer Herr«, antwortete ihm mit wichtiger Miene und gellender Stimme die Eibischmargaret, »das waren aber dumme Leute, die so was gesagt haben. Das hab ich immer gesagt, und er ist ein alter, guter Freund von mir und ist ein bildschöner Herr geworden; heute morgen erst hat er mit mir gesprochen. ›Margret‹, hat er gesagt –« – »Sollt' es Grund haben«, unterbrach sie der Mann, »daß er mit dem König gesprochen hat?« – »Freilich hat er das«, rief ein Dritter dazwischen, »ganze sechsthalb Stunden, das weiß alle Welt, aber was er mit dem König gered't hat, das weiß kein Mensch; denn es war sonst keine Seele dabei.« – »Etwas weiß man wohl«, fiel ein Nahestehender ein, »daß ihm nämlich der König den Adel angetragen hat; er hat's aber ausgeschlagen.« – »So viel ist öffentlich und gewiß«, nahm wieder die Eibischmargaret das Wort, »daß er zum Direktor gemacht ist über alle Armenhäuser, Hospitäler, Waisenhäuser und Wohltätigkeitsanstalten im ganzen Lande.« – »Und was hat er für einen Titel?« fragte ein Lohnbedienter. »Ja, man hat ihn wollen«, antwortete ein Student, »zum Ptochotrophiarchen ernennen! Er hat sich aber nur ausgebeten, der Armenanwalt zu heißen.« – »Ja, so heißt er«, sagte ein anderer, »darum speist er auch heute, an seiner Hochzeit, dreihundert Arme und verteilt Geld und Kleider und Hausgerät.« – »Daß dich, daß dich«, hustete der Kässtecher Luchs, »der Stephan, den ich so gut gekannt habe, der bettelhafte Bube! Wo der nun inzwischen sein Glück gemacht hat?« – »Darüber«, meinte einer, »gehen viele Gerüchte. Er soll einen Schatz gehoben haben.« – »Ja«, sagte eine Bilderhändlerin, »einige sagen, ein weißer

Zwerg, andere, ein weißer Riese habe ihm Goldhaufen gebracht.« – »He, Leute, wer stoßt an meinen Zopf?« schrie der Schulmeister Prägel. »Ist das nicht ein mörderliches Gedränge! Aber ich muß ihn sehen; denn bei mir hat er's Lesen gelernt.« – »Warum kopuliert Ihr ihn nicht auch?« fragte eine kniffige Stimme. – »Nä«, antwortete Prägel ernsthaft, »das tut ja der Professor und Frühprediger Amandus, den ich auch als armen Studiosum gekannt habe, da er noch in meiner Gasse wohnte.« – »Sie kommen! Sie kommen!« rief jetzt alles, und unter feierlicher Musik nahte der schön geschmückte Zug. »Ach! du mein Himmel«, rief eine Öbstlerin und stellte ihren Korb hin, »das ist ein Paar! Recht wie Adam und Eva im Paradies!« – »Seht!« zeigte ihr Margaret, »das ist seine Mutter, der Kummer hat das gute Weib blaß gefärbt, aber heute sieht sie doch gut aus. Das sind seine Schwestern. Nun, die Fieke ist auch ein schmuckes Mädchen! – Was der Meister Siegfried für ein ernsthaftes Gesicht macht! Das Vergnügen scheint aber dennoch durch. Und die Brautmutter, die steigt ja wie eine Prinzeß unter ihrer großen Spitzhaube einher.«

Jetzt strömte alles zur Kirche. Die zwei schönen Gestalten standen mit gesenkten Häuptern und hochroten Wangen vor dem Altar. – Der ehemalige Student hielt eine rührende Rede über die wunderbaren Fügungen Gottes und wie aus dem Verborgenen sein Segen wachse. Dann weihte und segnete er den Liebesbund. – Als der Zug wieder aus der Kirche ging, rief das Volk mit lautem Jubel: »Heil dem Armenanwalt! Es lebe der Armenanwalt und seine schöne Braut!« Ein großes Fest ward gefeiert. –

Lang lebte der Ruf des Armenanwalts im Munde aller im ganzen Land. Tausend Dürftige und Leidende priesen und segneten ihn und seine gleichgesinnte, fromme Hausfrau. Als er in hohem Alter, nachdem er noch viele milde Stiftungen gemacht, in die selige Ewigkeit verschied, sank das ganze Land in Trauer; Arme trugen ihn hinaus, und Unzählige weinten heiße Tränen auf sein Grab. Als bald darauf auch seine treue Ehefrau ihm nachfolgte, ließ der König ihnen ein Grabmal hauen mit schöner Inschrift, und Arme pflanzten immer frische Blumen um ihre Gruft. Noch jetzt wird alljährlich im Hause des längst verstorbenen Armenanwalts Stephan an seinem Geburts-, Hochzeits- und Todestage Brot und Wein den Armen von seinen Enkeln ausgeteilt.

Der Sklave hatte geendet, und seine Erzählung erhielt den Beifall des Scheik und seiner Freunde. Aber auch durch diese Erzählung wollte sich die Stirne des Scheik nicht entwölken lassen, er war und blieb ernst und tiefsinnig wie zuvor, und die jungen Leute bemitleideten ihn.

»Und doch«, sprach der junge Kaufmann, »und doch kann ich nicht begreifen, wie der Scheik sich an einem solchen Tage Märchen erzählen lassen mag, und zwar von seinen Sklaven. Ich für meinen Teil, hätte ich einen solchen Kummer, so würde ich lieber hinausreiten in den Wald und mich setzen, wo es recht dunkel und einsam ist, aber auf keinen Fall dieses Geräusch von Bekannten und Unbekannten um mich versammeln.«

»Der Weise«, antwortete der alte Mann, »der Weise läßt sich von seinem Kummer nie so überwältigen, daß er ihm völlig unterliegt. Er wird ernst, er wird tiefsinnig sein, er wird aber nicht laut klagen oder verzweifeln. Warum also, wenn es in deinem Innern dunkel und traurig aussieht, warum noch überdies die Schatten dunkler Zedern suchen? Ihr Schatten fällt durch das Auge in dein Herz und macht es noch dunkler. An die Sonne mußt du gehen, an den warmen, lichten Tag, für was du trauerst, und mit der Klarheit des Tages, mit der Wärme des Lichtes wird dir die Gewißheit aufgehen, daß Allahs Liebe über dir ist, erwärmend und ewig wie seine Sonne.«

»Ihr habt wahr gesprochen«, setzte der Schreiber hinzu, »und geziemt es nicht einem weisen Mann, dem seine Umgebungen zu Gebot stehen, daß er an einem solchen Tage die

Schatten des Grams so weit als möglich entferne? Soll er zum Getränke seine Zuflucht nehmen oder Opium speisen, um den Schmerz zu vergessen? Ich bleibe dabei, es ist die anständigste Unterhaltung in Leid und Freude, sich erzählen zu lassen, und der Scheik hat ganz recht.«

»Gut«, erwiderte der junge Kaufmann; »aber hat er nicht Vorleser, nicht Freunde genug; warum müssen es gerade diese Sklaven sein, die erzählen?«

»Diese Sklaven, lieber Herr«, sagte der Alte, »sind vermutlich durch allerlei Unglück in Sklaverei geraten und sind nicht gerade so ungebildete Leute, wie Ihr wohl gesehen habt, von welchen man sich nicht könnte erzählen lassen. Überdies stammen sie von allerlei Ländern und Völkern, und es ist zu erwarten, daß sie bei sich zu Hause irgend etwas Merkwürdiges gehört oder gesehen, das sie nun zu erzählen wissen. Einen noch schöneren Grund, den mir einst ein Freund des Scheik sagte, will ich Euch wiedergeben: Diese Leute waren bis jetzt in seinem Hause als Sklaven; hatten sie auch keine schwere Arbeit zu verrichten, so war es doch immer Arbeit, zu der sie gezwungen waren, und mächtig der Unterschied zwischen ihnen und freien Leuten. Sie durften sich, wie es Sitte ist, dem Scheik nicht anders als mit den Zeichen der Unterwürfigkeit nähern. Sie durften nicht zu ihm reden, außer er fragte sie, und ihre Rede mußte kurz sein. Heute sind sie frei; und ihr erstes Geschäft als freie Leute ist, in großer Gesellschaft und vor ihrem bisherigen Herrn lange und offen sprechen zu dürfen. Sie fühlen sich nicht wenig geehrt dadurch, und ihre unverhoffte Freilassung wird ihnen dadurch nur um so werter.«

»Siehe«, unterbrach ihn der Schreiber, »dort steht der vierte Sklave auf; der Aufseher hat ihm wohl schon das Zeichen gegeben, lasset uns niedersitzen und hören.«

Der gebackene Kopf

»Herr!« fing der vierte der Sklaven zu erzählen an, »als ich noch in Stambul verweilte, begab sich daselbst folgende sonderbare Geschichte. Als der jetzige Sultan, den Allah beschützen möge, den Thron seiner Väter bestieg, fand er, daß unter den früheren Regierungen mancher gute Gebrauch abgekommen war und dafür andere Sitten in Schwung kamen, die eigentlich von den Ungläubigen herrühren. Der Sultan, ein guter Muselmann und ein Schild des Glaubens, hielt es für seine Pflicht, nach dem einfacheren Sinn der früheren Beherrscher der Erde zu tun und zu regieren, wie es einem echten Muselmann geziemt. So geschah es, daß er selbst eine Sitte wieder aufnahm, die beinahe gänzlich verschwunden war, nämlich die Sitte, verkleidet die Stadt zu durchwandern und zu schauen, ob alles so geschehen sei, wie er befohlen, und zu hören, wie seine Untertanen von ihm denken. Aber um unerkannt und sicher zu gehen, wählte er nicht nur so behutsam als möglich seine Verkleidung, sondern er gebrauchte auch alle mögliche Vorsicht, sein Geheimnis nur solchen Leuten anzuvertrauen, auf die er gewiß rechnen konnte; auch erfand er selbst allerlei geheime Entwürfe, um nicht erkannt zu werden.

Vor kurzer Zeit entstand große Unruhe in der Türkei, man war unzufrieden mit manchen Maßregeln der Regierung, und es war an dem, daß in Stambul selbst ein Aufruhr ausbrach. Der Sultan war daher bemüht, die Gesinnung der Leute so sorgfältig als möglich kennenzulernen, und wie er vorsichtig war in seinem Geheimnis, ersann er diesmal einen

Anzug, in welchem ihn niemand, nicht einmal seine nächsten Umgebungen, kennen sollten.

Er pflegte zu diesem Zweck nach verschiedenen Schneidern zu verschiedenen Zeiten und an verschiedenen Orten zu schicken, um die Anzüge für ihn machen zu lassen. Und diesmal befahl er seinem Leibsklaven Mansuri, ihm einen Schneider, der schlecht und unberühmt wäre, und zwar, um sicherer zu sein, um Mitternacht zu suchen, damit er ihm seinen Willen kundtue wegen des Anzuges.

Der Leibsklave Mansuri machte sein Walch-Ustum (bei meinem Haupte sei es) in tiefster Demut und ging, die Befehle seines Herrn zu vollbringen.

Neben dem Tore des Bezesten oder Kleidertrödlers bemerkte er einen alten Mann in einer Bude, die so eng war, daß er sich nur mit Mühe darin umwenden konnte; er war damit beschäftigt, einen alten Mantel zu flicken. Von langer Arbeit war sein Rücken auf den Tisch, an dem er arbeitete, heruntergekrümmt, und seinen Augen schien dieser Fleiß schlecht bekommen zu sein, denn ein Paar großer Brillengläser waren auf seine Nase geklemmt. »Ha! das ist gerade ein Mann, wie ich ihn nötig habe«, sprach bei sich der Sklave, »ich wollte wetten, der kann nicht berühmt sein.« Der Mann aber war mit seiner Flickerei so beschäftigt, daß er es nicht beachtete, als Mansuri zu ihm sprach: »Friede sei mit Euch«; und als er aufsah und den schön gekleideten Herrn erblickte, der, wie er glaubte, gerade eben gesprochen hatte, so setzte er ruhig seine Arbeit fort und erwiderte nicht einmal das gewöhnliche Wort auf den Friedensgruß; denn wie konnte er sich auch einbilden, daß dieser Gruß einem so ärmlichen Kerl, als er war, gelten könnte?

Endlich aber, da er bemerkte, daß doch er von dem Herrn betrachtet werde, so nahm er die Brille von der Nase, legte sein Flickwerk auf die Seite und wollte eben mit Mühe sich auf seine Beine stellen, als jener ihn verhinderte und bat, sich durchaus nicht stören zu lassen.

»Wie heißt Ihr?« fragte Mansuri.

»Abdallah«, erwiderte der Schneider, »Abdallah, aufzuwarten; jedoch meine Freunde und überhaupt die Leute nennen mich Babadul.«

»Ihr seid ein Schneider, nicht wahr?« fuhr der Sklave fort.

»Ja«, erwiderte jener, »ich bin ein Schneider; ebensogut als der Muezzin nächst der kleinen Moschee auf dem Fischmarkte. Was weiter?«

»Nun, Babadul«, sagte Mansuri, »wollet Ihr etwas verdienen, etwas Tüchtiges verdienen?«

»Wie? Bin ich ein Narr«, rief der Alte, »daß ich es nicht wollte? Sagt an, wie? wo?«

»Ruhig, ruhig, mein Freund!« entgegnete der Sklave. »Wir müssen sachte und sicher gehen. Wollet Ihr Euch um Mitternacht die Augen verbinden und Euch dahin führen lassen, wohin ich will, wenn Ihr dadurch etwas Tüchtiges verdienen könnt?«

»Ja, das ist ein ander Ding!« sagte Babadul bedächtlich; »die Zeiten sind jetzt bedenklich; es fliegen Köpfe links, Köpfe rechts, ein armseliger Schneiderkopf ist ebenso leicht abzutun als der eines Kapudanpascha oder Wesir. Doch wenn Ihr gut bezahlt, ich glaube, ich hätte das Herz, für zwei Alis, dem Argen selbst, Rock und Hosen zu machen.«

»Ihr schlaget also ein?« sagte Mansuri, indem er ihm zugleich zwei Goldstücke in die Hand drückte.

»Die Hand darauf«, erwiderte Babadul, »ich schlage ein; sagt mir nur, was ich tun soll; und – auf mich könnet Ihr Euch verlassen.« Sie verabredeten, daß Mansuri um Mitternacht in die Bude kommen und ihn mit verbundenen Augen hinwegführen sollte.

Als Babadul allein war, nahm er seine Arbeit wieder zur Hand und dachte, was doch das sein könnte, woran er etwas Tüchtiges verdienen sollte. Und weil es ihn drängte, seinem Weibe sein gutes Glück mitzuteilen, schloß er früher als gewöhnlich seine Bude und ging in sein Haus, das unweit der kleinen Moschee auf dem Fischmarkt lag; er selbst war Muezzin der Moschee.

Sein Weib, die alte Dilfrib, war beinahe ebenso erstaunt wie ihr Mann über das unverhoffte Glück; und auf die zwei Goldstücke hin und in Erwartung dessen, was erst noch kommen sollte, tischten sie sich eine Schüssel voll rauchender Kabobs, einen Salat, getrocknete Weinbeeren und Süßigkeiten auf; nachher nahmen sie Kaffee zu sich, so heiß und bitter ihn nur immer die Alte machen konnte.

Wie man übereingekommen war, fand sich Babadul um Mitternacht in seiner Bude ein, wo ihn ebenso pünktlich Mansuri abholte. Ohne ein Wort zu sprechen, ließ sich der Alte die Augen verbinden; der Sklave nahm ihn bei der Hand, führte ihn durch viele Umwege und erreichte endlich das Serail des Sultan. Hier verweilten sie nur so lange, bis Mansuri das geheime Pförtchen von Eisen geöffnet hatte, und nun führte er den Schneider in die innersten Teile der Gemächer des Sultans. In einem dunkeln Zimmer wurde ihm die Binde von den Augen genommen; es war nur sparsam erhellt durch eine Lampe, die auf dem Gesims stand, das rings um die Wände lief; sonst war das Zimmer mit Sofas von reichem Goldstoff und mit köstlichen Teppichen ausgerüstet. Hier erhielt Babadul den Befehl, sich zu setzen, bis Mansuri wieder zurückkam mit einem Bündel, in ein Tuch eingeschlagen. Als das Bündel geöffnet wurde, zeigte sich eine Art von Derwischhabit, und Mansuri sagte ihm, er solle ihn betrachten, um zu bestimmen, in welcher Zeit er einen ähnlichen fertigmachen könnte. Dann sollte er ihn wieder gehörig in das Tuch einschlagen und zurückgeben; er selbst werde bald wieder zurückkommen und ihn abholen. So sprach Mansuri und verließ ihn.

Nachdem der Schneider den Anzug hin und her gedreht, Stich für Stich berechnet hatte und zu einem Schluß gekommen war, legte er ihn wieder in das Tuch, wie er geheißen worden war; doch kaum war er damit fertig, als ein Mann, majestätisch und erhaben in seinem Gang und Wesen, dessen hoher Blick den armen Schneider zittern machte, in das Zimmer schritt, das Bündel aufhob und wegging, ohne ein Wort zu sagen.

Wenige Augenblicke nachher, als Babadul noch nachdachte, wie sonderbar dies alles sei, und sich nachgerade von seinem Zittern erholte, tat sich eine Türe an einer anderen Seite des Zimmers auf, und eine geheimnisvolle Gestalt, reichgekleidet, trat ein; sie trug ein Bündel, in ein ähnliches Tuch geschlagen und etwa von derselben Größe wie das, welches der Majestätische hinweggenommen, machte vor dem Schneider eine tiefe, tiefe Verbeugung, schien in großer Verlegenheit, näherte sich, legte das Bündel zu seinen Füßen nieder, küßte den Boden, ging ebenso wieder zurück ohne ein Wörtchen zu sprechen, ja, ohne nur den Blick zu erheben.

»He!« sprach Babadul bei sich; »recht artig sieht das alles aus, und ich stelle wohl eine gewaltig hohe Person vor; aber sicher ist's, daß ich lieber alte Mäntel in meiner Bude flikken möchte, als einen solchen Schnitt zu machen, so groß und einträglich er auch sei. Wer weiß, wozu man mich hier braucht? Das Hereinfahren und Abfahren dieser absonderlichen Leute, die keine Zungen in ihren Köpfen haben mögen, verspricht nichts Gutes. Ich wollte, sie machten weniger Bücklinge und mehr Worte, daß man doch auch wüßte, wo hinaus? Man hat mir von armen Weibern erzählt, die man in Säcke eingenäht und elendiglich ins Meer geworfen hat. Wer weiß, ob ich nicht eine solche Näherei machen soll?«

So weit war er in seinem Selbstgespräch, als Mansuri wieder ins Zimmer kam und ihm nichts sagte als, er solle das Bündel aufheben. Dies getan, wurden ihm wieder die Augen verbunden, und man brachte ihn in die Bude, woher man ihn abgeholt hatte. Babadul tat, wie sie ausgemacht hatten, keine Frage, sondern versprach dem Sklaven, daß in drei Tagen der Anzug in der Bude fertig liegen sollte, wofür er noch zehn Goldstücke mehr bekommen würde.

Nachdem sein Begleiter ihn verlassen hatte, ging er in Eile nach Hause, wo, wie er wußte, sein Weib ungeduldig auf ihn wartete; er wünschte sich unter dem Weitergehen Glück, daß er endlich einen rechten Schnitt machen könnte und daß noch in seinen alten Tagen sein Schicksal eine so günstige Wendung genommen. Es mochte zwei Uhr des Morgens sein, als er auf seine Schwelle trat.

Seine Frau empfing ihn mit den Ausdrücken großer Ungeduld, und als er ihr nun das Bündel vor ihr Gesicht hielt, wie sie die Lampe vor sein Gesicht, und sprach: »Mujdeh! gib mir Lohn, denn ich bringe gute Kunde; siehe, ich habe mein Geschäft erhalten, und wenn ich fertig bin, so werden wir schön bezahlt –«, da war sie voll Lächeln und guter Dinge.

»Laß das Bündel liegen bis morgen, und laß uns jetzt zu Bette gehen, es ist spät!« sagte der Schneider.

»Nein, nein«, erwiderte die Frau, »ich muß zuvor sehen, was du zu arbeiten bekommen hast, oder die Neugierde läßt mich kein Auge zutun.« Und so öffnete sie das Bündel, während er die Lampe hielt. Aber – man denke sich den Schrecken des Schneiders und seiner Frau, als sie statt eines vollständigen Anzugs in ein Tuch gewickelt im schrecklichsten, widerlichsten Zustande – einen Menschenkopf entdeckten!

Er entgleitete der Frau aus der Hand und kollerte einige Schritte hin, indem die beiden, vom Schrecken niedergedonnert, das Gesicht mit beiden Händen bedeckten und sich dann gegenseitig mit Blicken anschauten, die niemand beschreiben kann.

»Arbeit!« rief das Weib. »Arbeit! ha! schöne Arbeit hast du gemacht. War es nötig, so weit zu gehen und so sich vorzusehen, um dieses Unheil über unsere Häupter zu bringen? Bringst du den Totenkopf da nach Hause, um einen Anzug daraus zu schneiden?«

»Anna senna! Baba senna! Fluch seiner Mutter, Fluch seinem Vater!« so rief der arme Schneider aus, »mich also in den Kot zu setzen! Ahnete es nicht mein Herz, als dieser Hund von einem Sklaven mir von Augenverbinden und Stillschweigen schwatzte? Ich dachte, so wahr ich ein Muselmann bin, daran, daß der Schnitt, den ich machen solle, einen

Anzug betreffe, und wahr genug hat mir der Hundesohn einen Kopf aufgehängt! Allah! Allah! Was nun anfangen? Den Weg nach seiner Wohnung weiß ich nicht, sonst wollte ich ihn zurücktragen und ihm den Kopf an die Stirne werfen. Ach! wir können den Bostandschi Baschi und hundert andere Baschi alle Augenblicke hier haben und dann das Blutgeld zahlen müssen oder, Gott weiß, gehangen, ersäuft oder aufgespießt werden! Was beginnen? Ach, Dilfrib, meine Seele, sprich?«

»Was tun, du Tropf?« sagte sein Weib; »den Kopf loswerden, das sollen wir beginnen; ich weiß nicht, warum wir uns allein damit anführen lassen sollen?«

»Aber der Tag wird bald anbrechen«, erwiderte der Schneider, »und dann ist's zu spät. Jetzt gleich müssen wir einen Entschluß fassen!«

»Mir fällt was ein«, sagte die Alte. »Jetzt eben heizt unser Nachbar, der Bäcker Hassan, seinen Ofen und fängt bald darauf an, das Brot für seine Frühkunden zu backen. Er hat oft allerlei Sachen aus den Häusern der Nachbarschaft zu backen, die man in der Nacht neben sein Ofenloch setzt. Stecke ich nun den Kopf in einen von den irdenen Töpfen hier und sende ihn zum Backen hin, so bekommt es niemand heraus, bis es geschehen ist, und dann brauchen wir ja nur nicht hinzuschicken, und der Kopf – bleibt in des Bäckers Händen.«

Babadul bewunderte den Witz seines Weibes, und sogleich machten sie sich an die Arbeit. Als der Kopf in der Bratpfanne lag, paßten sie einen Augenblick ab, wo niemand in der Nähe war, und setzten die Pfanne auf die Erde in eine Reihe mit den andern Dingen, die in Hassans Ofen kommen sollten. Das alte Paar verrammelte dann doppelt die Haustüre und legte sich nieder, und sie freuten sich, noch die schönen Tücher erobert zu haben, worein der Kopf gewickelt gewesen war.

Hassan, der Bäcker, und sein Sohn Mahmud waren eben im Begriff, den Ofen zu heizen, und schoben haufenweise dürre Dornen, Späne und altes Holz hinein, als sie auf das wunderliche Wimmern und Bellen eines Hundes aufmerksam wurden. Es war dies ein Hund aus der Nachbarschaft, der wegen der kleinen Brotbissen, welche hie und da abfielen, sich gewöhnlich beim Ofen einfand und den Hassan und sein Sohn gerne leiden mochten.

»Sieh einmal nach, Mahmud«, sprach der Vater zum Sohn. »Schau, was mit dem Hunde ist! Was wittert er nur Besonderes?«

Der Sohn tat, wie der Vater befahl; da er aber nichts Besonderes sah, sagte er: »Bir chey yock, es ist nichts«, und jagte ihn hinweg.

Doch das Heulen und Bellen hörte nicht auf; drum ging Hassan selbst hin und sah, wie der Hund vor der Schüssel des Schneiders stand und unaufhörlich daran schnupperte und hinaufsah. Er sprang auf Hassan, dann an den Topf, dann wieder auf Hassan, bis endlich dieser nicht länger im Zweifel war, daß der Inhalt des Topfes ihn sehr interessiere. Er nahm daher behutsam den Deckel ab – aber – man denke sich sein Entsetzen und Erstaunen, als ein menschlicher Kopf daraus hervorguckte und ihn gerade ins Gesicht anstarrte.

»Allah! Allah!« rief der Bäcker; doch er war ein Mann von starkem Mute, und statt ihn fallen zu lassen, wie die meisten Leute getan hätten, legte er den Deckel ruhig wieder darauf und winkte seinem Sohn.

»Mahmud«, sagte er, »das ist eine schlechte Welt, und böse Menschen gibt es darin. Da hat irgendein gottloser Ungläubiger einen Kopf, einen Menschenkopf, zum Backen geschickt; aber dank unserem Glück und dem Hunde, unser Ofen ist nicht verunreinigt worden, und wir können so gut wie immer unser Brot mit reinen Händen und gutem Gewissen backen. Aber da nun einmal der böse Feind sein Spiel damit hat, so sollen andere Leute so gut als wir von dem Kopfe besucht werden. Wenn es auskömmt, daß wir einen toten Menschenkopf gebacken, wer wird je wieder unser Kunde sein? Wir müssen Hungers sterben; denn wir dürfen nur gerade den Ofen zumachen. Werden wir nicht in den Ruf kommen, daß wir den Teig mit Menschenfett anrühren, und findet man ja einmal ein Haar, wird es nicht gleich heißen: ›Das ist aus des toten Mannes Bart.‹«

Mahmud, ein junger Mann von zwanzig Jahren, der seines Vaters kalten, starken Mut geerbt hatte und mit gutem Mutterwitz versehen war, sah den Zufall als einen köstlichen Spaß an und brach in lautes Gelächter aus, als er das gräßliche Bild sah, das der Kopf, umgeben von dem Rahmen der irdenen Schüssel, bildete.

»Wisset Ihr was, Vater?« sagte der Jüngling, »wir wollen ihn gegenüber in Kior Alis Barbierstube schaffen; er steht wohl eben auf, und da er auf einem Auge blind ist, wird er um so weniger sehen. Laßt mich machen, Vater; kein Hund soll mich entdecken, und zwar jetzt gleich muß es geschehen, ehe es heller wird.«

Der Vater willigte ein, und Mahmud lauerte auf den Augenblick, wo der Barbier gewöhnlich in die Straße herauszugehen pflegte, um Morgenluft zu schöpfen, ging in die Barbierstube und steckte den Kopf auf einen eisernen Haken an der Wand, band ihm einige Servietten zum Rasieren um, daß er aussah wie ein Kunde, der eben rasiert werden wollte, und voll Schadenfreude ging er zum Ofen zurück, um zu beobachten, welche Wirkung der sonderbare Kunde auf den blinden Barbier machen werde.

Kior Ali hinkte in seine Bude, die von dem ungewissen Morgenlicht, das sparsam durch das Ölpapier der Fenster drang, schlecht erhellt war; er sah sich um und erblickte die Gestalt, die, wie er glaubte, gegen die Wand gelehnt saß und darauf wartete, geschoren zu werden.

»Ah! Friede sei mit Euch!« sagte er zu ihm; »Ihr seid heute früh auf den Beinen; ich sah Euch nicht gleich. Mein Wasser ist noch nicht im Kochen. Ei, wie ich bemerke, wollet Ihr auch den Kopf geschoren haben? Aber warum habt Ihr die Nachtmütze so bald abgetan; gebt acht, Ihr werdet Euch erkälten.«

Er hielt inne; der Kunde entgegnete – nichts. »Keine Antwort«, sprach der Barbier zu sich; »nun, vielleicht ist er stumm und am Ende dazu noch taub; ich bin auch halbblind, so sind wir einander ähnlich; doch«, fuhr er fort, indem er sich wieder an den Kopf wandte, »doch sollte ich auch mein anderes Auge verlieren, so wollte ich, mein alter Herr Vetter, Euch dennoch barbieren; denn meine Rasiermesser würden ebenso glatt über Euren Kopf hinziehen, als ein Zug guten Weins meine Kehle hinuntergleitet.«

Nun fing er an, nach seiner Gewohnheit seine Vorbereitungen zu machen; er nahm sein zinnernes Rasierbecken vom Nagel herab, schäumte seine Seife, strich dann sein Messer auf dem langen Riemen hin und her, den er am Gürtel hängen hatte, rieb dann nochmals den Schaum, und nun ging er auf den tauben Kunden los, das Becken in der Linken haltend, während er die Rechte ausstreckte, den Schädel mit Wasser zu bestreichen. Doch er hatte kaum seine Hand auf den kalten Kopf gelegt, als er sie auch zurückzog, als hätte er sie verbrannt. »Wie, was habt Ihr denn, Freund«, sagte er, »Ihr seid ja kälter als ein Stück Eis!« Als er aber zum zweitenmal ihn einseifen wollte, da kam der Kopf mit einem greulichen Sprunge auf den Boden, und der arme Barbier sprang mit einem Satze durch seine Stube.

»Aman, Aman! Barmherzigkeit, Gnade!« heulte Kior Ali und drängte sich in eine Ecke, ohne sich zu rühren; »nimm meine Bude, mein Rasiermesser, nimm meine Barttücher, nimm alles, was ich habe; aber laß mir das Leben. Wenn du der Satan bist, so sprich, aber wolle nicht, daß ich dich schere.«

Doch als er sah, daß alles ruhig war, nahte er sich dem Kopfe, nahm ihn bei einem Haarbüschel in die Höhe und schaute ihn an voll Erstaunen. »Ein Kopf, bei allen Imans!« sagte er, indem er ihn anredete, »und wie kamst du hieher? Willst du mich in Not und Jammer bringen, du schändliches Stück Fleisch, du? Aber so sollst du nicht. Hat auch Kior ein Auge verloren, so ist doch das andere klar und helle und sieht bis auf den Grund. Ich könnte den Kopf Hassan, dem Bäcker gegenüber, zustellen, aber sein Sohn, der arge Bursche, sieht jetzt gerade herüber, und seine Augen sind doch schärfer als diese. Aber jetzt kömmt mir ein Gedanke. An einen Ort will ich dich tun, wo du nichts schaden kannst; der Giaur Yanaki, der griechische Garkoch, muß dich haben und dich in Stücke schneiden für seine wankelmütigen Kunden.« Dieses gesagt, ging Kior Ali, die eine Hand mit dem Kopf unter dem Mantel, in der andern die Pfeife haltend, die Straße hin nach der Trinkstube des Griechen.

Er ging lieber dorthin als in die eines Muselmanns, weil er hier unbescholten Wein trinken konnte. Aus langer Erfahrung kannte er den Ort, wo das frische Fleisch aufbewahrt wurde; als er daher in die Trinkstube kam, ließ er sein Auge verstohlen herumlaufen, ließ dann den Kopf in einen dunkeln Winkel hinter den breiten Rücken eines Schafes fallen, welches an diesem Tage zu Kabobs (kleine Rostbraten) zubereitet werden sollte. Niemand sah ihm zu, denn noch schützte ihn die Dunkelheit des Morgens genugsam. Er rauchte seine Pfeife an Yanakis Kohlenfeuer an, und um einen Vorwand zum Besuch zu haben, bestellte er ein Frühstück von einem Stück Fleisch.

Yanaki hatte indessen seine Töpfe gespült, seine Roste geordnet, Feuer angeschürt, die Stube gefegt und ging nun zur Vorratskammer, um Fleisch für das Frühstück des Bartkratzers zu holen. Yanaki war ein Grieche, wie sie alle sind, listig, behutsam, gegen den Türken, seinen Oberherrn, betrügerisch, kriechend, aber despotisch gegen seine Diener. Er hegte tödlichen Haß gegen seine stolzen Herren, die Türken, aber er war schmiegsam, schmeichelnd, sooft einer, er mochte noch so niedrig sein, ihm seine Aufmerksamkeit schenkte. Er überschaute so seinen Vorrat und suchte nach irgendeinem alten Fetzen, der für jenen zu brauchen wäre, und murmelte dabei in seinen Bart, daß jeder Knochen gut genug für einen Türkenmagen wäre. Er befühlte sein halbes Schaf vom Kopf bis zum Schwanze, betastete es hin und her und sprach: »Nein, das ist noch zu gut«; als er aber den fetten Schwanz umwandte, begegnete das Auge des toten Kopfes seinen Blicken, daß er vor Schrecken einige Schritte zurücktaumelte. »So lieb Ihr Eure Augen habt«, rief er, »wer ist da?« – Keine Antwort; er sah wieder hin, kam näher, fuhr dann mit der Hand unter die Köpfe und Füße der Schafe, alte Knochen u. dgl. und zog den Kopf, den greulichen Kopf hervor, den er, so lang sein Arm war, von sich entfernt hielt, als fürchte er, er könne ihm etwas zuleid tun. »Bannflüche auf deinen Bart!« rief der Grieche, sobald er an dem Büschel Haare auf dem Wirbel merkte, daß er einem Muselmann gehört haben müsse. »Oh, hätte ich jeden eurer Köpfe so vor mir, verfluchtes Geschlecht von Omar! Rostbraten wollte ich daraus machen, und jeder Hund in Konstantinopel sollte umsonst bei mir zu Mittag speisen! Möchte jedem Griechen das Glück zuteil werden, das ich heute genieße, einen von euren verruchten Köpfen zum Fußball zu haben!« Und nun warf er in Wut den Kopf zur Erde und stieß ihn mit dem Fuße weg; jedoch nach einigem Besinnen sprach er: »Aber was nun damit tun? Wird er bei mir gesehen, so bin ich geschlagen auf immer; jedermann wird glauben, ich habe einen Türken getötet.«

Plötzlich aber rief er, entzückt von Schadenfreude: »Ha, das war ein herrlicher Einfall! Der Jude! der Jude! Einen passenderen Ort für einen solchen Kopf konnte man nie ersinnen; dahin sollst du kommen, du schändlicher Rest von einem Mahomedaner.«

Damit ergriff er ihn, barg ihn unter seinem Rocke und rannte die Straße hinab, wo der tote Körper eines Juden ausgestellt war, dessen Kopf sich unmittelbar unter seinen Beinen befand. Denn der Jude war ein Verbrecher, und dem Mohamedaner wird, wenn er enthauptet worden, der Kopf unter den Arm gelegt, dem Christen oder Juden aber unter die Beine.

So legte nun Yanaki den Kopf des Türken so nahe an den des Juden, als es in der Eile möglich war; es gelang ihm, dies auszuführen, ohne bemerkt zu werden, denn der Tag war eben erst am Anbrechen, und noch war niemand auf der Straße. Voll Freude, daß er dem Haß gegen seine Unterdrücker hatte Luft machen können, kehrte er nach Hause zurück und bediente den Barbier mit einem Frühstück von Kalbskopf.

Der Unglückliche, welcher ausgestellt war, war angeklagt worden, ein mahomedanisches Kind gestohlen und getötet zu haben, wie sie es in Persien und der Türkei oft getan; dies hatte unter dem Pöbel von Stambul einen solchen Auflauf gemacht, daß man ihm, um Ruhe zu stiften, ohne weiteres den Kopf abschlug. Seine Enthauptung hatte man absichtlich vor der Türe eines Griechen vorgenommen und befohlen, den Leichnam drei Tage dort ausgestellt zu lassen, ehe er begraben würde. Der Beamte, der dies angeordnet, hatte nämlich geglaubt, der Grieche würde dadurch bewogen werden, eine hübsche Summe zu bezahlen, damit etwas so Schändliches von seiner Tür geschafft würde. Aber unbekümmert um die Folgen, obgleich man gewöhnlich Unglück aus einem solchen Gegenstand weissagt, hatte der Grieche seine Fenster geschlossen; denn er wollte seinen Unterdrückern diese Summe nicht zukommen lassen. Außer den Muselmännern selbst wagten es wenige Leute, diesem Ort sich zu nahen, aus Furcht, die Obrigkeit möchte, um allen Schimpf über die Giaurs zu bringen, einen Vorübergehenden nötigen, den Kadaver nach dem Begräbnisplatz zu tragen. So wurde der greuliche, ekelhafte Körper sich selbst überlassen, und Yanaki hatte gute Gelegenheit, den Kopf ungesehen loszuwerden.

Nach und nach aber wurden die Straßen lebhafter, das Gedränge größer, man entdeckte den zweiten Kopf, und eine große Menschenmenge sammelte sich umher. Es lief das Gerücht, daß ein Wunder geschehen sei, denn es wäre ein toter Jude mit zwei Köpfen zu sehen. Diese außerordentliche Kunde ging von Mund zu Mund, bis die ganze Stadt in Bewegung war und alles zuströmte, das Wunder in Augenschein zu nehmen. Der Sanhedrin verkündigte, es müsse sich etwas ganz Besonderes mit ihrem verfolgten Geschlechte ereignen. Rabbinen sah man ab und zu rennen, und die ganze Gemeinde war um den toten Körper versammelt, sie erwarteten nichts Geringeres, als daß er alsobald aufstehen, seine beiden Köpfe aufsetzen und sie aus den Klauen ihrer Unterdrücker losmachen werde.

Aber zu ihrem Unglück kam ein Janitschar des Weges, mischte sich in den Haufen, betrachtete den überzähligen Kopf genau und rief dann in Zweifel und Erstaunen: »Allah, Allah il Allah! Das sind nicht die Köpfe von Ungläubigen, einer davon ist der Kopf von unserem Herrn und Meister, dem Aga der Janitscharen!« Und als er mehrere seiner Kameraden sah, rief er sie zu sich und teilte ihnen seine Entdeckung mit; sie gerieten in Wut und gingen hin, diese Nachricht der ganzen Orta mitzuteilen.

Die Neuigkeit verbreitete sich schnell unter dem ganzen Heer der Janitscharen; sie erregten einen beunruhigenden Auflauf, denn noch war es in der Stadt nicht bekannt geworden, daß ihr Anführer, dem sie sehr zugetan waren und den sie immer selbst wählen, (auf Befehl des Sultans) umgebracht worden war.

»Was!« sprachen sie unter sich, »ist es nicht genug, so verräterisch mit uns umzugehen und uns unseres Anführers, den wir liebten, zu berauben; sollen wir auch noch mit solcher Verachtung behandelt werden? Was? den Kopf eines hohen Janitscharen-Agas unter die Füße eines Juden zu legen?! Wohin sind wir gekommen! Nicht wir allein sind beschimpft; die Religion ist entweiht, erniedrigt, geschändet! Nein, es ist unerhörte Frechheit, ein Schandfleck, der nie getilgt werden kann außer durch Ausrottung der ganzen Rasse. Aber wer hat diese Tat begangen?« sprachen sie weiter, »wie kam der Kopf hieher? Ist das ein Stückchen von diesem hündischen Wesir? Hat gar der Reis-Effendi oder die fränkischen Gesandten, die Verräter, die Hand dabei im Spiel? Wallah! Willah! Tallah! Bei der heiligen Kaabe, bei dem

Barte Osmans, bei dem Schwerte Omars, das schreit um Rache!«

Jetzt fliehen Juden nach allen Seiten, verbergen sich mit Angst vor den wütenden Türken; die Türken sammeln sich mit Geschrei und Wüten in Gruppen, mit Pistolen und Säbeln bewaffnet, sie schwören allem, was ihnen in den Weg kömmt, Rache. Die engen Straßen von Stambul mit den schlechten, niedern Häusern geben ein Bild des schrecklichsten Aufruhrs; alles drängt und treibt sich, alles spricht und schreit, alle Blicke sind voll Wut oder lüstern nach Mord und Beute.

»Aber wie sah es indes im Palast des Sultans aus«, werdet Ihr mich fragen. In jener Nacht, wo der Schneider dort aufwartete, hatte der Sultan heimlich den Befehl gegeben, dem Janitscharen-Aga, der allerlei Unruhen gestiftet hatte, den Kopf abzuschlagen. Und so begierig war er auf die Vollstreckung seines Befehls, daß er anordnete, man solle den Kopf in dem Augenblick, wo er abgeschlagen wäre, vor ihn bringen. Der Mann, der mit der Hinrichtung beauftragt war, trat in das Zimmer, wohin er den Kopf bringen sollte, sah dort in der Dunkelheit einen Mann sitzen, den er für den Sultan selbst hielt, und ohne aufzublicken vor Ehrfurcht, legte er den Sack zu seinen Füßen nieder mit jener tiefen Verbeugung, die der Schneider empfing. Der Sultan, der einen Augenblick zuvor das Bündel mit dem Derwischanzug selbst weggenommen, hatte dies in der Absicht getan, Mansuri, seinen Sklaven, zu täuschen, so sehr wünschte er in seinem neuen Anzug sogar diesem unbekannt zu bleiben; er gedachte einen andern dafür umzutauschen, aber sei es, daß er nicht auf den Empfang des Kopfes gerechnet oder daß Mansuri zu schnell wiederkam – er wußte nicht, was er machen sollte, als er in das Zimmer zurückkam und sah, daß sein Sklave den Schneider schon weggeführt habe.

Er konnte niemanden ihnen nachschicken, ohne seinen geheimen Plan zu vereiteln, und so war er genötigt, auf die Rückkehr Mansuris zu warten, um eine Aufklärung über die

Geschichte zu bekommen; denn er wußte doch, daß er ohne den Anzug nicht weggegangen sein würde, und doch hatte er selbst diesen Anzug, um ihn zu vertauschen, weggenommen. Während diesem schickte er aber, ungeduldig, wie er war, und begierig, zu wissen, was mit dem Kopf, den er erwartete, geschehen wäre, nach dem Offizier, der zur Hinrichtung befehligt worden war, und – wer beschreibt ihr beiderseitiges Erstaunen, als es zur Erklärung kam! Der Offizier wollte den Kopf gebracht haben, und doch war der Kopf nicht zu finden!!

»Bei meinem Bart«, rief der Sultan nach einigem Nachdenken, »jetzt wird mir die Sache klar; bei meinem Bart! Der Schneider muß den Kopf mitgenommen haben!« Jetzt stieg seine Ungeduld, Mansuri wiederzusehen, aufs höchste; umsonst tobte, wütete er, umsonst schrie er: »Allah, Allah!« Der Sklave kehrte nicht eine Minute früher zurück, und der gute Sklave hätte sich beinahe zur Ruhe gelegt, hätte ihn nicht der Sultan noch vor sich rufen lassen.

Als er ihn ansichtig wurde, rief er: »Ach! Mansuri! laufe, renne zu dem Schneider – er hat den Kopf des Janitscharen-Aga statt des Derwischanzuges mitgenommen! Lauf, hole ihn ohne Zaudern, oder es gibt ein Unglück!«, und zugleich sagte er ihm, wie dieser sonderbare Zufall sich ereignen konnte. Mansuri seinerseits war nicht wenig in Verlegenheit; er wußte zwar die Flickbude des Schneiders, aber sein Haus war ihm unbekannt. Doch um die Ungeduld seines Herrn nicht zu steigern, machte er sich auf, um den Schneider aufzusuchen, und ging nach jener Bude, in der Hoffnung, von den Nachbarn zu erfragen, wo der Schneider wohne. Aber es war zu früh am Tage; der Trödelmarkt war noch nicht geöffnet, und nur eine Kaffeewirtschaft wurde eben für die Kunden zugerichtet, aber auch dort konnte er nichts erfahren. Da fiel ihm zum Glück bei, daß ihm Babadul gesagt hatte, er sei der Muezzin an der kleinen Moschee auf dem Fischmarkt; dorthin richtete er seine Schritte. Gerade wurde der Azan (der Aufruf zum Gebet) von allen Minaretts abgesungen, und er durfte hoffen, den Kopfdieb mitten in seiner Einladung an die Gläubigen zum Gebet anzutreffen.

Als er sich der kleinen Moschee näherte, hörte er eine alte quiekende Stimme, welche die Stille des Morgens zitternd durchbrach; er glaubte Babaduls Stimme zu erkennen, und er hatte sich nicht geirrt; denn als er unter dem Minarett stand, sah er den alten Kerl, wie er auf der Galerie umherging, seine Hände hinter die Ohren haltend, indem er mit weit aufgerissenem Mund seine Einladung ausschrie. Als aber der Schneider sah, wie Mansuri ihm zuwinkte, blieb ihm das Glaubensbekenntnis im Halse stecken, und er soll aus Furcht, wegen des Kopfes Rechenschaft geben zu müssen, solch sonderbare Töne ausgestoßen haben, daß die Gläubigen in der Nachbarschaft, die auf den Gebetruf genau achteten, kein geringes Ärgernis nahmen an der Art, wie der Schneider-Muezzin sein Amt verrichtete. Dieser aber stieg hastig herunter, schloß die Türe hinter sich ab, welche zur Treppe führte, und traf Mansuri auf der Straße. Er wartete nicht ab, bis ihm über das fernere Schicksal des greulichen Gegenstandes Fragen vorgelegt würden, sondern griff den Sklaven sogleich wegen des Streiches an, den er ihm, wie er glaubte, gespielt habe.

»Was seid doch Ihr für ein Mensch«, sagte er, »einen armen Mann, wie ich bin, so zu behandeln und sein Haus wie ein Beinhaus zu betrachten. Ich glaube, Ihr kommet bald, um auch noch das Blutgeld zu fordern?«

»Freund«, entgegnete Mansuri, »was schwatzt Ihr nur; sehet Ihr nicht selbst, daß ein Irrtum obwaltet?«

»So? Ein Irrtum?« rief der Schneider, »ein schöner Irrtum, ja, ein absichtlicher, um einen armen Mann zu beunruhigen. Einer lacht über mich und beredet mich, ihm einen Anzug zu machen, ein anderer nimmt das Muster weg, und ein Dritter bringt einen Totenkopf dafür. Allah, Allah, in die Klauen eines Nestes voll Schelmen bin ich geraten, unter eine Versammlung von Schurken.«

Das legte Mansuri die Hand auf den Mund des Schneiders

und sprach: »Schwatzet nicht weiter, haltet Eurer Maul. Ihr tretet immer tiefer in den Sumpf. Wißt Ihr, wen Ihr schimpfet?«

»Ich weiß nicht und will es auch nicht wissen«, schrie Babadul; »aber das weiß ich, daß der, welcher mir einen toten Menschenkopf gegen einen Anzug vertauscht, ein ungläubiger Hund sein muß.«

»Scheltet Ihr Allahs Stellvertreter auf Erden einen ungläubigen Hund, Ihr halb flickender, halb betender Narr?« rief Mansuri in Wut; »Eure Lippen sind schändlich genug, den Namen dessen zu verunreinigen, der der Alem penah, die Zuflucht der Welt, ist? Schnell, kein Wort mehr; den Kopf des toten Mannes heraus, oder ich schneide den Eurigen dafür ab.«

Als der Schneider dies hörte, stand er da mit weit geöffnetem Munde, als wären die Tore seines Verstandes eben erst aufgetan worden.

»Aman! Aman! Gnade, Gnade, Herr Aga!« rief Babadul. »Wußte ich denn, was ich sagte? Wer hätte auch das gedacht? Esel, Narr, Tölpel, der ich bin, daß ich dies nicht gleich einsah! Bismillah! Im Namen des Propheten! Ich bitte, kommt in meine Behausung; Eure Tritte werden glücklich sein, und das Haupt Eures Sklaven wird bis zu den Sternen reichen.«

»Ich habe Eile, große Eile«, sagte Mansuri, »wo ist der Kopf, der Kopf des Janitscharen-Aga?«

Als der Schneider hörte, wessen Kopf es war, und daran dachte, was er und seine Frau damit gemacht, brachen ihm die Kniee vor Furcht, und seine Glieder zitterten.

»Wo er ist?« sagte er. »Oh, was ist über uns ergangen, welch verwünschtes Schicksal ist doch dies!«

»Wo ist er?« schrie der Sklave aufs neue. »Wo ist er? Sprecht! Schnell!«

Der arme Schneider wußte nicht, was er sagen sollte, er wälzte eine Antwort um die andere auf der Zunge, bis er endlich ganz wie in einem Netze saß.

»Habt Ihr ihn verbrannt?«

»Nein.«

»Habt Ihr ihn weggeworfen?«

»Nein.«

»Nun, im Namen des Propheten, was habt Ihr denn damit angefangen; habt Ihr ihn gar gegessen?«

»Nein.«

»Liegt er in Eurem Hause?«

»Nein.«

»Ist er in einem andern Hause verborgen?«

»Nein.«

Jetzt ging dem Sklaven Mansuri die Geduld völlig aus; er nahm Babadul bei seinem Barte, schüttelte ihn, daß der alte Kopf wackelte, und schrie: »Nun, so sagt mir doch, alter Schafskopf, was macht er denn?«

»Er bratet«, antwortete der Schneider und schnappte nach Luft; »jetzt ist es ja heraus.«

»Er bratet! sagt Ihr?« rief der Sklave mit großem Erstaunen, »warum bratet Ihr ihn? Wollet Ihr ihn verzehren?«

»Ich spreche wahr, was wollt Ihr weiter?« antwortete Babadul, »er bratet jetzt.« Und nun erzählte er weitläufig, was er und sein Weib in der Verlegenheit getan, in welche sie waren gesetzt worden.

»Zeigt mir den Weg zum Bäcker«, sagte Mansuri; »wenigstens werden wir ihn gebraten erhalten, wenn wir ihn nicht anders bekommen können. Aber wer ließe sich auch träumen, den Kopf eines Janitscharen-Aga zu braten! Allah il Allah!«

Sie gingen zum Bäcker Hassan, der eben sein Brot aus dem Ofen nahm; als er von ihrem Begehr hörte, erzählte er ohne Zaudern alle Umstände, wie der Kopf aus dem Topfe auf den Nagel des Barbiers gekommen war; die drei Männer, Mansuri, der Schneider und der Bäcker, gingen nun hinüber zum Barbier und fragten ihn, was er mit dem Kopf seines ersten Kunden von diesem Morgen gemacht habe.

Kior Ali versicherte nach einigem Bedenken, daß er den gräßlichen Gegenstand als ein Geschenk von Elis selbst betrachtet und folglich das Recht zu haben geglaubt hätte, ihn dem Giaur Yanaki hinüberzubringen, der ihn wahrscheinlich seinen ungläubigen Gesellen in Gestalt von Rostbrätchen vorgesetzt haben würde. Voll Verwunderung und Staunen, bei jedem Schritte den Propheten anrufend und über den Ausgang der unerhörten Begebenheiten ungewiß, nahmen sie den Barbier mit sich und gingen nach Yanakis Trinkstube.

Der Grieche war bestürzt, als er so viele Türken in sein Haus treten sah, und hatte eine Art von Ahnung, daß sie nicht seinen Rostbraten, sondern einem anderen Stück Fleisch nachspürten. Als man ihn daher über den Kopf befragte, leugnete er standhaft, etwas davon zu wissen.

Der Barbier zeigte den Platz, wohin er ihn verborgen hatte, und beschwor es auf den Koran.

Mansuri wollte eben die Sache genauer untersuchen, als sie auf das Getümmel auf der Straße aufmerksam wurden und die Bewegung erfuhren, die in der Stadt herrschte, nachdem man jene beiden Köpfe des Juden entdeckt hatte. Mansuri, der Schneider, der Bäcker und der Barbier begaben sich nun an jenen Ort, wo der tote Jude lag, und siehe, dort erkannten sie zu ihrem großen Erstaunen den so lange gesuchten Kopf.

Yanaki, der Grieche, aber hatte im Vorgefühl, was über ihn kommen würde, unterdessen ohne Säumen sein bares Geld zusammengerafft und war aus Stambul entflohen.

»Wo ist der Grieche?« sagte Mansuri und wandte sich um, weil er glaubte, dieser habe sich auch an sie angeschlossen, »wir müssen alle, wie wir hier sind, vor dem Sultan erscheinen.«

»Ich wollte wetten, er ist davongelaufen«, sagte der Barbier, »ich bin nicht so blind, daß ich nicht sehen sollte, daß er es ist, der den Juden mit dem Kopf Nummer zwei versah.«

Mansuri hätte gerne den Kopf mit sich genommen, aber umgeben, wie er war, von einem Trupp wütender und bewaffneter Soldaten, welche Rache schwuren dem, der ihnen ihren Anführer getötet, hielt er es fürs beste, sich still zu entfernen, und seine drei Zeugen an der Seite, erschien er sogleich vor dem Angesicht seines Herrn.

Als Mansuri den Sultan von allem, wie es sich begeben hatte, unterrichtete, wo er den Kopf des Janitscharen-Aga gefunden, wie er dahingekommen, welchen Aufstand es veranlaßt habe, so kann man sich leicht denken, was in der Seele des Beherrschers der Gläubigen vorging. Er fühlte, es würde ihn lächerlich machen, wollte er die Sache mit allen Umständen erzählen, und doch war es unmöglich, diese Angelegenheit, so, wie sie stand, beruhen zu lassen, weil zu befürchten stand, daß der Aufruhr endlich zu einer sehr gefährlichen Höhe wachsen würde.

Er war eine Zeitlang unentschlossen, kräuselte seinen Knebelbart und murmelte »Allah, Allah« vor sich hin; endlich aber ließ er den Mufti und den Großwesir rufen.

Diese waren nicht wenig beunruhigt von dieser plötzlichen Vorladung, wußten nicht, was mit ihnen geschehen würde, und ihr Gemütszustand war nicht zu beneiden, als sie an der Hohen Pforte anlangten. Doch als sie von dem Aufruhr und seinen Ursachen unterrichtet wurden, sammelten sie sich zu ihrer gewöhnlichen Ruhe.

Nach einer Beratschlagung, wo manches verworfen und wieder aufgenommen wurde, kam man zum Beschluß, daß der Schneider, der Bäcker und der Barbier und der griechische Bratenmacher vor dem Gerichtshof des Mufti erscheinen und einer Verschwörung gegen den Janitscharen-Aga angeklagt werden sollten; daß sie seinen Kopf entwendet hätten, um ihn zu scheren, zu backen und zu braten, und daß sie verurteilt werden sollten, das Blutgeld zu entrichten. Da aber der Bratenwirt, der Grieche, die nächste Ursache des Aufruhrs gewesen war, weil er den Kopf also gröblich beschimpft hätte, er auch überdies ein Ungläubiger wäre, so wurde beschlossen, daß der Mufti ein Fetmah ergehen lassen sollte, kraft dessen sein Kopf abgehauen und an denselben Ort gelegt werden sollte, wohin er den Kopf des Janitscharen-Aga gelegt hatte.

Man kam im Staatsrate ferner zum Beschluß, daß, um die Janitscharen zu besänftigen, ein neuer Aga, der ihnen gefällig wäre, gewählt, der alte aber mit allen Ehrenzeichen seines Standes begraben werden sollte.

Den Griechen ausgenommen, der längst entflohen war, wurde alles ausgeführt und Stambuls Ruhe wiederhergestellt. Doch zur Ehre des Sultans, den Allah segnen möge, muß gesagt werden, daß er nicht nur dem Schneider, dem Bäcker und Barbier ihre Ausgaben für den Mufti und das Blutgeld wiedererstattete, sondern auch jedem eine Entschädigung für die Angst und Mühe, die sie aushalten mußten, reichen ließ.

Zu so vielen Unruhen hatte der Derwischanzug, den der Sultan haben wollte, Anlaß gegeben, und dies, Herr, ist die Geschichte des gebackenen Kopfes.

Der Scheik äußerte seinen Beifall über diese Erzählung. Er hatte, was in Jahren nicht geschehen war, einigemal gelächelt, und seine Freunde nahmen dies als eine gute Vorbedeutung. Dieser Eindruck war den jungen Männern und dem Alten nicht entgangen. Auch sie freuten sich darüber, daß der Scheik, auf eine halbe Stunde wenigstens, zerstreut wurde; denn sie ehrten seinen Kummer und die Trauer um sein Unglück, sie fühlten ihre Brust beengt, wenn sie ihn so ernst und stille seinem Gram nachhängen sahen, und gehobener, freudiger waren sie, als die Wolke seiner Stirne auf Augenblicke vorüberzog.

»Ich kann mir wohl denken«, sagte der Schreiber, »daß diese Erzählung günstigen Eindruck auf ihn machen mußte; es liegt so viel Sonderbares, Komisches darin, daß selbst der heilige Derwisch auf dem Berge Libanon, der in seinem Leben noch nie gelacht hat, laut auflachen müßte.«

»Und doch«, sprach der Alte lächelnd, »und doch ist weder Fee noch Zauberer darin erschienen; kein Schloß von Kristall, keine Genien, die wunderbare Speisen bringen, kein Vogel Rock noch ein Zauberpferd –«

»Ihr beschämt uns«, rief der junge Kaufmann, »weil wir mit so vielem Eifer von jenen Märchen unserer Kindheit sprachen, die uns noch jetzt so wunderbar anziehen, weil wir jene Momente aufzählten, wo uns das Märchen so mit sich hinwegriß, daß wir darin zu leben wähnten; weil wir dies so hoch anschlugen, wollet Ihr uns beschämen und auf feine Art zurechtweisen; nicht so?«

»Mitnichten! Es sei ferne von mir, eure Liebe zum Märchen zu tadeln; es zeugt von einem unverdorbenen Gemüt, daß ihr euch noch so recht gemütlich in den Gang des Märchens versetzen konntet, daß ihr nicht wie andere vornehm darauf, als auf ein Kinderspiel, herabsehet, daß ihr euch nicht langweilet und lieber ein Roß zureiten oder auf dem Sofa behaglich einschlummern oder halb träumend die Wasserpfeife rauchen wolltet, statt dergleichen euer Ohr zu schenken. Es sei ferne von mir, euch darum zu tadeln; aber das freut mich, daß auch eine andere Art von Erzählung euch fesselt und ergötzt, eine andere Art als die, welche man gewöhnlich Märchen nennt.«

»Wie verstehet Ihr dies? Erklärt uns deutlicher, was Ihr meinet? Eine andere Art als das Märchen?« sprachen die Jünglinge unter sich.

»Ich denke, man muß einen gewissen Unterschied machen zwischen Märchen und Erzählungen, die man im gemeinen Leben Geschichten nennt. Wenn ich euch sage, ich will euch ein Märchen erzählen, so werdet ihr zum voraus darauf rechnen, daß es eine Begebenheit ist, die von dem gewöhnlichen Gang des Lebens abschweift und sich in einem Gebiet bewegt, das nicht mehr durchaus irdischer Natur ist. Oder um deutlicher zu sein, ihr werdet bei dem Märchen auf die Erscheinung anderer Wesen als allein sterblicher Menschen rechnen können; es greifen in das Schicksal der Person, von welcher das Märchen handelt, fremde Mächte, wie Feen und Zauberer, Genien und Geisterfürsten, ein; die ganze Erzählung nimmt eine außergewöhnliche, wunderbare Gestalt an und ist ungefähr anzuschauen wie die Gewebe unserer Teppiche oder viele Gemälde unserer besten Meister, welche die Franken Arabesken nennen. Es ist dem echten Muselmann verboten, den Menschen, das Geschöpf Allahs, sündigerweise wiederzuschöpfen in Farben und Gemälden, daher sieht man auf jenen Geweben wunderbar verschlungene Bäume und Zweige mit Menschenköpfen, Menschen, die in einen Fisch oder Strauch ausgehen, kurz, Figuren, die an das gewöhnliche Leben erinnern und dennoch ungewöhnlich sind; ihr versteht mich doch?«

»Ich glaube Eure Meinung zu erraten«, sagte der Schreiber, »doch fahret weiter fort.«

»Von dieser Art ist nun das Märchen; fabelhaft, ungewöhnlich, überraschend; weil es dem gewöhnlichen Leben fremd ist, wird es oft in fremde Länder oder in ferne, längst vergangene Zeiten verschoben. Jedes Land, jedes Volk hat solche Märchen, die Türken so gut als die Perser, die Chinesen wie die Mongolen; selbst in Frankenland soll es viele geben, wenigstens erzählte mir einst ein gelehrter Giaur davon; doch sind sie nicht so schön als die unsrigen; denn statt schöner Feien, die in prachtvollen Palästen wohnen, haben sie zauberhafte Weiber, die sie Hexen nennen, heimtückisches, häßliches Volk, das in elenden Hütten wohnt, und statt in einem Muschelwagen, von Greifen gezogen, durch die blauen Lüfte zu fahren, reiten sie auf einem Besen durch den Nebel. Sie haben auch Gnomen und Erdgeister, das sind kleine, verwachsene Kerlchen, die allerlei Spuk machen. Das sind nun die Märchen; ganz anders ist es aber mit den Erzählungen, die man gemeinhin Geschichten nennt. Diese bleiben ganz ordentlich auf der Erde, tragen sich im gewöhnlichen Leben zu, und wunderbar ist an ihnen meistens nur die Verkettung der Schicksale eines Menschen, der nicht durch Zauber, Verwünschung oder Feenspuk wie im Märchen, sondern durch sich selbst oder die sonderbare Fügung der Umstände reich oder arm, glücklich oder unglücklich wird.«

»Richtig«, erwiderte einer der jungen Leute; »solche reine

Geschichten finden sich auch in den herrlichen Erzählungen der Scheherazade, die man ›Tausendundeine Nacht‹ nennt. Die meisten Begebenheiten des Königs Harun Al-Raschid und seines Wesirs sind dieser Art. Sie gehen verkleidet aus und sehen diesen oder jenen höchst sonderbaren Vorfall, der sich nachher ganz natürlich auflöst.«

»Und dennoch werdet ihr gestehen müssen«, fuhr der Alte fort, »daß jene Geschichten nicht der schlechteste Teil der ›Tausendundeine Nacht‹ sind. Und doch, wie verschieden sind sie in ihren Ursachen, in ihrem Gang, in ihrem ganzen Wesen von den Märchen eines Prinzen Biribinker oder der drei Derwische mit einem Aug oder des Fischers, der den Kasten, verschlossen mit dem Siegel Salomos, aus dem Meer zieht! Aber am Ende ist es dennoch eine Grundursache, die beiden ihren eigentümlichen Reiz gibt, nämlich das, daß wir etwas Auffallendes, Außergewöhnliches miterleben. Bei dem Märchen liegt dieses Außergewöhnliche in jener Einmischung eines fabelhaften Zaubers in das gewöhnliche Menschenleben, bei den Geschichten geschieht etwas zwar nach natürlichen Gesetzen, aber auf überraschende, ungewöhnliche Weise.«

»Sonderbar!« rief der Schreiber; »sonderbar, daß uns dann dieser natürliche Gang der Dinge ebenso anzieht wie der übernatürliche im Märchen; worin mag dies doch liegen?«

»Das liegt in der Schilderung des einzelnen Menschen«, antwortete der Alte; »im Märchen häuft sich das Wunderbare so sehr, der Mensch handelt so wenig mehr aus eigenem Trieb, daß die einzelnen Figuren und ihr Charakter nur flüchtig gezeichnet werden können. Anders bei der gewöhnlichen Erzählung, wo die Art, wie jeder seinem Charakter gemäß spricht und handelt, die Hauptsache und das Anziehende ist. So die Geschichte von dem gebackenen Kopf, die wir soeben gehört haben. Der Gang der Erzählung wäre im ganzen nicht auffallend, nicht überraschend, wäre er nicht verwickelt durch den Charakter der Handelnden. Wie köstlich zum Beispiel ist die Figur des Schneiders. Man glaubt den alten gekrümmten Mantelflicker vor sich zu sehen. Er soll zum erstenmal in seinem Leben einen tüchtigen Schnitt machen, ihm und seinem Weibe lacht schon zum voraus das Herz, und sie traktieren sich mit recht schwarzem Kaffee. Welches Gegenstück zu dieser behäglichen Ruhe ist dann jene Szene, wo sie den Pack begierig öffnen und den greulichen Kopf erblicken. Und nachher, glaubt man ihn nicht zu sehen und zu hören, wie er auf dem Minarett umherschleicht, die Gläubigen mit meckernder Stimme zum Gebet ruft und bei Erblickung des Sklaven plötzlich, wie vom Donner gerührt, verstummt? Dann der Barbier! Sehet ihr ihn nicht vor euch, den alten Sünder, der, während er die Seife anrührt, viel schwatzt und gerne verbotenen Wein trinkt? Sehet ihr ihn nicht, wie er dem sonderbaren Kunden das Barbierschüsselchen unterhält und – den kalten Schädel berührt? Nicht minder gut, wenn auch nur angedeutet, ist der Sohn des Bäckers, der verschmitzte Junge, und der Bratenmacher Yanaki! Ist nicht das Ganze eine ununterbrochene Reihe komischer Szenen, scheint nicht der Gang der Geschichte, so ungewöhnlich er ist, sich ganz natürlich zu fügen? Und warum? Weil die einzelnen Figuren richtig gezeichnet sind und aus ihrem ganzen Wesen alles so kommen muß, wie es wirklich geschieht.«

»Wahrlich, Ihr habt recht!« erwiderte der junge Kaufmann, »ich habe mir nie Zeit genommen, so recht darüber nachzudenken, habe alles nur so gesehen und an mir vorübergehen lassen, habe mich an dem einen ergötzt, das andere langweilig gefunden, ohne gerade zu wissen, warum; aber Ihr gebt uns da einen Schlüssel, der uns das Geheimnis öffnet, einen Probierstein, worauf wir die Probe machen und richtig urteilen können.«

»Tuet das immer«, antwortete der Alte, »und euer Genuß wird sich vergrößern, wenn ihr nachdenken lernet über das, was ihr gehört; doch siehe, dort erhebt sich wieder ein Neuer, um zu erzählen.«

So war es; und der fünfte Sklave begann:

Der Affe als Mensch

Herr! Ich bin Deutscher von Geburt und habe mich in Euren Landen zu kurz aufgehalten, als daß ich ein persisches Märchen oder eine ergötzliche Geschichte von Sultanen und Wesiren erzählen könnte. Ihr müßt mir daher schon erlauben, daß ich etwas aus meinem Vaterland erzähle, was Euch vielleicht auch einigen Spaß macht. Leider sind unsere Geschichten nicht immer so vornehm wie die Euern, das heißt, sie handeln nicht von Sultanen oder unseren Königen, nicht von Wesiren und Paschas, was man bei uns Justiz- und Finanzminister, auch Geheimeräte und dergleichen nennt, sondern sie leben, wenn sie nicht von Soldaten handeln, gewöhnlich ganz bescheiden und unter den Bürgern.

Im südlichen Teil von Deutschland liegt das Städtchen Grünwiesel, wo ich geboren und erzogen bin. Es ist ein Städtchen, wie sie alle sind. In der Mitte ein kleiner Marktplatz mit einem Brunnen, an der Seite ein kleines altes Rathaus, umher auf dem Markt das Haus des Friedensrichters und der angesehensten Kaufleute, und in ein paar engen Straßen wohnen die übrigen Menschen. Alles kennt sich, jedermann weiß, wie es da und dort zugeht, und wenn der Oberpfarrer oder der Bürgermeister oder der Arzt ein Gericht mehr auf der Tafel hat, so weiß es schon am Mittagessen die ganze Stadt. Nachmittags kommen dann die Frauen zueinander in die Visite, wie man es nennt, besprechen sich bei starkem Kaffee und süßem Kuchen über diese große Begebenheit, und der Schluß ist, daß der Oberpfarrer wahrscheinlich in die Lotterie gesetzt und unchristlich viel gewonnen habe, daß der Bürgermeister sich »schmieren«

lasse oder daß der Doktor vom Apotheker einige Goldstücke bekommen habe, um recht teure Rezepte zu verschreiben. Ihr könnet Euch denken, Herr, wie unangenehm es für eine so wohleingerichtete Stadt wie Grünwiesel sein mußte, als ein Mann dorthin zog, von dem niemand wußte, woher er kam, was er wollte, von was er lebte. Der Bürgermeister hatte zwar seinen Paß gesehen, ein Papier, das bei uns jedermann haben muß –

»Ist es denn so unsicher auf den Straßen«, unterbrach den Sklaven der Scheik, »daß ihr einen Ferman eures Sultan haben müsset, um die Räuber in Respekt zu setzen?«

»Nein, Herr«, entgegnete jener, »diese Papiere halten keinen Dieb von uns ab, sondern es ist nur der Ordnung wegen, daß man überall weiß, wen man vor sich hat.«

Nun, der Bürgermeister hatte den Paß untersucht und in einer Kaffeegesellschaft bei Doktors geäußert, der Paß sei zwar ganz richtig visiert von Berlin bis Grünwiesel, aber es stecke doch was dahinter; denn der Mann sehe etwas verdächtig aus. Der Bürgermeister hatte das größte Ansehen in der Stadt, kein Wunder, daß von da an der Fremde als eine verdächtige Person angesehen wurde. Und sein Lebenswandel konnte meine Landsleute nicht von dieser Meinung abbringen. Der fremde Mann mietete sich für einige Goldstücke ein ganzes Haus, das bisher öde gestanden, ließ einen ganzen Wagen voll sonderbarer Gerätschaften, als Öfen, Kunstherde, große Tiegel und dergleichen, hineinschaffen und lebte von da an ganz für sich allein. Ja, er kochte sich sogar selbst, und es kam keine menschliche Seele in sein Haus als ein alter Mann aus Grünwiesel, der ihm seine Einkäufe in Brot, Fleisch und Gemüse besorgen mußte; doch auch dieser durfte nur in die Flur des Hauses kommen, und dort nahm der fremde Mann das Gekaufte in Empfang.

Ich war ein Knabe von zehen Jahren, als der Mann in meiner Vaterstadt einzog, und ich kann mir noch heute, als wäre es gestern geschehen, die Unruhe denken, die dieser Mann im Städtchen verursachte. Er kam nachmittags nicht, wie andere Männer, auf die Kugelbahn, er kam abends nicht ins Wirtshaus, um, wie die übrigen, bei einer Pfeife Tabak über die Zeitung zu sprechen. Umsonst lud ihn nach der Reihe der Bürgermeister, der Friedensrichter, der Doktor und der Oberpfarrer zum Essen oder Kaffee ein; er ließ sich immer entschuldigen. Daher hielten ihn einige für verrückt, andere für einen Juden, eine dritte Partei behauptete steif und fest, er sei ein Zauberer oder Hexenmeister. Ich wurde achtzehn, zwanzig Jahre alt, und noch immer hieß der Mann in der Stadt »der fremde Herr«.

Es begab sich aber eines Tages, daß Leute mit fremden Tieren in die Stadt kamen. Es ist dies hergelaufenes Gesindel, das ein Kamel hat, welches sich verbeugen kann, einen Bären, der tanzt, einige Hunde und Affen, die in menschlichen Kleidern komisch genug aussehen und allerlei Künste machen. Diese Leute durchziehen gewöhnlich die Stadt, halten an den Kreuzstraßen und Plätzen, machen mit einer kleinen Trommel und einer Pfeife eine übeltönende Musik, lassen ihre Truppe tanzen und springen und sammeln dann in den Häusern Geld ein. Die Truppe aber, die diesmal sich in Grünwiesel sehen ließ, zeichnete sich durch einen ungeheuren Orang-Utang aus, der beinahe Menschengröße hatte, auf zwei Beinen ging und allerlei artige Künste zu machen verstand. Diese Hunds- und Affenkomödie kam auch vor das Haus des fremden Herrn. Er erschien, als die Trommel und Pfeife ertönte, von Anfang ganz unwillig hinter den dunkeln, vom Alter angelaufenen Fenstern; bald aber wurde er freundlicher, schaute zu jedermanns Verwundern zum Fenster heraus und lachte herzlich über die Künste des Orang-Utangs. Ja, er gab für den Spaß ein so großes Silberstück, daß die ganze Stadt davon sprach.

Am andern Morgen zog die Tierbande weiter; das Kamel mußte viele Körbe tragen, in welchen die Hunde und Affen ganz bequem saßen, die Tiertreiber aber und der große Affe gingen hinter dem Kamel. Kaum aber waren sie einige Stunden zum Tore hinaus, so schickte der fremde Herr auf die Post, verlangte zu großer Verwunderung des Postmeisters einen Wagen und Extrapost und fuhr zu demselben Tor hinaus den Weg hin, den die Tiere genommen hatten. Das ganze Städtchen ärgerte sich, daß man nicht erfahren konnte, wohin er gereist sei. Es war schon Nacht, als der fremde Herr wieder im Wagen vor dem Tor ankam; es saß aber noch eine Person im Wagen, die den Hut tief ins Gesicht gedrückt und um Mund und Ohren ein seidenes Tuch gebunden hatte. Der Torschreiber hielt es für seine Pflicht, den andern Fremden anzureden und um seinen Paß zu bitten; er antwortete aber sehr grob, indem er in einer ganz unverständlichen Sprache brummte.

»Es ist mein Neffe«, sagte der fremde Mann freundlich zum Torschreiber, indem er ihm einige Silbermünzen in die Hand drückte; »es ist mein Neffe und versteht bis dato noch wenig Deutsch. Er hat soeben in seiner Mundart ein wenig geflucht, daß wir hier aufgehalten werden.«

»Ei, wenn es Dero Neffe ist«, antwortete der Torschreiber, »so kann er wohl ohne Paß hereinkommen. Er wird wohl ohne Zweifel bei Ihnen wohnen?«

»Allerdings«, sagte der Fremde, »und hält sich wahrscheinlich längere Zeit hier auf.«

Der Torschreiber hatte keine weitere Einwendung mehr, und der fremde Herr und sein Neffe fuhren ins Städtchen. Der Bürgermeister und die ganze Stadt war übrigens nicht sehr zufrieden mit dem Torschreiber. Er hätte doch wenigstens einige Worte von der Sprache des Neffen sich merken sollen; daraus hätte man dann leicht erfahren, was für ein Landeskind er und der Onkel wäre. Der Torschreiber versicherte aber, daß es weder Französisch noch Italienisch sei, wohl aber habe es so breit geklungen wie Englisch, und wenn er nicht irre, so habe der junge Herr gesagt: »*Goddam!*« So half der Torschreiber sich selbst aus der Not und dem jungen Mann zu einem Namen, denn man sprach jetzt nur von dem jungen Engländer im Städtchen.

Aber auch der junge Engländer wurde nicht sichtbar, weder auf der Kugelbahn noch im Bierkeller; wohl aber gab er den Leuten auf andere Weise viel zu schaffen. – Es begab sich nämlich oft, daß in dem sonst so stillen Hause des Fremden ein schreckliches Geschrei und ein Lärm ausging, daß die Leute haufenweise vor dem Hause stehenblieben und hinaufsahen. Man sah dann den jungen Engländer, angetan mit einem roten Frack und grünen Beinkleidern, mit struppigtem Haar und schrecklicher Miene unglaublich schnell an den Fenstern hin und her, durch alle Zimmer laufen; der alte Fremde lief ihm in einem roten Schlafrock, eine Hetzpeitsche in der Hand, nach, verfehlte ihn oft, aber einigemal kam es doch der Menge auf der Straße vor, als müsse er den Jungen erreicht haben, denn man hörte klägliche Angsttöne und klatschende Peitschenhiebe die Menge. An dieser grausamen Behandlung des fremden jungen Mannes nahmen die Frauen des Städtchens so lebhaften Anteil, daß sie endlich den Bürgermeister bewogen, einen Schritt in der Sache zu tun. Er schrieb dem fremden Herrn ein Billett, worin er ihm die unglimpfliche Behandlung seines Neffen in ziemlich derben Ausdrücken vorwarf und ihm drohte, wenn noch ferner solche Szenen vorfielen, den jungen Mann unter seinen besonderen Schutz zu nehmen.

Wer war aber mehr erstaunt als der Bürgermeister, wie er den Fremden selbst, zum erstenmal seit zehn Jahren, bei sich eintreten sah. Der alte Herr entschuldigte sein Verfahren mit dem besonderen Auftrag der Eltern des Jünglings, die ihm solchen zu erziehen gegeben; er sei sonst ein kluger, anstelliger Junge, äußerte er, aber die Sprachen erlerne er sehr schwer; er wünsche so sehnlich, seinem Neffen das Deutsche recht geläufig beizubringen, um sich nachher die Freiheit zu nehmen, ihn in die Gesellschaften von Grünwiesel einzuführen, und dennoch gehe demselben diese Sprache so schwer ein, daß man oft nichts Besseres tun könne, als ihn gehörig durchzupeitschen. Der Bürgermeister fand sich durch diese Mitteilung völlig befriedigt, riet dem Alten zur

Mäßigung und erzählte abends im Bierkeller, daß er selten einen so unterrichteten, artigen Mann gefunden als den Fremden. »Es ist nur schade«, setzte er hinzu, »daß er so wenig in Gesellschaft kommt; doch ich denke, wenn der Neffe nur erst ein wenig Deutsch spricht, besucht er meine Cercles öfter.«

Durch diesen einzigen Vorfall war die Meinung des Städtchens völlig umgeändert. Man hielt den Fremden für einen artigen Mann, sehnte sich nach seiner näheren Bekanntschaft und fand es ganz in der Ordnung, wenn hie und da in dem öden Hause ein gräßliches Geschrei aufging. »Er gibt dem Neffen Unterricht in der deutschen Sprachlehre«, sagten die Grünwieseler und blieben nicht mehr stehen. Nach einem Vierteljahr ungefähr schien der Unterricht im Deutschen beendigt, denn der Alte ging jetzt um eine Stufe weiter vor. Es lebte ein alter gebrechlicher Franzose in der Stadt, der den jungen Leuten Unterricht im Tanzen gab. Diesen ließ der Fremde zu sich rufen und sagte ihm, daß er seinen Neffen im Tanzen unterrichten lassen wolle. Er gab ihm zu verstehen, daß derselbe zwar sehr gelehrig, aber, was das Tanzen betreffe, etwas eigensinnig sei; er habe nämlich früher bei einem anderen Meister tanzen gelernt, und zwar nach so sonderbaren Touren, daß er sich nicht füglich in der Gesellschaft produzieren könne; der Neffe halte sich aber ebendeswegen für einen großen Tänzer, obgleich sein Tanz nicht die entfernteste Ähnlichkeit mit Walzer oder Galopp (Tänze, die man in meinem Vaterlande tanzt, o Herr!), nicht einmal Ähnlichkeit mit Ekossaise oder Française habe. Er versprach übrigens einen Taler für die Stunde, und der Tanzmeister war mit Vergnügen bereit, den Unterricht des eigensinnigen Zöglings zu übernehmen.

Es gab, wie der Franzose unterderhand versicherte, auf der Welt nichts so Sonderbares als diese Tanzstunden. Der Neffe, ein ziemlich großer, schlanker junger Mann, der nur etwas sehr kurze Beine hatte, erschien in einem roten Frack, schön frisiert, in grünen, weiten Beinkleidern und glacierten

Handschuhen. Er sprach wenig und mit fremdem Akzent, war von Anfang ziemlich artig und anstellig; dann verfiel er aber oft plötzlich in fratzenhafte Sprünge, tanzte die kühnsten Touren, wobei er Entrechats machte, daß dem Tanzmeister Hören und Sehen verging; wollte er ihn zurechtweisen, so zog er die zierlichen Tanzschuhe von den Füßen, warf sie dem Franzosen an den Kopf und setzte nun auf allen vieren im Zimmer umher. Bei diesem Lärm fuhr dann der alte Herr plötzlich in einem weiten, roten Schlafrock, eine Mütze von Goldpapier auf dem Kopf, aus seinem Zimmer heraus und ließ die Hetzpeitsche ziemlich unsanft auf den Rücken des Neffen niederfallen. Der Neffe fing dann an, schrecklich zu heulen, sprang auf Tische und hohe Kommode, ja selbst an den Kreuzstöcken der Fenster hinauf und sprach eine fremde, seltsame Sprache. Der Alte im roten Schlafrock aber ließ sich nicht irremachen, faßte ihn am Bein, riß ihn herab, bleute ihn durch und zog ihm mittels einer Schnalle die Halsbinde fester an, worauf er immer wieder artig und manierlich wurde und die Tanzstunde ohne Störung weiterging.

Als aber der Tanzmeister seinen Zögling so weit gebracht hatte, daß man Musik zu der Stunde nehmen konnte, da war der Neffe wie umgewandelt. Ein Stadtmusikant wurde gemietet, der im Saal des öden Hauses auf einen Tisch sich setzen mußte. Der Tanzmeister stellte dann die Dame vor, indem ihn der alte Herr einen Frauenrock von Seide und einen ostindischen Schal anziehen ließ; der Neffe forderte ihn auf und fing nun an, mit ihm zu tanzen und zu walzen, er war aber ein unermüdlicher, rasender Tänzer, er ließ den Meister nicht aus seinen langen Armen; ob er ächzte und schrie, er mußte tanzen, bis er ermattet umsank oder bis dem Stadtmusikus der Arm lahm wurde an der Geige. Den Tanzmeister brachten diese Unterrichtsstunden beinahe unter den Boden, aber der Taler, den er jedesmal richtig ausbezahlt bekam, der gute Wein, den der Alte aufwartete, machten, daß er immer wiederkam, wenn er auch den Tag zuvor sich fest vorgenommen hatte, nicht mehr in das öde Haus zu gehen.

Die Leute in Grünwiesel sahen aber die Sache ganz anders an als der Franzose. Sie fanden, daß der junge Mann viele Anlage zum Gesellschaftlichen habe, und die Frauenzimmer im Städtchen freuten sich, bei dem großen Mangel an Herren einen so flinken Tänzer für den nächsten Winter zu bekommen.

Eines Morgens berichteten die Mägde, die vom Markte heimkehrten, ihren Herrschaften ein wunderbares Ereignis. Vor dem öden Hause sei ein prächtiger Glaswagen gestanden, mit schönen Pferden bespannt, und ein Bedienter in reicher Livree habe den Schlag gehalten. Da sei die Türe des öden Hauses aufgegangen und zwei schön gekleidete Herren herausgetreten, wovon der eine der alte Fremde und der andere wahrscheinlich der junge Herr gewesen, der so schwer Deutsch gelernt und so rasend tanze. Die beiden seien in den Wagen gestiegen, der Bediente hinten aufs Brett gesprungen, und der Wagen, man stelle sich vor! sei geradezu auf Bürgermeisters Haus zu gefahren.

Als die Frauen solches von ihren Mägden erzählen hörten, rissen sie eilends die Küchenschürzen und die etwas unsauberen Hauben ab und versetzten sich in Staat. »Es ist nichts gewisser«, sagten sie zu ihrer Familie, indem alles umherrannte, um das Besuchszimmer, das zugleich zu sonstigem Gebrauch diente, aufzuräumen, »es ist nichts gewisser, als daß der Fremde jetzt seinen Neffen in die Welt einführt. Der alte Narr war zwar seit zehen Jahren nicht so artig, einen Fuß in unser Haus zu setzen, aber es sei ihm wegen des Neffen verziehen, der ein scharmanter Mensch sein soll.« So sprachen sie und ermahnten ihre Söhne und Töchter, recht manierlich auszusehen, wenn die Fremden kämen, sich geradezuhalten und sich auch einer besseren Aussprache zu bedienen als gewöhnlich. Und die klugen Frauen im Städtchen hatten nicht unrecht geraten; denn nach der Reihe fuhr der alte Herr mit seinem Neffen umher, sich und ihn in die Gewogenheit der Familien zu empfehlen.

Man war überall ganz erfüllt von den beiden Fremden und bedauerte, nicht schon früher diese angenehme Bekanntschaft gemacht zu haben. Der alte Herr zeigte sich als einen würdigen, sehr vernünftigen Mann, der zwar bei allem, was er sagte, ein wenig lächelte, so daß man nicht gewiß war, ob es ihm Ernst sei oder nicht, aber er sprach über das Wetter, über die Gegend, über das Sommervergnügen auf dem Keller am Berge so klug und durchdacht, daß jedermann davon bezaubert war. Aber der Neffe! Er bezauberte alles, er gewann alle Herzen für sich. Man konnte zwar, was sein Äußeres betraf, sein Gesicht nicht schön nennen; der untere Teil, besonders die Kinnlade, stand allzusehr hervor, und der Teint war sehr bräunlich; auch machte er zuweilen allerlei sonderbare Grimassen, drückte die Augen zu und fletschte mit den Zähnen, aber dennoch fand man den Schnitt seiner Züge ungemein interessant. Es konnte nichts Beweglicheres, Gewandteres geben als seine Gestalt. Die Kleider hingen ihm zwar etwas sonderbar am Leib, aber es stand ihm alles trefflich; er fuhr mit großer Lebendigkeit im Zimmer umher, warf sich hier in einen Sofa, dort in einen Lehnstuhl und streckte die Beine von sich; aber was man bei einem andern jungen Mann höchst gemein und unschicklich gefunden hätte, galt bei dem Neffen für Genialität. »Er ist ein Engländer«, sagte man, »so sind sie alle; ein Engländer kann sich aufs Kanapee legen und einschlafen, während zehen Damen keinen Platz haben und umherstehen müssen, einem Engländer kann man so etwas nicht übelnehmen.« Gegen den alten Herrn, seinen Oheim, war er sehr fügsam; denn wenn er anfing, im Zimmer umherzuhüpfen oder, wie er gerne tat, die Füße auf den Sessel hinaufzuziehen, so reichte ein ernsthafter Blick hin, ihn zur Ordnung zu bringen. Und wie konnte man ihm so etwas übelnehmen, als vollends der Onkel in jedem Haus zu der Dame sagte: »Mein Neffe ist noch ein wenig roh und ungebildet, aber ich verspreche mir viel von der Gesellschaft, die wird ihn gehörig formen und bilden, und ich empfehle ihn namentlich Ihnen aufs angelegenste.«

So war der Neffe also in die Welt eingeführt, und ganz Grünwiesel sprach an diesem und den folgenden Tagen von nichts anderem als von diesem Ereignis. Der alte Herr blieb aber hiebei nicht stehen; er schien seine Denk- und Lebensart gänzlich geändert zu haben. Nachmittags ging er mit dem Neffen hinaus in den Felsenkeller am Berge, wo die vornehmeren Herren von Grünwiesel Bier tranken und sich am Kugelschieben ergötzten. Der Neffe zeigte sich dort als einen flinken Meister im Spiel, denn er warf nie unter fünf oder sechs; hie und da schien zwar ein sonderbarer Geist über ihn zu kommen, es konnte ihm einfallen, daß er pfeilschnell mit der Kugel hinaus- und unter die Kegel hineinfuhr und dort allerhand tollen Rumor anrichtete, oder wenn er den Kranz oder den König geworfen, stand er plötzlich auf seinem schön frisierten Haar und streckte die Beine in die Höhe, oder wenn ein Wagen vorbeifuhr, saß er, ehe man sich dessen versah, oben auf dem Kutschenhimmel und machte Grimassen herab, fuhr ein Stückchen weit mit und kam dann wieder zur Gesellschaft gesprungen.

Der alte Herr pflegte dann bei solchen Szenen den Bürgermeister und die anderen Männer sehr um Entschuldigung zu bitten wegen der Ungezogenheit seines Neffen; sie aber lachten, schrieben es seiner Jugend zu, behaupteten, in diesem Alter selbst so leichtfüßig gewesen zu sein, und liebten den jungen Springinsfeld, wie sie ihn nannten, ungemein.

Es gab aber auch Zeiten, wo sie sich nicht wenig über ihn ärgerten und dennoch nichts zu sagen wagten, weil der junge Engländer allgemein als ein Muster von Bildung und Verstand galt. Der alte Herr pflegte nämlich mit seinem Neffen auch abends in den Goldenen Hirsch, dem Wirtshaus des Städtchens, zu kommen. Obgleich der Neffe noch ein ganz junger Mensch war, tat er doch schon ganz wie ein Alter, setzte sich hinter sein Glas, tat eine ungeheure Brille auf, zog eine gewaltige Pfeife heraus, zündete sie an und dampfte unter allen am ärgsten. Wurde nun über die Zeitungen, über Krieg und Frieden gesprochen, gab der Doktor *die* Meinung, der Bürgermeister *jene*, waren die anderen Herren ganz erstaunt über so tiefe politische Kenntnisse, so konnte es dem Neffen plötzlich einfallen, ganz anderer Meinung zu sein; er schlug dann mit der Hand, von welcher er nie die Handschuhe ablegte, auf den Tisch und gab dem Bürgermeister und dem Doktor nicht undeutlich zu verstehen, daß sie von diesem allem nichts genau wüßten, daß er diese Sachen ganz anders gehört habe und tiefere Einsicht besitze. Er gab dann in einem sonderbaren gebrochenen Deutsch seine Meinung preis, die alle, zum großen Ärgernis des Bürgermeisters, ganz trefflich fanden; denn er mußte als Engländer natürlich alles besser wissen.

Setzten sich dann der Bürgermeister und der Doktor in ihrem Zorn, den sie nicht laut werden lassen durften, zu einer Partie Schach, so rückte der Neffe hinzu, schaute dem Bürgermeister mit seiner großen Brille über die Schulter herein und tadelte diesen oder jenen Zug, sagte dem Doktor, so und so müsse er ziehen, so daß beide Männer heimlich ganz grimmig wurden. Bot ihm dann der Bürgermeister ärgerlich eine Partie an, um ihn gehörig matt zu machen, denn er hielt sich für einen zweiten Philidor, so schnallte der alte Herr dem Neffen die Halsbinde fester zu, worauf dieser ganz artig und manierlich wurde und den Bürgermeister matt machte.

Man hatte bisher in Grünwiesel beinahe jeden Abend Karte gespielt, die Partie um einen halben Kreuzer; das fand nun der Neffe erbärmlich, setzte Kronentaler und Dukaten, behauptete, kein einziger spiele so fein wie er, söhnte aber die beleidigten Herrn gewöhnlich dadurch wieder aus, daß er ungeheure Summen an sie verlor. Sie machten sich auch gar kein Gewissen daraus, ihm recht viel Geld abzunehmen, denn »er ist ja ein Engländer, also von Hause aus reich«, sagten sie und schoben die Dukaten in die Tasche.

So kam der Neffe des fremden Herrn in kurzer Zeit bei Stadt und Umgegend in ungemeines Ansehen. Man konnte sich seit Menschengedenken nicht erinnern, einen jungen

Mann dieser Art in Grünwiesel gesehen zu haben, und es war die sonderbarste Erscheinung, die man je bemerkt. Man konnte nicht sagen, daß der Neffe irgend etwas gelernt hätte als etwa tanzen. Latein und Griechisch waren ihm, wie man zu sagen pflegt, böhmische Dörfer. Bei einem Gesellschaftsspiel in Bürgermeisters Hause sollte er etwas schreiben, und es fand sich, daß er nicht einmal seinen Namen schreiben konnte; in der Geographie machte er die auffallendsten Schnitzer, denn es kam ihm nicht darauf an, eine deutsche Stadt nach Frankreich oder eine dänische nach Polen zu versetzen; er hatte nichts gelesen, nichts studiert, und der Oberpfarrer schüttelte oft bedenklich den Kopf über die rohe Unwissenheit des jungen Mannes; aber dennoch fand man alles trefflich, was er tat oder sagte, denn er war so unverschämt, immer recht haben zu wollen, und das Ende jeder seiner Reden war: »Ich verstehe das besser!«

So kam der Winter heran, und jetzt erst trat der Neffe mit noch größerer Glorie auf. Man fand jede Gesellschaft langweilig, wo nicht er zugegen war, man gähnte, wenn ein vernünftiger Mann etwas sagte; wenn aber der Neffe selbst das törichtste Zeug in schlechtem Deutsch vorbrachte, war alles Ohr. Es fand sich jetzt, daß der treffliche junge Mann auch ein Dichter war; denn nicht leicht verging ein Abend, an welchem er nicht einiges Papier aus der Tasche zog und der Gesellschaft einige Sonette vorlas. Es gab zwar einige Leute, die von dem einen Teil dieser Dichtungen behaupteten, sie seien schlecht und ohne Sinn, einen andern Teil wollten sie schon irgendwo gedruckt gelesen haben, aber der Neffe ließ sich nicht irremachen, er las und las, machte dann auf die Schönheiten seiner Verse aufmerksam, und jedesmal erfolgte rauschender Beifall.

Sein Triumph waren aber die Grünwieseler Bälle. Es konnte niemand anhaltender, schneller tanzen als er, keiner machte so kühne und ungemein zierliche Sprünge wie er. Dabei kleidete ihn sein Onkel immer aufs prächtigste nach dem neuesten Geschmack, und obgleich ihm die Kleider nicht recht am Leib sitzen wollten, fand man dennoch, daß ihn alles allerliebst kleide. Die Männer fanden sich zwar bei diesen Tänzen etwas beleidigt durch die neue Art, womit er auftrat. Sonst hatte immer der Bürgermeister in eigener Person den Ball eröffnet, die vornehmsten jungen Leute hatten das Recht, die übrigen Tänze anzuordnen; aber seit der fremde junge Herr erschien, war dies alles ganz anders. Ohne viel zu fragen, nahm er die nächste beste Dame bei der Hand, stellte sich mit ihr oben an, machte alles, wie es ihm gefiel, und war Herr und Meister und Ballkönig. Weil aber die Frauen diese Manieren ganz trefflich und angenehm fanden, so durften die Männer nichts dagegen einwenden, und der Neffe blieb bei seiner selbstgewählten Würde.

Das größte Vergnügen schien ein solcher Ball dem alten Herrn zu gewähren; er verwandte kein Auge von seinem Neffen, lächelte immer in sich hinein, und wenn alle Welt herbeiströmte, um ihm über den anständigen, wohlgezogenen Jüngling Lobsprüche zu erteilen, so konnte er sich vor Freude gar nicht fassen, er brach dann in ein lustiges Gelächter aus und bezeugte sich wie närrisch; die Grünwieseler schrieben diese sonderbaren Ausbrüche der Freude seiner großen Liebe zu dem Neffen zu und fanden es ganz in der Ordnung. Doch hie und da mußte er auch sein väterliches Ansehen gegen den Neffen anwenden; denn mitten in den zierlichsten Tänzen konnte es dem jungen Mann einfallen, mit einem kühnen Sprung auf die Tribüne, wo die Stadtmusikanten saßen, zu setzen, dem Organisten den Kontrabaß aus der Hand zu reißen und schrecklich darauf umherzukratzen; oder er wechselte auf einmal und tanzte auf den Händen, indem er die Beine in die Höhe streckte. Dann pflegte ihn der Onkel auf die Seite zu nehmen, machte ihm dort ernstliche Vorwürfe und zog ihm die Halsbinde fester an, daß er wieder ganz gesittet wurde.

So betrug sich nun der Neffe in Gesellschaft und auf Bällen. Wie es aber mit den Sitten zu geschehen pflegt, die schlechten verbreiten sich immer leichter als die guten, und eine neue, auffallende Mode, wenn sie auch höchst lächerlich sein sollte, hat etwas Ansteckendes an sich für junge Leute, die noch nicht über sich selbst und die Welt nachgedacht haben. So war es auch in Grünwiesel mit dem Neffen und seinen sonderbaren Sitten. Als nämlich die junge Welt sah, wie derselbe mit seinem linkischen Wesen, mit seinem rohen Lachen und Schwatzen, mit seinen groben Antworten gegen Ältere eher geschätzt als getadelt werde, daß man dies alles sogar sehr geistreich finde, so dachten sie bei sich: »Es ist mir ein leichtes, auch solch ein geistreicher Schlingel zu werden.« Sie waren sonst fleißige, geschickte junge Leute gewesen, jetzt dachten sie: »Zu was hilft Gelehrsamkeit, wenn man mit Unwissenheit besser fortkömmt?«, sie ließen die Bücher liegen und trieben sich überall umher auf Plätzen und Straßen. Sonst waren sie artig gewesen und höflich gegen jedermann, hatten gewartet, bis man sie fragte, und anständig und bescheiden geantwortet; jetzt standen sie in die Reihe der Männer, schwatzten mit, gaben ihre Meinung preis und lachten selbst dem Bürgermeister unter die Nase, wenn er etwas sagte, und behaupteten, alles viel besser zu wissen.

Sonst hatten die jungen Grünwieseler Abscheu gehegt gegen rohes und gemeines Wesen. Jetzt sangen sie allerlei schlechte Lieder, rauchten aus ungeheuren Pfeifen Tabak und trieben sich in gemeinen Kneipen umher; auch kauften sie sich, obgleich sie ganz gut sahen, große Brillen, setzten solche auf die Nase und glaubten nun, gemachte Leute zu sein; denn sie sahen ja aus wie der berühmte Neffe. Zu Hause oder wenn sie auf Besuch waren, lagen sie mit Stiefel und Sporen aufs Kanapee, schaukelten sich auf dem Stuhl in guter Gesellschaft oder stützten die Wangen in beide Fäuste, die Ellbogen aber auf den Tisch, was nun überaus reizend anzusehen war. Umsonst sagten ihnen ihre Mütter und Freunde, wie töricht, wie unschicklich dies alles sei, sie beriefen sich auf das glänzende Beispiel des Neffen. Umsonst stellte man ihnen vor, daß man dem Neffen, als einem jungen Engländer, eine gewisse Nationalroheit verzeihen müsse;

die jungen Grünwieseler behaupteten, ebensogut als der beste Engländer das Recht zu haben, auf geistreiche Weise ungezogen zu sein; kurz, es war ein Jammer, wie durch das böse Beispiel des Neffen die Sitten und guten Gewohnheiten in Grünwiesel völlig untergingen.

Aber die Freude der jungen Leute an ihrem rohen, ungebundenen Leben dauerte nicht lange, denn folgender Vorfall veränderte auf einmal die ganze Szene. Die Wintervergnügungen sollte ein großes Konzert beschließen, das teils von den Stadtmusikanten, teils von geschickten Musikfreunden in Grünwiesel aufgeführt werden sollte. Der Bürgermeister spielte das Violoncell, der Doktor das Fagott ganz vortrefflich, der Apotheker, obgleich er keinen rechten Ansatz hatte, blies die Flöte, einige Jungfrauen aus Grünwiesel hatten Arien einstudiert, und alles war trefflich vorbereitet. Da äußerte der alte Fremde, daß zwar das Konzert auf diese Art trefflich werden würde, es fehle aber offenbar an einem Duett, und ein Duett müsse in jedem ordentlichen Konzert notwendigerweise vorkommen. Man war etwas betreten über diese Äußerung; die Tochter des Bürgermeisters sang zwar wie eine Nachtigall, aber wo einen Herrn herbekommen, der mit ihr ein Duett singen könnte? Man wollte endlich auf den alten Organisten verfallen, der einst einen trefflichen Baß gesungen hatte; der Fremde aber behauptete, dies alles sei nicht nötig, indem sein Neffe ganz ausgezeichnet singe. Man war nicht wenig erstaunt über diese neue treffliche Eigenschaft des jungen Mannes; er mußte zur Probe etwas singen, und einige sonderbare Manieren abgerechnet, die man für englisch hielt, sang er wie ein Engel. Man studierte also in aller Eile das Duett ein, und der Abend erschien endlich, an welchem die Ohren der Grünwieseler durch das Konzert erquickt werden sollten.

Der alte Fremde konnte leider dem Triumph seines Neffen nicht beiwohnen, weil er krank war; er gab aber dem Bürgermeister, der ihn eine Stunde zuvor noch besuchte, einige Maßregeln über seinen Neffen auf. »Es ist eine gute Seele, mein Neffe«, sagte er, »aber hie und da verfällt er in allerlei sonderbare Gedanken und fängt dann tolles Zeug an; es ist mir ebendeswegen leid, daß ich dem Konzert nicht beiwohnen kann, denn vor mir nimmt er sich gewaltig in acht, er weiß wohl, warum! Ich muß übrigens zu seiner Ehre sagen, daß dies nicht geistiger Mutwillen ist, sondern es ist körperlich, es liegt in seiner ganzen Natur. Wollten Sie nun, Herr Bürgermeister, wenn er etwa in solche Gedanken verfiele, daß er sich auf ein Notenpult setzte oder daß er durchaus den Kontrabaß streichen wollte oder dergleichen, wollten Sie ihm dann nur seine hohe Halsbinde etwas lockerer machen oder, wenn es auch dann nicht besser wird, ihm solche ganz ausziehen? Sie werden sehen, wie artig und manierlich er dann wird.«

Der Bürgermeister dankte dem Kranken für sein Zutrauen und versprach, im Fall der Not also zu tun, wie er ihm geraten.

Der Konzertsaal war gedrängt voll; denn ganz Grünwiesel und die Umgegend hatte sich eingefunden. Alle Jäger, Pfarrer, Amtleute, Landwirte und dergleichen aus dem Umkreis von drei Stunden waren mit zahlreicher Familie herbeigeströmt, um den seltenen Genuß mit den Grünwieselern zu teilen. Die Stadtmusikanten hielten sich vortrefflich; nach ihnen trat der Bürgermeister auf, der das Violoncell spielte, begleitet vom Apotheker, der die Flöte blies; nach diesen sang der Organist eine Baßarie mit allgemeinem Beifall, und auch der Doktor wurde nicht wenig beklatscht, als er auf dem Fagott sich hören ließ.

Die erste Abteilung des Konzertes war vorbei, und jedermann war nun auf die zweite gespannt, in welcher der junge Fremde mit des Bürgermeisters Tochter ein Duett vortragen sollte. Der Neffe war in einem glänzenden Anzug erschienen und hatte schon längst die Aufmerksamkeit aller Anwesenden auf sich gezogen. Er hatte sich nämlich, ohne viel zu fragen, in den prächtigen Lehnstuhl gelegt, der für eine Gräfin aus der Nachbarschaft hergesetzt worden war; er streckte die Beine weit von sich, schaute jedermann durch ein ungeheures Perspektiv an, das er noch außer seiner großen Brille gebrauchte, und spielte mit einem großen Fleischerhund, den er trotz des Verbotes, Hunde mitzunehmen, in die Gesellschaft eingeführt hatte. Die Gräfin, für welche der Lehnstuhl bereitet war, erschien; aber wer keine Miene machte, aufzustehen und ihr den Platz einzuräumen, war der Neffe; er setzte sich im Gegenteil noch bequemer hinein, und niemand wagte es, dem jungen Mann etwas darüber zu sagen; die vornehme Dame aber mußte auf einem ganz gemeinen Strohsessel mitten unter die übrigen Frauen des Städtchens sitzen und soll sich nicht wenig geärgert haben.

Während des herrlichen Spieles des Bürgermeisters, während des Organisten trefflicher Baßarie, ja sogar während der Doktor auf dem Fagott phantasierte und alles den Atem anhielt und lauschte, ließ der Neffe den Hund das Schnupftuch apportieren oder schwatzte ganz laut mit seinen Nachbarn, so daß jedermann, der ihn nicht kannte, über die absonderlichen Sitten des jungen Herrn sich wunderte.

Kein Wunder daher, daß alles sehr begierig war, wie er sein Duett vortragen würde. Die zweite Abteilung begann; die Stadtmusikanten hatten etwas weniges aufgespielt, und nun trat der Bürgermeister mit seiner Tochter zu dem jungen Mann, reichte ihm ein Notenblatt und sprach: »Mosjöh! Wäre es Ihnen jetzt gefällig, das Duetto zu singen?« Der junge Mann lachte, fletschte mit den Zähnen, sprang auf, und die beiden andern folgten ihm an das Notenpult, und die ganze Gesellschaft war voll Erwartung. Der Organist schlug den Takt und winkte dem Neffen, anzufangen. Dieser schaute durch seine großen Brillengläser in die Noten und stieß greuliche, jämmerliche Töne aus. Der Organist aber schrie ihm zu: »Zwei Töne tiefer, Wertester, C müssen Sie singen, C!«

Statt aber C zu singen, zog der Neffe einen seiner Schuhe ab und warf ihn dem Organisten an den Kopf, daß der Puder weit umherflog. Als dies der Bürgermeister sah, dachte er: »Ha! jetzt hat er wieder seine körperlichen Zufälle«, sprang hinzu, packte ihn am Hals und band ihm das Tuch etwas leichter; aber dadurch wurde es nur noch schlimmer mit dem jungen Mann. Er sprach nicht mehr Deutsch, sondern eine ganz sonderbare Sprache, die niemand verstand, und machte große Sprünge. Der Bürgermeister war in Verzweiflung über diese unangenehme Störung; er faßte daher den Entschluß, dem jungen Mann, dem etwas ganz Besonderes zugestoßen sein mußte, das Halstuch vollends abzulösen. Aber kaum hatte er dies getan, so blieb er vor Schrecken wie erstarrt stehen; denn statt menschlicher Haut und Farbe umgab den Hals des jungen Menschen ein dunkelbraunes Fell, und alsobald setzte derselbe auch seine Sprünge noch höher und sonderbarer fort, fuhr sich mit den glacierten Handschuhen in die Haare, zog diese ab, und, o Wunder! diese schönen Haare waren eine Perücke, die er dem Bürgermeister ins Gesicht warf, und sein Kopf erschien jetzt mit demselben braunen Fell bewachsen.

Er setzte über Tische und Bänke, warf die Notenpulte um, zertrat Geigen und Klarinette und erschien wie ein Rasender. »Fangt ihn, fangt ihn«, rief der Bürgermeister ganz außer sich, »er ist von Sinnen, fangt ihn!« Das war aber eine schwierige Sache; denn er hatte die Handschuhe abgezogen und zeigte Nägel an den Händen, mit welchen er den Leuten ins Gesicht fuhr und sie jämmerlich kratzte. Endlich gelang es einem mutigen Jäger, seiner habhaft zu werden; er preßte ihm die langen Arme zusammen, daß er nur noch mit den Füßen zappelte und mit heiserer Stimme lachte und schrie. Die Leute sammelten sich umher und betrachteten den sonderbaren jungen Herrn, der jetzt gar nicht mehr aussah wie ein Mensch. Aber ein gelehrter Herr aus der Nachbarschaft, der ein großes Naturalienkabinett und allerlei ausgestopfte Tiere besaß, trat näher, betrachtete ihn genau und rief dann voll Verwunderung: »Mein Gott, verehrte Herren und Damen, wie bringen Sie nur dies Tier in honette Gesellschaft? Das ist ja ein Affe, der *Homo Troglodytes Linnaei*; ich gebe sogleich sechs Taler für ihn, wenn Sie mir ihn ablassen, und bälge ihn aus für mein Kabinett.«

Wer beschreibt das Erstaunen der Grünwieseler, als sie dies hörten! »Was, ein Affe, ein Orang-Utang in unserer Gesellschaft? Der junge Fremde ein ganz gewöhnlicher Affe?« riefen sie und sahen einander ganz dumm vor Verwunderung an. Man wollte nicht glauben, man traute seinen Ohren nicht, die Männer untersuchten das Tier genauer, aber es war und blieb ein ganz natürlicher Affe.

»Aber wie ist dies möglich!« rief die Frau Bürgermeisterin, »hat er mir nicht oft seine Gedichte vorgelesen? hat er nicht, wie ein anderer Mensch, bei mir zu Mittag gespeist?«

»Was?« eiferte die Frau Doktorin; »wie? hat er nicht oft und viel den Kaffee bei mir getrunken und mit meinem Mann gelehrt gesprochen und geraucht?«

»Wie! Ist es möglich!« riefen die Männer. »Hat er nicht mit uns am Felsenkeller Kugeln geschoben und über Politik gestritten wie unsereiner?«

»Und wie?« klagten sie alle. »Hat er nicht sogar vorgetanzt auf unsern Bällen? Ein Affe! ein Affe! Es ist ein Wunder, es ist Zauberei!«

»Ja, es ist Zauberei und teuflischer Spuk«, sagte der Bürgermeister, indem er das Halstuch des Neffen oder Affen herbeibrachte. »Seht! In diesem Tuch steckte der ganze Zauber, der ihn in unsern Augen liebenswürdig machte. Da ist ein breiter Streifen elastischen Pergaments, mit allerlei wunderlichen Zeichen beschrieben. Ich glaube gar, es ist Lateinisch; kann es niemand lesen?«

Der Oberpfarrer, ein gelehrter Mann, der oft an den Affen eine Partie Schach verloren hatte, trat hinzu, betrachtete das Pergament und sprach: »Mitnichten! Es sind nur lateinische Buchstaben, es heißt:

DER • AFFE • SEHR • POSSIERLICH • IST
ZUMAL • WANN • ER • VOM • APFEL • FRISST

Ja, ja, es ist höllischer Betrug, eine Art von Zauberei«, fuhr er fort, »und es muß exemplarisch bestraft werden.«

Der Bürgermeister war derselben Meinung und machte sich sogleich auf den Weg zu dem Fremden, der ein Zauberer sein mußte, und sechs Stadtsoldaten trugen den Affen; denn der Fremde sollte sogleich ins Verhör genommen werden.

Sie kamen, umgeben von einer ungeheuren Anzahl Menschen, an das öde Haus, denn jedermann wollte sehen, wie sich die Sache weiter begeben würde. Man pochte an das Haus, man zog die Glocke, aber vergeblich, es zeigte sich niemand. Da ließ der Bürgermeister in seiner Wut die Türe einschlagen und begab sich hierauf in die Zimmer des Fremden. Aber dort war nichts zu sehen als allerlei alter Hausrat. Der fremde Mann war nicht zu finden. Auf seinem Arbeitstisch aber lag ein großer versiegelter Brief, an den Bürgermeister überschrieben, den dieser auch sogleich öffnete. Er las:

»Meine lieben Grünwieseler!

Wenn Ihr dies leset, bin ich nicht mehr in Eurem Städtchen, und Ihr werdet dann längst erfahren haben, wes Standes und Vaterlandes mein lieber Neffe ist. Nehmet den Scherz, den ich mir mit Euch erlaubte, als eine gute Lehre auf, einen Fremden, der für sich leben will, nicht in Eure Gesellschaft zu nötigen. Ich selbst fühlte mich zu gut, um Euer ewiges Klatschen, um Eure schlechten Sitten und Euer lächerliches Wesen zu teilen. Darum erzog ich einen jungen Orang-Utang, den Ihr als meinen Stellvertreter so lieb gewonnen habt. Lebet wohl und benützet diese Lehre nach Kräften!«

Die Grünwieseler schämten sich nicht wenig vor dem ganzen Land; ihr Trost war, daß dies alles mit unnatürlichen Dingen zugegangen sei. Am meisten schämten sich aber die jungen Leute in Grünwiesel, weil sie die schlechten Gewohnheiten und Sitten des Affen nachgeahmt hatten. Sie stemmten von jetzt an keinen Ellbogen mehr auf, sie schaukelten nicht mit dem Sessel, sie schwiegen, bis sie gefragt wurden, sie legten die Brillen ab und waren artig und gesittet wie zuvor, und wenn je einer wieder in solche schlechte, lächerliche Sitten verfiel, so sagten die Grünwieseler: »Es ist ein Affe.« Der Affe aber, welcher so lange die Rolle eines jungen Herrn gespielt hatte, wurde dem gelehrten Mann, der ein Naturalienkabinett besaß, überantwortet. Dieser läßt ihn in seinem Hof umhergehen, füttert ihn und zeigt ihn als Seltenheit jedem Fremden, wo er noch bis auf den heutigen Tag zu sehen ist.

Es entstand ein Gelächter im Saal, als der Sklave geendet hatte, und auch die jungen Männer lachten mit. »Es muß doch sonderbare Leute geben unter diesen Franken, und wahrhaftig, da bin ich lieber beim Scheik und Mufti in Alessandria als in Gesellschaft des Oberpfarrers, des Bürgermeisters und ihrer törichten Frauen in Grünwiesel!«

»Da hast du gewiß recht gesprochen«, erwiderte der junge Kaufmann. »In Frankistan möchte ich nicht tot sein. Die Franken sind ein rohes, wildes, barbarisches Volk, und für einen gebildeten Türken oder Perser müßte es schrecklich sein, dort zu leben.«

»Das werdet ihr bald hören«, versprach der Alte; »soviel mir der Sklavenaufseher sagte, wird der schöne junge Mann dort vieles von Frankistan erzählen, denn er war lange dort und ist doch seiner Geburt nach ein Muselmann.«

»Wie? jener, der zuletzt sitzt in der Reihe? Wahrlich, es ist eine Sünde, daß der Herr Scheik diesen losgibt! Es ist der schönste Sklave im ganzen Land. Schaut nur dieses mutige Gesicht, dieses kühne Auge, diese schöne Gestalt! Er kann ihm ja leichte Geschäfte geben, er kann ihn zum Fliegenwedeler machen oder zum Pfeifenträger. Es ist ein Spaß, ein solches Amt zu versehen, und wahrlich, ein solcher Sklave ist die Zierde von einem ganzen Haus. Und erst drei Tage hat er ihn und gibt ihn weg? Es ist Torheit, es ist Sünde!«

»Tadelt ihn doch nicht, ihn, der weiser ist als ganz Ägypten!« sprach der Alte mit Nachdruck. »Sagte ich euch nicht schon, daß er ihn losläßt, weil er glaubt, den Segen Allahs dadurch zu verdienen? Ihr sagt, er ist schön und wohlgebildet, und ihr sprecht die Wahrheit. Aber der Sohn des Scheik, den der Prophet in sein Vaterhaus zurückbringen möge, der Sohn des Scheik war ein schöner Knabe und muß jetzt auch groß sein und wohlgebildet. Soll er also das Gold sparen und einen wohlfeilen, verwachsenen Sklaven hingeben in der Hoffnung, seinen Sohn dafür zu bekommen? Wer etwas tun will in der Welt, der tue es lieber gar nicht oder – recht!«

»Und sehet, des Scheiks Augen sind immer auf diesen Sklaven geheftet, ich bemerkte es schon den ganzen Abend. Während der Erzählungen streifte oft sein Blick dorthin und verweilte auf den edeln Zügen des Freigelassenen. Es muß ihn doch ein wenig schmerzen, ihn freizugeben.«

»Denke nicht also von dem Mann! Meinst du, tausend Tomans schmerzen ihn, der jeden Tag das Dreifache einnimmt?« sagte der alte Mann; »aber wenn sein Blick mit Kummer auf dem Jüngling weilt, so denkt er wohl an seinen Sohn, der in der Fremde schmachtet; er denkt wohl, ob dort vielleicht ein barmherziger Mann wohne, der ihn loskaufe und zurückschicke zum Vater.«

»Ihr mögt recht haben«, erwiderte der junge Kaufmann, »und ich schäme mich, daß ich von den Leuten nur immer das Gemeinere und Unedle denke, während Ihr lieber eine schöne Gesinnung unterlegt. Und doch sind die Menschen in der Regel schlecht; habt Ihr dies nicht auch gefunden, Alter?«

»Gerade weil ich dies nicht gefunden habe, denke ich gerne gut von den Menschen«, antwortete dieser. »Es ging mir gerade wie euch. Ich lebte so in den Tag hinein, hörte viel Schlimmes von den Menschen, mußte selbst an mir viel Schlechtes erfahren und fing an, die Menschen alle für schlechte Geschöpfe zu halten. Doch da fiel mir bei, daß Allah, der so gerecht ist als weise, nicht dulden könnte, daß ein so verworfenes Geschlecht auf dieser schönen Erde hause. Ich dachte nach über das, was ich gesehen, was ich erlebt hatte, und siehe – ich hatte nur das Böse gezählt und das Gute vergessen. Ich hatte nicht achtgegeben, wenn einer eine Handlung der Barmherzigkeit übte, ich hatte es natürlich gefunden, wenn ganze Familien tugendhaft lebten und gerecht waren. Sooft ich aber Böses, Schlechtes hörte, hatte ich es wohl angemerkt in meinem Gedächtnis. Da fing ich an, mit ganz anderen Augen um mich zu schauen; es freute mich, wenn ich das Gute nicht so sparsam keimen sah, wie ich anfangs dachte; ich bemerkte das Böse weniger, oder es fiel mir nicht so sehr auf, und so lernte ich die Menschen lieben, lernte Gutes von ihnen denken und habe mich in langen Jahren seltener geirrt, wenn ich von einem Gutes sprach, als wenn ich ihn für geizig oder gemein oder gottlos hielt.«

Der Alte wurde bei diesen Worten von dem Aufseher der Sklaven unterbrochen, der zu ihm trat und sprach: »Mein Herr, der Scheik von Alessandria, Ali Banu, hat Euch mit Wohlgefallen in seinem Saale bemerkt und ladet Euch ein, zu ihm zu treten und Euch neben ihn zu setzen.«

Die jungen Leute waren nicht wenig erstaunt über die Ehre, die dem Alten widerfahren sollte, den sie für einen Bettler gehalten; und als dieser hingegangen war, sich zu dem Scheik zu setzen, hielten sie den Sklavenaufseher zurück, und der Schreiber fragte ihn: »Beim Bart des Propheten beschwöre ich dich, sage uns, wer ist dieser alte Mann, mit dem wir sprachen und den der Scheik also ehrt?«

»Wie!« rief der Aufseher der Sklaven und schlug vor Verwunderung die Hände zusammen; »diesen Mann kennet ihr nicht?«

»Nein, wir wissen nicht, wer er ist.«

»Aber ich sah euch doch schon einigemal mit ihm auf der Straße sprechen, und mein Herr, der Scheik, hat dies auch bemerkt und erst letzthin gesagt: ›Das müssen wackere junge Leute sein, die dieser Mann eines Gespräches würdigt.‹«

»Aber so sage doch, wer er ist!« rief der junge Kaufmann in höchster Ungeduld.

»Gehet, ihr wollet mich nur zum Narren haben«, antwortete der Sklavenaufseher. »In diesen Saal kommt sonst niemand, wer nicht ausdrücklich eingeladen ist, und heute ließ der Alte dem Scheik sagen, er werde einige junge Männer in seinen Saal mitbringen, wenn es ihm nicht ungelegen sei, und Ali Banu ließ ihm sagen, er habe über sein Haus zu gebieten!«

»Lasse uns nicht länger in Ungewißheit! So wahr ich lebe, ich weiß nicht, wer dieser Mann ist. Wir lernten ihn zufällig kennen und sprachen mit ihm.«

»Nun, dann dürfet ihr euch glücklich preisen, denn ihr habt mit einem gelehrten, berühmten Mann gesprochen, und alle Anwesenden ehren und bewundern euch deshalb, es ist niemand anderes als Mustapha, der gelehrte Derwisch.«

»Mustapha! der weise Mustapha, der den Sohn des Scheik erzogen hat, der viele gelehrte Bücher schrieb, der große Reisen machte in alle Weltteile? Mit Mustapha haben wir gesprochen? Und gesprochen, als wär er unsereiner, so ganz ohne alle Ehrerbietung?« So sprachen die jungen Männer untereinander und waren sehr beschämt; denn der Derwisch Mustapha galt damals für den weisesten und gelehrtesten Mann im ganzen Morgenland.

»Tröstet euch darüber«, antwortete der Sklavenaufseher, »seid froh, daß ihr ihn nicht kanntet; er kann es nicht leiden, wenn man ihn lobt, und hättet ihr ihn ein einziges Mal die Sonne der Gelehrsamkeit oder das Gestirn der Weisheit genannt, wie es gebräuchlich ist bei Männern dieser Art, er hätte euch von Stund an verlassen. Doch ich muß jetzt zurück zu den Leuten, die heute erzählen. Der, der jetzt kommt, ist tief hinten in Frankistan gebürtig, wollen sehen, was er weiß.«

So sprach der Sklavenaufseher; der aber, an welchen jetzt die Reihe zu erzählen kam, stand auf und sprach:

Das Fest der Unterirdischen

Norwegisches Märchen
nach mündlicher Überlieferung

Herr! ich bin aus einem Lande, das weit gegen Mitternacht liegt, Norwegen genannt; wo die Sonne nicht, wie in deinem gesegneten Vaterlande, Feigen und Zitronen kocht; wo sie nur wenige Monde über die grüne Erde scheint und ihr im Flug sparsame Blüten und Früchte entlockt. Du sollst, wenn es dir angenehm ist, ein Paar Märchen hören, wie man sie bei uns in den warmen Stuben erzählt, wenn das Nordlicht über die Schneefelder flimmert.

In Norwegen, nicht weit von der Stadt Drontheim, wohnte ein mächtiger Mann, der mit Glücksgütern aller Art gesegnet war. Ein Teil der Umgegend war sein Eigentum, zahllose Herden weideten auf seinen Fluren, und ein großes Gefolge und eine Menge Diener zierten seinen Hof. Er hatte eine einzige Tochter, die Aslaug hieß, von deren Schönheit der Ruf weit und breit ging. Die vornehmsten Männer des Landes kamen und warben um ihre Hand, aber keiner war glücklich in seinen Bewerbungen; wer voll Vertraun und Lust eingezogen war, ritt still und traurig wieder fort. Ihr Vater, welcher glaubte, sie wähle so lange, um den Besten herauszuwählen, ließ sie gewähren und freute sich ihrer Klugheit; doch als endlich die Reichsten und Vornehmsten vergeblich wie die andern ihr Glück versucht hatten, so geriet er in Zorn, rief seine Tochter und sprach: »Bis dahin habe ich dir freie Wahl gelassen, aber da ich sehe, daß du jeden ohne Unterschied abweisest und der beste Freier dir noch nicht gut genug deucht, so will ich nicht länger Nachsicht mit dir haben. Soll mein Geschlecht aussterben und mein Erbe in fremde Hände fallen? Ich will deinen Sinn brechen!

Bis zum Feste der großen Winternacht gestatte ich dir Frist, hast du dann nicht gewählt, so will ich dich schon zwingen, dem deine Hand zu reichen, den ich dir bestimme.«

Aslaug liebte einen Jüngling, der Orm hieß und ebenso schön als tapfer und edel war. Sie liebte ihn mit ganzer Seele und wollte lieber sterben als einem andern ihre Hand reichen. Weil aber seine Armut ihn nötigte, an dem Hofe ihres Vaters zu dienen, so mußte sie ihre Neigung geheimhalten; denn ihr Vater war zu stolz auf Macht und Reichtum, als daß er seine Einwilligung zu einer Verbindung mit einem so unbemittelten Manne gegeben hätte.

Als Aslaug sein finsteres Antlitz sah und seine zornigen Worte vernahm, ward sie leichenblaß, denn sie kannte seine Sinnesart und zweifelte nicht, daß er seine Drohungen erfüllen werde. Ohne ein Wort zu erwidern, ging sie zurück in ihre stille Kammer, sann und sann, wie sie das dunkle Wetter, das über sie herzog, abwenden könnte, aber sie sann vergeblich. Das große Fest rückte immer näher, und mit jedem Tage wuchs ihre Angst.

Endlich entschlossen sie sich zur Flucht. »Ich kenne einen sichern Ort«, sagte Orm, »wo wir unentdeckt so lange verweilen können, bis wir Gelegenheit finden, das Land zu verlassen.« In der Nacht, als alles eingeschlafen war, führte Orm die zitternde Aslaug über Schnee- und Eisfelder hinaus in das Gebirge. Der Mond leuchtete ihnen auf dem Weg und die Sterne, die in der kalten Winternacht noch glänzender funkelten. Sie hatten ein paar Kleidungsstücke und Tierfelle unter den Armen, mehr konnten sie nicht tragen. Sie stiegen die ganze Nacht, bis sie zu einem einsamen, von hohen Felsenblöcken eingeschlossenen Platz gelangten. Hier leitete Orm die müde Aslaug zu einer Höhle, deren Eingang kaum bemerkbar, eng und niedrig war, die sich aber bald zu einer großen, tief in den Berg hineinreichenden Halle erweiterte. Er zündete Feuer an, und auf den Tierfellen ruhend, saßen sie in der tiefsten Einsamkeit, fern von aller Welt.

Orm hatte diese Höhle, die man noch heutzutage zeigt,

zuerst entdeckt, und da niemand davon wußte, so waren sie vor den Nachforschungen ihres Vaters völlig gesichert. Sie brachten den ganzen Winter in dieser Abgeschiedenheit zu. Orm ging auf die Jagd, und Aslaug saß daheim in der Höhle, unterhielt das Feuer und bereitete die nötige Speise. Manchmal stieg sie auf die Felsenspitzen, aber ihr Auge schweifte, so weit es reichen konnte, nur über glänzende Schneefelder.

Der Frühling brach an, der Wald ward grün, die Wiesen färbten sich, und Aslaug durfte nur selten und vorsichtig die Höhle verlassen. Eines Abends kam Orm mit der Nachricht, daß er die Diener ihres Vaters in der Ferne erkannt habe und er ihren Augen, ohne Zweifel ebenso scharf als die seinigen, schwerlich unbemerkt geblieben sei. »Sie werden diese Gegend umringen«, sagte er, »und nicht ruhen, bis sie uns gefunden haben, ohne Zaudern müssen wir unsern Zufluchtsort verlassen.« Sie stiegen an der andern Seite des Gebirgs hinab und erreichten den Strand, wo sie glücklicherweise ein Boot fanden. Orm stieß ab, und das Schiff trieb in das offene Meer. Sie waren den Verfolgern entronnen, aber anderm Unglück preisgegeben. Wo sollten sie sich hinwenden? Landen durften sie nirgends, denn überall war Aslaugs Vater Herr der Küste, und sie wären unfehlbar in seine Hände gefallen. Es blieb nichts übrig, als das Schiff den Winden und Wellen zu überlassen. Sie trieben die ganze Nacht fort. Wie der Tag anbrach, war die Küste verschwunden, sie sahen nichts als den Himmel oben, das Meer unten und die auf und ab steigenden Wellen. Sie hatten keinen Bissen Nahrung mitgenommen, und Hunger und Durst fingen an, sie zu quälen. Drei Tage schwebten sie in dieser Not, und Aslaugs Ermattung war so groß, daß sie den gewissen Tod vor sich zu sehen glaubte.

Am Abend des dritten Tages entdeckten sie endlich eine Insel von ziemlicher Größe, sie war von einer Anzahl kleiner umringt. Orm steuerte sogleich darauf hin, doch als er ziemlich nahe gekommen war, erhob sich plötzlich ein heftiger

Sturmwind, und die Wellen wälzten sich immer höher entgegen. Er kehrte um in der Absicht, von einer andern Seite sich zu nähern, aber es gelang nicht besser, sein Schiff wurde, sooft es herankam, wie von einer unsichtbaren Gewalt zurückgeschleudert. »Herrgott!« rief er und segnete sich und blickte auf die arme Aslaug, die vor seinen Augen zu verschmachten schien. Kaum aber war der Ausruf über seine Lippen gekommen, so hörte der Sturm auf, die Wellen legten sich, und das Schiff landete ungehindert. Orm sprang ans Ufer, und einige Muscheln, die er auf dem Strand suchte, stärkten und erquickten die arme Aslaug, so daß sie bald imstande war, das Boot zu verlassen.

Die Insel war mit niedrigem Buschwerk bewachsen und schien unbewohnt, doch als sie bis gegen die Mitte gekommen waren, entdeckten sie ein Haus, das nur halb über die Erde emporragte und halb unter der Erde zu stehen schien. In der Hoffnung, Menschen und Beistand zu finden, gingen sie näher. Sie horchten, ob sie einen Laut vernähmen, aber es herrschte das vollkommenste Schweigen. Orm öffnete endlich die Türe, und sie traten ein, aber wie erstaunten sie, als sie alles zum Bewohnen völlig eingerichtet sahen, gleichwohl aber kein lebendes Wesen erblickten. Das Feuer brannte auf dem Herde, mitten in der Stube, und ein Kessel mit Fischen hing daran, der nur darauf zu warten schien, abgehoben und verzehrt zu werden. Die Betten waren gemacht und bereit, die Ermüdeten zu empfangen. Orm und Aslaug blieben eine Zeitlang zweifelhaft und mit einer gewissen Scheu stehen, doch, zuletzt vom Hunger überwältigt, holten sie die Speise herbei, und als sie sich gesättigt hatten und in den letzten über die Insel hinstreifenden Abendstrahlen weit und breit kein menschliches Wesen zu erblicken war, gaben sie ihrer Müdigkeit nach und legten sich in die lang entbehrten Betten.

Sie hatten geglaubt, in der Nacht von den heimkehrenden Eigentümern geweckt zu werden, doch ihre Erwartung ging nicht in Erfüllung; sie schliefen ungestört, bis ihnen die

Morgensonne in die Augen leuchtete. Auch in der Folge zeigte sich niemand, und es schien, als habe eine unsichtbare Macht das Haus im voraus für sie instand gesetzt. Sie verlebten den ganzen Sommer in vollkommener Glückseligkeit, zwar einsam, doch ohne die Menschen zu vermissen; sie hatten alles, was sie bedurften, die Eier der wilden Vögel und der Fischfang gewährten überflüssige Nahrung.

Im Herbst gebar Aslaug einen schönen Knaben. Mitten in der Freude über sein Dasein wurden sie durch eine wunderbare Erscheinung überrascht. Die Türe öffnete sich plötzlich, und eine alte Frau trat herein. Sie hatte ein schönes blaues Kleid an; etwas Stolzes, aber auch etwas Seltsames und Befremdendes lag in ihrem Wesen. »Erschreckt euch nicht«, sagte sie, »daß ich so unerwartet bei euch erscheine, ich bin die Eigentümerin dieses Hauses und danke euch, daß ihr es so reinlich und wohl gehalten habt und ich alles in solcher Ordnung bei euch finde. Gerne wäre ich früher gekommen, aber es war nicht eher möglich, als bis dieser kleine Heide (dabei deutete sie auf das neugeborne Kind) zugegen war. Jetzt habe ich freien Zugang. Nur holt keinen Priester von dem festen Lande, der es tauft, sonst muß ich wieder fort. Wollt ihr euch aber in diesem Stück nach meinem Willen bequemen, so dürft ihr nicht bloß ferner hier wohnen bleiben, sondern ich will euch so viel Gutes tun, als ihr nur immer wünschen könnt. Was ihr anfangt, soll gelingen, ja, das Glück euch beständig auf den Fersen folgen. Erfüllt ihr aber jene Bedingung nicht, so seid gewiß, daß Böses auf Böses bei euch einkehren soll, selbst an diesem Kinde werde ich mich noch rächen. Bedürft ihr etwas oder seid ihr in Gefahr, so nennt dreimal meinen Namen, und ich will gleich erscheinen und euch Beistand leisten. Ich bin aus dem Geschlecht der alten Riesen und heiße Guru. Hütet euch aber, in meiner Gegenwart den Namen dessen zu nennen, den kein Riese hören darf, und wagt es nicht, das Zeichen des Kreuzes zu machen oder es in einen Balken oder ein Brett im Hause einzuschneiden. Ihr könnt dieses Haus das ganze Jahr über bewohnen, nur seid so gut und räumt es mir am Juleabend, wenn die Sonne am tiefsten steht, weil wir dann unser großes Fest feiern und weil dies die einzige Zeit ist, wo man uns vergönnt, lustig zu sein; wenigstens, wenn ihr nicht gerne hinausgehen wollt, haltet euch den ganzen Tag auf dem Boden so ruhig als möglich, schaut auch, so lieb euch das Leben ist, nicht in die Stube herab, bis Mitternacht vorüber ist. Hernach mögt ihr von allem wieder Besitz nehmen.«

Als die Alte dies gesagt hatte, verschwand sie. Aslaug und Orm, beruhigt über ihre Lage, lebten ohne eine Störung vergnügt und heiter. Orm warf das Netz nicht aus, ohne einen reichlichen Zug zu tun, er schickte keinen Pfeil vom Bogen, der nicht sicher traf, kurz, was sie unternahmen, auch das Geringste, hatte ein sichtbares Gedeihen. Als Weihnachten herbeikam, reinigten sie das Haus aufs beste, stellten alles in Ordnung, zündeten Feuer auf dem Herde an und stiegen bei herannahender Dämmerung auf den Boden, wo sie sich still verhielten. Als es dunkel geworden war, glaubten sie ein tönendes Zischen und Wiehern in der Luft zu hören, wie es Schwäne in der Winterzeit von sich zu geben pflegen. Über dem Herd in dem Dach war eine Lücke, die geöffnet und geschlossen werden konnte, teils um den Tag von oben einzulassen, teils um einen Zug für den Rauch zu erhalten. Orm hob den mit einer Haut überzogenen Deckel in die Höhe und streckte den Kopf hinaus. Welch ein wunderbarer Anblick bot sich seinen Augen dar! Die kleinen Inseln umher leuchteten sämtlich, es waren unzählige blaue Lichtchen, die sich unruhig bewegten, auf und ab sprangen, dann nach dem Gestade hüpften, sich sammelten und der großen Insel, wo Orm und Aslaug wohnten, immer näher kamen. Endlich langten sie an und ordneten sich in einen Kreis um einen großen Stein, der nicht weit vom Ufer stand und den Orm sehr wohl kannte. Wie erstaunte er aber, als er sah, daß der Stein itzt völlig die Gestalt eines Menschen, wenngleich eines ungeheuern und riesenhaften, angenommen hatte. Er konnte deutlich unterscheiden, daß die blauen Lichtchen von kleinen Zwergen getragen wurden, welche ihre bleichen, erdfarbigen Gesichter, mit gewaltigen Nasen und roten Augen und sonst noch durch Vogelschnäbel oder Eulenaugen entstellt, auf unförmlichen Leibern trugen, hin und her wackelten, beides, lustig und verdrießlich, zu sein schienen. Plötzlich öffnete sich der Kreis, die Kleinen wichen nach beiden Seiten zurück, und Guru, nur größer und von Gestalt ebenso ungeheuer als jener Stein, kam mit mächtigen Riesenschritten heran. Sie schlang beide Arme um das steinerne Bild, welches sogleich anfing, Leben und Bewegung zu erhalten. Sowie die erste Regung sich zeigte, begannen die Kleinen unter wunderlichen Sprüngen und Gebärden einen Gesang oder, um es recht zu sagen, ein Heulen, das auf der ganzen Insel widerhallte und vor dem sie zu erbeben schien. Orm zog bestürzt den Kopf zurück, und er und Aslaug verhielten sich in der Dunkelheit so still, daß sie kaum zu atmen wagten.

Der Zug bewegte sich nach dem Hause, das konnte man deutlich an dem herannahenden Geschrei merken. Jetzt waren sie eingezogen, die Zwerge sprangen leicht und behend auf den Bänken herum, und schwer und mächtig klangen dazwischen die Tritte der Riesen. Man hörte den Tisch decken, die Schüsseln klappern und das Geschrei der Lust, womit die Mahlzeit gefeiert wurde. Als sie beendigt war und es auf Mitternacht zuging, begann ein Tanz zu jenem entzückenden, geistverwirrenden Elfenlied, das Menschen dann und wann in Felsenschlünden gehört und den Unterirdischen abgelauscht haben. Indem Aslaug diesen Gesang vernahm, empfand sie eine unwiderstehliche Begierde, den Tanz mit anzusehen, und Orm war nicht imstande, sie zurückzuhalten. »Laß mich schauen«, sagte sie, »sonst zerspringt mir das Herz.« Sie nahm ihr Kind und setzte sich an das äußerste Ende des Bodens, wo sie alles übersehen konnte, ohne daß jemand sie bemerkte. Lange und mit unverwandten Augen sah sie dem Tanze zu, den wunderbaren und kühnen Sprüngen der kleinen Geschöpfe, die in der Luft zu schweben, die

Erde gar nicht zu berühren schienen, während die entzückende Melodie der Elfen ihre Seele erfüllte. Das Kind indessen, das in ihren Armen lag, ward schläfrig und holte tief Atem, und ohne an das zu denken, was sie der Alten versprochen, machte sie, wie man pflegt, das Zeichen des Kreuzes über den Mund des Knaben und sprach: »Christ segne dich, mein Kind!«

In demselben Augenblick, wo sie das Wort ausgesprochen hatte, erhob sich ein entsetzlicher, durchdringender Schrei. Die Geister stürzten Hals über Kopf in furchtbarem Gedränge zur Türe hinaus, ihre Lichtchen erloschen, und in wenig Minuten war das ganze Haus von ihnen verlassen und wie verödet. Orm und Aslaug, heftig erschrocken, bargen sich in dem heimlichsten Winkel des Hauses. Erst bei Tagesanbruch wagten sie sich hervor, und als die Sonne durch die Lücke im Dach auf den Herd herabschien, hatten sie Mut genug, vom Boden herabzusteigen.

Noch stand der Tisch gedeckt, so wie ihn die Unterirdischen gelassen hatten, und ihr Geschirr darauf, von Silber und auf das zierlichste gearbeitet. Mitten auf dem Boden ein mächtiger kupferner Kessel, halb mit süßem Methe angefüllt, zur Seite ein Trinkhorn aus reinem Golde. In dem Winkel lehnte an der Wand ein besaitetes Instrument, einem Hackbrett nicht unähnlich, welches Riesenweiber, wie man glaubt, zu spielen pflegen. Sie starrten alles mit Verwunderung an, ohne daß sie sich getraut hätten, etwas davon anzurühren; in das höchste Erstaunen aber gerieten sie, als sie, sich umwendend, eine große Gestalt oben an dem Tische sitzen sahen; Orm erkannte sogleich den Riesen, welchen Guru in der Nacht durch ihre Umarmung belebt hatte. Jetzt war er harter und kalter Stein. Während sie davorstanden, trat sie selbst in Riesengestalt zur Stube herein. Sie weinte so heftig, daß ihre Tränen auf die Erde herabrieselten. Vor Schluchzen konnte sie lang kein Wort hervorbringen, endlich sprach sie: »Großes Leid habt ihr mir zugefügt, und ich muß weinen, solange ich lebe; doch da ich weiß, daß ihr es nicht aus bösem Willen getan habt, so will ich euch verzeihen, obgleich es mir eine Kleinigkeit wäre, das ganze Haus über euch wie eine Eierschale zusammenzudrücken. Weh!« rief sie, »mein Hausherr, den ich mehr liebe als mich selbst, dort sitzt er auf immer erstarrt, niemals wird er seine Augen wieder aufschlagen! Dreihundert Jahre lebte ich bei meinem Vater auf der Insel Kunnan, glücklich in unschuldiger Jugend als die schönste unter den Riesenjungfrauen. Mächtige Freier bewarben sich um mich, noch steht das Meer rings um jene Insel voll von großen Felsenstücken, welche sie im Zweikampf gegeneinanderschleuderten. Andfind trug den Sieg davon, und ich verlobte mich mit ihm. Doch als ich noch Braut war, da kam der abscheuliche Odin ins Land, überwältigte meinen Vater und vertrieb uns alle von der Insel. Vater und Schwestern flüchteten in das Gebirge, und seitdem hat sie mein Auge nicht wieder erblickt. Ich und Andfind, wir retteten uns hierher auf diese Insel, wo wir lange Zeit in Ruhe und Frieden lebten und nie gestört zu werden glaubten. Aber das Schicksal, dem niemand entgeht, hatte es anders beschlossen. Oluf kam von Britannien. Sie nannten ihn den heiligen, und Andfind besorgte gleich, seine Fahrt werde den Riesen unheilbringend sein. Als er hörte, wie Olufs Schiff durch die Wellen heransauste, ging er hinab an den Strand und blies aus allen Kräften das Meer ihm entgegen, und es stürmte heftig, daß die Wellen wie Berge sich erhoben. Aber Oluf war noch mächtiger, sein Schiff flog unaufhaltsam durch die Wogen, nicht anders als ein Pfeil, der, vom Bogen abgeschossen, dahinfährt. Es steuerte gerade auf unsere Insel; als es so nah war, daß Andfind es mit Händen zu erreichen glaubte, griff er mit der Rechten in den Vorderteil und wollte es hinab in den Grund ziehen, wie er oft mit andern Schiffen getan hatte. Doch Oluf, der entsetzliche Oluf, trat hervor, und die Hände kreuzweis übereinandergeschlagen, rief er mit lauter Stimme: »Steh da als ein Stein bis zum Jüngsten Tag!«, und in demselben Augenblick war der arme Andfind in harten Kiesel verwandelt. Ungehindert segelte das Schiff weiter und gerade auf den Berg los, den es durchschnitt und von dem es die kleine Insel abtrennte, die draußen liegt. Seitdem war mein Glück vernichtet, einsam und traurig habe ich meine Jahre verlebt. Nur in der Julenacht können versteinerte Riesen auf sieben Stunden das Leben zurückerhalten, wenn jemand aus ihrem Geschlecht sie umarmt und zugleich hundert Jahre von dem eigenen Leben aufzuopfern bereit ist. Doch das tut selten ein Riese. Ich liebte meinen Hausherrn zu sehr, als daß ich nicht gerne jedesmal, wo ich es konnte, um den höchsten Preis ihn ins Leben zurückgerufen hätte, und ich wollte niemals nachzählen, wie oft ich es getan, damit ich nicht wüßte, wann die Zeit käme, wo ich selbst zu Stein werden und in dem Augenblick, wo ich die Arme um ihn schlänge, mit ihm zusammenwachsen würde. Doch auch dieser Trost ist mir genommen! Ich kann ihn mit keiner Umarmung mehr aufwecken, nachdem er den Namen gehört hat, den ich nicht nennen darf, und er wird das Licht nicht wieder schauen bis am Jüngsten Tag.

Ich gehe nun fort, ihr werdet mich niemals wiedersehen. Was in dem Hause hier ist, alles schenke ich euch, nur mein Saitenbrett will ich behalten, weil es Andfind mir gegeben hat. Aber daß niemand es wage, auf den kleinen Inseln, die ringsumher liegen, seinen Wohnsitz aufzuschlagen! Dort wohnen die kleinen Unterirdischen, die ihr bei dem Feste gesehen habt, und die will ich beschützen, solange ich lebe.«

Mit diesen Worten verschwand Guru. Im nächsten Frühjahr fuhr Orm mit dem goldnen Horn und dem Silberwerk nach Drontheim, wo ihn niemand kannte; der Wert des edlen Metalls war so groß, daß er sich alles ankaufen konnte, was ein wohlhabender Mann bedarf, und damit beladen, kehrte sein Schiff nach der Insel zurück, wo er lange Jahre in ungestörtem Glück zubrachte. Aslaugs Vater versöhnte sich bald mit dem reichen Schwiegersohn.

Das steinerne Bild blieb in dem Hause sitzen, keine menschliche Kraft war imstande, es zu bewegen, und der

Stein selbst so hart, daß Hammer und Axt absprangen, ohne es im geringsten zu verletzen. Der Riese saß da so lange, bis ein heiliger Mann auf die Insel kam, der durch ein einziges Wort ihn wieder an den Platz zurücksetzte, wo er früher gestanden hatte und wo er noch jetzt steht. Der kupferne Kessel, den die Unterirdischen zurückließen, wird als ein Andenken auf der Insel aufbewahrt, welche den Namen Hausinsel bis auf den heutigen Tag führt.

Schneeweißchen und Rosenrot

Eine arme Witwe, die lebte in einem kleinen Hüttchen, und vor dem Hüttchen war ein Garten, darin standen zwei Rosenbäumchen, wovon das eine weiße, das andere rote Rosen trug, und sie hatte zwei Kinder, die glichen den beiden Rosenbäumchen, und das eine hieß Schneeweißchen, das andere Rosenrot. Sie waren aber so fromm und so gut, so arbeitsam und unverdrossen, als noch jemals zwei Kinder auf der Welt gewesen sind, Schneeweißchen war nur stiller und sanfter als Rosenrot, das sprang lieber in den Wiesen und Feldern nach den Blumen und Sommervögeln, während Schneeweißchen daheim bei der Mutter saß, ihr vorlas oder im Hauswesen half. Sie hatten aber einander doch so lieb, daß, wenn sie zusammen gingen, sie sich an den Händen faßten und sagten: »Wir wollen uns niemals verlassen«; und die Mutter sprach dann: »Was das eine hat, soll's mit dem andern teilen!« Oft waren sie allein im Wald, wenn sie rote Beeren sammelten, aber kein Tier tat ihnen etwas zuleid, sondern waren ganz vertraulich mit ihnen; manches Häschen nahm ein Kohlblatt aus ihren Händen, das sie ihm mitgebracht hatten, und manches Rehkälbchen kam und wollte bei ihnen grasen. Kein Unfall betraf sie, und wenn sie sich verspäteten und die Nacht sie überfiel, so faßten sie sich einander an und schliefen, bis der Morgen kam, und die Mutter wußte das und hatte keine Sorge um sie. Einmal, als sie so im Wald erwachten, sahen sie ein fremdes, schönes Kind, schneeweiß gekleidet, das sich vor sie hingesetzt hatte, damit sie in der Dunkelheit keinen Schritt weitergegangen wären, weil sie sonst in einen Abgrund hinabgefallen wären. Es stand auf, sah sie freundlich an, sprach aber nicht und ging in den Wald hinein. Die Mutter sagte ihnen, das wäre der Engel gewesen, der für sie wache.

Sie hielten das Hüttchen der Mutter so reinlich, daß es eine Freude war anzusehen. Im Sommer besorgte Rosenrot das Haus, und alle Morgen, wenn die Mutter aufwachte, stand ein schöner Blumenstrauß vor dem Bett und von jedem Bäumchen eine Rose. War es Winter, so zündete Schneeweißchen das Feuer am Herd und hing den Kessel an den Feuerhaken, und der Kessel war von Messing, aber so rein, daß er wie Gold glänzte. Abends, wann die Flocken fielen, sagte die Mutter: »Geh hin, Schneeweißchen, und schieb den Riegel vor«, und dann setzten sie sich an den Herd, die Mutter nahm die Brille und las aus einem großen Buch vor, und die beiden Mädchen spannen und nähten, ein Lämmchen lag neben ihnen auf dem Boden, und hinter ihnen auf einer Stange saß ein weißes Täubchen und hatte seinen Kopf unter den Flügel gesteckt.

Nun trug es sich zu eines Abends, als sie beisammensaßen, daß jemand an die Türe klopfte, als wollte er eingelassen sein. Die Mutter sprach: »Mach auf, Rosenrot, es wird ein Wanderer sein, der Obdach sucht.« Rosenrot ging und schob den Riegel weg, aber es war kein Mensch, der eintrat, sondern ein schwarzer Bär streckte seinen dicken Kopf zur Türe herein. Rosenrot schrie laut und sprang zurück, das Lämmchen blökte, das Täubchen flatterte auf, und Schneeweißchen versteckte sich hinter der Mutter Bett. Aber der Bär fing an zu sprechen und sagte: »Fürchtet euch nicht, ich tue euch nichts zuleid, ich will mich nur ein wenig an eurem Feuer wärmen.« – »So leg dich nur dahin«, antwortete die Mutter und rief die Kinder und sprach: »Schneeweißchen! Rosenrot! Kommt nur her, der Bär tut euch nichts, er meint's ehrlich.« Da kamen die Kinder herbei, und das Lämmchen und das Täubchen verloren auch die Furcht und näherten sich. Nach einem Weilchen sagte der Bär: »Seid doch so gut, ihr Kinder, und klopft mir den Schnee ein wenig aus meinem Pelzwerk heraus.« Sie holten den Besen und kehrten den Bär ab, der streckte sich hin und brummte ganz vergnügt. Sie wurden endlich ganz vertraulich, zausten ihm sein Fell mit den Händen oder setzten ihre kleinen Füßchen auf ihn und walgerten ihn hin und her oder holten eine Gerte und schlugen damit auf ihn los. Der Bär ließ sich alles gefallen, nur wenn sie's gar zu arg machten, rief er: »Laßt mich nur am Leben,

Schneeweißchen! Rosenrot!
Schlägst dir den Freier tot!«

Als Schlafenszeit war und die andern zu Bett gingen, sagte die Mutter zum Bär: »Du kannst in Gottes Namen da am Herd liegenbleiben, so bist du vor dem Wetter geschützt.« Am andern Morgen, als es Tag war, ließen ihn die Kinder wieder hinaus, und er trabte über den Schnee fort in den Wald. Von nun an kam der Bär jeden Abend zu der bestimmten Stunde und legte sich an den Herd, und sie waren so gewohnt an ihn, daß die Türe abends nicht eher zugeriegelt wurde, als bis der schwarze Gast angelangt war.

Als das Frühjahr herangekommen und draußen alles grün war, sagte der Bär eines Morgens: »Nun muß ich fort und darf den ganzen Sommer nicht wiederkommen.« Sprach Schneeweißchen: »Wo gehst du hin?« – »Ich muß in den Wald und meine Schätze vor den Zwergen hüten, im Winter, wenn die Erde hart gefroren ist, da müssen sie unten bleiben und können nicht durchbrechen, aber jetzt steigen sie heraus, suchen und stehlen, und was sie einmal in ihre Höhlen getragen haben, das kommt so leicht nicht wieder an den Tag.« Da öffnete ihm Schneeweißchen die Türe, und als der Bär sich hinausdrängte, blieb er an einem Türhaken hängen, und ein Stück von seiner Haut riß auf, und da war es Schneeweißchen, als hätte es Gold durchschimmern gesehen, aber es wußte es nicht recht, weil der Bär eilig fortgelaufen war.

Nach einiger Zeit sagte die Mutter: »Geht, Kinder, und sammelt Reisig, unser Vorrat ist bald zu Ende.« Als sie draußen im Wald waren, sahen sie einen großen Baum, der gefällt auf der Erde lag, und an dem Stamm, zwischen dem Gras, sprang etwas auf und ab, sie konnten aber nicht unterscheiden, was es war. Sie gingen näher herzu und sahen einen Zwerg mit einem alten und verwelkten Gesicht und einem Bart, der ellenlang und schneeweiß war. Aber das Ende des Barts war in eine Spalte des Baumstammes eingeklemmt, und der Kleine sprang hin und her wie ein Hündchen an einem Riemen und wußte nicht, wie er sich helfen sollte. Er glotzte die Mädchen mit seinen roten, feurigen Augen an und rief: »Was steht ihr da, könnt ihr nicht herbeigehen und mir Beistand leisten!« – »Was hast du denn angefangen, du kleines Männchen?« fragte Rosenrot. »Neugierige Geschöpfe!« antwortete der Zwerg, »den Baum da habe ich mir spalten wollen, um kleines Holz zum Kochen zu haben, bei einem dicken Klotz verbrennt gleich das bißchen Speise, das unsereiner braucht. Ich hatte einen Keil hineingetrieben, aber das verwünschte Stück Holz muß zu glatt gewesen sein, er sprang wieder heraus, und da fuhr der Baum wie der Blitz zusammen, und ich konnte nicht geschwind wieder zurück, da ist das Ende von meinem schönen, weißen Bart steckengeblieben. Ihr habt gut lachen mit euren albernen, glatten Milchgesichtern, pfui! wie garstig seid ihr!« Die Kinder zogen an dem Bart, aber umsonst, er steckte zu fest. »Ich will laufen und Leute holen«, sagte Rosenrot. »Ei was«, schnarrte der Zwerg, »wer wird gleich Leute herbeirufen, das wäre mir gelegen, dumme Gänse! Wißt ihr keinen bessern Rat?« – »Warte«, sprach Schneeweißchen, »ich will dir helfen«, holte seine Schere aus der Tasche und schnitt das Ende des Barts ab. Als der Zwerg sich frei fühlte, griff er nach einem Sack Gold, der unter dem Baum lag, brummte dabei: »Ungeschlachtes Volk! schneidet mir ein Stück von dem prächtigen Bart ab, lohn's euch der Kuckuck!« Schwang den Sack auf seinen Rücken und ging fort, ohne zu den Kindern ein Wort Dank zu sagen oder sie nur einmal noch anzusehen.

Ein andermal wollten Schneeweißchen und Rosenrot ein

paar Fische zum Abendessen mit der Angel fangen. Als sie sich dem Bache näherten, sahen sie, daß etwas, wie eine Heuschrecke, in großen Sprüngen nach dem Wasser zu hüpfte, als wollte es hinein. Sie liefen herzu und erkannten den Zwerg. »Was hast du vor?« fragte Rosenrot. »Seht ihr's denn nicht? Der verwünschte Fisch zieht mich ins Wasser.« Der Kleine hatte geangelt und der Wind seinen Bart mit der Angelschnur verflochten, nun hatte unglücklicherweise ein großer Fisch angebissen, und der Zwerg war nicht mächtig genug, ihn herauszuziehen, sondern der Fisch behielt die Oberhand und zog den Zwerg zu sich. Zwar hielt sich dieser an allen Halmen und Binsen fest, aber es half nicht, er mußte dem Fisch folgen und einen Sprung nach dem andern machen. Die guten Kinder kamen noch zu rechter Zeit und hielten den Kleinen fest; denn ein wenig später, so lag er im Wasser, und es war um ihn geschehen. Sie versuchten, den Bart von der Angelschnur frei zu machen, aber es war nicht möglich, so sehr waren beide ineinander verwirrt. Es blieb nichts anderes übrig, als daß sie die Schere wieder hervorholten und den Bart abschnitten, dabei ging aber ein kleiner Teil desselben verloren. Als der Zwerg das sah, schrie er sie an: »Ihr Lorche, ist das Manier, einem das Gesicht zu schänden, erst habt ihr mir den Bart unten abgestutzt, jetzt schneidet ihr den schönsten Teil davon weg; ich darf mich ja vor den Meinigen nicht sehen lassen! So wollt' ich, daß ihr laufen müßtet und die Schuhsohlen verloren hättet!« Dann griff er nach einem Sack Perlen, der da im Schilfe lag, und stillschweigens, ohne weiter ein Wort zu sagen, schleppte er ihn fort und verschwand hinter einem Stein.

Abermals, nicht lange darnach, schickte die Mutter die beiden Kinder nach der Stadt, sie sollten Zwirn und Nadeln, Schnüre und Bänder einkaufen. Als sie auf einer Heide anlangten, auf der hier und da große Felsenstücke lagen, sahen sie einen großen Vogel in der Luft, der langsam in Kreisen über ihnen sich schwang und immer tiefer senkte, bis er endlich nicht weit bei einem Felsen niederstieß. Gleich darauf hörten sie ein erbärmliches Geschrei. Sie liefen herzu und sahen mit Erstaunen, daß der Adler den wohlbekannten Zwerg gepackt hatte, welcher eben aus einer Öffnung im Stein hervorgestiegen war, und daß er ihn forttragen wollte. Die mitleidigen Kinder packten gleich das Männchen fest und zerrten sich so lange mit dem Adler herum, bis er seine Beute mußte fahrenlassen. Als der Zwerg sich vom ersten Schrecken erholt hatte, sprach er: »Konntet ihr mich nicht säuberlicher angreifen, gerissen habt ihr an meinem Röckchen, daß es an mehr als einer Stelle Löcher bekommen hat, zutäppisches Gesindel!« Dann nahm er einen Sack mit Edelsteinen und schlüpfte wieder in seine Höhle. Die Mädchen waren an seinen Undank schon gewöhnt, setzten ihren Weg fort und verrichteten ihr Geschäft in der Stadt. Als sie beim Heimweg wieder auf die Heide kamen, überraschten sie den Zwerg, der wohl gedacht hatte, so spät würde niemand mehr des Weges gehen. Er hatte sich ein reinliches Plätzchen ausgesucht und seinen Sack mit Edelsteinen ausgeschüttet. Da lagen sie ringsherum, und weil die Abendsonne drüberhinschien, schimmerten sie so prächtig in allen Farben, blau, rot, grün und gelb, daß die Kinder stehenblieben und sie betrachteten. »Was steht ihr da und habt Maulaffen feil!« schrie der Zwerg ärgerlich und wollte sie weiter ausschelten, als er etwas brummen hörte und in dem Augenblick auch ein Bär aus dem Wald dahertrabte. Erschrocken sprang er auf und wollte entfliehen, aber er konnte nicht mehr zu seinem Schlupfwinkel gelangen, der Bär war zu nah. Da rief er in Herzensangst: »Lieber Herr Bär, verschont mich, und ich will Euch alle meine Schätze geben, alle die Edelsteine, die da liegen; was habt Ihr an mir armen, kleinen Kerl, Ihr spürt mich nicht in den Zähnen, aber die beiden Mädchen da, das ist ein zarter Bissen, fett wie junge Wachteln! Die freßt in Gottes Namen!« Der Bär kümmerte sich um seine Worte nicht und gab dem boshaften Geschöpf einen einzigen Schlag mit der Tatze, und es regte sich nicht mehr.

Die Mädchen waren fortgesprungen, aber der Bär rief ihnen nach: »Schneeweißchen! Rosenrot! fürchtet euch nicht, bleibt stehen und wartet, ich will mit euch gehen.« Sie erkannten die Stimme ihres alten Freundes und blieben stehen; da lief er herzu, und als er bei ihnen war, fiel die Bärenhaut von ihm ab, und ein prächtiger, ganz in Gold gekleideter Königssohn stand vor ihnen und erzählte, er sei verwünscht worden und erst durch den Tod des bösen Zwergs erlöst. Und Schneeweißchen ward seine Gemahlin und Rosenrot mit dem Bruder des Königs vermählt und war ebenso reich; denn sie erhielt das Gold, die Perlen und Edelsteine, die der Zwerg in seiner Höhle zusammengetragen hatte. Und die alte Mutter lebte ganz glückselig bei ihnen, und die zwei Rosenbäumchen hatte sie mitgenommen, und sie standen vor ihrem Fenster und trugen jedes Jahr die schönsten Rosen, weiß und rot.

Noch waren die jungen Männer im Gespräch über diese Märchen und über den Alten, den Derwisch Mustapha; sie fühlten sich nicht wenig geehrt, daß ein so alter und berühmter Mann sie seiner Aufmerksamkeit gewürdigt und sogar öfters mit ihnen gesprochen und gestritten hatte. Da kam plötzlich der Aufseher der Sklaven zu ihnen und lud sie ein, ihm zum Scheik zu folgen, der sie sprechen wolle. Den Jünglingen pochte das Herz. Noch nie hatten sie mit einem so vornehmen Mann gesprochen, nicht einmal allein, viel weniger in so großer Gesellschaft. Doch sie faßten sich, um nicht als Toren zu erscheinen, und folgten dem Aufseher der Sklaven zum Scheik. Ali Banu saß auf einem reichen Polster und nahm Sorbet zu sich. Zu seiner Rechten saß der Alte, sein dürftiges Kleid ruhte auf herrlichen Polstern, seine ärmlichen Sandalen hatte er auf einen reichen Teppich von persischer Arbeit gestellt, aber sein schöner Kopf, sein Auge voll Würde und Weisheit zeigte an, daß er würdig sei, neben einem Mann wie der Scheik zu sitzen.

Der Scheik war sehr ernst, und der Alte schien ihm Trost und Mut zuzusprechen; die Jünglinge glaubten auch in ihrem Ruf vor das Angesicht des Scheik eine List des Alten zu entdecken, der wahrscheinlich den trauernden Vater durch ein Gespräch mit ihnen zerstreuen wollte.

»Willkommen, ihr jungen Männer«, sprach der Scheik, »willkommen in dem Hause Ali Banus. Mein alter Freund hier hat sich meinen Dank verdient, daß er euch hier einführte, doch zürne ich ihm ein wenig, daß er mich nicht früher mit euch bekannt machte. Wer von euch ist denn der junge Schreiber?«

»Ich, o Herr! und zu Euren Diensten!« sprach der junge Schreiber, indem er die Arme über der Brust kreuzte und sich tief verbeugte.

»Ihr hört also sehr gerne Geschichten und leset gerne Bücher mit schönen Versen und Denksprüchen?«

Der junge Mann erschrak und errötete; denn ihm fiel bei, wie er damals den Scheik bei dem Alten getadelt und gesagt hatte, an seiner Stelle würde er sich erzählen oder aus Büchern vorlesen lassen. Er war dem schwatzhaften Alten, der dem Scheik gewiß alles verraten hatte, in diesem Augenblick recht gram, warf ihm einen bösen Blick zu und sprach dann: »O Herr! Allerdings kenne ich für meinen Teil keine angenehmere Beschäftigung, als mit dergleichen den Tag zuzubringen. Es bildet den Geist und vertreibt die Zeit. Aber jeder nach seiner Weise, ich tadle darum gewiß keinen, der nicht –«

»Schon gut, schon gut«, unterbrach ihn der Scheik lachend und winkte den Zweiten herbei. »Wer bist denn du?« fragte er ihn.

»Herr, ich bin meines Amtes der Gehilfe eines Arztes und habe selbst schon einige Kranke geheilt.«

»Richtig«, erwiderte der Scheik, »und Ihr seid es auch, der das Wohlleben liebet; Ihr möchtet gerne mit guten Freunden hie und da tafeln und guter Dinge sein? Nicht wahr, ich habe es erraten?«

Der junge Mann war beschämt, er fühlte, daß er verraten war und daß der Alte auch von ihm dem Scheik gebeichtet haben mußte. Er faßte sich aber ein Herz und antwortete: »O ja, Herr, ich rechne es unter des Lebens Glückseligkeiten, hie und da mit guten Freunden fröhlich sein zu können. Mein Beutel reicht nun zwar nicht weiter hin, als meine Freunde mit Wassermelonen oder dergleichen wohlfeilen Sachen zu bewirten; doch sind wir auch dabei fröhlich, und es läßt sich denken, daß wir es noch um ein gutes Teil mehr wären, wenn ich mehr Geld hätte.«

Dem Scheik gefiel diese beherzte Antwort, und er konnte sich nicht enthalten, darüber zu lachen. »Welcher ist denn der junge Kaufmann?« fragte er weiter.

Der junge Kaufmann verbeugte sich mit freiem Anstand vor dem Scheik, denn er war ein Mensch von guter Erziehung; der Scheik aber sprach: »Und Ihr? Ihr habt Freude an Musik und Tanz? Ihr höret es gerne, wenn gute Künstler etwas spielen und singen, und sehet gerne Tänzer künstliche Tänze ausführen?«

Der junge Kaufmann antwortete: »Ich sehe wohl, o Herr, daß jener alte Mann, um Euch zu belustigen, unsere Torheiten insgesamt verraten hat. Wenn es ihm gelang, Euch dadurch aufzuheitern, so habe ich gerne zu Eurem Scherz gedient. Was aber Musik und Tanz betrifft, so gestehe ich, es gibt nicht leicht etwas, was mein Herz also vergnügt. Doch glaubet nicht, daß ich deswegen Euch tadle, o Herr, wenn Ihr nicht ebenfalls –«

»Genug, nicht weiter!« rief der Scheik, lächelnd mit der Hand abwehrend, »jeder nach seiner Weise, wollet Ihr sagen; aber dort steht ja noch einer; das ist wohl der, welcher so gerne reisen möchte? Wer seid denn Ihr, junger Herr?«

»Ich bin ein Maler, o Herr«, antwortete der junge Mann; »ich male Landschaften, teils an die Wände der Säle, teils auf Leinwand. Fremde Länder zu sehen ist allerdings mein Wunsch, denn man sieht dort allerlei schöne Gegenden, die man wieder anbringen kann; und was man sieht und abzeichnet, ist doch in der Regel immer schöner, als was man nur so selbst erfindet.«

Der Scheik betrachtete jetzt die schönen jungen Leute, und sein Blick wurde ernst und düster. »Ich hatte einst auch einen lieben Sohn«, sagte er, »und er müßte nun auch so herangewachsen sein wie ihr. Da solltet ihr seine Genossen und Begleiter sein, und jeder eurer Wünsche würde von selbst befriedigt werden. Mit jenem würde er lesen, mit diesem Musik hören, mit dem andern würde er gute Freunde einladen und fröhlich und guter Dinge sein, und mit dem Maler ließe ich ihn ausziehen in schöne Gegenden und wäre dann gewiß, daß er immer wieder zu mir zurückkehrte. So hat es aber Allah nicht gewollt, und ich füge mich in seinen Willen ohne Murren. Doch es steht in meiner Macht, eure Wünsche dennoch zu erfüllen, und ihr sollet freudigen Herzens von Ali Banu gehen. Ihr, mein gelehrter Freund«, fuhr er fort, indem er sich zu dem Schreiber wandte, »wohnet von jetzt an in meinem Hause und seid über meine Bücher gesetzt. Ihr könnet noch dazu anschaffen, was Ihr wollet und für gut haltet, und Euer einziges Geschäft sei, mir, wenn Ihr etwas recht Schönes gelesen habt, zu erzählen. Ihr, der Ihr eine gute Tafel unter Freunden liebet, Ihr sollet der Aufseher über meine Vergnügungen sein. Ich selbst zwar lebe einsam und ohne Freude, aber es ist meine Pflicht, und mein Amt bringt es mit sich, hie und da viele Gäste einzuladen. Dort sollet Ihr an meiner Stelle alles besorgen und könnet von Euren Freunden dazu einladen, wen Ihr nur wollet; versteht sich, auf etwas Besseres als Wassermelonen. Den jungen Kaufmann da darf ich freilich seinem Geschäft nicht entziehen, das ihm Geld und Ehre bringt; aber alle Abende stehen Euch, mein junger Freund, Tänzer, Sänger und Musikanten zu Dienste, soviel Ihr wollet. Lasset Euch aufspielen und tanzen nach Herzenslust. Und Ihr«, sprach er zu dem Maler, »Ihr sollet fremde Länder sehen und das Auge durch Erfahrung schärfen. Mein Schatzmeister wird Euch zu der ersten Reise, die Ihr morgen antreten könnet, tausend Goldstücke reichen, nebst zwei Pferden und einem Sklaven. Reiset, wohin Euch das Herz treibt, und wenn Ihr etwas Schönes sehet, so malet es für mich.«

Die jungen Leute waren außer sich vor Erstaunen, sprachlos vor Freude und Dank. Sie wollten den Boden vor den Füßen des gütigen Mannes küssen, aber er ließ es nicht zu. »Wenn ihr einem zu danken habt«, sprach er, »so ist es diesem weisen Mann hier, der mir von euch erzählte. Auch mir hat er dadurch Vergnügen gemacht, vier so muntere junge Leute eurer Art kennenzulernen.«

Der Derwisch Mustapha aber wehrte den Dank der Jünglinge ab. »Sehet«, sprach er, »wie man nie voreilig urteilen muß; habe ich euch zuviel von diesem edeln Mann gesagt?«

»Lasset uns nun noch den letzten meiner Sklaven, die heute frei sind, erzählen hören«, unterbrach ihn Ali Banu, und die Jünglinge begaben sich an ihre Plätze.

Jener junge Sklave, der die Aufmerksamkeit aller durch seinen Wuchs, durch seine Schönheit und seinen mutigen Blick in so hohem Grade auf sich gezogen hatte, stand jetzt auf, verbeugte sich vor dem Scheik und fing mit wohltönender Stimme also zu sprechen an:

Die Geschichte Almansors

O Herr! Die Männer, die vor mir gesprochen haben, erzählten mancherlei wunderbare Geschichten, die sie gehört hatten in fremden Ländern; ich muß mit Beschämung gestehen, daß ich keine einzige Erzählung weiß, die Eurer Aufmerksamkeit würdig wäre. Doch wenn es Euch nicht langweilt, will ich Euch die wunderbaren Schicksale eines meiner Freunde vortragen.

Auf jenem algierischen Kaperschiff, von welchem mich Eure milde Hand befreit hat, war ein junger Mann in meinem Alter, der mir nicht für das Sklavenkleid geboren schien, das er trug. Die übrigen Unglücklichen auf dem Schiffe waren entweder rohe Menschen, mit denen ich nicht leben mochte, oder Leute, deren Sprache ich nicht verstand; darum fand ich mich zu der Zeit, wo wir ein Stündchen frei hatten, gerne zu dem jungen Mann. Er nannte sich Almansor und war seiner Aussprache nach ein Ägyptier. Wir unterhielten uns recht angenehm miteinander und kamen eines Tages auch darauf, uns unsere Geschichte zu erzählen, da dann die meines Freundes allerdings bei weitem merkwürdiger war als die meinige.

Almansors Vater war ein vornehmer Mann in einer ägyptischen Stadt, deren Namen er mir nicht nannte. Er lebte die Tage seiner Kindheit vergnügt und froh und umgeben von allem Glanz und Bequemlichkeit der Erde. Aber er wurde dabei doch nicht weichlich erzogen, und sein Geist wurde frühzeitig ausgebildet; denn sein Vater war ein weiser Mann, der ihm Lehren der Tugend gab, und überdies hatte er zum Lehrer einen berühmten Gelehrten, der ihn in allem unterrichtete, was ein junger Mensch wissen muß. Almansor war etwa zehn Jahre alt, als die Franken über das Meer her in das Land kamen und Krieg mit seinem Volke führten.

Der Vater des Knaben mußte aber den Franken nicht sehr günstig gewesen sein; denn eines Tages, als er eben zum Morgengebet gehen wollte, kamen sie und verlangten zuerst seine Frau als Geisel seiner treuen Gesinnungen gegen das Frankenvolk, und als er sie nicht geben wollte, schleppten sie seinen Sohn mit Gewalt ins Lager.

Als der junge Sklave also erzählte, verhüllte der Scheik sein Angesicht, und es entstand ein Murren des Unwillens im Saal. »Wie«, riefen die Freunde des Scheik, »wie kann der junge Mann dort so töricht handeln und durch solche Geschichten die Wunden Ali Banus aufreißen, statt sie zu mildern, wie kann er ihm seinen Schmerz erneuern, statt ihn zu zerstreuen?« Der Sklavenaufseher selbst war voll Zorn über den unverschämten Jüngling und gebot ihm zu schweigen. Der junge Sklave aber war sehr erstaunt über dies alles und fragte den Scheik, ob denn in seiner Erzählung etwas liege, das sein Mißfallen erregt habe? Der Scheik richtete sich bei diesen Worten auf und sprach: »Seid doch ruhig, ihr Freunde; wie kann denn dieser Jüngling etwas von meinem betrübten Schicksal wissen, da er nur kaum drei Tage unter diesem Dache ist! Kann es denn bei den Greueln, die diese Franken verübten, nicht ein ähnliches Geschick wie das meine geben, kann nicht vielleicht selbst jener Almansor – doch erzähle immer weiter, mein junger Freund!«

Der junge Sklave verbeugte sich und fuhr fort: Der junge Almansor wurde also in das fränkische Lager geführt. Es erging ihm dort im ganzen gut; denn einer der Feldherrn ließ ihn in sein Zelt kommen und hatte seine Freude an den Antworten des Knaben, die ihm ein Dragoman übersetzen mußte; er sorgte für ihn, daß ihm an Speise und Kleidung nichts abginge, aber die Sehnsucht nach Vater und Mutter machte dennoch den Knaben höchst unglücklich. Er weinte viele Tage lang, aber seine Tränen rührten diese Männer nicht. Das Lager wurde aufgebrochen, und Almansor glaubte jetzt wieder zurückkehren zu dürfen; aber es war nicht so; das Heer zog hin und her, führte Krieg mit den Mamelucken, und den jungen Almansor schleppten sie immer mit sich. Wenn er dann die Hauptleute und Feldherrn anflehte, ihn doch wieder heimkehren zu lassen, so verweigerten sie es und sagten, er müsse ein Unterpfand von seines Vaters Treue sein. So war er viele Tage lang auf dem Marsch.

Auf einmal aber entstand eine Bewegung im Heer, die dem Knaben nicht entging; man sprach von Einpacken, von Zurückziehen, vom Einschiffen, und Almansor war außer sich vor Freude, denn jetzt, wenn die Franken in ihr Land zurückkehrten, jetzt mußte er ja frei werden. Man zog mit Roß und Wagen rückwärts gegen die Küste, und endlich war man so weit, daß man die Schiffe vor Anker liegen sah. Die Soldaten schifften sich ein, aber es wurde Nacht, bis nur ein kleiner Teil eingeschifft war. So gerne Almansor gewacht hätte, weil er jede Stunde glaubte freigelassen zu werden, so verfiel er doch endlich in einen tiefen Schlaf, und er glaubt, die Franken haben ihm etwas unter das Wasser gemischt, um ihn einzuschläfern. Denn als er aufwachte, schien der helle Tag in eine kleine Kammer, worin er nicht gewesen war, als er einschlief. Er sprang auf von seinem Lager, aber als er auf den Boden kam, fiel er um; denn der Boden schwankte hin und wider, und es schien sich alles zu bewegen und im Kreis um ihn her zu tanzen. Er raffte sich wieder auf, hielt sich an den Wänden fest, um aus dem Gemach zu kommen, worin er sich befand.

Ein sonderbares Brausen und Zischen war um ihn her; er wußte nicht, ob er träume oder wache; denn er hatte nie Ähnliches gesehen oder gehört. Endlich erreichte er eine kleine Treppe; mit Mühe klemmte er hinauf, und welcher Schrecken befiel ihn! Ringsumher war nichts als Himmel und Meer, er befand sich auf einem Schiffe. Da fing er kläglich an zu weinen. Er wollte zurückgebracht werden, er wollte ins Meer sich stürzen und hinüberschwimmen nach seiner Heimat; aber die Franken hielten ihn fest, und einer der Befehlshaber ließ ihn zu sich kommen, versprach ihm, wenn er gehorsam sei, solle er bald wieder in seine Heimat kommen, und stellte ihm vor, daß es nicht mehr möglich gewesen wäre, ihn vom Land aus nach Hause zu bringen; dort aber hätte er, wenn man ihn zurückgelassen, elendiglich umkommen müssen.

Wer aber nicht Wort hielt, waren die Franken; denn das Schiff segelte viele Tage lang weiter, und als es endlich landete, war man nicht an Ägyptens Küste, sondern in Frankistan! Almansor hatte während der langen Fahrt und schon im Lager einiges von der Sprache der Franken verstehen und sprechen gelernt, was ihm in diesem Lande, wo niemand seine Sprache kannte, sehr gut zustatten kam. Er wurde viele Tage lang durch das Land in das Innere geführt, und überall strömte das Volk zusammen, um ihn zu sehen; denn seine Begleiter sagten aus, er wäre der Sohn des Königs von Ägypten, der ihn zu seiner Ausbildung nach Frankistan schicke.

So sagten aber diese Soldaten nur, um das Volk glauben zu machen, sie haben Ägypten besiegt und stehen in tiefem Frieden mit diesem Land. Nachdem die Reise zu Land mehrere Tage gedauert hatte, kamen sie in eine große Stadt, dem Ziel ihrer Reise. Dort wurde er einem Arzt übergeben, der ihn in sein Haus nahm und in allen Sitten und Gebräuchen von Frankistan unterwies.

Er mußte vor allem fränkische Kleider anlegen, die sehr enge und knapp waren und bei weitem nicht so schön wie seine ägyptischen. Dann durfte er nicht mehr seine Verbeugung mit gekreuzten Armen machen, sondern wollte er jemand seine Ehrerbietung bezeugen, so mußte er mit der einen Hand die ungeheure Mütze von schwarzem Filz, die alle Männer trugen und die man auch ihm aufgesetzt hatte, vom Kopf reißen, mit der einen Hand mußte er auf die Seite fahren und mit dem rechten Fuß auskratzen. Er durfte auch nicht mehr mit überschlagenen Beinen sitzen, wie es angenehme Sitte ist im Morgenland, sondern auf hochbeinige Stühle mußte er sich setzen und die Füße herabhängen lassen auf den Boden. Das Essen machte ihm auch nicht geringe Schwierigkeit; denn alles, was er zum Munde bringen wollte, mußte er zuvor auf eine Gabel von Eisen stecken.

Der Doktor aber war ein strenger, böser Mann, der den Knaben plagte; denn wenn er sich jemals vergaß und zu einem Besuch sagte: »*Salem aleikum!*«, so schlug er ihn mit dem Stock; denn er sollte sagen: »*Votre serviteur!*« Er durfte auch nicht mehr in seiner Sprache denken und sprechen oder schreiben, höchstens durfte er darin träumen, und er hätte vielleicht seine Sprache gänzlich verlernt, wenn nicht ein Mann in jener Stadt gelebt hätte, der ihm von großem Nutzen war.

Es war dies ein alter, aber sehr gelehrter Mann, der viele morgenländische Sprachen verstand, Arabisch, Persisch, Koptisch, sogar Chinesisch, von jedem etwas; er galt in jenem Land für ein Wunder von Gelehrsamkeit, und man gab ihm viel Geld, daß er diese Sprachen andere Leute lehrte. Dieser Mann ließ nun den jungen Almansor alle Wochen einigemal zu sich kommen, bewirtete ihn mit seltenen Früchten und dergleichen, und dem Jüngling war es dann, als wäre er zu Haus; denn der alte Herr war gar ein sonderbarer Mann. Er hatte Almansor Kleider machen lassen, wie sie vornehme Leute in Ägypten tragen. Diese Kleider bewahrte er in seinem Hause in einem besonderen Zimmer auf. Kam nun Almansor, so schickte er ihn mit einem Bedienten in jenes Zimmer und ließ ihn ganz nach seiner Landessitte ankleiden. Von da ging er dann nach »Kleinarabien«; so nannte man einen Saal im Hause des Gelehrten.

Dieser Saal war mit allerlei künstlich aufgezogenen Bäumen, als Palmen, Bambus, junge Zedern und dergleichen, und mit Blumen ausgeschmückt, die nur im Morgenland wachsen. Persische Teppiche lagen auf dem Fußboden, und an den Wänden waren Polster, nirgends aber ein fränkischer Stuhl oder Tisch. Auf einem dieser Polster saß der alte Professor; er sah aber ganz anders aus als gewöhnlich; um den Kopf hatte er einen feinen türkischen Shawl als Turban gewunden, er hatte einen grauen Bart umgeknüpft, der ihm bis zum Gürtel reichte und aussah wie ein natürlicher, ehrwürdiger Bart eines gewichtigen Mannes. Dazu trug er einen Talar, den er aus einem brokatnen Schlafrock hatte machen lassen, weite türkische Beinkleider, gelbe Pantoffeln, und, so friedlich er sonst war, an diesen Tagen hatte er einen türkischen Säbel umgeschnallt, und im Gürtel stak ein Dolch, mit falschen Steinen besetzt. Dazu rauchte er aus einer zwei Ellen langen Pfeife und ließ sich von seinen Leuten bedienen, die ebenfalls persisch gekleidet waren und wovon die Hälfte Gesicht und Hände schwarz gefärbt hatte.

Von Anfang wollte dies alles dem jungen Almansor gar verwunderlich bedünken; aber bald sah er ein, daß solche Stunden, wenn er in die Gedanken des Alten sich fügte, sehr nützlich für ihn seien. Durfte er beim Doktor kein ägyptisches Wort sprechen, so war hier die fränkische Sprache sehr verboten. Almansor mußte beim Eintreten den Friedensgruß sprechen, den der alte Perser sehr feierlich erwiderte; dann winkte er dem Jüngling, sich neben ihn zu setzen, und begann Persisch, Arabisch, Koptisch und alle Sprachen untereinander zu sprechen und nannte dies eine gelehrte morgenländische Unterhaltung. Neben ihm stand ein Bedienter oder, was sie an diesem Tage vorstellten, ein Sklave, der ein großes Buch hielt; das Buch war aber ein Wörterbuch, und wenn dem Alten die Worte ausgingen, winkte er dem Sklaven, schlug flugs auf, was er sagen wollte, und fuhr dann zu sprechen fort.

Die Sklaven aber brachten in türkischem Geschirr Sorbet und dergleichen, und wollte Almansor dem Alten ein großes Vergnügen machen, so mußte er sagen, es sei alles bei ihm angeordnet wie im Morgenland. Almansor las sehr schön Persisch, und das war der Hauptvorteil für den Alten. Er hatte viele persische Manuskripte; aus diesen ließ er sich von dem Jüngling vorlesen, las aufmerksam nach und merkte sich auf diese Art die richtige Aussprache.

Das waren die Freudentage des armen Almansor; denn nie entließ ihn der alte Professor unbeschenkt, und oft trug er sogar kostbare Gaben an Geld oder Leinenzeug oder anderen notwendigen Dingen davon, die ihm der Doktor nicht geben wollte. So lebte Almansor einige Jahre in der Hauptstadt des Frankenlandes, und nie wurde seine Sehnsucht nach der Heimat geringer. Als er aber etwa fünfzehn Jahre alt war, begab sich ein Vorfall, der auf sein Schicksal großen Einfluß hatte.

Die Franken nämlich wählten ihren ersten Feldherrn, denselben, mit welchem Almansor so oft in Ägypten gesprochen hatte, zu ihrem König und Beherrscher; Almansor wußte zwar und erkannte es an den großen Festlichkeiten, daß etwas dergleichen in dieser großen Stadt geschehe, doch konnte er sich nicht denken, daß der König derselbe sei, den er in Ägypten gesehen; denn jener Feldherr war noch ein sehr junger Mann. Eines Tages aber ging Almansor über eine jener Brücken, die über den breiten Fluß führen, der die Stadt durchströmt; da gewahrte er in dem einfachen Kleid eines Soldaten einen Mann, der am Brückengeländer lehnte und in die Wellen sah. Die Züge dieses Mannes fielen ihm auf, und er erinnerte sich, ihn schon gesehen zu haben. Er ging also schnell die Kammern seiner Erinnerung durch, und als er an die Pforte der Kammer von Ägypten kam, da eröffnete sich ihm plötzlich das Verständnis, daß dieser Mann jener Feldherr der Franken sei, mit welchem er oft im Lager gesprochen und der immer gütig für ihn gesorgt hatte. Er wußte seinen rechten Namen nicht genau; er faßte sich daher ein Herz, trat zu ihm, nannte ihn, wie ihn die Soldaten unter sich nannten, und sprach, indem er nach seiner Landessitte die Arme über der Brust kreuzte: *»Salem aleikum, Petit-Caporal!«*

Der Mann sah sich erstaunt um, blickte den jungen Menschen mit scharfen Augen an, dachte über ihn nach und sagte dann: »Himmel, ist es möglich! du hier, Almansor? Was macht dein Vater? Wie geht es in Ägypten? Was führt dich zu uns hieher?«

Da konnte sich Almansor nicht länger halten; er fing an, bitterlich zu weinen, und sagte zu dem Mann: »So weißt du also nicht, was die Hunde, deine Landsleute, mit mir gemacht haben, *Petit-Caporal*? Du weißt nicht, daß ich das Land meiner Väter nicht mehr gesehen habe seit vielen Jahren?«

»Ich will nicht hoffen«, sagte der Mann, und seine Stirne wurde finster, »ich will nicht hoffen, daß man dich mit hinwegschleppte.«

»Ach, freilich«, antwortete Almansor; »an jenem Tag, wo eure Soldaten sich einschifften, sah ich mein Vaterland zum letztenmal; sie nahmen mich mit sich hinweg, und ein Hauptmann, den mein Elend rührte, zahlt ein Kostgeld für mich bei einem verwünschten Doktor, der mich schlägt und halb Hungers sterben läßt. Aber höre, *Petit-Caporal*«, fuhr er ganz treuherzig fort, »es ist gut, daß ich dich hier traf, du mußt mir helfen.«

Der Mann, zu welchem er dies sprach, lächelte und fragte, auf welche Weise er denn helfen sollte.

»Siehe«, sagte Almansor, »es wäre unbillig, wollte ich von dir etwas verlangen; du warst von jeher so gütig gegen mich, aber ich weiß, du bist auch ein armer Mensch, und wenn du auch Feldherr warst, gingst du nie so schön gekleidet wie die anderen; auch jetzt mußt du, nach deinem Rock und Hut zu urteilen, nicht in den besten Umständen sein. Aber da haben ja die Franken letzthin einen Sultan gewählt, und ohne Zweifel kennst du Leute, die sich ihm nahen dürfen, etwa seinen Janitscharen-Aga oder den Reis-Effendi oder seinen Kapudan-Pascha; nicht?«

»Nun ja«, antwortete der Mann, »aber wie weiter?«

»Bei diesen könntest du ein gutes Wort für mich einlegen, *Petit-Caporal*, daß sie den Sultan der Franken bitten, er möchte mich freilassen; dann brauche ich auch etwas Geld zur Reise übers Meer; vor allem aber mußt du mir versprechen, weder dem Doktor noch dem arabischen Professor etwas davon zu sagen.«

»Wer ist denn der arabische Professor?« fragte jener.

»Ach, das ist ein sonderbarer Mann; doch von diesem erzähle ich dir ein andermal. Wenn es die beiden hörten, dürfte ich nicht mehr aus Frankistan weg. Aber willst du für mich sprechen bei den Agas? Sage es mir aufrichtig!«

»Komm mit mir«, sagte der Mann, »vielleicht kann ich dir jetzt gleich nützlich sein.«

»Jetzt?« rief der Jüngling mit Schrecken. »Jetzt um keinen Preis, da würde mich der Doktor prügeln; ich muß eilen, daß ich nach Hause komme.«

»Was trägst du denn in diesem Korb?« fragte jener, indem er ihn zurückhielt. Almansor errötete und wollte es anfangs nicht zeigen; endlich aber sagte er: »Siehe, *Petit-Caporal*, ich muß hier Dienste tun wie der geringste Sklave meines Vaters. Der Doktor ist ein geiziger Mann und schickt mich alle Tage von unserem Hause eine Stunde weit auf den Gemüse- und Fischmarkt; da muß ich dann unter den schmutzigen Marktweibern einkaufen, weil es dort um einige Kupfermünzen wohlfeiler ist als in unserem Stadtteil. Siehe, wegen dieses schlechten Herings, wegen dieser Handvoll Salat, wegen dieses Stückchens Butter muß ich alle Tage zwei Stunden gehen. Ach, wenn es mein Vater wüßte!«

Der Mann, zu welchem Almansor dies sprach, war gerührt über die Not des Knaben und antwortete: »Komm nur mit mir und sei getrost; der Doktor soll dir nichts anhaben dürfen, wenn er auch heute weder Hering noch Salat verspeist! Sei getrosten Mutes und komm!« Er nahm bei diesen Worten Almansor bei der Hand und führte ihn mit sich, und obgleich diesem das Herz pochte, wenn er an den Doktor dachte, so lag doch so viele Zuversicht in den Worten und Mienen des Mannes, daß er sich entschloß, ihm zu folgen. Er ging also, sein Körbchen am Arm, neben dem Soldaten viele Straßen durch, und wunderbar wollte es ihm bedünken, daß alle Leute die Hüte vor ihnen abnahmen und stehenblieben und ihnen nachschauten. Er äußerte dies auch gegen seinen Begleiter, dieser aber lachte und sagte nichts darüber.

Sie gelangten endlich an ein prachtvolles Schloß, auf welches der Mann zuging. »Wohnst du hier, *Petit-Caporal*?« fragte Almansor.

»Hier ist meine Wohnung«, entgegnete jener, »und ich will dich zu meiner Frau führen.«

»Ei, da wohnst du schön!« fuhr Almansor fort. »Gewiß hat dir der Sultan hier freie Wohnung gegeben?«

»Diese Wohnung habe ich vom Kaiser, du hast recht«, antwortete sein Begleiter und führte ihn in das Schloß. Dort stiegen sie eine breite Treppe hinan, und in einem schönen Saal hieß er ihn seinen Korb absetzen und trat dann mit ihm in ein prachtvolles Gemach, wo eine Frau auf einem Diwan saß. Der Mann sprach mit ihr in einer fremden Sprache, worauf sie beide nicht wenig lachten, und die Frau fragte dann Almansor in fränkischer Sprache vieles über Ägypten. Endlich sagte *Petit-Caporal* zu dem Jüngling: »Weißt du, was das beste ist? Ich will dich gleich selbst zum Kaiser führen und bei ihm für dich sprechen.«

Almansor erschrak sehr, aber er gedachte an sein Elend und seine Heimat. »Dem Unglücklichen«, sprach er zu den beiden, »dem Unglücklichen verleiht Allah einen hohen Mut in der Stunde der Not, er wird auch mich armen Knaben nicht verlassen. Ich will es tun, ich will zu ihm gehen. Aber sage, Caporal, muß ich vor ihm niederfallen, muß ich die Stirne mit dem Boden berühren? Was muß ich tun?«

Die beiden lachten von neuem und versicherten, dies alles sei nicht nötig.

»Sieht er schrecklich und majestätisch aus, der Sultan?« fragte er weiter, »hat er einen langen Bart? Macht er feurige Augen? Sage, wie sieht er aus?«

Sein Begleiter lachte von neuem und sprach dann: »Ich will dir ihn lieber gar nicht beschreiben, Almansor, du selbst sollst erraten, welcher es ist. Nur das will ich dir als Kennzeichen angeben: Alle im Saal des Kaisers werden, wenn er da ist, die Hüte ehrerbietig abnehmen; der, welcher den Hut auf dem Kopf behält, der ist der Kaiser.« Bei diesen Worten nahm er ihn bei der Hand und ging mit ihm nach dem Saal des Kaisers. Je näher er kam, desto lauter pochte ihm das Herz, und die Kniee fingen ihm an zu zittern, als sie sich der Türe näherten. Ein Bedienter öffnete die Türe, und da standen in einem Halbkreis wenigstens dreißig Männer, alle prächtig gekleidet und mit Gold und Sternen überdeckt, wie es Sitte ist im Lande der Franken bei den vornehmsten Agas und Bassas der Könige; und Almansor dachte, sein Begleiter, der so unscheinbar gekleidet war, müsse der Geringsten einer sein unter diesen. Sie hatten alle das Haupt entblößt, und Almansor fing nun an, nach dem zu suchen, der den Hut auf dem Kopf hätte; denn dieser mußte der Kaiser sein. Aber vergebens war sein Suchen, alle hatten den Hut in der Hand, und der Kaiser mußte also nicht unter ihnen sein; da fiel sein Blick zufällig auf seinen Begleiter, und siehe – dieser hatte den Hut auf dem Kopf sitzen!

Der Jüngling war erstaunt, betroffen. Er sah seinen Begleiter lange an und sagte dann, indem er selbst seinen Hut abnahm: »*Salem aleikum, Petit-Caporal!* Soviel ich weiß, bin ich selbst nicht der Sultan der Franken, also kommt es mir nicht zu, mein Haupt zu bedecken; doch du bist der, der den Hut trägt – *Petit-Caporal*, bist denn du der Kaiser?«

»Du hast's erraten«, antwortete jener, »und überdies bin ich dein Freund. Schreibe dein Unglück nicht mir, sondern einer unglücklichen Verwirrung der Umstände zu, und sei versichert, daß du mit dem ersten Schiff in dein Vaterland zurücksegelst. Gehe jetzt wieder hinein zu meiner Frau, erzähle ihr vom arabischen Professor und was du weißt. Die Heringe und den Salat will ich dem Doktor schicken; du aber bleibst für deinen Aufenthalt in meinem Palast.«

So sprach der Mann, der Kaiser war; Almansor aber fiel vor ihm nieder, küßte seine Hand und bat ihn um Verzeihung, daß er ihn nicht erkannt habe, er habe es ihm gewiß nicht angesehen, daß er Kaiser sei.

»Du hast recht«, erwiderte jener lachend, »wenn man nur wenige Tage Kaiser ist, kann man es nicht an der Stirne geschrieben haben.« So sprach er und winkte ihm, sich zu entfernen.

Seit diesem Tage lebte Almansor glücklich und in Freuden. Den arabischen Professor, von welchem er dem Kaiser erzählte, durfte er noch einigemal besuchen, den Doktor aber sah er nicht mehr. Nach einigen Wochen ließ ihn der Kaiser zu sich rufen und kündigte ihm an, daß ein Schiff vor Anker liege, mit dem er ihn nach Ägypten senden wolle. Almansor war außer sich vor Freude; wenige Tage reichten hin, um ihn auszurüsten, und mit einem Herzen voll Dankes und mit Schätzen und Geschenken reich beladen, reiste er vom Kaiser ab ans Meer und schiffte sich ein.

Aber Allah wollte ihn noch länger prüfen, wollte seinen Mut im Unglück noch länger stählen und ließ ihn die Küste seiner Heimat noch nicht sehen. Ein anderes fränkisches Volk, die Engländer, führten damals Krieg mit dem Kaiser auf der See. Sie nahmen ihm alle Schiffe weg, die sie besiegen konnten, und so kam es, daß am sechsten Tage der Reise das Schiff, auf welchem sich Almansor befand, von englischen Schiffen umgeben und beschossen wurde; es mußte sich ergeben, und die ganze Mannschaft wurde auf ein kleineres Schiff gebracht, das mit den andern weitersegelte. Doch auf der See ist es nicht weniger unsicher als in der Wüste, wo unversehens die Räuber auf die Karawanen fallen und totschlagen und plündern. Ein Kaper von Tunis überfiel das kleine Schiff, das der Sturm von den größeren Schiffen getrennt hatte, und – es wurde genommen und alle Mannschaft nach Algier geführt und verkauft.

Almansor kam zwar nicht in so harte Sklaverei als die Christen, weil er ein rechtgläubiger Muselmann war; aber dennoch war jetzt wieder alle Hoffnung verschwunden, die Heimat und den Vater wiederzusehen. Dort lebte er bei einem reichen Mann fünf Jahre und mußte die Blumen begießen und den Garten bauen. Da starb der reiche Mann ohne nahe Erben, seine Besitzungen wurden zerrissen, seine Sklaven geteilt, und Almansor fiel in die Hände eines Sklavenmäklers. Dieser rüstete um diese Zeit ein Schiff aus, um seine Sklaven anderwärts teurer zu verkaufen. Der Zufall wollte, daß ich selbst ein Sklave dieses Händlers war und auf dasselbe Schiff kam, wo auch Almansor sich befand. Dort lernten wir uns kennen, und dort erzählte er mir seine wunderbaren Schicksale. Doch – als wir landeten, war ich Zeuge der wunderbarsten Fügung Allahs; es war die Küste seines Vaterlandes, an welche wir aus dem Boot stiegen, es war der Markt seiner Vaterstadt, wo wir öffentlich ausgeboten wurden, und, o Herr! daß ich es kurz sage, es war sein eigener, sein teurer Vater, der ihn kaufte!

Der Scheik Ali Banu war in tiefes Nachdenken versunken über diese Erzählung; sie hatte ihn unwillkürlich mit sich fortgerissen, seine Brust hob sich, sein Auge glühte, und er war oft nahe daran, seinen jungen Sklaven zu unterbrechen; aber das Ende der Erzählung schien ihn nicht zu befriedigen.

»Er könnte jetzt einundzwanzig Jahre haben, sagst du?« so fing er an zu fragen.

»Herr, er ist in meinem Alter, ein- bis zweiundzwanzig Jahre.«

»Und welche Stadt nannte er seine Geburtsstadt? Das hast du uns noch nicht gesagt.«

»Wenn ich nicht irre«, antwortete jener, »so war es Alessandria!«

»Alessandria!« rief der Scheik. »Es ist mein Sohn; wo ist er, wo ist er geblieben? Sagtest du nicht, daß er Kairam hieß? Hat er dunkle Augen und braunes Haar?«

»Er hat es, und in traulichen Stunden nannte er sich Kairam und nicht Almansor.«

»Aber, Allah! Allah! Sage mir doch, sein Vater hätte ihn vor deinen Augen gekauft, sagst du? Sagte er, es sei sein Vater? Also ist er doch nicht mein Sohn!«

Der Sklave antwortete: »Er sprach zu mir: ›Allah sei gepriesen nach so langem Unglück; das ist der Marktplatz meiner Vaterstadt.‹ Nach einer Weile aber kam ein vornehmer Mann um die Ecke; da rief er: ›Oh, was für ein teures Geschenk des Himmels sind die Augen! Ich sehe noch einmal meinen ehrwürdigen Vater!‹ Der Mann aber trat zu uns, betrachtet diesen und jenen und kauft endlich den, dem dies alles begegnet ist. Da rief er Allah an, sprach ein heißes Dankgebet und flüsterte mir zu: ›Jetzt gehe ich wieder ein in die Hallen meines Glückes, es ist mein eigener Vater, der mich gekauft hat.‹«

»Es ist also doch nicht mein Sohn, mein Kairam!« sagte der Scheik, von Schmerz bewegt.

Da konnte sich der Jüngling nicht mehr zurückhalten; Tränen der Freude entstürzten seinen Augen, er warf sich nieder vor dem Scheik und rief: »Und dennoch ist es Euer Sohn, Kairam Almansor; denn Ihr seid es, der ihn gekauft hat.«

»Allah, Allah! Ein Wunder, ein großes Wunder!« riefen die Anwesenden und drängten sich herbei; der Scheik aber stand sprachlos und staunte den Jüngling an, der sein schönes Antlitz zu ihm aufhob. »Mein Freund Mustapha!« sprach er zu dem alten Derwisch, »vor meinen Augen hängt ein Schleier von Tränen, daß ich nicht sehen kann, ob die Züge seiner Mutter, die mein Kairam trug, auf seinem Gesicht eingegraben sind. Trete du her und schaue ihn an!«

Der Alte trat herzu, sah ihn lange an, legte seine Hand auf die Stirne des jungen Mannes und sprach: »Kairam! Wie hieß der Spruch, den ich dir am Tage des Unglücks mitgab ins Lager der Franken?«

»Mein teurer Lehrer!« antwortete der Jüngling, indem er die Hand des Alten an seine Lippen zog; »er hieß: ›So einer Allah liebt und ein gut Gewissen hat, ist er auch in der Wüste des Elendes nicht allein; denn er hat zwei Gefährten, die ihm tröstend zur Seite gehen.‹«

Da hob der Alte seine Augen dankend auf zum Himmel,

zog den Jüngling herauf an seine Brust und gab ihn dem Scheik und sprach: »Nimm ihn hin! So gewiß du zehen Jahre um ihn trauertest, so gewiß ist es dein Sohn Kairam.«

Der Scheik war außer sich vor Freude und Entzücken; er betrachtete immer von neuem wieder die Züge des Wiedergefundenen, und unleugbar fand er das Bild seines Sohnes wieder, wie er ihn verloren hatte. Und alle Anwesenden teilten seine Freude; denn sie liebten den Scheik, und jedem unter ihnen war es, als wäre ihm heute ein Sohn geschenkt worden.

Jetzt füllte wieder Gesang und Jubel diese Halle wie in den Tagen des Glückes und der Freude. Noch einmal mußte der Jüngling und noch ausführlicher seine Geschichte erzählen, und alle priesen den arabischen Professor und den Kaiser und jeden, der sich Kairams angenommen hatte. Man war beisammen bis in die Nacht, und als man aufbrach, beschenkte der Scheik jeden seiner Freunde reichlich, auf daß er immer dieses Freudentages gedenke.

Die vier jungen Männer aber stellte er seinem Sohn vor und lud sie ein, ihn immer zu besuchen, und es war ausgemachte Sache, daß er mit dem Schreiber lesen, mit dem Maler kleine Reisen machen sollte, daß der Kaufmann Gesang und Tanz mit ihm teile und der andere alle Vergnügungen für sie bereiten solle. Auch sie wurden reich beschenkt und traten freudig aus dem Hause des Scheiks.

»Wem haben wir dies alles zu verdanken«, sprachen sie untereinander, »wem anders als dem Alten? Wer hätte dies damals gedacht, als wir vor diesem Hause standen und über den Scheik loszogen?«

»Und wie leicht hätte es uns einfallen können, die Lehren des alten Mannes zu überhören«, sagte ein anderer, »oder ihn ganz zu verspotten? Denn er sah doch recht zerrissen und ärmlich aus, und wer konnte denken, daß dies der weise Mustapha sei?«

»Und wunderbar! War es nicht hier, wo wir unsere Wünsche laut werden ließen?« sprach der Schreiber. »Da wollte der eine reisen, der andere singen und tanzen, der dritte gute Gesellschaft haben und ich – Geschichten lesen und hören, und sind nicht alle unsere Wünsche in Erfüllung gegangen? Darf ich nicht alle Bücher des Scheik lesen und kaufen, was ich will?«

»Und darf ich nicht seine Tafel zurichten und seine schönsten Vergnügen anordnen und selbst dabeisein?« sagte der andere.

»Und ich? sooft mich mein Herz gelüstet, Gesang und Saitenspiel zu hören oder einen Tanz zu sehen, darf ich nicht hingehen und mir seine Sklaven ausbitten?«

»Und ich!« rief der Maler, »vor diesem Tage war ich arm und konnte keinen Fuß aus dieser Stadt setzen, und jetzt kann ich reisen, wohin ich will!«

»Ja«, sprachen sie alle, »es war doch gut, daß wir dem Alten folgten; wer weiß, was aus uns geworden wäre!«

So sprachen sie und gingen freudig und glücklich nach Hause.

Das Wirtshaus im Spessart

Vor vielen Jahren, als im Spessart die Wege noch schlecht und nicht so häufig als jetzt befahren waren, zogen zwei junge Bursche durch diesen Wald. Der eine mochte achtzehn Jahre alt sein und war ein Zirkelschmied; der andere, ein Goldarbeiter, konnte nach seinem Aussehen kaum sechzehn Jahre haben und tat wohl jetzt eben seine erste Reise in die Welt. Der Abend war schon heraufgekommen, und die Schatten der riesengroßen Fichten und Buchen verfinsterten den schmalen Weg, auf dem die beiden wanderten. Der Zirkelschmied schritt wacker vorwärts und pfiff ein Lied, schwatzte auch zuweilen mit Munter, seinem Hund, und schien sich nicht viel darum zu kümmern, daß die Nacht nicht mehr fern, desto ferner aber die nächste Herberge sei. Aber Felix, der Goldarbeiter, sah sich oft ängstlich um. Wenn der Wind durch die Bäume rauschte, so war es ihm, als höre er Tritte hinter sich; wenn das Gesträuch am Wege hin und her wankte und sich teilte, glaubte er Gesichter hinter den Büschen lauern zu sehen.

Der junge Goldschmied war sonst nicht abergläubisch oder mutlos. In Würzburg, wo er gelernt hatte, galt er unter seinen Kameraden für einen unerschrockenen Burschen, dem das Herz am rechten Fleck sitze; aber heute war ihm doch sonderbar zumut. Man hatte ihm vom Spessart so mancherlei erzählt. Eine große Räuberbande sollte dort ihr Wesen treiben, viele Reisende waren in den letzten Wochen geplündert worden, ja, man sprach sogar von einigen greulichen Mordgeschichten, die vor nicht langer Zeit dort vorgefallen seien. Da war ihm nun doch etwas bange für sein

Leben, denn sie waren ja nur zu zwei und konnten gegen bewaffnete Räuber gar wenig ausrichten. Oft gereute es ihn, daß er dem Zirkelschmied gefolgt war, noch eine Station zu gehen, statt am Eingang des Waldes über Nacht zu bleiben.

»Und wenn ich heute nacht totgeschlagen werde und ums Leben und alles komme, was ich bei mir habe, so ist's nur deine Schuld, Zirkelschmied, denn du hast mich in den schrecklichen Wald hereingeschwätzt.«

»Sei kein Hasenfuß«, erwiderte der andere, »ein rechter Handwerksbursche soll eigentlich sich gar nicht fürchten. Und was meinst du denn? Meinst du, die Herren Räuber im Spessart werden uns die Ehre antun, uns zu überfallen und totzuschlagen? Warum sollten sie sich diese Mühe geben? Etwa wegen meines Sonntagsrocks, den ich im Ranzen habe, oder wegen des Zehrpfennigs von einem Taler? Da muß man schon mit vieren fahren, in Gold und Seide gekleidet sein, wenn sie es der Mühe wert finden, einen totzuschlagen.«

»Halt! hörst du nicht etwas pfeifen im Wald?« rief Felix ängstlich.

»Das war der Wind, der um die Bäume pfeift; geh nur rasch vorwärts, lange kann es nicht mehr dauern.«

»Ja, du hast gut reden wegen des Totschlagens«, fuhr der Goldarbeiter fort. »Dich fragen sie, was du hast, durchsuchen dich und nehmen dir allenfalls den Sonntagsrock und den Gulden und dreißig Kreuzer; aber mich, mich schlagen sie gleich anfangs tot, nur weil ich Gold und Geschmeide mit mir führe.«

»Ei, warum sollten sie dich totschlagen deswegen? Kämen jetzt vier oder fünf dort aus dem Busch mit geladenen Büchsen, die sie auf uns anlegten, und fragten ganz höflich: ›Ihr Herren, was habt ihr bei euch?‹ und ›Machet es euch bequem, wir wollen's euch tragen helfen‹, und was dergleichen anmutige Redensarten sind, da wärest du wohl kein Tor, machtest dein Ränzchen auf und legtest die gelbe Weste, den blauen Rock, zwei Hemden und alle Halsbänder und Armbänder und Kämme, und was du sonst noch hast, höflich auf die Erde und bedanktest dich fürs Leben, das sie dir schenkten?«

»So, meinst du?« entgegnete Felix sehr eifrig. »Den Schmuck für meine Frau Pate, die vornehme Gräfin, soll ich hergeben? Eher mein Leben; eher laß ich mich in kleine Stücke zerschneiden. Hat sie nicht Mutterstelle an mir vertreten und seit meinem zehnten Jahr mich aufziehen lassen? Hat sie nicht die Lehre für mich bezahlt und Kleider und alles? Und jetzt, da ich sie besuchen darf und etwas mitbringe von meiner eigenen Arbeit, das sie beim Meister bestellt hat, jetzt, da ich ihr an dem schönen Geschmeide zeigen könnte, was ich gelernt habe, jetzt soll ich das alles hergeben und die gelbe Weste dazu, die ich auch von ihr habe? Nein, lieber sterben, als daß ich den schlechten Menschen meiner Frau Pate Geschmeide gebe!«

»Sei kein Narr!« rief der Zirkelschmied; »wenn sie dich totschlagen, bekommt die Frau Gräfin den Schmuck dennoch nicht; drum ist es besser, du gibst ihn her und erhältst dein Leben.«

Felix antwortete nicht. Die Nacht war jetzt ganz heraufgekommen, und bei dem ungewissen Schein des Neumonds konnte man kaum auf fünf Schritte vor sich sehen. Er wurde immer ängstlicher, hielt sich näher an seinen Kameraden und war mit sich uneinig, ob er seine Reden und Beweise billigen sollte oder nicht. Noch eine Stunde beinahe waren sie so fortgegangen, da erblickten sie in der Ferne ein Licht. Der junge Goldschmied meinte aber, man dürfe nicht trauen, vielleicht könnte es ein Räuberhaus sein; aber der Zirkelschmied belehrte ihn, daß die Räuber ihre Häuser oder Höhlen unter der Erde haben, und dies müsse das Wirtshaus sein, das ihnen ein Mann am Eingang des Waldes beschrieben.

Es war ein langes, aber niedriges Haus, ein Karren stand davor, und nebenan im Stall hörte man Pferde wiehern. Der Zirkelschmied winkte seinem Gesellen an ein Fenster, dessen Laden geöffnet waren. Sie konnten, wenn sie sich auf die

Zehen stellten, die Stube übersehen. Am Ofen in einem Armstuhl schlief ein Mann, der seiner Kleidung nach ein Fuhrmann und wohl auch der Herr des Karren vor der Türe sein konnte. An der andern Seite des Ofens saßen ein Weib und ein Mädchen und spannen. Hinter dem Tisch an der Wand saß ein Mensch, der, ein Glas Wein vor sich, den Kopf in die Hände gestützt hatte, so daß sie sein Gesicht nicht sehen konnten. Der Zirkelschmied aber wollte aus seiner Kleidung bemerken, daß er ein vornehmer Herr sein müsse.

Als sie so noch auf der Lauer standen, schlug ein Hund im Hause an. Munter, des Zirkelschmieds Hund, antwortete, und eine Magd erschien in der Türe und schaute nach den Fremden heraus.

Man versprach, ihnen Nachtessen und Betten geben zu können. Sie traten ein und legten die schweren Bündel, Stock und Hut in die Ecken und setzten sich zu dem Herrn am Tische. Dieser richtete sich bei ihrem Gruße auf, und sie erblickten einen feinen jungen Mann, der ihnen freundlich für ihren Gruß dankte.

»Ihr seid spät auf der Bahn«, sagte er; »habt ihr euch nicht gefürchtet, in so dunkler Nacht durch den Spessart zu reisen? Ich für meinen Teil habe lieber mein Pferd in dieser Schenke eingestellt, als daß ich nur noch eine Stunde weitergeritten wäre.«

»Da habt Ihr allerdings recht gehabt, Herr!« erwiderte der Zirkelschmied. »Der Hufschlag eines schönen Pferdes ist Musik in den Ohren dieses Gesindels und lockt sie auf eine Stunde weit. Aber wenn ein paar arme Bursche wie wir durch den Wald schleichen, Leute, welchen die Räuber eher selbst etwas schenken könnten, da heben sie keinen Fuß auf!«

»Das ist wohl wahr«, entgegnete der Fuhrmann, der, durch die Ankunft der Fremden erweckt, auch an den Tisch getreten war; »einem armen Mann können sie nicht viel anhaben seines Geldes willen. Aber man hat Beispiele, daß sie arme Leute nur aus Mordlust niederstießen oder sie zwangen, unter die Bande zu treten und als Räuber zu dienen.«

»Nun, wenn es so aussieht mit diesen Leuten im Wald«, bemerkte der junge Goldschmied, »so wird uns wahrhaftig auch dieses Haus wenig Schutz gewähren. Wir sind nur zu vier und mit dem Hausknecht fünf; wenn es ihnen einfällt, zu zehen uns zu überfallen, was können wir gegen sie? Und überdies«, setzte er leise und flüsternd hinzu, »wer steht uns dafür, daß diese Wirtsleute ehrlich sind?«

»Da hat es gute Wege«, erwiderte der Fuhrmann. »Ich kenne diese Wirtschaft seit mehr als zehen Jahren und habe nie etwas Unrechtes darin verspürt. Der Mann ist selten zu Hause, man sagt, er treibe Weinhandel; die Frau aber ist eine stille Frau, die niemand Böses will; nein, dieser tut Ihr unrecht, Herr!«

»Und doch«, nahm der junge vornehme Herr das Wort, »doch möchte ich nicht so ganz verwerfen, was er gesagt. Erinnert euch an die Gerüchte von jenen Leuten, die in diesem Wald auf einmal spurlos verschwunden sind. Mehrere davon hatten vorher gesagt, sie werden in diesem Wirtshaus übernachten, und als man nach zwei oder drei Wochen nichts von ihnen vernahm, ihrem Weg nachforschte und auch hier im Wirtshause nachfragte, da soll nun keiner gesehen worden sein; verdächtig ist es doch.«

»Weiß Gott«, rief der Zirkelschmied, »da handelten wir ja vernünftiger, wenn wir unter dem nächsten besten Baum unser Nachtlager nähmen als hier in diesen vier Wänden, wo an kein Entspringen zu denken ist, wenn sie einmal die Türe besetzt haben; denn die Fenster sind vergittert.«

Sie waren alle durch diese Reden nachdenklich geworden. Es schien gar nicht unwahrscheinlich, daß die Schenke im Wald, sei es gezwungen oder freiwillig, im Einverständnis mit den Räubern war. Die Nacht schien ihnen daher gefährlich; denn wie manche Sage hatten sie gehört von Wanderern, die man im Schlaf überfallen und gemordet hatte, und sollte es auch nicht an ihr Leben gehen, so war doch ein Teil der Gäste in der Waldschenke von so beschränkten Mitteln, daß ihnen ein Raub an einem Teil ihrer Habe sehr empfindlich gewesen wäre. Sie schauten verdrießlich und düster in ihre Gläser. Der junge Herr wünschte auf seinem Roß durch ein sicheres, offenes Tal zu traben, der Zirkelschmied wünschte sich zwölf seiner handfesten Kameraden, mit Knütteln bewaffnet, als Leibgarde; Felix, der Goldarbeiter, trug Bange, mehr um den Schmuck seiner Wohltäterin als um sein Leben; der Fuhrmann aber, der einigemal den Rauch seiner Pfeife nachdenklich vor sich hingeblasen, sprach leise: »Ihr Herren, im Schlaf wenigstens sollen sie uns nicht überfallen. Ich für meinen Teil will, wenn nur noch einer mit mir hält, die ganze Nacht wach bleiben.«

»Das will ich auch.« – »Ich auch«, riefen die drei übrigen; »schlafen könnte ich doch nicht«, setzte der junge Herr hinzu.

»Nun, so wollen wir etwas treiben, daß wir wach bleiben«, sagte der Fuhrmann; »ich denke, weil wir doch gerade zu vier sind, könnten wir Karten spielen; das hält wach und vertreibt die Zeit.«

»Ich spiele niemals Karten«, erwiderte der junge Herr, »darum kann ich wenigstens nicht mithalten.«

»Und ich kenne die Karten gar nicht«, setzte Felix hinzu.

»Was können wir denn aber anfangen, wenn wir nicht spielen?« sprach der Zirkelschmied; »singen? Das geht nicht und würde nur das Gesindel herbeilocken; einander Rätsel und Sprüche aufgeben zum Erraten? Das dauert auch nicht lange. Wißt ihr was? Wie wäre es, wenn wir uns etwas erzählten? Lustig oder ernsthaft, wahr oder erdacht, es hält doch wach und vertreibt die Zeit so gut wie Kartenspiel.«

»Ich bin's zufrieden, wenn ihr anfangen wollet«, sagte der junge Herr lächelnd. »Ihr Herren vom Handwerk kommet in allen Ländern herum und könnet schon etwas erzählen; hat doch jede Stadt ihre eigenen Sagen und Geschichten.«

»Ja, ja, man hört manches«, erwiderte der Zirkelschmied, »dafür studieren Herren wie Ihr fleißig in den Büchern, wo gar wundervolle Sachen geschrieben stehen; da wüßtet Ihr noch Klügeres und Schöneres zu erzählen als ein schlichter

Handwerksbursche wie unsereiner. Mich müßte alles trügen, oder Ihr seid ein Student, ein Gelehrter.«

»Ein Gelehrter nicht«, lächelte der junge Herr, »wohl aber ein Student und will in den Ferien nach der Heimat reisen; doch was in unsern Büchern steht, eignet sich weniger zum Erzählen, als was ihr hie und dort gehört. Drum hebet immer an, wenn anders diese da gerne zuhören!«

»Noch höher als Kartenspiel«, erwiderte der Fuhrmann, »gilt bei mir, wenn einer eine schöne Geschichte erzählt. Oft fahre ich auf der Landstraße lieber im elendesten Schritt und horche einem zu, der nebenhergeht und etwas Schönes erzählt; manchen habe ich schon im schlechten Wetter auf den Karren genommen unter der Bedingung, daß er etwas erzähle, und einen Kameraden von mir habe ich, glaube ich, nur deswegen so lieb, weil er Geschichten weiß, die sieben Stunden lang und länger dauern.«

»So geht es auch mir«, setzte der junge Goldarbeiter hinzu, »erzählen höre ich für mein Leben gerne, und mein Meister in Würzburg mußte mir die Bücher ordentlich verbieten, daß ich nicht zuviel Geschichten las und die Arbeit darüber vernachlässigte. Drum gib nur etwas Schönes preis, Zirkelschmied, ich weiß, du könntest erzählen von jetzt an, bis es Tag wird, ehe dein Vorrat ausginge.«

Der Zirkelschmied trank, um sich zu seinem Vortrag zu stärken, und hub alsdann also an:

Die Sage vom Hirschgulden

In Oberschwaben stehen noch heutzutage die Mauern einer Burg, die einst die stattlichste der Gegend war, Hohenzollern. Sie erhebt sich auf einem runden, steilen Berg, und von ihrer schroffen Höhe sieht man weit und frei ins Land. So weit und noch viel weiter, als man diese Burg im Land umher sehen kann, ward das tapfere Geschlecht der Zollern gefürchtet, und ihren Namen kannte und ehrte man in allen deutschen Landen. Nun lebte vor vielen hundert Jahren, ich glaube, das Schießpulver war noch nicht einmal erfunden, auf dieser Feste ein Zollern, der von Natur ein sonderbarer Mensch war. Man konnte nicht sagen, daß er seine Untertanen hart gedrückt oder mit seinen Nachbarn in Fehde gelebt hätte, aber dennoch traute ihm niemand über den Weg ob seinem finsteren Auge, seiner krausen Stirne und seinem einsilbigen, mürrischen Wesen. Es gab wenige Leute außer dem Schloßgesinde, die ihn je hatten ordentlich sprechen hören wie andere Menschen; denn wenn er durch das Tal ritt, einer ihm begegnete und schnell die Mütze abnahm, sich hinstellte und sagte: »Guten Abend, Herr Graf, heute macht es schön Wetter«, so antwortete er: »Dummes Zeug!« oder »Weiß schon«. Hatte aber einer etwas nicht recht gemacht, für ihn oder seine Rosse, begegnete ihm ein Bauer im Hohlweg mit dem Karren, daß er auf seinem Rappen nicht schnell genug vorüberkommen konnte, so entlud sich sein Ingrimm in einem Donner von Flüchen; doch hat man nie gehört, daß er bei solchen Gelegenheiten einen Bauern geschlagen hätte. In der Gegend aber hieß man ihn »das böse Wetter von Zollern«.

Das böse Wetter von Zollern hatte eine Frau, die der Widerpart von ihm und so mild und freundlich war wie ein Maitag. Oft hat sie Leute, die ihr Eheherr durch harte Reden beleidigt hatte, durch freundliche Worte und ihre gütigen Blicke wieder mit ihm ausgesöhnt; den Armen aber tat sie Gutes, wo sie konnte, und ließ es sich nicht verdrießen, sogar im heißen Sommer oder im schrecklichsten Schneegestöber den steilen Berg herabzugehen, um arme Leute oder kranke Kinder zu besuchen. Begegnete ihr auf solchen Wegen der Graf, so sagte er mürrisch: »Weiß schon, dummes Zeug!« und ritt weiter.

Manch andere Frau hätte dieses mürrische Wesen abgeschreckt oder eingeschüchtert; die eine hätte gedacht, was gehen mich die armen Leute an, wenn mein Herr sie für dummes Zeug hält; die andere hätte vielleicht aus Stolz oder Unmut ihre Liebe gegen einen so mürrischen Gemahl erkalten lassen; doch nicht also Frau Hedwig von Zollern. Die liebte ihn nach wie vor, suchte mit ihrer schönen weißen Hand die Falten von seiner braunen Stirne zu streichen und liebte und ehrte ihn. Als aber nach Jahr und Tag der Himmel ein junges Gräflein zum Angebinde bescherte, liebte sie ihren Gatten nicht minder, indem sie ihrem Söhnlein dennoch alle Pflichten einer zärtlichen Mutter erzeigte. Drei Jahre lang vergingen, und der Graf von Zollern sah seinen Sohn nur alle Sonntage nach Tische, wo er ihm von der Amme dargereicht wurde. Er blickte ihn dann unverwandt an, brummte etwas in den Bart und gab ihn der Amme zurück. Als jedoch der Kleine »Vater« sagen konnte, schenkte der Graf der Amme einen Gulden – dem Kinde machte er kein fröhlicher Gesicht.

An seinem dritten Geburtstag aber ließ der Graf seinem Sohn die ersten Höslein anziehen und kleidete ihn prächtig in Samt und Seide; dann befahl er, seinen Rappen und ein anderes schönes Roß vorzuführen, nahm den Kleinen auf den Arm und fing an, mit klirrenden Sporen die Wendeltreppe hinabzusteigen. Frau Hedwig erstaunte, als sie dies sah. Sie war sonst gewohnt, nicht zu fragen, wo aus und wann heim, wenn er ausritt; aber diesmal öffnete die Sorge um ihr Kind ihre Lippen. »Wollet Ihr ausreiten, Herr Graf?« sprach sie. – Er gab keine Antwort. »Wozu denn den Kleinen?« fragte sie weiter, »Kuno wird mit mir spazierengehen.«

»Weiß schon«, entgegnete das böse Wetter von Zollern und ging weiter; und als er im Hof stand, nahm er den Knaben bei einem Füßlein, hob ihn schnell in den Sattel, band ihn mit einem Tuch fest, schwang sich selbst auf den Rappen und trabte zum Burgtore hinaus, indem er den Zügel vom Rosse seines Söhnleins in die Hand nahm.

Dem Kleinen schien es anfangs großes Vergnügen zu gewähren, mit dem Vater den Berg hinabzureiten. Er klopfte in die Hände, er lachte und schüttelte sein Rößlein an den Mähnen, damit es schneller laufen sollte, und der Graf hatte seine Freude daran, rief auch einigemal: »Kannst ein wackerer Bursche werden.«

Als sie aber in der Ebene angekommen waren und der Graf statt Schritt Trab anschlug, da vergingen dem Kleinen die Sinne; er bat anfangs ganz bescheiden, sein Vater möchte langsamer reiten; als es aber immer schneller ging und der heftige Wind dem armen Kuno beinahe den Atem nahm, da fing er an, still zu weinen, wurde immer ungeduldiger und schrie am Ende aus Leibeskräften.

»Weiß schon, dummes Zeug!« fing jetzt sein Vater an. »Heult der Junge beim ersten Ritt; schweig, oder – – –« Doch den Augenblick, als er mit einem Fluche sein Söhnlein aufmuntern wollte, bäumte sich sein Roß; der Zügel des andern entfiel seiner Hand, er arbeitete sich ab, Meister seines Tieres zu werden, und als er es zur Ruhe gebracht hatte und sieh ängstlich nach seinem Kind umsah, erblickte er dessen Pferd, wie es ledig und ohne den kleinen Reiter der Burg zulief.

So ein harter, finsterer Mann der Graf von Zollern sonst war, so überwand doch dieser Anblick sein Herz; er glaubte nicht anders, als sein Kind liege zerschmettert am Weg; er raufte sich den Bart und jammerte. Aber nirgends, so weit er zurückritt, sah er eine Spur von dem Knaben; schon stellte er sich vor, das scheu gewordene Roß habe ihn in einen Wassergraben geschleudert, der neben dem Wege lag. Da hörte er von einer Kinderstimme hinter sich seinen Namen rufen, und als er sich flugs umwandte – sieh, da saß ein altes Weib unweit der Straße unter einem Baum und wiegte den Kleinen auf ihren Knien.

»Wie kömmst du zu dem Knaben, alte Hexe?« schrie der Graf in großem Zorn; »sogleich bringe ihn heran zu mir!«

»Nicht so rasch, nicht so rasch, Euer Gnaden!« lachte die alte, häßliche Frau, »könntet sonst auch ein Unglück nehmen auf Eurem stolzen Roß! Wie ich zu dem Junkerlein kam, fraget Ihr? Nun, sein Pferd ging durch, und er hing nur noch mit einem Füßchen angebunden, und das Haar streifte fast am Boden; da habe ich ihn aufgefangen in meiner Schürze.«

»Weiß schon!« rief der Herr von Zollern unmutig, »gib ihn jetzt her; ich kann nicht wohl absteigen; das Roß ist wild und könnte ihn schlagen.«

»Schenket mir einen Hirschgulden!« erwiderte die Frau, demütig bittend.

»Dummes Zeug!« schrie der Graf und warf ihr einige Pfennige unter den Baum.

»Nein, einen Hirschgulden könnte ich gut brauchen«, fuhr sie fort.

»Was, Hirschgulden! Bist selbst keinen Hirschgulden wert!« eiferte der Graf. »Schnell das Kind her, oder ich hetze die Hunde auf dich!«

»So? Bin ich keinen Hirschgulden wert?« antwortete jene mit höhnischem Lächeln. »Na! man wird ja sehen, was von Eurem Erbe einen Hirschgulden wert ist; aber da die Pfennige behaltet für Euch!« Indem sie dies sagte, warf sie die drei kleinen Kupferstücke dem Grafen zu, und so gut konnte die Alte werfen, daß alle drei ganz gerade in den kleinen Lederbeutel fielen, den der Graf noch in der Hand hielt.

Der Graf wußte einige Minuten vor Staunen über diese

wunderbare Geschicklichkeit kein Wort hervorzubringen; endlich aber löste sich sein Staunen in Wut auf. Er faßte seine Büchse, spannte den Hahn und zielte dann auf die Alte. Diese herzte und küßte ganz ruhig den kleinen Grafen, indem sie ihn so vor sich hin hielt, daß ihn die Kugel zuerst hätte treffen müssen. »Bist ein guter, frommer Junge«, sprach sie, »bleibe nur so, und es wird dir nicht fehlen.« Dann ließ sie ihn los, dräute dem Grafen mit dem Finger: »Zollern, Zollern, den Hirschgulden bleibt Ihr mir noch schuldig«, rief sie und schlich, unbekümmert um die Schimpfworte des Grafen, an einem Buchsbaumstäbchen in den Wald. Konrad, der Knappe, aber stieg zitternd von seinem Roß, hob das Herrlein in den Sattel, schwang sich hinter ihm auf und ritt seinem Gebieter nach, den Schloßberg hinauf.

Es war dies das erste und das letzte Mal gewesen, daß das böse Wetter von Zollern sein Söhnlein mitnahm zum Spazierenreiten; denn er hielt ihn, weil er geweint und geschrieen, als die Pferde im Trab gingen, für einen weichlichen Jungen, aus dem nicht viel Gutes zu machen sei, sah ihn nur mit Unlust an, und sooft der Knabe, der seinen Vater herzlich liebte, schmeichelnd und freundlich zu seinen Knieen kam, winkte er ihm fortzugehen und rief: »Weiß schon, dummes Zeug!« Frau Hedwig hatte alle böse Launen ihres Gemahls gerne getragen, aber dieses unfreundliche Benehmen gegen das unschuldige Kind kränkte sie tief; sie erkrankte mehrere Male aus Schrecken, wenn der finstere Graf den Kleinen wegen irgendeines geringen Fehlers hart abgestraft hatte, und starb endlich in ihren besten Jahren, von ihrem Gesinde und der ganzen Umgegend, am schmerzlichsten aber von ihrem Sohn beweint.

Von jetzt an wandte sich der Sinn des Grafen nur noch mehr von dem Kleinen ab; er gab ihn seiner Amme und dem Hauskaplan zur Erziehung und sah nicht viel nach ihm um, besonders, da er bald darauf wieder ein reiches Fräulein heiratete, die ihm nach Jahresfrist Zwillinge, zwei junge Gräflein, schenkte.

Kunos liebster Spaziergang war zu dem alten Weiblein, die ihm einst das Leben gerettet hatte. Sie erzählte ihm immer vieles von seiner verstorbenen Mutter und wieviel Gutes diese an ihr getan habe. Die Knechte und Mägde warnten ihn oft, er solle nicht soviel zu der Frau Feldheimerin, so hieß die Alte, gehen, weil sie nichts mehr und nichts weniger als eine Hexe sei; aber der Kleine fürchtete sich nicht, denn der Schloßkaplan hatte ihn gelehrt, daß es keine Hexen gebe und daß die Sage, daß gewisse Frauen zaubern können und auf der Ofengabel durch die Luft und auf den Brocken reiten, erlogen sei. Zwar sah er bei der Frau Feldheimerin allerlei Dinge, die er nicht begreifen konnte; des Kunststückchens mit den drei Pfennigen, die sie seinem Vater so geschickt in den Beutel geworfen, erinnerte er sich noch ganz wohl, auch konnte sie allerhand künstliche Salben und Tränklein bereiten, womit sie Menschen und Vieh heilte; aber das war nicht wahr, was man ihr nachsagte, daß sie eine Wetterpfanne habe, und wenn sie diese über das Feuer hänge, komme ein schreckliches Donnerwetter. Sie lehrte den kleinen Grafen mancherlei, was ihm nützlich war, zum Beispiel allerlei Mittel für kranke Pferde, einen Trank gegen die Hundswut, eine Lockspeise für Fische und viele andere nützliche Sachen. Die Frau Feldheimerin war auch bald seine einzige Gesellschaft, denn seine Amme starb, und seine Stiefmutter kümmerte sich nicht um ihn.

Als seine Brüder nach und nach heranwuchsen, hatte Kuno ein noch traurigeres Leben als zuvor; sie hatten das Glück, beim ersten Ritt nicht vom Pferd zu stürzen, und das böse Wetter von Zollern hielt sie daher für ganz vernünftige und taugliche Jungen, liebte sie ausschließlich, ritt alle Tag mit ihnen aus und lehrte sie alles, was er selbst verstand. Da lernten sie aber nicht viel Gutes; lesen und schreiben konnte er selbst nicht, und seine beiden trefflichen Söhne sollten sich auch nicht die Zeit damit verderben; aber schon in ihrem zehnten Jahr konnten sie so gräßlich fluchen als ihr Vater, fingen mit jedem Händel an, vertrugen sich unter sich selbst so schlecht wie ein Hund und Kater, und nur wenn sie gegen Kuno einen Streich verüben wollten, verbanden sie sich und wurden Freunde.

Ihrer Mutter machte dies nicht viel Kummer; denn sie hielt es für gesund und kräftig, wenn sich die Jungen balgten; aber dem alten Grafen sagte es eines Tags ein Diener, und er antwortete zwar: »Weiß schon, dummes Zeug!«, nahm sich aber dennoch vor, für die Zukunft auf ein Mittel zu sinnen, daß sich seine Söhne nicht gegenseitig totschlügen; denn die Drohung der Frau Feldheimerin, die er in seinem Herzen für eine ausgemachte Hexe hielt: »Na, man wird ja sehen, was von Eurem Erbe einen Hirschgulden wert ist« – lag ihm noch immer in seinem Sinn. Eines Tages, da er in der Umgegend seines Schlosses jagte, fielen ihm zwei Berge ins Auge, die ihrer Form wegen wie zu Schlössern geschaffen schienen, und sogleich beschloß er auch, dort zu bauen. Er baute auf dem einen das Schloß Schalksberg, das er nach dem kleinern der Zwillinge so nannte, weil dieser wegen allerlei böser Streiche längst von ihm den Namen »kleiner Schalk« erhalten hatte; das andere Schloß, das er baute, wollte er anfänglich Hirschguldenberg nennen, um die Hexe zu verhöhnen, weil sie sein Erbe nicht einmal eines Hirschguldens wert achtete; er ließ es aber bei dem einfacheren Hirschberg bewenden, und so heißen die beiden Berge noch bis auf den heutigen Tag, und wer die Alb bereist, kann sie sich zeigen lassen.

Das böse Wetter von Zollern hatte anfänglich im Sinn, seinem ältesten Sohn Zollern, dem kleinen Schalk Schalksberg und dem andern Hirschberg im Testament zu vermachen; aber seine Frau ruhte nicht eher, bis er es änderte. »Der dumme Kuno«, so nannte sie den armen Knaben, weil er nicht so wild und ausgelassen war wie ihre Söhne, »der dumme Kuno ist ohnedies reich genug durch das, was er von seiner Mutter erbte, und er soll auch noch das schöne, reiche Zollern haben? Und meine Söhne sollen nichts bekommen als jeder eine Burg, zu welcher nichts gehört als Wald?«

Vergebens stellte ihr der Graf vor, daß man Kuno billigerweise das Erstgeburtsrecht nicht rauben dürfe; sie weinte und zankte so lange, bis das böse Wetter, das sonst niemand sich fügte, des lieben Friedens willen nachgab und im Testament dem kleinen Schalk Schalksberg, Wolf, dem größeren Zwillingsbruder, Zollern und Kuno Hirschberg mit dem Städtchen Balingen verschrieb. Bald darauf, nachdem er also verfügt hatte, fiel er auch in eine schwere Krankheit. Zu dem Arzt, der ihm sagte, daß er sterben müsse, sagte er: »Ich weiß schon«, und dem Schloßkaplan, der ihn ermahnte, sich zu einem frommen Ende vorzubereiten, antwortete er: »Dummes Zeug!«, fluchte und raste fort und starb, wie er gelebt hatte, roh und als ein großer Sünder.

Aber sein Leichnam war noch nicht beigesetzt, so kam die Frau Gräfin schon mit dem Testament herbei, sagte zu Kuno, ihrem Stiefsohn, spöttisch, er möchte jetzt seine Gelehrsamkeit beweisen und selbst nachlesen, was im Testament stehe, nämlich, daß er in Zollern nichts mehr zu tun habe, und freute sich mit ihren Söhnen über das schöne Vermögen und die beiden Schlösser, die sie ihm, dem Erstgebornen, entrissen hatten.

Kuno fügte sich ohne Murren in den Willen des Verstorbenen, aber mit Tränen nahm er Abschied von der Burg, wo er geboren worden, wo seine gute Mutter begraben lag und wo der gute Schloßkaplan und nahe dabei seine einzige alte Freundin, Frau Feldheimerin, wohnte. Das Schloß Hirschberg war zwar ein schönes, stattliches Gebäude, aber es war ihm doch zu einsam und öde, und er wäre bald krank vor Sehnsucht nach Hohenzollern geworden.

Die Gräfin und die Zwillingsbrüder, die jetzt achtzehn Jahre alt waren, saßen eines Abends auf dem Söller und schauten den Schloßberg hinab; da gewahrten sie einen stattlichen Ritter, der zu Pferde heraufritt und dem eine prachtvolle Sänfte, von zwei Maultieren getragen, und mehrere Knechte folgten. Sie rieten lange hin und her, wer es wohl sein möchte; da rief endlich der kleine Schalk: »Ei, das ist niemand anders als unser Herr Bruder von Hirschberg.« –

»Der dumme Kuno?« sprach die Frau Gräfin verwundert. »Ei, der wird uns die Ehre antun, uns zu sich einzuladen, und die schöne Sänfte hat er für mich mitgebracht, um mich abzuholen nach Hirschberg; nein, so viel Güte und Lebensart hätte ich meinem Herrn Sohn, dem dummen Kuno, nicht zugetraut; eine Höflichkeit ist der andern wert, lasset uns hinabsteigen an das Schloßtor, ihn zu empfangen; macht auch freundliche Gesichter, vielleicht schenkt er uns in Hirschberg etwas, dir ein Pferd und dir einen Harnisch, und den Schmuck seiner Mutter hätte ich schon lange gerne gehabt.«

»Geschenkt mag ich nichts von dem dummen Kuno«, so antwortete Wolf, »und ein gutes Gesicht mach ich ihm auch nicht. Aber unserem seligen Herrn Vater könnte er meinetwegen bald folgen; dann würden wir Hirschberg erben und alles, und Euch, Frau Mutter, wollten wir den Schmuck um billigen Preis ablassen.«

»So, du Range!« eiferte die Mutter, »abkaufen soll ich euch den Schmuck? Ist das der Dank dafür, daß ich euch Zollern verschafft habe? Kleiner Schalk, nicht wahr, ich soll den Schmuck umsonst haben?«

»Umsonst ist der Tod, Frau Mutter!« erwiderte der Sohn lachend, »und wenn es wahr ist, daß der Schmuck so viel wert ist als manches Schloß, so werden wir wohl nicht die Toren sein, ihn Euch um den Hals zu hängen. Sobald Kuno die Augen schließt, reiten wir hinunter, teilen ab, und meinen Part an Schmuck verkaufe ich. Gebt Ihr dann mehr als der Jude, Frau Mutter, so sollt Ihr ihn haben.«

Sie waren unter diesem Gespräch bis unter das Schloßtor gekommen, und mit Mühe zwang sich die Frau Gräfin, ihren Grimm über den Schmuck zu unterdrücken, denn soeben ritt Graf Kuno über die Zugbrücke. Als er seine Stiefmutter und seine Brüder ansichtig wurde, hielt er sein Pferd an, stieg ab und grüßte sie höflich. Denn obgleich sie ihm viel Leids angetan, bedachte er doch, daß es seine Brüder seien und daß diese böse Frau sein Vater geliebt hatte.

»Ei, das ist ja schön, daß der Herr Sohn uns auch besucht«, sagte die Frau Gräfin mit süßer Stimme und huldreichem Lächeln. »Wie geht es denn auf Hirschberg? Kann man sich dort angewöhnen? Und gar eine Sänfte hat man sich angeschafft? Ei, und wie prächtig, es dürfte sich keine Kaiserin daran schämen; nun wird wohl auch die Hausfrau nicht mehr lange fehlen, daß sie darin im Lande umherreist.«

»Habe bis jetzt noch nicht daran gedacht, gnädige Frau Mutter«, erwiderte Kuno, »will mir deswegen andere Gesellschaft zur Unterhaltung ins Haus nehmen und bin deswegen mit der Sänfte hiehergereist.«

»Ei, Ihr seid gar gütig und besorgt«, unterbrach ihn die Dame, indem sie sich verneigte und lächelte.

»Denn er kommt doch nicht mehr gut zu Pferde fort«, sprach Kuno ganz ruhig weiter, »der Vater Joseph nämlich, der Schloßkaplan. Ich will ihn zu mir nehmen, er ist mein alter Lehrer, und wir haben es so abgemacht, als ich Zollern verließ. Will auch unten am Berg die alte Frau Feldheimerin mitnehmen. Lieber Gott! sie ist jetzt steinalt und hat mir einst das Leben gerettet, als ich zum erstenmal ausritt mit meinem seligen Vater; habe ja Zimmer genug in Hirschberg, und dort soll sie absterben.« Er sprach es und ging durch den Hof, um den Pater Schloßkaplan zu holen.

Aber der Junker Wolf biß vor Grimm die Lippen zusammen, die Frau Gräfin wurde gelb vor Ärger, und der kleine Schalk lachte laut auf. »Was gebt Ihr für meinen Gaul, den ich von ihm geschenkt kriege?« sagte er. »Bruder Wolf, gib mir deinen Harnisch, den er dir gegeben, dafür. Ha! ha! ha! den Pater und die alte Hexe will er zu sich nehmen? Das ist ein schönes Paar, da kann er nun vormittags Griechisch lernen beim Kaplan und nachmittags Unterricht im Hexen nehmen bei der Frau Feldheimerin. Ei, was macht doch der dumme Kuno für Streiche!«

»Er ist ein ganz gemeiner Mensch«, erwiderte die Frau Gräfin, »und du solltest nicht darüber lachen, kleiner Schalk; das ist eine Schande für die ganze Familie, und man muß sich ja schämen vor der ganzen Umgegend, wenn es heißt, der Graf von Zollern hat die alte Hexe, die Feldheimerin, abgeholt in einer prachtvollen Sänfte und Maulesel dabei und läßt sie bei sich wohnen. Das hat er von seiner Mutter, die war auch immer so gemein mit Kranken und schlechtem Gesindel. Ach, sein Vater würde sich im Sarg wenden, wüßte er es.«

»Ja«, setzte der kleine Schalk hinzu, »der Vater würde noch in der Gruft sagen: ›Weiß schon, dummes Zeug!‹«

»Wahrhaftig! da kommt er mit dem alten Mann und schämt sich nicht, ihn selbst unter dem Arm zu führen«, rief die Frau Gräfin mit Entsetzen, »kommt, ich will ihm nicht mehr begegnen.«

Sie entfernten sich, und Kuno geleitete seinen alten Lehrer bis an die Brücke und half ihm selbst in die Sänfte; unten aber am Berg hielt er vor der Hütte der Frau Feldheimerin und fand sie schon fertig, mit einem Bündel voll Gläschen und Töpfchen und Tränklein und anderem Geräte nebst ihrem Buchsbaumstöcklein einzusteigen. –

Es kam übrigens nicht also, wie die Frau Gräfin von Zollern in ihrem bösen Sinn hatte voraussehen wollen. In der ganzen Umgegend wunderte man sich nicht über Ritter Kuno; man fand es schön und löblich, daß er die letzten Tage der alten Frau Feldheimerin aufheitern wollte, man pries ihn als einen frommen Herrn, weil er den alten Pater Joseph in sein Schloß aufgenommen hatte. Die einzigen, die ihm gram waren und auf ihn schmähten, waren seine Brüder und die Gräfin; aber nur zu ihrem eigenen Schaden, denn man nahm allgemein Ärgernis an so unnatürlichen Brüdern, und zur Wiedervergeltung ging die Sage, daß sie mit ihrer Mutter schlecht und in beständigem Hader leben und unter sich selbst sich alles mögliche zuleide tun. Graf Kuno von Zollern-Hirschberg machte mehrere Versuche, seine Brüder mit sich auszusöhnen, denn es war ihm unerträglich, wenn sie oft an seiner Feste vorbeiritten, aber nie einsprachen, wenn sie ihm in Wald und Feld begegneten und ihn kälter begrüßten als einen Landfremden. Aber seine Versuche schlugen meistens fehl, und er wurde noch überdies von ihnen verhöhnt. Eines Tages fiel ihm noch ein Mittel ein, wie er vielleicht ihre Herzen gewinnen könnte; denn er wußte, sie waren geizig und habgierig. Es lag ein Teich zwischen den drei Schlössern, beinahe in der Mitte, jedoch so, daß er noch in Kunos Revier gehörte. In diesem Teich befanden sich aber die besten Hechte und Karpfen der ganzen Umgegend, und es war für die Brüder, die gerne fischten, ein nicht geringer Verdruß, daß ihr Vater vergessen hatte, den Teich auf ihr Teil zu schreiben. Sie waren zu stolz, um ohne Vorwissen ihres Bruders dort zu fischen, und doch mochten sie ihm auch kein gutes Wort geben, daß er es ihnen erlauben möchte. Nun kannte er aber seine Brüder, daß ihnen der Teich am Herzen liege; er lud sie daher eines Tages ein, mit ihm dort zusammenzukommen.

Es war ein schöner Frühlingsmorgen, als beinahe in demselben Augenblick die drei Brüder von drei Burgen dort zusammenkamen. »Ei, sieh da!« rief der kleine Schalk, »das trifft sich ordentlich! Ich bin mit Schlag sieben Uhr in Schalksberg weggeritten.«

»Ich auch.« – »Und ich«, antworteten die Brüder vom Hirschberg und von Zollern.

»Nun, da muß der Teich hier gerade in der Mitte liegen«, fuhr der Kleine fort. »Es ist ein schönes Wasser.«

»Ja, und ebendarum habe ich euch hieher beschieden. Ich weiß, ihr seid beide große Freunde vom Fischen, und ob ich gleich auch zuweilen gerne die Angel auswerfe, so hat doch der Weiher Fische genug für drei Schlösser, und an seinen Ufern ist Platz genug für drei, selbst wenn wir alle auf einmal zu angeln kämen. Darum will ich von heute an, daß dieses Wasser Gemeingut für uns sei, und jeder von euch soll gleiche Rechte daran haben wie ich.«

»Ei, der Herr Bruder ist ja gewaltig gnädig gesinnt«, sprach der kleine Schalk mit höhnischem Lächeln, »gibt uns wahrhaftig sechs Morgen Wasser und ein paar hundert Fischlein!

Nu – und was werden wir dagegen geben müssen? Denn umsonst ist der Tod!«

»Umsonst sollt ihr ihn haben«, sagte Kuno; »ach! ich möchte euch ja nur zuweilen an diesem Teich sehen und sprechen. Sind wir doch eines Vaters Söhne.«

»Nein!« erwiderte der vom Schalksberg, »das ginge schon nicht; denn es ist nichts Einfältigeres, als in Gesellschaft zu fischen, es verjagt immer einer dem andern die Fische. Wollen wir aber Tage ausmachen, etwa Montag und Donnerstag du, Kuno, Dienstag und Freitag Wolf, Mittwoch und Sonnabend ich – so ist es mir ganz recht.«

»Mir nicht einmal dann«, rief der finstere Wolf. »Geschenkt will ich nichts haben und will auch mit niemand teilen. Du hast recht, Kuno, daß du uns den Weiher anbietest, denn wir haben eigentlich alle drei gleichen Anteil daran, aber lasset uns darum würfeln, wer ihn in Zukunft besitzen soll; werde ich glücklicher sein als ihr, so könnt ihr immer bei mir anfragen, ob ihr fischen dürfet.«

»Ich würfle nie«, entgegnete Kuno, traurig über die Verstocktheit seiner Brüder.

»Ja freilich«, lachte der kleine Schalk, »er ist ja gar fromm und gottesfürchtig, der Herr Bruder, und hält das Würfelspiel für eine Todsünde. Aber ich will euch was anderes vorschlagen, woran sich der frömmste Klausner nicht schämen dürfte. Wir wollen uns Angelschnüre und Haken holen, und wer diesen Morgen, bis die Glocke in Zollern zwölf Uhr schlägt, die meisten Fische angelt, soll den Weiher eigen haben.«

»Ich bin eigentlich ein Tor«, sagte Kuno, »um das noch zu kämpfen, was mir mit Recht als Erbe zugehört. Aber damit ihr sehet, daß es mir mit der Teilung Ernst war, will ich mein Fischgeräte holen.«

Sie ritten heim, jeder nach seinem Schloß. Die Zwillinge schickten in aller Eile ihre Diener aus, ließen alle alten Steine aufheben, um Würmer zur Lockspeise für die Fische im Teich zu finden; Kuno aber nahm sein gewöhnliches Angelzeug und die Speise, die ihn einst Frau Feldheimerin zubereiten gelehrt, und war der erste, der wieder auf dem Platz erschien. Er ließ, als die beiden Zwillinge kamen, diese die besten und bequemsten Stellen auserwählen und warf dann selbst seine Angel aus. Da war es, als ob die Fische in ihm den Herrn dieses Teiches erkannt hätten; ganze Züge von Karpfen und Hechten zogen heran und wimmelten um seine Angel; die ältesten und größten drängten die kleinen weg, jeden Augenblick zog er einen heraus, und wenn er die Angel wieder ins Wasser warf, sperrten schon zwanzig, dreißig die Mäuler auf, um an den spitzigen Haken anzubeißen. Es hatte noch nicht zwei Stunden gedauert, so lag der Boden um ihn her voll der schönsten Fische. Da hörte er auf zu fischen und ging zu seinen Brüdern, um zu sehen, was für Geschäfte sie machten. Der kleine Schalk hatte einen kleinen Karpfen und zwei elende Weißfische, Wolf drei Barben und zwei kleine Gründlinge, und beide schauten trübselig in den Teich; denn sie konnten die ungeheure Menge, die Kuno gefangen, gar wohl von ihrem Platz aus bemerken. Als Kuno an seinen Bruder Wolf herankam, sprang dieser halb wütend auf, zerriß die Angelschnur, brach die Rute in Stücke und warf sie in den Teich. »Ich wollte, es wären tausend Haken, die ich hineinwerfe, statt dem einen, und an jedem müßte eine von diesen Kreaturen zappeln«, rief er; »aber mit rechten Dingen geht es nimmer zu, es ist ein Zauberspiel und Hexenwerk. Wie solltest du denn, dummer Kuno, mehr Fische fangen in einer Stunde als ich in einem Jahr?«

»Ja, ja, jetzt erinnere ich mich«, fuhr der kleine Schalk fort, »bei der Frau Feldheimerin, bei der schnöden Hexe, hat er das Fischen gelernt, und wir waren Toren, mit ihm zu fischen; er wird doch bald Hexenmeister werden.«

»Ihr schlechten Menschen!« entgegnete Kuno unmutig. »Diesen Morgen habe ich hinlänglich Zeit gehabt, euren Geiz, eure Unverschämtheit und eure Roheit einzusehen. Gehet jetzt und kommet nie wieder hieher, und glaubt mir, es wäre für eure Seelen besser, wenn ihr nur halb so fromm und gut wäret als jene Frau, die ihr eine Hexe scheltet.«

»Nein, eine eigentliche Hexe ist sie nicht!« sagte der Schalk, spöttisch lachend. »Solche Weiber können wahrsagen; aber Frau Feldheimerin ist so wenig eine Wahrsagerin, als eine Gans ein Schwan werden kann, hat sie doch dem Vater gesagt, von seinem Erbe werde man einen guten Teil um einen Hirschgulden kaufen können, das heißt, er werde ganz verlumpen, und doch hat bei seinem Tod alles sein gehört, so weit man von der Zinne von Zollern sehen kann! Geh, geh, Frau Feldheimerin ist nichts als ein törichtes altes Weib und du – der dumme Kuno.«

Nach diesen Worten entfernte sich der Kleine eilig, denn er fürchtete den starken Arm seines Bruders, und Wolf folgte ihm, indem er alle Flüche hersagte, die er von seinem Vater gelernt hatte.

In tiefster Seele betrübt ging Kuno nach Hause, denn er sah jetzt deutlich, daß seine Brüder nie mehr mit ihm sich vertragen wollten. Er nahm sich auch ihre harten Worte so sehr zu Herzen, daß er des andern Tages sehr krank wurde, und nur der Trost des würdigen Pater Joseph und die kräftigen Tränklein der Frau Feldheimerin retteten ihn vom Tode.

Als aber seine Brüder erfuhren, daß ihr Bruder Kuno schwer darniederliege, hielten sie ein fröhliches Bankett, und im Weinmut sagten sie sich zu, wenn der dumme Kuno sterbe, so solle der, welcher es zuerst erfahre, alle Kanonen lösen, um es dem andern anzuzeigen, und wer zuerst kanoniere, solle das beste Faß Wein aus Kunos Keller vorwegnehmen dürfen. Wolf ließ nun von da an immer einen Diener in der Nähe von Hirschberg Wache halten, und der kleine Schalk bestach sogar einen Diener Kunos mit vielem Geld, damit er es ihm schnell anzeige, wenn sein Herr in den letzten Zügen liege.

Dieser Knecht aber war seinem milden und frommen Herrn mehr zugetan als dem bösen Grafen von Schalksberg. Er fragte also eines Abends Frau Feldheimerin teilnehmend nach dem Befinden seines Herrn, und als diese sagte, daß es ganz gut mit ihm stehe, erzählte er ihr den Anschlag der beiden Brüder und daß sie Freudenschüsse tun wollten auf des Grafen Kunos Tod. Darüber ergrimmte die Alte sehr; sie erzählte es flugs wieder dem Grafen, und als dieser an eine so große Lieblosigkeit seiner Brüder nicht glauben wollte, so riet sie ihm, er solle die Probe machen und aussprengen lassen, er sei tot, so werde man bald hören, ob sie kanonieren, ob nicht. Der Graf ließ den Diener, den sein Bruder bestochen, vor sich kommen, befragte ihn nochmals und befahl ihm, nach Schalksberg zu reiten und sein nahes Ende zu verkünden.

Als nun der Knecht eilends den Hirschberg herabritt, sah ihn der Diener des Grafen Wolf von Zollern, hielt ihn an und fragte, wohin er so eilends zu reiten willens sei. »Ach«, sagte dieser, »mein armer Herr wird diesen Abend nicht überleben, sie haben ihn alle aufgegeben.«

»So? ist's um diese Zeit?« rief jener, lief nach seinem Pferd, schwang sich auf und jagte so eilends nach Zollern und den Schloßberg hinan, daß sein Pferd am Tor niederfiel und er selbst nur noch »Graf Kuno stirbt!« rufen konnte, ehe er ohnmächtig wurde. Da donnerten die Kanonen von Hohenzollern herab; Graf Wolf freute sich mit seiner Mutter über das gute Faß Wein und das Erbe, den Teich, über den Schmuck und den starken Widerhall, den seine Kanonen gaben. Aber was er für Widerhall gehalten, waren die Kanonen von Schalksberg, und Wolf sagte lächelnd zu seiner Mutter: »So hat der Kleine auch einen Spion gehabt, und wir müssen auch den Wein gleich teilen wie das übrige Erbe.« Dann aber saß er zu Pferd; denn er argwohnte, der kleine Schalk möchte ihm zuvorkommen und vielleicht einige Kostbarkeiten des Verstorbenen wegnehmen, ehe er käme.

Aber am Fischteiche begegneten sich die beiden Brüder, und jeder errötete vor dem andern, weil beide zuerst nach Hirschberg hatten kommen wollen. Von Kuno sprachen sie kein Wort, als sie zusammen ihren Weg fortsetzten, sondern sie berieten sich brüderlich, wie man es in Zukunft halten wolle und wem Hirschberg gehören solle. Wie sie aber über die Zugbrücke in den Schloßhof ritten, da schaute ihr Bruder wohlbehalten und gesund zum Fenster heraus, aber Zorn und Unmut sprühten aus seinen Blicken. Die Brüder erschraken sehr, als sie ihn sahen, hielten ihn anfänglich für ein Gespenst und bekreuzten sich; als sie aber sahen, daß er noch Fleisch und Blut habe, rief Wolf: »Ei, so wollt ich doch! Dummes Zeug, ich glaubte, du wärest gestorben.«

»Nun, aufgeschoben ist nicht aufgehoben«, sagte der Kleine, der mit giftigen Blicken nach seinem Bruder hinaufschaute.

Dieser aber sprach mit donnernder Stimme: »Von dieser Stunde an sind alle Bande der Verwandtschaft zwischen uns los und ledig. Ich habe eure Freudenschüsse wohl vernommen; aber sehet zu, auch ich habe fünf Feldschlangen hier auf dem Hof stehen und habe sie euch zu Ehren scharf laden lassen. Machet, daß ihr aus dem Bereich meiner Kugeln kommt, oder ihr sollt erfahren, wie man auf Hirschberg schießt.« Sie ließen es sich nicht zweimal sagen, denn sie sahen ihm an, wie ernst es ihm war; sie gaben also ihren Pferden die Sporen und hielten einen Wettlauf den Berg hinunter, und ihr Bruder schoß eine Stückkugel hinter ihnen her, die über ihren Köpfen wegsauste, daß sie beide zugleich eine tiefe und höfliche Verbeugung machten; er wollte sie aber nur schrecken und nicht verwunden. »Warum hast du denn geschossen?« fragte der kleine Schalk unmutig; »du Tor, ich schoß nur, weil ich dich hörte.«

»Im Gegenteil, frag nur die Mutter!« erwiderte Wolf, »du warst es, der zuerst schoß, und du hast diese Schande über uns gebracht, kleiner Dachs.«

Der Kleine blieb ihm keinen Ehrentitel schuldig, und als sie am Fischteich angekommen waren, gaben sie sich gegenseitig noch die vom alten Wetter von Zollern geerbten Flüche zum besten und trennten sich in Haß und Unlust.

Tags darauf aber machte Kuno sein Testament, und Frau Feldheimerin sagte zum Pater: »Ich wollte was wetten, er hat keinen guten Brief für die Kanoniere geschrieben.« Aber so neugierig sie war und sooft sie in ihren Liebling drang, er sagte ihr nicht, was im Testament stehe, und sie erfuhr es auch nimmer; denn ein Jahr nachher verschied die gute Frau, und ihre Salben und Tränklein halfen ihr nichts, denn sie starb an keiner Krankheit, sondern am achtundneunzigsten Jahr, das auch einen ganz gesunden Menschen endlich unter den Boden bringen kann. Graf Kuno ließ sie bestatten, als ob sie nicht eine arme Frau, sondern seine Mutter gewesen wäre, und es kam ihm nachher noch viel einsamer vor auf seinem Schloß, besonders da der Pater Joseph der Frau Feldheimerin bald folgte.

Doch diese Einsamkeit fühlte er nicht sehr lange; der gute Kuno starb schon in seinem achtundzwanzigsten Jahr, und böse Leute behaupten, an Gift, das ihm der kleine Schalk beigebracht hatte.

Wie dem aber auch sei, einige Stunden nach seinem Tod vernahm man wieder den Donner der Kanonen, und in Zollern und Schalksberg tat man fünfundzwanzig Schüsse. »Diesmal hat er doch dran glauben müssen«, sagte der Schalk, als sie unterwegs zusammentrafen.

»Ja«, antwortete Wolf, »und wenn er noch einmal aufersteht und zum Fenster herausschimpft wie damals, so hab ich eine Büchse bei mir, die ihn höflich und stumm machen soll.«

Als sie den Schloßberg hinanritten, gesellte sich ein Reiter mit Gefolge zu ihnen, den sie nicht kannten. Sie glaubten, er sei vielleicht ein Freund ihres Bruders und komme, um ihn beisetzen zu helfen. Daher gebärdeten sie sich kläglich, priesen vor ihm den Verstorbenen, beklagten sein frühes Hinscheiden, und der kleine Schalk preßte sich sogar einige Krokodilstränen aus. Der Ritter antwortete ihnen aber nicht, sondern ritt still und stumm an ihrer Seite den Hirschberg hinauf. »So, jetzt wollen wir es uns bequem machen, und Wein herbei, Kellermeister, vom besten!« rief Wolf, als er abstieg. Sie gingen die Wendeltreppen hinauf und in den Saal; auch dahin folgte ihnen der stumme Reiter, und als sich die

Zwillinge ganz breit an den Tisch gesetzt hatten, zog jener ein Silberstück aus dem Wams, warf es auf den Schiefertisch, daß es umherrollte und klingelte, und sprach: »So, und da habt ihr jetzt euer Erbe, und es wird just recht sein, ein Hirschgulden.« Da sahen sich die beiden Brüder verwundert an, lachten und fragten ihn, was er damit sagen wolle.

Der Ritter aber zog ein Pergament hervor, mit hinlänglichen Siegeln; darin hatte der dumme Kuno alle Feindseligkeiten aufgezeichnet, die ihm die Brüder bei seinen Lebzeiten bewiesen, und am Ende hatte er verordnet und bekannt, daß sein ganzes Erbe, Hab und Gut, außer dem Schmuck seiner seligen Frau Mutter, auf den Fall seines Todes an Württemberg verkauft sei, und zwar – um einen elenden Hirschgulden! Um den Schmuck aber solle man in der Stadt Balingen ein Armenhaus erbauen.

Da erstaunten nun die Brüder abermals, lachten aber nicht dazu, sondern bissen die Zähne zusammen; denn sie konnten gegen Württemberg nichts ausrichten, und so hatten sie das schöne Gut, Wald, Feld, die Stadt Balingen und selbst – den Fischteich verloren und nichts geerbt als einen schlechten Hirschgulden. Den steckte Wolf trotzig in sein Wams, sagte nicht ja und nicht nein, warf sein Barett auf den Kopf und ging trotzig und ohne Gruß an dem württembergischen Kommissär vorbei, schwang sich auf sein Roß und ritt nach Zollern.

Als ihn aber den andern Morgen seine Mutter mit Vorwürfen plagte, daß sie Gut und Schmuck verscherzt haben, ritt er hinüber zum Schalk auf der Schalksburg. »Wollen wir unser Erbe verspielen oder vertrinken?« fragte er ihn.

»Vertrinken ist besser«, sagte der Schalk, »dann haben wir beide gewonnen. Wir wollen nach Balingen reiten und uns den Leuten zum Trotz dort sehen lassen, wenn wir auch gleich das Städtlein schmählich verloren.«

»Und im ›Lamm‹ schenkt man Roten, der Kaiser trinkt ihn nicht besser«, setzte Wolf hinzu.

So ritten sie miteinander nach Balingen ins »Lamm« und

fragten, was die Maß Roter koste, und tranken sich zu, bis der Hirschgulden voll war. Dann stand Wolf auf, zog das Silberstück mit dem springenden Hirsch aus dem Wams, warf ihn auf den Tisch und sprach: »Da habt Ihr Euern Gulden, so wird's richtig sein.«

Der Wirt aber nahm den Gulden, besah ihn links, besah ihn rechts und sagte lächelnd: »Ja, wenn es kein Hirschgulden wär, aber gestern nacht kam der Bote von Stuttgart, und heute früh hat man es ausgetrommelt im Namen des Grafen von Württemberg, dem jetzt das Städtlein eigen; die sind abgeschätzt, und gebt mir nur anderes Geld!«

Da sahen sich die beiden Brüder erbleichend an. »Zahl aus!« sagte der eine. »Hast du keine Münze?« sagte der andere, und kurz, sie mußten den Gulden schuldig bleiben im »Lamm« in Balingen. Sie zogen schweigend und nachdenkend ihren Weg; als sie aber an den Kreuzweg kamen, wo es rechts nach Zollern und links nach Schalksburg ging, da sagte der Schalk: »Wie nun? Jetzt haben wir sogar weniger geerbt als gar nichts, und der Wein war überdies schlecht.«

»Jawohl«, erwiderte sein Bruder. »Aber was die Feldheimerin sagte, ist doch eingetroffen: ›Seht zu, wieviel von seinem Erbe übrigbleiben wird, um einen Hirschgulden!‹ Jetzt haben wir nicht einmal ein Maß Wein dafür kaufen können.«

»Weiß schon!« antwortete der von der Schalksburg.

»Dummes Zeug!« sagte der Zollern und ritt zerfallen mit sich und der Welt seinem Schloß zu. –

»Das ist die Sage von dem Hirschgulden«, endete der Zirkelschmied, »und wahr soll sie sein. Der Wirt in Dürrwangen, das nicht weit von den drei Schlössern liegt, hat sie meinem guten Freund erzählt, der oft als Wegweiser über die Schwäbische Alb ging und immer in Dürrwangen einkehrte.«

Die Gäste gaben dem Zirkelschmied Beifall. »Was man doch nicht alles hört in der Welt«, rief der Fuhrmann; »wahrhaftig, jetzt erst freut es mich, daß wir die Zeit nicht mit Kartenspielen verderbten; so ist es wahrlich besser, und gemerkt habe ich mir die Geschichte, daß ich sie morgen meinen Kameraden erzählen kann, ohne ein Wort zu fehlen.«

»Mir fiel da, während Ihr so erzähltet, etwas ein«, sagte der Student.

»O erzählet, erzählet!« baten der Zirkelschmied und Felix.

»Gut«, antwortete jener, »ob die Reihe jetzt an mich kömmt oder später, ist gleichviel; ich muß ja doch heimgeben, was ich gehört. Das, was ich erzählen will, soll sich wirklich einmal begeben haben.«

Er setzte sich zurecht und wollt eben anheben zu erzählen, als die Wirtin den Spinnrocken beiseite setzte und zu den Gästen an den Tisch trat. »Jetzt, ihr Herren, ist es Zeit, zu Bette zu gehen«, sagte sie; »es hat neun Uhr geschlagen, und morgen ist auch ein Tag.«

»Ei, so gehe zu Bette!« rief der Student, »setze noch eine Flasche Wein für uns hieher, und dann wollen wir dich nicht länger abhalten.«

»Mitnichten«, entgegnete sie grämlich, »solange noch Gäste in der Wirtsstube sitzen, können Wirtin und Dienstboten nicht weggehen. Und kurz und gut, ihr Herren, machet, daß ihr auf eure Kammern kommet! Mir wird die Zeit lange, und länger als neun Uhr darf in meinem Hause nicht gezecht werden.«

»Was fällt Euch ein, Frau Wirtin?« sprach der Zirkelschmied staunend. »Was schadet es denn Euch, ob wir hier sitzen, wenn Ihr auch längst schlafet? Wir sind rechtliche Leute und werden Euch nichts hinwegtragen noch ohne Bezahlung fortgehen. Aber so lasse ich mir in keinem Wirtshaus ausbieten.«

Die Frau rollte zornig die Augen: »Meint Ihr, ich werde wegen jedem Lumpen von Handwerksburschen, wegen jedem Straßenläufer, der mir zwölf Kreuzer zu verdienen gibt, meine Hausordnung ändern? Ich sag Euch jetzt zum letztenmal, daß ich den Unfug nicht leide!«

Noch einmal wollte der Zirkelschmied etwas entgegnen,

aber der Student sah ihn bedeutend an und winkte mit den Augen den übrigen. »Gut«, sprach er, »wenn es denn die Frau Wirtin nicht haben will, so laßt uns auf unsere Kammern gehen. Aber Lichter möchten wir gerne haben, um den Weg zu finden.«

»Damit kann ich nicht dienen«, entgegnete sie finster, »die andern werden schon den Weg im Dunkeln finden, und für Euch ist dies Stümpchen hier hinlänglich; mehr habe ich nicht im Hause.«

Schweigend nahm der junge Herr das Licht und stand auf. Die andern folgten ihm, und die Handwerksbursche nahmen ihre Bündel, um sie in der Kammer bei sich niederzulegen. Sie gingen dem Studenten nach, der ihnen die Treppe hinanleuchtete.

Als sie oben angekommen waren, bat sie der Student, leise aufzutreten, schloß sein Zimmer auf und winkte ihnen herein. »Jetzt ist kein Zweifel mehr«, sagte er, »sie will uns verraten; habt ihr nicht bemerkt, wie ängstlich sie uns zu Bette zu bringen suchte, wie sie uns alle Mittel abschnitt, wach und beisammen zu bleiben? Sie meint wahrscheinlich, wir werden uns jetzt niederlegen und dann werde sie um so leichteres Spiel haben.«

»Aber meint Ihr nicht, wir könnten noch entkommen?« fragte Felix; »im Wald kann man doch eher auf Rettung denken als hier im Zimmer.«

»Die Fenster sind auch hier vergittert«, rief der Student, indem er vergebens versuchte, einen der Eisenstäbe des Gitters loszumachen. »Und bleibt nur *ein* Ausweg, wenn wir entweichen wollen, durch die Haustüre; aber ich glaube nicht, daß sie uns fortlassen werden.«

»Es käme auf den Versuch an«, sprach der Fuhrmann; »ich will einmal probieren, ob ich bis in den Hof kommen kann. Ist dies möglich, so kehre ich zurück und hole euch nach.« Die übrigen billigten diesen Vorschlag, der Fuhrmann legte die Schuhe ab und schlich auf den Zehen nach der Treppe; ängstlich lauschten seine Genossen oben im Zimmer; schon war er die eine Hälfte der Treppe glücklich und unbemerkt hinabgestiegen, aber als er sich dort um einen Pfeiler wandte, richtete sich plötzlich eine ungeheure Dogge vor ihm in die Höhe, legte ihre Tatzen auf seine Schultern und wies ihm, gerade seinem Gesicht gegenüber, zwei Reihen langer, scharfer Zähne. Er wagte weder vor- noch rückwärts auszuweichen, denn bei der geringsten Bewegung schnappte der entsetzliche Hund nach seiner Kehle. Zugleich fing er an zu heulen und zu bellen, und alsobald erschien der Hausknecht und die Frau mit Lichtern.

»Wohin? was wollt Ihr?« rief die Frau.

»Ich habe noch etwas in meinem Karren zu holen«, antwortete der Fuhrmann, am ganzen Leibe zitternd; denn als die Türe aufgegangen war, hatte er mehrere braune, verdächtige Gesichter, Männer mit Büchsen in der Hand, im Zimmer bemerkt.

»Das hättet Ihr alles auch vorher abmachen können«, sagte die Wirtin mürrisch. »Faßan, daher! Schließ die Hoftüre zu, Jakob, und leuchte dem Mann an seinen Karren!« Der Hund zog seine greuliche Schnauze und seine Tatzen von der Schulter des Fuhrmanns zurück und lagerte sich wieder quer über die Treppe; der Hausknecht aber hatte das Hoftor zugeschlossen und leuchtete dem Fuhrmann. An ein Entkommen war nicht zu denken. Aber als er nachsann, was er denn eigentlich aus dem Karren holen sollte, fiel ihm ein Pfund Wachslichter ein, die er in die nächste Stadt überbringen sollte. »Das Stümpchen Licht oben kann kaum noch eine Viertelstunde dauern«, sagte er zu sich, »und Licht müssen wir dennoch haben!« Er nahm also zwei Wachskerzen aus dem Wagen, verbarg sie in dem Ärmel und holte dann zum Schein seinen Mantel aus dem Karren, womit er sich, wie er dem Hausknecht sagte, heute nacht bedecken wolle.

Glücklich kam er wieder auf dem Zimmer an. Er erzählte von dem großen Hund, der als Wache an der Treppe liege, von den Männern, die er flüchtig gesehen, von allen Anstalten, die man gemacht, um sich ihrer zu versichern, und schloß damit, daß er seufzend sagte: »Wir werden diese Nacht nicht überleben.«

»Das glaube ich nicht«, erwiderte der Student; »für so töricht kann ich diese Leute nicht halten, daß sie wegen des geringen Vorteils, den sie von uns hätten, vier Menschen ans Leben gehen sollten. Aber verteidigen dürfen wir uns nicht. Ich für meinen Teil werde wohl am meisten verlieren; mein Pferd ist schon in ihren Händen, es kostete mich fünfzig Dukaten noch vor vier Wochen; meine Börse, meine Kleider gebe ich willig hin; denn mein Leben ist mir am Ende doch lieber als alles dies.«

»Ihr habt gut reden«, erwiderte der Fuhrmann; »solche Sachen, wie Ihr sie verlieren könnt, ersetzt Ihr Euch leicht wieder; aber ich bin der Bote von Aschaffenburg und habe allerlei Güter auf meinem Karren und im Stall zwei schöne Rosse, meinen einzigen Reichtum.«

»Ich kann unmöglich glauben, daß sie Euch ein Leides tun werden«, bemerkte der Goldschmied; »einen Boten zu berauben würde schon viel Geschrei und Lärmen ins Land machen. Aber dafür bin ich auch, was der Herr dort sagt; lieber will ich gleich alles hergeben, was ich habe, und mit einem Eid versprechen, nichts zu sagen, ja niemals zu klagen, als mich gegen Leute, die Büchsen und Pistolen haben, um meine geringe Habe wehren.«

Der Fuhrmann hatte während dieser Reden seine Wachskerzen hervorgezogen. Er klebte sie auf den Tisch und zündete sie an. »So laßt uns in Gottes Namen erwarten, was über uns kommen wird«, sprach er; »wir wollen uns wieder zusammen niedersetzen und durch Sprechen den Schlaf abhalten.«

»Das wollen wir«, antwortete der Student, »und weil vorhin die Reihe an mir stehengeblieben war, will ich euch etwas erzählen.«

Das kalte Herz

Ein Märchen

Erste Abteilung

Wer durch Schwaben reist, der sollte nie vergessen, auch ein wenig in den Schwarzwald hineinzuschauen; nicht der Bäume wegen, obgleich man nicht überall solch unermeßliche Menge herrlich aufgeschossener Tannen findet, sondern wegen der Leute, die sich von den andern Menschen ringsumher merkwürdig unterscheiden. Sie sind größer als gewöhnliche Menschen, breitschultrig, von starken Gliedern, und es ist, als ob der stärkende Duft, der morgens durch die Tannen strömt, ihnen von Jugend auf einen freieren Atem, ein klareres Auge und einen festeren, wenn auch rauheren Mut als den Bewohnern der Stromtäler und Ebenen gegeben hätte. Und nicht nur durch Haltung und Wuchs, auch durch ihre Sitten und Trachten sondern sie sich von den Leuten, die außerhalb des Waldes wohnen, streng ab. Am schönsten kleiden sich die Bewohner des badenschen Schwarzwaldes; die Männer lassen den Bart wachsen, wie er von Natur dem Mann ums Kinn gegeben ist; ihre schwarzen Wämser, ihre ungeheuren, enggefalteten Pluderhosen, ihre roten Strümpfe und die spitzen Hüte, von einer weiten Scheibe umgeben, verleihen ihnen etwas Fremdartiges, aber etwas Ernstes, Ehrwürdiges. Dort beschäftigen sich die Leute gewöhnlich mit Glasmachen; auch verfertigen sie Uhren und tragen sie in der halben Welt umher.

Auf der andern Seite des Waldes wohnt ein Teil desselben Stammes; aber ihre Arbeiten haben ihnen andere Sitten und Gewohnheiten gegeben als den Glasmachern. Sie handeln mit ihrem Wald; sie fällen und behauen ihre Tannen, flößen sie durch die Nagold in den Neckar und von dem obern

Neckar den Rhein hinab, bis weit hinein nach Holland, und am Meer kennt man die Schwarzwälder und ihre langen Flöße; sie halten an jeder Stadt, die am Strom liegt, an und erwarten stolz, ob man ihnen Balken und Bretter abkaufen werde; ihre stärksten und längsten Balken aber verhandeln sie um schweres Geld an die Mynheers, welche Schiffe daraus bauen. Diese Menschen nun sind an ein rauhes, wanderndes Leben gewöhnt. Ihre Freude ist, auf ihrem Holz die Ströme hinabzufahren, ihr Leid, am Ufer wieder heraufzuwandeln. Darum ist auch ihr Prachtanzug so verschieden von dem der Glasmänner im andern Teil des Schwarzwaldes. Sie tragen Wämser von dunkler Leinwand, einen handbreiten grünen Hosenträger über die breite Brust, Beinkleider von schwarzem Leder, aus deren Tasche ein Zollstab von Messing wie ein Ehrenzeichen hervorschaut; ihr Stolz und ihre Freude aber sind ihre Stiefeln, die größten wahrscheinlich, welche auf irgendeinem Teil der Erde Mode sind; denn sie können zwei Spannen weit über das Knie hinaufgezogen werden, und die »Flözer« können damit in drei Schuh tiefem Wasser umherwandeln, ohne sich die Füße naß zu machen.

Noch vor kurzer Zeit glaubten die Bewohner dieses Waldes an Waldgeister, und erst in neuerer Zeit hat man ihnen diesen törichten Aberglauben benehmen können. Sonderbar ist es aber, daß auch die Waldgeister, die der Sage nach im Schwarzwalde hausen, in diese verschiedenen Trachten sich geteilt haben. So hat man versichert, daß das »Glasmännlein«, ein gutes Geistchen von dreieinhalb Fuß Höhe, sich nie anders zeige als in einem spitzen Hütlein mit großem Rand, mit Wams und Pluderhöschen und roten Strümpfchen. Der »Holländer-Michel« aber, der auf der andern Seite des Waldes umgeht, soll ein riesengroßer, breitschultriger Kerl in der Kleidung der Flözer sein, und mehrere, die ihn gesehen haben wollen, versichern, daß sie die Kälber nicht aus ihrem Beutel bezahlen möchten, deren Felle man zu seinen Stiefeln brauchen würde. »So groß, daß ein gewöhnlicher Mann bis an den Hals hineinstehen könnte«, sagten sie und wollten nichts übertrieben haben.

Mit diesen Waldgeistern soll einmal ein junger Schwarzwälder eine sonderbare Geschichte gehabt haben, die ich erzählen will. Es lebte nämlich im Schwarzwald eine Witwe, Frau Barbara Munkin; ihr Gatte war Kohlenbrenner gewesen, und nach seinem Tod hielt sie ihren sechzehnjährigen Knaben nach und nach zu demselben Geschäft an.

Der junge Peter Munk, ein schlauer Bursche, ließ es sich gefallen, weil er es bei seinem Vater auch nicht anders gesehen hatte, die ganze Woche über am rauchenden Meiler zu sitzen oder, schwarz und berußt und den Leuten ein Abscheu, hinab in die Städte zu fahren und seine Kohlen zu verkaufen. Aber ein Köhler hat viel Zeit zum Nachdenken über sich und andere, und wenn Peter Munk an seinem Meiler saß, stimmten die dunkeln Bäume umher und die tiefe Waldesstille sein Herz zu Tränen und unbewußter Sehnsucht. Es betrübte ihn etwas, es ärgerte ihn etwas, er wußte nicht recht, was. Endlich merkte er sich ab, was ihn ärgerte, und das war – sein Stand. »Ein schwarzer, einsamer Kohlenbrenner!« sagte er sich, »es ist ein elend Leben. Wie angesehen sind die Glasmänner, die Uhrmacher, selbst die Musikanten am Sonntag abends! Und wenn Peter Munk, rein gewaschen und geputzt, in des Vaters Ehrenwams mit silbernen Knöpfen und mit nagelneuen roten Strümpfen erscheint und wenn dann einer hinter mir hergeht und denkt, wer ist wohl der schlanke Bursche? und lobt bei sich die Strümpfe und meinen stattlichen Gang – sieh, wenn er vorübergeht und schaut sich um, sagt er gewiß: ›Ach, es ist nur der Köhlermunk-Peter.‹«

Auch die Flözer auf der andern Seite waren ein Gegenstand seines Neides. Wenn diese Waldriesen herüberkamen, mit stattlichen Kleidern, und an Knöpfen, Schnallen und Ketten einen halben Zentner Silber auf dem Leib trugen, wenn sie mit ausgespreizten Beinen und vornehmen Gesichtern dem Tanz zuschauten, holländisch fluchten und wie die vornehmsten Mynheers aus ellenlangen kölnischen Pfeifen rauchten, da stellte er sich als das vollendetste Bild eines glücklichen Menschen solch einen Flözer vor. Und wenn diese Glücklichen dann erst in die Taschen fuhren, ganze Hände voll großer Taler herauslangten und um Sechsbätzner würfelten, fünf Gulden hin, zehen her, so wollten ihm die Sinne vergehen, und er schlich trübselig nach seiner Hütte; denn an manchem Feiertagabend hatte er einen oder den andern dieser »Holzherren« mehr verspielen sehen, als der arme Vater Munk in einem Jahr verdiente. Es waren vorzüglich drei dieser Männer, von welchen er nicht wußte, welchen er am meisten bewundern sollte. Der eine war ein dicker, großer Mann mit rotem Gesicht und galt für den reichsten Mann in der Runde. Man hieß ihn den »dicken Ezechiel«. Er reiste alle Jahre zweimal mit Bauholz nach Amsterdam und hatte das Glück, es immer um so viel teurer als andere zu verkaufen, daß er, wenn die übrigen zu Fuß heimgingen, stattlich herauffahren konnte. Der andere war der längste und magerste Mensch im ganzen Wald, man nannte ihn den »langen Schlurker«, und diesen beneidete Munk wegen seiner ausnehmenden Kühnheit; er widersprach den angesehensten Leuten, brauchte, wenn man noch so gedrängt im Wirtshaus saß, mehr Platz als vier der Dicksten; denn er stützte entweder beide Ellbogen auf den Tisch oder zog eines seiner langen Beine zu sich auf die Bank, und doch wagte ihm keiner zu widersprechen, denn er hatte unmenschlich viel Geld. Der dritte aber war ein schöner junger Mann, der am besten tanzte weit und breit und daher den Namen »Tanzbodenkönig« hatte. Er war ein armer Mensch gewesen und hatte bei einem Holzherren als Knecht gedient; da wurde er auf einmal steinreich; die einen sagten, er habe unter einer alten Tanne einen Topf voll Geld gefunden, die andern behaupteten, er habe unweit Bingen im Rhein mit der Stechstange, womit die Flözer zuweilen nach den Fischen stechen, einen Pack mit Goldstücken heraufgefischt, und der Pack gehöre zu dem großen Nibelungenhort, der dort vergraben liegt; kurz, er war auf einmal reich geworden und wurde von jung und alt angesehen wie ein Prinz.

An diese drei Männer dachte Kohlenmunk-Peter oft, wenn er einsam im Tannenwald saß. Zwar hatten alle drei einen Hauptfehler, der sie bei den Leuten verhaßt machte; es war dies ihr unmenschlicher Geiz, ihre Gefühllosigkeit gegen Schuldner und Arme; denn die Schwarzwälder sind ein gutmütiges Völklein. Aber man weiß, wie es mit solchen Dingen geht; waren sie auch wegen ihres Geizes verhaßt, so standen sie doch wegen ihres Geldes in Ansehen; denn wer konnte Taler wegwerfen wie sie, als ob man das Geld von den Tannen schüttelte?

»So geht es nicht mehr weiter«, sagte Peter eines Tages schmerzlich betrübt zu sich; denn tags zuvor war Feiertag gewesen und alles Volk in der Schenke; »wenn ich nicht bald auf den grünen Zweig komme, so tu ich mir etwas zuleid; wär ich doch nur so angesehen und reich wie der dicke Ezechiel oder so kühn und so gewaltig wie der lange Schlurker oder so berühmt und könnte den Musikanten Taler statt Kreuzer zuwerfen wie der Tanzbodenkönig! Wo nur der Bursche das Geld her hat?« Allerlei Mittel ging er durch, wie man sich Geld erwerben könne, aber keines wollte ihm gefallen; endlich fielen ihm auch die Sagen von Leuten bei, die vor alten Zeiten durch den Holländer-Michel und durch das Glasmännlein reich geworden waren. Solang sein Vater noch lebte, kamen oft andere arme Leute zum Besuch, und da wurde oft lang und breit von reichen Menschen gesprochen, und wie sie reich geworden; da spielte nun oft das Glasmännlein eine Rolle; ja, wenn er recht nachsann, konnte er sich beinahe noch des Versleins erinnern, das man am Tannenbühl in der Mitte des Waldes sprechen mußte, wenn es erscheinen sollte. Es fing an:

»Schatzhauser im grünen Tannenwald,
Bist schon viel hundert Jahre alt;
Dir gehört all Land, wo Tannen stehn –«

Aber er mochte sein Gedächtnis anstrengen, wie er wollte, weiter konnte er sich keines Verses mehr entsinnen. Er dachte oft, ob er nicht diesen oder jenen alten Mann fragen sollte, wie das Sprüchlein heiße; aber immer hielt ihn eine gewisse Scheu, seine Gedanken zu verraten, ab; auch schloß er, es müsse die Sage vom Glasmännlein nicht sehr bekannt sein und den Spruch müssen nur wenige wissen; denn es gab nicht viele reiche Leute im Wald, und – warum hatten denn nicht sein Vater und die andern armen Leute ihr Glück versucht? Er brachte endlich einmal seine Mutter auf das Männlein zu sprechen, und diese erzählte ihm, was er schon wußte, kannte auch nur noch die erste Zeile von dem Spruch und sagte ihm endlich, nur Leuten, die an einem Sonntag zwischen eilf und zwei Uhr geboren seien, zeige sich das Geistchen. Er selbst würde wohl dazu passen, wenn er nur das Sprüchlein wüßte; denn er sei Sonntag mittags zwölf Uhr geboren.

Als dies der Kohlenmunk-Peter hörte, war er vor Freude und vor Begierde, dies Abenteuer zu unternehmen, beinahe außer sich. Es schien ihm hinlänglich, einen Teil des Sprüchleins zu wissen und am Sonntag geboren zu sein, und Glasmännlein mußte sich ihm zeigen. Als er daher eines Tages seine Kohlen verkauft hatte, zündete er keinen neuen Meiler an, sondern zog seines Vaters Staatswams und neue rote Strümpfe an, setzte den Sonntagshut auf, faßte seinen fünf Fuß hohen Schwarzdornstock in die Hand und nahm von der Mutter Abschied: »Ich muß aufs Amt in die Stadt; denn wir werden bald spielen müssen, wer Soldat wird, und da will ich dem Amtmann nur noch einmal einschärfen, daß Ihr Witwe seid und ich Euer einziger Sohn.« Die Mutter lobte seinen Entschluß, er aber machte sich auf nach dem Tannenbühl. Der Tannenbühl liegt auf der höchsten Höhe des Schwarzwaldes, und auf zwei Stunden im Umkreis stand damals kein Dorf, ja nicht einmal eine Hütte, denn die abergläubischen Leute meinten, es sei dort »unsicher«. Man schlug auch, so hoch und prachtvoll dort die Tannen standen, ungern Holz in jenem Revier; denn oft waren den Holzhauern, wenn sie dort arbeiteten, die Äxte vom Stiel gesprungen und in den Fuß gefahren, oder die Bäume waren schnell umgestürzt und hatten die Männer mit umgerissen und beschädigt oder gar getötet; auch hätte man die schönsten Bäume von dorther nur zu Brennholz brauchen können, denn die Floßherren nahmen nie einen Stamm aus dem Tannenbühl unter ein Floß auf, weil die Sage ging, daß Mann und Holz verunglücke, wenn ein Tannenbühler mit im Wasser sei. Daher kam es, daß im Tannenbühl die Bäume so dicht und so hoch standen, daß es am hellen Tage beinahe Nacht war, und Peter Munk wurde es ganz schaurig dort zumut; denn er hörte keine Stimme, keinen Tritt als den seinigen, keine Axt; selbst die Vögel schienen diese dichte Tannennacht zu vermeiden.

Kohlenmunk-Peter hatte jetzt den höchsten Punkt des Tannenbühls erreicht und stand vor einer Tanne von ungeheurem Umfang, um die ein holländischer Schiffsherr an Ort und Stelle viele hundert Gulden gegeben hätte. »Hier«, dachte er, »wird wohl der Schatzhauser wohnen«, zog seinen großen Sonntagshut, machte vor dem Baum eine tiefe Verbeugung, räusperte sich und sprach mit zitternder Stimme: »Wünsche glückseligen Abend, Herr Glasmann.« Aber es erfolgte keine Antwort, und alles umher war so still wie zuvor. »Vielleicht muß ich doch das Verslein sprechen«, dachte er weiter und murmelte:

»Schatzhauser im grünen Tannenwald,
Bist schon viel hundert Jahre alt;
Dir gehört all Land, wo Tannen stehn –«

Indem er diese Worte sprach, sah er zu seinem großen Schrecken eine ganz kleine, sonderbare Gestalt hinter der dicken Tanne hervorschauen; es war ihm, als habe er das Glasmännlein gesehen, wie man ihn beschrieben, das schwarze Wämschen, die roten Strümpfchen, das Hütchen, alles war so, selbst das blasse, aber feine und kluge Gesichtchen, wovon man erzählte, glaubte er gesehen zu haben. Aber ach, so schnell es hervorgeschaut hatte, das Glasmännlein, so schnell war es auch wieder verschwunden! »Herr Glasmann«, rief nach einigem Zögern Peter Munk, »seid so gütig und haltet mich nicht für Narren. – Herr Glasmann, wenn Ihr meint, ich habe Euch nicht gesehen, so täuschet Ihr Euch sehr, ich sah Euch wohl hinter dem Baum hervorgucken.« – Immer keine Antwort, nur zuweilen glaubte er ein leises, heiseres Kichern hinter dem Baum zu vernehmen. Endlich überwand seine Ungeduld die Furcht, die ihn bis jetzt noch abgehalten hatte. »Warte, du kleiner Bursche«, rief er, »dich will ich bald haben!«, sprang mit einem Satz hinter die Tanne, aber da war kein Schatzhauser im grünen Tannenwald, und nur ein kleines, zierliches Eichhörnchen jagte an dem Baum hinauf.

Peter Munk schüttelte den Kopf; er sah ein, daß er die Beschwörung bis auf einen gewissen Grad gebracht habe und daß ihm vielleicht nur noch ein Reim zu dem Sprüchlein fehle, so könne er das Glasmännlein hervorlocken; aber er sann hin, er sann her und fand nichts. Das Eichhörnchen zeigte sich an den untersten Ästen der Tanne und schien ihn aufzumuntern oder zu verspotten. Es putzte sich, es rollte den schönen Schweif, es schaute ihn mit klugen Augen an, aber endlich fürchtete er sich doch beinahe, mit diesem Tier allein zu sein, denn bald schien das Eichhörnchen einen Menschenkopf zu haben und einen dreispitzigen Hut zu tragen, bald war es ganz wie ein anderes Eichhörnchen und hatte nur an den Hinterfüßen rote Strümpfe und schwarze Schuhe. Kurz, es war ein lustiges Tier; aber dennoch graute Kohlenpeter, denn er meinte, es ginge nicht mit rechten Dingen zu.

Mit schnelleren Schritten, als er gekommen war, zog Peter wieder ab. Das Dunkel des Tannenwaldes schien immer schwärzer zu werden, die Bäume standen immer dichter, und ihm fing an so zu grauen, daß er im Trab davonjagte, und erst, als er in der Ferne Hunde bellen hörte und bald darauf zwischen den Bäumen den Rauch einer Hütte erblickte, wurde er wieder ruhiger. Aber als er näher kam und die Tracht der Leute in der Hütte erblickte, fand er, daß er aus Angst gerade die entgegengesetzte Richtung genommen und statt zu den Glasleuten zu den Flözern gekommen sei. Die Leute, die in der Hütte wohnten, waren Holzfäller; ein alter Mann, sein Sohn, der Hauswirt, und einige erwachsene Enkel. Sie nahmen Kohlenmunk-Peter, der um ein Nachtlager bat, gut auf, ohne nach seinem Namen und Wohnort zu fragen, gaben ihm Apfelwein zu trinken, und abends wurde ein großer Auerhahn, die beste Schwarzwaldspeise, aufgesetzt.

Nach dem Nachtessen setzten sich die Hausfrau und ihre Töchter mit ihren Kunkeln um den großen Lichtspan, den die Jungen mit dem feinsten Tannenharz unterhielten, der Großvater, der Gast und der Hauswirt rauchten und schauten den Weibern zu; die Bursche aber waren beschäftigt, Löffel und Gabeln aus Holz zu schnitzeln. Draußen im Wald heulte der Sturm und raste in den Tannen, man hörte da und dort sehr heftige Schläge, und es schien oft, als ob ganze Bäume abgeknickt würden und zusammenkrachten. Die furchtlosen Jungen wollten hinaus in den Wald laufen und dieses furchtbar schöne Schauspiel mit ansehen; ihr Großvater aber hielt sie mit strengem Wort und Blick zurück. »Ich will keinem raten, daß er jetzt von der Tür geht«, rief er ihnen zu, »bei Gott, der kommt nimmermehr wieder; denn der Holländer-Michel haut sich heute nacht ein neues G'stair (Floßgelenke) im Wald.«

Die Kleinen staunten ihn an; sie mochten von dem Holländer-Michel schon gehört haben, aber sie baten jetzt den Ehni einmal recht schön, von jenem zu erzählen. Auch Peter Munk, der vom Holländer-Michel auf der andern Seite des Waldes nur undeutlich hatte sprechen hören, stimmte mit ein und fragte den Alten, wer und wo er sei. »Er ist der Herr dieses Waldes, und nach dem zu schließen, daß Ihr in Eurem

Alter dies noch nicht erfahren, müßt Ihr drüben über dem Tannenbühl oder wohl gar noch weiter zu Hause sein. Vom Holländer-Michel will ich Euch aber erzählen, was ich weiß und wie die Sage von ihm geht. Vor etwa hundert Jahren, so erzählte es wenigstens mein Ehni, war weit und breit kein ehrlicher Volk auf Erden als die Schwarzwälder. Jetzt, seit so viel Geld im Land ist, sind die Menschen unredlich und schlecht. Die jungen Bursche tanzen und johlen am Sonntag und fluchen, daß es ein Schrecken ist; damals war es aber anders, und wenn er jetzt zum Fenster dort hereinschaute, so sag ich's und hab es oft gesagt, der Holländer-Michel ist schuld an all dieser Verderbnis. Es lebte also vor hundert Jahr und drüber ein reicher Holzherr, der viel Gesind hatte; er handelte bis weit in den Rhein hinab, und sein Geschäft war gesegnet, denn er war ein frommer Mann. Kommt eines Abends ein Mann an seine Türe, dergleichen er noch nie gesehen. Seine Kleidung war wie der Schwarzwälder Bursche, aber er war einen guten Kopf höher als alle, und man hatte noch nie geglaubt, daß es einen solchen Riesen geben könne. Dieser bittet um Arbeit bei dem Holzherrn, und der Holzherr, der ihm ansah, daß er stark und zu großen Lasten tüchtig sei, rechnet mit ihm seinen Lohn, und sie schlagen ein. Der Michel war ein Arbeiter, wie selbiger Holzherr noch keinen gehabt. Beim Baumschlagen galt er für drei, und wenn sechs an einem End schleppten, trug er allein das andere. Als er aber ein halb Jahr Holz geschlagen, trat er eines Tags vor seinen Herrn und begehrte von ihm: ›Hab jetzt lange genug hier Holz gehackt, und so möcht ich auch sehen, wohin meine Stämme kommen, und wie wär es, wenn Ihr mich auch mal auf den Floß ließet?‹

Der Holzherr antwortete: ›Ich will dir nicht im Weg sein, Michel, wenn du ein wenig hinaus willst in die Welt; und zwar beim Holzfällen brauche ich starke Leute, wie du bist, auf dem Floß aber kommt es auf Geschicklichkeit an; aber es sei für diesmal.‹

Und so war es; der Floß, mit dem er abgehen sollte, hatte

acht Glaich (Glieder), und waren im letzten von den größten Zimmerbalken. Aber was geschah? Am Abend zuvor bringt der lange Michel noch acht Balken ans Wasser, so dick und lang, als man keinen je sah, und jeden trug er so leicht auf der Schulter wie eine Flözerstange, so daß sich alles entsetzte. Wo er sie gehauen, weiß bis heute noch niemand. Dem Holzherrn lachte das Herz, als er dies sah, denn er berechnete, was diese Balken kosten könnten; Michel aber sagte: ›So, die sind für mich zum Fahren; auf den kleinen Spänen dort kann ich nicht fortkommen.‹ Sein Herr wollte ihm zum Dank ein Paar Flözerstiefeln schenken, aber er warf sie auf die Seite und brachte ein Paar hervor, wie es sonst noch keine gab; mein Großvater hat versichert, sie haben hundert Pfund gewogen und seien fünf Fuß lang gewesen.

Der Floß fuhr ab, und hatte der Michel früher die Holzhauer in Verwunderung gesetzt, so staunten jetzt die Flözer; denn statt daß der Floß, wie man wegen der ungeheuren Balken geglaubt hatte, langsamer auf dem Fluß ging, flog er, sobald sie in den Neckar kamen, wie ein Pfeil; machte der Neckar eine Wendung und hatten sonst die Flözer Mühe gehabt, den Floß in der Mitte zu halten, um nicht auf Kies oder Sand zu stoßen, so sprang jetzt Michel allemal ins Wasser, rückte mit einem Zug den Floß links oder rechts, so daß er ohne Gefahr vorüberglitt, und kam dann eine gerade Stelle, so lief er aufs erste G'stair (Gelenk) vor, ließ alle ihre Stangen beisetzen, steckte seinen ungeheuren Weberbaum ins Kies, und mit einem Druck flog der Floß dahin, daß das Land und Bäume und Dörfer vorbeizujagen schienen. So waren sie in der Hälfte der Zeit, die man sonst brauchte, nach Köln am Rhein gekommen, wo sie sonst ihre Ladung verkauft hatten; aber hier sprach Michel: ›Ihr seid mir rechte Kaufleute und versteht euren Nutzen! Meinet ihr denn, die Kölner brauchen all dies Holz, das aus dem Schwarzwald kömmt, für sich? Nein, um den halben Wert kaufen sie es euch ab und verhandeln es teuer nach Holland. Lasset uns die kleinen Balken hier verkaufen und mit den großen nach Holland gehen; was wir über den gewöhnlichen Preis lösen, ist unser eigener Profit.‹

So sprach der arglistige Michel, und die andern waren es zufrieden; die einen, weil sie gerne nach Holland gezogen wären, es zu sehen, die andern des Geldes wegen. Nur ein einziger war redlich und mahnte sie ab, das Gut ihres Herrn der Gefahr auszusetzen oder ihn um den höheren Preis zu betrügen; aber sie hörten nicht auf ihn und vergaßen seine Worte, aber der Holländer-Michel vergaß sie nicht. Sie fuhren auch mit dem Holz den Rhein hinab, Michel leitete den Floß und brachte sie schnell bis nach Rotterdam. Dort bot man ihnen das Vierfache von dem früheren Preis, und besonders die ungeheuren Balken des Michel wurden mit schwerem Geld bezahlt. Als die Schwarzwälder so viel Geld sahen, wußten sie sich vor Freude nicht zu fassen. Michel teilte ab, einen Teil dem Holzherrn, die drei andern unter die Männer. Und nun setzten sie sich mit Matrosen und anderem schlechten Gesindel in die Wirtshäuser, verschlemmten und verspielten ihr Geld; den braven Mann aber, der ihnen abgeraten, verkaufte der Holländer-Michel an einen Seelenverkäufer, und man hat nichts mehr von ihm gehört. Von da an war den Burschen im Schwarzwald Holland das Paradies und Holländer-Michel ihr König; die Holzherren erfuhren lange nichts von dem Handel, und unvermerkt kamen Geld, Flüche, schlechte Sitten, Trunk und Spiel aus Holland herauf.

Der Holländer-Michel war aber, als die Geschichte herauskam, nirgends zu finden, aber tot ist er auch nicht; seit hundert Jahren treibt er seinen Spuk im Wald, und man sagt, daß er schon vielen behilflich gewesen sei, reich zu werden, aber – auf Kosten ihrer armen Seele, und mehr will ich nicht sagen. Aber so viel ist gewiß, daß er noch jetzt in solchen Sturmnächten im Tannenbühl, wo man nicht hauen soll, überall die schönsten Tannen aussucht, und mein Vater hat ihn eine vier Schuh dicke umbrechen sehen wie ein Rohr. Mit diesen beschenkt er die, welche sich vom Rechten abwenden und zu ihm gehen; um Mitternacht bringen sie dann die G'stair ins Wasser, und er rudert mit ihnen nach Holland. Aber wäre ich Herr und König in Holland, ich ließe ihn mit Kartätschen in den Boden schmettern; denn alle Schiffe, die von dem Holländer-Michel auch nur einen Balken haben, müssen untergehen. Daher kommt es, daß man so viel von Schiffbrüchen hört; wie könnte denn sonst ein schönes, starkes Schiff, so groß als eine Kirche, zugrund gehen auf dem Wasser? Aber sooft Holländer-Michel in einer Sturmnacht im Schwarzwald eine Tanne fällt, springt eine seiner alten aus den Fugen des Schiffes; das Wasser dringt ein, und das Schiff ist mit Mann und Maus verloren. Das ist die Sage vom Holländer-Michel, und wahr ist es, alles Böse im Schwarzwald schreibt sich von ihm her; oh! er kann einen reich machen«, setzte der Greis geheimnisvoll hinzu, »aber ich möchte nichts von ihm haben, ich möchte um keinen Preis in der Haut des dicken Ezechiel und des langen Schlurkers stecken; auch der Tanzbodenkönig soll sich ihm ergeben haben!«

Der Sturm hatte sich während der Erzählung des Alten gelegt; die Mädchen zündeten schüchtern die Lampen an und gingen weg; die Männer aber legten Peter Munk einen Sack voll Laub als Kopfkissen auf die Ofenbank und wünschten ihm gute Nacht.

Kohlenmunk-Peter hatte noch nie so schwere Träume gehabt wie in dieser Nacht; bald glaubte er, der finstere, riesige Holländer-Michel reiße die Stubenfenster auf und reiche mit seinem ungeheuer langen Arm einen Beutel voll Goldstücke herein, die er untereinanderschüttelte, daß es hell und lieblich klang; bald sah er wieder das kleine, freundliche Glasmännlein auf einer ungeheuren grünen Flasche im Zimmer umherreiten, und er meinte das heisere Lachen wiederzuhören wie im Tannenbühl; dann brummte es ihm wieder ins linke Ohr:

»In Holland gibt's Gold,
Könnet's haben, wenn Ihr wollt,
Um geringen Sold,
Gold, Gold!«

Dann hörte er wieder in sein rechtes Ohr das Liedchen vom Schatzhauser im grünen Tannenwald, und eine zarte Stimme flüsterte: »Dummer Kohlenpeter, dummer Peter Munk, kannst kein Sprüchlein reimen auf *stehen* und bist doch am Sonntag geboren Schlag zwölf Uhr. Reime, dummer Peter, reime!«

Er ächzte, er stöhnte im Schlaf, er mühte sich ab, einen Reim zu finden; aber da er in seinem Leben noch keinen gemacht hatte, war seine Mühe im Traum vergebens. Als er aber mit dem ersten Frührot erwachte, kam ihm doch sein Traum sonderbar vor; er setzte sich mit verschränkten Armen hinter den Tisch und dachte über die Einflüsterungen nach, die ihm noch immer im Ohr lagen. »Reime, dummer Kohlenmunk-Peter, reime«, sprach er zu sich und pochte mit dem Finger an seine Stirne, aber es wollte kein Reim hervorkommen. Als er noch so dasaß und trübe vor sich hinschaute und an den Reim auf *stehen* dachte, da zogen drei Bursche vor dem Haus vorbei in den Wald, und einer sang im Vorübergehn:

»Am Berge tat ich stehen
Und schaute in das Tal,
Da hab ich sie gesehen
Zum allerletztenmal.«

Das fuhr wie ein leuchtender Blitz durch Peters Ohr, und hastig raffte er sich auf, stürzte aus dem Haus, weil er meinte, nicht recht gehört zu haben, sprang den drei Burschen nach und packte den Sänger hastig und unsanft beim Arm. »Halt, Freund!« rief er, »was habt Ihr da auf *stehen* gereimt. Tut mir die Liebe und sprecht, was Ihr gesungen.«

»Was ficht's dich an, Bursche?« entgegnete der Schwarzwälder. »Ich kann singen, was ich will, und laß gleich meinen Arm los, oder –«

»Nein, sagen sollst du, was du gesungen hast!« schrie Peter beinahe außer sich und packte ihn noch fester an; die zwei andern aber, als sie dies sahen, zögerten nicht lange, sondern fielen mit derben Fäusten über den armen Peter her und walkten ihn derb, bis er vor Schmerzen das Gewand des dritten ließ und erschöpft in die Knie sank. »Jetzt hast du dein Teil«, sprachen sie lachend, »und merk dir, toller Bursche, daß du Leute, wie wir sind, nimmer anfällst auf offenem Wege.«

»Ach, ich will es mir gewißlich merken!« erwiderte Kohlenpeter seufzend; »aber so ich die Schläge habe, seid so gut und saget deutlich, was jener gesungen!«

Da lachten sie aufs neue und spotteten ihn aus; aber der das Lied gesungen, sagte es ihm vor, und lachend und singend zogen sie weiter.

»Also *sehen*«, sprach der arme Geschlagene, indem er sich mühsam aufrichtete; »*sehen* auf *stehen* – jetzt, Glasmännlein, wollen wir wieder ein Wort zusammen sprechen.« Er ging in die Hütte, holte seinen Hut und den langen Stock, nahm Abschied von den Bewohnern der Hütte und trat seinen Rückweg nach dem Tannenbühl an. Er ging langsam und sinnend seine Straße, denn er mußte ja einen Vers ersinnen; endlich, als er schon in dem Bereich des Tannenbühls ging und die Tannen höher und dichter wurden, hatte er auch seinen Vers gefunden und machte vor Freuden einen Sprung in die Höhe. Da trat ein riesengroßer Mann in Flözerkleidung und eine Stange, so lang wie ein Mastbaum, in der Hand, hinter den Tannen hervor. Peter Munk sank beinahe in die Kniee, als er jenen langsamen Schrittes neben sich wandeln sah; denn er dachte, das ist der Holländer-Michel und kein anderer. Noch immer schwieg die furchtbare Gestalt, und Peter schielte zuweilen furchtsam nach ihm hin. Er war wohl einen Kopf größer als der längste Mann, den Peter je gesehen; sein Gesicht war nicht mehr jung, doch auch nicht alt, aber voll Furchen und Falten; er trug ein Wams von Leinwand, und die ungeheuren Stiefeln, über die Lederbeinkleider heraufgezogen, waren Peter aus der Sage wohlbekannt.

»Peter Munk, was tust du im Tannenbühl?« fragte der Waldkönig endlich mit tiefer, dröhnender Stimme.

»Guten Morgen, Landsmann«, antwortete Peter, indem er sich unerschrocken zeigen wollte, aber heftig zitterte, »ich will durch den Tannenbühl nach Haus zurück.«

»Peter Munk«, erwiderte jener und warf einen stechenden, furchtbaren Blick nach ihm herüber, »dein Weg geht nicht durch diesen Hain.«

»Nun, so gerade just nicht«, sagte jener, »aber es macht heute warm, da dachte ich, es wird hier kühler sein.«

»Lüge nicht, du, Kohlenpeter!« rief Holländer-Michel mit donnernder Stimme, »oder ich schlag dich mit der Stange zu Boden; meinst, ich hab dich nicht betteln sehen bei dem Kleinen?« setzte er sanft hinzu. »Geh, geh, das war ein dummer Streich, und gut ist es, daß du das Sprüchlein nicht wußtest; er ist ein Knauser, der kleine Kerl, und gibt nicht viel, und wem er gibt, der wird seines Lebens nicht froh. – Peter, du bist ein armer Tropf und dauerst mich in der Seele; so ein munterer, schöner Bursche, der in der Welt was anfangen könnte, und sollst Kohlen brennen! Wenn andere große Taler oder Dukaten aus dem Ärmel schütteln, kannst du kaum ein paar Sechser aufwenden; 's ist ein ärmlich Leben!«

»Wahr ist's, und recht habt Ihr, ein elendes Leben.«

»Na, mir soll's nicht drauf ankommen«, fuhr der schreckliche Michel fort; »hab schon manchem braven Kerl aus der Not geholfen, und du wärst nicht der erste. Sag einmal, wieviel hundert Taler brauchst du fürs erste?«

Bei diesen Worten schüttelte er das Geld in seiner ungeheuren Tasche untereinander, und es klang wieder wie diese Nacht im Traum. Aber Peters Herz zuckte ängstlich und schmerzhaft bei diesen Worten, es wurde ihm kalt und warm, und der Holländer-Michel sah nicht aus, wie wenn er aus Mitleid Geld wegschenkte, ohne etwas dafür zu verlangen. Es fielen ihm die geheimnisvollen Worte des alten Mannes über die reichen Menschen ein, und von unerklärlicher Angst und Bangigkeit gejagt, rief er: »Schön Dank, Herr! Aber mit Euch will ich nichts zu schaffen haben, und ich kenn Euch schon«, und lief, was er laufen konnte. – Aber der Waldgeist schritt mit ungeheuren Schritten neben ihm her und murmelte dumpf und drohend: »Wirst's noch bereuen, Peter, wirst noch zu mir kommen; auf deiner Stirne steht's geschrieben, in deinem Auge ist's zu lesen; du entgehst mir nicht. – Lauf nicht so schnell, höre nur noch ein vernünftig Wort, dort ist schon meine Grenze!«

Aber als Peter dies hörte und unweit vor ihm einen kleinen Graben sah, beeilte er sich nur noch mehr, über die Grenze zu kommen, so daß Michel am Ende schneller laufen mußte und unter Flüchen und Drohungen ihn verfolgte. Der junge Mann setzte mit einem verzweifelten Sprung über den Graben; denn er sah, wie der Waldgeist mit seiner Stange ausholte und sie auf ihn niederschmettern lassen wollte; er kam glücklich jenseits an, und die Stange zersplitterte in der Luft wie an einer unsichtbaren Mauer, und ein langes Stück fiel zu Peter herüber.

Triumphierend hob er es auf, um es dem groben Holländer-Michel zuzuwerfen; aber in diesem Augenblick fühlte er das Stück Holz in seiner Hand sich bewegen, und zu seinem Entsetzen sah er, daß es eine ungeheure Schlange sei, was er in der Hand hielt, die sich schon mit geifernder Zunge und blitzenden Augen an ihm hinaufbäumte. Er ließ sie los; aber sie hatte sich schon fest um seinen Arm gewickelt und kam mit schwankendem Kopf seinem Gesicht immer näher; da rauschte auf einmal ein ungeheurer Auerhahn nieder, packte den Kopf der Schlange mit dem Schnabel, erhob sich mit ihr in die Lüfte, und Holländer-Michel, der dies alles von dem Graben aus gesehen hatte, heulte und schrie und raste, als die Schlange von einem Gewaltigern entführt ward.

Erschöpft und zitternd setzte Peter seinen Weg fort; der Pfad wurde steiler, die Gegend wilder, und bald fand er sich wieder an der ungeheuren Tanne. Er machte wieder wie gestern seine Verbeugungen gegen das unsichtbare Glasmännlein und hub dann an:

»Schatzhauser im grünen Tannenwald,
Bist schon viel hundert Jahre alt;
Dein ist all Land, wo Tannen stehn,
Läßt dich nur Sonntagskindern sehen.«

»Hast's zwar nicht ganz getroffen; aber weil du es bist, Kohlenmunk-Peter, so soll es hingehen«, sprach eine zarte, feine Stimme neben ihm. Erstaunt sah er sich um, und unter einer schönen Tanne saß ein kleines, altes Männlein, in schwarzem Wams und roten Strümpfen und den großen Hut auf dem Kopf. Er hatte ein feines, freundliches Gesichtchen und ein Bärtchen so zart wie aus Spinnweben; er rauchte, was sonderbar anzusehen war, aus einer Pfeife von blauem Glas, und als Peter näher trat, sah er zu seinem Erstaunen, daß auch Kleider, Schuhe und Hut des Kleinen aus gefärbtem Glas bestanden; aber es war geschmeidig, als ob es noch heiß wäre, denn es schmiegte sich wie ein Tuch nach jeder Bewegung des Männleins.

»Du hast dem Flegel begegnet, dem Holländer-Michel?« sagte der Kleine, indem er zwischen jedem Wort sonderbar hüstelte; »er hat dich recht ängstigen wollen, aber seinen Kunstprügel habe ich ihm abgejagt, den soll er nimmer wiederkriegen.«

»Ja, Herr Schatzhauser«, erwiderte Peter mit einer tiefen Verbeugung, »es war mir recht bange. Aber Ihr seid wohl der Herr Auerhahn gewesen, der die Schlange totgebissen? Da bedanke ich mich schönstens. – Ich komme aber, um mich Rats zu erholen bei Euch; es geht mir gar schlecht und hinderlich; ein Kohlenbrenner bringt es nicht weit, und da ich noch jung bin, dächte ich doch, es könnte noch was Besseres aus mir werden; und wenn ich oft andere sehe, wie weit die es in kurzer Zeit gebracht haben – wenn ich nur den Ezechiel nehme und den Tanzbodenkönig, die haben Geld wie Heu.«

»Peter«, sagte der Kleine sehr ernst und blies den Rauch aus seiner Pfeife weit hinweg. »Peter, sag mir nichts von diesen. Was haben sie davon, wenn sie hier ein paar Jahre dem Schein nach glücklich und dann nachher desto unglücklicher sind? Du mußt dein Handwerk nicht verachten; dein Vater und Großvater waren Ehrenleute und haben es auch getrieben, Peter Munk! Ich will nicht hoffen, daß es Liebe zum Müßiggang ist, was dich zu mir führt.«

Peter erschrak vor dem Ernst des Männleins und errötete. »Nein«, sagte er, »Müßiggang, weiß ich wohl, Herr Schatzhauser im Tannenwald, Müßiggang ist aller Laster Anfang; aber das könnet Ihr mir nicht übelnehmen, wenn mir ein anderer Stand besser gefällt als der meinige. Ein Kohlenbrenner ist halt so gar etwas Geringes auf der Welt, und die Glasleute und Flözer und Uhrmacher und alle sind angesehener.«

»Hochmut kommt oft vor dem Fall«, erwiderte der kleine Herr vom Tannenwald etwas freundlicher; »ihr seid ein sonderbar Geschlecht, ihr Menschen! Selten ist einer mit dem Stand ganz zufrieden, in dem er geboren und erzogen ist, und was gilt's, wenn du ein Glasmann wärest, möchtest du gern ein Holzherr sein, und wärest du Holzherr, so stünde dir des Försters Dienst oder des Amtmanns Wohnung an. Aber es sei! Wenn du versprichst, brav zu arbeiten, so will ich dir zu etwas Besserem verhelfen, Peter. Ich pflege jedem Sonntagskind, das sich zu mir zu finden weiß, drei Wünsche zu gewähren. Die ersten zwei sind frei, den dritten kann ich verweigern, wenn er töricht ist. So wünsche dir also jetzt etwas, aber – Peter, etwas Gutes und Nützliches!«

»Heisa! Ihr seid ein treffliches Glasmännlein, und mit Recht nennt man Euch Schatzhauser, denn bei Euch sind die Schätze zu Hause. Nu – und also darf ich wünschen, wornach mein Herz begehrt, so will ich denn fürs erste, daß ich noch besser tanzen könne als der Tanzbodenkönig und jedesmal noch einmal soviel Geld ins Wirtshaus bringe als er.«

»Du Tor!« erwiderte der Kleine zürnend. »Welch ein erbärmlicher Wunsch ist dies, gut tanzen zu können und Geld zum Spiel zu haben! Schämst du dich nicht, dummer Peter, dich selbst so um dein Glück zu betrügen? Was nützt es dir und deiner armen Mutter, wenn du tanzen kannst? Was nützt dir dein Geld, das nach deinem Wunsch nur für das Wirtshaus ist und wie das des elenden Tanzbodenkönigs dort bleibt? Dann hast du wieder die ganze Woche nichts und darbst wie zuvor. Noch einen Wunsch gebe ich dir frei; aber sieh dich vor, daß du vernünftiger wünschest!«

Peter kratzte sich hinter den Ohren und sprach nach einigem Zögern: »Nun, so wünsche ich mir die schönste und reichste Glashütte im ganzen Schwarzwald mit allem Zugehör und Geld, sie zu leiten.«

»Sonst nichts?« fragte der Kleine mit besorglicher Miene. »Peter, sonst nichts?«

»Nu – Ihr könnet noch ein Pferd dazutun und ein Wägelchen –«

»O du dummer Kohlenmunk-Peter!« rief der Kleine und warf seine gläserne Pfeife im Unmut an eine dicke Tanne, daß sie in hundert Stücke sprang. »Pferde? Wägelchen? Verstand, sag ich dir, Verstand, gesunden Menschenverstand und Einsicht hättest du wünschen sollen, aber nicht Pferdchen und Wägelchen. Nun, werde nur nicht so traurig, wir wollen sehen, daß es auch so nicht zu deinem Schaden ist; denn der zweite Wunsch war im ganzen nicht töricht. Eine gute Glashütte nährt auch ihren Mann und Meister; nur hättest du Einsicht und Verstand dazu mitnehmen können, Wagen und Pferde wären dann wohl von selbst gekommen.«

»Aber, Herr Schatzhauser«, erwiderte Peter, »ich habe ja noch einen Wunsch übrig. Da könnte ich ja Verstand wünschen, wenn er mir so überaus nötig ist, wie Ihr meinet.«

»Nichts da! Du wirst noch in manche Verlegenheit kommen, wo du froh sein wirst, wenn du noch einen Wunsch frei hast. Und nun mache dich auf den Weg nach Hause! Hier sind«, sprach der kleine Tannengeist, indem er ein kleines

Beutelein aus der Tasche zog, »hier sind zweitausend Gulden, und damit genug, und komm mir nicht wieder, um Geld zu fordern; denn dann müßte ich dich an die höchste Tanne aufhängen! So hab ich's gehalten, seit ich in dem Wald wohne. Vor drei Tagen aber ist der alte Winkfritz gestorben, der die große Glashütte gehabt hat im Unterwald. Dorthin gehe morgen frühe, und mach ein Bot auf das Gewerbe, wie es recht ist. Halt dich wohl, sei fleißig, und ich will dich zuweilen besuchen und dir mit Rat und Tat an die Hand gehen, weil du dir doch keinen Verstand erbeten. Aber, und das sag ich dir ernstlich, dein erster Wunsch war böse. Nimm dich in acht vor dem Wirtshauslaufen, Peter! 's hat noch bei keinem lange gutgetan.« Das Männlein hatte, während es dies sprach, eine neue Pfeife vom schönsten Beinglas hervorgezogen, sie mit gedörrten Tannenzapfen gestopft und in den kleinen, zahnlosen Mund gesteckt. Dann zog es ein ungeheures Brennglas hervor, trat in die Sonne und zündete seine Pfeife an. Als er damit fertig war, bot er dem Peter freundlich die Hand, gab ihm noch ein paar gute Lehren auf den Weg, rauchte und blies immer schneller und verschwand endlich in einer Rauchwolke, die nach echtem holländischen Tabak roch und, langsam sich kräuselnd, in den Tannenwipfeln verschwebte.

Als Peter nach Haus kam, fand er seine Mutter sehr in Sorgen um ihn; denn die gute Frau glaubte nicht anders, als ihr Sohn sei zum Soldaten ausgehoben worden. Er aber war fröhlich und guter Dinge und erzählte ihr, wie er im Wald einen guten Freund getroffen, der ihm Geld vorgeschossen habe, um ein anderes Geschäft als Kohlenbrennen anzufangen. Obgleich seine Mutter schon seit dreißig Jahren in der Köhlerhütte wohnte und an den Anblick berußter Leute so gewöhnt war als jede Müllerin an das Mehlgesicht ihres Mannes, so war sie doch eitel genug, sobald ihr Peter ein glänzenderes Los zeigte, ihren früheren Stand zu verachten, und sprach: »Ja, als Mutter eines Mannes, der eine Glashütte besitzt, bin ich doch was anderes als Nachbarin Grete und Bete und setze mich in Zukunft vornehin in der Kirche, wo rechte Leute sitzen.« Ihr Sohn aber wurde mit den Erben der Glashütte bald handelseinig. Er behielt die Arbeiter, die er vorfand, bei sich und ließ nun Tag und Nacht Glas machen. Anfangs gefiel ihm das Handwerk wohl; er pflegte gemächlich in die Glashütte hinabzusteigen, ging dort mit vornehmen Schritten, die Hände in die Taschen gesteckt, hin und her, guckte dahin, guckte dorthin, sprach dies und jenes, worüber seine Arbeiter oft nicht wenig lachten, und seine größte Freude war, das Glas blasen zu sehen, und oft machte er sich selbst an die Arbeit und formte aus der noch weichen Masse die sonderbarsten Figuren. Bald aber war ihm die Arbeit entleidet, und er kam zuerst nur noch eine Stunde des Tages in die Hütte, dann nur alle zwei Tage, endlich die Woche nur einmal, und seine Gesellen machten, was sie wollten. Das alles kam aber nur vom Wirtshauslaufen; den Sonntag, nachdem er vom Tannenbühl zurückgekommen war, ging er ins Wirtshaus, und wer schon auf dem Tanzboden sprang, war der Tanzbodenkönig, und der dicke Ezechiel saß auch schon hinter der Maßkanne und knöchelte um Kronentaler. Da fuhr Peter schnell in die Tasche, zu sehen, ob ihm das Glasmännlein Wort gehalten, und siehe, seine Tasche strotzte von Silber und Gold. Auch in seinen Beinen zuckte und drückte es, wie wenn sie tanzen und springen wollten, und als der erste Tanz zu Ende war, stellte er sich mit seiner Tänzerin obenan neben den Tanzbodenkönig, und sprang dieser drei Schuh hoch, so flog Peter vier, und machte dieser wunderliche und zierliche Schritte, so verschlang und drehte Peter seine Füße, daß alle Zuschauer vor Lust und Verwunderung beinahe außer sich kamen. Als man aber auf dem Tanzboden vernahm, daß Peter eine Glashütte gekauft habe, als man sah, daß er, sooft er an den Musikanten vorbeitanzte, ihnen einen Sechsbätzner zuwarf, da war des Staunens kein Ende. Die einen glaubten, er habe einen Schatz im Wald gefunden, die andern meinten, er habe eine Erbschaft getan, aber alle verehrten ihn jetzt und hielten ihn für einen gemachten Mann, nur weil er Geld hatte. Verspielte er doch noch an demselben Abend zwanzig Gulden, und nichtsdestominder rasselte und klang es in seiner Tasche, wie wenn noch hundert Taler darin wären.

Als Peter sah, wie angesehen er war, wußte er sich vor Freude und Stolz nicht zu fassen. Er warf das Geld mit vollen Händen weg und teilte es den Armen reichlich mit, wußte er doch, wie ihn selbst einst die Armut gedrückt hatte. Des Tanzbodenkönigs Künste wurden vor den übernatürlichen Künsten des neuen Tänzers zuschanden, und Peter führte jetzt den Namen Tanzkaiser. Die unternehmendsten Spieler am Sonntag wagten nicht so viel wie er, aber sie verloren auch nicht so viel. Und je mehr er verlor, desto mehr gewann er. Das verhielt sich aber ganz so, wie er es vom kleinen Glasmännlein verlangt hatte. Er hatte sich gewünscht, immer so viel Geld in der Tasche zu haben wie der dicke Ezechiel, und gerade dieser war es, an welchen er sein Geld verspielte, und wenn er zwanzig, dreißig Gulden auf einmal verlor, so hatte er sie alsobald wieder in der Tasche, wenn sie Ezechiel einstrich. Nach und nach brachte er es aber im Schlemmen und Spielen weiter als die schlechtesten Gesellen im Schwarzwald, und man nannte ihn öfter Spielpeter als Tanzkaiser, denn er spielte jetzt auch beinahe an allen Werktagen. Darüber kam aber seine Glashütte nach und nach in Verfall, und daran war Peters Unverstand schuld. Glas ließ er machen, soviel man immer machen konnte, aber er hatte mit der Hütte nicht zugleich das Geheimnis gekauft, wohin man es am besten verschleißen könne. Er wußte am Ende mit der Menge Glas nichts anzufangen und verkaufte es um den halben Preis an herumziehende Händler, nur um seine Arbeiter bezahlen zu können.

Eines Abends ging er auch wieder vom Wirtshaus heim und dachte trotz des vielen Weines, den er getrunken, um sich fröhlich zu machen, mit Schrecken und Gram an den

Verfall seines Vermögens. Da bemerkte er auf einmal, daß jemand neben ihm gehe; er sah sich um, und siehe da – es war das Glasmännlein. Da geriet er in Zorn und Eifer, vermaß sich hoch und teuer und schwur, der Kleine sei an all seinem Unglück schuld. »Was tu ich nun mit Pferd und Wägelchen?« rief er, »was nutzt mich die Hütte und all mein Glas? Selbst als ich noch ein elender Köhlersbursch war, lebte ich froher und hatte keine Sorgen. Jetzt weiß ich nicht, wann der Amtmann kommt und meine Habe schätzt und mir vergantet der Schulden wegen!«

»So?« entgegnete das Glasmännlein; »so? Ich also soll schuld daran sein, wenn du unglücklich bist? Ist dies der Dank für meine Wohltaten? Wer hieß dich auch so töricht wünschen? Ein Glasmann wolltest du sein und wußtest nicht, wohin dein Glas verkaufen? Sagte ich dir nicht, du solltest behutsam wünschen? Verstand, Peter, Klugheit hat dir gefehlt.«

»Was Verstand und Klugheit!« rief jener. »Ich bin ein so kluger Bursche als irgendeiner und will es dir zeigen, Glasmännlein«, und bei diesen Worten faßte er das Männlein unsanft am Kragen und schrie: »Hab ich dich jetzt, Schatzhauser im grünen Tannenwald? Und den dritten Wunsch will ich jetzt tun, den sollst du mir gewähren; und so will ich hier auf der Stelle zweimalhunderttausend harte Taler, und ein Haus und – o weh!« schrie er und schüttelte die Hand; denn das Waldmännlein hatte sich in glühendes Glas verwandelt und brannte in seiner Hand wie sprühendes Feuer. Aber von dem Männlein war nichts mehr zu sehen.

Mehrere Tage lang erinnerte ihn seine geschwollene Hand an seine Undankbarkeit und Torheit. Dann aber übertäubte er sein Gewissen und sprach: »Und wenn sie mir die Glashütte und alles verkaufen, so bleibt mir doch noch immer der dicke Ezechiel. Solange der Geld hat am Sonntag, kann es mir nicht fehlen.«

Ja, Peter! Aber wenn er keines hat? – Und so geschah es eines Tages, und war ein wunderliches Rechenexempel.

Denn eines Sonntags kam er angefahren ans Wirtshaus, und die Leute streckten die Köpfe durch die Fenster, und der eine sagte, da kommt der Spielpeter, und der andere, ja, der Tanzkaiser, der reiche Glasmann, und ein dritter schüttelte den Kopf und sprach: »Mit dem Reichtum kann man es machen, man sagt allerlei von seinen Schulden, und in der Stadt hat einer gesagt, der Amtmann werde nicht mehr lang säumen zum Auspfänden.« Indessen grüßte der reiche Peter die Gäste am Fenster vornehm und gravitätisch, stieg vom Wagen und schrie: »Sonnenwirt, guten Abend, ist der dicke Ezechiel schon da?« Und eine tiefe Stimme rief: »Nur herein, Peter! Dein Platz ist dir aufbehalten, wir sind schon da und bei den Karten.« So trat Peter Munk in die Wirtsstube und fuhr gleich in die Tasche und merkte, daß Ezechiel gut versehen sein müsse, denn seine Tasche war bis oben angefüllt.

Er setzte sich hinter den Tisch zu den andern und spielte und gewann und verlor hin und her, und so spielten sie, bis andere ehrliche Leute, als es Abend wurde, nach Hause gingen, und spielten bei Licht, bis zwei andere Spieler sagten: »Jetzt ist's genug, und wir müssen heim zu Frau und Kind.« Aber Spielpeter forderte den dicken Ezechiel auf zu bleiben. Dieser wollte lange nicht, endlich aber rief er: »Gut, jetzt will ich mein Geld zählen, und dann wollen wir knöcheln, den Satz um fünf Gulden; denn niederer ist es doch nur Kinderspiel.« Er zog den Beutel und zählte und fand hundert Gulden bar, und Spielpeter wußte nun, wieviel er selbst habe, und brauchte es nicht erst zu zählen. Aber hatte Ezechiel vorher gewonnen, so verlor er jetzt Satz für Satz und fluchte greulich dabei. Warf er einen Pasch, gleich warf Spielpeter auch einen und immer zwei Augen höher. Da setzte er endlich die letzten fünf Gulden auf den Tisch und rief: »Noch einmal, und wenn ich auch den noch verliere, so höre ich doch nicht auf; dann leihst du mir von deinem Gewinn, Peter, ein ehrlicher Kerl hilft dem andern.«

»Soviel du willst, und wenn es hundert Gulden sein sollten«, sprach der Tanzkaiser, fröhlich über seinen Gewinn, und der dicke Ezechiel schüttelte die Würfel und warf fünfzehn. »Pasch!« rief er, »jetzt wollen wir sehen!« Peter aber warf achtzehn, und eine heisere bekannte Stimme hinter ihm sprach: »So, das war der letzte.«

Er sah sich um, und riesengroß stand der Holländer-Michel hinter ihm. Erschrocken ließ er das Geld fallen, das er schon eingezogen hatte. Aber der dicke Ezechiel sah den Waldmann nicht, sondern verlangte, der Spielpeter solle ihm zehn Gulden vorstrecken zum Spiel. Halb im Traum fuhr dieser mit der Hand in die Tasche, aber da war kein Geld; er suchte in der andern Tasche, aber auch da fand sich nichts; er kehrte den Rock um, aber es fiel kein roter Heller heraus, und jetzt erst gedachte der seines eigenen ersten Wunsches, immer so viel Geld zu haben als der dicke Ezechiel. Wie Rauch war alles verschwunden.

Der Wirt und Ezechiel sahen ihn staunend an, als er immer suchte und sein Geld nicht finden konnte, sie wollten ihm nicht glauben, daß er keines mehr habe; aber als sie endlich selbst in seinen Taschen suchten, wurden sie zornig und schwuren, der Spielpeter sei ein böser Zauberer und habe all das gewonnene Geld und sein eigenes nach Hause gewünscht. Peter verteidigte sich standhaft, aber der Schein war gegen ihn. Ezechiel sagte, er wolle die schreckliche Geschichte allen Leuten im Schwarzwald erzählen, und der Wirt versprach ihm, morgen mit dem frühesten in die Stadt zu gehen und Peter Munk als Zauberer anzuklagen, und er wolle es erleben, setzte er hinzu, daß man ihn verbrenne. Dann fielen sie wütend über ihn her, rissen ihm das Wams vom Leib und warfen ihn zur Türe hinaus.

Kein Stern schien am Himmel, als Peter trübselig seiner Wohnung zuschlich; aber dennoch konnte er eine dunkle Gestalt erkennen, die neben ihm herschritt und endlich sprach: »Mit dir ist's aus, Peter Munk, all deine Herrlichkeit ist zu Ende, und das hätt' ich dir schon damals sagen können, als du nichts von mir hören wolltest und zu dem dummen Glaszwerg liefst. Da siehst du jetzt, was man davon hat, wenn man meinen Rat verachtet. Aber versuch es einmal mit mir, ich habe Mitleiden mit deinem Schicksal. Noch keinen hat es gereut, der sich an mich wandte, und wenn du den Weg nicht scheust, morgen den ganzen Tag bin ich am Tannenbühl zu sprechen, wenn du mich rufst.« Peter merkte wohl, wer so zu ihm spreche, aber es kam ihn ein Grauen an; er antwortete nichts, sondern lief seinem Haus zu.

Bei diesen Worten wurde der Erzähler durch ein Geräusch vor der Schenke unterbrochen. Man hörte einen Wagen anfahren, mehrere Stimmen riefen nach Licht, es wurde heftig an das Hoftor gepocht, und dazwischen heulten mehrere Hunde. Die Kammer, die man dem Fuhrmann und den Handwerksburschen angewiesen hatte, ging nach der Straße hinaus; die vier Gäste sprangen auf und liefen dorthin, um zu sehen, was vorgefallen sei. Soviel sie bei dem Schein einer Laterne sehen konnten, stand ein großer Reisewagen vor der Schenke; soeben war ein großer Mann beschäftigt, zwei verschleierte Frauen aus dem Wagen zu heben, und einen Kutscher in Livree sah man die Pferde abspannen, ein Bedienter aber schnallte den Koffer los. »Diesen sei Gott gnädig«, seufzte der Fuhrmann; »wenn diese mit heiler Haut aus dieser Schenke kommen, so ist mir für meinen Karren auch nicht mehr bange.«

»Stille!« flüsterte der Student. »Mir ahnet, daß man eigentlich nicht uns, sondern dieser Dame auflauert. Wahrscheinlich waren sie unten schon von ihrer Reise unterrichtet. Wenn man sie nur warnen könnte! Doch halt! Es ist im ganzen Wirtshaus kein anständiges Zimmer für die Damen als das neben dem meinigen. Dorthin wird man sie führen. Bleibet ihr ruhig in dieser Kammer; ich will die Bedienten zu unterrichten suchen.«

Der junge Mann schlich sich auf sein Zimmer, löschte die Kerzen aus und ließ nur das Licht brennen, das ihm die Wirtin gegeben. Dann lauschte er an der Türe.

Bald kam die Wirtin mit den Damen die Treppe herauf und führte sie mit freundlichen, sanften Worten in das Zimmer nebenan. Sie redete ihren Gästen zu, sich bald niederzulegen, weil sie von der Reise erschöpft sein würden. Dann ging sie wieder hinab. Bald darauf hörte der Student schwere männliche Tritte die Treppe heraufkommen. Er öffnete behutsam die Türe und erblickte durch eine kleine Spalte den großen Mann, welcher die Damen aus dem Wagen gehoben. Er trug ein Jagdkleid und hatte einen Hirschfänger an der Seite und war wohl der Reisestallmeister oder Begleiter der fremden Damen. Als der Student bemerkte, daß dieser allein heraufgekommen war, öffnete er schnell die Türe und winkte dem Mann, zu ihm einzutreten. Verwundert trat dieser näher, und ehe er noch fragen konnte, was man von ihm wolle, flüsterte ihm jener zu: »Mein Herr! Sie sind heute nacht in eine Räuberschenke geraten.«

Der Mann erschrak; der Student zog ihn aber vollends in seine Türe und erzählte ihm, wie verdächtig es in diesem Hause aussehe.

Der Jäger wurde sehr besorgt, als er dies hörte; er belehrte den jungen Mann, daß die Damen, eine Gräfin und ihre Kammerfrau, anfänglich die ganze Nacht durch haben fahren wollen; aber etwa eine halbe Stunde von dieser Schenke sei ihnen ein Reuter begegnet, der sie angerufen und gefragt habe, wohin sie reisen wollten; als er vernommen, daß sie gesonnen seien, die ganze Nacht durch den Spessart zu reisen, habe er ihnen abgeraten, indem es gegenwärtig sehr unsicher sei. »Wenn Ihnen am Rat eines redlichen Mannes etwas liegt«, habe er hinzugesetzt, »so stehen Sie ab von diesem Gedanken. Es liegt nicht weit von hier eine Schenke; so schlecht und unbequem sie sein mag, so übernachten Sie lieber daselbst, als daß Sie sich in dieser dunkeln Nacht unnötig der Gefahr preisgeben.« Der Mann, der ihnen dies geraten, habe sehr ehrlich und rechtlich ausgesehen, und die Gräfin habe in der Angst vor einem Räuberanfall befohlen, an dieser Schenke stillezuhalten.

Der Jäger hielt es für seine Pflicht, die Damen von der Gefahr, worin sie schwebten, zu unterrichten. Er ging in das andere Zimmer, und bald darauf öffnete er die Türe, welche von dem Zimmer der Gräfin in das des Studenten führte. Die Gräfin, eine Dame von etwa vierzig Jahren, trat, vor Schrekken bleich, zu dem Studenten heraus und ließ sich alles noch einmal von ihm wiederholen. Dann beriet man sich, was in dieser mißlichen Lage zu tun sei, und beschloß, so behutsam als möglich die zwei Bedienten, den Fuhrmann und die Handwerksbursche herbeizuholen, um im Fall eines Angriffs wenigstens gemeinsame Sache machen zu können.

Als dieses bald darauf geschehen war, wurde das Zimmer der Gräfin gegen die Hausflur hin verschlossen und mit Kommoden und Stühlen verrammelt. Sie setzte sich mit ihrer Kammerfrau aufs Bette, und die zwei Bedienten hielten bei ihr Wache. Die früheren Gäste aber und der Jäger setzten sich im Zimmer des Studenten um den Tisch und beschlossen, die Gefahr zu erwarten. Es mochte jetzt etwa zehn Uhr sein, im Hause war alles ruhig und still, und noch machte man keine Miene, die Gäste zu stören. Da sprach der Zirkelschmied: »Um wach zu bleiben, wäre es wohl das beste, wir machten es wieder wie zuvor; wir erzählten nämlich, was wir von allerlei Geschichten wissen, und wenn der Herr Jäger nichts dagegen hat, so könnten wir weiter fortfahren.« Der Jäger aber hatte nicht nur nichts dagegen einzuwenden, sondern um seine Bereitwilligkeit zu zeigen, versprach er, selbst etwas zu erzählen. Er hub an:

Saids Schicksale

Zur Zeit Harun Al-Raschids, des Beherrschers von Bagdad, lebte ein Mann in Balsora, mit Namen Benazar. Er hatte gerade so viel Vermögen, um für sich bequem und ruhig leben zu können, ohne ein Geschäft oder einen Handel zu treiben; auch als ihm ein Sohn geboren wurde, ging er von dieser Weise nicht ab. »Warum soll ich in meinem Alter noch schachern und handeln«, sprach er zu seinen Nachbarn, »um vielleicht Said, meinem Sohn, tausend Goldstücke mehr hinterlassen zu können, wenn es gut geht, und geht es schlecht, tausend weniger? Wo zwei speisen, wird auch ein dritter satt, sagt das Sprichwort, und wenn er nur sonst ein guter Junge wird, soll es ihm an nichts fehlen.« So sprach Benazar und hielt Wort. Denn er ließ auch seinen Sohn nicht zum Handel oder einem Gewerbe erziehen; doch unterließ er nicht, die Bücher der Weisheit mit ihm zu lesen, und da nach seiner Ansicht einen jungen Mann außer Gelehrsamkeit und Ehrfurcht vor dem Alter nichts mehr zierte als ein gewandter Arm und Mut, so ließ er ihn frühe in den Waffen unterweisen, und Said galt bald unter seinen Altersgenossen, ja selbst unter älteren Jünglingen für einen gewaltigen Kämpfer, und im Reiten und Schwimmen tat es ihm keiner zuvor.

Als er achtzehn Jahre alt war, schickte ihn sein Vater nach Mekka zum Grab des Propheten, um an Ort und Stelle sein Gebet und seine religiösen Übungen zu verrichten, wie es Sitte und Gebot erfordern. Ehe er abreiste, ließ ihn sein Vater noch einmal vor sich kommen, lobte seine Aufführung, gab ihm gute Lehren, versah ihn mit Geld und sprach dann:

»Noch etwas, mein Sohn Said! Ich bin ein Mann, der über die Vorurteile des Pöbels erhaben ist. Ich höre zwar gerne Geschichten von Feien und Zauberern erzählen, weil mir die Zeit dabei angenehm vergeht; doch bin ich weit entfernt, daran zu glauben, wie so viele unwissende Menschen tun, daß diese Genien, oder wer sie sonst sein mögen, Einfluß auf das Leben und Treiben der Menschen haben. Deine Mutter aber, sie ist jetzt zwölf Jahre tot, deine Mutter glaubte so fest daran als an den Koran; ja, sie hat mir in einer einsamen Stunde, nachdem ich ihr geschworen, es niemand als ihrem Kind zu entdecken, vertraut, daß sie selbst von ihrer Geburt an mit einer Fee in Berührung gestanden habe. Ich habe sie deswegen ausgelacht, und doch muß ich gestehen, daß bei deiner Geburt, Said, einige Dinge vorfielen, die mich selbst in Erstaunen setzten. Es hatte den ganzen Tag geregnet und gedonnert, und der Himmel war so schwarz, daß man nichts lesen konnte ohne Licht. Aber um vier Uhr nachmittags sagte man mir an, es sei mir ein Knäblein geboren. Ich eilte nach den Gemächern deiner Mutter, um meinen Erstgebornen zu sehen und zu segnen; aber alle ihre Zofen standen vor der Türe, und auf meine Fragen antworteten sie, daß jetzt niemand in das Zimmer treten dürfe, Zemira, deine Mutter, habe alle hinausgehen heißen, weil sie allein sein wolle. Ich pochte an die Türe, aber umsonst, sie blieb verschlossen.

Während ich so halb unwillig unter den Zofen vor der Türe stand, klärte sich der Himmel so plötzlich auf, wie ich es nie gesehen hatte, und das wunderbarste war, daß nur über unserer lieben Stadt Balsora eine reine blaue Himmelswölbung erschien; ringsum aber lagen die Wolken schwarz aufgerollt, und Blitze zuckten und schlängelten sich in diesem Umkreis. Während ich noch dieses Schauspiel neugierig betrachtete, flog die Türe meiner Gattin auf; ich aber ließ die Mägde noch außen harren und trat allein in das Gemach, deine Mutter zu fragen, warum sie sich eingeschlossen habe. Als ich eintrat, quoll mir ein so betäubender Geruch von Rosen, Nelken und Hyazinthen entgegen, daß ich beinahe verwirrt wurde. Deine Mutter brachte mir dich dar und deutete zugleich auf ein silbernes Pfeifchen, das du um den Hals an einer goldenen Kette, so fein wie Seide, trugst. ›Die gütige Frau, von welcher ich dir einst erzählte, ist dagewesen‹, sprach deine Mutter, ›sie hat deinem Knaben dieses Angebinde gegeben.‹ – ›Das war also die Hexe, die das Wetter schön machte und diesen Rosen- und Nelkenduft hinterließ?‹ sprach ich lachend und ungläubig. ›Aber sie hätte etwas Besseres bescheren können als dieses Pfeifchen, etwa einen Beutel voll Gold, ein Pferd oder dergleichen!‹ Deine Mutter beschwor mich, nicht zu spotten, weil die Feen, leicht erzürnt, ihren Segen in Unsegen verwandeln.

Ich tat es ihr zu Gefallen und schwieg, weil sie krank war; wir sprachen auch nicht mehr von dem sonderbaren Vorfall, bis sechs Jahre nachher, als sie fühlte, daß sie, so jung sie noch war, sterben müsse. Da gab sie mir das Pfeifchen, trug mir auf, es einst, wenn du zwanzig Jahre alt seiest, dir zu geben; denn keine Stunde zuvor dürfe ich dich von mir lassen. Sie starb. Hier ist nun das Geschenk«, fuhr Benazar fort, indem er ein silbernes Pfeifchen an einer langen goldenen Kette aus einem Kästchen hervorsuchte, »und ich gebe es dir in deinem achtzehnten statt in deinem zwanzigsten Jahr, weil du abreisest und ich vielleicht, ehe du heimkehrst, zu meinen Vätern versammelt werde. Ich sehe keinen vernünftigen Grund ein, warum du noch zwei Jahre hierbleiben sollst, wie es deine besorgte Mutter wünschte. Du bist ein guter und gescheiter Junge, führst die Waffen so gut als einer von vierundzwanzig Jahren, daher kann ich dich heute ebensogut für mündig erklären, als wärest du schon zwanzig. Und nun ziehe in Frieden, und denke in Glück und Unglück, vor welchem der Himmel dich bewahren wolle, an deinen Vater!«

So sprach Benazar von Balsora, als er seinen Sohn entließ. Said nahm bewegt von ihm Abschied, hing die Kette um den Hals, steckte das Pfeifchen in den Gürtel, schwang sich aufs Pferd und ritt nach dem Ort, wo sich die Karawane nach

Mekka versammelte. In kurzer Zeit waren an achtzig Kamele und viele hundert Reiter beisammen; die Karawane setzte sich in Marsch, und Said ritt aus dem Tor von Balsora, seiner Vaterstadt, die er in langer Zeit nicht mehr sehen sollte.

Das Neue einer solchen Reise und die mancherlei nie gesehenen Gegenstände, die sich ihm aufdrängten, zerstreuten ihn anfangs; als man sich aber der Wüste näherte und die Gegend immer öder und einsamer wurde, da fing er an, über manches nachzudenken und unter anderem auch über die Worte, womit ihn Benazar, sein Vater, entlassen hatte.

Er zog das Pfeifchen hervor, beschaute es hin und her und setzte es endlich an den Mund, um einen Versuch zu machen, ob es vielleicht einen recht hellen und schönen Ton von sich gebe; aber siehe, es tönte nicht; er blähte die Backen auf und blies aus Leibeskräften, aber er konnte keinen Ton hervorbringen, und unwillig über das nutzlose Geschenk, steckte er das Pfeifchen wieder in den Gürtel. Aber bald richteten sich alle seine Gedanken wieder auf die geheimnisvollen Worte seiner Mutter; er hatte von Feen manches gehört, aber nie hatte er erfahren, daß dieser oder jener Nachbar in Balsora mit einem übernatürlichen Genius in Verbindung gestanden sei, sondern man hatte die Sagen von diesen Geistern immer in weit entfernte Länder und alte Zeiten versetzt, und so glaubte er, es gebe heutzutage keine solche Erscheinungen mehr, oder die Feien haben aufgehört, die Menschen zu besuchen und an ihren Schicksalen teilzunehmen. Obgleich er aber also dachte, so war er doch immer wieder von neuem versucht, an irgend etwas Geheimnisvolles und Übernatürliches zu glauben, was mit seiner Mutter vorgegangen sein könnte, und so kam es, daß er beinahe einen ganzen Tag wie ein Träumender zu Pferde saß und weder an den Gesprächen der Reisenden teilnahm, noch auf ihren Gesang oder ihr Gelächter achtete.

Said war ein sehr schöner Jüngling; sein Auge war mutig und kühn, sein Mund voll Anmut, und so jung er war, so hatte er in seinem ganzen Wesen schon eine gewisse Würde, die man in diesem Alter nicht so oft trifft, und der Anstand, womit er leicht, aber sicher und in vollem kriegerischem Schmuck zu Pferd saß, zog die Blicke manches der Reisenden auf sich. Ein alter Mann, der an seiner Seite ritt, fand Wohlgefallen an ihm und versuchte, durch manche Fragen auch seinen Geist zu prüfen. Said, welchem Ehrfurcht gegen das Alter eingeprägt worden war, antwortete bescheiden, aber klug und umsichtig, so daß der Alte eine große Freude an ihm hatte. Da aber der Geist des jungen Mannes schon den ganzen Tag nur mit *einem* Gegenstand beschäftigt war, so geschah es, daß man bald auf das geheimnisvolle Reich der Feen zu sprechen kam, und endlich fragte Said den Alten geradezu, ob er glaube, daß es Feen, gute oder böse Geister geben könne, welche den Menschen beschützen oder verfolgen.

Der alte Mann strich sich den Bart, neigte seinen Kopf hin und her und sprach dann: »Leugnen läßt es sich nicht, daß es solche Geschichten gegeben hat, obgleich ich bis heute weder einen Geisterzwerg noch einen Genius als Riese, weder einen Zauberer noch eine Fee gesehen habe.« Der Alte hub dann an und erzählte dem jungen Mann so viele und wunderbare Geschichten, daß ihm der Kopf schwindelte und er nicht anders dachte, als alles, was bei seiner Geburt vorgegangen, die Änderung des Wetters, der süße Rosen- und Hyazinthenduft, sei von großer und glücklicher Vorbedeutung, er selbst stehe unter dem besonderen Schutz einer mächtigen, gütigen Fee und das Pfeifchen sei zu nichts Geringerem ihm geschenkt worden, als der Fee im Fall der Not zu pfeifen. Er träumte die ganze Nacht von Schlössern, Zauberpferden, Genien und dergleichen und lebte in einem wahren Feenreich.

Doch leider mußte er schon am folgenden Tag die Erfahrung machen, wie nichtig all seine Träume im Schlafen oder Wachen seien. Die Karawane war schon den größten Teil des Tages im gemächlichen Schritt fortgezogen, Said immer an der Seite seines alten Gefährten, als man dunkle Schatten am fernsten Ende der Wüste bemerkte; die einen hielten sie für Sandhügel, die andern für Wolken, wieder andere für eine neue Karawane; aber der Alte, der schon mehrere Reisen gemacht hatte, rief mit lauter Stimme, sich vorzusehen, denn es sei eine Horde räuberischer Araber im Anzug. Die Männer griffen zu den Waffen, die Weiber und die Waren wurden in die Mitte genommen, und alles war auf einen Angriff gefaßt. Die dunkle Masse bewegte sich langsam über die Ebene her und war anzusehen wie eine große Schar Störche, wenn sie in ferne Länder ausziehen. Nach und nach kamen sie schneller heran, und kaum hatte man Männer und Lanzen unterschieden, als sie auch schon mit Windeseile herangekommen waren und auf die Karawane einstürmten.

Die Männer wehrten sich tapfer; aber die Räuber waren über vierhundert Mann stark, umschwärmten sie von allen Seiten, töteten viele aus der Ferne her und machten dann einen Angriff mit der Lanze. In diesem furchtbaren Augenblick fiel Said, der immer unter den Vordersten wacker gestritten hatte, sein Pfeifchen ein, er zog es schnell hervor, setzte es an den Mund, blies und – ließ es schmerzlich wieder sinken, denn es gab auch nicht den leisesten Ton von sich. Wütend über diese grausame Enttäuschung, zielte er und schoß einen Araber, der sich durch seine prachtvolle Kleidung auszeichnete, durch die Brust; jener wankte und fiel vom Pferd.

»Allah! was habt Ihr gemacht, junger Mensch!« rief der Alte an seiner Seite, »jetzt sind wir alle verloren.« Und so schien es auch; denn kaum sahen die Räuber diesen Mann fallen, als sie ein schreckliches Geschrei erhuben und mit solcher Wut eindrangen, daß die wenigen noch unverwundeten Männer bald zersprengt wurden. Said sah sich in einem Augenblick von fünf oder sechs umschwärmt. Er führte seine Lanze so gewandt, daß keiner sich heranzunahen wagte; endlich hielt einer an, legte einen Pfeil auf, zielte und wollte eben die Sehne schnellen lassen, als ihm ein anderer winkte. Der junge Mann machte sich auf einen neuen Angriff gefaßt; aber ehe er sich dessen versah, hatte ihm einer der Araber eine Schlinge über den Kopf geworfen, und sosehr er sich mühte, das Seil zu zerreißen, so war doch alles umsonst, die Schlinge wurde fester und immer fester angezogen, und Said war gefangen.

Die Karawane war endlich entweder ganz aufgerieben oder gefangen worden, und die Araber, welche nicht zu einem Stamm gehörten, teilten jetzt die Gefangenen und die übrige Beute und zogen dann, der eine Teil nach Süden, der andere nach Osten. Neben Said ritten vier Bewaffnete, welche ihn oft mit bitterem Grimm anschauten und Verwünschungen über ihn ausstießen; er merkte, daß es ein vornehmer Mann, vielleicht sogar ein Prinz gewesen sei, welchen er getötet hatte. Die Sklaverei, welcher er entgegensah, war noch härter als der Tod, darum wünschte er sich im stillen Glück, den Grimm der ganzen Horde auf sich gezogen zu haben, denn er glaubte nicht anders, als in ihrem Lager getötet zu werden. Die Bewaffneten bewachten alle seine Bewegungen, und sooft er sich umschaute, drohten sie ihm mit ihren Spießen; einmal aber, als das Pferd des einen strauchelte, wandte er den Kopf schnell um und erblickte zu seiner Freude den Alten, seinen Reisegefährten, welchen er unter den Toten geglaubt hatte.

Endlich sah man in der Ferne Bäume und Zelte; als sie näher kamen, strömte ihnen ein ganzer Schwall von Kindern und Weibern entgegen; aber kaum hatten diese einige Worte mit den Räubern gewechselt, als sie in ein schreckliches Geheul ausbrachen und alle nach Said hinblickten, die Arme gegen ihn aufhoben und Verwünschungen ausstießen. »Jener ist es«, schrieen sie, »der den großen Almansor erschlagen hat, den tapfersten aller Männer; er muß sterben, wir wollen sein Fleisch dem Schakal der Wüste zur Beute geben.« Dann drangen sie mit Holzstücken, Erdschollen, und was sie zur Hand hatten, so furchtbar auf Said ein, daß sich die Räuber selbst ins Mittel legen mußten. »Hinweg ihr Unmündigen, fort, ihr Weiber!« riefen sie und trieben die Menge mit den

Lanzen auseinander; »er hat den großen Almansor erschlagen im Gefecht, und er muß sterben, aber nicht von der Hand eines Weibes, sondern vom Schwert der Tapfern.«

Als sie unter den Zelten auf einem freien Platz angelangt waren, machten sie halt; die Gefangenen wurden je zwei und zwei zusammengebunden, die Beute in die Zelten gebracht, Said aber wurde einzeln gefesselt und in ein großes Zelt geführt. Dort saß ein alter, prachtvoll gekleideter Mann, dessen ernste, stolze Miene verkündete, daß er das Oberhaupt dieser Horde sei. Die Männer, welche Said führten, traten traurig und mit gesenktem Haupt vor ihn hin. »Das Geheul der Weiber sagt mir, was geschehen ist«, sprach der majestätische Mann, indem er die Räuber der Reihe nach anblickte; »eure Mienen bestätigen es – Almansor ist gefallen.«

»Almansor ist gefallen«, antworteten die Männer, »aber hier, Selim, Beherrscher der Wüste, ist sein Mörder, und wir bringen ihn, damit du ihn richtest; welche Todesart soll er sterben? Sollen wir ihn aus der Ferne mit Pfeilen erschießen, sollen wir ihn durch eine Gasse von Lanzen jagen, oder willst du, daß er an einem Strick aufgehängt oder von Pferden zerrissen werde?«

»Wer bist du?« fragte Selim, düster auf den Gefangenen blickend, der zum Tod bereit, aber mutig vor ihm stand.

Said beantwortete seine Frage kurz und offen.

»Hast du meinen Sohn meuchlings umgebracht? Hast du ihn von hinten mit einem Pfeil oder einer Lanze durchbohrt?«

»Nein, Herr!« entgegnete Said; »ich habe ihn in offenem Kampf beim Angriff auf unsere Reihen von vorne getötet, weil er schon acht meiner Genossen vor meinen Augen erschlagen hatte.«

»Ist es also, wie er sprach?« fragte Selim die Männer, die ihn gefangen hatten.

»Ja, Herr, er hat Almansor in offenem Kampf getötet«, sprach einer von den Gefragten.

»Dann hat er nicht mehr und nicht minder getan, als wir

selbst getan haben würden«, versetzte Selim, »er hat seinen Feind, der ihm Freiheit und Leben rauben wollte, bekämpft und erschlagen; drum löset schnell seine Bande!«

Die Männer sahen ihn staunend an und gingen nur zaudernd und mit Widerwillen ans Werk. »So soll der Mörder deines Sohnes, des tapfern Almansor, nicht sterben?« fragte einer, indem er wütende Blicke auf Said warf. »Hätten wir ihn lieber gleich umgebracht!«

»Er soll nicht sterben!« rief Selim, »und ich nehme ihn sogar in mein eigenes Zelt auf, ich nehme ihn als meinen gerechten Anteil an der Beute, er sei mein Diener!«

Said fand keine Worte, dem Alten zu danken; die Männer aber verließen murrend das Zelt, und als sie den Weibern und Kindern, die draußen versammelt waren und auf Saids Hinrichtung warteten, den Entschluß des alten Selim mitteilten, erhoben sie ein schreckliches Geheul und Geschrei und riefen, sie würden Almansors Tod an seinem Mörder rächen, weil sein eigener Vater die Blutrache nicht üben wolle.

Die übrigen Gefangenen wurden an die Horden verteilt; einige entließ man, um Lösegeld für die reicheren einzutreiben, andere wurden zu den Herden als Hirten geschickt, und manche, die vorher von zehen Sklaven sich bedienen ließen, mußten die niedrigsten Dienste in diesem Lager versehen. Nicht so Said. War es sein mutiges, heldenmäßiges Aussehen oder der geheimnisvolle Zauber einer gütigen Fee, was den alten Selim für den Jüngling einnahm? Man wußte es nicht zu sagen, aber Said lebte in seinem Zelt mehr als Sohn denn als Diener. Aber die unbegreifliche Zuneigung des alten Mannes zog ihm die Feindschaft der übrigen Diener zu; er begegnete überall nur feindlichen Blicken, und wenn er allein durchs Lager ging, so hörte er ringsumher Schimpfworte und Verwünschungen ausstoßen, ja, einigemal flogen Pfeile an seiner Brust vorüber, die offenbar ihm gegolten hatten, und daß sie ihn nicht trafen, schrieb er nur dem Pfeifchen zu, das er noch immer auf der Brust trug und welchem er diesen Schutz zuschrieb. Oft beklagte er sich bei Selim über diese Angriffe auf sein Leben, aber vergebens suchte dieser die Meuchelmörder ausfindig zu machen, denn die ganze Horde schien gegen den begünstigten Fremdling verbunden zu sein. Da sprach eines Tages Selim zu ihm: »Ich hatte gehofft, du werdest mir vielleicht den Sohn ersetzen, der durch deine Hand umgekommen ist; an dir und mir liegt nicht die Schuld, daß es nicht sein konnte; alle sind gegen dich erbittert, und ich selbst kann dich in Zukunft nicht mehr schützen; denn was hilft es dir oder mir, wenn sie dich heimlich getötet haben, den Schuldigen zur Strafe zu ziehen? Darum, wenn die Männer von ihrem Streifzug heimkehren, werde ich sagen, dein Vater habe mir Lösegeld geschickt, und ich werde dich durch einige treue Männer durch die Wüste geleiten lassen.«

»Aber kann ich irgendeinem außer dir trauen?« fragte Said bestürzt; »werden sie mich nicht unterwegs töten?«

»Davor schützt dich der Eid, den sie mir schwören müssen und den noch keiner gebrochen hat«, erwiderte Selim mit großer Ruhe. Einige Tage nachher kehrten die Männer ins Lager zurück, und Selim hielt sein Versprechen. Er schenkte dem Jüngling Waffen, Kleider und ein Pferd, versammelte die streitbaren Männer, wählte fünf zur Begleitung Saids aus, ließ sie einen furchtbaren Eid ablegen, daß sie ihn nicht töten wollten, und entließ ihn dann mit Tränen.

Die fünf Männer ritten finster und schweigend mit Said durch die Wüste; der Jüngling sah, wie ungern sie den Auftrag erfüllten, und es machte ihm nicht wenig Besorgnis, daß zwei von ihnen bei jenem Kampf zugegen waren, wo er Almansor tötete. Als sie etwa acht Stunden zurückgelegt hatten, hörte Said, daß sie untereinander flüsterten, und bemerkte, daß ihre Mienen noch düsterer wurden als vorher. Er strengte sich an, aufzuhorchen, und vernahm, daß sie sich in einer Sprache unterhielten, die nur von dieser Horde und immer nur bei geheimnisvollen oder gefährlichen Unternehmungen gesprochen wurde; Selim, der den Plan gehabt hatte, den jungen Mann auf immer in seinem Zelt zu behalten, hatte sich manche Stunde damit abgegeben, ihn diese geheimnisvollen Worte zu lehren; aber es war nichts Erfreuliches, was er jetzt vernahm.

»Hier ist die Stelle«, sprach einer, »hier griffen wir die Karawane an, und hier fiel der tapferste Mann von der Hand eines Knaben.«

»Der Wind hat die Spuren seines Pferdes verweht«, fuhr ein anderer fort, »aber ich habe sie nicht vergessen.«

»Und zu unserer Schande soll der noch leben und frei sein, der Hand an ihn legte? Wann hat man je gehört, daß ein Vater den Tod seines einzigen Sohnes nicht rächte? Aber Selim wird alt und kindisch.«

»Und wenn es der Vater unterläßt«, sagte ein vierter, »so ist es Freundespflicht, den gefallnen Freund zu rächen. Hier an dieser Stelle sollten wir ihn niederhauen. So ist es Recht und Brauch seit den ältesten Zeiten.«

»Aber wir haben dem Alten geschworen«, rief ein fünfter, »wir dürfen ihn nicht töten, unser Eid darf nicht gebrochen werden.«

»Es ist wahr«, sprachen die andern, »wir haben geschworen, und der Mörder darf frei ausgehen aus den Händen seiner Feinde.«

»Halt!« rief einer, der finsterste unter allen. »Der alte Selim ist ein kluger Kopf, aber doch nicht so klug, als man glaubt; haben wir ihm geschworen, diesen Burschen da- oder dorthin zu bringen? Nein, er nahm uns nur den Schwur auf sein Leben ab, und dieses wollen wir ihm schenken. Aber die brennende Sonne und die scharfen Zähne des Schakals werden unsere Rache übernehmen. Hier an dieser Stelle wollen wir ihn gebunden liegenlassen.« So sprach der Räuber; aber schon seit einigen Minuten hatte sich Said auf das Äußerste gefaßt gemacht, und indem jener noch die letzten Worte sprach, riß er sein Pferd auf die Seite, trieb es mit einem tüchtigen Hieb an und flog wie ein Vogel über die Ebene hin. Die fünf Männer staunten einen Augenblick, aber wohlbewandert in solchen Verfolgungen, teilten sie sich, jagten rechts und links nach, und weil sie die Art und Weise, wie man in der Wüste reiten muß, besser kannten, hatten zwei von ihnen den Flüchtling bald überholt, wandten sich gegen ihn um, und als er auf die Seite floh, fand er auch dort zwei Gegner und den fünften in seinem Rücken. Der Eid, ihn nicht zu töten, hielt sie ab, ihre Waffen zu gebrauchen; sie warfen ihm auch jetzt wieder von hinten eine Schlinge über den Kopf, zogen ihn vom Pferd, schlugen unbarmherzig auf ihn los, banden ihn dann an Händen und Füßen und legten ihn in den glühenden Sand der Wüste.

Said flehte sie um Barmherzigkeit an, er versprach ihnen schreiend ein großes Lösegeld, aber lachend schwangen sie sich auf und jagten davon. Noch einige Augenblicke lauschte er auf die leichten Tritte ihrer Rosse, dann aber gab er sich verloren. Er dachte an seinen Vater, an den Gram des alten Mannes, wenn sein Sohn nicht mehr heimkehre; er dachte an sein eigenes Elend und daß er so frühe sterben müsse, denn nichts war ihm gewisser, als daß er in dem heißen Sand den martervollen Tod des Verschmachtens sterben müsse oder daß er von einem Schakal zerrissen werde. Die Sonne stieg immer höher und brannte glühend auf seiner Stirne; mit unendlicher Mühe gelang es ihm endlich, sich aufzuwälzen, aber es gab ihm wenig Erleichterung. Das Pfeifchen an der Kette war durch diese Anstrengung aus seinem Kleid gefallen. Er mühte sich so lange, bis er es mit dem Mund fassen konnte; endlich berührten es seine Lippen, er versuchte zu blasen, aber auch in dieser schrecklichen Not versagte es den Dienst. Verzweiflungsvoll ließ er den Kopf zurücksinken, und endlich beraubte ihn die stechende Sonne der Sinne; er fiel in eine tiefe Betäubung.

Nach vielen Stunden erwachte Said an einem Geräusch in seiner Nähe; er fühlte zugleich, daß seine Schulter gepackt wurde, und er stieß einen Schrei des Entsetzens aus, denn er glaubte nicht anders, als ein Schakal sei herangekommen, ihn zu zerreißen. Jetzt wurde er auch an den Beinen angefaßt, aber er fühlte, daß es nicht die Krallen eines Raubtiers seien, die ihn umfaßten, sondern die Hände eines Mannes, der sich sorgsam mit ihm beschäftigte und mit zwei oder drei andern sprach. »Er lebt«, flüsterten sie, »aber er hält uns für Feinde.«

Endlich schlug Said die Augen auf und erblickte über sich das Gesicht eines kleinen, dicken Mannes mit kleinen Augen und langem Bart. Dieser sprach ihm freundlich zu, half ihm, sich aufzurichten, reichte ihm Speise und Trank und erzählte ihm, während er sich stärkte, er sei ein Kaufmann aus Bagdad, heiße Kalum-Bek und handle mit Schals und feinen Schleiern für die Frauen. Er habe eine Handelsreise gemacht, sei jetzt auf der Rückkehr nach Hause begriffen und habe ihn elend und halbtot im Sand liegen sehen. Sein prachtvoller Anzug und die blitzenden Steine seines Dolches haben ihn aufmerksam gemacht, er habe alles angewandt, ihn zu beleben, und es sei ihm also gelungen. Der Jüngling dankte ihm für sein Leben, denn er sah wohl ein, daß er ohne die Dazwischenkunft dieses Mannes elend hätte sterben müssen, und da er weder Mittel hatte, sich selbst fortzuhelfen, noch willens war, zu Fuß und allein durch die Wüste zu wandern, so nahm er dankbar einen Sitz auf einem der schwerbeladenen Kamele des Kaufmanns an und beschloß, fürs erste mit nach Bagdad zu ziehen, vielleicht könnte er dort sich an eine Gesellschaft, die nach Balsora reisete, anschließen.

Unterwegs erzählte der Kaufmann seinem Reisegefährten manches von dem trefflichen Beherrscher der Gläubigen, Harun Al-Raschid. Er erzählte ihm von seiner Gerechtigkeitsliebe und seinem Scharfsinn, wie er die wunderbarsten Prozesse auf einfache und bewundernswürdige Weise zu schlichten weiß; unter anderem führte er die Geschichte von dem Seiler, die Geschichte von dem Topf mit Oliven an, Geschichten, die jedes Kind weiß, die aber Said sehr bewunderte. »Unser Herr, der Beherrscher der Gläubigen«, fuhr der Kaufmann fort, »unser Herr ist ein wunderbarer Mann. Wenn Ihr meinet, er schlafe wie andere gemeine Leute, so täuschet Ihr Euch sehr. Zwei, drei Stunden in der Morgendämmerung ist alles. Ich muß das wissen, denn Messour, sein erster Kämmerer, ist mein Vetter, und obgleich er so verschwiegen ist wie das Grab, was die Geheimnisse seines Herrn anbelangt, so läßt er doch der guten Verwandtschaft zulieb hin und wieder einen Wink fallen, wenn er sieht, daß einer aus Neugierde beinahe vom Verstand kommen könnte. Statt nun wie andere Menschen zu schlafen, schleicht der Kalif nachts durch die Straßen von Bagdad, und selten verstreicht eine Woche, worin er nicht ein Abenteuer aufstößt; denn Ihr müßt wissen, wie ja auch aus der Geschichte mit dem Oliventopf erhellt, die so wahr ist als das Wort des Propheten, daß er nicht mit der Wache und zu Pferd, in vollem Putz und mit hundert Fackelträgern seine Runde macht, wie er wohl tun könnte, wenn er wollte, sondern angezogen bald als Kaufmann, bald als Schiffer, bald als Soldat, bald als Mufti, geht er umher und schaut, ob alles recht und in Ordnung sei.

Daher kommt es aber auch, daß man in keiner Stadt nachts so höflich gegen jeden Narren ist, auf den man stoßt, wie in Bagdad; denn es könnte ebensogut der Kalif wie ein schmutziger Araber aus der Wüste sein, und es wächst Holz genug, um allen Menschen in und um Bagdad die Bastonade zu geben.«

So sprach der Kaufmann, und Said, sosehr ihn hin und wieder die Sehnsucht nach seinem Vater quälte, freute sich doch, Bagdad und den berühmten Harun Al-Raschid zu sehen.

Nach zehen Tagen kamen sie in Bagdad an, und Said staunte und bewunderte die Herrlichkeit dieser Stadt, die damals gerade in ihrem höchsten Glanz war. Der Kaufmann lud ihn ein, mit in sein Haus zu kommen, und Said nahm es gerne an; denn jetzt erst, unter dem Gewühl der Menschen, fiel es ihm ein, daß hier wahrscheinlich außer der Luft und dem Wasser des Tigris und einem Nachtlager auf den Stufen einer Moschee nichts umsonst zu haben sein werde.

Den Tag nach seiner Ankunft, als er sich eben angekleidet hatte und sich gestand, daß er in diesem prachtvollen kriegerischen Aufzug sich in Bagdad wohl sehen lassen könne und vielleicht manchen Blick auf sich ziehe, trat der Kaufmann in sein Zimmer. Er betrachtete den schönen Jüngling mit schelmischem Lächeln, strich sich den Bart und sprach dann: »Das ist alles recht schön, junger Herr! Aber was soll denn nun aus Euch werden? Ihr seid, kommt es mir vor, ein großer Träumer und denket nicht an den folgenden Tag; oder habt Ihr so viel Geld bei Euch, um dem Kleid gemäß zu leben, das Ihr traget?«

»Lieber Herr Kalum-Bek«, sprach der Jüngling verlegen und errötend, »Geld habe ich freilich nicht, aber vielleicht strecket Ihr mir etwas vor, womit ich heimreisen kann; mein Vater wird es gewiß richtig erstatten.«

»Dein Vater, Bursche?« rief der Kaufmann laut lachend. »Ich glaube, die Sonne hat dir das Hirn verbrannt. Meinst du, ich glaube dir so aufs Wort das ganze Märchen, das du mir in der Wüste erzähltest, daß dein Vater ein reicher Mann in Balsora sei, du sein einziger Sohn, und den Anfall der Araber und dein Leben in ihrer Horde und dies und jenes. Schon damals ärgerte ich mich über deine freche Lügen und deine Unverschämtheit. Ich weiß, daß in Balsora alle reichen Leute Kaufleute sind, habe schon mit allen gehandelt und müßte von einem Benazar gehört haben, und wenn er nur sechstausend Tomans im Vermögen hätte. Es ist also entweder erlogen, daß du aus Balsora bist, oder dein Vater ist ein armer Schlucker, dessen hergelaufenem Jungen ich keine Kupfermünze leihen mag. Sodann der Überfall in der Wüste! Wann hat man gehört, seit der weise Kalif Harun die Handelswege durch die Wüste gesichert hat, daß es Räuber gewagt haben, eine Karawane zu plündern und sogar Menschen hinwegzuführen? Auch müßte es bekannt geworden sein; aber auf meinem ganzen Weg, und auch hier in Bagdad, wo Menschen aus allen Gegenden der Welt zusammenkommen, hat man nichts davon gesprochen. Das ist die zweite Lüge, junger, unverschämter Mensch!«

Bleich vor Zorn und Unmut wollte Said dem kleinen,

bösen Mann in die Rede fallen; jener aber schrie stärker als er und focht dazu mit den Armen. »Und die dritte Lüge, du frecher Lügner, ist die Geschichte im Lager Selims. Selims Name ist wohlbekannt unter allen, die jemals einen Araber gesehen haben, aber Selim ist bekannt als der schrecklichste und grausamste Räuber, und du wagst zu erzählen, du habest seinen Sohn getötet und seiest nicht sogleich in Stücke gehauen worden; ja, du treibest die Frechheit so weit, daß du das Unglaubliche sagst, Selim habe dich gegen seine Horde beschützt, in sein eigenes Zelt aufgenommen und ohne Lösegeld entlassen, statt daß er dich aufgehängt hätte an den nächsten besten Baum, er, der oft Reisende gehängt hat, nur um zu sehen, welche Gesichter sie machen, wenn sie aufgehängt sind. O du abscheulicher Lügner!«

»Und ich kann nichts weiter sagen«, rief der Jüngling, »als daß alles wahr ist bei meiner Seele und beim Bart des Propheten!«

»Was, bei deiner Seele willst du schwören?« schrie der Kaufmann, »bei deiner schwarzen, lügenhaften Seele? Wer soll da glauben? Und beim Bart des Propheten, du, der du selbst keinen Bart hast? Wer soll da trauen?«

»Ich habe freilich keinen Zeugen«, fuhr Said fort, »aber habt Ihr mich nicht gefesselt und elend gefunden?«

»Das beweist mir gar nichts«, sprach jener, »du bist gekleidet wie ein stattlicher Räuber, und leicht hast du einen angefallen, der stärker war als du, dich überwand und band.«

»Den einzelnen oder sogar zwei möchte ich sehen«, entgegnete Said, »die mich niederstrecken und binden, wenn sie mir nicht von hinten eine Schlinge über den Kopf werfen. Ihr mögt in Eurem Basar freilich nicht wissen, was ein einzelner vermag, wenn er in den Waffen geübt ist. Aber Ihr habt mir das Leben gerettet, und ich danke Euch. Was wollt Ihr denn aber jetzt mit mir beginnen? Wenn Ihr mich nicht unterstützet, so muß ich betteln, und ich mag keinen meinesgleichen um eine Gnade anflehen; an den Kalifen will ich mich wenden.«

»So?« sprach der Kaufmann, höhnisch lächelnd. »An niemand anders wollt Ihr Euch wenden als an unsern allergnädigsten Herrn? Das heiße ich vornehm betteln! Ei, ei! Bedenket aber, junger vornehmer Herr, daß der Weg zum Kalifen an meinem Vetter Messour vorbeigeht und daß es mich ein Wort kostet, den Oberkämmerer darauf aufmerksam zu machen, wie trefflich Ihr lügen könnet. – Aber mich dauert deine Jugend, Said. Du kannst dich bessern, es kann noch etwas aus dir werden. Ich will dich in mein Gewölbe im Basar nehmen, dort sollst du mir ein Jahr lang dienen, und ist dies vorbei und willst du nicht bei mir bleiben, so zahle ich dir deinen Lohn aus und lasse dich gehen, wohin du willst, nach Aleppo oder Medina, nach Stambul oder nach Balsora, meinetwegen zu den Ungläubigen. Bis Mittag gebe ich dir Bedenkzeit; willst du, so ist es gut, willst du nicht, so berechne ich dir nach billigem Anschlag die Reisekosten, die du mir machtest, und den Platz auf dem Kamel, mache mich mit deinen Kleidern und allem, was du hast, bezahlt und werfe dich auf die Straße; dann kannst du beim Kalifen oder beim Mufti, an der Moschee oder im Basar betteln.«

Mit diesen Worten verließ der böse Mann den unglücklichen Jüngling. Said blickte ihm voll Verachtung nach. Er war so empört über die Schlechtigkeit dieses Menschen, der ihn absichtlich mitgenommen und in sein Haus gelockt hatte, damit er ihn in seine Gewalt bekäme. Er versuchte, ob er nicht entfliehen könnte, aber sein Zimmer war vergittert und die Türe verschlossen. Endlich, nachdem sein Sinn sich lange dagegen gesträubt hatte, beschloß er, fürs erste den Vorschlag des Kaufmanns anzunehmen und ihm in seinem Gewölbe zu dienen. Er sah ein, daß ihm nichts Besseres zu tun übrigbleibe; denn wenn er auch entfloh, so konnte er ohne Geld doch nicht bis Balsora kommen. Aber er nahm sich vor, sobald als möglich den Kalifen selbst um Schutz anzuflehen.

Den folgenden Tag führte Kalum-Bek seinen neuen Diener in sein Gewölbe im Bazar. Er zeigte Said alle Schals und

Schleier und andere Waren, womit er handelte, und wies ihm seinen besonderen Dienst an. Dieser bestand darin, daß Said, angekleidet wie ein Kaufmannsdiener und nicht mehr im kriegerischen Schmuck, in der einen Hand einen Schal, in der andern einen prachtvollen Schleier, unter der Türe des Gewölbes stand, die vorübergehenden Männer oder Frauen anrief, seine Waren vorzeigte, ihren Preis nannte und die Leute zum Kaufen einlud; und jetzt konnte sich Said auch erklären, warum ihn Kalum-Bek zu diesem Geschäft bestimmt habe. Er war ein kleiner, häßlicher Alter, und wenn er selbst unter dem Laden stund und anrief, so sagte mancher Nachbar oder auch einer der Vorübergehenden ein witziges Wort über ihn, oder die Knaben spotteten seiner, und die Frauen nannten ihn eine Vogelscheuche; aber jedermann sah gerne den jungen, schlanken Said, der mit Anstand die Kunden anrief und Schal und Schleier geschickt und zierlich zu halten wußte.

Als Kalum-Bek sah, daß sein Laden im Basar an Kunden zunahm, seitdem Said unter der Türe stand, wurde er freundlicher gegen den jungen Mann, speiste ihn besser als zuvor und war darauf bedacht, ihn in seiner Kleidung immer schön und stattlich zu halten. Aber Said wurde durch solche Beweise der milderen Gesinnungen seines Herrn wenig gerührt und sann den ganzen Tag und selbst in seinen Träumen auf gute Art und Weise, um in seine Vaterstadt zurückzukehren.

Eines Tages war im Gewölbe vieles gekauft worden, und alle Packknechte, welche die Waren nach Hause trugen, waren schon versandt, als eine Frau eintrat und noch einiges kaufte. Sie hatte bald gewählt und verlangte dann jemand, der ihr gegen ein Trinkgeld die Waren nach Hause trage. »In einer halben Stunde kann ich Euch alles schicken«, antwortete Kalum-Bek, »nur so lange müßt Ihr Euch gedulden oder irgendeinen anderen Packer nehmen.«

»Seid Ihr ein Kaufmann und wollet Euren Kunden fremde Packer mitgeben?« rief die Frau. »Kann nicht ein solcher Bursche im Gedräng mit meinem Pack davonlaufen? Und an wen soll ich mich dann wenden? Nein, Eure Pflicht ist es nach Marktrecht, mir meinen Pack nach Hause tragen zu lassen, und an Euch kann und will ich mich halten.«

»Aber nur eine halbe Stunde wartet, werte Frau!« sprach der Kaufmann, sich immer ängstlicher drehend. »Alle meine Packknechte sind verschickt –«

»Das ist ein schlechtes Gewölbe, das nicht immer einige Knechte übrig hat«, entgegnete das böse Weib. »Aber dort steht ja noch solch ein junger Müßiggänger; komm, junger Bursche, nimm meinen Pack, und trag ihn mir nach!«

»Halt, halt!« schrie Kalum-Bek, »das ist mein Aushängeschild, mein Ausrufer, mein Magnet! der darf die Schwelle nicht verlassen!«

»Was da!« erwiderte die alte Dame und steckte Said ohne weiteres ihren Pack unter den Arm; »das ist ein schlechter Kaufmann und elende Waren, die sich nicht selbst loben und erst noch solch einen müßigen Bengel zum Schild brauchen. Geh, geh, Bursche, du sollst heute ein Trinkgeld verdienen!«

»So lauf im Namen Arimans und aller bösen Geister«, murmelte Kalum-Bek seinem Magnet zu, »und siehe zu, daß du bald wiederkommst; die alte Hexe könnte mich ins Geschrei bringen auf dem ganzen Basar, wollte ich mich länger weigern.«

Said folgte der Frau, die leichteren Schrittes, als man ihrem Alter zutrauen sollte, durch den Markt und die Straßen eilte. Sie stand endlich vor einem prachtvollen Hause still, pochte an, die Flügeltüren sprangen auf, und sie stieg eine Marmortreppe hinan und winkte Said, zu folgen. Sie gelangten endlich in einen hohen, weiten Saal, der mehr Pracht und Herrlichkeit enthielt, als Said jemals geschaut hatte. Dort setzte sich die alte Frau erschöpft auf ein Polster, winkte dem jungen Mann, seinen Pack niederzulegen, reichte ihm ein kleines Silberstück und hieß ihn gehen.

Er war schon an der Türe, als eine helle, feine Stimme »Said« rief; verwundert, daß man ihn hier kenne, schaute er sich um, und eine wunderschöne Dame, umgeben von vielen Sklaven und Dienerinnen, saß statt der Alten auf dem Polster. Said, ganz stumm vor Verwunderung, kreuzte seine Arme und machte eine tiefe Verbeugung.

»Said, mein lieber Junge«, sprach die Dame, »sosehr ich die Unfälle bedaure, die dich nach Bagdad führten, so war doch dies der einzige, vom Schicksal bestimmte Ort, wo sich, wenn du vor dem zwanzigsten Jahr dein Vaterhaus verließest, dein Schicksal lösen würde. Said, hast du noch dein Pfeifchen?«

»Wohl hab ich es noch«, rief er freudig, indem er die goldene Kette hervorzog; »und Ihr seid vielleicht die gütige Fee, die mir dieses Angebinde gab, als ich geboren wurde?«

»Ich war die Freundin deiner Mutter«, antwortete die Fee, »und bin auch deine Freundin, solange du gut bleibst. Ach! daß dein Vater, der leichtsinnige Mann, meinen Rat befolgt hätte! Du würdest vielen Leiden entgangen sein.«

»Nun, es hat wohl so kommen müssen!« erwiderte Said. »Aber, gnädigste Fee, lasset einen tüchtigen Nordostwind an Euren Wolkenwagen spannen, nehmet mich auf, und führt mich in ein paar Minuten nach Balsora zu meinem Vater; ich will dann die sechs Monate bis zu meinem zwanzigsten Jahr geduldig dort ausharren.«

Die Fee lächelte. »Du hast eine gute Weise, mit uns zu sprechen«, antwortete sie, »aber, armer Said! es ist nicht möglich; ich vermag jetzt, wo du außer deinem Vaterhause bist, nichts Wunderbares für dich zu tun. Nicht einmal aus der Gewalt des elenden Kalum-Bek vermag ich dich zu befreien. Er steht unter dem Schutz deiner mächtigen Feindin.«

»Also nicht nur eine gütige Freundin habe ich?« fragte Said, »auch eine Feindin? Nun, ich glaube ihren Einfluß schon öfter erfahren zu haben. Aber mit Rat dürfet Ihr mich doch unterstützen? Soll ich nicht zum Kalifen gehen und ihn um Schutz bitten? Er ist ein weiser Mann, er wird mich gegen Kalum-Bek beschützen.«

»Ja, Harun ist ein weiser Mann!« erwiderte die Fee. »Aber leider ist er auch nur ein Mensch. Er traut seinem Großkämmerer Messour soviel als sich selbst, und er hat recht; denn er hat Messour erprobt und treu gefunden. Messour aber traut deinem Freund Kalum-Bek auch wie sich selbst, und darin hat er unrecht; denn Kalum ist ein schlechter Mensch, wenn er schon Messours Verwandter ist. Kalum ist zugleich ein verschlagener Kopf und hat, sobald er hieherkam, seinem Vetter Großkämmerer eine Fabel über dich erdichtet und angeheftet, und dieser hat sie wieder dem Kalifen erzählt, so daß du, kämest du auch gleich jetzt in den Palast Haruns, schlecht empfangen werden würdest, denn er traute dir nicht. Aber es gibt andere Mittel und Wege, sich ihm zu nahen, und es steht in den Sternen geschrieben, daß du seine Gnade erwerben sollst.«

»Das ist freilich schlimm«, sagte Said wehmütig. »Da werde ich schon noch einige Zeit der Ladenhüter des elenden Kalum-Bek sein müssen. Aber eine Gnade, verehrte Frau, könnet Ihr mir doch gewähren. Ich bin zum Waffenwerk erzogen, und meine höchste Freude ist ein Kampfspiel, wo recht tüchtig gefochten wird mit Lanze, Bogen und stumpfem Schwert. Nun halten die edelsten Jünglinge dieser Stadt alle Wochen ein solches Kampfspiel. Aber nur Leute im höchsten Schmuck und überdies nur *freie* Männer dürfen in die Schranken reiten, namentlich aber kein Diener aus dem Basar. Wenn Ihr nun bewirken könntet, daß ich alle Wochen ein Pferd, Kleider, Waffen haben könnte und daß man mein Gesicht nicht so leicht erkennte –«

»Das ist ein Wunsch, wie ihn ein edler junger Mann wohl wagen darf«, sprach die Fee; »der Vater deiner Mutter war der tapferste Mann in Syrien, und sein Geist scheint sich auf dich vererbt zu haben. Merke dir dies Haus; du sollst jede Woche hier ein Pferd und zwei berittene Knappen, ferner Waffen und Kleider finden und ein Waschwasser für dein Gesicht, das dich für alle Augen unkenntlich machen soll. Und nun, Said, lebe wohl! Harre aus und sei klug und tugendhaft.

In sechs Monaten wird dein Pfeifchen tönen, und Zulimas Ohr wird für seine Töne offen sein.«

Der Jüngling schied von seiner wunderbaren Beschützerin mit Dank und Verehrung; er merkte sich das Haus und die Straße genau und ging dann nach dem Basar zurück.

Als Said in den Basar zurückkehrte, kam er gerade noch zu rechter Zeit, um seinen Herrn und Meister Kalum-Bek zu unterstützen und zu retten. Ein großes Gedränge war um den Laden, Knaben tanzten um den Kaufmann her und verhöhnten ihn, und die Alten lachten. Er selbst stand vor Wut zitternd und in großer Verlegenheit vor dem Laden, in der einen Hand einen Schal, in der andern den Schleier. Diese sonderbare Szene kam aber von einem Vorfall her, der sich nach Saids Abwesenheit ereignet hatte. Kalum hatte sich statt seines schönen Dieners unter die Türe gestellt und ausgerufen, aber niemand mochte bei dem alten, häßlichen Burschen kaufen. Da gingen zwei Männer den Basar herab und wollten für ihre Frauen Geschenke kaufen. Sie waren suchend schon einigemal auf und nieder gegangen, und eben jetzt sah man sie mit umherirrenden Blicken wieder herabgehen.

Kalum-Bek, der dies bemerkte, wollte es sich zu Nutzen machen und rief: »Hier, meine Herren, hier! Was suchet ihr, schöne Schleier, schöne Ware?«

»Guter Alter«, erwiderte einer, »deine Waren mögen recht gut sein, aber unsere Frauen sind wunderlich, und es ist Sitte in der Stadt geworden, die Schleier bei niemand zu kaufen als bei dem schönen Ladendiener Said; wir gehen schon eine halbe Stunde umher, ihn zu suchen, und finden ihn nicht; aber kannst du uns sagen, wo wir ihn etwa treffen, so kaufen wir dir ein andermal ab.«

»Allahit Allah!« rief Kalum-Bek freundlich grinsend, »euch hat der Prophet vor die rechte Türe geführt. Zum schönen Ladendiener wollet ihr, um Schleier zu kaufen? Nun, tretet nur ein, hier ist sein Gewölbe.«

Der eine dieser Männer lachte über Kalums kleine und

häßliche Gestalt und seine Behauptung, daß er der schöne Ladendiener sei; der andere aber glaubte, Kalum wolle sich über ihn lustig machen, blieb ihm nichts schuldig, sondern schimpfte ihn weidlich. Dadurch kam Kalum-Bek außer sich; er rief seine Nachbarn zu Zeugen auf, daß man keinen andern Laden als den seinigen das Gewölbe des schönen Ladendieners nenne; aber die Nachbarn, welche ihn wegen des Zulaufs, den er seit einiger Zeit hatte, beneideten, wollten hievon nichts wissen, und die beiden Männer gingen nun dem alten Lügner, wie sie ihn nannten, ernstlich zu Leib. Kalum verteidigte sich mehr durch Geschrei und Schimpfworte als durch seine Faust, und so lockte er eine Menge Menschen vor sein Gewölbe; die halbe Stadt kannte ihn als einen geizigen, gemeinen Filz, alle Umstehenden gönnten ihm die Püffe, die er bekam, und schon packte ihn einer der beiden Männer am Bart, als ebendieser am Arm gefaßt und mit einem einzigen Ruck zu Boden geworfen wurde, so daß sein Turban herabfiel und seine Pantoffeln weit hinwegflogen.

Die Menge, welche es wahrscheinlich gerne gesehen hätte, wenn Kalum-Bek mißhandelt worden wäre, murrte laut, der Gefährte des Niedergeworfenen sah sich nach dem um, der es gewagt hatte, seinen Freund niederzuwerfen; als er aber einen hohen, kräftigen Jüngling mit blitzenden Augen und mutiger Miene vor sich stehen sah, wagte er es nicht, ihn anzugreifen, da überdies Kalum, dem seine Rettung wie ein Wunder erschien, auf den jungen Mann deutete und schrie: »Nun! was wollt ihr dann mehr? da steht er ja, ihr Herren, das ist Said, der schöne Ladendiener.« Die Leute umher lachten, weil sie wußten, daß Kalum-Bek vorhin Unrecht geschehen war. Der niedergeworfene Mann stand beschämt auf und hinkte mit seinem Genossen weiter, ohne weder Schal noch Schleier zu kaufen.

»O du Stern aller Ladendiener, du Krone des Basar!« rief Kalum, als er seinen Diener in den Laden führte, »wahrlich, das heiße ich zu rechter Zeit kommen, das nenne ich die Hand ins Mittel legen; lag doch der Bursche auf dem Boden, als ob er nie auf den Beinen gestanden wäre, und ich – ich hätte keinen Barbier mehr gebraucht, um mir den Bart kämmen und salben zu lassen, wenn du nur zwei Minuten später kamst; womit kann ich es dir vergelten?«

Es war nur das schnelle Gefühl des Mitleids gewesen, was Saids Hand und Herz regiert hatte; jetzt, als dieses Gefühl sich legte, reute es ihn fast, daß er die gute Züchtigung dem bösen Mann erspart hatte; ein Dutzend Barthaare weniger, dachte er, hätten ihn auf zwölf Tage sanft und geschmeidig gemacht; er suchte aber dennoch die günstige Stimmung des Kaufmanns zu benutzen und erbat sich von ihm zum Dank die Gunst, alle Wochen einmal einen Abend für sich benützen zu dürfen zu einem Spaziergang, oder zu was es auch sei. Kalum gab es zu; denn er wußte wohl, daß sein gezwungener Diener zu vernünftig sei, um ohne Geld und gute Kleider zu entfliehen.

Bald hatte Said erreicht, was er wollte. Am nächsten Mittwoch, dem Tag, wo sich die jungen Leute aus den vornehmsten Ständen auf einem öffentlichen Platz der Stadt versammelten, um ihre kriegerischen Übungen zu halten, sagte er Kalum, er wolle diesen Abend für sich benützen, und als dieser es erlaubt hatte, ging er in die Straße, wo die Fee wohnte, pochte an, und sogleich sprang die Pforte auf. Die Diener schienen auf seine Ankunft schon vorbereitet gewesen zu sein, denn ohne ihn erst nach seinem Begehren zu fragen, führten sie ihn die Treppe hinan in ein schönes Gemach; dort reichten sie ihm zuerst das Waschwasser, das ihn unkenntlich machen sollte. Er benetzte sein Gesicht damit, schaute dann in einen Metallspiegel und kannte sich beinahe selbst nicht mehr, denn er war jetzt von der Sonne gebräunt, trug einen schönen schwarzen Bart und sah zum mindesten zehen Jahre älter aus, als er in der Tat zählte.

Hierauf führten sie ihn in ein zweites Gemach, wo er eine vollständige und prachtvolle Kleidung fand, in welcher sich der Kalif von Bagdad selbst nicht hätte schämen dürfen an dem Tag, wo er in vollem Glanze seiner Herrlichkeit sein

Heer musterte. Außer einem Turban vom feinsten Gewebe mit einer Agraffe von Diamanten und hohen Reiherfedern, einem Kleid von schwerem, rotem Seidenzeug, mit silbernen Blumen durchwirkt, fand Said einen Brustpanzer von silbernen Ringen, der so fein gearbeitet war, daß er sich nach jeder Bewegung des Körpers schmiegte, und doch zugleich so fest, daß ihn weder die Lanze noch das Schwert durchdringen konnten. Eine Damaszenerklinge in reich verzierter Scheide mit einem Griff, dessen Steine Said unschätzbar deuchten, vollendete seinen kriegerischen Schmuck. Als er völlig gerüstet wieder aus der Türe trat, überreichte ihm einer der Diener ein seidenes Tuch und sagte ihm, daß die Gebieterin des Hauses ihm dieses Tuch schicke; wenn er damit sein Gesicht abwische, so werde der Bart und die braune Farbe verschwinden.

In dem Hof des Hauses standen drei schöne Pferde; das schönste bestieg Said, die beiden andern seine Diener, und dann trabte er freudig dem Platze zu, wo die Kampfspiele gehalten werden sollten. Durch den Glanz seiner Kleider und die Pracht seiner Waffen zog er aller Augen auf sich, und ein allgemeines Geflüster des Staunens entstand, als er in den Ring, welchen die Menge umgab, einritt. Es war eine glänzende Versammlung der tapfersten und edelsten Jünglinge Bagdads; selbst die Brüder des Kalifen sah man ihre Rosse tummeln und die Lanzen schwingen. Als Said heranritt und niemand ihn zu kennen schien, ritt der Sohn des Großwesirs mit einigen Freunden auf ihn zu, grüßte ihn ehrerbietig, lud ihn ein, an ihren Spielen teilzunehmen, und fragte ihn nach seinem Namen und seinem Vaterland. Said gab vor, er heiße Almansor und komme von Kairo, sei auf einer Reise begriffen und habe von der Tapferkeit und Geschicklichkeit der jungen Edeln von Bagdad so vieles gehört, daß er nicht gesäumt habe, sie zu sehen und kennenzulernen. Den jungen Leuten gefiel der Anstand und das mutige Wesen Said-Almansors; sie ließen ihm eine Lanze reichen und seine Partie wählen; denn die ganze Gesellschaft hatte sich in zwei

Partien geteilt, um einzeln und in Scharen gegeneinander zu fechten.

Aber hatte schon Saids Äußeres die Aufmerksamkeit auf ihn gelenkt, so staunte man jetzt noch mehr über seine ungewöhnliche Geschicklichkeit und Behendigkeit. Sein Pferd war schneller als ein Vogel, und sein Schwert schwirrte noch behender umher. Er warf die Lanze so leicht, weit und sicher, als wäre sie ein Pfeil, den er von einem sicheren Bogen abgeschnellt hätte. Die Tapfersten seiner Gegenpartie besiegte er, und am Schluß der Spiele war er so allgemein als Sieger anerkannt, daß einer der Brüder des Kalifen und der Sohn des Großwesirs, die auf Saids Seite gekämpft hatten, ihn baten, auch mit ihnen zu streiten. Ali, der Bruder des Kalifen, wurde von ihm besiegt, aber der Sohn des Großwesirs widerstand ihm so tapfer, daß sie es nach langem Kampf für besser hielten, die Entscheidung für das nächstemal aufzusparen.

Den Tag nach diesen Spielen sprach man in ganz Bagdad von nichts als dem schönen, reichen und tapferen Fremdling; alle, die ihn gesehen hatten, ja selbst die von ihm besiegt waren, waren entzückt von seinen edeln Sitten, und sogar vor seinen eigenen Ohren im Gewölbe Kalum-Beks wurde über ihn gesprochen, und man beklagte nur, daß niemand wisse, wo er wohne. Das nächstemal fand er im Hause der Fee ein noch schöneres Kleid und noch köstlicheren Waffenschmuck. Diesmal hatte sich halb Bagdad zugedrängt, selbst der Kalif sah von einem Balkon herab dem Schauspiel zu; auch er bewunderte den Fremdling Almansor und hing ihm, als die Spiele geendet hatten, eine große Denkmünze von Gold an einer goldenen Kette um den Hals, um ihm seine Bewunderung zu bezeigen. Es konnte nicht anders kommen, als daß dieser zweite, noch glänzendere Sieg den Neid der jungen Leute von Bagdad aufregte. »Ein Fremdling«, sprachen sie untereinander, »soll hieher kommen nach Bagdad, uns Ruhm, Ehre und Sieg zu entreißen? Er soll sich an andern Orten damit brüsten können, daß unter der Blüte von

Bagdads Jünglingen keiner gewesen sei, der es entfernt hätte mit ihm aufnehmen können?« So sprachen sie und beschlossen, beim nächsten Kampfspiel, als wäre es aus Zufall geschehen, zu fünf oder sechs über ihn herzufallen.

Saids scharfen Blicken entgingen diese Zeichen des Unmuts nicht; er sah, wie sie in der Ecke zusammenstanden, flüsterten und mit bösen Mienen auf ihn deuteten; er ahnte, daß außer dem Bruder des Kalifen und dem Sohn des Großwesir keiner sehr freundlich gegen ihn gesinnt sein möchte, und diese selbst wurden ihm durch ihre Fragen lästig, wo sie ihn aufsuchen könnten, womit er sich beschäftige, was ihm in Bagdad wohlgefallen habe und dergleichen.

Es war ein sonderbarer Zufall, daß derjenige der jungen Männer, welcher Said-Almansor mit den grimmigsten Blikken betrachtete und am feindseligsten gegen ihn gesinnt schien, niemand anders war als der Mann, den er vor einiger Zeit bei Kalum-Beks Bude niedergeworfen hatte, als er gerade im Begriff war, dem unglücklichen Kaufmann den Bart auszureißen. Dieser Mann betrachtete ihn immer aufmerksam und neidisch, Said hatte ihn zwar schon einigemal besiegt, aber dies war kein Grund zu solcher Feindseligkeit, und Said fürchtete schon, jener möchte ihn an seinem Wuchs oder an der Stimme als Kalum-Beks Ladendiener erkannt haben, eine Entdeckung, die ihn dem Spott und der Rache dieser Leute aussetzen würde. Der Anschlag, welchen seine Neider auf ihn gemacht hatten, scheiterte sowohl an seiner Vorsicht und Tapferkeit als auch an der Freundschaft, womit ihm der Bruder des Kalifen und der Sohn des Großwesirs zugetan waren. Als diese sahen, daß er von wenigstens sechs umringt sei, die ihn vom Pferd zu werfen oder zu entwaffnen suchten, sprengten sie herbei, jagten den ganzen Trupp auseinander und drohten den jungen Leuten, welche so verräterisch gehandelt hatten, sie aus der Kampfbahn zu stoßen. Mehr denn vier Monate hatte Said auf diese Weise zum Erstaunen Bagdads seine Tapferkeit erprobt, als er eines Abends beim Nachhausegehen von dem Kampfplatz einige

Stimmen vernahm, die ihm bekannt schienen. Vor ihm gingen vier Männer, die sich langsamen Schrittes über etwas zu beraten schienen. Als Said leise näher trat, hörte er, daß sie den Dialekt der Horde Selims in der Wüste sprachen, und ahnte, daß die vier Männer auf irgendeine Räuberei ausgingen. Sein erstes Gefühl war, sich von diesen vieren zurückzuziehen; als er aber bedachte, daß er irgend etwas Böses verhindern könnte, schlich er sich noch näher herzu, diese Männer zu behorchen.

»Der Türsteher hat ausdrücklich gesagt, die Straße rechts vom Basar«, sprach der eine, »dort werde und müsse er heute nacht mit dem Großwesir durchkommen.«

»Gut«, antwortete ein anderer. »Den Großwesir fürchte ich nicht; er ist alt und wohl kein sonderlicher Held, aber der Kalif soll ein gutes Schwert führen, und ich traue ihm nicht; es schleichen ihm gewiß zehen oder zwölf von der Leibwache nach.«

»Keine Seele«, entgegnete ihm ein dritter. »Wenn man ihn je gesehen und erkannt hat bei Nacht, war er immer nur allein mit dem Wesir oder mit dem Oberkämmerling. Heute nacht muß er unser sein, aber es darf ihm kein Leid geschehen.«

»Ich denke, das beste ist«, sprach der erste, »wir werfen ihm eine Schlinge über den Kopf; töten dürfen wir ihn nicht; denn für seinen Leichnam würden sie ein geringes Lösegeld geben, und überdies wären wir nicht sicher, es zu bekommen.«

»Also eine Stunde vor Mitternacht!« sagten sie zusammen und schieden, der eine hierhin, der andere dorthin.

Said war über diesen Anschlag nicht wenig erschrocken. Er beschloß, sogleich zum Palast des Kalifen zu eilen und ihn von der Gefahr, die ihm drohte, zu unterrichten. Aber als er schon durch mehrere Straßen gelaufen war, fielen ihm die Worte der Fee bei, die ihm gesagt hatte, wie schlecht er bei dem Kalifen angeschrieben sei; er bedachte, daß man vielleicht seine Angabe verlachen oder als einen Versuch, bei dem Beherrscher von Bagdad sich einzuschmeicheln, ansehen könnte, und so hielt er seine Schritte an und achtete es für das beste, sich auf sein gutes Schwert zu verlassen und den Kalifen persönlich aus den Händen der Räuber zu retten.

Er ging daher nicht in Kalum-Beks Haus zurück, sondern setzte sich auf die Stufen einer Moschee und wartete dort, bis die Nacht völlig angebrochen war; dann ging er am Basar vorbei in jene Straße, welche die Räuber bezeichnet hatten, und verbarg sich hinter dem Vorsprung eines Hauses. Er mochte ungefähr eine Stunde dort gestanden sein, als er zwei Männer langsam die Straße herabkommen hörte; anfänglich glaubte er, es sei der Kalif und der Großwesir, aber einer der Männer klatschte in die Hand, und sogleich eilten zwei andere sehr leise die Straße herauf vom Basar her. Sie flüsterten eine Weile und verteilten sich dann; drei versteckten sich nicht weit von ihm, und einer ging in der Straße auf und ab. Die Nacht war sehr finster, aber stille, und so mußte sich Said auf sein scharfes Ohr beinahe ganz allein verlassen.

Wieder war etwa eine halbe Stunde vergangen, als man gegen den Basar hin Schritte vernahm. Der Räuber mochte sie auch gehört haben; er schlich an Said vorüber dem Basar zu. Die Schritte kamen näher, und schon konnte Said einige dunkle Gestalten erkennen, als der Räuber in die Hand klatschte, und in demselben Augenblick stürzten die drei aus dem Hinterhalt hervor. Die Angegriffenen mußten übrigens bewaffnet sein; denn er vernahm den Klang von aneinandergeschlagenen Schwertern. Sogleich zog er seine Damaszenerklinge und stürzte sich mit dem Ruf: »Nieder mit den Feinden des großen Harun!« auf die Räuber, streckte mit dem ersten Hieb einen zu Boden und drang dann auf zwei andere ein, die eben im Begriff waren, einen Mann, um welchen sie einen Strick geworfen hatten, zu entwaffnen. Er hieb blindlings auf den Strick ein, um ihn zu zerschneiden, aber er traf dabei einen der Räuber so heftig über den Arm, daß er ihm die Hand abschlug; der Räuber stürzte mit fürchterlichem Geschrei auf die Knie. Jetzt wandte sich der vierte, der mit einem andern Mann gefochten hatte, gegen Said, der noch mit dem dritten im Kampf war; aber der Mann, um welchen man die Schlinge geworfen hatte, sah sich nicht sobald frei, als er seinen Dolch zog und ihn dem Angreifenden von der Seite in die Brust stieß. Als dies der noch Übergebliebene sah, warf er seinen Säbel weg und floh.

Said blieb nicht lange in Ungewißheit, wen er gerettet habe; denn der größere der beiden Männer trat zu ihm und sprach: »Das eine ist so sonderbar wie das andere, dieser Angriff auf mein Leben oder meine Freiheit wie die unbegreifliche Hilfe und Rettung. Wie wußtet Ihr, wer ich bin? Habt Ihr von dem Anschlag dieser Menschen gewußt?«

»Beherrscher der Gläubigen«, antwortete Said, »denn ich zweifle nicht, daß du es bist. Ich ging heute abend durch die Straße El Malek hinter einigen Männern, deren fremden und geheimnisvollen Dialekt ich einst gelernt habe. Sie sprachen davon, dich gefangenzunehmen und den würdigen Mann, deinen Wesir, zu töten. Weil es nun zu spät war, dich zu warnen, beschloß ich, an den Platz zu gehen, wo sie dir auflauern wollten, um dir beizustehen.«

»Danke dir«, sprach Harun, »an dieser Stätte ist übrigens nicht gut weilen; nimm diesen Ring und komm damit morgen in meinen Palast; wir wollen dann mehr über dich und deine Hilfe reden und sehen, wie ich dich am besten belohnen kann. Komm, Wesir, hier ist nicht gut weilen; sie können wiederkommen.«

Er sprach es und wollte den Großwesir fortziehen, nachdem er dem Jüngling einen Ring an den Finger gesteckt hatte; dieser aber bat ihn, noch ein wenig zu verweilen, wandte sich um und reichte dem überraschten Jüngling einen schweren Beutel. »Junger Mann«, sprach er, »mein Herr, der Kalif, kann dich zu allem machen, wozu er will, selbst zu meinem Nachfolger, ich selbst kann wenig tun, und was ich tun kann, geschieht heute besser als morgen; drum nimm diesen Beutel. Das soll meinen Dank übrigens nicht abkaufen. Sooft du irgendeinen Wunsch hast, komm getrost zu mir!«

Ganz trunken vor Glück eilte Said nach Hause. Aber hier wurde er übel empfangen; Kalum-Bek wurde über sein langes Ausbleiben zuerst unwillig und dann besorgt; denn er dachte, er könnte leicht den schönen Aushängeschild seines Gewölbes verlieren. Er empfing ihn mit Schmähworten und tobte und raste wie ein Wahnsinniger. Aber Said, der einen Blick in den Beutel getan und gefunden hatte, daß er lauter Goldstücke enthalte, bedachte, daß er jetzt nach seiner Heimat reisen könne, auch ohne die Gnade des Kalifen, die gewiß nicht geringer war als der Dank seines Wesirs, und so blieb er ihm kein Wort schuldig, sondern erklärte ihm rund und deutlich, daß er keine Stunde länger bei ihm bleiben werde. Von Anfang erschrak Kalum-Bek hierüber sehr, dann aber lachte er höhnisch und sprach: »Du Lump und Landläufer, du ärmlicher Wicht! wohin willst du denn deine Zuflucht nehmen, wenn ich meine Hand von dir abziehe? Wo willst du ein Mittagessen bekommen und wo ein Nachtlager?«

»Das soll Euch nicht kümmern, Herr Kalum-Bek«, antwortete Said trotzig, »gehabt Euch wohl, mich sehet Ihr nicht wieder!«

Er sprach es und lief zur Türe hinaus, und Kalum-Bek schaute ihm sprachlos vor Staunen nach. Den andern Morgen aber, nachdem er sich den Fall recht überlegt hatte, schickte er seine Packknechte aus und ließ überall nach dem Flüchtling spähen. Lange suchten sie umsonst, endlich aber kam einer zurück und sagte, er habe Said, den Ladendiener, aus einer Moschee kommen und in eine Karawanserei gehen sehen. Er sei aber ganz verändert, trage ein schönes Kleid, einen Dolch und Säbel und einen prachtvollen Turban.

Als Kalum-Bek dies hörte, schwur er und rief: »Bestohlen hat er mich und sich dafür gekleidet. Oh, ich geschlagener Mann!« Dann lief er zum Aufseher der Polizei, und da man wußte, daß er ein Verwandter von Messour, dem Oberkämmerling, sei, so wurde es ihm nicht schwer, einige Polizeidiener von ihm zu erlangen, um Said zu verhaften. Said saß vor einer Karawanserei und besprach sich ganz ruhig mit einem Kaufmann, den er da gefunden, über eine Reise nach Balsora, seiner Vaterstadt; da fielen plötzlich einige Männer über ihn her und banden ihm trotz seiner Gegenwehr die Hände auf den Rücken. Er fragte sie, was sie zu dieser Gewalttat berechtige, und sie antworteten, es geschehe im Namen der Polizei und seines rechtmäßigen Gebieters Kalum-Bek. Zugleich trat der kleine, häßliche Mann herzu, verhöhnte und verspottete Said, griff in seine Tasche und zog zum Staunen der Umstehenden und mit Triumphgeschrei einen großen Beutel mit Gold heraus.

»Sehet! Das alles hat er mir nach und nach gestohlen, der schlechte Mensch!« rief er, und die Leute sahen mit Abscheu auf den Gefangenen und riefen: »Wie! Noch so jung, so schön und doch so schlecht! Zum Gericht, zum Gericht, damit er die Bastonade erhalte.« So schleppten sie ihn fort, und ein ungeheurer Zug Menschen aus allen Ständen schloß sich an; sie riefen: »Sehet, das ist der schöne Ladendiener vom Basar; er hat seinen Herrn bestohlen und ist entflohen – zweihundert Goldstücke hat er gestohlen.«

Der Aufseher der Polizei empfing den Gefangenen mit finsterer Miene; Said wollte sprechen, aber der Beamte gebot ihm zu schweigen und verhörte nur den kleinen Kaufmann. Er zeigte ihm den Beutel und fragte ihn, ob ihm dieses Gold gestohlen worden sei. Kalum-Bek beschwor es; aber sein Meineid verhalf ihm zwar zu dem Gold, doch nicht zu dem schönen Ladendiener, der ihm tausend Goldstücke wert war, denn der Richter sprach: »Nach einem Gesetz, das mein großmächtigster Herr, der Kalif, erst vor wenigen Tagen geschärft hat, wird jeder Diebstahl, der hundert Goldstücke übersteigt und auf dem Basar begangen wird, mit ewiger Verbannung auf eine wüste Insel bestraft. Dieser Dieb kommt gerade zu rechter Zeit, er macht die Zahl von zwanzig solcher Bursche voll; morgen werden sie auf eine Barke gepackt und in die See geführt.«

Said war in Verzweiflung; er beschwor den Beamten, ihn

anzuhören, ihn nur ein Wort mit dem Kalifen sprechen zu lassen; aber er fand keine Gnade. Kalum-Bek, der jetzt seinen Schwur bereute, sprach ebenfalls für ihn, aber der Richter antwortete: »Du hast dein Gold und kannst zufrieden sein, gehe nach Hause und verhalte dich ruhig, sonst strafe ich dich für jeden Widerspruch um zehn Goldstücke.« Kalum schwieg bestürzt, der Richter aber winkte, und der unglückliche Said wurde abgeführt.

Man brachte ihn in ein finsteres und feuchtes Gefängnis; neunzehen elende Menschen lagen dort auf Stroh umher und empfingen ihn als ihren Leidensgefährten mit rohem Gelächter und Verwünschungen gegen den Richter und den Kalifen. So schrecklich sein Schicksal vor ihm lag, so fürchterlich der Gedanke war, auf eine wüste Insel verbannt zu werden, so fand er doch noch einigen Trost darin, schon am folgenden Tag aus diesem schrecklichen Gefängnis erlöst zu werden. Aber er täuschte sich sehr, als er glaubte, sein Zustand auf dem Schiff würde besser sein. In den untersten Raum, wo man nicht aufrecht stehen konnte, wurden die zwanzig Verbrecher hinabgeworfen, und dort stießen und schlugen sie sich um die besten Plätze.

Die Anker wurden gelichtet, und Said weinte bittere Tränen, als das Schiff, das ihn von seinem Vaterland entführen sollte, sich zu bewegen anfing. Nur einmal des Tages teilte man ihnen ein wenig Brot und Früchte und einen Trunk süßen Wassers aus, und so dunkel war es in dem Schiffsraum, daß man immer Lichter herabbringen mußte, wenn die Gefangenen speisen sollten. Beinahe alle zwei, drei Tage fand man einen Toten unter ihnen, so ungesund war die Luft in diesem Wasserkerker, und Said wurde nur durch seine Jugend und seine feste Gesundheit erhalten.

Vierzehn Tage waren sie schon auf dem Wasser, als eines Tages die Wellen heftiger rauschten und ein ungewöhnliches Treiben und Rennen auf dem Schiffe entstand.

Said ahnete, daß ein Sturm im Anzug sei; es war ihm sogar angenehm, denn er hoffte dann zu sterben.

Heftiger wurde das Schiff hin und her geworfen, und endlich saß es mit schrecklichem Krachen fest. Geschrei und Geheul scholl von dem Verdeck herab und mischte sich mit dem Brausen des Sturmes. Endlich wurde es wieder stille, aber zu gleicher Zeit entdeckte auch einer der Gefangenen, daß das Wasser in das Schiff eindringe. Sie pochten an der Falltüre nach oben, aber man antwortete ihnen nicht. Als daher das Wasser immer heftiger eindrang, drängten sie sich mit vereinigten Kräften gegen die Türe und sprengten sie auf.

Sie stiegen die Treppe hinan, aber oben fanden sie keinen Menschen mehr. Die ganze Schiffsmannschaft hatte sich in Böten gerettet. Jetzt gerieten die meisten Gefangenen in Verzweiflung; denn der Sturm wütete immer heftiger, das Schiff krachte und senkte sich. Noch einige Stunden saßen sie auf dem Verdeck und hielten ihre letzte Mahlzeit von den Vorräten, die sie im Schiff gefunden; dann erneuerte sich auf einmal der Sturm, das Schiff wurde von der Klippe, worauf es festsaß, hinweggerissen und brach zusammen.

Said hatte sich am Mast angeklammert und hielt ihn, als das Schiff geborsten war, noch immer fest. Die Wellen warfen ihn hin und her, aber er hielt sich, mit den Füßen rudernd, immer wieder oben. So schwamm er in immerwährender Todesgefahr eine halbe Stunde; da fiel die Kette mit dem Pfeifchen wieder aus seinem Kleid, und noch einmal wollte er versuchen, ob es nicht töne. Mit der einen Hand klammerte er sich fest, mit der andern setzte er es an seinen Mund, blies, ein heller, klarer Ton erscholl, und augenblicklich legte sich der Sturm, und die Wellen glätteten sich, als hätte man Öl darauf ausgegossen. Kaum hatte er sich mit leichterem Atem umgesehen, ob er nicht irgendwo Land erspähen könnte, als der Mast unter ihm sich auf eine sonderbare Weise auszudehnen und zu bewegen anfing, und zu seinem nicht geringen Schrecken nahm er wahr, daß er nicht mehr auf Holz, sondern auf einem ungeheuren Delphin reite; nach einigen Augenblicken aber kehrte seine Fassung zurück, und da er sah, daß der Delphin zwar schnell, aber ruhig und gelassen seine Bahn fortschwimme, schrieb er seine wunderbare Rettung dem silbernen Pfeifchen und der gütigen Fee zu und rief seinen feurigsten Dank in die Lüfte.

Pfeilschnell trug ihn sein wunderbares Pferd durch die Wogen, und noch ehe es Abend wurde, sah er Land und erkannte einen breiten Fluß, in welchen der Delphin auch sogleich einbog. Stromaufwärts ging es langsamer, und um nicht verschmachten zu müssen, nahm Said, der sich aus alten Zaubergeschichten erinnerte, wie man zaubern müsse, das Pfeifchen heraus, pfiff laut und herzhaft und wünschte sich dann ein gutes Mahl. Sogleich hielt der Fisch stille, und hervor aus dem Wasser tauchte ein Tisch, so wenig naß, als ob er acht Tage an der Sonne gestanden wäre, und reich besetzt mit köstlichen Speisen. Said griff weidlich zu, denn seine Kost während seiner Gefangenschaft war schmal und elend gewesen, und als er sich hinlänglich gesättigt hatte, sagte er Dank; der Tisch tauchte nieder, er aber stauchte den Delphin in die Seite, und sogleich schwamm dieser weiter den Fluß hinauf.

Die Sonne fing schon an zu sinken, als Said in dunkler Ferne eine große Stadt erblickte, deren Minarets ihm Ähnlichkeit mit denen von Bagdad zu haben schienen. Der Gedanke an Bagdad war ihm nicht sehr angenehm, aber sein Vertrauen auf die gütige Fee war so groß, daß er fest glaubte, sie werde ihn nicht wieder in die Hände des schändlichen Kalum-Bek fallen lassen. Zur Seite, etwa eine Meile von der Stadt und nahe am Fluß, erblickte er ein prachtvolles Landhaus, und zu seiner großen Verwunderung lenkte der Fisch nach diesem Hause hin.

Auf dem Dach des Hauses standen mehrere schön gekleidete Männer, und am Ufer sah Said eine große Menge Diener, und alle schauten nach ihm und schlugen vor Verwunderung die Hände zusammen. An einer Marmortreppe, die vom Wasser nach dem Lustschloß hinaufführte, hielt der Delphin an, und kaum hatte Said einen Fuß auf die Treppe gesetzt, so war auch schon der Fisch spurlos verschwunden. Zugleich eilten einige Diener die Treppe hinab und baten im Namen ihres Herrn, zu ihm hinaufzukommen, und boten ihm trockene Kleider an. Er kleidete sich schnell um und folgte dann den Dienern auf das Dach, wo er drei Männer fand, von welchen der größte und schönste ihm freundlich und huldreich entgegenkam. »Wer bist du, wunderbarer Fremdling«, sprach er, »der du die Fische des Meeres zähmst und sie links und rechts leitest wie der beste Reiter sein Streitroß? Bist du ein Zauberer oder ein Mensch wie wir?«

»Herr!« antwortete Said, »mir ist es in den letzten Wochen schlecht ergangen; wenn Ihr aber Vergnügen daran findet, so will ich Euch erzählen.« Und nun hub er an und erzählte den drei Männern seine Geschichte von dem Augenblick an, wo er seines Vaters Haus verlassen hatte, bis zu seiner wunderbaren Rettung. Oft wurde er von ihnen mit Zeichen des Staunens und der Verwunderung unterbrochen; als er aber geendet hatte, sprach der Herr des Hauses, der ihn so freundlich empfangen hatte: »Ich traue deinen Worten, Said! Aber du erzähltest uns, daß du im Wettkampf eine Kette gewonnen und daß dir der Kalif einen Ring geschenkt; kannst du wohl diese uns zeigen?«

»Hier auf meinem Herzen habe ich beide verwahrt«, sprach der Jüngling, »und nur mit meinem Leben hätte ich so teure Geschenke hergegeben, denn ich achte es für die ruhmvollste und schönste Tat, daß ich den großen Kalifen aus den Händen seiner Mörder befreite.« Zugleich zog er Kette und Ring hervor und übergab beides den Männern.

»Beim Bart des Propheten, er ist's, es ist mein Ring!« rief der hohe, schöne Mann. »Großwesir, laß uns ihn umarmen, denn hier steht unser Retter!« Said war es wie ein Traum, als diese zwei ihn umschlangen, aber alsobald warf er sich nieder und sprach: »Verzeihe, Beherrscher der Gläubigen, daß ich so vor dir gesprochen habe; denn du bist kein anderer als Harun Al-Raschid, der große Kalif von Bagdad.«

»Der bin ich und dein Freund!« antwortete Harun, »und

von dieser Stunde an sollen sich alle deine trüben Schicksale wenden. Folge mir nach Bagdad, bleibe in meiner Umgebung, und sei einer meiner vertrautesten Beamten, denn wahrlich, du hast in jener Nacht gezeigt, daß dir Harun nicht gleichgültig sei, und nicht jeden meiner treuesten Diener möchte ich auf gleiche Probe stellen!«

Said dankte dem Kalifen; er versprach ihm, auf immer bei ihm zu bleiben, wenn er zuvor eine Reise zu seinem Vater, der in großen Sorgen um ihn sein müsse, gemacht haben werde, und der Kalif fand dies gerecht und billig. Sie setzten sich bald zu Pferd und kamen noch vor Sonnenuntergang in Bagdad an. Der Kalif ließ Said eine lange Reihe prachtvoll geschmückter Zimmer in seinem Palast anweisen und versprach ihm noch überdies, ein eigenes Haus für ihn erbauen zu lassen.

Auf die erste Kunde von diesem Ereignis eilten die alten Waffenbrüder Saids, der Bruder des Kalifen und der Sohn des Großwesirs, herbei. Sie umarmten ihn als Retter dieser teuren Männer und baten ihn, er möchte ihr Freund werden. Aber sprachlos wurden sie vor Erstaunen, als er sagte: »Euer Freund bin ich längst«, als er die Kette, die er als Kampfpreis erhalten, hervorzog und sie an dieses und jenes erinnerte. Sie hatten ihn immer nur schwärzlichbraun und mit langem Bart gesehen, und erst, als er erzählte, wie und warum er sich entstellt habe, als er zu seiner Rechtfertigung stumpfe Waffen herbeibringen ließ, mit ihnen focht und ihnen den Beweis gab, daß er Almansor der Tapfere sei, erst dann umarmten sie ihn mit Jubel von neuem und priesen sich glücklich, einen solchen Freund zu haben.

Den folgenden Tag, als eben Said mit dem Großwesir bei Harun saß, trat Messour, der Oberkämmerer, herein und sprach: »Beherrscher der Gläubigen, so es anders sein kann, möchte ich dich um eine Gnade bitten.«

»Ich will zuvor hören«, antwortete Harun.

»Draußen steht mein lieber leiblicher Vetter Kalum-Bek, ein berühmter Kaufmann auf dem Basar«, sprach er; »der hat einen sonderbaren Handel mit einem Mann aus Balsora, dessen Sohn bei Kalum-Bek diente, nachher gestohlen hat, dann entlaufen ist, und niemand weiß, wohin. Nun will aber der Vater seinen Sohn von Kalum haben, und dieser hat ihn doch nicht, er wünscht daher und bittet um die Gnade, du möchtest kraft deiner großen Erleuchtung und Weisheit sprechen zwischen dem Mann aus Balsora und ihm.«

»Ich will richten«, erwiderte der Kalif. »In einer halben Stunde möge dein Herr Vetter mit seinem Gegner in den Gerichtssaal treten!«

Als Messour dankend gegangen war, sprach Harun: »Das ist niemand anders als dein Vater, Said, und da ich nun glücklicherweise alles, wie es ist, erfahren habe, will ich richten wie Salomo. Du, Said, verbirgst dich hinter den Vorhang meines Thrones, bis ich dich rufe, und du, Großwesir, läßt mir sogleich den schlechten und voreiligen Polizeirichter holen, ich werde ihn im Verhör brauchen.«

Sie taten beide, wie er befohlen. Saids Herz pochte stärker, als er seinen Vater bleich und abgehärmt, mit wankenden Schritten in den Gerichtssaal treten sah, und Kalum-Beks feines, zuversichtliches Lächeln, womit er zu seinem Vetter Oberkämmerer flüsterte, machte ihn so grimmig, daß er gerne hinter dem Vorhang hervor auf ihn losgestürzt wäre. Denn seine größten Leiden und Kümmernisse hatte er diesem schlechten Menschen zu danken.

Es waren viele Menschen im Saal, die den Kalifen Recht sprechend hören wollten. Der Großwesir gebot, nachdem der Herrscher von Bagdad auf seinem Thron Platz genommen hatte, Stille und fragte, wer hier als Kläger vor seinem Herrn erscheine.

Kalum-Bek trat mit frecher Stirne vor und sprach: »Vor einigen Tagen stand ich unter der Türe meines Gewölbes im Basar, als ein Ausrufer, einen Beutel in der Hand und diesen Mann hier neben sich, durch die Buden schritt und rief: ›Einen Beutel Gold dem, der Auskunft geben kann über Said aus Balsora.‹ Dieser Said war in meinen Diensten gewesen, und ich rief daher: ›Hieher, Freund! ich kann den Beutel verdienen.‹ Dieser Mann, der jetzt so feindlich gegen mich ist, kam freundlich und fragt, was ich wüßte. Ich antwortete: ›Ihr seid wohl Benazar, sein Vater?‹, und als er dies freudig bejahte, erzählte ich ihm, wie ich den jungen Menschen in der Wüste gefunden, gerettet und gepflegt und nach Bagdad gebracht habe. In der Freude seines Herzens schenkte er mir den Beutel. Aber hört diesen unsinnigen Menschen; wie ich ihm nun weiter erzählte, daß sein Sohn bei mir gedient habe, daß er schlechte Streiche gemacht, gestohlen habe und davongegangen sei, will er es nicht glauben, hadert schon seit einigen Tagen mit mir, fodert seinen Sohn und sein Geld zurück, und beides kann ich nicht geben; denn das Geld gebührt mir für die Nachricht, die ich ihm gab, und seinen ungeratenen Burschen kann ich nicht herbeischaffen.«

Jetzt sprach auch Benazar; er schilderte seinen Sohn, wie edel und tugendhaft er sei und daß er nie habe so schlecht sein können zu stehlen. Er forderte den Kalifen auf, streng zu untersuchen.

»Ich hoffe«, sprach Harun, »du hast, wie es Pflicht ist, den Diebstahl angezeigt, Kalum-Bek?«

»Ei freilich!« rief jener lächelnd. »Vor den Polizeirichter habe ich ihn geführt.«

»Man bringe den Polizeirichter!« befahl der Kalif.

Zum allgemeinen Erstaunen erschien dieser sogleich, wie durch Zauberei herbeigebracht. Der Kalif fragte ihn, ob er sich dieses Handels erinnere, und dieser gestand den Fall zu.

»Hast du den jungen Mann verhört, hat er den Diebstahl eingestanden?« fragte Harun.

»Nein, er war sogar so verstockt, daß er niemand als Euch selbst gestehen wollte!« erwiderte der Richter.

»Aber ich erinnere mich nicht, ihn gesehen zu haben«, sagte der Kalif.

»Ei warum auch! da müßte ich alle Tage einen ganzen Pack solches Gesindel zu Euch schicken, die Euch sprechen wollen.«

»Du weißt, daß mein Ohr für jeden offen ist«, antwortete Harun, »aber wahrscheinlich waren die Beweise über den Diebstahl so klar, daß es nicht nötig war, den jungen Menschen vor mein Angesicht zu bringen. Du hattest wohl Zeugen, daß das Geld, das dir gestohlen wurde, dein gehörte, Kalum?«

»Zeugen?« fragte dieser erbleichend, »nein, Zeugen hatte ich nicht, und Ihr wisset ja, Beherrscher der Gläubigen, daß ein Goldstück aussieht wie das andere. Woher konnte ich denn Zeugen nehmen, daß diese hundert Stücke in meiner Kasse fehlen?«

»An was erkanntest du denn, daß jene Summe gerade dir gehöre?« fragte der Kalif.

»An dem Beutel, in welchem sie war«, erwiderte Kalum.

»Hast du den Beutel hier?« forschte jener weiter.

»Hier ist er«, sprach der Kaufmann, zog einen Beutel hervor und reichte ihn dem Großwesir, damit er ihn dem Kalifen gebe.

Doch dieser rief mit verstelltem Erstaunen: »Beim Bart des Propheten! Der Beutel soll dein sein, du Hund? Mein gehörte dieser Beutel, und ich gab ihn, mit hundert Goldstücken gefüllt, einem braven jungen Mann, der mich aus einer großen Gefahr befreite.«

»Kannst du darauf schwören?« fragte der Kalif.

»So gewiß, als ich einst ins Paradies kommen will«, antwortete der Wesir; »denn meine Tochter hat ihn selbst verfertigt.«

»Ei! ei!« rief Harun, »so wurdest du also falsch berichtet, Polizeirichter? Warum hast du denn geglaubt, daß der Beutel diesem Kaufmann gehöre?«

»Er hat geschworen«, antwortete der Polizeirichter furchtsam.

»So hast du falsch geschworen!« donnerte der Kalif den Kaufmann an, der erbleichend und zitternd vor ihm stand.

»Allah, Allah!« rief jener. »Ich will gewiß nichts gegen den Herrn Großwesir sagen, er ist ein glaubwürdiger Mann, aber ach! der Beutel gehörte doch mein, und der nichtswürdige Said hat ihn gestohlen. Tausend Toman wollte ich geben, wenn er jetzt zur Stelle wäre.«

»Was hast du denn mit diesem Said angefangen?« fragte der Kalif. »Sag an, wohin man schicken muß, damit er vor mir Bekenntnis ablege!«

»Ich habe ihn auf eine wüste Insel geschickt«, sprach der Polizeirichter.

»O Said! mein Sohn, mein Sohn!« rief der unglückliche Vater und weinte.

»So hat er also das Verbrechen bekannt?« fragte Harun.

Der Polizeirichter erbleichte, er rollte seine Augen hin und her, und endlich sprach er: »Wenn ich mich noch recht erinnern kann – ja.«

»Du weißt es also nicht gewiß?« fuhr der Kalif mit schrecklicher Stimme fort, »so wollen wir ihn selbst fragen. Tritt hervor, Said, und du, Kalum-Bek, zahlst vor allem tausend Goldstücke, weil er jetzt hier zur Stelle ist!«

Kalum und der Polizeirichter glaubten ein Gespenst zu sehen. Sie stürzten nieder und riefen: »Gnade, Gnade!« Benazar, vor Freuden halb ohnmächtig, eilte in die Arme seines verlorenen Sohnes. Aber mit eiserner Strenge fragte jetzt der Kalif: »Polizeirichter, hier steht Said; hat er gestanden?«

»Nein, nein!« heulte der Polizeirichter, »ich habe nur Kalums Zeugnis gehört, weil er ein angesehener Mann ist.«

»Habe ich dich darum als Richter über alle bestellt, daß du nur den Vornehmen hörest?« rief Harun Al-Raschid mit edlem Zorn. »Auf zehen Jahre verbanne ich dich auf eine wüste Insel mitten im Meere, da kannst du über Gerechtigkeit nachdenken, und du, elender Mensch, der du Sterbende erweckst, nicht um sie zu retten, sondern um sie zu deinen Sklaven zu machen, du zahlst, wie schon gesagt, tausend Tomans, weil du sie versprochen, wenn Said käme, um für dich zu zeugen.«

Kalum freute sich, so wohlfeil aus dem bösen Handel zu kommen, und wollte eben dem gütigen Kalifen danken, doch dieser fuhr fort: »Für den falschen Eid wegen der hundert Goldstücke bekommst du hundert Hiebe auf die Fußsohlen. Ferner hat Said zu wählen, ob er dein ganzes Gewölbe und dich als Lastträger nehmen will oder ob er mit zehn Goldstücken für jeden Tag, welchen er dir diente, zufrieden ist?«

»Lasset den Elenden laufen, Kalif!« rief der Jüngling, »ich will nichts, das sein gehörte.«

»Nein«, antwortete Harun, »ich will, daß du entschädiget werdest. Ich wähle statt deiner die zehn Goldstücke für den Tag, und du magst berechnen, wieviel Tage du in seinen Klauen warst. Jetzt fort mit diesen Elenden!«

Sie wurden abgeführt, und der Kalife führte Benazar und Said in einen andern Saal; dort erzählte er ihm selbst seine wunderbare Rettung durch Said und wurde nur zuweilen durch das Geheul Kalum-Beks unterbrochen, dem man soeben im Hof seine hundert vollwichtigen Goldstücke auf die Fußsohlen zählte.

Der Kalife lud Benazar ein, mit Said bei ihm in Bagdad zu leben. Er sagte es zu und reiste nur noch einmal nach Hause, um sein großes Vermögen abzuholen. Said aber lebte in dem Palast, den ihm der dankbare Kalife erbaut hatte, wie ein Fürst. Der Bruder des Kalifen und der Sohn des Großwesirs waren seine Gesellschafter, und es war in Bagdad zum Sprichwort geworden: Ich möchte so gut und so glücklich sein als Said, der Sohn Benazars.

»Bei solcher Unterhaltung käme mir kein Schlaf in die Augen, wenn ich auch zwei, drei und mehrere Nächte wach bleiben müßte«, sagte der Zirkelschmied, als der Jäger geendigt hatte. »Und oft schon habe ich dies bewährt befunden. So war ich in früherer Zeit als Geselle bei einem Glockengießer. Der Meister war ein reicher Mann und kein Geizhals. Aber ebendarum wunderten wir uns nicht wenig, als wir einmal eine große Arbeit hatten und er, ganz gegen seine Gewohnheit, so knickerig als möglich erschien. Es wurde in die neue Kirche eine Glocke gegossen, und wir Jungen und Gesellen mußten die ganze Nacht am Herd sitzen und das Feuer hüten. Wir glaubten nicht anders, als der Meister werde sein Mutterfäßchen anstechen und uns den besten Wein vorsetzen. Aber nicht also. Er ließ nur alle Stunden einen Umtrunk tun und fing an, von seiner Wanderschaft, von seinem Leben allerlei Geschichten zu erzählen; dann kam es an den Obergesellen und so nach der Reihe, und keiner von uns wurde schläfrig, denn begierig horchten wir alle zu. Ehe wir uns dessen versahen, war es Tag. Da erkannten wir die List des Meisters, daß er uns durch Reden habe wach halten wollen. Denn als die Glocke fertig war, schonte er seinen Wein nicht und holte ein, was er weislich in jener Nacht versäumte.«

»Das war ein vernünftiger Mann«, erwiderte der Student; »für den Schlaf, das ist gewiß, hilft nichts als Reden. Darum möchte ich diese Nacht nicht einsam bleiben, weil ich mich gegen eilf Uhr hin des Schlafes nicht erwehren könnte.«

»Das haben auch die Bauersleute wohlbedacht«, sagte der Jäger; »wenn die Frauen und Mädchen in den langen Winterabenden bei Licht spinnen, so bleiben sie nicht einsam zu Hause, weil sie da wohl mitten unter der Arbeit einschliefen, sondern sie kommen zusammen in den sogenannten Lichtstuben, setzen sich in großer Gesellschaft zur Arbeit und erzählen.«

»Ja«, fiel der Fuhrmann ein, »da geht es oft recht greulich zu, daß man sich ordentlich fürchten möchte; denn sie erzählen von feurigen Geistern, die auf der Wiese gehen, von Kobolden, die nachts in den Kammern poltern, und von Gespenstern, die Menschen und Vieh ängstigen.«

»Da haben sie nun freilich nicht die beste Unterhaltung«, entgegnete der Student. »Mir, ich gestehe es, ist nichts so verhaßt als Gespenstergeschichten.«

»Ei, da denke ich gerade das Gegenteil«, rief der Zirkelschmied. »Mir ist es recht behaglich bei einer rechten Schauergeschichte. Es ist gerade wie beim Regenwetter, wenn man unter dem Dach schläft. Man hört die Tropfen tick, tack, tick, tack auf die Ziegel herunterrauschen und fühlt sich recht warm im Trockenen. So, wenn man bei Licht und in Gesellschaft von Gespenstern hört, fühlt man sich sicher und behaglich.«

»Aber nachher?« sagte der Student. »Wenn einer zugehört hat, der dem lächerlichen Glauben an Gespenster ergeben ist, wird er sich nicht grauen, wenn er allein ist und im Dunkeln? wird er nicht an alles das Schauerliche denken, was er gehört? Ich kann mich noch heute über diese Gespenstergeschichten ärgern, wenn ich an meine Kindheit denke. Ich war ein munterer, aufgeweckter Junge und mochte vielleicht etwas unruhiger sein, als meiner Amme lieb war. Da wußte sie nun kein anderes Mittel, mich zum Schweigen zu bringen, als sie machte mich fürchten. Sie erzählte mir allerlei schauerliche Geschichten von Hexen und bösen Geistern, die im Hause spuken sollten, und wenn eine Katze auf dem Boden ihr Wesen trieb, flüsterte sie mir ängstlich zu: ›Hörst du, Söhnchen? Jetzt geht er wieder Treppe auf, Treppe ab, der tote Mann. Er trägt seinen Kopf unter dem Arm, aber seine Augen glänzen doch wie Laternen; Krallen hat er statt der Finger, und wenn er einen im Dunkeln erwischt, dreht er ihm den Hals um.‹«

Die Männer lachten über diese Geschichten, aber der Student fuhr fort: »Ich war zu jung, als daß ich hätte einsehen können, dies alles sei unwahr und erfunden. Ich fürchtete mich nicht vor dem größten Jagdhund, warf jeden meiner Gespielen in den Sand; aber wenn ich ins Dunkle kam, drückte ich vor Angst die Augen zu, denn ich glaubte, jetzt werde der tote Mann heranschleichen. Es ging so weit, daß ich nicht mehr allein und ohne Licht aus der Türe gehen wollte, wenn es dunkel war, und wie manchmal hat mich mein Vater nachher gezüchtigt, als er diese Unart bemerkte. Aber lange Zeit konnte ich diese kindische Furcht nicht loswerden, und allein meine törichte Amme trug die Schuld.«

»Ja, das ist ein großer Fehler«, bemerkte der Jäger, »wenn man die kindlichen Gedanken mit solchem Aberwitz füllt. Ich kann Sie versichern, daß ich brave, beherzte Männer gekannt habe, Jäger, die sich sonst vor drei Feinden nicht fürchteten – wenn sie nachts im Wald aufs Wild lauern sollten, oder auf Wilddiebe, da gebrach es ihnen oft plötzlich an Mut; denn sie sahen einen Baum für ein schreckliches Gespenst, einen Busch für eine Hexe und ein paar Glühwürmer für die Augen eines Ungetüms an, das im Dunkeln auf sie laure.«

»Und nicht nur für Kinder«, entgegnete der Student, »halte ich Unterhaltungen dieser Art für höchst schädlich und töricht, sondern auch für jeden; denn welcher vernünftige Mensch wird sich über das Treiben und Wesen von Dingen unterhalten, die eigentlich nur im Hirn eines Toren wirklich sind? Dort spukt es, sonst nirgends. Doch am allerschädlichsten sind diese Geschichten unter dem Landvolk. Dort glaubt man fest und unabweichlich an Torheiten dieser Art, und dieser Glaube wird in den Spinnstuben und in der Schenke genährt, wo sie sich enge zusammensetzen und mit furchtsamer Stimme die allergreulichsten Geschichten erzählen.«

»Ja, Herr!« erwiderte der Fuhrmann. »Ihr möget nicht unrecht haben; schon manches Unglück ist durch solche Geschichten entstanden, ist ja doch sogar meine eigene Schwester dadurch elendiglich ums Leben gekommen.«

»Wie das? An solchen Geschichten?« riefen die Männer erstaunt.

»Jawohl, an solchen Geschichten«, sprach jener weiter. »In dem Dorf, wo unser Vater wohnte, ist auch die Sitte, daß die Frauen und Mädchen in den Winterabenden zum Spinnen sich zusammensetzen. Die jungen Bursche kommen dann auch und erzählen mancherlei. So kam es eines Abends, daß man von Gespenstern und Erscheinungen sprach, und die jungen Bursche erzählten von einem alten Krämer, der schon vor zehen Jahren gestorben sei, aber im Grab keine Ruhe finde. Jede Nacht werfe er die Erde von sich ab, steige aus dem Grab, schleiche langsam und hustend, wie er im Leben getan, nach seinem Laden und wäge dort Zucker und Kaffee ab, indem er vor sich hin murmle:

›Drei Vierling, drei Vierling um Mitternacht
Haben bei Tag ein Pfund gemacht.‹

Viele behaupteten, ihn gesehen zu haben, und die Mädchen und Weiber fingen an sich zu fürchten. Meine Schwester aber, ein Mädchen von sechzehen Jahren, wollte klüger sein als die andern und sagte: ›Das glaube ich alles nicht; wer einmal tot ist, kommt nicht wieder!‹ Sie sagte es, aber leider ohne Überzeugung; denn sie hatte sich oft schon gefürchtet. Da sagte einer von den jungen Leuten: ›Wenn du dies glaubst, so wirst du dich auch nicht vor ihm fürchten; sein Grab ist nur zwei Schritte von Käthchens, die letzthin gestorben. Wage es einmal, gehe hin auf den Kirchhof, brich von Käthchens Grab eine Blume und bringe sie uns, so wollen wir glauben, daß du dich vor dem Krämer nicht fürchtetest!‹

Meine Schwester schämte sich, von den andern verlacht zu werden, darum sagte sie: ›Oh! das ist mir ein leichtes; was wollt ihr denn für eine Blume?‹

›Es blüht im ganzen Dorf keine weiße Rose als dort; drum bring uns einen Strauß von diesen‹, antwortete eine ihrer Freundinnen. Sie stand auf und ging, und alle Männer lobten ihren Mut; aber die Frauen schüttelten den Kopf und sagten: ›Wenn es nur gut abläuft!‹ Meine Schwester ging dem Kirchhof zu; der Mond schien hell, und sie fing an zu schaudern, als es zwölf Uhr schlug und sie die Kirchhofpforte öffnete.

Sie stieg über manchen Grabhügel weg, den sie kannte, und ihr Herz wurde bange und immer banger, je näher sie zu Käthchens weißen Rosen und zum Grab des gespenstigen Krämers kam.

Jetzt war sie da; zitternd kniete sie nieder und knickte die

Blumen ab. Da glaubte sie ganz in der Nähe ein Geräusch zu vernehmen; sie sah sich um; zwei Schritte von ihr flog die Erde von einem Grab hinweg, und langsam richtete sich eine Gestalt daraus empor. Es war ein alter, bleicher Mann, mit einer weißen Schlafmütze auf dem Kopf. Meine Schwester erschrak; sie schaute noch einmal hin, um sich zu überzeugen, ob sie recht gesehen; als aber der im Grabe mit näselnder Stimme anfing zu sprechen: ›Guten Abend, Jungfer; woher so spät?‹, da erfaßte sie ein Grauen des Todes; sie raffte sich auf, sprang über die Gräber hin nach jenem Hause, erzählte beinahe atemlos, was sie gesehen, und wurde so schwach, daß man sie nach Hause tragen mußte. Was nützte es uns, daß wir am andern Tage erfuhren, daß es der Totengräber gewesen sei, der dort ein Grab gemacht und zu meiner armen Schwester gesprochen habe? Sie verfiel, noch ehe sie dies erfahren konnte, in ein hitziges Fieber, an welchem sie nach drei Tagen starb. Die Rosen zu ihrem Totenkranz hatte sie sich selbst gebrochen.«

Der Fuhrmann schwieg, und eine Träne hing in seinen Augen; die andern aber sahen teilnehmend auf ihn.

»So hat das arme Kind auch an diesem Köhlerglauben sterben müssen«, sagte der junge Goldarbeiter; »mir fällt da eine Sage bei, die ich euch wohl erzählen möchte und die leider mit einem solchen Trauerfall zusammenhängt.«

Die Höhle von Steenfoll

Eine schottländische Sage

Auf einer der Felseninseln Schottlands lebten vor vielen Jahren zwei Fischer in glücklicher Eintracht. Sie waren beide unverheuratet, hatten auch sonst keine Angehörigen, und ihre gemeinsame Arbeit, obgleich verschieden angewendet, nährte sie beide. Im Alter kamen sie einander ziemlich nahe, aber von Person und an Gemütsart glichen sie einander nicht mehr als ein Adler und ein Seekalb. –

Kaspar Strumpf war ein kurzer, dicker Mensch mit einem breiten, fetten Vollmondsgesicht und gutmütig lachenden Augen, denen Gram und Sorge fremd zu sein schienen. Er war nicht nur fett, sondern auch schläfrig und faul, und ihm fielen daher die Arbeiten des Hauses, Kochen und Backen, das Stricken der Netze zum eigenen Fischfang und zum Verkaufe, auch ein großer Teil der Bestellung ihres kleinen Feldes anheim. Ganz das Gegenteil war sein Gefährte; lang und hager, mit kühner Habichtsnase und scharfen Augen, war er als der tätigste und glücklichste Fischer, der unternehmendste Kletterer nach Vögeln und Daunen, der fleißigste Feldarbeiter auf den Inseln und dabei als der geldgierigste Händler auf dem Markte zu Kirchwall bekannt; aber da seine Waren gut und sein Wandel frei von Betrug war, so handelte jeder gern mit ihm, und Wilm Falke (so nannten ihn seine Landsleute) und Kaspar Strumpf, mit welchem ersterer trotz seiner Habsucht gerne seinen schwer errungenen Gewinn teilte, hatten nicht nur eine gute Nahrung, sondern waren auch auf gutem Wege, einen gewissen Grad von Wohlhabenheit zu erlangen. Aber Wohlhabenheit allein war es nicht, was Falkes habsüchtigem Gemüte zusagte; er wollte reich, sehr reich werden, und da er bald einsehen lernte, daß auf dem gewöhnlichen Wege des Fleißes das Reichwerden nicht sehr schnell vor sich ging, so verfiel er zuletzt auf den Gedanken, er müßte seinen Reichtum durch irgendeinen außerordentlichen Glückszufall erlangen, und da nun dieser Gedanke einmal von seinem heftig wollenden Geiste Besitz genommen, fand er für nichts anderes Raum darin, und er fing an, mit Kaspar Strumpf davon als von einer gewissen Sache zu reden. Dieser, dem alles, was Falke sagte, für Evangelium galt, erzählte es seinen Nachbarn, und bald verbreitete sich das Gerücht, Wilm Falke hätte sich entweder wirklich dem Bösen für Gold verschrieben oder hätte doch ein Anerbieten dazu von dem Fürsten der Unterwelt bekommen.

Anfangs zwar verlachte Falke diese Gerüchte, aber allmählich gefiel er sich in dem Gedanken, daß irgendein Geist ihm einmal einen Schatz verraten könne, und er widersprach nicht länger, wenn ihn seine Landsleute damit aufzogen. Er trieb zwar noch immer sein Geschäft fort, aber mit weniger Eifer, und verlor oft einen großen Teil der Zeit, die er sonst mit Fischfang oder andern nützlichen Arbeiten zuzubringen pflegte, in zwecklosem Suchen irgendeines Abenteuers, wodurch er plötzlich reich werden sollte. Auch wollte es sein Unglück, daß, als er eines Tages am einsamen Ufer stand und in unbestimmter Hoffnung auf das bewegte Meer hinausblickte, als solle ihm von dorther sein großes Glück kommen, eine große Welle unter einer Menge losgerissenen Mooses und Gesteins eine gelbe Kugel – eine Kugel von Gold – zu seinen Füßen rollte.

Wilm stand wie bezaubert; so waren denn seine Hoffnungen nicht leere Träume gewesen, das Meer hatte ihm Gold, schönes, reines Gold geschenkt, wahrscheinlich die Überreste einer schweren Barre, welche die Wellen auf dem Meeresgrund bis zur Größe einer Flintenkugel abgerieben. Und nun stand es klar vor seiner Seele, daß vor Jahresfrist hier irgendwo an dieser Küste ein reich beladenes Schiff gescheitert sein müsse und daß er dazu ersehen sei, die im Schoße des Meeres begrabenen Schätze zu heben. Dies ward von nun an sein einziges Streben; seinen Fund sorgfältig, selbst vor seinem Freunde verbergend, damit nicht auch andere seiner Entdeckung auf die Spur kämen, versäumte er alles andere und brachte Tage und Nächte an dieser Küste zu, wo er nicht sein Netz nach Fischen, sondern eine eigens dazu verfertigte Schaufel – nach Gold auswarf. Aber er fand nichts als Armut; denn er selbst verdiente nichts mehr, und Kaspars schläfrige Bemühungen reichten nicht hin, sie beide zu ernähren. Im Suchen größerer Schätze verschwand nicht nur das gefundene Gold, sondern allmählich auch das ganze Eigentum der Junggesellen. Aber so wie Strumpf früher stillschweigend von Falke den besten Teil seiner Nahrung hatte erwerben lassen, so ertrug er es auch jetzt schweigend und ohne Murren, daß die zwecklose Tätigkeit desselben sie ihm jetzt entzog; und gerade dieses sanftmütige Dulden seines Freundes war es, was jenen nur noch mehr anspornte, sein rastloses Suchen nach Reichtum weiter fortzusetzen. Was ihn aber noch tätiger machte, war, daß, sooft er sich zur Ruhe niederlegte und seine Augen sich zum Schlummer schlossen, etwas ihm ein Wort ins Ohr raunte, das er zwar sehr deutlich zu vernehmen glaubte und das ihm jedesmal dasselbe schien, das er aber niemals behalten konnte. Zwar wußte er nicht, was dieser Umstand, so sonderbar er auch war, mit seinem jetzigen Streben zu tun haben könne; aber auf ein Gemüt wie Wilm Falkes mußte alles wirken, und auch dieses geheimnisvolle Flüstern half ihn in dem Glauben bestärken, daß ihm ein großes Glück bestimmt sei, das er nur in einem Goldhaufen zu finden hoffte.

Eines Tages überraschte ihn ein Sturm am Ufer, wo er den Goldbarren gefunden hatte, und die Heftigkeit desselben trieb ihn an, in einer nahen Höhle Zuflucht zu suchen. Diese Höhle, welche die Einwohner die Höhle von Steenfoll nennen, besteht aus einem langen unterirdischen Gange, welcher sich mit zwei Mündungen gegen das Meer öffnet und den Wellen einen freien Durchgang läßt, die sich beständig mit lautem Brüllen schäumend durch denselben hinarbeiten. Diese Höhle war nur an einer Stelle zugänglich, und zwar durch eine Spalte von oben her, welche aber selten von jemand anderem als mutwilligen Knaben betreten ward, indem zu den eigenen Gefahren des Ortes sich noch der Ruf eines Geisterspuks gesellte. Mit Mühe ließ Wilm sich in denselben hinab und nahm ungefähr zwölf Fuß tief von der Oberfläche auf einem vorspringenden Stein und unter einem überhängenden Felsenstück Platz, wo er mit den brausenden Wellen unter seinen Füßen und dem wütenden Sturm über seinem Haupte in seinen gewöhnlichen Gedankenzug verfiel, nämlich von dem gescheiterten Schiffe, und was für ein Schiff es wohl gewesen sein mochte; denn trotz allen seinen Erkundigungen hatte er selbst von den ältesten Einwohnern von keinem an dieser Stelle gescheiterten Fahrzeuge Nachricht erhalten können. Wie lange er so gesessen, wußte er selber nicht; als er aber endlich aus seinen Träumereien erwachte, entdeckte er, daß der Sturm vorüber war; und er wollte eben wieder emporsteigen, als eine Stimme sich aus der Tiefe vernehmen ließ und das Wort »Car-mil-han« ganz deutlich in sein Ohr drang. Erschrocken fuhr er in die Höhe und blickte in den leeren Abgrund hinab. »Großer Gott!« schrie er, »das ist das Wort, das mich in meinem Schlafe verfolgt; was, um 's Himmels willen, mag es bedeuten?« – »Carmilhan!« seufzte es noch einmal aus der Höhle herauf, als er schon mit einem Fuß die Spalte verlassen hatte, und er floh wie ein gescheuchtes Reh seiner Hütte zu.

Wilm war indessen keine Memme; die Sache war ihm nur unerwartet gekommen, und sein Geldgeiz war auch überdies zu mächtig in ihm, als daß ihn irgendein Anschein von Gefahr hätte abschrecken können, auf seinem gefahrvollen Pfade fortzuwandern. Einst, als er spät in der Nacht beim Mondschein der Höhle von Steenfoll gegenüber mit seiner Schaufel nach Schätzen fischte, blieb dieselbe auf einmal an etwas hängen. Er zog aus Leibeskräften, aber die Masse blieb unbeweglich. Inzwischen erhob sich der Wind, dunkle Wolken überzogen den Himmel, heftig schaukelte das Boot und drohte umzuschlagen; aber Wilm ließ sich nichts irren; er zog und zog, bis der Widerstand aufhörte, und da er kein Gewicht fühlte, glaubte er, sein Seil wäre gebrochen. Aber gerade, als die Wolken sich über dem Monde zusammenziehen wollten, erschien eine runde schwarze Masse auf der Oberfläche, und es erklang das ihn verfolgende Wort Carmilhan! Hastig wollte er nach ihr greifen, aber ebenso schnell, als er den Arm darnach ausstreckte, verschwand sie in der Dunkelheit der Nacht, und der eben losbrechende Sturm zwang ihn, unter den nahen Felsen Zuflucht zu suchen. Hier schlief er vor Ermüdung ein, um im Schlafe, von einer ungezügelten Einbildungskraft gepeinigt, aufs neue die Qualen zu erdulden, die ihn sein rastloses Streben nach Reichtum am Tage erleiden ließ. Die ersten Strahlen der aufgehenden Sonne fielen auf den jetzt ruhigen Spiegel des Meeres, als Falke erwachte. Eben wollte er wieder hinaus an die gewohnte Arbeit, als er von ferne etwas auf sich zukommen sah. Er erkannte es bald für ein Boot und in demselben eine menschliche Gestalt; was aber sein größtes Erstaunen erregte, war, daß das Fahrzeug sich ohne Segel oder Ruder fortbewegte, und zwar mit dem Schnabel gegen das Ufer gekehrt, und ohne daß die darin sitzende Gestalt sich im geringsten um das Steuer zu bekümmern schien, wenn es ja eins hatte. Das Boot kam immer näher und hielt endlich neben Wilms Fahrzeug stille. Die Person in demselben zeigte sich jetzt als ein kleines, verschrumpftes, altes Männchen, das in gelbe Leinwand gekleidet war und mit roter, in die Höhe stehender Nachtmütze, mit geschlossenen Augen und unbeweglich wie ein getrockneter Leichnam dasaß. Nachdem er es vergebens angerufen und gestoßen hatte, wollte er eben einen Strick an das Boot befestigen und es wegführen, als das Männchen die Augen aufschlug und sich zu bewegen anfing auf eine Weise, welche selbst den kühnen Fischer mit Grausen erfüllte.

»Wo bin ich?« fragte es nach einem tiefen Seufzer auf holländisch. Falke, welcher von den holländischen Heringsfängern etwas von ihrer Sprache gelernt hatte, nannte ihm den Namen der Insel und fragte, wer er denn sei und was ihn hiehergebracht.

»Ich komme, um nach dem Carmilhan zu sehen.«

»Dem Carmilhan? Um Gottes willen! Was ist das?« rief der begierige Schiffer.

»Ich gebe keine Antwort auf Fragen, die man mir auf diese Weise tut«, erwiderte das Männchen mit sichtbarer Angst.

»Nun«, schrie Falke, »was ist der Carmilhan?«

»Der Carmilhan ist jetzt nichts, aber einst war es ein schönes Schiff, mit mehr Gold beladen, als je ein anderes Fahrzeug getragen.«

»Wo ging es zugrunde und wann?«

»Es war vor hundert Jahren; wo, weiß ich nicht genau; ich komme, um die Stelle aufzusuchen und das verlorene Gold aufzufischen; willst du mir helfen, so wollen wir den Fund miteinander teilen.«

»Mit ganzem Herzen; sag mir nur, was muß ich tun?«

»Was du tun mußt, erfordert Mut; du mußt dich gerade vor Mitternacht in die wildeste und einsamste Gegend auf der Insel begeben, begleitet von einer Kuh, die du dort schlachten und dich von jemand in ihre frische Haut wickeln lassen mußt. Dein Begleiter muß dich dann niederlegen und allein lassen, und ehe es ein Uhr schlägt, weißt du, wo die Schätze des Carmilhan liegen.«

»Auf diese Weise fiel des alten Engrol Sohn mit Leib und Seele ins Verderben!« rief Wilm mit Entsetzen. »Du bist der böse Geist«, fuhr er fort, indem er hastig davonruderte, »geh zur Hölle! ich mag nichts mit dir zu tun haben.«

Das Männchen knirschte, schimpfte und fluchte ihm nach; aber der Fischer, welcher zu beiden Rudern gegriffen hatte, war ihm bald außer Gehör und, nachdem er um einen Felsen gebogen, auch aus dem Gesichte. Aber die Entdeckung, daß der böse Geist sich seinen Geiz zunutze zu machen und mit Gold in seine Schlingen zu locken suchte, heilte den verblendeten Fischer nicht, im Gegenteil, er meinte, die Mitteilung des gelben Männchens benutzen zu können, ohne sich dem Bösen zu überliefern; und indem er fortfuhr, an der öden Küste nach Gold zu fischen, vernachlässigte er den Wohlstand, den ihm die reichen Fischzüge in andern Gegenden des Meeres darboten, sowie alle andere Mittel, auf die er ehemals seinen Fleiß verwendet, und versank von Tag zu Tage nebst seinem Gefährten in tiefere Armut, bis es endlich oft an den notwendigsten Lebensbedürfnissen zu fehlen anfing. Aber obgleich dieser Verfall gänzlich Falkes Halsstarrigkeit und falscher Begierde zugeschrieben werden mußte und die Ernährung beider jetzt Kaspar Strumpf allein anheimfiel, so machte ihm doch dieser niemals den geringsten Vorwurf; ja, er bezeugte ihm immer noch dieselbe Unterwürfigkeit, dasselbe Vertrauen in seinen bessern Verstand als zur Zeit, wo ihm seine Unternehmungen allezeit geglückt waren; dieser Umstand vermehrte Falkes Leiden um ein großes, aber trieb ihn noch mehr, nach Gold zu suchen, weil er dadurch hoffte, auch seinen Freund für sein gegenwärtiges Entbehren schadlos halten zu können. Dabei verfolgte ihn das teuflische Geflüster des Wortes Carmilhan noch immer in seinem Schlummer. Kurz, Not, getäuschte Erwartung und Geiz trieben ihn zuletzt zu einer Art von Wahnsinn, so daß er wirklich beschloß, das zu tun, was ihm das Männchen angeraten, obgleich er nach der alten Sage wohl wußte, daß er sich damit den Mächten der Finsternis übergab.

Alle Gegenvorstellungen Kaspars waren vergebens. Falke ward nur um so heftiger, je mehr jener ihn anflehte, von seinem verzweifelten Vorhaben abzustehen, und der gute, schwache Mensch willigte endlich ein, ihn zu begleiten und ihm seinen Plan ausführen zu helfen. Beider Herzen zogen sich schmerzhaft zusammen, als sie einen Strick um die Hörner einer schönen Kuh, ihr letztes Eigentum, legten, die sie vom Kalbe aufgezogen und die sie sich immer zu verkaufen geweigert hatten, weil sie's nicht übers Herz bringen konnten, sie in fremden Händen zu sehen. Aber der böse Geist, welcher sich Wilms bemeisterte, erstickte jetzt alle bessere Gefühle in ihm, und Kaspar wußte ihm in nichts zu widerstehen. Es war im September, und die langen Nächte des langen schottländischen Winters hatten angefangen. Die Nachtwolken wälzten sich schwer vor dem rauhen Abendwinde und türmten sich wie Eisberge im Mahlstrom, tiefer Schatten füllte die Schluchten zwischen dem Gebirge und den feuchten Torfsümpfen, und die trüben Bette der Ströme blickten schwarz und furchtbar wie Höllenschlünde. Falke ging voran, und Strumpf folgte, schaudernd über seine eigene Kühnheit, und Tränen füllten sein schweres Auge, sooft er das arme Tier ansah, welches so vertrauensvoll und bewußtlos seinem baldigen Tode entgegenging, der ihm von der Hand werden sollte, die ihm bisher seine Nahrung gereicht. Mit Mühe kamen sie in das enge, sumpfige Bergtal, welches hier und da mit Moos und Heidekraut bewachsen, mit großen Steinen übersäet war und von einer wilden Gebirgskette umgeben lag, die sich in grauen Nebel verlor und wohin der Fuß eines Menschen sich selten verstieg. Sie näherten sich auf wankendem Boden einem großen Stein, welcher in der Mitte stand und von welchem ein verscheuchter Adler krächzend in die Höhe flog. Die arme Kuh brüllte dumpf, als erkenne sie die Schrecknisse des Ortes und ihr bevorstehendes Schicksal. Kaspar wandte sich weg, um sich die schnell fließenden Tränen abzuwischen; er blickte hinab durch die Felsenöffnung, durch welche sie heraufgekommen waren, von wo aus man die ferne Brandung des Meeres hörte, und dann hinauf nach den Berggipfeln, auf welche sich ein kohlschwarzes Gewölk gelagert hatte, aus welchem man von Zeit zu Zeit ein dumpfes Murmeln vernahm. Als er sich wieder nach Wilm umsah, hatte dieser bereits die arme Kuh an den Stein gebunden und stand mit aufgehobener Axt im Begriff, das gute Tier zu fällen.

Dies war zu viel für seinen Entschluß, sich in den Willen

seines Freundes zu fügen: mit gerungenen Händen stürzte er sich auf die Knie. »Um Gottes willen, Wilm Falke!« schrie er mit der Stimme der Verzweiflung, »Schone dich, Schone die Kuh! schone dich und mich! schone deine Seele! – Schone dein Leben! Und mußt du Gott so versuchen, so warte bis morgen, und opfere lieber ein anderes Tier als unsere liebe Kuh!«

»Kaspar, bist du toll?!« schrie Wilm wie ein Wahnsinniger, indem er noch immer die Axt in die Höhe geschwungen hielt. »Soll ich die Kuh schonen und verhungern?«

»Du sollst nicht verhungern«, antwortete Kaspar entschlossen; »solange ich Hände habe, sollst du nicht verhungern; ich will vom Morgen bis in die Nacht für dich arbeiten, nur bring dich nicht um deiner Seele Seligkeit, und laß mir das arme Tier leben!«

»Dann nimm die Axt und spalte mir den Kopf«, schrie Falke mit verzweifeltem Tone, »ich gehe nicht von diesem Fleck, bis ich habe, was ich verlange. – Kannst du die Schätze des Carmilhan für mich heben? Können deine Hände mehr erwerben als die elendesten Bedürfnisse des Lebens? – Aber sie können meinen Jammer enden – komm und laß *mich* das Opfer sein!«

»Wilm, töte die Kuh, töte mich! Es liegt mir nichts daran, es ist mir ja nur um deine Seligkeit zu tun. Ach! dies ist ja der Piktenaltar, und das Opfer, das du bringen willst, gehört der Finsternis.«

»Ich weiß von nichts dergleichen«, rief Falke, wild lachend wie einer, der entschlossen ist, nichts wissen zu wollen, was ihn von seinem Vorsatz abbringen könnte. »Kaspar, du bist toll und machst mich toll – aber da«, fuhr er fort, indem er das Beil von sich warf und das Messer vom Steine aufnahm, wie wenn er sich durchstoßen wollte, »da, behalte die Kuh statt meiner!«

Kaspar war in einem Augenblicke bei ihm, riß ihm das Mordwerkzeug aus der Hand, erfaßte das Beil, schwang es hoch um den Kopf und ließ es mit solcher Gewalt auf des geliebten Tieres Kopf fallen, daß es, ohne zu zucken und tot, zu seines Herrn Füßen niederstürzte.

Ein Blitz, begleitet von einem Donnerschlage, folgte dieser raschen Handlung, und Falke starrte seinen Freund mit den Augen an, womit ein Mann ein Kind anstaunen würde, das sich das zu tun getrauet, was er selbst nicht gewagt. Strumpf schien aber weder von dem Donner erschreckt noch durch das starre Erstaunen seines Gefährten außer Fassung gebracht, sondern fiel, ohne ein Wort zu reden, über die Kuh her und fing an, ihr die Haut abzuziehen. Als Wilm sich ein wenig erholt hatte, half er ihm in diesem Geschäfte, aber mit so sichtbarem Widerwillen, als er vorher begierig gewesen war, das Opfer vollendet zu sehen. Während dieser Arbeit hatte sich das Gewitter zusammengezogen, der Donner brüllte laut im Gebirge, und furchtbare Blitze schlängelten sich um den Stein und über das Moos der Schlucht hin, während der Wind, welcher diese Höhe noch nicht erreicht hatte, die untern Täler und das Gestade mit wildem Heulen erfüllte. Und als die Haut endlich abgezogen war, fanden beide Fischer sich schon bis auf die Haut durchnäßt. Sie breiteten jene auf dem Boden aus, und Kaspar wickelte und band Falken, so wie dieser es ihn geheißen, in derselben fest ein. Dann erst, als dies geschehen war, brach der arme Mensch das lange Stillschweigen, und indem er mitleidig auf seinen betörten Freund hinabblickte, fragte er mit zitternder Stimme: »Kann ich noch etwas für dich tun, Wilm?«

»Nichts mehr«, erwiderte der andere, »lebe wohl!«

»Leb wohl«, erwiderte Kaspar, »Gott sei mit dir und vergebe dir, wie ich es tue!«

Dies waren die letzten Worte, welche Wilm von ihm hörte, denn im nächsten Augenblicke war er in der immer zunehmenden Dunkelheit verschwunden. Und in demselben Augenblicke brach auch einer der fürchterlichsten Gewitterstürme, die Wilm nur je gehört hatte, aus. Er fing an mit einem Blitze, welcher Falken nicht nur die Berge und Felsen in seiner unmittelbaren Nähe, sondern auch das Tal unter ihm mit dem schäumenden Meere und den in der Bucht zerstreut liegenden Felseninseln zeigte, zwischen welchen er die Erscheinung eines großen, fremdartigen und entmasteten Schiffes zu erblicken glaubte, welches auch im Augenblick wieder in der schwärzesten Dunkelheit verschwand. Die Donnerschläge wurden ganz betäubend; eine Masse Felsenstücke rollte vom Gebirge herab und drohte ihn zu erschlagen. Der Regen ergoß sich in solcher Menge, daß er in einem Augenblick das enge Sumpftal mit einer hohen Flut überströmte, welche bald bis zu Wilms Schultern hinaufreichte; denn glücklicherweise hatte ihn Kaspar mit dem obern Teile des Körpers auf eine Erhöhung gelegt, sonst hätte er auf einmal ertrinken müssen. Das Wasser stieg immer höher, und je mehr Wilm sich anstrengte, sich aus seiner gefahrvollen Lage zu befreien, desto fester umgab ihn die Haut. Umsonst rief er nach Kaspar; Kaspar war weit weg. Gott in seiner Not anzurufen, wagte er nicht, und ein Schauder ergriff ihn, wenn er die Mächte anflehen wollte, deren Gewalt er sich hingegeben fühlte.

Schon drang ihm das Wasser in die Ohren, schon berührte es den Rand der Lippen. »Gott, ich bin verloren!« schrie er, indem er einen Strom über sein Gesicht hinstürzen fühlte – aber in demselben Augenblick drang ein Schall wie von einem nahen Wasserfall schwach in sein Gehör, und sogleich war auch sein Mund wieder unbedeckt. Die Flut hatte sich durch das Gestein Bahn gebrochen. Und da auch zu gleicher Zeit der Regen etwas nachließ und das tiefe Dunkel des Himmels sich etwas verzog, so ließ auch seine Verzweiflung nach, und es schien ihm ein Strahl der Hoffnung zurückzukehren. Aber obgleich er sich wie von einem Todeskampfe erschöpft fühlte und sehnlich wünschte, aus seiner Gefangenschaft erlöst zu sein, so war doch der Zweck seines verzweifelten Strebens noch nicht erreicht, und mit der verschwundenen unmittelbaren Lebensgefahr kam auch die Habsucht mit all ihren Furien in seine Brust zurück; aber überzeugt, daß er in seiner Lage ausharren müsse, um sein

Ziel zu erreichen, hielt er sich ruhig und fiel vor Kälte und Ermüdung in einen festen Schlaf.

Er mochte ungefähr zwei Stunden geschlafen haben, als ihn ein kalter Wind, der ihm übers Gesicht fuhr, und ein Rauschen wie von herannahenden Meereswogen aus seiner glücklichen Selbstvergessenheit aufrüttelte. Der Himmel hatte sich aufs neue verfinstert; ein Blitz wie der, welcher den ersten Sturm herbeigeführt, erhellte noch einmal die Gegend umher, und er glaubte abermals, das fremde Schiff zu erblicken, das jetzt dicht vor der Steenfollklippe auf einer hohen Welle zu hängen und dann jählings in den Abgrund zu schießen schien. Er starrte noch immer nach dem Phantom, denn ein unaufhörliches Blitzen hielt jetzt das Meer erleuchtet, als sich auf einmal eine berghohe Wasserhose aus dem Tale erhob und ihn mit solcher Gewalt gegen einen Felsen schleuderte, daß ihm alle Sinne vergingen. Als er wieder zu sich selbst kam, hatte sich das Wetter verzogen, der Himmel war heiter, aber das Wetterleuchten dauerte noch immer fort. Er lag dicht am Fuße des Gebirges, welches dieses Tal umschloß, und er fühlte sich so zerschlagen, daß er sich kaum zu rühren vermochte. Er hörte das stillere Brausen der Brandung, und mitten drinnen eine feierliche Musik wie Kirchengesang. Diese Töne waren anfangs so schwach, daß er sie für Täuschung hielt; aber sie ließen sich immer wieder aufs neue vernehmen und jedesmal deutlicher und näher, und es schien ihm zuletzt, als könne er darin die Melodie eines Psalms unterscheiden, die er im vorigen Sommer an Bord eines holländischen Heringsfängers gehört hatte.

Endlich unterschied er sogar Stimmen, und es deuchte ihm, als vernehme er sogar die Worte jenes Liedes; die Stimmen waren jetzt in dem Tale, und als er sich mit Mühe zu einem Stein hingeschoben, auf den er den Kopf legte, erblickte er wirklich einen Zug von menschlichen Gestalten, von welchen diese Musik ausging und der sich gerade auf ihn zu bewegte. Kummer und Angst lag auf den Gesichtern der Leute, deren Kleider von Wasser zu triefen schienen. Jetzt waren sie dicht bei ihm, und ihr Gesang schwieg. An ihrer Spitze waren mehrere Musikanten, dann mehrere Seeleute, und hinter diesen kam ein großer, starker Mann in altväterlicher, reich mit Gold besetzter Tracht, mit einem Schwert an der Seite und einem langen, dicken, spanischen Rohr mit goldenen Knöpfen in der Hand. Ihm zur Seite ging ein Negerknabe, welcher seinem Herrn von Zeit zu Zeit eine lange Pfeife reichte, aus der er einige feierliche Züge tat und dann weiterschritt. Er blieb kerzengerade vor Wilm stehen, und ihm zu beiden Seiten stellten sich andere, minder prächtig gekleidete Männer, welche alle Pfeifen in den Händen hatten, die aber nicht so kostbar schienen als die Pfeife, welche dem dicken Manne nachgetragen wurde. Hinter diesen traten andere Personen auf, worunter mehrere Frauenspersonen, von denen einige Kinder in den Armen oder an der Hand hatten, alle in kostbarer, aber fremdartiger Kleidung. Ein Haufen holländischer Matrosen schloß den Zug, deren jeder den Mund voll Tabak und zwischen den Zähnen ein braunes Pfeifchen hatte, das sie in düsterer Stille rauchten.

Der Fischer blickte mit Grausen auf diese sonderbare Versammlung; aber die Erwartung dessen, das da kommen werde, hielt seinen Mut aufrecht. Lange standen sie so um ihn her, und der Rauch ihrer Pfeifen erhob sich wie eine Wolke über sie, zwischen welcher die Sterne hindurchblinkten. Der Kreis zog sich immer enger um Wilm her, das Rauchen ward immer heftiger und dicker die Wolke, die aus Mund und Pfeifen hervorstieg. Falke war ein kühner, verwegener Mann; er hatte sich auf Außerordentliches vorbereitet – aber als er diese unbegreifliche Menge immer näher auf ihn eindringen sah, als wolle sie ihn mit ihrer Masse erdrücken, da entsank ihm der Mut, dicker Schweiß trat ihm vor die Stirne, und er glaubte, vor Angst vergehen zu müssen. Aber man denke sich erst sein Schrecken, als er von ungefähr die Augen wandte und dicht an seinem Kopf das gelbe Männchen steif und aufrecht sitzen sah, als wie er es zum erstenmal erblickt, nur daß es jetzt, als wie zum Spotte der ganzen Versammlung, auch eine Pfeife im Munde hatte. In der Todesangst, die ihn jetzt ergriff, rief er, zu der Hauptperson gewendet: »Im Namen dessen, dem Ihr dienet, wer seid Ihr? und was verlangt Ihr von mir?« Der große Mann rauchte drei Züge, feierlicher als je, gab dann die Pfeife seinem Diener und antwortete mit schreckhafter Kälte: »Ich bin Aldret Franz van der Swelder, Befehlshaber des Schiffes ›Carmilhan‹ von Amsterdam, welches auf dem Heimwege von Batavia mit Mann und Maus an dieser Felsenküste zugrunde ging; dies sind meine Offiziere, dies meine Passagiere und jenes meine braven Seeleute, welche alle mit mir ertranken. Warum hast du uns aus unsern tiefen Wohnungen im Meere hervorgerufen? Warum störtest du unsere Ruhe?«

»Ich möchte wissen, wo die Schätze der Carmilhan liegen.«

»Am Boden des Meeres.«

»Wo?«

»In der Höhle von Steenfoll.«

»Wie soll ich sie bekommen?«

»Eine Gans taucht in den Schlund nach einem Hering; sind die Schätze der Carmilhan nicht ebensoviel wert?«

»Wieviel davon werd ich bekommen?«

»Mehr, als du je verzehren wirst.« Das gelbe Männchen grinste, und die ganze Versammlung lachte laut auf. »Bist du zu Ende?« fragte der Hauptmann weiter.

»Ich bin's. Gehab dich wohl!«

»Leb wohl, bis aufs Wiedersehen«, erwiderte der Holländer und wandte sich zum Gehen, die Musikanten traten aufs neue an die Spitze, und der ganze Zug entfernte sich in derselben Ordnung, in welcher er gekommen war, und mit demselben feierlichen Gesang, welcher mit der Entfernung immer leiser und undeutlicher wurde, bis er sich nach einiger Zeit gänzlich im Geräusche der Brandung verlor. Jetzt strengte Wilm seine letzten Kräfte an, sich aus seinen Banden zu befreien, und es gelang ihm endlich, einen Arm loszubekommen, womit er die ihn umwindenden Stricke löste und sich endlich ganz aus der Haut wickelte. Ohne sich umzusehen, eilte er nach seiner Hütte und fand den armen Kaspar Strumpf in starrer Bewußtlosigkeit am Boden liegen. Mit Mühe brachte er ihn wieder zu sich selbst, und der gute Mensch weinte vor Freude, als er den verloren geglaubten Jugendfreund wieder vor sich sah. Aber dieser beglückende Strahl verschwand schnell wieder, als er von diesem vernahm, welch verzweifeltes Unternehmen er jetzt vorhatte.

»Ich wollte mich lieber in die Hölle stürzen als diese nackten Wände und dieses Elend länger ansehen. – Folge mir oder nicht, ich gehe.« Mit diesen Worten faßte Wilm eine Fackel, ein Feuerzeug und ein Seil und eilte davon. Kaspar eilte ihm nach, so schnell er's vermochte, und fand ihn schon auf dem Felsstück stehen, auf welchem er vormals gegen den Sturm Schutz gefunden, und bereit, sich an dem Stricke in den brausenden, schwarzen Schlund hinabzulassen. Als er fand, daß alle seine Vorstellungen nichts über den rasenden Menschen vermochten, bereitete er sich, ihm nachzusteigen; aber Falke befahl ihm, zu bleiben und den Strick zu halten. Mit furchtbarer Anstrengung, wozu nur die blindeste Habsucht den Mut und die Stärke geben konnte, kletterte Falke in die Höhle hinab und kam endlich auf ein vorspringendes Felsenstück zu stehen, unter welchem die Wogen, schwarz und mit weißem Schaume bekräuselt, brausend dahineilten. Er blickte begierig umher und sah endlich etwas gerade unter ihm im Wasser schimmern. Er legte die Fackel nieder, stürzte sich hinab und erfaßte etwas Schweres, das er auch heraufbrachte. Es war ein eisernes Kästchen voller Goldstücke. Er verkündigte seinem Gefährten, was er gefunden, wollte aber durchaus nicht auf sein Flehen hören, sich damit zu begnügen und wieder heraufzusteigen. Falke meinte, dies wäre nur die erste Frucht seiner langen Bemühungen. Er stürzte sich noch einmal hinab – es erscholl ein lautes Gelächter aus dem Meere, und Wilm Falke ward nie wieder gesehen. Kaspar ging allein nach Hause, aber als ein anderer Mensch. Die seltsamen Erschütterungen, die sein schwacher Kopf und sein empfindsames Herz erlitten, zerrütteten ihm die Sinne. Er ließ alles um sich her verfallen und wanderte Tag und Nacht, gedankenlos vor sich starrend, umher, von allen seinen vorigen Bekannten bedauert und vermieden. Ein Fischer will Wilm Falke in einer stürmischen Nacht mitten unter der Mannschaft der Carmilhan am Ufer erkannt haben, und in derselben Nacht verschwand auch Kaspar Strumpf.

Man suchte ihn allenthalben, allein nirgends hat man eine Spur von ihm finden können. Aber die Sage geht, daß er oft nebst Falke mitten unter der Mannschaft des Zauberschiffes gesehen worden sei, welches seitdem zu regelmäßigen Zeiten an der Höhle von Steenfoll erschien.

»Mitternacht ist längst vorüber«, sagte der Student, als der junge Goldarbeiter seine Erzählung geendigt hatte, »jetzt hat es wohl keine Gefahr mehr, und ich für meinen Teil bin so schläfrig, daß ich allen raten möchte, niederzuliegen und getrost einzuschlafen.«

»Vor zwei Uhr morgens möcht ich doch nicht trauen«, entgegnete der Jäger; »das Sprichwort sagt: von eilf bis zwei Uhr ist Diebes Zeit.«

»Das glaube ich auch«, bemerkte der Zirkelschmied; »denn wenn man uns etwas anhaben will, ist wohl keine Zeit gelegener als die nach Mitternacht. Drum meine ich, der Studiosus könnte an seiner Erzählung fortfahren, die er noch nicht ganz vollendet hat.«

»Ich sträube mich nicht«, sagte dieser, »obgleich unser Nachbar, der Herr Jäger, den Anfang nicht gehört hat.«

»Ich muß ihn mir hinzudenken; fanget nur an!« rief der Jäger.

»Nun denn«, wollte eben der Student beginnen, als sie durch das Anschlagen eines Hundes unterbrochen wurden. Alle hielten den Atem an und horchten; zugleich stürzte einer der Bedienten aus dem Zimmer der Gräfin und rief, daß wohl zehen bis zwölf bewaffnete Männer von der Seite her auf die Schenke zukommen.

Der Jäger griff nach seiner Büchse, der Student nach seinem Pistol, die Handwerksbursche nach ihren Stöcken, und der Fuhrmann zog ein langes Messer aus der Tasche. So standen sie und sahen ratlos einander an.

»Laßt uns an die Treppe gehen!« rief der Student, »zwei oder drei dieser Schurken sollen doch zuvor ihren Tod finden, ehe wir überwältigt werden.« Zugleich gab er dem Zirkelschmied sein zweites Pistol und riet, daß sie nur einer nach dem andern schießen wollten. Sie stellten sich an die Treppe; der Student und der Jäger nahmen gerade ihre ganze Breite ein; seitwärts neben dem Jäger stand der mutige Zirkelschmied und beugte sich über das Geländer, indem er die Mündung seiner Pistole auf die Mitte der Treppe hielt. Der Goldarbeiter und der Fuhrmann standen hinter ihnen, bereit, wenn es zu einem Kampf Mann gegen Mann kommen sollte, das Ihrige zu tun. So standen sie einige Minuten in stummer Erwartung: endlich hörte man die Haustüre aufgehen, sie glaubten auch das Flüstern mehrerer Stimmen zu vernehmen.

Jetzt hörte man Tritte vieler Menschen der Treppe nahen; man kam die Treppe herauf, und auf der ersten Hälfte zeigten sich drei Männer, die wohl nicht auf den Empfang gefaßt waren, der ihnen bereitet war. Denn als sie sich um die Pfeiler der Treppe wandten, schrie der Jäger mit starker Stimme: »Halt! Noch einen Schritt weiter, und ihr seid des Todes. Spannet die Hahnen, Freunde, und gut gezielt!«

Die Räuber erschraken, zogen sich eilig zurück und berieten sich mit den übrigen. Nach einiger Weile kam einer davon zurück und sprach: »Ihr Herren! Es wäre Torheit von euch, umsonst euer Leben aufopfern zu wollen; denn wir sind unserer genug, um euch völlig aufzureiben; aber ziehet euch zurück, es soll keinem das geringste zuleide geschehen; wir wollen keines Groschen Wert von euch nehmen.«

»Was wollt ihr denn sonst?« rief der Student. »Meint ihr, wir werden solchem Gesindel trauen? Nimmermehr! Wollt ihr etwas holen, in Gottes Namen, so kommet, aber den ersten, der sich um die Ecke wagt, brenne ich auf die Stirne, daß er auf ewig keine Kopfschmerzen mehr haben soll!«

»Gebt uns die Dame heraus, gutwillig!« antwortete der Räuber. »Es soll ihr nichts geschehen; wir wollen sie an einen sichern und bequemen Ort führen, ihre Leute können zurückreiten und den Herrn Grafen bitten, er möge sie mit zwanzigtausend Gulden auslösen.«

»Solche Vorschläge sollen wir uns machen lassen?« entgegnete der Jäger, knirschend vor Wut, und spannte den Hahn. »Ich zähle drei, und wenn du da unten nicht bei drei hinweg bist, so drücke ich los, eins, zwei –«

»Halt!« schrie der Räuber mit donnernder Stimme. »Ist das Sitte, auf einen wehrlosen Mann zu schießen, der mit euch friedlich unterhandelt? Törichter Bursche, du kannst mich totschießen, und dann hast du erst keine große Heldentat getan; aber hier stehen zwanzig meiner Kameraden, die mich rächen werden. Was nützt es dann deiner Frau Gräfin, wenn ihr tot oder verstümmelt auf der Flur lieget? Glaube mir, wenn sie freiwillig mitgeht, soll sie mit Achtung behandelt werden; aber wenn du, bis ich drei zähle, nicht den Hahnen in Ruhe setzt, so soll es ihr übel ergehen. Hahnen in Ruh, eins, zwei, drei!«

»Mit diesen Hunden ist nicht zu spaßen«, flüsterte der Jäger, indem er den Befehl des Räubers befolgte; »wahrhaftig, an meinem Leben liegt nichts; aber wenn ich einen niederschieße, könnten sie meine Dame um so härter behandeln. Ich will die Gräfin um Rat fragen. Gebt uns«, fuhr er mit lauter Stimme fort, »gebt uns eine halbe Stunde Waffenstillstand, um die Gräfin vorzubereiten; sie würde, wenn sie es so plötzlich erfährt, den Tod davon haben.«

»Zugestanden«, antwortete der Räuber und ließ zugleich den Ausgang der Treppe mit sechs Männern besetzen.

Bestürzt und verwirrt folgten die unglücklichen Reisenden dem Jäger in das Zimmer der Gräfin; es lag dieses so nahe, und so laut hatte man verhandelt, daß ihr kein Wort entgangen war. Sie war bleich und zitterte heftig; aber dennoch schien sie fest entschlossen, sich in ihr Schicksal zu ergeben. »Warum soll ich nutzlos das Leben so vieler braver Leute aufs Spiel setzen?« sagte sie, »warum euch zu einer vergeblichen Verteidigung auffordern, euch, die ihr mich gar nicht kennet? Nein, ich sehe, daß keine andere Rettung ist, als den Elenden zu folgen.«

Man war allgemein von dem Mut und dem Unglück der Dame ergriffen; der Jäger weinte und schwur, daß er diese Schmach nicht überleben könne. Der Student aber schmähte auf sich und seine Größe von sechs Fuß. »Wäre ich nur um einen halben Kopf kleiner«, rief er, »und hätte ich keinen Bart, so wüßte ich wohl, was ich zu tun hätte, ich ließe mir von der Frau Gräfin Kleider geben, und diese Elenden sollten spät genug erfahren, welchen Mißgriff sie getan.«

Auch auf Felix hatte das Unglück dieser Frau großen Eindruck gemacht. Ihr ganzes Wesen kam ihm so rührend und bekannt vor; es war ihm, als sei es seine frühe verstorbene Mutter, die sich in dieser schrecklichen Lage befände. Er fühlte sich so gehoben, so mutig, daß er gerne sein Leben für das ihrige gegeben hätte. Doch als der Student jene Worte sprach, da blitzte auf einmal ein Gedanke in seiner Seele auf; er vergaß alle Angst, alle Rücksichten, und er dachte nur an die Rettung dieser Frau. »Ist es nur dies«, sprach er, indem er schüchtern und errötend hervortrat, »gehört nur ein kleiner Körper, ein bartloses Kinn und ein mutiges Herz dazu, die gnädige Frau zu retten, so bin ich vielleicht auch nicht zu schlecht dazu; ziehet in Gottes Namen meinen Rock an, setzet meinen Hut auf Euer schönes Haar; und nehmet meinen Bündel auf den Rücken und – ziehet als Felix, der Goldarbeiter, Eure Straße.«

Alle waren erstaunt über den Mut des Jünglings, der Jäger aber fiel ihm freudig um den Hals. »Goldjunge«, rief er, »das wolltest du tun? Wolltest dich in meiner gnädigen Frau Kleider stecken lassen und sie retten? Das hat dir Gott eingegeben; aber allein sollst du nicht gehen, ich will mich mit gefangen geben, will bei dir bleiben an deiner Seite als dein bester Freund, und solange ich lebe, sollen sie dir nichts anhaben dürfen.« – »Auch ich ziehe mit dir, so wahr ich lebe!« rief der Student.

Es kostete lange Überredung, um die Gräfin zu diesem Vorschlag zu überreden. Sie konnte den Gedanken nicht ertragen, daß ein fremder Mensch für sie sich aufopfern sollte; sie dachte sich im Fall einer späteren Entdeckung die Rache der Räuber, die ganz auf den Unglücklichen fallen würde, schrecklich. Aber endlich siegten teils die Bitten des jungen Menschen, teils die Überzeugung, im Fall sie gerettet würde, alles aufbieten zu können, um ihren Retter wieder zu befreien. Sie willigte ein. Der Jäger und die übrigen Reisenden begleiteten Felix in das Zimmer des Studenten, wo er sich schnell einige Kleider der Gräfin überwarf. Der Jäger setzte ihm noch zum Überfluß einige falsche Haarlocken der Kammerfrau und einen Damenhut auf, und alle versicherten, daß man ihn nicht erkennen würde. Selbst der Zirkelschmied schwur, daß, wenn er ihm auf der Straße begegnete, er flink den Hut abziehen und nicht ahnen würde, daß er vor seinem mutigen Kameraden sein Kompliment mache.

Die Gräfin hatte sich indessen mit Hilfe ihrer Kammerfrau aus dem Ränzchen des jungen Goldarbeiters mit Kleidern versehen. Der Hut, tief in die Stirn gedrückt, der Reisestock in der Hand, das etwas leichter gewordene Bündel auf dem Rücken machten sie völlig unkenntlich, und die Reisenden würden zu jeder andern Zeit über diese komische Maskerade nicht wenig gelacht haben. Der neue Handwerksbursche dankte Felix mit Tränen und versprach die schleunigste Hilfe.

»Nur noch eine Bitte habe ich«, antwortete Felix, »in diesem Ränzchen, das Sie auf dem Rücken tragen, befindet sich eine kleine Schachtel; verwahren Sie diese sorgfältig! Wenn sie verlorenginge, wäre ich auf immer und ewig unglücklich; ich muß sie meiner Pflegmutter bringen und –«

»Gottfried, der Jäger, weiß mein Schloß«, entgegnete sie, »es soll Euch alles unbeschädigt wieder zurückgestellt werden; denn ich hoffe, Ihr kommet dann selbst, edler junger Mann, um den Dank meines Gatten und den meinigen zu empfangen.«

Ehe noch Felix darauf antworten konnte, ertönten von der Treppe her die rauhen Stimmen der Räuber; sie riefen, die Frist sei verflossen und alles zur Abfahrt der Gräfin bereit. Der Jäger ging zu ihnen hinab und erklärte ihnen, daß er die Dame nicht verlassen werde und lieber mit ihnen gehe, wohin es auch sei, ehe er ohne seine Gebieterin vor seinem Herrn erschiene. Auch der Student erklärte, diese Dame begleiten zu wollen. Sie beratschlagten sich über diesen Fall und gestanden es endlich zu unter der Bedingung, daß der Jäger sogleich seine Waffen abgebe. Zugleich befahlen sie, daß die übrigen Reisenden sich ruhig verhalten sollen, wann die Gräfin hinweggeführt werde.

Felix ließ den Schleier nieder, der über seinen Hut gebreitet war, setzte sich in eine Ecke, die Stirne in die Hand gestützt, und in dieser Stellung eines tief Betrübten erwartete er die Räuber. Die Reisenden hatten sich in das andere Zimmer zurückgezogen, doch so, daß sie, was vorging, überschauen konnten; der Jäger saß anscheinend traurig, aber auf alles lauernd in der andern Ecke des Zimmers, das die Gräfin bewohnt hatte. Nachdem sie einige Minuten so gesessen, ging die Türe auf, und ein schöner, stattlich gekleideter Mann von etwa sechsunddreißig Jahren trat in das Zimmer. Er trug eine Art von militärischer Uniform, einen Orden auf der Brust, einen langen Säbel an der Seite, und in der Hand hielt er einen Hut, von welchem schöne Federn herabwallten. Zwei seiner Leute hatten gleich nach seinem Eintritt die Türe besetzt.

Er ging mit einer tiefen Verbeugung auf Felix zu; er schien vor einer Dame dieses Ranges etwas in Verlegenheit zu sein, er setzte mehrere Male an, bis es ihm gelang, geordnet zu sprechen. »Gnädige Frau«, sagte er, »es gibt Fälle, worein man sich in Geduld schicken muß. Ein solcher ist der Ihrige. Glauben

Sie nicht, daß ich den Respekt vor einer so ausgezeichneten Dame auch nur auf einen Augenblick aus den Augen setzen werde; Sie werden alle Bequemlichkeit haben, Sie werden über nichts klagen können als vielleicht über den Schrecken, den Sie diesen Abend gehabt.« Hier hielt er inne, als erwartete er eine Antwort; als aber Felix beharrlich schwieg, fuhr er fort: »Sehen Sie in mir keinen gemeinen Dieb, keinen Kehlenabschneider! Ich bin ein unglücklicher Mann, den widrige Verhältnisse zu diesem Leben zwangen. Wir wollen uns auf immer aus dieser Gegend entfernen, aber wir brauchen Reisegeld. Es wäre uns ein leichtes gewesen, Kaufleute oder Postwagen zu überfallen; aber dann hätten wir vielleicht mehrere Leute auf immer ins Unglück gestürzt. Der Herr Graf, Ihr Gemahl, hat vor sechs Wochen eine Erbschaft von fünfmalhunderttausend Talern gemacht. Wir erbitten uns zwanzigtausend Gulden von diesem Überfluß, gewiß eine gerechte und bescheidene Forderung. Sie werden daher die Gnade haben, jetzt sogleich einen offenen Brief an Ihren Gemahl zu schreiben, worin Sie ihm schreiben, daß wir Sie zurückgehalten, daß er die Zahlung so bald als möglich leiste, widrigenfalls – Sie verstehen mich, wir müßten dann etwas härter mit Ihnen selbst verfahren. Die Zahlung wird nicht angenommen, wenn sie nicht unter dem Siegel der strengsten Verschwiegenheit von einem einzelnen Mann hieher gebracht wird.«

Diese Szene wurde mit der gespanntesten Aufmerksamkeit von allen Gästen der Waldschenke, am ängstlichsten wohl von der Gräfin beobachtet. Sie glaubte jeden Augenblick, der Jüngling, der sich für sie geopfert, könnte sich verraten. Sie war fest entschlossen, ihn um einen großen Preis loszukaufen; aber ebenso fest stand ihr Gedanke, um keinen Preis der Welt auch nur einen Schritt weit mit den Räubern zu gehen. Sie hatte in der Rocktasche des Goldarbeiters ein Messer gefunden. Sie hielt es geöffnet krampfhaft in der Hand, bereit, sich lieber zu töten, als eine solche Schmach zu erdulden. Jedoch nicht minder ängstlich war Felix selbst. Zwar stärkte und tröstete ihn der Gedanke, daß es eine männliche und würdige Tat sei, einer bedrängten, hilflosen Frau auf diese Weise beizustehen. Aber er fürchtete, sich durch jede Bewegung, durch seine Stimme zu verraten. Seine Angst steigerte sich, als der Räuber von einem Briefe sprach, den er schreiben sollte.

Wie sollte er schreiben? Welche Titel dem Grafen geben, welche Form dem Briefe, ohne sich zu verraten?

Seine Angst stieg aber aufs höchste, als der Anführer der Räuber Papier und Feder vor ihn hinlegte, ihn bat, den Schleier zurückzuschlagen und zu schreiben.

Felix wußte nicht, wie hübsch ihm die Tracht paßte, in welche er gekleidet war; hätte er es gewußt, er würde sich vor einer Entdeckung nicht im mindesten gefürchtet haben. Denn als er endlich notgedrungen den Schleier zurückschlug, schien der Herr in Uniform, betroffen von der Schönheit der Dame und ihren etwas männlichen, mutigen Zügen, sie nur noch ehrfurchtsvoller zu betrachten. Dem klaren Blick des jungen Goldschmieds entging dies nicht; getrost, daß wenigstens in diesem gefährlichen Augenblick keine Entdeckung zu fürchten sei, ergriff er die Feder und schrieb an seinen vermeintlichen Gemahl nach einer Form, wie er sie einst in einem alten Buche gelesen; er schrieb:

Mein Herr und Gemahl!

Ich unglückliche Frau bin auf meiner Reise mitten in der Nacht plötzlich angehalten worden, und zwar von Leuten, welchen ich keine gute Absicht zutrauen kann. Sie werden mich so lange zurückhalten, bis Sie, Herr Graf, die Summe von 20000 Gulden für mich niedergelegt haben.

Die Bedingung ist dabei, daß Sie nicht im mindesten über die Sache sich bei der Obrigkeit beschweren noch ihre Hilfe nachsuchen, daß Sie das Geld durch einen einzelnen Mann in die Waldschenke im Spessart schicken; widrigenfalls ist mir mit längerer und harter Gefangenschaft gedroht.

Es fleht Sie um schleunige Hilfe an
Ihre unglückliche
Gemahlin.

Er reichte den merkwürdigen Brief dem Anführer der Räuber, der ihn durchlas und billigte. »Es kömmt nun ganz auf Ihre Bestimmung an«, fuhr er fort, »ob Sie Ihre Kammerfrau oder Ihren Jäger zur Begleitung wählen werden. Die eine dieser Personen werde ich mit dem Briefe an Ihren Herrn Gemahl zurückschicken.«

»Der Jäger und dieser Herr hier werden mich begleiten«, antwortete Felix.

»Gut«, entgegnete jener, indem er an die Türe ging und die Kammerfrau herbeirief, »so unterrichten Sie diese Frau, was sie zu tun habe.«

Die Kammerfrau erschien mit Zittern und Beben. Auch Felix erblaßte, wenn er bedachte, wie leicht er sich auch jetzt wieder verraten könnte. Doch ein unbegreiflicher Mut, der ihn in jenen gefährlichen Augenblicken stärkte, gab ihm auch jetzt wieder seine Reden ein. »Ich habe dir nichts weiter aufzutragen«, sprach er, »als daß du den Grafen bittest, mich so bald als möglich aus dieser unglücklichen Lage zu reißen.« –

»Und«, fuhr der Räuber fort, »daß Sie dem Herrn Grafen aufs genaueste und ausdrücklichste empfehlen, daß er alles verschweige und nichts gegen uns unternehme, bis seine Gemahlin in seinen Händen ist. Unsere Kundschafter würden uns bald genug davon unterrichten, und ich möchte dann für nichts stehen.«

Die zitternde Kammerfrau versprach alles. Es wurde ihr noch befohlen, einige Kleidungsstücke und Linnenzeug für die Frau Gräfin in einen Bündel zu packen, weil man sich nicht mit vielem Gepäcke beladen könne, und als dies geschehen war, foderte der Anführer der Räuber die Dame mit einer Verbeugung auf, ihm zu folgen. Felix stand auf, der Jäger und der Student folgten ihm, und alle drei stiegen, begleitet von dem Anführer der Räuber, die Treppe hinab.

Vor der Waldschenke standen viele Pferde; eines wurde dem Jäger angewiesen, ein anderes, ein schönes kleines Tier, mit einem Damensattel versehen, stand für die Gräfin bereit, ein drittes gab man dem Studenten. Der Hauptmann hob den jungen Goldschmied in den Sattel, schnallte ihn fest und bestieg dann selbst sein Roß. Er stellte sich zur Rechten der Dame auf, zur Linken hielt einer der Räuber; auf gleiche Weise waren auch der Jäger und der Student umgeben. Nachdem sich auch die übrige Bande zu Pferd gesetzt hatte, gab der Anführer mit einer helltönenden Pfeife das Zeichen zum Aufbruch, und bald war die ganze Schar im Walde verschwunden.

Die Gesellschaft, die im obern Zimmer versammelt war, erholte sich nach diesem Auftritt allmählich von ihrem Schrecken. Sie wären, wie es nach großem Unglück oder plötzlicher Gefahr zu geschehen pflegt, vielleicht sogar heiter gewesen, hätte sie nicht der Gedanke an ihre drei Gefährten beschäftigt, die man vor ihren Augen hinweggeführt hatte. Sie brachen in Bewunderung des jungen Goldschmieds aus, und die Gräfin vergoß Tränen der Rührung, wenn sie bedachte, daß sie einem Menschen so unendlich viel zu verdanken habe, dem sie nie zuvor Gutes getan, den sie nicht einmal kannte. Ein Trost war es für alle, daß der heldenmütige Jäger und der wackere Student ihn begleitet hatten; konnten sie ihn doch trösten, wenn sich der junge Mann unglücklich fühlte, ja, der Gedanke lag nicht gar zu ferne, daß der verschlagene Weidmann vielleicht Mittel zu ihrer Flucht finden könnte. Sie berieten sich noch miteinander, was zu tun sei. Die Gräfin beschloß, da ja sie kein Schwur gegen den Räuber binde, sogleich zu ihrem Gemahl zurückzureisen und alles aufzubieten, den Aufenthalt der Gefangenen zu entdecken, sie zu befreien; der Fuhrmann versprach, nach Aschaffenburg zu reiten und die Gerichte zu Verfolgung der Räuber aufzurufen. Der Zirkelschmied aber wollte seine Reise fortsetzen.

Die Reisenden wurden in dieser Nacht nicht mehr beunruhigt; Totenstille herrschte in der Waldschenke, die noch vor kurzem der Schauplatz so schrecklicher Szenen gewesen war. Als aber am Morgen die Bedienten der Gräfin zu dem Wirt hinabgingen, um alles zur Abfahrt fertigzumachen, kehrten sie schnell zurück und berichteten, daß sie die Wirtin und ihr Gesinde in elendem Zustande gefunden hätten; sie liegen gebunden in der Schenke und flehten um Beistand.

Die Reisenden sahen sich bei dieser Nachricht erstaunt an. »Wie?« rief der Zirkelschmied, »so sollten diese Leute dennoch unschuldig sein? So hätten wir ihnen unrecht getan, und sie standen nicht in Einverständnis mit den Räubern?«

»Ich lasse mich aufhängen statt ihrer«, erwiderte der Fuhrmann, »wenn wir nicht dennoch recht hatten. Dies alles ist nur Betrug, um nicht überwiesen werden zu können. Erinnert ihr euch nicht der verdächtigen Mienen dieser Wirtschaft? Erinnert ihr euch nicht, als ich hinabgehen wollte, wie mich der abgerichtete Hund nicht losließ, wie die Wirtin und der Hausknecht sogleich erschienen und mürrisch fragten, was ich denn noch zu tun hätte? Doch sie sind unser, wenigstens der Frau Gräfin Glück. Hätte es in der Schenke weniger verdächtig ausgesehen, hätte uns die Wirtin nicht so mißtrauisch gemacht, wir wären nicht zusammengestanden, wären nicht wach geblieben. Die Räuber hätten uns überfallen im Schlafe, hätten zum wenigsten unsere Türe bewacht, und diese Verwechslung des braven jungen Burschen wäre nimmer möglich geworden.«

Sie stimmten mit der Meinung des Fuhrmanns alle überein und beschlossen, auch die Wirtin und ihr Gesinde bei der Obrigkeit anzugeben. Doch um sie desto sicherer zu machen, wollten sie sich jetzt nichts merken lassen. Die Bedienten und der Fuhrmann gingen daher hinab in das Schenkzimmer, lösten die Bande der Diebeshehler auf und bezeugten sich so mitleidig und bedauernd als möglich. Um ihre Gäste noch mehr zu versöhnen, machte die Wirtin nur eine kleine Rechnung für jeden und lud sie ein, recht bald wiederzukommen.

Der Fuhrmann zahlte seine Zeche, nahm von seinen Leidensgenossen Abschied und fuhr seine Straße. Nach diesem machten sich die beiden Handwerksbursche auf den Weg. So leicht der Bündel des Goldschmieds war, so drückte er doch die zarte Dame nicht wenig. Aber noch viel schwerer wurde ihr ums Herz, als unter der Haustüre die Wirtin ihre verbrecherische Hand hinstreckte, um Abschied zu nehmen. »Ei, was seid Ihr doch für ein junges Blut«, rief sie beim Anblick des zarten Jungen, »noch so jung und schon in die Welt hinaus! Ihr seid gewiß ein verdorbenes Kräutlein, das der Meister aus der Werkstatt jagte. Nun, was geht es mich an, schenket mir die Ehre bei der Heimkehr, glückliche Reise!«

Die Gräfin wagte vor Angst und Beben nicht zu antworten, sie fürchtete, sich durch ihre zarte Stimme zu verraten. Der Zirkelschmied merkte es, nahm seinen Gefährten unter den Arm, sagte der Wirtin ade und stimmte ein lustiges Lied an, während er dem Walde zuschritt.

»Jetzt erst bin ich in Sicherheit!« rief die Gräfin, als sie etwa hundert Schritte entfernt waren. »Noch immer glaubte ich, die Frau werde mich erkennen und durch ihre Knechte festnehmen. Oh, wie will ich euch allen danken! Kommet auch Ihr auf mein Schloß, Ihr müßt doch Euern Reisegenossen bei mir wieder abholen.«

Der Zirkelschmied sagte zu, und während sie noch sprachen, kam der Wagen der Gräfin ihnen nachgefahren; schnell wurde die Türe geöffnet, die Dame schlüpfte hinein, grüßte den jungen Handwerksburschen noch einmal, und der Wagen fuhr weiter.

Um dieselbe Zeit hatten die Räuber und ihre Gefangenen den Lagerplatz der Bande erreicht. Sie waren durch eine ungebahnte Waldstraße im schnellsten Trab weggeritten; mit ihren Gefangenen wechselten sie kein Wort, auch unter sich flüsterten sie nur zuweilen, wenn die Richtung des Weges sich veränderte. Vor einer tiefen Waldschlucht machte man endlich halt. Die Räuber saßen ab, und ihr Anführer hob den Goldarbeiter vom Pferd, indem er sich über den harten und eiligen Ritt entschuldigte, und fragte, ob doch die »gnädige Frau« nicht gar zu sehr angegriffen sei.

Felix antwortete ihm so zierlich als möglich, daß er sich nach Ruhe sehne, und der Hauptmann bot ihm den Arm, ihn in die Schlucht zu führen. – Es ging einen steilen Abhang hinab; der Fußpfad, welcher hinunterführte, war so schmal und abschüssig, daß der Anführer oft seine Dame unterstützen mußte, um sie vor der Gefahr, hinabzustürzen, zu bewahren. Endlich langte man unten an. Felix sah vor sich beim matten Schein des anbrechenden Morgens ein enges, kleines Tal von höchstens hundert Schritten im Umfang, das tief in einem Kessel hoch hinanstrebender Felsen lag. Etwa sechs bis acht kleine Hütten waren in dieser Schlucht aus Brettern und abgehauenen Bäumen aufgebaut. Einige schmutzige Weiber schauten neugierig aus diesen Höhlen hervor, und ein Rudel von zwölf großen Hunden und ihren unzähligen Jungen umsprang heulend und bellend die Angekommenen. Der Hauptmann führte die vermeintliche Gräfin in die beste dieser Hütten und sagte ihr, diese sei ausschließlich zu ihrem Gebrauch bestimmt; auch erlaubte er auf Felix' Verlangen, daß der Jäger und der Student zu ihm gelassen wurden.

Die Hütte war mit Rehfellen und Matten ausgelegt, die zugleich zum Fußboden und Sitze dienen mußten. Einige Krüge und Schüsseln, aus Holz geschnitzt, eine alte Jagdflinte und in der hintersten Ecke ein Lager, aus ein paar Brettern gezimmert und mit wollenen Decken bekleidet, welchem man den Namen eines Bettes nicht geben konnte, waren die einzigen Geräte dieses gräflichen Palastes. Jetzt erst, allein gelassen in dieser elenden Hütte, hatten die drei Gefangenen Zeit, über ihre sonderbare Lage nachzudenken. Felix, der zwar seine edelmütige Handlung keinen Augenblick bereute, aber doch für seine Zukunft im Fall einer Entdeckung bange war, wollte sich in lauten Klagen Luft machen; der Jäger aber rückte ihm schnell näher und flüsterte ihm zu: »Sei um Gottes willen stille, lieber Junge; glaubst du denn nicht, daß man uns behorcht?« – »Aus jedem Wort, aus dem Ton deiner Sprache könnten sie Verdacht schöpfen«, setzte der Student hinzu. Dem armen Felix blieb nichts übrig, als stille zu weinen.

»Glaubt mir, Herr Jäger«, sagte er, »ich weine nicht aus

Angst vor diesen Räubern oder aus Furcht vor dieser elenden Hütte; nein, es ist ein ganz anderer Kummer, der mich drückt. Wie leicht kann die Gräfin vergessen, was ich ihr schnell noch sagte, und dann hält man mich für einen Dieb, und ich bin elend auf immer!«

»Aber was ist es denn, das dich so ängstigt?« fragte der Jäger, verwundert über das Benehmen des jungen Menschen, der sich bisher so mutig und stark betragen hatte.

»Höret zu, und Ihr werdet mir recht geben«, antwortete Felix. »Mein Vater war ein geschickter Goldarbeiter in Nürnberg, und meine Mutter hatte früher bei einer vornehmen Frau gedient als Kammerfrau, und als sie meinen Vater heiratete, wurde sie von der Gräfin, welcher sie gedient hatte, trefflich ausgestattet. Diese blieb meinen Eltern immer gewogen, und als ich auf die Welt kam, wurde sie meine Pate und beschenkte mich reichlich. Aber als meine Eltern bald nacheinander an einer Seuche starben und ich ganz allein und verlassen in der Welt stand und ins Waisenhaus gebracht werden sollte, da vernahm die Frau Pate unser Unglück, nahm sich meiner an und gab mich in ein Erziehungshaus; und als ich alt genug war, schrieb sie mir, ob ich nicht des Vaters Gewerbe lernen wollte. Ich war froh darüber und sagte zu, und so gab sie mich meinem Meister in Würzburg in die Lehre. Ich hatte Geschick zur Arbeit und brachte es bald so weit, daß mir der Lehrbrief ausgestellt wurde und ich auf die Wanderschaft mich rüsten konnte. Dies schrieb ich der Frau Pate, und flugs antwortete sie, daß sie das Geld zur Wanderschaft gebe. Dabei schickte sie prachtvolle Steine mit und verlangte, ich solle sie fassen zu einem schönen Geschmeide, ich solle dann solches als Probe meiner Geschicklichkeit selbst überbringen und das Reisegeld in Empfang nehmen. Meine Frau Pate habe ich in meinem Leben nicht gesehen, und Ihr könnet denken, wie ich mich auf sie freute. Tag und Nacht arbeitete ich an dem Schmuck, er wurde so schön und zierlich, daß selbst der Meister darüber erstaunte. Als er fertig war, packte ich alles sorgfältig auf den Boden meines Ränzels, nahm Abschied vom Meister und wanderte meine Straße nach dem Schlosse der Frau Pate. Da kamen«, fuhr er, in Tränen ausbrechend, fort, »diese schändlichen Menschen und zerstörten all mein Hoffnung. Denn wenn Eure Frau Gräfin den Schmuck verliert oder vergißt, was ich ihr sagte, und das schlechte Ränzchen wegwirft, wie soll ich dann vor meine gnädige Frau Pate treten? mit was soll ich mich ausweisen? woher die Steine ersetzen? Und das Reisegeld ist dann auch verloren, und ich erscheine als ein undankbarer Mensch, der anvertrautes Gut so leichtsinnig weggegeben. Und am Ende – wird man mir glauben, wenn ich den wunderbaren Vorfall erzähle?«

»Über das letztere seid getrost!« erwiderte der Jäger. »Ich glaube nicht, daß bei der Gräfin Euer Schmuck verlorengehen kann; und wenn auch, so wird sie sicherlich ihn ihrem Retter wiedererstatten und ein Zeugnis über diese Vorfälle ausstellen. – Wir verlassen Euch jetzt auf einige Stunden; denn wahrhaftig, wir brauchen Schlaf, und nach den Anstrengungen dieser Nacht werdet Ihr ihn auch nötig haben. Nachher laßt uns im Gespräch unser Unglück auf Augenblicke vergessen, oder besser noch, auf unsere Flucht denken.«

Sie gingen; Felix blieb allein zurück und versuchte, dem Rat des Jägers zu folgen.

Als nach einigen Stunden der Jäger mit dem Studenten zurückkam, fand er seinen jungen Freund gestärkter und munterer als zuvor. Er erzählte dem Goldschmied, daß ihm der Hauptmann alle Sorgfalt für die Dame empfohlen habe, und in wenigen Minuten werde eines der Weiber, die sie unter den Hütten gesehen hatten, der gnädigen Gräfin Kaffee bringen und ihre Dienste zur Aufwartung anbieten. Sie beschlossen, um ungestört zu sein, diese Gefälligkeit nicht anzunehmen, und als das alte, häßliche Zigeunerweib kam, das Frühstück vorsetzte und mit grinsender Freundlichkeit fragte, ob sie nicht sonst noch zu Diensten sein könnte, winkte ihr Felix zu gehen, und als sie noch zauderte, scheuchte sie der Jäger aus der Hütte. Der Student erzählte dann weiter, was sie sonst noch von dem Lager der Räuber gesehen. »Die Hütte, die Ihr bewohnt, schönste Frau Gräfin«, sprach er, »scheint ursprünglich für den Hauptmann bestimmt. Sie ist nicht so geräumig, aber schöner als die übrigen. Außer dieser sind noch sechs andere da, in welchen die Weiber und Kinder wohnen; denn von den Räubern sind selten mehr als sechs zu Hause. Einer steht nicht weit von dieser Hütte Wache, der andere unten am Weg in der Höhe, und ein dritter hat den Lauerposten oben am Eingang in die Schlucht. Von zwei Stunden zu zwei Stunden werden sie von den drei übrigen abgelöst. Jeder hat überdies zwei große Hunde neben sich liegen, und sie alle sind so wachsam, daß man keinen Fuß aus der Hütte setzen kann, ohne daß sie anschlagen. Ich habe keine Hoffnung, daß wir uns durchstehlen können.«

»Machet mich nicht traurig, ich bin nach dem Schlummer mutiger geworden«, entgegnete Felix; »gebet nicht alle Hoffnung auf, und fürchtet ihr Verrat, so lasset uns lieber jetzt von etwas anderem reden und nicht lange voraus schon kummervoll sein. Herr Student, in der Schenke habt Ihr angefangen, etwas zu erzählen, fahret jetzt fort; denn wir haben Zeit zum Plaudern.«

»Kann ich mich doch kaum erinnern, was es war«, antwortete der junge Mann.

»Ihr erzähltet die Sage von dem kalten Herz und seid stehengeblieben, wie der Wirt und der andere Spieler den Kohlenpeter aus der Türe werfen.«

»Gut, jetzt entsinne ich mich wieder«, entgegnete er, »nun, wenn ihr weiterhören wollet, will ich fortfahren.«

Das kalte Herz

Zweite Abteilung

Als Peter am Montagmorgen in seine Glashütte ging, da waren nicht nur seine Arbeiter da, sondern auch andere Leute, die man nicht gerne sieht, nämlich der Amtmann und drei Gerichtsdiener. Der Amtmann wünschte Petern einen guten Morgen, fragte, wie er geschlafen, und zog dann ein langes Register heraus, und darauf waren Peters Gläubiger verzeichnet. »Könnt Ihr zahlen oder nicht?« fragte der Amtmann mit strengem Blick, »und macht es nur kurz, denn ich habe nicht viel Zeit zu versäumen, und in den Turm ist es drei gute Stunden.« Da verzagte Peter, gestand, daß er nichts mehr habe, und überließ es dem Amtmann, Haus und Hof, Hütte und Stall, Wagen und Pferde zu schätzen; und als die Gerichtsdiener und der Amtmann umhergingen und prüften und schätzten, dachte er, bis zum Tannenbühl ist's nicht weit; hat mir der *Kleine* nicht geholfen, so will ich es einmal mit dem *Großen* versuchen. Er lief dem Tannenbühl zu, so schnell, als ob die Gerichtsdiener ihm auf den Fersen wären; es war ihm, als er an dem Platz vorbeirannte, wo er das Glasmännlein zuerst gesprochen, als halte ihn eine unsichtbare Hand auf, aber er riß sich los und lief weiter, bis an die Grenze, die er sich früher wohl gemerkt hatte, und kaum hatte er, beinahe atemlos, »Holländer-Michel! Herr Holländer-Michel!« gerufen, als auch schon der riesengroße Flözer mit seiner Stange vor ihm stand.

»Kommst du?« sprach dieser lachend. »Haben sie dir die Haut abziehen und deinen Gläubigern verkaufen wollen? Nu, sei ruhig. Dein ganzer Jammer kommt, wie gesagt, von dem kleinen Glasmännlein, von dem Separatisten und Frömmler her. Wenn man schenkt, muß man gleich recht schenken, und nicht wie dieser Knauser. Doch komm«, fuhr er fort und wandte sich gegen den Wald, »folge mir in mein Haus; dort wollen wir sehen, ob wir handelseinig werden.«

»Handelseinig?« dachte Peter. »Was kann er denn von mir verlangen, was kann ich an ihn verhandeln? Soll ich ihm etwa dienen, oder was will er?« Sie gingen zuerst über einen steilen Waldsteig hinan und standen dann mit einemmal an einer dunkeln, tiefen, abschüssigen Schlucht; Holländer-Michel sprang den Felsen hinab, wie wenn es eine sanfte Marmortreppe wäre; aber bald wäre Peter in Ohnmacht gesunken, denn als jener unten angekommen war, machte er sich so groß wie ein Kirchturm und reichte ihm einen Arm, so lang als ein Weberbaum, und eine Hand daran, so breit als der Tisch im Wirtshaus, und rief mit einer Stimme, die heraufschallte wie eine tiefe Totenglocke: »Setz dich nur auf meine Hand und halte dich an den Fingern, so wirst du nicht fallen.« Peter tat zitternd, wie jener befohlen, nahm Platz auf der Hand und hielt sich am Daumen des Riesen.

Es ging weit und tief hinab, aber dennoch ward es zu Peters Verwunderung nicht dunkler; im Gegenteil, die Tageshelle schien sogar zuzunehmen in der Schlucht, aber er konnte sie lange in den Augen nicht ertragen. Der Holländer-Michel hatte sich, je weiter Peter herabkam, wieder kleiner gemacht und stand nun in seiner früheren Gestalt vor einem Haus, so gering oder gut, als es reiche Bauern auf dem Schwarzwald haben. Die Stube, worein Peter geführt wurde, unterschied sich durch nichts von den Stuben anderer Leute als dadurch, daß sie einsam schien.

Die hölzerne Wanduhr, der ungeheure Kachelofen, die breiten Bänke, die Gerätschaften auf den Gesimsen waren hier wie überall. Michel wies ihm einen Platz hinter dem großen Tisch an, ging dann hinaus und kam bald mit einem Krug Wein und Gläsern wieder. Er goß ein, und nun schwatzten sie, und Holländer-Michel erzählte von den Freuden der Welt, von fremden Ländern, schönen Städten und Flüssen, daß Peter, am Ende große Sehnsucht darnach bekommend, dies auch offen dem Holländer erzählte.

»Wenn du im ganzen Körper Mut und Kraft, etwas zu unternehmen, hattest, da konnten ein paar Schläge des dummen Herzens dich zittern machen; und dann die Kränkungen der Ehre, das Unglück, für was soll sich ein vernünftiger Kerl um dergleichen bekümmern? Hast du's im Kopf empfunden, als dich letzthin einer einen Betrüger und schlechten Kerl nannte? Hat es dir im Magen wehe getan, als der Amtmann kam, dich aus dem Haus zu werfen? Was, sag an, was hat dir wehe getan?«

»Mein Herz«, sprach Peter, indem er die Hand auf die pochende Brust preßte, denn es war ihm, als ob sein Herz sich ängstlich hin und her wendete.

»Du hast, nimm mir es nicht übel, du hast viele hundert Gulden an schlechte Bettler und anderes Gesindel weggeworfen; was hat es dich genützt? Sie haben dir dafür Segen und einen gesunden Leib gewünscht; ja, bist du deswegen gesünder geworden? Um die Hälfte des verschleuderten Geldes hättest du einen Arzt gehalten. Segen, ja ein schöner Segen, wenn man ausgepfändet und ausgestoßen wird! Und was war es, das dich getrieben, in die Tasche zu fahren, sooft ein Bettelmann seinen zerlumpten Hut hinstreckte? – Dein Herz, auch wieder dein Herz, und weder deine Augen noch deine Zunge, deine Arme noch deine Beine, sondern dein Herz; du hast dir es, wie man richtig sagt, zu sehr zu Herzen genommen.«

»Aber wie kann man sich denn angewöhnen, daß es nicht mehr so ist? Ich gebe mir jetzt alle Mühe, es zu unterdrükken, und dennoch pocht mein Herz und tut mir wehe.«

»Du freilich«, rief jener mit Lachen, »du armer Schelm, kannst nichts dagegen tun; aber gib mir das kaum pochende Ding, und du wirst sehen, wie gut du es dann hast.«

»Euch, mein Herz?« schrie Peter mit Entsetzen. »Da müßte ich ja sterben auf der Stelle! Nimmermehr!«

»Ja, wenn dir einer eurer Herren Chirurgen das Herz aus dem Leib operieren wollte, da müßtest du wohl sterben; bei mir ist dies ein anderes Ding; doch komm herein und überzeuge dich selbst!« Er stand bei diesen Worten auf, öffnete eine Kammertüre und führte Peter hinein. Sein Herz zog sich krampfhaft zusammen, als er über die Schwelle trat, aber er achtete es nicht, denn der Anblick, der sich ihm bot, war sonderbar und überraschend. Auf mehreren Gesimsen von Holz standen Gläser, mit durchsichtiger Flüssigkeit gefüllt, und in jedem dieser Gläser lag ein Herz; auch waren an den Gläsern Zettel angeklebt und Namen darauf geschrieben, die Peter neugierig las; da war das Herz des Amtmanns in F., das Herz des dicken Ezechiel, das Herz des Tanzbodenkönigs, das Herz des Oberförsters; da waren sechs Herzen von Kornwucherern, acht von Werbeoffizieren, drei von Geldmäklern – kurz, es war eine Sammlung der angesehensten Herzen in der Umgegend von zwanzig Stunden.

»Schau!« sprach Holländer-Michel, »diese alle haben des Lebens Ängsten und Sorgen weggeworfen; keines dieser Herzen schlägt mehr ängstlich und besorgt, und ihre ehemaligen Besitzer befinden sich wohl dabei, daß sie den unruhigen Gast aus dem Hause haben.«

»Aber was tragen sie denn jetzt dafür in der Brust?« fragte Peter, den dies alles, was er gesehen, beinahe schwindeln machte.

»Dies«, antwortete jener und reichte ihm aus einem Schubfach – ein *steinernes Herz*.

»So?« erwiderte er und konnte sich eines Schauers, der ihm über die Haut ging, nicht erwehren. »Ein Herz von Marmelstein? Aber, horch einmal, Herr Holländer-Michel, das muß doch gar kalt sein in der Brust.«

»Freilich, aber ganz angenehm kühl. Warum soll denn ein Herz warm sein? Im Winter nützt dir die Wärme nichts, da hilft ein guter Kirschgeist mehr als ein warmes Herz, und im Sommer, wenn alles schwül und heiß ist – du glaubst nicht, wie dann solch ein Herz abkühlt. Und wie gesagt, weder Angst noch Schrecken, weder törichtes Mitleiden noch anderer Jammer pocht an solch ein Herz.«

»Und das ist alles, was Ihr mir geben könnet?« fragte Peter unmutig; »ich hoff auf Geld, und Ihr wollet mir einen Stein geben!«

»Nu, ich denke, an hunderttausend Gulden hättest du fürs erste genug. Wenn du es geschickt umtreibst, kannst du bald ein Millionär werden.«

»Hunderttausend?« rief der arme Köhler freudig. »Nun, so poche doch nicht so ungestüm in meiner Brust, wir werden bald fertig sein miteinander. Gut, Michel; gebt mir den Stein und das Geld, und die Unruh könnet Ihr aus dem Gehäuse nehmen!«

»Ich dachte es doch, daß du ein vernünftiger Bursche seist«, antwortete der Holländer freundlich lächelnd; »komm, laß uns noch eins trinken, und dann will ich das Geld auszahlen.«

So setzten sie sich wieder in die Stube zum Wein, tranken und tranken wieder, bis Peter in einen tiefen Schlaf verfiel.

Kohlenmunk-Peter erwachte beim fröhlichen Schmettern eines Posthorns, und siehe da, er saß in einem schönen Wagen, fuhr auf einer breiten Straße dahin, und als er sich aus dem Wagen bog, sah er in blauer Ferne hinter sich den Schwarzwald liegen. Anfänglich wollte er gar nicht glauben, daß er es selbst sei, der in diesem Wagen sitze, denn auch seine Kleider waren gar nicht mehr dieselben, die er gestern getragen; aber er erinnerte sich doch an alles so deutlich, daß er endlich sein Nachsinnen aufgab und rief: »Der Kohlenmunk-Peter bin ich, das ist ausgemacht, und kein anderer.« Er wunderte sich über sich selbst, daß er gar nicht wehmütig werden konnte, als er jetzt zum erstenmal aus der stillen Heimat, aus den Wäldern, wo er so lange gelebt, auszog; selbst nicht, als er an seine Mutter dachte, die jetzt wohl hilflos und im Elend saß, konnte er eine Träne aus dem Auge pressen oder nur seufzen, denn es war ihm alles so gleichgültig. »Ach freilich«, sagte er dann, »Tränen und Seufzer, Heimweh und Wehmut kommen ja aus dem Herzen, und dank dem Holländer-Michel – das meine ist kalt und von Stein.«

Er legte seine Hand auf die Brust, und es war ganz ruhig dort und rührte sich nichts. »Wenn er mit den Hunderttausenden so gut Wort hielt wie mit dem Herz, so soll es mich freuen«, sprach er und fing an, seinen Wagen zu untersuchen. Er fand Kleidungsstücke von aller Art, wie er sie nur wünschen konnte, aber kein Geld. Endlich stieß er auf eine Tasche und fand viele tausend Taler in Gold und Scheinen auf Handlungshäuser in allen großen Städten. »Jetzt hab ich's, wie ich's wollte«, dachte er, setzte sich bequem in die Ecke des Wagens und fuhr in die weite Welt.

Er fuhr zwei Jahre in der Welt umher und schaute aus seinem Wagen links und rechts an den Häusern hinauf, schaute, wenn er anhielt, nichts als den Schild seines Wirtshauses an, lief dann in der Stadt umher und ließ sich die schönsten Merkwürdigkeiten zeigen. Aber es freute ihn nichts, kein Bild, kein Haus, keine Musik, kein Tanz; sein Herz von Stein nahm an nichts Anteil, und seine Augen, seine Ohren waren abgestumpft für alles Schöne. Nichts war ihm mehr geblieben als die Freude an Essen und Trinken und der Schlaf, und so lebte er, indem er ohne Zweck durch die Welt reiste, zu seiner Unterhaltung speiste und aus Langerweile schlief. Hie und da erinnerte er sich zwar, daß er fröhlicher, glücklicher gewesen sei, als er noch arm war und arbeiten mußte, um sein Leben zu fristen. Da hatte ihn jede schöne Aussicht ins Tal, Musik und Gesang hatten ihn ergötzt, da hatte er sich stundenlang auf die einfache Kost, die ihm die Mutter zu dem Meiler bringen sollte, gefreut. Wenn er so über die Vergangenheit nachdachte, so kam es ihm ganz sonderbar vor, daß er jetzt nicht einmal lachen konnte, und sonst hatte er über den kleinsten Scherz gelacht. Wenn andere lachten, so verzog er nur aus Höflichkeit den Mund, aber sein Herz – lächelte nicht mit. Er fühlte dann, daß er zwar überaus ruhig sei – aber zufrieden fühlte er sich doch nicht. Es war nicht Heimweh oder Wehmut, sondern Öde,

Überdruß, freudenloses Leben, was ihn endlich wieder zur Heimat trieb.

Als er von Straßburg herüberfuhr und den dunkeln Wald seiner Heimat erblickte, als er zum erstenmal wieder jene kräftigen Gestalten, jene freundlichen, treuen Gesichter der Schwarzwälder sah, als sein Ohr die heimatlichen Klänge, stark, tief, aber wohltönend, vernahm, da fühlte er schnell an sein Herz; denn sein Blut wallte stärker, und er glaubte, er müsse sich freuen und müsse weinen zugleich, aber – wie konnte er nur so töricht sein, er hatte ja ein Herz von Stein; und Steine sind tot und lächeln und weinen nicht.

Sein erster Gang war zum Holländer-Michel, der ihn mit alter Freundlichkeit aufnahm. »Michel«, sagte er zu ihm, »gereist bin ich nun und habe alles gesehen, ist aber alles dummes Zeug, und ich hatte nur Langeweile. Überhaupt, Euer steinernes Ding, das ich in der Brust trage, schützt mich zwar vor manchem; ich erzürne mich nie, bin nie traurig, aber ich freue mich auch nie, und es ist mir, als wenn ich nur halb lebte. Könnet Ihr das Steinherz nicht ein wenig beweglicher machen, oder – gebt mir lieber mein altes Herz! Ich hatte mich in fünfundzwanzig Jahren daran gewöhnt, und wenn es zuweilen auch einen dummen Streich machte, so war es doch munter und ein fröhliches Herz.«

Der Waldgeist lachte grimmig und bitter. »Wenn du einmal tot bist, Peter Munk«, antwortete er, »dann soll es dir nicht fehlen; dann sollst du dein weiches, rührbares Herz wieder haben, und du kannst dann fühlen, was kommt, Freud oder Leid; aber hier oben kann es nicht mehr dein werden! Doch, Peter! gereist bist du wohl, aber so, wie du lebtest, konnte es dir nichts nützen. Setze dich jetzt hier irgendwo im Wald, bau ein Haus, heirate, treibe dein Vermögen um, es hat dir nur an Arbeit gefehlt; weil du müßig warst, hattest du Langeweile und schiebst jetzt alles auf dieses unschuldige Herz.« Peter sah ein, daß Michel recht habe, was den Müßiggang beträfe, und nahm sich vor, reich und immer reicher zu werden. Michel schenkte ihm noch einmal hunderttausend Gulden und entließ ihn als seinen guten Freund.

Bald vernahm man im Schwarzwald die Märe, der Kohlenmunk-Peter oder Spielpeter sei wieder da und noch viel reicher als zuvor. Es ging auch jetzt wie immer; als er am Bettelstab war, wurde er in der »Sonne« zur Türe hinausgeworfen, und als er jetzt an einem Sonntagnachmittag seinen ersten Einzug dort hielt, schüttelten sie ihm die Hand, lobten sein Pferd, fragten nach seiner Reise, und als er wieder mit dem dicken Ezechiel um harte Taler spielte, stand er in der Achtung so hoch als je. Er trieb jetzt aber nicht mehr das Glashandwerk, sondern den Holzhandel, aber nur zum Schein. Sein Hauptgeschäft war, mit Korn und Geld zu handeln. Der halbe Schwarzwald wurde ihm nach und nach schuldig; aber er lieh Geld nur auf zehen Prozente aus oder verkaufte Korn an die Armen, die nicht gleich zahlen konnten, um den dreifachen Wert. Mit dem Amtmann stand er jetzt in enger Freundschaft, und wenn einer Herrn Peter Munk nicht auf den Tag bezahlte, so ritt der Amtmann mit seinen Schergen heraus, schätzte Haus und Hof, verkaufte es flugs und trieb Vater, Mutter und Kind in den Wald. Anfangs machte dies dem reichen Peter einige Unlust, denn die armen Ausgepfändeten belagerten dann haufenweise seine Türe, die Männer flehten um Nachsicht, die Weiber suchten das steinerne Herz zu erweichen, und die Kinder winselten um ein Stücklein Brot. Aber als er sich ein paar tüchtige Fleischerhunde angeschafft hatte, hörte diese Katzenmusik, wie er es nannte, bald auf; er pfiff und hetzte, und die Bettelleute flogen schreiend auseinander. Am meisten Beschwerde machte ihm das »alte Weib«. Das war aber niemand anders als Frau Munkin, Peters Mutter. Sie war in Not und Elend geraten, als man ihr Haus und Hof verkauft hatte, und ihr Sohn, als er reich zurückgekehrt war, hatte nicht mehr nach ihr umgesehen; da kam sie nun zuweilen, alt, schwach und gebrechlich, an einem Stock vor das Haus. Hinein wagte sie sich nimmer, denn er hatte sie einmal weggejagt, aber es tat ihr wehe, von den Guttaten anderer Menschen leben zu müssen, da der eigene Sohn ihr ein sorgenloses Alter hätte bereiten können. Aber das kalte Herz wurde nimmer gerührt von dem Anblicke der bleichen, wohlbekannten Züge, von den bittenden Blicken, von der welken, ausgestreckten Hand, von der hinfälligen Gestalt. Mürrisch zog er, wenn sie sonnabends an die Türe pochte, einen Sechsbätzner hervor, schlug ihn in ein Papier und ließ ihn hinausreichen durch einen Knecht. Er vernahm ihre zitternde Stimme, wenn sie dankte und wünschte, es möge ihm wohlgehen auf Erden; er hörte sie hüstelnd von der Türe schleichen, aber er dachte weiter nicht mehr daran, als daß er wieder sechs Batzen umsonst ausgegeben.

Endlich kam Peter auch auf den Gedanken, zu heuraten. Er wußte, daß im ganzen Schwarzwald jeder Vater ihm gerne seine Tochter geben werde; aber er war schwierig in seiner Wahl, denn er wollte, daß man auch hierin sein Glück und seinen Verstand preisen sollte; daher ritt er umher im ganzen Wald, schaute hier, schaute dort, und keine der schönen Schwarzwälderinnen deuchte ihm schön genug. Endlich, nachdem er auf allen Tanzböden umsonst nach der Schönsten ausgeschaut hatte, hörte er eines Tages, die Schönste und Tugendsamste im ganzen Wald sei eines armen Holzhauers Tochter. Sie lebe still und für sich, besorge geschickt und emsig ihres Vaters Haus und lasse sich nie auf dem Tanzboden sehen, nicht einmal zu Pfingsten oder Kirmes. Als Peter von diesem Wunder des Schwarzwalds hörte, beschloß er, um sie zu werben, und ritt nach der Hütte, die man ihm bezeichnet hatte. Der Vater der schönen Lisbeth empfing den vornehmen Herrn mit Staunen, und er staunte noch mehr, als er hörte, es sei dies der reiche Herr Peter und er wolle sein Schwiegersohn werden. Er besann sich auch nicht lange, denn er meinte, all seine Sorge und Armut werde nun ein Ende haben, sagte zu, ohne die schöne Lisbeth zu fragen, und das gute Kind war so folgsam, daß sie ohne Widerrede Frau Peter Munkin wurde.

Aber es wurde der Armen nicht so gut, als sie sich geträumt hatte. Sie glaubte ihr Hauswesen wohl zu verstehen, aber sie konnte Herrn Peter nichts zu Dank machen; sie hatte Mitleiden mit armen Leuten, und da ihr Eheherr reich war, dachte sie, es sei keine Sünde, einem armen Bettelweib einen Pfennig oder einem alten Mann einen Schnaps zu reichen; aber als Herr Peter dies eines Tages merkte, sprach er mit zürnenden Blicken und rauher Stimme: »Warum verschleuderst du mein Vermögen an Lumpen und Straßenläufer? Hast du was mitgebracht ins Haus, das du wegschenken könntest? Mit deines Vaters Bettelstab kann man keine Suppe wärmen, und wirfst das Geld aus wie eine Fürstin? Noch einmal laß dich betreten, so sollst du meine Hand fühlen!« Die schöne Lisbeth weinte in ihrer Kammer über den harten Sinn ihres Mannes, und sie wünschte oft, lieber heim zu sein in ihres Vaters ärmlicher Hütte, als bei dem reichen, aber geizigen, hartherzigen Peter zu hausen. Ach, hätte sie gewußt, daß er ein Herz von Marmor habe und weder sie noch irgendeinen Menschen lieben könnte, so hätte sie sich wohl nicht gewundert. Sooft sie aber jetzt unter der Türe saß, und es ging ein Bettelmann vorüber und zog den Hut und hub an seinen Spruch, so drückte sie die Augen zu, das Elend nicht zu schauen, sie ballte die Hand fester, damit sie nicht unwillkürlich in die Tasche fahre, ein Kreuzerlein herauszulangen. So kam es, daß die schöne Lisbeth im ganzen Wald verschrieen wurde und es hieß, sie sei noch geiziger als Peter Munk. Aber eines Tages saß Frau Lisbeth wieder vor dem Haus und spann und murmelte ein Liedchen dazu; denn sie war munter, weil es schön Wetter und Herr Peter ausgeritten war über Feld. Da kömmt ein altes Männlein des Weges daher, der trägt einen großen, schweren Sack, und sie hört ihn schon von weitem keuchen. Teilnehmend sieht ihm Frau Lisbeth zu und denkt, einem so alten, kleinen Mann sollte man nicht mehr so schwer aufladen.

Indes keucht und wankt das Männlein heran, und als es gegenüber von Frau Lisbeth war, brach es unter dem Sack beinahe zusammen. »Ach, habt die Barmherzigkeit, Frau, und reichet mir nur einen Trunk Wasser!« sprach das Männlein; »ich kann nicht weiter, muß elend verschmachten.«

»Aber Ihr solltet in Eurem Alter nicht mehr so schwer tragen«, sagte Frau Lisbeth.

»Ja, wenn ich nicht Boten gehen müßte, der Armut halber und um mein Leben zu fristen«, antwortete er, »ach, so eine reiche Frau wie Ihr weiß nicht, wie wehe Armut tut und wie wohl ein frischer Trunk bei solcher Hitze.«

Als sie dies hörte, eilte sie ins Haus, nahm einen Krug vom Gesims und füllte ihn mit Wasser; doch als sie zurückkehrte und nur noch wenige Schritte von ihm war und das Männlein sah, wie es so elend und verkümmert auf dem Sack saß, da fühlte sie inniges Mitleid, bedachte, daß ja ihr Mann nicht zu Hause sei, und so stellte sie den Wasserkrug beiseite, nahm einen Becher und füllte ihn mit Wein, legte ein gutes Roggenbrot darauf und brachte es dem Alten. »So, und ein Schluck Wein mag Euch besser frommen als Wasser, da Ihr schon so gar alt seid«, sprach sie; »aber trinket nicht zu hastig, und esset auch Brot dazu!«

Das Männlein sah sie staunend an, bis große Tränen in seinen alten Augen standen; er trank und sprach dann:

»Ich bin alt geworden, aber ich hab wenige Menschen gesehen, die so mitleidig wären und ihre Gaben so schön und herzig zu spenden wüßten wie Ihr, Frau Lisbeth. Aber es wird Euch dafür auch recht wohl gehen auf Erden; solch ein Herz bleibt nicht unbelohnt.«

»Nein, und den Lohn soll sie zur Stelle haben«, schrie eine schreckliche Stimme, und als sie sich umsahen, war es Herr Peter mit blutrotem Gesicht.

»Und sogar meinen Ehrenwein gießest du aus an Bettelleute, und meinen Mundbecher gibst du an die Lippen der Straßenläufer? Da, nimm deinen Lohn!« Frau Lisbeth stürzte zu seinen Füßen und bat um Verzeihung; aber das steinerne Herz kannte kein Mitleid, er drehte die Peitsche um, die er in der Hand hielt, und schlug sie mit dem Handgriff von Ebenholz so heftig vor die schöne Stirne, daß sie leblos dem alten Mann in die Arme sank. Als er dies sah, war es doch, als reuete ihn die Tat auf der Stelle; er bückte sich herab, zu schauen, ob noch Leben in ihr sei, aber das Männlein sprach mit wohlbekannter Stimme: »Gib dir keine Mühe, Kohlenpeter; es war die schönste und lieblichste Blume im Schwarzwald, aber du hast sie zertreten, und nie mehr wird sie wieder blühen.«

Da wich alles Blut aus Peters Wangen, und er sprach: »Also Ihr seid es, Herr Schatzhauser? Nun, was geschehen ist, ist geschehen, und es hat wohl so kommen müssen. Ich hoffe aber, Ihr werdet mich nicht bei dem Gericht anzeigen als Mörder.«

»Elender!« erwiderte das Glasmännlein. »Was würde es mir frommen, wenn ich deine sterbliche Hülle an den Galgen brächte? Nicht irdische Gerichte sind es, die du zu fürchten hast, sondern andere und strengere; denn du hast deine Seele an den Bösen verkauft.«

»Und hab ich mein Herz verkauft«, schrie Peter, »so ist niemand daran schuld als du und deine betrügerische Schätze; du tückischer Geist hast mich ins Verderben geführt, mich getrieben, daß ich bei einem andern Hilfe suchte, und auf dir liegt die ganze Verantwortung.« Aber kaum hatte er dies gesagt, so wuchs und schwoll das Glasmännlein und wurde hoch und breit, und seine Augen sollen so groß gewesen sein wie Suppenteller, und sein Mund war wie ein geheizter Backofen, und Flammen blitzten daraus hervor. Peter warf sich auf die Knie, und sein steinernes Herz schützte ihn nicht, daß nicht seine Glieder zitterten wie eine Espe. Mit Geierskrallen packte ihn der Waldgeist im Nacken, drehte ihn um, wie ein Wirbelwind dürres Laub, und warf ihn dann zu Boden, daß ihm alle Rippen knackten. »Erdenwurm!« rief er mit einer Stimme, die wie der Donner rollte, »ich könnte dich zerschmettern, wenn ich wollte, denn du hast gegen den Herrn des Waldes gefrevelt. Aber um dieses toten Weibes willen, die mich gespeist und getränkt hat, gebe ich dir acht

Tage Frist. Bekehrst du dich nicht zum Guten, so komme ich und zermalme dein Gebein, und du fährst hin in deinen Sünden.«

Es war schon Abend, als einige Männer, die vorbeigingen, den reichen Peter Munk an der Erde liegen sahen. Sie wandten ihn hin und her und suchten, ob noch Atem in ihm sei; aber lange war ihr Suchen vergebens. Endlich ging einer in das Haus und brachte Wasser herbei und besprengte ihn. Da holte Peter tief Atem, stöhnte und schlug die Augen auf, schaute lange um sich her und fragte dann nach Frau Lisbeth; aber keiner hatte sie gesehen. Er dankte den Männern für ihre Hilfe, schlich in sein Haus und schaute sich um, aber Frau Lisbeth war weder im Keller noch auf dem Boden, und das, was er für einen schrecklichen Traum gehalten, war bittere Wahrheit. Wie er nun so ganz allein war, da kamen ihm sonderbare Gedanken; er fürchtete sich vor nichts, denn sein Herz war ja kalt, aber wenn er an den Tod seiner Frau dachte – kam ihm sein eigenes Hinscheiden in den Sinn und wie belastet er dahinfahren werde, schwer belastet mit Tränen der Armen, mit tausend ihrer Flüche, die sein Herz nicht erweichen konnten, mit dem Jammer der Elenden, auf die er seinen Hund gehetzt, belastet mit der stillen Verzweiflung seiner Mutter, mit dem Blut der schönen, guten Lisbeth; und konnte er doch nicht einmal dem alten Mann, ihrem Vater, Rechenschaft geben, wann er käme und fragte: »Wo ist meine Tochter, dein Weib?« Wie wollte er einem andern Frage stehen, dem alle Wälder, alle Seen, alle Berge gehören und – die Leben der Menschen?

Es quälte ihn auch nachts im Traume, und alle Augenblicke wachte er auf an einer süßen Stimme, die ihm zurief: »Peter, schaff dir ein wärmeres Herz!« Und wenn er erwacht war, schloß er doch schnell wieder die Augen, denn der Stimme nach mußte es Frau Lisbeth sein, die ihm diese Warnung zurief. Den andern Tag ging er ins Wirtshaus, um seine Gedanken zu zerstreuen, und dort traf er den dicken Ezechiel. Er setzte sich zu ihm, sie sprachen dies und jenes, vom schönen Wetter, vom Krieg, von den Steuern und endlich auch vom Tod und wie da und dort einer so schnell gestorben sei. Da fragte Peter den Dicken, was er denn vom Tod halte und wie es nachher sein werde. Ezechiel antwortete ihm, daß man den Leib begrabe, die Seele aber fahre entweder auf zum Himmel oder hinab in die Hölle.

»Also begrabt man das Herz auch?« fragte Peter gespannt.

»Ei freilich, das wird auch begraben.«

»Wenn aber einer sein Herz nicht mehr hat?« fuhr Peter fort.

Ezechiel sah ihn bei diesen Worten schrecklich an. »Was willst du damit sagen? Willst du mich foppen? Meinst du, ich habe kein Herz?«

»Oh, Herz genug, so fest wie Stein«, erwiderte Peter.

Ezechiel sah ihn verwundert an, schaute sich um, ob es niemand gehört habe, und sprach dann: »Woher weißt du es? Oder pocht vielleicht das deinige auch nicht mehr?«

»Pocht nicht mehr, wenigstens nicht hier in meiner Brust!« antwortete Peter Munk. »Aber sag mir, da du jetzt weißt, was ich meine, wie wird es gehen mit unseren Herzen?«

»Was kümmert dich dies, Gesell?« fragte Ezechiel lachend. »Hast ja auf Erden vollauf zu leben, und damit genug. Das ist ja gerade das Bequeme in unsern kalten Herzen, daß uns keine Furcht befällt vor solchen Gedanken.«

»Wohl wahr, aber man denkt doch daran, und wenn ich auch jetzt keine Furcht mehr kenne, so weiß ich doch wohl noch, wie sehr ich mich vor der Hölle gefürchtet, als ich noch ein kleiner, unschuldiger Knabe war.«

»Nun – gut wird es uns gerade nicht gehen«, sagte Ezechiel. »Hab mal einen Schulmeister darüber befragt; der sagte mir, daß nach dem Tod die Herzen gewogen werden, wie schwer sie sich versündiget hätten. Die leichten steigen auf, die schweren sinken hinab, und ich denke, unsere Steine werden ein gutes Gewicht haben.«

»Ach freilich«, erwiderte Peter, »und es ist mir oft selbst

unbequem, daß mein Herz so teilnahmlos und ganz gleichgültig ist, wenn ich an solche Dinge denke.«

So sprachen sie; aber in der nächsten Nacht hörte er fünf- oder sechsmal die bekannte Stimme in sein Ohr lispeln: »Peter, schaff dir ein wärmeres Herz!« Er empfand keine Reue, daß er sie getötet, aber wenn er dem Gesinde sagte, seine Frau sei verreist, so dachte er immer dabei: »Wohin mag sie wohl gereist sein?« Sechs Tage hatte er es so getrieben, und immer hörte er nachts diese Stimme, und immer dachte er an den Waldgeist und seine schreckliche Drohung; aber am siebenten Morgen sprang er auf von seinem Lager und rief: »Nun ja, will sehen, ob ich mir ein wärmeres schaffen kann, denn der gleichgültige Stein in meiner Brust macht mir das Leben nur langweilig und öde.« Er zog schnell seinen Sonntagsstaat an und setzte sich auf sein Pferd und ritt dem Tannenbühl zu.

Im Tannenbühl, wo die Bäume dichter standen, saß er ab, band sein Pferd an und ging schnellen Schrittes dem Gipfel des Hügels zu, und als er vor der dicken Tanne stand, hub er seinen Spruch an:

»Schatzhauser im grünen Tannenwald,
Bist viele hundert Jahre alt;
Dein ist all Land, wo Tannen stehen,
Läßt dich nur Sonntagskindern sehen.«

Da kam das Glasmännlein hervor, aber nicht freundlich und traulich wie sonst, sondern düster und traurig; es hatte ein Röcklein an von schwarzem Glas, und ein langer Trauerflor flatterte herab vom Hut, und Peter wußte wohl, um wen es traure.

»Was willst du von mir, Peter Munk?« fragte es mit dumpfer Stimme.

»Ich hab noch einen Wunsch, Herr Schatzhauser«, antwortete Peter mit niedergeschlagenen Augen.

»Können Steinherzen noch wünschen?« sagte jener. »Du

hast alles, was du für deinen schlechten Sinn bedarfst, und ich werde schwerlich deinen Wunsch erfüllen.«

»Aber Ihr habt mir doch drei Wünsche zugesagt; einen hab ich immer noch übrig.«

»Doch kann ich ihn versagen, wenn er töricht ist«, fuhr der Waldgeist fort; »aber wohlan, ich will hören, was du willst?«

»So nehmet mir den toten Stein heraus, und gebet mir mein lebendiges Herz«, sprach Peter.

»Hab ich den Handel mit dir gemacht?« fragte das Glasmännlein; »bin ich der Holländer-Michel, der Reichtum und kalte Herzen schenkt? Dort, bei ihm mußt du dein Herz suchen.«

»Ach, er gibt es nimmer zurück«, antwortete Peter.

»Du dauerst mich, so schlecht du auch bist«, sprach das Männlein nach einigem Nachdenken. »Aber weil dein Wunsch nicht töricht ist, so kann ich dir wenigstens meine Hilfe nicht abschlagen. So höre. Dein Herz kannst du mit keiner Gewalt mehr bekommen, wohl aber durch List, und es wird vielleicht nicht schwerhalten; denn Michel bleibt doch nur der dumme Michel, obgleich er sich ungemein klug dünkt. So gehe denn geraden Weges zu ihm hin, und tue, wie ich dir heiße!« Und nun unterrichtete er ihn in allem und gab ihm ein Kreuzlein aus reinem Glas: »Am Leben kann er dir nicht schaden, und er wird dich freilassen, wenn du ihm dies vorhalten und dazu beten wirst. Und hast du denn, was du verlangt hast, erhalten, so komm wieder zu mir an diesen Ort!«

Peter Munk nahm das Kreuzlein, prägte sich alle Worte ins Gedächtnis und ging weiter nach Holländer-Michels Behausung. Er rief dreimal seinen Namen, und alsobald stand der Riese vor ihm. »Du hast dein Weib erschlagen?« fragte er ihn mit schrecklichem Lachen, »hätt' es auch so gemacht; sie hat dein Vermögen an das Bettelvolk gebracht. Aber du wirst auf einige Zeit außer Landes gehen müssen, denn es wird Lärm machen, wenn man sie nicht findet, und du brauchst wohl Geld und kommst, um es zu holen?«

»Du hast's erraten«, erwiderte Peter, »und nur recht viel diesmal, denn nach Amerika ist's weit.«

Michel ging voran und brachte ihn in seine Hütte; dort schloß er eine Truhe auf, worin viel Geld lag, und langte ganze Rollen Gold heraus. Während er es so auf den Tisch hinzählte, sprach Peter: »Du bist ein loser Vogel, Michel, daß du mich belogen hast, ich hätte einen Stein in der Brust und du habest mein Herz!«

»Und ist es denn nicht so?« fragte Michel staunend; »fühlst du denn dein Herz? Ist es nicht kalt wie Eis? Hast du Furcht oder Gram, kann dich etwas reuen?«

»Du hast mein Herz nur stillestehen lassen, aber ich hab es noch wie sonst in meiner Brust, und Ezechiel auch, der hat es mir gesagt, daß du uns angelogen hast; du bist nicht der Mann dazu, der einem das Herz so unbemerkt und ohne Gefahr aus der Brust reißen könnte; da müßtest du zaubern können.«

»Aber ich versichere dich«, rief Michel unmutig, »du und Ezechiel und alle reichen Leute, die es mit mir gehalten, haben solche kalte Herzen wie du, und ihre rechten Herzen habe ich hier in meiner Kammer.«

»Ei, wie dir das Lügen von der Zunge geht!« lachte Peter. »Das mach du einem andern weis. Meinst du, ich hab auf meinen Reisen nicht solche Kunststücke zu Dutzenden gesehen? Aus Wachs nachgeahmt sind deine Herzen hier in der Kammer. Du bist ein reicher Kerl, das geb ich zu; aber zaubern kannst du nicht.«

Da ergrimmte der Riese und riß die Kammertüre auf. »Komm herein und lies die Zettel alle, und jenes dort, schau, das ist Peter Munks Herz; siehst du, wie es zuckt? Kann man das auch aus Wachs machen?«

»Und doch ist es aus Wachs«, antwortete Peter. »So schlägt ein rechtes Herz nicht; ich habe das meinige noch in der Brust. Nein, zaubern kannst du nicht!«

»Aber ich will es dir beweisen!« rief jener ärgerlich; »du sollst es selbst fühlen, daß dies dein Herz ist.« Er nahm es, riß Peters Wams auf und nahm einen Stein aus seiner Brust und zeigte ihn vor. Dann nahm er das Herz, hauchte es an und setzte es behutsam an seine Stelle, und alsobald fühlte Peter, wie es pochte, und er konnte sich wieder darüber freuen.

»Wie ist es dir jetzt?« fragte Michel lächelnd.

»Wahrhaftig, du hast doch recht gehabt«, antwortete Peter, indem er behutsam sein Kreuzlein aus der Tasche zog. »Hätt' ich doch nicht geglaubt, daß man dergleichen tun könne!«

»Nicht wahr? Und zaubern kann ich, das siehst du; aber komm, jetzt will ich dir den Stein wieder hineinsetzen.«

»Gemach, Herr Michel!« rief Peter, trat einen Schritt zurück und hielt ihm das Kreuzlein entgegen. »Mit Speck fängt man Mäuse, und diesmal bist du der Betrogene.« Und zugleich fing er an zu beten, was ihm nur beifiel.

Da wurde Michel kleiner und immer kleiner, fiel nieder und wand sich hin und her wie ein Wurm und ächzte und stöhnte, und alle Herzen umher fingen an zu zucken und zu pochen, daß es tönte wie in der Werkstatt eines Uhrenmachers. Peter aber fürchtete sich, es wurde ihm ganz unheimlich zumut, er rannte zur Kammer und zum Haus hinaus und klimmte, von Angst getrieben, die Felsenwand hinan; denn er hörte, daß Michel sich aufraffte, stampfte und tobte und ihm schreckliche Flüche nachschickte. Als er oben war, lief er dem Tannenbühl zu; ein schreckliches Gewitter zog auf, Blitze fielen links und rechts an ihm nieder und zerschmetterten die Bäume, aber er kam wohlbehalten in dem Revier des Glasmännleins an.

Sein Herz pochte freudig, und nur darum, weil es pochte. Dann aber sah er mit Entsetzen auf sein Leben zurück wie auf das Gewitter, das hinter ihm rechts und links den schönen Wald zersplitterte. Er dachte an Frau Lisbeth, sein schönes, gutes Weib, das er aus Geiz gemordet; er kam sich selbst wie der Auswurf der Menschen vor, und er weinte heftig, als er an Glasmännleins Hügel kam.

Schatzhauser saß schon unter dem Tannenbaum und

rauchte aus seiner kleinen Pfeife, doch sah er munterer aus als zuvor. »Warum weinst du, Kohlenpeter?« fragte er. »Hast du dein Herz nicht erhalten? Liegt noch das kalte in deiner Brust?«

»Ach Herr!« seufzte Peter, »als ich noch das kalte Steinherz trug, da weinte ich nie, meine Augen waren so trocken als das Land im Juli; jetzt aber will es mir beinahe das alte Herz zerbrechen, was ich getan! Meine Schuldner hab ich ins Elend gejagt, auf Arme und Kranke die Hunde gehetzt, und Ihr wißt es ja selbst – wie meine Peitsche auf ihre schöne Stirne fiel!«

»Peter! Du warst ein großer Sünder!« sprach das Männlein. »Das Geld und der Müßiggang haben dich verderbt, bis dein Herz zu Stein wurde, nicht Freud, nicht Leid, keine Reue, kein Mitleid mehr kannte. Aber Reue versöhnt, und wenn ich nur wüßte, daß dir dein Leben recht leid tut, so könnte ich schon noch was für dich tun.«

»Will nichts mehr«, antwortete Peter und ließ traurig sein Haupt sinken. »Mit mir ist es aus, kann mich mein Lebtag nicht mehr freuen; was soll ich so allein auf der Welt tun? Meine Mutter verzeiht mir nimmer, was ich ihr getan, und vielleicht hab ich sie unter den Boden gebracht, ich Ungeheuer! Und Lisbeth, meine Frau! Schlaget mich lieber auch tot, Herr Schatzhauser, dann hat mein elend Leben mit einmal ein Ende.«

»Gut«, erwiderte das Männlein, »wenn du nicht anders willst, so kannst du es haben; meine Axt hab ich bei der Hand.« Er nahm ganz ruhig sein Pfeiflein aus dem Mund, klopfte es aus und steckte es ein. Dann stand er langsam auf und ging hinter die Tannen. Peter aber setzte sich weinend ins Gras, sein Leben war ihm nichts mehr, und er erwartete geduldig den Todesstreich. Nach einiger Zeit hörte er leise Tritte hinter sich und dachte: »Jetzt wird er kommen.«

»Schau dich noch einmal um, Peter Munk!« rief das Männlein. Er wischte sich die Tränen aus den Augen und schaute sich um und sah – seine Mutter und Lisbeth, seine Frau, die ihn freundlich anblickten. Da sprang er freudig auf: »So bist du nicht tot, Lisbeth. Und auch Ihr seid da, Mutter, und habt mir vergeben?«

»Sie wollen dir verzeihen«, sprach das Glasmännlein, »weil du wahre Reue fühlst, und alles soll vergessen sein. Zieh jetzt heim in deines Vaters Hütte, und sei ein Köhler wie zuvor; bist du brav und bieder, so wirst du dein Handwerk ehren, und deine Nachbarn werden dich mehr lieben und achten, als wenn du zehen Tonnen Goldes hättest.« So sprach das Glasmännlein und nahm Abschied von ihnen.

Die drei lobten und segneten es und gingen heim.

Das prachtvolle Haus des reichen Peters stand nicht mehr; der Blitz hatte es angezündet und mit all seinen Schätzen niedergebrannt; aber nach der väterlichen Hütte war es nicht weit; dorthin ging jetzt ihr Weg, und der große Verlust bekümmerte sie nicht.

Aber wie staunten sie, als sie an die Hütte kamen! Sie war zu einem schönen Bauernhaus geworden, und alles darin war einfach, aber gut und reinlich.

»Das hat das gute Glasmännlein getan!« rief Peter.

»Wie schön!« sagte Frau Lisbeth, »und hier ist mir viel heimischer als in dem großen Haus mit dem vielen Gesinde.«

Von jetzt an wurde Peter Munk ein fleißiger und wackerer Mann. Er war zufrieden mit dem, was er hatte, trieb sein Handwerk unverdrossen, und so kam es, daß er durch eigene Kraft wohlhabend wurde und angesehen und beliebt im ganzen Wald. Er zankte nie mehr mit Frau Lisbeth, ehrte seine Mutter und gab den Armen, die an seine Türe pochten. Als nach Jahr und Tag Frau Lisbeth von einem schönen Knaben genas, ging Peter nach dem Tannenbühl und sagte sein Sprüchlein. Aber das Glasmännlein zeigte sich nicht. »Herr Schatzhauser!« rief er laut, »hört mich doch; ich will ja nichts anderes als Euch zu Gevatter bitten bei meinem Söhnlein!« Aber er gab keine Antwort; nur ein kurzer Windstoß sauste durch die Tannen und warf einige Tannzapfen herab ins

Gras. »So will ich dies zum Andenken mitnehmen, weil Ihr Euch doch nicht sehen lassen wollet«, rief Peter, steckte die Zapfen in die Tasche und ging nach Hause; aber als er zu Hause das Sonntagswams auszog und seine Mutter die Taschen umwandte und das Wams in den Kasten legen wollte, da fielen vier stattliche Geldrollen heraus, und als man sie öffnete, waren es lauter gute, neue badische Taler, und kein einziger falscher darunter. Und das war das Patengeschenk des Männleins im Tannenwald für den kleinen Peter.

So lebten sie still und unverdrossen fort, und noch oft nachher, als Peter Munk schon graue Haare hatte, sagte er: »Es ist doch besser, zufrieden zu sein mit wenigem, als Gold und Güter haben und ein kaltes Herz.«

Es mochten etwa schon fünf Tage vergangen sein, während Felix, der Jäger und der Student noch immer unter den Räubern gefangensaßen. Sie wurden zwar von dem Hauptmann und seinen Untergebenen gut behandelt, aber dennoch sehnten sie sich nach Befreiung; denn je mehr die Zeit fortrückte, desto höher stieg auch ihre Angst vor Entdeckung. Am Abend des fünften Tages erklärte der Jäger seinen Leidensgenossen, daß er entschlossen sei, in dieser Nacht loszubrechen, und wenn es ihn auch das Leben kosten sollte. Er munterte seine Gefährten zum gleichen Entschluß auf und zeigte ihnen, wie sie ihre Flucht ins Werk setzen könnten. »Den, der uns zunächst steht, nehme ich auf mich; es ist Notwehr, und Not kennt kein Gebot, er muß sterben.«

»Sterben?« rief Felix entsetzt; »Ihr wollt ihn totschlagen?«

»Das bin ich fest entschlossen, wenn es darauf ankommt, zwei Menschenleben zu retten. Wisset, daß ich die Räuber mit besorglicher Miene habe flüstern hören, im Wald werde nach ihnen gestreift, und die alten Weiber verrieten in ihrem Zorn die böse Absicht der Bande; sie schimpften auf uns und gaben zu verstehen, wenn die Räuber angegriffen würden, so müssen wir ohne Gnade sterben.«

»Gott im Himmel!« schrie der Jüngling entsetzt und verbarg sein Gesicht in die Hände.

»Noch haben sie uns das Messer nicht an die Kehle gesetzt«, fuhr der Jäger fort; »drum laßt uns ihnen zuvorkommen. Wenn es dunkel ist, schleiche ich auf die nächste Wache zu; sie wird anrufen; ich werde ihm zuflüstern, die Gräfin sei plötzlich sehr krank geworden, und indem er sich umsieht, stoße ich ihn nieder. Dann hole ich Euch ab, junger Mann, und der zweite kann uns ebensowenig entgehen; und beim dritten haben wir zu zwei leichtes Spiel.« –

Der Jäger sah bei diesen Worten so schrecklich aus, daß Felix sich vor ihm fürchtete. Er wollte ihn bereden, von diesem blutigen Gedanken abzustehen, als die Türe der Hütte leise aufging und schnell eine Gestalt hereinschlüpfte. Es war der Hauptmann. Behutsam schloß er wieder zu und winkte den beiden Gefangenen, sich ruhig zu verhalten. Er setzte sich neben Felix nieder und sprach:

»Frau Gräfin, Ihr seid in einer schlimmen Lage. Euer Herr Gemahl hat nicht Wort gehalten, er hat nicht nur das Lösegeld nicht geschickt, sondern er hat auch die Regierungen umher aufgeboten; bewaffnete Mannschaft streift von allen Seiten durch den Wald, um mich und meine Leute aufzuheben. Ich habe Eurem Gemahl gedroht, Euch zu töten, wenn er Miene macht, uns anzugreifen; doch es muß ihm entweder an Eurem Leben wenig liegen, oder er traut unsern Schwüren nicht. Euer Leben ist in unserer Hand, ist nach unsern Gesetzen verwirkt. Was wollet Ihr dagegen einwenden?«

Bestürzt sahen die Gefangenen vor sich nieder, sie wußten nicht zu antworten, denn Felix erkannte wohl, daß ihn das Geständnis über seine Verkleidung nur noch mehr in Gefahr setzen könnte.

»Es ist mir unmöglich«, fuhr der Hauptmann fort, »eine Dame, die meine vollkommene Achtung hat, also in Gefahr zu setzen. Darum will ich Euch einen Vorschlag zur Rettung machen, es ist der einzige Ausweg, der Euch übrigbleibt: Ich will mit Euch entfliehen.«

Erstaunt, überrascht blickten ihn beide an; er aber sprach weiter: »Die Mehrzahl meiner Gesellen ist entschlossen, sich nach Italien zu ziehen und unter einer weitverbreiteten Bande Dienste zu nehmen. Mir für meinen Teil behagt es nicht, unter einem andern zu dienen, und darum werde ich keine gemeinschaftliche Sache mit ihnen machen. Wenn Ihr mir nun Euer Wort geben wolltet, Frau Gräfin, für mich gutzusprechen, Eure mächtigen Verbindungen zu meinem Schutze anzuwenden, so kann ich Euch noch frei machen, ehe es zu spät ist.«

Felix schwieg verlegen; sein redliches Herz sträubte sich, den Mann, der ihm das Leben retten wollte, geflissentlich einer Gefahr auszusetzen, vor welcher er ihn nachher nicht schützen könnte. Als er noch immer schwieg, fuhr der Hauptmann fort: »Man sucht gegenwärtig überall Soldaten; ich will mit dem geringsten Dienst zufrieden sein. Ich weiß, daß Ihr viel vermöget, aber ich will ja nichts weiter als Euer Versprechen, etwas für mich in dieser Sache zu tun.«

»Nun denn«, antwortete Felix mit niedergeschlagenen Augen, »ich verspreche Euch, was ich tun kann, was in meinen Kräften steht, anzuwenden, um Euch nützlich zu sein. Liegt doch, wie es Euch auch ergehe, ein Trost für mich darin, daß Ihr diesem Räuberleben Euch selbst freiwillig entzogen habt.«

Gerührt küßte der Hauptmann die Hand dieser gütigen Dame, flüsterte ihr noch zu, sich zwei Stunden nach Anbruch der Nacht bereitzuhalten, und verließ dann, ebenso vorsichtig, wie er gekommen war, die Hütte. Die Gefangenen atmeten freier, als er hinweggegangen war. »Wahrlich!« rief der Jäger, »dem hat Gott das Herz gelenkt! Wie wunderbar sollen wir errettet werden! Hätte ich mir träumen lassen, daß in der Welt noch etwas dergleichen geschehen könnte und daß mir ein solches Abenteuer begegnen sollte?«

»Wunderbar, allerdings!« erwiderte Felix, »aber habe ich auch recht getan, diesen Mann zu betrügen? Was kann ihm mein Schutz frommen? Saget selbst, Jäger, heißt es ihn nicht an den Galgen locken, wenn ich ihm nicht gestehe, wer ich bin?«

»Ei, wie mögt Ihr solche Skrupel haben, lieber Junge!« entgegnete der Student, »nachdem Ihr Eure Rolle so meisterhaft gespielt! Nein, darüber dürft Ihr Euch nicht ängstigen, das ist nichts anderes als erlaubte Notwehr. Hat er doch den Frevel begangen, eine angesehene Frau schändlicherweise von der Straße hinwegführen zu wollen, und wäret Ihr nicht gewesen, wer weiß, wie es um das Leben der Gräfin stünde. Nein, Ihr habt nicht unrecht getan; übrigens glaube ich, er wird bei den Gerichten sich einen Stein im Brett gewinnen, wenn er, das Haupt dieses Gesindels, sich selbst ausliefert.«

Dieser letztere Gedanke tröstete den jungen Goldschmied. Freudig bewegt und doch wieder voll banger Besorgnis über das Gelingen des Planes, durchlebten sie die nächsten Stunden. Es war schon dunkel, als der Hauptmann auf einen Augenblick in die Hütte trat, ein Bündel Kleider niederlegte und sprach: »Frau Gräfin, um unsere Flucht zu erleichtern, müßt Ihr notwendig diese Männerkleidung anlegen. Machet Euch fertig! In einer Stunde treten wir den Marsch an.« Nach diesen Worten verließ er die Gefangenen, und der Jäger hatte Mühe, nicht laut zu lachen. »Das wäre nun die zweite Verkleidung«, rief er, »und ich wollte schwören, diese steht Euch noch besser als die erste!«

Sie öffneten den Bündel und fanden ein hübsches Jagdkleid mit allem Zubehör, das Felix trefflich paßte. Nachdem er sich gerüstet, wollte der Jäger die Kleider der Gräfin in einen Winkel der Hütte werfen, Felix gab es aber nicht zu; er legte sie zu einem kleinen Bündel zusammen und äußerte, er wolle die Gräfin bitten, sie ihm zu schenken, und sie dann sein ganzes Leben hindurch zum Andenken an diese merkwürdigen Tage aufbewahren.

Endlich kam der Hauptmann. Er war vollständig bewaffnet und brachte dem Jäger die Büchse, die man ihm abgenommen, und ein Pulverhorn. Auch dem Studenten gab er eine Flinte, und Felix reichte er einen Hirschfänger mit der Bitte, ihn auf den Fall der Not umzuhängen. Es war ein Glück für die drei, daß es sehr dunkel war, denn leicht hätten die leuchtenden Blicke, womit Felix diese Waffe empfing, dem Räuber seinen wahren Stand verraten können. Als sie behutsam aus der Hütte getreten waren, bemerkte der Jäger, daß der gewöhnliche Posten an der Hütte diesmal nicht besetzt sei. So war es möglich, daß sie unbemerkt an den Hütten vorbeischleichen konnten; doch schlug der Hauptmann nicht den gewöhnlichen Pfad ein, der aus der Schlucht in den Wald hinaufführte, sondern er näherte sich einem Felsen, der ganz senkrecht und, wie es schien, unzugänglich vor ihnen lag. Als sie dort angekommen waren, machte der Hauptmann auf eine Strickleiter aufmerksam, die an dem Felsen herabgespannt war. Er warf seine Büchse auf den Rücken und stieg zuerst hinan; dann rief er der Gräfin zu, ihm zu folgen, und bot ihr die Hand zur Hilfe, der Jäger stieg zuletzt herauf. Hinter diesem Felsen zeigte sich ein Fußpfad, den sie einschlugen und rasch vorwärts gingen.

»Dieser Fußpfad«, sprach der Hauptmann, »führt nach der Aschaffenburger Straße. Dorthin wollen wir uns begeben; denn ich habe genau erfahren, daß Ihr Gemahl, der Graf, sich gegenwärtig dort aufhält.«

Schweigend zogen sie weiter, der Räuber immer voran, die drei andern dicht hinter ihm. Nach drei Stunden hielten sie an; der Hauptmann lud Felix ein, sich auf einen Baumstamm zu setzen, um auszuruhen. Er zog Brot, eine Feldflasche mit altem Wein hervor und bot es den Ermüdeten an. »Ich glaube, wir werden, ehe eine Stunde vergeht, auf den Kordon stoßen, den das Militär durch den Wald gezogen hat. In diesem Fall bitte ich Sie, mit dem Anführer der Soldaten zu sprechen und gute Behandlung für mich zu verlangen.«

Felix sagte auch dies zu, obwohl er sich von seiner Fürsprache geringen Erfolg versprach. Sie ruhten noch eine halbe Stunde und brachen dann auf. Sie mochten etwa wieder eine Stunde gegangen sein und näherten sich schon der Landstraße; der Tag fing an heraufzukommen, und die Dämmerung verbreitete sich schon im Wald, als ihre Schritte plötzlich durch ein lautes: »Halt! Steht!« gefesselt wurden. Sie hielten, und fünf Soldaten rückten gegen sie vor und bedeuteten ihnen, sie müßten folgen und vor dem kommandierenden Major sich über ihre Reise ausweisen. Als sie noch etwa fünfzig Schritte gegangen waren, sahen sie links und rechts im Gebüsch Gewehre blitzen, eine große Schar schien den Wald besetzt zu haben. Der Major saß mit mehreren Offizieren und andern Männern unter einer Eiche. Als die Gefangenen vor ihn gebracht wurden und er eben anfangen wollte, sie zu examinieren über das Woher und Wohin, sprang einer der Männer auf und rief: »Mein Gott, was sehe ich? Das ist ja Gottfried, unser Jäger!« – »Jawohl, Herr Amtmann!« antwortete der Jäger mit freudiger Stimme, »da bin ich, und wunderbar gerettet aus der Hand des schlechten Gesindels.«

Die Offiziere erstaunten, ihn hier zu sehen; der Jäger aber bat den Major und den Amtmann, mit ihm auf die Seite zu treten, und erzählte in kurzen Worten, wie sie errettet worden und wer der dritte sei, welcher ihn und den jungen Goldschmied begleitete.

Erfreut über diese Nachricht, traf der Major sogleich seine Maßregeln, den wichtigen Gefangenen weitertransportieren zu lassen, den jungen Goldschmied aber führte er zu seinen Kameraden, stellte ihn als den heldenmütigen Jüngling vor, der die Gräfin durch seinen Mut und seine Geistesgegenwart gerettet habe, und alle schüttelten Felix freudig die Hand, lobten ihn und konnten nicht satt werden, sich von ihm und dem Jäger ihre Schicksale erzählen zu lassen.

Indessen war es völlig Tag geworden. Der Major beschloß, die Befreiten selbst bis in die Stadt zu begleiten; er ging mit ihnen und dem Amtmann der Gräfin in das nächste Dorf, wo sein Wagen stand, und dort mußte sich Felix zu ihm in den Wagen setzen; der Jäger, der Student, der Amtmann und viele andere Leute ritten vor und hinter ihnen, und so zogen sie im Triumph der Stadt zu. Wie ein Lauffeuer hatte sich das Gerücht von dem Überfall in der Waldschenke, von der Aufopferung des jungen Goldarbeiters in der Gegend verbreitet, und ebenso reißend ging jetzt die Sage von seiner Befreiung von Mund zu Mund. Es war daher nicht zu verwundern, daß in der Stadt, wohin sie zogen, die Straßen gedrängt voll Menschen standen, die den jungen Helden sehen wollten. Alles drängte sich zu, als der Wagen langsam hereinfuhr. »Das ist er«, riefen sie, »seht ihr ihn dort im Wagen neben dem Offizier! Es lebe der brave Goldschmiedsjunge!«, und ein tausendstimmiges »Hoch!« füllte die Lüfte.

Felix war beschämt, gerührt von der rauschenden Freude der Menge. Aber noch ein rührenderer Anblick stand ihm auf dem Rathause der Stadt bevor. Ein Mann von mittleren Jahren, in reichen Kleidern, empfing ihn an der Treppe und umarmte ihn mit Tränen in den Augen. »Wie kann ich dir vergelten, mein Sohn!« rief er; »du hast mir viel gegeben, als ich nahe daran war, unendlich viel zu verlieren! Du hast mir die Gattin, meinen Kindern die Mutter gerettet, denn ihr zartes Leben hätte die Schrecken einer solchen Gefangenschaft nicht ertragen.« Es war der Gemahl der Gräfin, der diese Worte sprach. Sosehr sich Felix sträuben mochte, einen Lohn für seine Aufopferung zu bestimmen, so unerbittlich schien der Graf darauf bestehen zu wollen. Da fiel dem Jüngling das unglückliche Schicksal des Räuberhauptmanns ein; er erzählte, wie er ihn gerettet, wie diese Rettung eigentlich der Gräfin gegolten habe. Der Graf, gerührt nicht sowohl von der Handlung des Hauptmanns als von dem neuen Beweis einer edlen Uneigennützigkeit, den Felix durch die Wahl seiner Bitte ablegte, versprach, das Seinige zu tun, um den Räuber zu retten.

Noch an demselben Tag aber führte der Graf, begleitet von dem wackern Jäger, den jungen Goldschmied nach seinem

Schlosse, wo die Gräfin, noch immer besorgt um das Schicksal des jungen Mannes, der sich für sie geopfert, sehnsuchtsvoll auf Nachrichten wartete. Wer beschreibt ihre Freude, als ihr Gemahl, den Retter an der Hand, in ihr Zimmer trat? Sie fand kein Ende, ihn zu befragen, ihm zu danken; sie ließ ihre Kinder herbeibringen und zeigte ihnen den hochherzigen Jüngling, dem ihre Mutter so unendlich viel verdanke, und die Kleinen faßten seine Hände, und der zarte Sinn ihres kindlichen Dankes, ihre Versicherungen, daß er ihnen nach Vater und Mutter auf der ganzen Erde der liebste sei, waren ihm die schönste Entschädigung für manchen Kummer, für die schlaflosen Nächte in der Hütte der Räuber.

Als die ersten Momente dieses frohen Wiedersehens vorüber waren, winkte die Gräfin einem Diener, welcher bald darauf jene Kleider und das wohlbekannte Ränzchen herbeibrachte, welche Felix der Gräfin in der Waldschenke überlassen hatte. »Hier ist alles«, sprach sie mit gütigem Lächeln, »was Ihr mir in jenen furchtbaren Augenblicken gegeben; es ist der Zauber, womit Ihr mich umhüllt habt, um meine Verfolger mit Blindheit zu schlagen. Es steht Euch wieder zu Diensten; doch will ich Euch den Vorschlag machen, diese Kleider, die ich zum Andenken an Euch aufbewahren möchte, mir zu überlassen und zum Tausch dafür die Summe anzunehmen, welche die Räuber zum Lösegeld für mich bestimmten.«

Felix erschrak über die Größe dieses Geschenkes; sein edler Sinn sträubte sich, einen Lohn für das anzunehmen, was er aus freiem Willen getan. »Gnädige Gräfin«, sprach er bewegt, »ich kann dies nicht annehmen. Die Kleider sollen Euer sein, wie Ihr es befehlet; jedoch die Summe, von der Ihr sprechet, kann ich nicht annehmen. Doch weil ich weiß, daß Ihr mich durch irgend etwas belohnen wollet, so erhaltet mir Eure Gnade statt anderen Lohnes, und sollte ich in den Fall kommen, Eurer Hilfe zu bedürfen, so dürft Ihr darauf rechnen, daß ich Euch darum bitten werde.« Noch lange drang man in den jungen Mann, aber nichts konnte seinen Sinn ändern. Die Gräfin und ihr Gemahl gaben endlich nach, und schon wollte der Diener die Kleider und das Ränzchen wieder wegtragen, als Felix sich an das Geschmeide erinnerte, das er im Gefühl so vieler freudigen Szenen ganz vergessen hatte.

»Halt!« rief er. »Nur etwas müßt Ihr mir noch aus meinem Ränzchen zu nehmen erlauben, gnädige Frau; das übrige ist dann ganz und völlig Euer.«

»Schaltet nach Belieben«, sprach sie; »obgleich ich gerne alles zu Eurem Gedächtnis behalten hätte, so nehmet nur, was Ihr etwa davon nicht entbehren wollet. Doch, wenn man fragen darf, was liegt Euch denn so sehr am Herzen, daß Ihr es mir nicht überlassen möget?«

Der Jüngling hatte während dieser Worte sein Ränzchen geöffnet und ein Kästchen von rotem Saffian herausgenommen. »Was mein ist, könnet Ihr alles haben«, erwiderte er lächelnd, »doch dies gehört meiner lieben Frau Pate; ich habe es selbst gefertigt und muß es ihr bringen. Es ist ein Schmuck, gnädige Frau«, fuhr er fort, indem er das Kästchen öffnete und ihr hinbot, »ein Schmuck, an welchem ich mich selbst versucht habe.«

Sie nahm das Kästchen; aber nachdem sie kaum einen Blick darauf geworfen, fuhr sie betroffen zurück.

»Wie! Diese Steine!« rief sie. »Und für Eure Pate sind sie bestimmt, sagtet Ihr?«

»Jawohl«, antwortete Felix, »meine Frau Pate hat mir die Steine geschickt; ich habe sie gefaßt und bin auf dem Wege, sie selbst zu überbringen.«

Gerührt sah ihn die Gräfin an; Tränen drangen aus ihren Augen. »So bist du Felix Perner aus Nürnberg?« rief sie.

»Jawohl! Aber woher wißt Ihr so schnell meinen Namen?« fragte der Jüngling und sah sie bestürzt an.

»O wundervolle Fügung des Himmels!« sprach sie gerührt zu ihrem staunenden Gemahl, »das ist ja Felix, unser Patchen, der Sohn unserer Kammerfrau Sabine! Felix! Ich bin es ja, zu der du kommen wolltest; so hast du deine Pate gerettet, ohne es zu wissen.«

»Wie? Seid denn Ihr die Gräfin Sandau, die so viel an mir und meiner Mutter getan? Und dies ist das Schloß Mayenburg, wohin ich wandern wollte? Wie danke ich dem gütigen Geschick, das mich so wunderbar mit Euch zusammentreffen ließ; so hab ich Euch doch durch die Tat, wenn auch in geringem Maß, meine große Dankbarkeit bezeugen können!«

»Du hast mehr an mir getan«, erwiderte sie, »als ich je an dir hätte tun können; doch solange ich lebe, will ich dir zu zeigen suchen, wie unendlich viel wir alle dir schuldig sind. Mein Gatte soll dein Vater, meine Kinder deine Geschwister, ich selbst will deine treue Mutter sein, und dieser Schmuck, der dich zu mir führte in der Stunde der höchsten Not, soll meine beste Zierde werden; denn er wird mich immer an dich und deinen Edelmut erinnern.«

So sprach die Gräfin und hielt Wort. Sie unterstützte den glücklichen Felix auf seinen Wanderungen reichlich. Als er zurückkam als ein geschickter Arbeiter in seiner Kunst, kaufte sie ihm in Nürnberg ein Haus, richtete es vollständig ein, und ein nicht geringer Schmuck in seinem besten Zimmer waren schön gemalte Bilder, welche die Szenen in der Waldschenke und Felix' Leben unter den Räubern vorstellten.

Dort lebte Felix als ein geschickter Goldarbeiter; der Ruhm seiner Kunst verband sich mit der wunderbaren Sage von seinem Heldenmut und verschaffte ihm Kunden im ganzen Reiche. Viele Fremde, wenn sie durch die schöne Stadt Nürnberg kamen, ließen sich in die Werkstatt des berühmten Meister Felix führen, um ihn zu sehen, zu bewundern, wohl auch ein schönes Geschmeide bei ihm zu bestellen. Die angenehmsten Besuche waren ihm aber der Jäger, der Zirkelschmied, der Student und der Fuhrmann. Sooft der letztere von Würzburg nach Fürth fuhr, sprach er bei Felix ein; der Jäger brachte ihm beinahe alle Jahre Geschenke von der Gräfin, der Zirkelschmied aber ließ sich, nachdem er in allen Ländern umhergewandert war, bei Meister Felix nieder. Eines Tages besuchte sie auch der Student. Er war indessen ein bedeutender Mann im Staat geworden, schämte sich aber nicht, bei Meister Felix und dem Zirkelschmied ein Abendessen zu verzehren. Sie erinnerten sich an alle Szenen der Waldschenke, und der ehemalige Student erzählte, er habe den Räuberhauptmann in Italien wiedergesehen; er habe sich gänzlich gebessert und diene als braver Soldat dem König von Neapel.

Felix freute sich, als er dies hörte. Ohne diesen Mann wäre er zwar vielleicht nicht in jene gefährliche Lage gekommen, aber ohne ihn hätte er sich auch nicht aus Räuberhand befreien können. Und so geschah es, daß der wackre Meister Goldschmied nur friedliche und freundliche Erinnerungen hatte, wenn er zurückdachte an

das Wirtshaus im Spessart.

Vorübung der Freiheit

Wilhelm Hauffs Märchen gehören zum festen Bestand der deutschen Literatur, seine Märchenalmanache dagegen sind in der Form, in der sie Hauff veröffentlicht hat, so gut wie unbekannt. Wer sie zu kennen glaubt, kennt fast immer nur eine gekürzte und bearbeitete Fassung, die Gustav Schwab, der Herausgeber von Hauffs Werken, nach dem frühen Tod des Autors erstellt hat. Denn diese Fassung, die nur die Hälfte der Erzählungen des zweiten Almanachs enthält und überdies auch in die Zwischentexte der Rahmenerzählung eingreift, hat das Original auf dem Buchmarkt gründlich verdrängt. Und selbst die von Carl Weidemeyer hinreißend illustrierte Edition der drei Almanache, die 1911 im Insel-Verlag erschienen ist, ließ einige Jahre darauf in einer neuen, ansonsten gleichgestalteten Ausgabe stillschweigend einige Kapitel des Originals neuerlich wegfallen und näherte sich so Schwabs Bearbeitung wieder an – ein Akt, der zwar die Seitenzahl des Bandes gegenüber der Ausgabe von 1911 erheblich, nämlich um genau einhundert Seiten bzw. zwanzig Prozent reduzierte und damit auch die Satz- und Druckkosten minderte, aber den Zusammenhang des Almanachs empfindlich störte. Es fehlten nicht nur drei Texte anderer Autoren, die Hauff in den Almanach eingefügt hatte (während ein vierter aus unerfindlichen Gründen stehenblieb), sondern auch Passagen, die für das Verständnis des Werks unerläßlich sind. So fielen wichtige poetologische Erörterungen innerhalb der Rahmenerzählung des Originals gleichfalls und ohne einen Hinweis auf die Bearbeitung unter den Tisch.

Die vorliegende Edition bringt die ungekürzten Märchenalmanache, wie sie in den 1820er Jahren erschienen sind. Sie eröffnet die Möglichkeit, nach der Funktion der üblicherweise weggelassenen Teile zu fragen, ob diese aus den Einzeltexten selbst oder erst im Zusammenhang erwächst – denn natürlich liest man die eingefügten Geschichten von Gustav Adolf Schöll, James Justinian Morier oder Wilhelm Grimm im Almanachganzen anders als im einzelnen. Sie ermöglicht Entdeckungen, indem sie etwa die vergessene sozialkritische Erzählung »Der arme Stephan« des Fabrikantensohnes Schöll publiziert; sie läßt im Vergleich Hauffs besonderes stilistisches Vermögen und sein Talent der geschmeidigen Anverwandlung fremder Stoffe deutlich werden; schließlich erlaubt sie, in allen Texten des Almanachs, ob nun von Hauff selbst oder nicht, nach einer gemeinsamen Perspektive zu suchen, mit der die Welt der frühen Biedermeierzeit betrachtet wird, und nach einem gemeinsamen Fundus von Motiven, die zu ihrer Abbildung dienen.

Als Wilhelm Hauff 1827 starb, war er noch keine 25 Jahre alt. Diese knappe Lebenszeit nutzte er allerdings unglaublich effizient: Sein literarisches Werk, entstanden vor allem in den Jahren 1824 bis 1827, füllt in der ersten Gesamtausgabe 36 Bändchen. Neben einer ausgedehnten Reisetätigkeit und seinem Hauptberuf als Redakteur in Cottas Verlag muß Hauff mit seiner Arbeitszeit also ausgesprochen ökonomisch umgegangen sein. Der Mühe Lohn war das ansehnliche Einkommen eines Erfolgsautors, der die Mechanismen des rasch wachsenden literarischen Marktes schnell durchschaute, für sich nutzte und teilweise auch neu definierte. Hauff repräsentierte, wie Sibylle von Steinsdorff schreibt, »einen neuen, zeitgemäßen Typ des Literaten – Berufsschriftsteller, Journalist, Redakteur und ›literarischer Organisator‹ – der Biedermeierzeit«. Er profitierte gleichermaßen von neuen Techniken im Buch- und Zeitungsdruck, die es den Verlagen ermöglichten, ihre Produkte sehr viel billiger unters Volk zu bringen, wie von der zunehmenden Alphabetisierung der deutschen Bevölkerung. Zugleich aber bediente er in vielen seiner Werke die Erwartungen jener, die sich vor den spürbaren wirtschaftlichen und gesellschaftlichen Umwälzungen fürchteten und wünschten, es möge alles beim alten bleiben.

Die populärsten seiner Werke sind bis heute die drei »Märchen-Almanache« geblieben, die sich im Untertitel an die »Söhne und Töchter gebildeter Stände« richteten. Der erste Band erschien im November 1825 (mit der Jahreszahl 1826) in der J. B. Metzler'schen Buchhandlung, die beiden anderen ein bzw. zwei Jahre später im Verlag der Gebrüder Franck, einem Unternehmen, das für die Verbreitung populärer Titel in hohen Auflagen bekannt war. Indem er für seine Textsammlungen die Gattung des Almanachs wählte, erwies sich Hauff als vertraut mit den Vorlieben des zeitgenössischen Lesepublikums, das sich von kaum einer literarischen Präsentationsform so angezogen fühlte wie von den Taschenbüchern, Jahrbüchern oder eben Almanachen, die heterogene kürzere Texte – oft im Verein mit Kupferstichen – bündelten und damit sehr erfolgreich waren. Indem Hauff seine Sammlungen »Almanach« nannte, knüpfte er an verschiedene Traditionen an: zum einen an das – in Deutschland recht junge – Genre des Jahrbuchs, wie es in den zahllosen zeitgenössischen »Musen-« oder »Damenalmanachen« gepflegt wurde, zum anderen an die arabische Tradition der gleichnamigen Neujahrsgeschenke. »Al manach« ist ursprünglich der Ort, an dem man Kamele niederknien läßt, die Oase also, an der man sich ohne ein vorgegebenes Ordnungsprinzip Geschichten erzählt und dabei der zufällig zusammengewürfelten Reisegesellschaft Rechnung trägt – Hauffs erste Märchensammlung bildet dies ab, indem die Rast und die daran geknüpfte Erzählsituation zum Zentrum des Almanachs wird. In Albrecht Schaeffers Roman »Helianth« (1920) verkörpert eine Gestalt namens Almanach diese Bedeutungsebene aufs schönste: Der unglückliche

Freund des Helden nimmt wahllos und zwanghaft alles wörtlich auf, was ihm erzählt wird, und kann es anschließend mühelos reproduzieren, ohne jedoch über eine eigene Sprache zu verfügen.

Dies benennt ziemlich exakt wenn schon nicht Hauffs Erzählweise (die von unmarkierten wörtlichen Übernahmen fremder Texte weit entfernt ist), so doch seine Haltung zur Frage des geistigen Eigentums: In seinen Märchen verwendet er vorgegebene Handlungsstränge bis hin zum Plagiat oder bedient sich in anderen Texten freimütig tradierter Motive; das geht so weit, daß er sogar das eingeführte Pseudonym »Heinrich Clauren« für einen satirischen Text ausborgt, in dem er den Stil des Bestohlenen, des Bestsellerautors Carl Heun (»Mimili«), für die zeitgenössische Leserschaft ganz offenkundig satirisch persifliert. Daß dieses Verwirrspiel der Identitäten auch in den einzelnen Märchen wiederkehrt, belegt die Aufmerksamkeit, die Hauff dem Grundproblem seiner Zeit erwies: der kollektiven, für die Biedermeierzeit charakteristischen Verunsicherung, die mit dem Übergang vom Feudalsystem zur Industrialisierung mit Begleiterscheinungen wie räumlicher Entwurzelung und allgegenwärtiger Entfremdung in Mitteleuropa Einzug hielt. In Hauffs Märchen ist das Problem des Verkennens das wesentliche Thema.

In jedem der drei Almanache läuft die Rahmengeschichte auf das Aufdecken einer zunächst verborgenen Identität zu, genauer: Eine anwesende Person wird mit einer anderen, von der fortwährend erzählt wurde, in eins gebracht. In der »Karawane«, dem ersten der Almanache, sind es sogar zwei erzählte Identitäten, die mit einem der Mitreisenden verbunden werden – am Ende entpuppt sich der geheimnisvolle Fremde, der mit einem Wink die gefährlichen Wüstenräuber vertreibt, sowohl als der legendäre edle Räuber Orbasan wie auch als Auftraggeber eines Mords, von dem ebenfalls zuvor berichtet worden ist.

Was für die Rahmenerzählungen gilt, setzt sich in den einzelnen Märchen fort: In »Kalif Storch« verwandeln sich zwei Menschen in Störche, um mit Hilfe einer dritten Verwandelten, einer Prinzessin in Eulengestalt, den Zauber zu brechen und den Verursacher seinerseits in Tiergestalt zu zwingen. In der »Geschichte von der abgehauenen Hand« spielt ein Vermummter die Hauptrolle, und selbst die Grenzen von Tod und Leben verwischen sich, wenn ein Mädchen so geschickt als Scheintote präpariert wird, daß selbst für einen erfahrenen Arzt kein Lebenszeichen mehr feststellbar ist. »Die Errettung Fatmes« aus dem Serail kann nur ins Werk gesetzt werden, weil Fatmes Bruder einem Wildfremden zum Verwechseln ähnlich sieht und so einige Zeit dessen Rolle spielen kann; sie wird wiederum behindert durch eine weitere Verwechslung, weil jene Fatme, die der Bruder aus dem Serail entführt, gar nicht die ist, nach der er gesucht hat. Als es endlich zur Errettung der richtigen Fatme kommt, leistet dabei wieder eine physiognomische Verwandlung die entscheidende Hilfe.

So ließe sich immer weiter aufzählen, was in Hauffs Märchen Verwandlungen, Verwechslungen, Verkennungen und Verhüllungen bewirken – der Leser rechnet jedenfalls bei fortgesetzter Lektüre nie mit statischen Identitäten. Und hierin fügen sich die Texte der anderen Autoren, die Hauff in seine Almanache aufgenommen hat, überaus glücklich in den Zusammenhang: In Schölls »Der arme Stephan« kann sich ein junger Mann jeweils in den Gläubiger verwandeln, dem sein Gegenüber am meisten schuldet, so daß der Held dieser Geschichte in kürzester Zeit die unterschiedlichsten Personen imitiert. Es macht die Raffinesse dieser Geschichte aus, daß es Schöll nicht dabei beläßt, sondern daß sein Held über diese Verwandlungen und die fremden Identitäten, an denen er teilhat, auch reflektiert.

All diese Identitätsverwischungen beziehen selbstverständlich das Tierreich mit ein und folgen damit auch dem alten Märchenmotiv des zum Tier verwandelten Menschen. Hauff setzt aber Signale, die in den Verwandlungstexten eine

Dimension aufscheinen lassen, die über die übliche des Märchens hinausgeht. In »Kalif Storch« ist die Verwandlung zu Beginn ein etwas leichtfertiges Spiel, das Kalif und Wesir unter Kontrolle zu haben glauben – die Rückverwandlung, so scheint es, liegt in ihrer Hand. Dies ändert sich, als sie ihrerseits die Grenzen zwischen Tier und Mensch als zwei klar voneinander abgegrenzten Bereichen verwischen, indem sie in Tiergestalt tun, was dem Menschen vorbehalten ist: sie lachen. Umgekehrt führt sie das – ebenfalls genuin menschliche – Weinen der verwandelten Eule, »das eher einem Menschen als einem Tiere anzugehören schien«, wieder auf den Weg der Rückverwandlung. Um die Signalwirkung dieser Elemente zu verstärken, merkt der Erzähler an, daß sich nach der Erlösung aus der Tiergestalt »Herr und Diener lachend und weinend einander in den Armen« liegen.

Um eine permanente Grenzüberschreitung geht es auch in »Der Affe als Mensch«. Die beiden Pole, zwischen denen das geheimnisvolle Wesen in der Wahrnehmung der deutschen Kleinstädter oszilliert, sind dabei weniger die Begriffe »Tier« und »Mensch«; bezeichnend ist vielmehr, daß sie bereit sind, alles Ungewohnte, Exzentrische, eben Animalische des Affen als Ausdruck seiner Herkunft aus der Fremde, in diesem Fall England, zu interpretieren. Damit fügt sich der Text auch auf andere Weise in den Zusammenhang des Almanachs ein, dem er entstammt, denn »Der Scheich von Allessandria und seine Sklaven« ist von der fortgesetzten Diskussion um einen Kulturtransfer bestimmt, der weniger nach Unterschieden als nach den Möglichkeiten der Integration des Fremden in die eigene Umgebung fragt. Mit dem Motiv spielte schon »Die Geschichte von Kalif Storch« in Hauffs erstem Almanach, indem das geheimnisvolle Zauberwort, das am Hof des Kalifen nur lautmalerisch wirkt, als lateinischer Ausdruck für die Verwandlung einfach dem Kulturkreis von Hauffs Publikum entnommen ist. In ähnlicher, aber auf den gesamten Märchenzyklus ausgedehnter Weise betrachtet Hauff in »Der Scheich von Allessandria und seine Sklaven« die Umwelt seiner Leser mit den Augen der Fremden, der Okzident wird aus einer imaginierten Perspektive des Orients geschildert – ein Jahr später, im dritten und letzten Almanach, wird Hauff den Orient als Ort der Rahmenerzählung zugunsten eines deutschen Spielorts aufgeben.

Für den Kulturdiskurs im zweiten Almanach spielt Napoleons Ägyptenfeldzug eine große Rolle. Die Begegnung mit der Fremde bedeutet für den Scheich zunächst den Verlust seines Sohnes, der wiederum durch Napoleon selbst – auch er entgeht zunächst nicht der Verkennung – auf den Weg nach Hause geschickt wird. Die seltsame Konstruktion, daß dem Scheich von seinen Sklaven fortwährend aus der Fremde und oft aus Deutschland berichtet wird, erlaubt einen reizvoll verfremdeten Vergleich der beiden Kulturräume. So wird etwa der aufgeklärten und milden Haltung, die der Scheich seinen Sklaven gegenüber einnimmt, die entwürdigende und harte Herrschaft der Kräuterfee über die von ihr entführten und in Tiere verwandelten Menschen gegenübergestellt oder dem aufgeklärt distanzierten Interesse des Scheichs an den mitteleuropäischen Zuständen das unverständige Spiel mit orientalischen Chiffren im Haus des französischen Gelehrten. Die genaue zeitliche Verortung der Rahmenhandlung, die also nicht ins märchenhafte Ungefähr driftet, verleiht den sozialen Anklagen des »armen Stephan«, der von Armut, Arbeitslosigkeit, Alkoholismus und erzwungener Auswanderung erzählt, ein entschiedenes Gewicht. Es wäre an der Zeit, Hauffs Almanache – nicht zuletzt »Das Wirtshaus im Spessart« – im größeren Kontext auf ihren Gegenwartsbezug hin zu untersuchen. Denn besonders hier, wo er sich völlig unverhüllt dem eigenen Kulturkreis stellt, treten die zeitgenössischen Probleme der beginnenden Industrialisierung und des rasanten wirtschaftlichen Wandels überdeutlich zutage: Selbst bei hartnäckiger Suche wird man wohl kaum eine Märchensammlung finden, die so ausgiebig vom Geld spricht wie »Das Wirtshaus im Spessart«. Schon in der Rahmenhandlung diskutieren zwei wandernde Handwerker die Frage, ob man angesichts physischer Gewalt auf die Verteidigung seiner Besitztümer verzichten solle – eine Erörterung, die später auch von anderen Wirtshausgästen aufgenommen wird, als nämlich die Bedrohung durch eine Räuberbande offensichtlich wird, die eine (ebenfalls im Gasthof abgestiegene) Gräfin entführen und Lösegeld erpressen will.

Aber auch in jeder einzelnen in die Rahmenhandlung eingefügten Geschichte geht es ums Geld; um die Gier nach Besitz vor allem, aber auch um Feinheiten des Auf und Ab von Währungen wie in der Geschichte »Die Sage vom Hirschgulden«, die die betreffende Münze sogar im Titel trägt. »Die Höhle von Steenfoll«, eine düstere Spukgeschichte, zeigt den Untergang eines Fischers, der im Streben nach Reichtum jedes Maß verliert und das Tagesgeschäft schleifen läßt, der also auf eine ungewisse Zukunft spekuliert, die herkömmlichen Erwerbsquellen verachtet und dabei mit finsteren Mächten paktiert. In »Saids Schicksale«, einem Märchen um einen jungen Mann, der in halber Sklaverei tagsüber Textilien verkauft, sich aber zu besonderen Gelegenheiten inkognito bei einer Art Turnier großtun darf, spielen finanzielle Transaktionen eine wichtige Rolle: unrechtmäßig beanspruchte Geldbörsen, Lösegeldzahlungen, Belohnungen für Lebensrettungen, leichtfertig versprochene Summen, die wider Erwarten eingelöst werden müssen – die Welt des Geldes kontrastiert scharf mit der Sphäre des Feenreiches, die von Anfang an diffus mit Saids Schicksalen verbunden ist. Das an Länge und nachhaltiger Wirkung bedeutendste Märchen des Almanachs schließlich ist »Das kalte Herz«. In ihm verdichten sich die wichtigsten Motive des ganzen Almanachs. Das beherrschende Thema der Sammlung, nämlich der blinde Eifer im Bestreben um wirtschaftlichen und gesellschaftlichen Aufstieg, findet sich schließlich im Bild des verkauften Herzens ausgedrückt, an dessen Stelle ein kalter Stein tritt.

In der Einleitung zum ersten Almanach fragt der Erzähler nach der Konjunktur, die das Erzählen von Märchen gegenwärtig habe, und nach Strategien, um die Verbreitung der Märchen zu befördern. Die Antwort ist die Empfehlung, die Texte als Zyklen zu versammeln und in der Form der populären Taschenbücher ins Lesepublikum zu schmuggeln. In den Rahmenhandlungen der einzelnen Almanache fallen die Begründungen, die für das Erzählen von Märchen gegeben werden, sehr unterschiedlich aus. In der »Karawane« macht es sich Hauff leicht: Hier werden Märchen erzählt, um der Langeweile zu begegnen. Ungleich wichtiger ist das Erzählen im »Wirtshaus im Spessart«: Es soll die Reisegesellschaft wachhalten, damit sie nicht schlafend den Räubern in die Hände falle.

Die schönste Rechtfertigung aber ist im »Scheich von Allessandria und seine Sklaven« aufbewahrt. Einer der Ratgeber des Herrschers sagt von den ehemaligen Sklaven des Scheichs, die am Tag ihrer Freilassung dem Herrscher zu Ehren jeweils eine Geschichte erzählen: »Diese Leute waren bis jetzt in seinem Hause als Sklaven; hatten sie auch keine schwere Arbeit zu verrichten, so war es doch immer Arbeit, zu der sie gezwungen waren, und mächtig der Unterschied zwischen ihnen und freien Leuten. Sie durften sich, wie es Sitte ist, dem Scheich nicht anders als mit dem Zeichen der Unterwürfigkeit nähern. Sie durften nicht zu ihm reden, außer er fragte sie, und ihre Rede mußte kurz sein. Heute sind sie frei; und ihr erstes Geschäft als freie Leute ist, in großer Gesellschaft und vor ihrem bisherigen Herrn lange und offen sprechen zu dürfen.« Das Erzählen als Vorübung der Freiheit – nicht nur im Zeitalter der Metternichschen Zensur kann Hauffs Plädoyer als Grundgesetz der Literatur gelten.

Tilman Spreckelsen

Immer wieder lesen: Lieblingsbücher bei AtV.

MARC LEVY
Solange du da bist
Was tut man, wenn man in seinem Badezimmerschrank eine junge hübsche Frau findet, die behauptet, der Geist einer Koma-Patientin zu sein? Arthur hält die Geschichte für einen Scherz seines Kompagnons, er ist erst schrecklich genervt, dann erschüttert und schließlich hoffnungslos verliebt. Und als er eines Tages begreift, daß Lauren nur ihn hat, um vielleicht ins Leben zurückzukehren, faßt er einen tollkühnen Entschluß.
»Zwei Stunden Lektüre sind wie zwei Stunden Kino: Man kommt raus und fühlt sich einfach gut, beschwingt und glücklich und ein bisschen nachdenklich.« FOCUS
Roman. Aus dem Französischen von Amelie Thoma. 277 Seiten.
AtV 1836

LISA APPIGNANESI
Die andere Frau
Maria d'Este ist eine klassische Femme fatale. Die Männer umschwärmen sie, sobald sie nur einen Raum betritt – und den anderen Frauen erscheint sie unweigerlich als Rivalin. Als Maria aus New York nach Paris zurückkehrt, beschließt sie, daß die Zeit ihrer Affären vorbei ist. Doch dann begegnet sie dem Mann, bei dem sie all ihre guten Vorsätze vergißt. Zum ersten Mal lernt Maria die wahren Abgründe der Liebe kennen.
Roman. Aus dem Englischen von Wolfgang Thon. 444 Seiten.
AtV 1664

KAREL VAN LOON
Passionsfrucht
Der Vater des 10jährigen Bo erfährt zehn Jahre nach dem Tod seiner Frau, daß er nie Kinder zeugen konnte. Diese Entdeckung stellt sein gesamtes Leben in Frage. Die Suche nach dem »Täter« wird eine Reise an den Beginn seiner großen Liebe.
Roman. Aus dem Niederländischen von Arne Braun. 240 Seiten.
AtV 1850

NEIL BLACKMORE
Soho Blues
Melancholisch und geheimnisvoll wie ein Solo von John Coltrane, unverwechselbar wie die Stimme von Billie Holiday: »Soho Blues« ist die bewegende Geschichte einer leidenschaftlichen, lebenslänglichen Liebe zweier Menschen, die sich in einem Netz von Abhängigkeit und Verrat, Hoffnung und Desillusion, Liebe und Haß befinden.
»Eine herzzerreißende Lektüre, die große Gefühle weckt.«
OSNABRÜCKER ZEITUNG
Roman. Aus dem Englischen von Kathrin Razum. 286 Seiten.
AtV 1733

Mehr Informationen erhalten Sie unter www.aufbau-verlag.de oder bei Ihrem Buchhändler

AtV

Von Liebe und anderen unheimlichen Begebenheiten

BRET LOTT
Das Gewicht der Liebe
Jewel, eine einfache Frau aus dem amerikanischen Süden, läßt sich auf ein Duell mit Gott und der Schöpfung ein. Als sie ihr sechstes Kind zur Welt bringt, prophezeit ihr ein farbiges Dienstmädchen ein großes Unglück. Ein Sensationserfolg in den USA – der Roman über eine Frau, die für ihr Kind und für ein Wunder kämpft.
Roman. Aus dem Amerikanischen von Michael Kubiak. 405 Seiten. AtV 1807

LANA MCGRAW-BOLDT
Hexensommer
Die beiden Freundinnen Polly und Jo halten sich am liebsten auf verbotenem Terrain auf: am Haus, wo der Rhabarber wächst. Denn die Bewohnerin Miss Congreve gilt als Hexe und ihr Neffe Albert als gefährlicher Sonderling. Als in der Nähe des Hexenhauses ein Mädchen ermordet aufgefunden wird, ist Albert der erste Verdächtige. Die Mädchen aber haben eine ganz andere Vermutung.
Roman. Aus dem Amerikanischen von Alexandra Witjes. 296 Seiten. AtV 1473

JOANNA HERSHON
Mondschwimmen
Zum ersten Mal in seinem Leben ist Aaron wirklich verliebt – in Suzanne, eine ebenso schönes wie ungewöhnliches Mädchen aus New York. Doch als er mit ihr zu seinen Eltern fährt, beginnt seine Freundin ein Spiel mit dem Feuer. In einer lauen Mondnacht beschließt sie, seinen Bruder zu verführen.
»Joanna Hershon hat ein Auge für Orte, ein Ohr für fein gesponnene Dialoge und ein wahres Gefühl, Charaktere zu zeichnen. Dieser Roman zeugt von großer Schönheit.« LIBRARY JOURNAL
Roman. Aus dem Amerikanischen von Jörn Ingwersen. 301 Seiten. AtV 1348

JOSEPH PITTMAN
Sanft wie der Wind
Brian Duncan ist ein genialer Werbefachmann, als sein Leben plötzlich aus den Fugen gerät. Die Geschichte eines Mannes, der die große Liebe findet – und erkennen muß, wie zart und zerbrechlich sie ist.
Roman. Aus dem Amerikanischen von Ursula Walther. 323 Seiten. AtV 1750

AtV

Fred Vargas: »Es gibt eine Magie Vargas.« Le Monde

Die schöne Diva von Saint-Jacques
Im Garten der Sängerin Sophia im Pariser Faubourg St. Jacques steht eines Morgens ein Baum, der am Tage zuvor noch nicht da stand. Niemand hat ihn gepflanzt. Zwei Tage später ist Sophia spurlos verschwunden. Ihr Nachbar Marc, ein junger Historiker, beginnt den Boden unter der kleinen Buche aufzugraben und stößt auf einen uralten Haß, der beinahe auch ihn das Leben kosten wird.
»Eine vielversprechende neue Stimme des europäischen Kriminalromans.« Der Tagesspiegel
Kriminalroman. Aus dem Französischen von Tobias Scheffel. 288 Seiten. AtV 1510

Der untröstliche Witwer von Montparnasse
Mathias, Marc und Lucien, die drei »Evangelisten« aus der »Schönen Diva von Saint-Jacques«, haben einige Monate später ihren nächsten Fall am Hals. Ihr Freund Louis Kehlweiler, Ex-Inspektor des Pariser Innenministeriums, versteckt einen mutmaßlichen Frauenmörder in ihrem Haus, von dessen Schuld er nicht überzeugt ist. Doch schon am nächsten Morgen steht das Phantombild des Mörders in allen Zeitungen.
»Es ist unmöglich, von Vargas nicht gefesselt zu sein.« Die Zeit
Kriminalroman. Aus dem Französischen von Tobias Scheffel. 278 Seiten. AtV 1511-9

Es geht noch ein Zug von der Gare du Nord
Auf Pariser Bürgersteigen erscheinen über Nacht mysteriöse blaue Kreidekreise, darin liegt stets ein verlorener oder weggeworfener Gegenstand. Keiner hat den Zeichner je gesehen, die Presse amüsiert sich, niemand nimmt die Sache ernst. Aber eines Nachts geschieht, was Kommissar Adamsberg als einziger befürchtet hat: es liegt ein toter Mensch im Kreis.
»Wer Donna Leon liebt, wird Fred Vargas vergöttern.« P.S., Zürich
Kriminalroman. Aus dem Franz. von Tobias Scheffel. 212 Seiten. AtV 1512

Bei Einbruch der Nacht
Ein Wolfsmensch, so sagen die Leute, zieht nach Einbruch der Dunkelheit mordend durch die Dörfer der provenzalischen Alpen. Der halbwüchsige Sohn eines Opfers und ein wortkarger Schäfer nehmen die aussichtslose Verfolgung auf. Ein urkomisches Roadmovie und eine zarte Liebesgeschichte um die schöne Camille und Kommissar Adamsberg aus Paris.
»Prädikat: hin und weg.« WDR
Kriminalroman. Aus dem Franz. von Tobias Scheffel. 336 Seiten. AtV 1513

Mehr Informationen über Fred Vargas erhalten Sie unter www.aufbau-verlag.de oder bei Ihrem Buchhändler